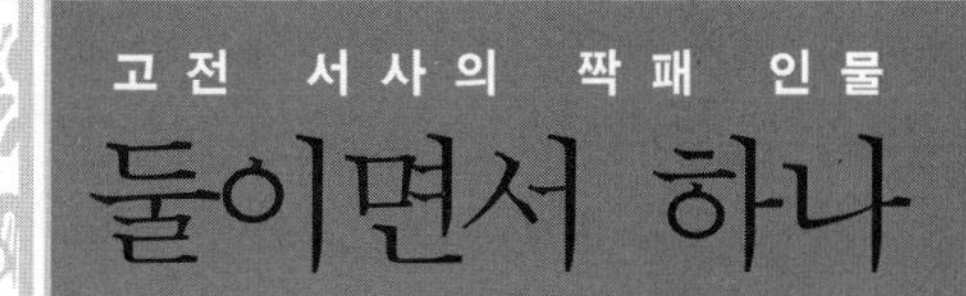

고전 서사의 짝패 인물

둘이면서 하나

이강엽 지음

* 이 저서는 2013년 정부(교육부)의 재원으로 한국연구재단의 지원을 받아 수행된 연구임(NRF-2013S1A6A4018171)

머리말

'둘이면서 하나'는 매우 매혹적인 주제이다. 둘이면서 하나가 되는 꿈을 꾸지 않고 사랑에 빠지는 사람이 없을 테니, 이 주제는 사실 온 세상을 설명하는 핵심 원리기도 하다. 서로 다른 두 사람이 일심동체一心同體가 되어 새로운 세상을 여는 것, 그래서 그 세상에서 둘만의 소중한 열매를 맺는 것, 이것이 바로 세상을 떠받치는 가장 중요한 힘이다. 그러나 서로 다른 둘이 하나가 되는 일은 말처럼 쉽지 않아서 단단히 붙어 있던 것들 사이에 균열이 생기기도 하고, 그 균열로 갈라서는 것은 물론 철천지원수가 되기도 한다. 친밀한 사이에서 도리어 대립하는 일이 잦아서 일심동체의 희망은 동상이몽同床異夢의 악몽으로 바뀌는 경우가 많다.

이런 문제는 비단 둘 사이에서만 생기는 것이 아니다. 어느 날 문득 거울에서 발견한 낯선 이는 내가 알던 내가 아니며, 때로는 의도적으로 실제의 나와는 많이 다른 나의 모습을 꿈꾸기도 한다. 그 거리는 즐거움을 주기도 하지만, 그 사이에 균열이 생기면 자칫 정체성마저 흔들려 감내하기 힘든 번민과 고통에 빠질 수 있다. 어떻게든 다시 하나의 상像으로 초점화되고 입체화될 필요가 있는 것이다.

'짝패double'라는 주제는 신화를 공부하게 되면서 내게 자연스럽게 다가섰다. 신화 속에 등장하는 숱한 쌍둥이와 형제들은 서로 다투면서 질서를 찾아나갔고, 그 둘은 서로가 없다면 존립이 불가능한 존재들이었다. 〈천지왕본풀이〉처럼 서사에서의 다툼이 치열할수록 상보적인 기능은 더욱 커지고 그 결과는 새로운 질서의 확립으로 귀결되었다. 이런 내용은 전설이나 민담에서도 엇비슷하게 되풀이되지만 그 과정이나 결과는 사뭇 달랐다. 〈오뉘 힘내기〉에서처럼 엄청난 파국이 일어나거나, 〈현우형제담〉에서처럼 승패의 역전을 통해 신화와는 또 다른 세계상을 드러냈다.

이렇게 짝패에 관심을 두고 보면서 많은 작품들이 새롭게 보이기 시작했다. 〈흥부전〉의 흥부와 놀부의 대립도 선악의 대립 구도를 넘어서 볼 여지가 있으며, 〈구운몽〉의 성진과 양소유의 짝도 성聖/속俗의 분속分屬 이상의 의미를 지니게 된다. 또 본격적으로 자신과 똑같은 존재가 등장하는 〈옹고집전〉이나, 신분과 인품의 엇갈림을 다룬 〈양반전〉에도 짝패 인물의 등장이 예사롭지 않다. 이런 작품에서는 흔히들 이야기하는 권선징악의 단순 구도가 들어맞지 않기 일쑤이다. 악으로 치부되는 어느 한 편을 응징하고 마는 것으로 끝나지도 않을뿐더러, 그렇게 해서는 작품의 밀도와 주제가 훨씬 떨어지게 될 만한 것들이다.

이 책은 이러한 고전 서사의 짝패 인물에 대한 논의이다. 지금까지 냈던 학술서들이 대개 소논문 형태로 발표한 후 주제별로 다시 묶은 것이었다면, 이 책은 주제를 정하여 처음부터 써내려가는 방식을 취했다. 물론 기본적인 개념이 되는 일부 내용은 논문 형태로 발표되었지만 그 이후로는 짝패 관련 서사들을 하나씩 찾아내어 전체의 틀 속에서 서술하는 방식을 택했다. 그렇지만 짝패 개념이 들어서지 않았을 때부터 관심을 두었던 작품들을 다시금 돌아보며 짝패 인물의 시각에서 서술하게 되면서, 이 책은 내 학문 이력의 일단을 드러내는 것이 되었다. 고전 서사를 전공하더라도 신화나 민담, 소설, 판소리 등 어느 한쪽에 집중하여 연구를 하는 것이 일반적이지만 나의 경우는 그렇지 않았고, 이 책은 그 덕에 다양한 갈래의 작품을 두루 담아낼 수 있었다.

특히 이 책은 한국연구재단의 저술 지원으로 이루어진 까닭에 학회지의 심사 과정을 거치지 않은 내용이 비교적 자유롭게 서술된 편이다. 그 덕에 한편으로는 참신하기도 하겠고 다른 한편으로는 거칠다는 인상을 줄 수도 있을 것 같다. 박사학위를 받은 지 4반세기 만에 내는 책 치고는 부끄러운 내용이지만, 이 책으로 여러 사람에게 진 빚을 조금이나마 덜 수 있다면 다행으로 여긴다. 본의 아니게 여러 차례 실망을 안겨 드렸음에도 불구하고, 처음 학문의 길에 들어섰을 때부터 지금까지 한결같은 마음으로 나를 공부하는 사람으로 여겨 주는 분들께 머리 숙여 감사의 인사를 올린다.

2018년 4월

'작은 세상'에서 이강엽

차례

제1장

서장 _ 둘인 하나, 혹은 하나인 둘

내가 나 자신과 모순되는가?
내가 나 자신과 모순된다면 매우 좋으리니
나는 크고, 나는 많은 것들을 포함한다네.
– 월트 휘트먼, 〈나 자신의 노래 6〉[1]

인간은 태곳적부터 이 세상의 시작이나 만물의 근원에 대해 사유해 왔으며, 그 사유의 바탕에서 적어도 두 가지 합의점을 찾아낸 듯하다. 그 하나는 내 몸과 내 몸이 아닌 것을 구별함으로써 주체와 객체라는 개념이 생성되었다는 것이고, 다른 하나는 남성/여성의 한 짝에서 유추되는 하늘/땅이라는 개념을 통해 세상을 둘로 갈라 보기 시작했다는 것이다. 이처럼 주체와 객체, A와 ~A의 대립적 구성은 인간이 세상을 바라보는 틀이 됨과 동시에 족쇄가 되기도 했다. 더구나 그 둘이 명백히 이원적인 대립을 보임에도 불구하고 본원적으로 하나에서 출발했다거나, 궁극적으로는 하나가 되어야 마땅하다고 여겨지는 한, 그러한 구분은 태생적 한계를 가질 뿐만 아니라 나아가 극복되어야 할 사유의 틀이기도 하다.

물론 이성의 산물로서의 로고스Logos는 인간의 삶에 실용적인 힘을 발휘한다. 이것과 저것을 가름으로써 명료함이 산출되고, 인간은 그 명료함 덕분에 더 정확하고 효율적으로 생산 활동을 할 수 있게 되었다. 사냥을 예로 들자면, 로고스는 사냥감을 죽이는 방법과 사냥꾼들이 협동하는 요령을 쉽게 터득하게 해 주었고 그 덕분에 좀 더 풍요로운 삶이 보장된 것이 분명하다. 그러나, 인간이 동물을 죽

---

1 월트 휘트먼, 《나의 노래》, 윤명옥 옮김, 지만지, 2010.

임으로써 얻게 되는 복잡한 심경을 다스리는 법은 로고스가 다가설 영역이 아니었다. 로고스는 효율적이고 실용적이고 합리적이지만, 인간 삶의 궁극적 가치에 대한 답을 주지 않았고 인간의 고통과 슬픔을 누그러뜨릴 수도 없었다.[2]

엘리아데의 지적대로 "인간은 누구나 고립되고 분리되었다고 느끼지만 그 분리의 본질이 어떤 것인지를 완벽하게 인식하기는 어렵다. 다만 자신과는 완전히 다른, 아주 강한 그 '무엇'으로부터 떨어져 나왔다는 것을 느낄 뿐이기 때문이다."[3] 그리고 그러한 분리 의식은, 분리 이전의 상태—그것이 이상화된 낙원이든 철학적인 총체성의 세계이든—, 즉 통합된 세계를 희구하는 수순을 밟게 마련이다. 흔히 '신화적 사유'로 지칭되는 사고의 틀은 그러한 분화가 못 미치는 지점이거나 분화를 넘어서려는 노력에서 비롯된다. 이런 맥락에서 "현대의 과학적인 인간에게 현상세계는 '그것(It)'이지만, 고대인에게 현상세계는 '당신(Thou)'이다."[4]라는 지적이 신화적 사유의 한 틀을 가리키는 말이기도 하다. 사물을 인식하는 주체인 사람과, 그 사람이 인식하는 사물조차도 구분 없이 나와 같은 존재인 인간으로 인식할 때, 그 둘의 명백한 구분은 사실상 무의미한 것이다. 이는 곧 분화 이전이라는 의미에서는 미분화未分化의 사고이며, 분화 이후에도 통합을 갈망한다는 점에서는 통합적 사고가 된다. 즉, 나와 너, 인간과 자연, 사냥꾼과 사냥감의 분화 이전, 혹은 분화 너머의 사유인 것이다.

---

2 카렌 암스트롱, 《신화의 역사》, 이다희 옮김, 문학동네, 2005, 39쪽.
3 미르치아 엘리아데, 《메피스토펠레스와 양성인》, 최건원 · 임원준 옮김, 문학동네, 2006, 158쪽.
4 H. 프랑크포르트 외, 《고대 인간의 지적 모험》, 이성기 옮김, 대원사, 1996, 12쪽.

가령, 문화인류학자인 레비브륄Levy-Bruhl이 마다가스카르 섬의 원주민들을 찾아 연구하던 중 한 원주민으로부터 거센 항의를 받은 일화가 그 좋은 예이다. 꿈속의 일을 근거로 간밤에 훔쳐간 닭을 내놓으라고 했다는 것인데, 그들의 사고방식에서는 현실과 꿈이 분화되지 않았던 것이다.[5] 이런 사유 방식 속에서 애니미즘처럼 만물에 정령精靈이 깃들어 있다는 식의 사유가 생성되었을 것은 익히 짐작할 만하다. 또한 세상에는 설명할 수 없는 거대한 기운이 있고 그 기운이 편재遍在한다고 믿는 한, 세상은 거대한 하나의 덩어리로 인식될 법한데,[6] 문제는 그것이 각기 다른 사물로 분화하면서 생겨난다. 이 때문에 그러한 분화 이전을 추측해 보고 논리적으로 탐구하는 일이 어떤 문명권에서나 일어났고 그것이 곧 신화의 근저가 되었다.

저 유명한 굴원屈原의 《초사楚辭》에서는 그 근원에 대한 궁금증을 이렇게 써 놓았다.

묻노니, 아득한 옛날, 세상의 시작에 대하여 누가 전해 줄 수 있을까?
그때 천지가 갈라지지 아니하였음을 무엇으로 알아낼 수 있으랴.
모든 것이 혼돈 상태, 누구라서 그것을 분명히 할 수 있을까?
무엇이 그 속에서 떠다녔는지, 어떻게 확실히 알 수 있을까?

---

5 한태동, 《사유의 흐름》, 연세대학교출판부, 2003, 36~37쪽.

6 나카자와 신이치는 일본에서의 '신神'의 개념이 두 종류인데, 하나는 메이지 시대 이후에 서구에서 들어온 God의 번역어이며, 또 하나는 자연현상과 결합된 구체적인 이미지를 갖고 있는 것으로 Spirit에 해당한다고 보았다. "스피리트는 인간의 사고나 의지나 욕망으로 가득 찬 '현실'세계에서는 멀리 떨어져 닫힌 공간 속에 숨어 지내지만, '현실'과 완전히 차단되거나 격리되어 있는 것이 아니라, 밀폐된 공간을 덮고 있는 얇은 막 같은 것을 통해 출입을 반복"(나카자와 신이치, 《신의 발명》, 김옥희 옮김, 동아시아, 2005, 27쪽)고 하여 이쪽과 저쪽의 경계에 놓임에 주목했다.

끝 모를 어둠 속에서 빛이 나타나니 어찌된 일일까?
음과 양의 두 기운이 서로 섞여서 생겨나니, 그 내력은 어디서 시작된 것인가?
둥근 하늘엔 아홉 개의 층이 있다는데, 그것은 누가 만든 것일까?
이러한 작업은 얼마나 위대한가? 누가 그 최초의 창조자였을까?[7]

굴원이 읊은 대로, 천지가 아직 갈라지지 않은 때가 있었고, 결국 둘로 갈라지면서 음陰/양陽의 두 기운이 분명해지는 것이다. 카오스Chaos에서 코스모스Cosmos로의 이행은 곧 분변이 되지 않던 것이 분변되기 시작했다는 말이며, 여기에 필연적으로 분변을 인식하는 존재와 그 존재가 인식하는 대상으로 주체/객체의 개념이 도입될 수밖에 없다. 《장자莊子》의 우언寓言으로 등장하는 혼돈混沌이야말로 그를 단적으로 드러내 준다. 이 이야기에 따르면 남·북해와 중앙에 천제天帝가 살았는데 남해에 사는 천제가 숙儵이었고, 북해에 사는 천제가 홀忽이었으며, 중앙에 사는 천제가 혼돈混沌이었다. 숙과 홀이 혼돈에게 놀러가면 늘 후한 대접을 받곤 해서 숙과 홀은 혼돈에게 무언가 보답하고 싶어 했다. 그래서 생각한 것이 사람처럼 눈·코·귀·입 등 몸의 일곱 구멍을 뚫어 주는 것이었다. 그러나 하루에 한 구멍씩 꼭 7일이 걸려 구멍을 다 뚫고 나자 혼돈은 죽고 말았다.[8]

혼돈이 죽었다고 했으니 말 그대로 혼돈이 끝난 것인데, 이를 칠규七竅의 생성과 연계하여 풀이해 놓은 것이 흥미롭다. 사람 몸에 달린 일곱 구멍이란 사람의 안과 밖이 통하는 길로, 그것이 없으면 살

---

7 굴원屈原, 《초사楚辭》, 〈天問〉, 袁珂, 《중국 신화전설 I》, 전인초 · 김선자 옮김, 민음사, 1992, 141쪽.
8 《장자莊子》, 〈應帝王篇〉.

아갈 방법이 없고 그 길이 막혔다면 죽은 것이다. 결국 그 구멍을 뚫었다는 것은 바로 그 소통의 장을 만들어서 질서를 갖추었다는 뜻이 되면서, 동시에 그 구멍의 안과 밖이 구분되었다는 뜻이기도 하다. 그리스 신화의 가이아Gaia 역시 혼돈 속에서 나타났는데, 카오스에서 가이아, 곧 대지가 생성되는 과정이 바로 카오스에서 코스모스로 변환하는 과정이다. 카오스에서 밤과 에레보스(어둠)가 나오고, 밤에서 다시 창공과 낮이 나오는 등의 절차를 거쳐 천지가 이룩된다. 그러므로 가이아는 원천적으로 그 이후에 배태된 모든 창조물들을 구비하고 있는 통합체이기도 하다. 이는 곧 가이아가 스스로 양면적 특징을 가진다는 뜻으로 대지를 상징하는 대모신大母神이 가진 양면성의 원인으로 작용한다.

한자에서 땅을 뜻하는 '地'가 흙을 뜻하는 土와 여성의 성기 부분을 그려 낸 也의 결합인 데서 알 수 있듯이, 신화적으로 볼 때 "여성성의 중심적 상징은 그릇vessel이다."[9] 그릇은 무엇을 담아내는 용기容器라는 측면에서, 한편으로는 무언가를 배태하여 적절하게 끄집어낼 수 있는가 하면 또 다른 한편으로는 무언가를 숨기고 가둘 수 있는 것으로 인식된다. 이러한 대극은 양가성兩價性을 동반하는데, 전자의 기능으로 "출산하고 방출하는 것은 기초적 성격의 긍정적 측면"[10]에 속한다면, 후자의 기능으로 "독립과 자유를 갈망하는 것을 고착하고 방출하지(놓아 주지) 않는 기능에서 보면 위대한 어미는 매우 위험하다."[11] 부모-자식 관계로 설명하자면 한편으로는 자식을 잘

9 에리히 노이만, 《위대한 어머니 여신*The Great Mother*》, 박선화 옮김, 살림, 2007, 61쪽.
10 에리히 노이만, 같은 책, 96쪽.
11 에리히 노이만, 같은 책, 97쪽.

보듬어 양육Holding하는 기능을 하는 반면에, 또 다른 한편으로는 자식이 자신을 떠나 큰 세상으로 떠나는 성장을 방해하는 형국인 것이다. 이 점에서 "위대한 어머니는 생명뿐 아니라 죽음의 부여자이다."[12] 때로는 어머니로부터의 분리Detachment를 방해함으로써 결국 어머니 안에 매몰되게 하기 때문이다.

'하늘/땅'이 양가적이듯이, 땅에 해당하는 여신의 이미지 또한 그렇게 양가적이라는 점은 흥미롭다. 특히 근자에 이르러 여신女神은 매우 아름답고 온화한 이미지로 이해되곤 하지만, 실제로 신화에서는 그 반대의 형상을 띠기도 한다. 중국의 서왕모西王母 같은 경우, 온화한 모습이 아니라 맹수와 결합한 위협적인 형상이다. "그 형상이 사람 같지만 표범의 꼬리에 호랑이 이빨을 하고 휘파람을 잘 불며 더부룩한 머리에 머리꾸미개를 꽂고 있다. 그녀는 하늘의 재앙과 오형五刑을 주관하고 있다."[13]고 기술될 만큼 무서운 존재이다. 실제로 그녀는 전염병과 형벌을 관장하는 신이었으며, 동시에 불사약을 가지고 있는 것으로 알려졌다. 원가袁珂의 지적대로, "인간의 생명을 앗아갈 수 있었으므로 당연히 또 인간에게 생명을 줄 수도 있"[14]는 것이며, 이러한 특성은 그대로 여성신적 특성을 기반으로 하는 모성母性 이미지의 원형이라 하겠다.

요컨대 치유하는 존재이면서 죽이는 존재, 낳는 존재이면서 먹어삼키는 존재라는 이중성이 이러한 무시무시한 여성신의 공통된 특성이라 하겠는데, 많은 신화 속의 모성이 그러한 이중성을 드러내는

12 에리히 노이만, 같은 책, 99쪽.

13 정재서 역주, 《山海經》, 민음사, 1985, 85쪽,

14 袁珂, 《중국 신화전설 I》, 전인초 · 김선자 옮김, 민음사, 1992, 474쪽.

데 주저함이 없다. 플라톤은 《향연》에서 미美의 여신 아프로디테의 이중성에 대해 설파한 바 있다.

> 에로스와 아프로디테가 서로 떨어질 수 없다는 것은 잘 알려져 있네. 그러니 만일 아프로디테가 하나라면 에로스도 하나일 수밖에 없겠지. 하지만 아프로디테가 둘이라면 에로스도 둘이어야겠지. 내가 예상컨대, 아프로디테가 둘이라는 것을 부정하지 않겠지. 그렇지 않은가? 그 둘 가운데 하나가 나이가 더 많은데 천상의 신 우라노스의 딸로, 어머니가 없는 우라나이 또는 천상의 아프로디테라고 부르지. 나이가 더 적은 다른 여신은 제우스와 디오네의 딸로, 판데모스 또는 범속의 아프로디테라고 하지. 따라서 범속의 아프로디테와 함께 일하는 에로스는 범속의 에로스라 하고, 천상의 아프로디테와 함께 일하는 에로스는 천상의 에로스라고 구별하여 부르는 것이 합당할 것이네. 우리는 두 신을 모두 찬양해야 하겠지만, 각각의 신에 걸맞게 이야기해 보려고 노력하는 것이 더 타당할 거야. 이러한 원리는 모든 행동에 마찬가지로 적용되네.[15]

이 내용은 파우사니아스의 연설로, 미美의 여신 아프로디테가 서로 다른 데 근원을 둔 두 인물(천상/범속)로 갈린다는 것이다. 그러나 여신의 이러한 양면성 가운데 어느 한쪽으로 모성母性을 귀착시키려 할 경우, 또 다른 한쪽을 용납하기 어렵다. 일례로, 인도에서 칼리는 시바의 배우자로 숭배되지만 때로는 남편인 시바까지 한 발로 짓밟는 무서운 존재인데, "경건한 힌두교 신자가 이처럼 사악한 신을 존

15 플라톤, 《향연》, 김영범 옮김, 서해문집, 2008, 42~43쪽.

경하고 숭배하는지 이해하기 어렵다."[16]는 진술이 나올 정도이다. 이 여신이 혀를 날름거리는 형상을 하고 있는 것은 바로 계속적으로 생명을 요구하는 표시며, 특히 벵갈 지방에서는 칼리를 위대한 모신으로 모시며 희생 제의를 펼친다. "깔리 여신은 자신의 여성적 본성으로 생명을 낳고, 생명을 양육하는 모성적 원리를 아주 분명하게 나타내고 있다. 한편 이를 상쇄시킬 만한 부정적인 측면, 즉 생겨난 생물들을 다시 붙잡아 삼켜 버리는 파괴의 기능을 되풀이한다."[17]

이처럼 강력한 힘을 지닌 존재가 대단한 숭배를 받는 일은 우리 삶에서 흔히 경험되는 바이고 지모신 역시 그러한 견지에서 숭배 받았음이 분명하다. 이런 사례를 통해 볼 때, 어머니로서의 특성과 아버지로서의 특성을 함께 가질 때 그 힘이 더욱 강력해진다고 하겠다. 예를 들어 '어머니-대지'와 연관될 수밖에 없는 농경과 풍요의 신들이 근원적으로 여신일 수 있겠으나, 에스토니아 같은 경우 농경 신들이 한 해에는 남성으로 이듬해에는 여성으로 여겨지는 식으로 교체되었다고 한다. 특별히 남성적이거나 여성적인 신들은 양성적이라는 점을 주목하지 않을 수 없다. 이는 특별히 무언가가 되기 위해서는 그와 동시에 대립되는 것, 더 정확히는 동시에 다른 많은 것이 되지 않으면 안 되기 때문이다.[18]

이러한 양면성은 이야기문학에서 흔히 두 인물로 분리되어 드러나기도 하는바, 《라푼첼》에서도 친모는 '보호해 주는 선량한 모성' 형상으로, 마녀는 '가두는 어두운 모성'으로 대립되어 나타난다.[19] 그

---

16 폴 캐러스, 《만들어진 악마 *The History of the Devil and Idea of Evil*》, 이경덕 옮김, 소이연, 2011, 103쪽.

17 이은구, 《인도의 신화》, 세창미디어, 2003, 225쪽.

18 미르치아 엘리아데, 앞의 책, 141~142쪽.

19 지빌레 비르크호이저-왜리, 《민담의 모성상》, 이유경 옮김, 분석심리학연구소, 2012, '제7장 가두는

리고 이렇게 이중적이고 모순된 '엄마'상像은 현대에 와서도 수그러들지 않고 있어서 "여러 특질들을 묶은 하나의 구성적 이미지"로 규정되기도 한다.[20] 이부영이 잘 정리한 대로 "우주를 이루고 아이를 잘 낳게 하고 어린이를 병에서 지켜 주는 위대한 모성은 또한 때로는 아이를 그녀의 과보호로, 혹은 무관심과 거절로 상처 입히고 창생과는 역으로 파괴와 질식과 오도할 위험성을 지고 있다."[21] 이는 비단 어머니나 모성에만 해당하는 문제가 아니다. 우리 설화에 곧잘 등장하는 도깨비도 그렇고 호랑이도 그렇다. 흔히 신비롭게 여겨지는 존재에는 그렇게 양가적인 힘이 내재되어 있다고 믿어지곤 했다.

이처럼, 천지개벽天地開闢, 곧 천天과 지地의 분리가 그 근원이 하나라는 데에서 출발하면 어떤 인물에 양가성을 부여하는 일이 오히려 자연스럽고, 두 인물이 서로 맞서면서 서로의 짝패로 작동할 개연성이 높다. 그를 통해 '분명한 둘'을 나타냄과 동시에 '사실은 하나'라는 관념을 드러내는 것이다. 중국 신화의 반고盤古는 그 대표적인 예일 것이다. 그를 대표하는 형상은, 도끼로 하늘과 땅을 가르고 그 둘 사이에서 한쪽 팔을 치켜들어 하늘을 떠받치고 있는 모습이다. 그가 알에서 태어났고 그때 하늘과 땅이 생겼으며 그의 키가 자라나서 하늘과 땅이 점점 멀리 떨어져 현재의 모습이 되었다는 이야기는 본래는 하나였던 세상이 그로 인해 둘로 나뉘어 우주적 질서를 갖게 되었다는 뜻이다. 더욱이 그가 죽은 후 그 머리가 사방의 큰

마녀: 《라푼첼》'(160~182쪽) 참조.

20 Erik H. Erikson의 견해로, 특히 '어머니'가 아닌 '엄마'로 번역될 법한 아동과의 관계망 속에서 그 모순이 극명히 드러난다. 이런 문제의식에 입각하여 동화에서의 '엄마' 형상화 문제를 다룬 연구로 이상진, 〈한국창작동화에 나타난 '엄마'의 형상화와 성 역할 문제〉, 《여성문학연구》, 《여성문학연구》 6호, 한국여성문학연구학회, 2001 참조.

21 이부영, 《한국민담의 심층분석》, 집문당, 1995, 211쪽.

산이 되고 두 눈은 해와 달이 되며 기름이 바다가 되고 머리칼이 초목이 되며 목소리가 천둥이 되고 몸체가 산이 되고 뼈가 바위가 된다는 식의 설명은, 우리가 보는 우주만물이 한 군데에서 분화했다는 뜻으로 결국 모든 것이 하나임을 내비친다.

그리하여 하늘/땅의 분화는 다시 그 하늘과 땅의 결합으로 빚어지는 세상만물의 통합적 가능성을 내포한다. 하늘을 천부신天父神, 땅을 지모신地母神으로 구체화한 경우든, 그러한 천부신과 지모신의 작동으로 남/녀의 탄생을 구체화한 경우든 그 대극의 합일이 중요해지는 것이다. 그러나 남/녀를 하늘/땅과 유비 관계로 풀이할 때 자칫하면 그 높낮이 때문에 존비尊卑 관계로 오독할 위험이 다분하다. 그래서 장재張載는 《주역계사전周易繫辭傳》에 "하늘은 높고 땅은 낮으니 건과 곤이 정해졌고, 낮고 높음으로써 베풀었으니 귀하고 천한 것이 자리했다.(天尊地卑, 乾坤定矣. 卑高以陣, 貴賤位矣)"라며 '낮고 높음(卑高)'을 다음과 같이 풀이하였다.[22]

> '높고 낮음(高卑)'이라고 말하지 않고 '낮고 높음(卑高)'이라고 말한 데는 그럴 만한 이유가 있다. 높다고 하는 것은 '아래(下)'를 기초로 삼는다. 사람이 먼저 낮은 곳을 본 뒤에야 높은 곳을 보게 되니, 높고 낮은 것 두 가지를 함께 보지 못하면 곧 '역'의 이치를 보지 못한다.

높이로 볼 때는 하늘이 위이겠지만, 모든 사물의 기초는 역시 땅이며, 사람은 그 기초부터 출발하지 않을 수 없으므로 참다운 역易을 보려면 하늘과 땅을 다 보아야 한다는 말이다. 아닌 게 아니라 하늘

---

22 張載, 《橫渠易說 繫辭傳》, 장윤수 옮김, 지만지, 2008, 28쪽.

과 땅은 분리된 두 개의 반쪽으로 존재하는 것이 아니다. "하늘은 위에 있으나 땅 깊숙이 파고들며, 땅은 아래에 있으나 하늘의 지평까지 솟구친다. 이 상호의존성은 이미 풍경 속에 자리 잡고 있으며 모든 체험의 바탕이 된다."[23] 위-아래는 다시 아래-위로 역전됨으로써, 위가 아래로 아래가 다시 위로 스며듦으로써 만물이 조화롭게 균형을 이룰 수 있다는 의식이다.

이런 사유는 신화에도 그대로 이어져, 가령 주몽의 화려한 일대기를 서사시로 풀어낸 〈동명왕편東明王篇〉의 첫머리는 "원기元氣가 혼돈을 갈라 / 천황天皇씨 지황地皇씨 태어났네. / 열셋, 열하나 머리 모양 체모體貌도 기이함이 많더라.(元氣判浯渾/天皇地皇氏/十三十一頭/體貌多奇異)"[24]로 시작한다. 천지가 혼돈을 깨고 질서를 갖춘 후에 그렇게 갈린 하늘과 땅이 다시 신이한 영웅들을 탄생시키는 예비 과정을 그려 낸 것이다. 결국 그 이하에 열거된 숱한 영웅들은 그러한 대립적인 두 요소가 결합하여 배태된 인물들이며, 이는 천지인天地人 삼재三才 가운데 인人으로 드러난다.

이 도식은 곧 태초의 '하나'가 분화하여 서로 대립하는 '둘'이 되고, 그 대립물이 작용하여 다시 '새로운 하나'를 만들어 내는 과정으로, 《노자老子》에서는 "도道는 하나를 낳고, 하나는 둘을 낳고, 둘은 셋을 낳고, 셋은 만물을 낳았다. 만물은 음을 업고 양을 안으며 온화한 기운으로써 조화를 삼는다."[25]고 진술함으로써 일一→이二→삼三의 변전을 통해 삼라만상森羅萬象이 태동되는 과정을 간단히 정리했

23 《周易外傳》. 프랑스와 쥴리앙, 《운행과 창조》, 유병태 옮김, 케이시아카데미, 2003, 62쪽에서 재인용.
24 이규보, 〈동명왕편東明王篇〉, 《東國李相國集》.
25 남회근, 《老子他說(下)》, 설순남 옮김, 부키, 2013, 183쪽.

다. 그렇다면 이 과정을 거꾸로 돌리면 언제든지 만물이 삼→이→일의 과정으로 다시 온전한 하나로 귀일歸一될 수 있음은 자명하다. 또한 만물에는 음陰과 양陽이 대립적으로 존재하며 그것들을 '온화한 기운'(沖氣)으로 조화롭게 함으로써 온전하게 되는 것이다. 이는 《주역계사전周易繫辭傳》에서 풀이한 대로, "역易에 태극太極이 있으니 이것이 양의兩儀를 낳고, 양의는 다시 사상四象을 낳고, 사상은 다시 팔괘八卦를 낳는다."[26]처럼 2→4→8의 분화 이전에 태극太極이 존재한다거나, 선禪에서 강조하는 대로, 표면상 대립하는 것으로 보이는 둘이 기실은 분화될 수 없는 하나, 나아가 대립함으로써 더욱더 대극적인 합일을 요구하는 하나라는 데서도 확인되는 바이다.

물론 도가道家나 불교佛教의 철학적 사유는 상당한 지적 능력을 요하는 것으로 섣불리 논단할 수 없겠지만 《노자老子》의 서두 부분부터 그 신화적 맥락을 짚어 볼 여지가 크다.

도道는 말해질 수 있으면 변함없는 절대적인 도가 아니다. 이름은 부를 수 있으면 변함없는 절대적인 이름이 아니다. 무無는 하늘과 땅의 시작을 일컫는다. 유有는 만물의 어머니를 일컫는다. 그러므로 항상 없음은 그 오묘함을 보고자 함이다. 항상 있음은 그 끝을 보고자 함이다. 이 둘은 같은 곳에서 나왔으나 이름이 다르니 모두 현玄하다 이른다. 오묘하고 또 오묘하니 만물의 묘함의 문이로다.[27]

없음(無)에서 있음(有), 있음(有)에서 이름(名)으로 이르는 과정은

26 《주역周易》, 〈계사전繫辭傳〉.
27 남회근, 《老子他說(上)》, 설순남 옮김, 부키, 2013, 67쪽.

사실상 세계 각국의 신화에 흔한 천지 창조의 순서이기도 하다. 노자가 강조하는 '현묘玄妙한 도道'는 결국 세상만물의 분화와 통합이 가능한 지점을 말하는 것이다. 이쪽에 있으면 저쪽일 수 없고, 저쪽에 서면 이쪽에 설 수 없다는 사유는 노자에게 일어나지 않는다. 어리석은 것이 지혜로운 것이고, 빠른 것이 느린 것일 때 노자의 역설이 성립하는 것이다. 이 점에서 '도道'는 서양철학의 로고스logos를 닮았고, 이것들은 인도철학의 브라만Brahman과 유사하다. 흔히 '범梵'으로 번역되는 브라만 역시 "생성과 소멸 없이 영생하며 차별된 형상이 없고 존재하지 않는 곳이 없는 최고의 실체"[28]이기 때문이다.

결국, 최고의 실체를 강조하는 사유 체계에서는 거의 언제나 대극對極이 근원적으로 하나라는 인식에 이르렀다 할 수 있다. 나카자와 신이치는 신화에 '최고最古의 철학'이라는 이름을 덧붙이면서 그러한 사실을 분명히 했다. 즉, 고전 논리학의 3원칙 가운데 하나인 배중률排中律을 거부하는 지점에서 신화적 사유가 싹튼다 하겠는데, 아리스토텔레스 이래 의심할 수 없는 진리로 여겨졌던 'A≠~A'라는 자명한 사실을 거부함으로써 우리는 전혀 다른 세상을 목도하게 된다. 때로는 A=~A가 되어야 하거나, A이면서 ~A인 양의적兩義的 혹은 양가적兩價的인 존재가 있다거나, 적어도 A와 ~A를 중개 또는 매개하는 존재가 성립할 때 신화적 사유가 출발하는 것이다. 그가 서장序章에 써 놓은 '이야기하지 않는 듯이 하면서 이야기해야 하는'[29] 것, '식물/암석', '바나나와 돌', '딱딱하다/말랑말랑하다' 등이 다 그런 예이며, 나아가 근친상간이라는 주제까지 이러한 사유로 집

---

28 남회근, 같은 책, 104쪽.

29 나카자와 신이치, 《신화, 인류 최고의 철학》, 김옥희 옮김, 동아시아, 2001, 27쪽.

약된다.

그가 제일 먼저 들고 나온 것은 연석燕石으로, 이는 제비집 안에 있다고 믿어지는 조개의 일종이다. 그 의미는 대략 두 가지로 집약된다. 하나는 엉뚱하게도 바다에 있는 조개라는 것과, 또 하나는 그 모양이 여성 성기와 유사해서 유감類感주술을 불러일으킨다는 것이다. '결혼하고 싶어 하지 않는 여자'가 결혼 조건으로 내세운 것이 바로 제비집의 조개껍질 구해 오기였다는 사실은, 그것이 곧 결혼의 상징임을 일깨우게 한다. 뭍의, 그것도 하늘을 나는 새인 제비와, 바다의, 그것도 바다 밑바닥에 있을 수밖에 없는 조개가 한데 있다면, 그것은 곧 세계의 통합을 의미하며, 통합에 의한 생산을 이끌어낼 수 있겠다.

이런 상징은 세계의 문명과 신화에 보편적으로 등장한다. 적절한 사례로, 아메리카 대륙 서해안의 토템폴totem-pole, 우리나라의 솟대, 동양의 용龍 등을 들 수 있다. 토템폴은 날짐승과 들짐승의 결합(심지어는 날짐승과 들짐승과 물짐승의 결합)이고, 솟대의 물새 또한 하늘과 땅, 물 위와 물 아래를 두루 다닐 수 있는 존재이며, 용은 뱀과 새의 결합으로 하늘과 땅에 함께 있을 수 있고 본래는 바다에 산다고 되어 있어서 하늘과 땅, 바다 밑을 두루 누비는 존재이다. 이러한 상징들이 드러내고자 하는 의미는 자명하다. 함께할 수 없는 두 가지 국면을 한데 담는 것이면서, 인간이 도달할 수 없는 인간의 한계 너머에 이르고자 하는 것이다. 그러나 이러한 상징이 세계 도처에 있다는 것은 역설적으로 인간은 그렇게 대립적인 양극을 한데 통합해내기 어렵다는 뜻이기도 하다. 인간은 태생적으로 하늘에 올라갈 수도 없고 물에 빠지면 죽는 존재이며, 유한한 수명 속에 제한된 삶을 살아갈 수밖에 없다.

그리스 신화에 등장하는 켄타우로스Centaurs는 반인반마半人半馬이며, 스킬라Scylla는 허리 위는 미녀의 형상이지만 그 아래는 여섯 개의 긴 목과 턱을 가진 개의 머리와 거기에 딸린 열두 개의 다리를 갖고 있다. 키메라Chimaera는 머리는 사자, 몸은 염소, 꼬리는 뱀이고, 스핑크스Sphinx는 사람 머리에 사자 몸을 가지고 있다. 이런 동물 또한 같은 맥락에서 이해됨직한데, 문제는 이것이 단순히 상상 속의 동물만은 아니라는 점이다. 현실에 실재한다는 뜻이 아니라, "만약 괴물들이, 신들과 마찬가지로, 인간의 이미지로 만들어졌다면 어쩌면 인간의 마음도 스핑크스의 복합체와 전혀 다르지 않을 것"[30]이기 때문이다. 반인반신半神半人, 반인반수半人半獸, 여러 동물들의 복합체인 괴물들이 이러저러한 성향을 동시에 가지고 있는 것은 인간의 생득적인 조건인 것이다.

그러나, 이처럼 하나의 독립된 존재로서의 인간이 그러한 다양한 삶을 살아갈 수 없을 때, 또한 한 마음 속에 여러 가지 복합적인 마음이 자리 잡고 있을 때, 서로 다른 두 인물이 두 가지 삶을 살아 내도록 할 수 있을 것이며 바로 그 지점에서 짝패가 등장한다. 신화에 등장하는 쌍둥이 혹은 형제의 상징은 그 단적인 예이다. 흔히 '신성혼神聖婚'으로 일컬어지는 하늘/땅의 결합으로 영웅이 탄생한다는 설정부터가 사실은 부모의 대립적인 특성을 한몸에 받고 있다는 뜻이다. 그래서 신화에 등장하는 많은 인물들이 어떤 극단적인 한 특성만 보이기보다는 불가사의한 양면성을 띠곤 했다. 나아가 신성혼으로 탄생한 인물을 쌍둥이, 형제, 남매 등으로 배치할 경우 그 둘에 하나씩

30 문학에 나타나는 짝패Double를 다룬 Robert Rogers, *The Double in Literature*(Wayne State University Press, 1970)에서는 이상의 신화 속 괴물들에 대해 이야기하면서 이렇게 서술하고 있다.(1쪽)

의 특성을 불어넣음으로써 양면성을 쉽게 드러낼 수 있게 된다.

신화에서 한 인물이 두 가지 특성을 드러내는 사례로는 아일랜드 신화의 영웅인 쿠쿨레인을 들 수 있다. 그는 태양의 신 루와 인간인 여성 데이크트네 사이에서 태어났는데, 암말 한 마리가 쌍둥이를 낳는 징조로 그의 탄생이 예고되었고 쌍둥이의 특성을 담고 있는 것이다. 그의 외모 또한 특이해서 머리카락이 뿌리 부분은 검고 중간은 붉었으며 끝은 금색이었다. 보통의 머리칼은 뿌리부터 끝까지 같은 색이니 그만큼 그가 복합적인 특성을 지닌 인물임을 강조하는 것이겠다. 또한 눈에는 일곱 개의 동공이 있었고 손가락과 발가락이 각각 일곱 개씩이나 되었다고 해서 예사 인물이 아님을 분명히 한다. 그가 전쟁을 할 때면 무시무시한 호전성을 보이지만 평소에는 잘생긴 미남이었다. 쿠쿨레인은 어릴 때부터 엄청난 괴력으로 주목을 받고 그 때문에 전쟁광이 되기도 하지만, 한편으로는 순진무구한 인간이었던 것이다. 결국 그는 초인적인 능력으로 과업을 완수하지만, 그 과정에서 과오를 저지르기도 하고 보통 인간처럼 고뇌하기도 한다.[31] 신이면서 인간, 전쟁광이면서 평화 애호가의 두 모습을 그려 냈다 하겠다.

이처럼 서로 대립되는 특성을 동시에 갖는 한 인물로 그려 내는 대신 서로 다른 인물에 각각의 특성을 부여할 때 이야기는 아주 다른 방향으로 흐른다. 일본 신화의 영웅 오쿠니누시가 그런 경우이다. 그 또한 쿠쿨레인이 그랬던 것처럼 신과 인간 사이에 태어나는데, 폭풍의 신과 인간 여성 사이에서 생겨난 존재이다. 일본이 해양국가이고 보면 폭풍의 신이 상징하는 바는 무서움일 수밖에 없다.

31 이에 대해서는 비얼레인, 《살아 있는 신화》, 배경화 옮김, 세종서적, 2000, 207쪽 참조.

그런데 그에게는 80명이나 되는 남자 형제들이 있었고 다른 형제들은 모두 아버지인 폭풍의 신처럼 잔인하고 파괴적이었지만, 그만은 어머니를 닮아 온화했다. 재미있는 것은 형제간의 쟁투와 그 결과이다. 어느 공주를 배필로 삼기 위해 형제간의 겨루기가 시작되었을 때, 형제들은 털가죽이 벗겨진 산토끼를 만난다. 포악한 형제들은 그 산토끼를 괴롭혔지만, 오쿠니누시는 동정심을 발휘해서 산토끼를 위기에서 구출해 주고 산토끼에게서 그가 공주의 배필이 될 것이라는 신탁을 받아 결국 그렇게 된다.[32]

이러한 대비를 더욱 극명하게 하는 방법은 아예 외형상의 구분도 쉽지 않을 만큼 극도로 유사한 인물을 배치하는 것이다. 로마 건국 신화의 두 영웅인 로물루스와 레무스가 그런 사례이다. 둘은 쌍둥이로, 아버지는 전쟁의 신 마르스이고 어머니는 신단神壇에서 성화聖火를 지키며 결혼할 수 없는 신녀神女 실비아였다. 그러나 실비아는 순결을 맹세한 서약을 어기고 임신하여 출산한 탓에 신녀의 지위를 박탈당하고 목숨까지 잃는다. 그리하여 이 쌍둥이 형제는 암늑대에게 발견되어 늑대 젖을 얻어먹고, 나중에는 착한 양치기 부부의 손에서 자랐다.[33] 로물루스 형제는 전쟁의 신과 신단을 지키는 여인, 늑대와 양치기로 상징되는 대극적인 성격을 한몸에 받고 태어난 것이다. 군신軍神인 아버지와 신녀神女인 어머니 사이에서 태어났다는 태생적 복합성에다, 늑대와 양치기라는 서로 다른 두 어머니, 곧 '이중의 어머니'[34] 아래 길러지며 얻게 되는 두 가지 서로 다른 성향은 두 형제

32 비얼레인, 같은 책, 227~229쪽.

33 비얼레인, 같은 책, 285쪽.

34 이 용어는 C. G. 융이 저작《이중의 어머니》에서 사용하였다. 자세한 내용은 C. G. 융,《영웅과 어머니 원형》, 한국융연구원 C.G. 융 저작위원회 옮김, 솔, 2006, 233~370쪽에 서술되어 있다. "두 어

의 대극성을 더욱 심화시킨다.

이런 예는 일일이 열거하기 힘들 정도로 많다. 선악善惡의 강력한 대비로 유명한 조로아스터교에서는 빛의 신 아후라 마즈다와 암흑의 신 앙리 마이뉴가 동일한 어머니 아래 태어나 선/악을 대변하는 인물로 분화했고, 아즈텍 신화에서는 삶을 상징하는 케찰코아틀과 죽음을 상징하는 솔로틀이 아침 별과 저녁별로 드러나며, 마야 신화에서는 쌍둥이 형제 후나프와 이시발랑케가 괴물을 무찌르고 영웅이 되어 후에 해와 달이 되었다. 동일한 어머니와 다른 아버지 사이에서 태어난 카스토르와 폴룩스는 각각 유한한 생명과 영원한 생명을 받지만 카스토르가 죽자 폴룩스 또한 영생을 포기함으로써 쌍둥이 별자리가 되었고, 헤라클레스는 제우스의 아들이지만 쌍둥이 형제인 이피클레스의 아버지는 인간인 암피트리온이었다.[35]

포악함과 온화함, 파괴와 생산은 서로 대극적이다. 포악함과 파괴는 인간이 피해야 할 부정적 행위로 인식되는 반면, 온화함과 생산은 인간이 지향해야 할 긍정적인 행위로 여겨지기 쉽다. 그러나 영웅은 그 둘을 동시에 가지고 태어남으로써 참된 영웅이 될 수 있다. 포악함이 없으면 세상을 어지럽히는 무시무시한 상대를 응징할 수 없고, 온화함이 없으면 도움 없이는 살아가지 못할 나약한 상대를 포용할 수 없다. 이는 선善과 악惡, 지혜智慧와 무지無智, 영원永遠과 순간瞬間 등 인간이 생각할 수 있는 모든 대립적인 개념에도 적용될

머니 주제는 이중의 출생에 대한 생각을 시사하고 있다. 한 어머니는 실재하는 인간적인 어머니지만, 또 다른 어머니는 상징적인 어머니로 신적神的이고 초인간적이며 어떤 경우에는 비범한 특징을 갖고 있다. … 두 어머니에서 태어난 자는 영웅이다: 첫 번째 출생은 그를 인간으로 만들고, 두 번째 출생은 불멸의 반신半神으로 만든다."(257쪽)

35 이런 세계 각국의 쌍둥이 이야기는 크리스토퍼 델, 《세계의 신화》, 정은아 · 민지현 옮김, 시그마북스, 2012, '쌍둥이' 항(137~139쪽) 참조.

만하다. 인도의 고대 사상서인 《우파니샤드》에는 다음과 같은 구절이 나온다.

> 무지無智를 숭배하는 자는
> 어둠 속으로 빠져든다
> 그러나 지혜만을 숭배하는 자는
> 그보다 더 깊은 어둠 속으로 빠져들지어다.
>
> 지혜와 무지는
> 이처럼 각기 다른 결과를 초래한다고
> 우리는 우리를 위해 가르쳐 준 현인들에게서 들었도다.
>
> 무지와 지혜를 같이 아는 자는
> 무지로써 죽음을 건너고
> 지혜로써 해탈을 얻으리로다.[36]

무지가 지혜보다 낫다고 강변하려는 것이 아니다. 당장은 무지가 지혜보다 못한 것이 사실이지만, 지혜만 귀한 줄 아는 이에게 무지의 힘을 빌리지 못해 무력해지는 상황을 깨우쳐 주려는 것이다. 현실에서 종종 경험하는 대로 때로는 무지에 의해 용감히 나섬으로써 생명의 위협을 벗어날 수 있으며, 지혜가 있어야 그렇게 구한 목숨을 가지고 영원한 해탈의 경지에 이를 방법을 찾는다는 말이다. 파괴하지 않고서는 생산할 수 없고, 생산이 동반되지 않는 파괴에는

---

36 《우파니샤드》, 이재숙 옮김, 한길사, 1996, 63~65쪽.

의미를 두기 어렵다. 그러므로 이러한 역할을 하는 두 인물을 서사에 배치하고 그들의 쟁투를 다루면, 필연적으로 어느 한쪽의 승리로 반쪽의 영광을 차지하거나 그 둘의 통합을 모색하는 양방향의 이야기로 귀결되기 십상이다.

이 점에서 주인공 영웅의 승리, 그것도 흔히 절대악絶對樂으로 상정되는 상대의 완전한 패퇴로 마감하는 이야기도 있지만 그런 이야기에서는 깊이를 끌어 내기 어렵다. 누군가를 이긴들 상처뿐인 영광만 남을 때, 혹은 이긴 결과 허망함만 더해질 때 우리는 그와는 다른 결말을 요구하고 그런 요구는 새로운 서사를 갈망하게 된다. 문제는 상대를 제압함으로써 자신이 완전해지는 것이 아니라 자신의 부분적인 특질이 더욱 강화되어 파탄에 이르게 된다는 점인데, 분석심리학에서는 이런 국면을 잘 설명해 준다.

융C. G. Jung에서 시작된 이 이론에 따르자면, 한 개인이 어떤 집단에 속하게 되면서 어쩔 수 없이 가면Persona을 쓰게 되고 가면 아래 감추어진 어두운 그림자Shadow를 갖게 되며, 남성이나 여성으로서 주어진 역할을 하노라면 그 안에 가려진 여성성Anima과 남성성Animus이 있게 된다. 그런 분열된 모습을 통합하여 참된 자기의 본 모습을 실현하게 되는 자기실현Individuation 과정을 거침으로써 성숙한 인간으로 거듭나게 된다. 이런 견지에서는, 자신과 대립적인 국면을 잘 받아들여 원만한 통합을 이루는 것이 중요한 과업이 된다.

남성과 여성에 깃든 여성성과 남성성은 아래와 같은 도식으로 정리될 수 있다.[37]

---

37 이 그림은 이부영, 《아니마와 아니무스》, 한길사, 2001, 36쪽의 입체 그림을 평면으로 간단히 그린 것이다. 그는 그림의 바깥쪽 도형을 외적 인격(페르조나)으로, 안쪽 도형을 내적 인격(아니마, 아

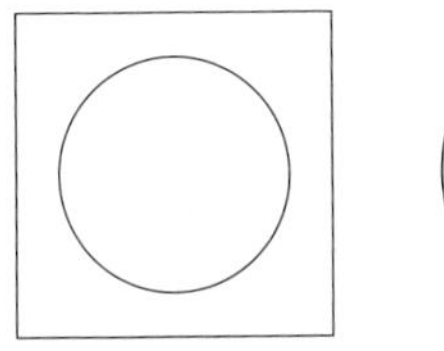
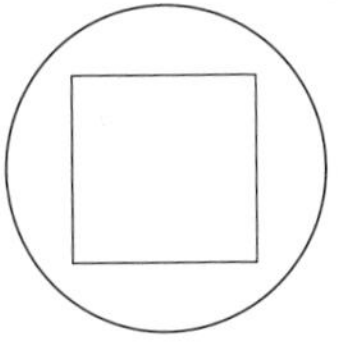

▲ 남성 속의 여성, 여성 속의 남성

남성을 □, 여성을 ○로 표현할 때, 왼편이 남성이고 오른편이 여성이다. 왼편은 표면적으로 남성이지만 그 안에는 여성성을 담고 있으며, 반대로 오른편은 표면적으로는 여성이지만 그 안에는 남성성을 담고 있다. 결국 남성이든 여성이든 자신의 진가를 제대로 발휘하기 위해서는 제 안에 들어 있는 상대 성性의 특성들을 이해하고 받아들이지 않으면 안 되는 것이다. 도가道家에서도 남성과 여성을 이렇게 생각하는 경향이 짙다.

도가의 표준에서는 양으로 남자를 나타내지만 사실은 남자의 온몸은 음입니다. 음이 극에 달하게 되면 약간의 양이 생겨납니다. 여성을 나타내는 부호는 음으로서 겉으로 보면 여성의 음인 것처럼 보입니다. 하지만 여성의 내면에는 약간의 양이 존재하는데 그것이야말로 진짜 양입니다. 남성은 가짜 양일 뿐 그 속에는 지극한 음이 존재합니다. … 문제는 어떻게 온화한 기운을 발동시켜서 음양을 잘 조화시킬 것인가에 있습니다.[38]

니무스)로 설명하고 있다.

38 남회근, 《노자타설(하)》, 앞의 책, 187쪽.

이런 견지에서라면, 남성에게서 여성성의 발현이나 여성에게서 남성성의 발현이 더 완전한 인간으로 가는 지름길이 된다. 로버트 A. 존슨은 서구의 대표적인 사랑 이야기인 《트리스탄과 이졸데》를 통해 남성성과 여성성의 통합을 설명한 바 있다.[39] 그는 여기에 나오는 두 명의 여주인공인 '아름다운 이졸데'와 '찬 손의 이졸데'는 서로 다른 아니마를 상징하며, 이 둘을 어떻게 아우르느냐 하는 문제를 이 이야기의 핵심으로 보았다. 많은 서사에서 남성과 여성이 한 짝으로 등장하기도 하고, 남성 혹은 여성의 내부에 서로 다른 여성성과 남성성을 배치함으로써 동성의 인물도 짝패의 구실을 하게 한 사례는 많은데, 이런 이야기들 역시 서로 다른 두 인물이 본래 하나였는데 둘로 분화한 것이기에 궁극적으로는 하나로 통합되어야 함을 역설한다.

지금까지 여러 방면에서 둘로 분화한 하나의 인물이 설명되었지만, 실제 서사문학에서 짝패는 그렇게 또렷이 분화된 양상으로만 드러나지 않는다. 때로는 몽롱한 환상으로, 때로는 자신의 도플갱어 Doppelgänger로, 때로는 꿈속에서, 심지어는 일생의 전후반으로 나뉘어 드러나기도 한다. 그러나 한 존재에서 뻗어 나간 여러 가지 변이형들이 꼭 환상이라고만 생각할 수 없는 것이, 우리가 늘 들여다보는 거울조차도 거기에 비친 상像이 꼭 우리와 같지 않다는 점을 상기하면 분명해진다. 우리는 종종 거울 속의 자신을 들여다보면서 "자신과 완전히 다른 사람의 흔적을 보면서, 자신에 대해 가지고 있는 의식이 흔들리며 소외"되는 경험을 하고, "원래의 모습과 같으면서 동시에 다른 모습이 갖는 모호성, 동시에 그 풍요로움"을 겪는 것

---

39 로버트 A. 존슨, 《We》, 고혜경 옮김, 동연, 2008.

이며, 결국 "인간은 언제나 수없이 많은 얼굴을 가진 동일자同一者이면서 타자他者이며, 닮았으면서도 다르다."[40]

이런 양상을 가장 잘 전하는 사례로, 아마도 가장 오래된 신화의 하나인 〈길가메시〉 서사시를 들 수 있겠다. 이 작품의 전반부에서 길가메시는 자신의 영웅성을 십분 발휘하여 그 앞에 닥친 과업을 쉽게 해결해 낸다. 그러나 막상 모든 문제를 해결하고 났을 때 그가 느낀 것은 쾌감이 아니라 일종의 허망함이었다. 사랑하는 친구 엔키두를 잃으면서 비로소 '영원한 것'을 갈급하게 되었기 때문이다.

> 길가메시는 그의 친구 엔키두를 잃고 비탄에 빠져 울었다. 사냥꾼이 되어 광야를 헤매며 들을 방황하였다. 그는 비통하게 외쳤다.
>
> "내 어찌 편히 쉴 수 있겠는가! 어찌 편안히 지낼 수 있겠는가! 내 마음은 절망으로 가득 찼다. 내 형제는 지금 어디에 있는가? 내가 죽는 날, 나도 또한 그럴 수밖에 없지 않겠는가? 죽음이 두렵다. 있는 힘을 다해 '머나먼 곳'이라 불리는 우투나피시팀Utunapishtim을 찾아가리라. 그는 신들의 모임에 들어갈 수 있었으니까."
>
> 길가메시는 들을 지나고 광야를 방황하며 우투나피시팀을 찾아 먼 여행을 떠났다. 우투나피시팀은 홍수에서 살아남은 유일한 생존자로 신들은 오직 그에게만 영원한 생명을 주어 태양의 정원인 딜문Dilmun 땅에 살도록 했던 것이다.
>
> 밤이 되어 산길에 접어들자 길가메시는 이렇게 기도했다.
>
> "먼 옛날, 이 산길에서 사자를 본 적이 있습니다. 나는 두려워서 눈을 들어 달에게 빌었습니다. 신들은 내 기도를 들어주었습니다. 그러니 달

---

40 사빈 멜쉬오르 보네, 《거울의 역사》, 윤진 옮김, 에코, 2001, 17쪽.

의 신, 신Sin이여, 나를 지켜 주소서."[41]

어느덧 길가메시는 나약한 인간이 되어 있다. 자신의 힘으로 모든 것을 이룰 수 있다는 믿음을 접고 신에게 의지하는 것이다. 심지어는 그가 가볍게 제압했던 사자를 회고하면서도 두려웠다고 고백한다. 이는 그 역시 겁 많은 여느 인간이기도 함을 의미한다. 길가메시 같은 대단한 영웅이 이러한 허망함을 느낀다고 할 때, 보통의 인간이 느낄 절망감이나 무기력함은 이루 말할 수 없다.

실제로 보고된 바에 따르면, 우울증은 뜻밖에도 평균 이상의 사람들에게서 잘 발생한다고 한다. 인생의 과업을 남보다 빠르고 크게 성취한 사람일수록 도리어 공허함을 느끼고 우울해지기 쉽다는 말이다. 어떤 일이든 그 일을 성취하기 위해서는 특별한 에너지가 필요하고 그 에너지가 과도하게 투입되어 피폐함을 느끼거나, 그 일을 성취하느라 다른 일이 어긋난 것을 발견할 때 그런 증세에 빠지기 쉬운 것이다. 이른바 자아의 성취가 도리어 자신을 옥죄는 순간, 우리는 그 너머의 다른 세상을 꿈꾸게 된다. 융이 말하는 '자기실현', 정신의학에서의 '자아초월transpersonal' 등은 다소간의 차이는 있지만 좁은 자아에 갇힌 상태에서 대극적 통합을 통해 더 넓은 의미의 자기를 실현해 나가는 것이다. 심리학자 매슬로A. Maslow가 일반적으로 자기를 실현했다고 여겨지는 사람들을 장기간 연구한 결과도 비슷한 내용을 담고 있다. 그들은 전통 사회에서 깨달았다고 여겨지는 사람들과 많이 닮았으며 "문화적인 믿음에 저항하고, 불완전함을 받아들이고, 이분법(예: 이성-감성, 자아-사회, 신비주의적인-현실적인,

41 N. K. 샌다즈, 《길가메시 서사시》, 이현주 옮김, 범우사, 2000 4판, 77~78쪽.

남성적인-여성적인)을 초월한다."[42]

그렇게 자아를 넘어서 자기를 실현하는 깨달음의 단계에 이르는 것을 삶의 최종 과업이자 단계로 설정할 때, 인간의 전 생애는 몇 단계로 정리될 수 있겠다. 맨 처음 단계는 태어나서 자아가 구분되는 시기로, 남과 구분되지 않던 자신이 또렷이 드러나는 때이다. 둘째 단계는 그렇게 확립된 자아를 확장하는 시기로, 개인이나 사회가 요구하는 과업을 성취하는 때이다. 셋째 단계는 자아의 성취를 넘어 안팎의 통합을 이루는 시기로, 자기실현의 과업을 성취하는 때이다. 융 심리학에 따르면, 이 세 단계에 적합한 신화가 창세신화·영웅신화·변환신화인데,[43] 사실은 신화만 그런 것이 아니라 인간의 삶이 그렇고, 그러한 삶을 그려 내는 서사 자체가 그럴 수 있다. 예를 들어 〈옹고집전〉에서 가짜 옹고집에게 내쫓긴 진짜 옹고집이 개과천선하는 서사나 〈구운몽〉에서 성진과 양소유를 거쳐 깨침을 얻고 다시 성진으로 돌아서는 줄거리는 자아 확장만을 고집하던 데에서 벗어나 새로운 길을 찾는 것이며, 둘의 통합을 요긴한 과제로 제시하는 것

---

42 John R. Battista, 〈아브라함 매슬로와 로베르토 아사지올리: 자아초월 심리학의 선구자들〉, Bruce W. Scotton 외, 《자아초월 심리학과 정신 의학》, 김명권 외 옮김, 학지사, 2008, 88쪽.

43 이에 대해서는 김난주, 《융 심리학의 관점으로 본 한국의 신화》(집문당, 2007)에서 정리된 바 있으며, 특히 구체적인 연령대의 꿈 분석을 통해 단계별 분석을 시도하는 점이 흥미롭다. "취학기를 전후로 한 아동들은 부모와 가정의 품을 떠나 새로운 집단인 학교에 적응할 필요가 있다. 이 때문에 창세신화는 새로운 의식의 출현이 요구되는 취학기 아동들에게서 나타나는 것으로 보인다. 아동기를 지나면 사춘기에 접어드는데, 사춘기는 부모로부터 독립을 달성하면서 성인으로 가는 과도기이다. 이 시기에는 부모와 가정이 제공하던 안락함과 보호를 포기하고, 더 넓은 세계를 향하여 혼자 힘으로 나아갈 수 있기 위해 준비하는 시기이다. 이러한 정신 상황이 반영된 영웅신화에서, 모성으로 대변되는 기존의 안락한 세계는 영웅이 물리쳐야 할 괴물로 상징된다. 이처럼 창세신화와 영웅신화는 인생 전반기의 상황에 대응된다. 그러나 인생의 후반기에 이르러 리비도는 외부로 향하지 않고 내부로 향하게 된다. 그리하여 의식은 다시 결별했던 집단무의식과 관계를 맺게 된다. 이 시기에 이르면 더 이상 인격의 중심이 의식의 중심인 에고에 있지 않고 에고로부터 전체 정신의 중심인 자기원형으로 이동한다. 이에 따라 에고(의식)는 자기원형을 경험하고 의식화하면서 자기원형과 합일을 향하게 된다. 이와 같은 대극합일의 성격을 보여 주는 것이 변환신화이다."(81쪽)

이기도 할 것이다.

선善의 편에 선 주인공이 악인을 물리치는 장면은 통쾌하고, 비합리적인 폭력을 행사하는 집단을 파괴하는 일은 정의롭다. 그러나 그것들이 어쩌면 우리가 애써 자아라고 우겨 왔거나 우리 편이라고 치부했던 쪽의 또 다른 일면이라면 사태는 복잡해진다. 역설적으로, 고도의 이성 작용을 중시하여 합리화를 추구하면 추구할수록 더욱 비합리적일 수 있을뿐더러, 그것이 세계의 본질적인 풍요로움을 해친다면[44] 인류 문명에 사소한 손해를 넘어 걷잡을 수 없는 해악을 끼칠지도 모른다. 이 점에서 마주 서서 활동하는 인물들이 다투고, 필요 이상 경쟁하며 박해와 희생을 나누고, 통합할 수 없는 현실에 비감해하거나 뒤늦게 얻는 통합의 순간에 희열을 느끼는 서사는 매력적이다. 그들은 둘로 보이는 하나, 혹은 하나이지만 둘이기 때문이다.

지금까지의 논의는 번다했지만 핵심은 하나이다. 겉보기에 둘이지만 본래 하나인 것도 있고, 거꾸로 겉보기에 하나이지만 그 이면이 둘인 경우도 있으며, 그들은 모두 아주 분리되어서는 안 된다는 것이다. 또한, 어떤 존재와 다른 존재가 크게 달라서 서로 맞서는 듯이 보이지만, 그들이 그렇게 맞설 수 있는 것은 어찌 보면 그 이면을 통해 서로 공존하는 무언가가 있기 때문이라는 것이다. 이는 미국의 저명한 교육 지도자이자 사회운동가인 파커 J. 파머와 사회학자 찬궉번陳國賁의 말로 깔끔하게 정리될 수 있다.

---

44 나카자와 신이치는 현실 세계의 지나친 합리화로 우리의 자유를 구속하는 현상을 설명하면서 신화를 그 치유제로 제시한 바 있다. "합리화는 지나치게 풍요로운 현실로부터 정보량을 배제하여, 인간의 사고와 행동으로 조절할 수 있는 영역을 울타리로 에워싸는 것을 의미합니다. 즉 현실 세계의 지나친 풍요로움을 제거하고 계획이나 예측이 가능한 영역을 확대하여, 결국은 그것만을 '세계'로 간주하기에 이르는 전체적인 프로세스를 의미하는 것입니다."(나카자와 신이치, 앞의 책, 208쪽)

내 안에는 어떤 황금도 있고 찌꺼기도 있다. 통합이란 내게 이렇게 말할 수 있음을 의미한다. "나는 나의 그늘이면서 나의 빛이다. 그리고 그 둘은 분리될 수 없다."[45]

내가 나 자신에 관해 알아낸 것이 진정성을 확보할 수 있는 것은 내가 너에게서 나의 일부를 확인하고 너는 내 안에서 너의 일부를 확인했기 때문이다.[46]

흔히 이야기하듯 빛이 있으면 그늘이 있는 것이 아니라, 빛이 있음으로써 그늘이 있음을 알고, 자신의 안에 들어앉은 타인의 속성과 타인 안에 들어앉은 자신의 속성을 확인하는 일, 그것이 둘이면서 하나임을 체득하는 요체이다. 이렇게 될 때, 자기 안의 빛과 어두움을 온전히 하나로 하고, 자신과 반대편에 있는 것처럼 보이는 타인의 삶과도 공감할 수 있는 길이 열리며, 짝패 인물은 그 길 가운데 위치한다고 할 수 있겠다. 아울러, 이러한 대립을 동일 시공간에서 서로 다른 인물들 사이에 일어나는 일로 보기보다는, 한 인물의 행적을 좇아 시간 축으로 벌여 놓는다면 인생 전반기와 후반기의 대립으로 설정될 수도 있을 것이다. 앞서 자기실현과 연관해서 설명한 바 있지만, 융이 지적한 대로, 청년기의 삶과 중년 이후의 삶은 그 목표와 문제 해결 방식이 아예 달라질 수 있으므로,[47] 그 둘을 짝패 인

45 파커 J. 파머, 《비통한 자들을 위한 정치학》, 김찬호 옮김, 글항아리, 2012, 281쪽.

46 제러미 리프킨, 《공감의 시대》, 이경남 옮김, 민음사, 2010, 54쪽에서 재인용.

47 생의 전반기와 후반기가 다를 수 있는 사례를 옮겨 보면 이렇다. "예를 들어서 남성적인 것과 여성적인 것, 그리고 정신적인 특성을 모두 합쳐서, 생의 전반기에 어느 정도 균형이 맞지 않게 사용된 물질의 한정된 저장과 비교할 수 있을 것이다. 남성은 남성적 물질의 많은 저장분을 사용하고, 이제부터 사용하게 될 적은 양의 여성적 물질만을 남겨 놓는다. 여성은 이와는 역으로, 지금까지 사

물을 통해 형상화할 때, 청년기의 삶과 중년 이후의 삶을 잘 보듬어 나감으로써 궁극적으로는 성장에서 성숙으로 향하는 방향을 제시할 수도 있을 것이다.

결국, '둘이면서 하나', '하나이면서 둘'인 이야기는 첫째, 한 인물 안에 있는 이질적인 자질의 대립과 통합, 둘째, 한 인물과 다른 인물 사이에 서로 엇갈리게 존재하는 자질들의 대립과 통합, 셋째, 한 인물이 생애를 거치면서 빚는 대립과 통합의 세 계통으로 정식화될 수 있고, 그것이 각 작품들에서 어떻게 드러나는지 살피는 일이 요긴하다 하겠다. 물론, 그러한 내용이 나오는 서사에서 대극의 합일을 추구하거나 갈망한다고 해서, 혹은 끝내 파탄으로 마무리된다고 해도, 모두 같은 이야기는 아니다. 우선 실질적인 합일이 이루어지는지 파탄으로 끝나면서 역설적으로 그 필요성을 강조하는지가 문제이고, 또 통합과 합일의 결과 다시 혼란스러운 상황으로 되돌아가는지, 궁극적으로 초월적인 상승이 이루어지는지 등등에 대한 세심한 검토가 필요하고 그것이 바로 이 책이 지금부터 펼쳐 보일 내용이다.

용되지 않았던 남성성의 재고분을 이제부터 활동에 옮기게 한다." C. G. 융, 《인간과 문화》, C. G. 융 저작 번역위원회 옮김, 솔, 2004, 86쪽.

제2장

‘짝패’의 개념과 양상

인물의 대립과 짝패

흔히 짝패 인물과 혼동되는 개념은 주동인물/반동인물의 대립으로 이루어지는 짝이다. 이 경우, 주동인물protagonist은 주로 작가가 긍정하려 하거나 독자들에게 긍정의 감정을 전하려는 인물인 데 반해, 반동인물antagonist은 작가가 부정하려 하거나 독자들에게 부정의 감정을 전하려는 인물로 치부된다. 물론 악인을 주인공으로 삼은 많은 현대 서사물에서는 주동인물과 반동인물의 위치가 바뀌기도 하지만, 고전 서사에서는 대체로 선한 인물의 반대편에 악한 인물을 두고 선한 인물이 서사의 중심에 서는 것이 상례이다.[1] 어쨌거나 이렇게 주동인물의 반대편에 서는 한 짝은 영어로는 'counterpart'에 해당하는 개념으로, 이 역시 우리말로 '짝패'로 옮겨지기도 한다. 그러나 counterpart의 사전적 정의는 첫째, "계약서 원본이 아닌 필사본", 둘째 "완전히 똑같지는 않지만 유사한 역할을 하는 다른 상황에 있는 사람이나 사물"을 의미하며,[2] 전자에서는 진본/복사본, 후자에서는 피해자/가해자와 같은 구분을 만들어 낸다.

---

1 이런 까닭에 반동인물을 연구한 연구서에서조차 반동인물의 개념을 정의하면서 "주인공인 주동인물의 상대자란 의미에서 안타고니스트의 번역 용어를 빌려 오되, 인물의 善惡 개념은 제외하고 사용하기로 한다. 즉 소설 속에서 그 인물의 성격이 善人이든지 惡人이든지 구별하지 않고, 사건을 주도하는 인물, 즉 주인공을 주동인물이라 하고, 그와 상대(적대)되는 입장에서 경쟁하고 갈등하는 인물을 반동인물이라 규정"(김수봉, 《서사문학의 반동인물 연구》, 국학자료원, 2002, 19쪽)한 바 있다.

2 counterpart 개념에 대해서는 최석무, 〈'짝패들'에 나타난 유기적 통일성과 심미적 질서〉, 《제임스 조이스 저널》 제18권 1호, 2012, 7쪽 참조.

그런데 주동/반동, 진본/복사본, 피해자/가해자의 명확한 구분은 필경 주主/종從과 우優/열劣의 위계를 만들어 내게 마련이다. 전자에 의해서 후자가 배척되거나 압도될 때 좀 더 바람직한 상황이 연출되고, 전자만 남고 후자가 멸절될 때 비로소 이상적인 상황에 도달하게 되는 것이다. 이러한 의미에서, 반대편에서 대립하기만 하는 인물은 '맞짝'으로 표현하는 게 적절할 것이다. 그러나 적어도 인간과 인간이 관계를 맺고 사는 한 인물 간의 대립이 그처럼 간단할 수가 없다. 일례로 동서고금을 막론하고 사랑받는 서사의 주인공은 영웅인데, 영웅의 특성은 고난과 시련을 통해 거듭난다는 데 있다. 캠벨J. Campbell이 설정한 '출발-입문-귀환'의 단일신화monomyth에서도 주인공은 입문 과정에서 "엄청난 세력과 만나고 결국은 결정적인 승리"[3]를 거둔다. 엄청난 세력이란 곧 주인공보다 힘이 월등해 보이는 상대를 뜻한다. 그런 상대를 대적對敵하는 일은 당연히 시련이 동반되고, 그 시련을 견뎌 내는 일은 목숨을 건 모험이 된다. 결국, 영웅은 희생자이면서 모험자일 수밖에 없는데, 그 현실이 양자의 해석이 가능한 지점임을 알 때 삶의 스펙트럼이 한껏 넓어진다.[4]

그러나 양면이 수용 가능하지 않은 지점이거나, 어느 한 면을 추구하여 반대쪽의 가치를 배척해야만 하는 상황이면 문제가 달라진다. 선善/악惡이나 진眞/위僞, 미美/추醜가 배타적으로 대립하기만 한다면, 전자가 후자를 물리치는 것이 최고의 선이 되겠지만, 우리가

---

3 죠셉 캠벨, 《세계의 영웅신화》, 이윤기 옮김, 대원사, 1989, 34쪽.

4 '희생자 vs 모험가'로 삶을 해석하는 두 가지 방식은 캐롤 피어슨, 《내 안엔 6개의 얼굴이 숨어 있다》, 왕수민 옮김, 사이, 2007, 174~177쪽에서 잘 설명된 바 있다. 피어슨은 파울로 코엘료의 소설 《연금술사》를 예로 들면서 작품 가운데 "스스로를 도둑에게 당한 가련한 희생자로 볼 것인지, 아니면 자신의 보물을 찾아 원정을 떠난 모험가로 볼 것인지 선택해야 한다는 것"을 깨달은 대목에 주목하고 있다.

살아가는 현실은 그보다 훨씬 더 복잡하다. 어떤 경우에는 선을 추구한다는 미명 하에 더 큰 악을 행하기도 하고, 악을 없애기 위해 악의 무리보다 더 무리한 일이 일어나기도 하며,[5] 드물기는 하지만 악이라고 행한 것이 선善이 되기도 한다. 《한국구비문학대계》의 분류 체계 가운데 '42. 바를 만한데 그르기', '43. 그를 만한데 바르기'의 상당수는 그런 정황을 입증해 준다.[6] 하나의 사건에서 바름과 그름이 함께 작동하면서 더 큰 바름으로 지향해 나가는 것이다.

이런 사례는 신화에 특히 많은데, 아메리카 알공킨족의 신화에 적절한 예가 있다. 위대한 대지의 어머니에게는 글루스카프와 말숨이라는 두 아들이 있었는데 글루스카프는 선했고 말숨은 악했다. 어머니가 죽자 글루스카프는 어머니의 몸으로 곡식이 자랄 수 있는 평야와 인간이 먹을 수 있는 동식물들을 만들어 내기 시작했으나, 말숨은 독이 든 식물과 뱀, 바위 등을 만들어 냈다. 형을 질투하여 죽여야겠다고 생각한 말숨은 형의 약점을 알아내어 마침내 형을 죽이고 만다. 그러나 선의 힘이 워낙 강해서 다시 살아난 글루스카프가 끝내 말숨을 물리칠 수 있었지만 그에게도 치명적인 약점이 하나 있었다.

---

5 신학자인 베르자예프Berdyaev는 이런 문제를 '선악의 변증법'으로 설명한 바 있다. "악에 대한 지나친 적개심은 악 그 자체가 되는 것이다. 선도 악에 대한 승리를 위함이라면 악이 된다. 선의 이름 안에서 악마적인 적과 싸우는 사람이 악마가 된다는 것은 적에 대한 태도의 변증법이다. 마찬가지로 악마의 면전에서 무저항적이고 악에 대한 융통성을 가지고 화해한다는 것은 바로 겸손의 변증법이다. 이처럼 선과 악에는 복잡하게 존재하는 변증법이 있다. 따라서 선과 악 사이의 명확한 구분은 불가능하며, 때문에 악마의 존재론을 세운다는 것은 승인될 수 없다. 악은 선으로 통과하는 통로이며 시험이며 과정일 뿐이다. 이렇게 볼 때, 악 그리고 악과 관련된 자유를 존재론적으로 정적인 상태에서 생각하는 것은 불가능하다. 그들은 영적 경험의 테두리 안에서 역동적으로 생각되어져야만 한다." 김영태, 〈악에 대한 종교철학적 이해－유대교 · 그리스도교를 중심으로〉, 한국정신문화연구원 철학 · 종교연구실 편, 《惡이란 무엇인가》, 창, 1992, 138~139쪽에서 재인용.

6 조동일 외, 《韓國口碑文學大系 別冊附錄(I) 韓國說話類型分類集》, 한국정신문화연구원, 1989, 91~97쪽 참조. 특히 '421. 바른 행실 하다가 그릇되기'와 '433. 그릇된 방법으로 바른 행실 지키기, 434. 그릇된 방법으로 좋은 결과 얻기, 435. 그릇된 방법으로 남녀 관계 온전하게 하기' 등이 그렇다.

바로 자만심이었다. 그는 이 세상에서 자기와 맞설 자가 없다고 생각하였으나, 아이 하나를 말하거나 걷게 하지 못하고는 깨달은 바가 있어서 자기가 살던 곳을 떠나고 만다.[7] 이런 점에 비추어, 주동 인물과 반동인물의 다툼에서 표면적으로는 대립적인 국면이 강조되더라도 그 이면을 들춰보면 상당한 편차를 보일 수 있다.

고전서사에서 주동인물과 반동인물이 가장 격렬하게 맞서는 사례는 아마도 군담소설일 것이다. 일례로, 〈유충렬전〉의 주인공 유충렬에 맞서는 인물은 정한담으로 명백한 반동인물이다. 정한담은 절대악絶對樂으로서 유충렬과 양립할 수도 없고 양립해서도 안 되는 인물이다. 그는 천상天上에서부터 유충렬과 앙숙이었을 뿐만 아니라 그가 노리는 것이 천하天下이기 때문이다. 또한 그가 유충렬과 마찬가지로 천상에서부터 내려온 존재라는 점에서 여느 사람에 의해서 쉽사리 제압당할 수 없으며, 그가 갖고자 하는 것이 천자天子의 지위라는 점에서 방치했다가는 세계 질서가 흔들리고 만다. 그러므로 그를 완전히 제거하는 것만이 세계의 질서를 온전히 할 수 있는 방책이며, 그가 죽어 없어지자 "남녀노소상ᄒᆞ 업시 그 놈의 간을 ᄂᆡ여먹고져ᄒᆞ야 동편사람은 셔편을 부르고 남촌사ᄅᆞᆷ은 북촌사ᄅᆞᆷ을 불너"[8] 한바탕 축제를 연출한다.

그러나 명백하게 대립되는 인물처럼 보이더라도 어느 한 편의 응징이 적잖은 문제를 야기할 경우가 있다. 제3장에서 집중적으로 다룰 제주도 무속신화巫俗神話 〈천지왕본풀이〉 같은 예가 그렇다. 여기에는 한 부모 아래서 한날 태어난 쌍둥이 형제가 등장한다. 작품에

7 이 이야기는 이경덕, 《신화로 보는 악과 악마》, 동연, 1999, 52~54쪽 참조.

8 〈유충렬전〉 86장본, 《영인고소설판각본전집2》, 인문과학연구소, 1973, 368쪽.

서는 소별왕의 심성이 좋지 않게 그려지지만, 그렇다고 소별왕을 징치懲治하는 쪽으로 서사가 전개되지 않는다. 도리어 서로 차지하기를 원하던 이승을 악한 소별왕이 차지하고, 서로 꺼리던 저승이 착한 대별왕 몫이 된다. 그뿐이 아니다. 대별왕은 소별왕의 행악行惡을 뻔히 알면서도 스스로 물러서기를 주저하지 않는다.

제6장에서 다룰 〈흥부전〉의 흥부와 놀부 또한 마찬가지다. 흥부가 주동인물이라면 놀부는 분명 반동인물이며, 흥부가 선인善人인데 반해 놀부가 악인惡人인 것도 틀림없는 사실이다. 그러나 흥부와 놀부는, 대별왕과 소별왕이 그런 것처럼, 서로 형제간이어서 아무리 악한 쪽이라 하더라도 그 한쪽의 파멸이 다른 한쪽을 통쾌하게 하지만은 않는다. 작품 곳곳에서 동기간의 의가 강조되고, 박 속에서 나온 장수가 놀부를 나무라는 데 동원되는 논리 또한 형제 우애이고 보면 이 작품은 필경 어느 한쪽의 파멸이 아니라 양쪽의 공생을 도모하는 것으로 보인다.[9] 그래서 놀부가 박을 타 패망할 때 통쾌함으로 끝맺지 않고 개심改心을 통한 화합에까지 이르게 된다. 이처럼 서로 맞서는 인물임에도 불구하고 그 근원에 통합의 요소를 가지고 있을 때 짝패 인물의 제1요건이 갖추어진다.

그렇다고 이런 경우가 모두 같은 부모 밑에 태어난 동기간일 필요는 없다. 단적인 예로 전세계적으로 가장 보편적인 영웅서사시라 할 〈길가메시 서사시〉를 보자. 신화의 주인공인 길가메시는 영웅이 갖는 완벽함을 갖추었을 것 같지만 그의 실체는 그렇지 않다.

---

9 '〈흥부전〉의 주제는 '공존공영이다''라는 표제를 건 논문이 나오는 까닭은 이런 데서 찾을 수 있다. 김창진, 〈〈흥부전〉의 주제는 '공존공영'이다(1)〉, 《목포어문학》 2, 목포대 국문과, 2000 ; 김창진, 〈놀부가 흥부를 내쫓은 까닭은? – 〈흥부전〉의 주제는 '공존공영'이다(2)〉, 《국제어문》 22, 국제어문학회, 2000.

신들은 길가메시를 창조할 때 그에게 완전한 육체를 주었으니, 즉 위대한 태양의 신 샤마시Shamash는 그에게 아름다움을 주었고 폭풍의 신 아닷Adad은 용기를 불어넣어 주었으며, 그 외 많은 신들이 그에게 거대한 들소처럼 강한 힘을 주어 보통 사람들을 능가하게 하였도다. 3분의 2는 신이요, 3분의 1은 인간으로 만들었도다.[10]

그는 인간의 입장에서 보면 월등한 능력을 가지고 태어났지만, 신의 입장에서는 온전치 못한 존재이다. 분명 보통 사람을 능가하지만 그 3분의 1의 인간적 약점 때문에 상당한 갈등을 느낄 수밖에 없는 태생적 한계를 지녔던 것이다. 실제로 길가메시는 자신의 힘을 뽐내기라도 하듯이 성을 높이 쌓고 으리으리한 신전을 지었다. 이제 그가 머물던 우룩이라는 도시에서는 아무도 그와 맞설 자가 없다. 그러나 그러면서 자연스레 백성들 사이에서 불만이 터져 나왔다. 길가메시가 방자하기 이를 데 없이 숱한 여성들을 약탈하기에 이르러서 백성들은 우룩의 신 아누Anu에게 항의하여 특단의 조치를 요청하게 되었다. 그러자 아누는 창조의 여신 아루루Aruru에게 이렇게 부탁하였다.

"오! 아루루여, 그대가 그를 창조하였으니 이제 그의 짝을 만들라. 그와 똑같은 모습으로 만들어 그의 두 번째 자아가 되게 하라. 폭풍 같은 가슴엔 폭풍 같은 가슴으로 맞서게 하라. 그들이 서로 만족하여 우룩을 조용하게 두도록."

그리하여 여신은 마음속에 한 형상을 그렸다. 그것은 고집불통 아누의 모습이었다. 그녀가 물속에 손을 담가 진흙을 움켜내어 광야에 뿌리

10 N. K. 샌다즈, 《길가메시 서사시》, 이현주 옮김, 범우사, 2000년 4판, 12~13쪽.

니 거기에서 위대한 엔키두Enkidu가 태어나게 되었다. 그는 전쟁의 신 니누르타Ninurta의 거친 성격을 그대로 지니고 있었다. 거친 몸뚱이에 여자처럼 긴 머리칼을 갖고 있었는데, 그 긴 머리칼은 곡식의 여신 니사바Nisaba의 머리칼처럼 흘러내렸다. 온몸은 목축의 신 사무칸Samuqan의 머리처럼 곱슬곱슬한 털로 덮여 있었다. **그는 순진한 인간이었다. 문명의 세계에 대해선 아무것도 모르고 있었다.**[11](강조 필자)

신이 이미 길가메시를 창조하고 난 후 세상이 시끄러워지자 그를 없애는 대신 또 다른 존재를 창조한 것이다. 작품에 나온 그대로 그 새로운 존재는 전혀 다른 인물이 아니라 '또 하나의 자아'이며, 자신의 고통을 치유해 주는 의사였다.[12] 그렇게 함으로써 그 둘은 서로 친구가 되기도 하고 겨루기도 하면서 세상이 조용해졌다. 또, 두 번째 강조한 부분에 보이는 대로 엔키두는 문명을 모르는 자연 그대로의 존재여서 처음부터 성城을 쌓고 신전을 축조하던 길가메시와는 대비되게 그려지고 있다. 어찌 보면 문명과 자연의 쟁투처럼 비춰지는 둘의 관계는 사실상 인류 역사의 축소판으로 볼 수도 있을 것이며, 이야기의 후반부에 엔키두가 죽음으로써 길가메시의 삶은 한 차례 고양될 계기를 맞는다. 그것은 자신이 추구하던 야망이 허망한 것임을 깨치고 새로운 앎으로 나아가는 여정이기도 하다. 이처럼 비록 두 인물이 매우 다른 존재로 그려지더라도 그 출발점에서 동일한 뿌리라고 여겨질 만하면 짝패의 제1요건은 충족된다 하겠다.

---

11 N. K 샌다즈, 같은 책, 18쪽.

12 남성들 간의 Double에 대해 광범위하게 다룬 Sellner는 길가메시와 엔키두의 관계를 고통을 겪는 사람과 그 고통을 치유하는 의사의 관계로 설명한 바 있다. Edward C. Sellner, *The Double*, Lethe Press, 2013, 'Ch.1. Physcian to one's pain'(24~49쪽) 참조.

이 같은 요건을 갖춘 인물들이 대립적으로 맞서면서, 그들이 갖고 있는 특성의 합이 삶에서 본질적인 것일 때, 짝패의 제2요건이 성립된다. 요컨대, 둘이 함께 있음으로 해서 완전성을 추구할 수 있는 경우라면 짝패가 되고, 어느 한쪽을 배척함으로써 존재의 완전성이 커진다면 이는 짝패가 아닌 반동인물에 불과하다는 말이다. 가령, 《한국구비문학대계》의 유형분류체계상 '722. 본뜬 사람 못 되기' 같은 모방담이 대표적인 예로,[13] 〈금도끼 은도끼〉의 두 주인공이 이에 해당한다. 둘 다 가난한 나무꾼이라는 점에서 그 근원이 비슷하다 하겠지만, 한 사람은 정직했고 한 사람은 그렇지 못했다는 점에서 서로 맞서는 인물이다. 그러나 작품에서 선하지 못한 인물의 삶에 그럴 법함을 부여하지 않으면 그 인물의 실패가 안타깝게 여겨지지 않고 도리어 그의 악행을 응징하는 것이 더 완전한 삶에 부합하게 되므로, 이런 경우는 짝패가 아니라는 말이다. 대개의 모방담이 형제나 비슷한 처지의 인물들을 설정하지만 모두 다 짝패가 되지 않는 이유가 바로 거기에 있다. 〈유충렬전〉의 정한담과 유충렬이 그랬듯이, 이들은 통합을 이루어야 하는 '짝패'가 아니라 서로 맞서는 '맞짝'일 뿐이다.

이는 우리말 '짝패'가 '짝'과 '패'의 합성어임을 생각할 때 더욱 명료해진다. '짝패double'는 말 그대로 "짝이 되는 패"를 일컫는다. 가령, 카드나 화투에서 동일 계열의 패들이 짝이 되어 상보적으로 존재하는데, 이때 어느 한쪽이 없으면 나머지 한쪽도 제구실을 못하게 된다. 문학작품에서 짝패의 사례들을 모아 심리적인 분석을 시도한 로저스R. Rogers는 〈보바리 부인〉을 예로 들면서, 어떤 인물이 작가나 인

13 조동일 외,《韓國口碑文學大系 別冊附錄(I) 韓國說話類型分類集》, 한국정신문화연구원, 1989, 121~122쪽.

간 정신의 "상호보완적인 양상complementary aspects"을 보이지 않으면 짝패로 볼 수 없다고 했다.[14] 이 점에서 영어 'double'을 '두 경쟁자'로 번역한 사례는[15] 맞서면서 보완하는 양면성을 온전히 짚어 내지 못한 것으로 보이며, '이중 자아'라는 번역어[16] 역시 한 인물이 심리적으로 분열하는 사례에서는 매우 적실하지만 서로 다른 두 인물이 한 짝을 이루는 사례에서는 부적절하다. 이러저런 문제로 최근에는 'double'을 우리말로 번역하지 않고 그냥 '더블'로 쓰는 사례[17]도 있는데, 해당 영어 단어가 갖는 폭이 의외로 넓기 때문에 혼선을 피하기 위한 선택으로 보인다.

이렇게 상호보완적인 양상은 특히 신화 전통에서 쉽게 찾아볼 수 있는데, 대개 쌍둥이나 형제, 화신化身 등등의 형태로 드러나면서 흥미진진한 서사 전개를 보인다. 이 양상이 쌍둥이나 형제로 드러나는 경우, 한 부모 밑에서 태어났다는 점에서 가장 동질적이지만 실제로는 가장 대립적인 면을 보인다는 점에서 '같지만 다른' 짝패가 된다.[18] 대개의 부모는 서로 상극적인 면을 보이기에 그 자식 또한 태

---

14 Robert Rogers, *The Double in Literature*, Wayne State University Press, 1970, 3쪽.

15 서인석, 《한 처음의 이야기》, 생활성서사, 1986, 146쪽.

16 이재선, 〈한국 소설과 이중성의 상상력〉 중 '2절. 이중 자아의 현대적 계승과 변이', 《현대소설의 서사주제학》, 문학과지성사, 2007, 323~339쪽.

17 최근 들어 외국 문학 연구자들 사이에서 '더블'로 쓰는 사례가 많다. 일례로 정현규, 〈더블의 공포〉(《카프카연구》 27집, 한국카프카학회, 2012)에서는 이 용어 선택의 문제에 대해 다음과 같은 주석을 달아 두었다: "먼저 용어상의 통일이 용이치 않다는 사실을 지적할 필요가 있다. 독일어의 표현이 영어화되어 사용되고 있는 도플갱어라는 용어는 우리말의 분신과 겹치는 지점이 많다. 연구자에 따라 이를 '짝패'라는 순우리말로 바꿔 사용하는 이도 있다. 이들 모두를 포괄하는 영어식 표현으로 '더블'을 들 수 있다. 분신이나 도플갱어가 주로 사람에게 한정되어 사용되는 것과 달리, 더블의 경우 이를 포괄하는 좀 더 넓은 범위의 적용 가능성을 보여 준다. 가령 가상공간은 공간의 분신인 셈인데, 이 경우 분신이라는 표현이 담보하기 힘든 지점을 더블이라는 표현을 통해 상쇄할 수 있다. 따라서 필요한 경우 공간의 더블이라는 용어를 사용하게 될 것이다."(위 논문, 229쪽, 각주 1)

18 로마 건국신화의 로물루스와 레무스가 대표적인 예일 것이며, 우리 신화에서는 '짝패'를 내건 사례

생적으로 대립적인 요소를 물려받고 태어나는 것으로 이해된다. 그런가 하면 화신化身, 변신變身, 전신轉身, 꿈, 환상 등으로 드러나는 다른 짝은 아예 다른 존재이지만 근원은 같다는 점에서 '다르지만 같은' 짝패가 된다. 독일어 '도플갱어Doppelgänger'는 영어로 '더블double'과 '고잉going'이 합성된 말로, '이중으로 돌아다니는 자'라는 뜻이다.

이곳에 누군가가 있는데 동시에 저곳에 그 누군가가 또 있다면, 더 나아가 바로 한곳에서 나 자신과 똑같은 존재를 보게 된다면 그것이 바로 도플갱어이다. 프로이트S. Freud가 《친숙한 섬뜩함》에서 도플갱어 현상을 설명한 바에 따르자면, 고대에는 '영혼 불멸'이나 '자아의 영속성'을 의미했던 것이, 중세 이후 극단적인 이원론을 거치면서 도리어 부정적인 의미로 재평가되었다.[19] 자신의 도플갱어를 본 사람은 죽는다는 속설은 그러한 부정적 판단이 극단화된 것이다. 자기 동일성을 문제 삼는 근대 문명에서 자신이 둘이라는 것은 정체성의 훼손으로 연결되므로 일견 당연해 보인다.

그러나 고전 서사에서는 동일한 존재가 동시에 서로 다른 곳에서 드러나는 일이 꼭 그렇게 공포스러운 경험인 것은 아니다. 《삼국유사三國遺事》 〈이혜동진二惠同塵〉에 등장하는 혜숙은 여인과 함께 침상에 누워 있던 똑같은 시각에 7일간 재齋를 올린 것으로 나타난다.

> (가) 공이 매우 이상히 여겨 조정에 돌아와 아뢰었다. 왕이 그 말을 듣고 사신을 보내 맞게 하자 ㉠혜숙은 일부러 여자 침상에 누워서 자

는 아니지만 무속신화 〈천지왕본풀이〉의 대별왕과 소별왕, 〈할망본풀이〉의 맹진국 따님과 동이요왕 할마님 등 쌍둥이 모티프로 '정신의 대극성'을 설명한 사례가 있다. 김난주, 《융 심리학의 관점으로 본 한국의 신화》, 집문당, 2007, 116~126쪽 참조.

19 '섬뜩함'에 대해서는 〈IV.섬뜩함〉, 허창운 외, 《프로이트의 문학예술 이론》, 민음사, 391~430쪽 참조.

는 체했다. 사신은 이를 불결하게 여겨 7~8리 길을 되돌아오다가 길에서 ㉡혜숙을 만나 어디서 오는 길이냐고 묻자 혜숙이 말했다. "성 안에 시주하는 집의 7일 재齋에 갔다가 끝내고 오는 길입니다. 사신이 그 말을 왕에게 아뢰자 사신을 보내 시주한 집을 조사하게 했는데 그 또한 사실이었다.

(나) 얼마 후 ㉠혜숙이 갑자기 죽어서 마을 사람들이 이현耳峴의 동쪽에 장사 지냈다. 마을 사람 중에 이현의 서쪽으로부터 오는 사람이 있었는데, 길에서 ㉡혜숙을 만나 어디 가느냐고 물었다. 그는 "여기에서 오래 살았으니 다른 데로 가보려고 한다."고 했다. 서로 인사를 나누고 헤어져 반 리쯤 가더니 구름을 타고 갔다. 그 사람이 고개 동쪽에 이르러 장사를 지내는 사람들이 아직 흩어지지 않는 것을 보고 사유를 이야기하여 무덤을 파헤쳐 보았더니 짚신 한 짝만이 있을 뿐이었다. 지금 안강현 북쪽에 혜숙사라는 절이 있는데 거기가 바로 혜숙이 살았던 곳이며, 부도浮圖도 거기에 있다.[20](강조 필자)

(가)와 (나)의 연이은 삽화에서 혜숙이라는 이름의 인물이 등장하지만 실은 다른 인물 둘이, 그것도 동시에 다른 곳에서 상반되는 행실을 하고 있다. ㉠으로 표시된 혜숙은 세속에서 여자와 잠을 자고, 죽어서는 여느 사람처럼 땅속에 묻히는 인물이다. 그러나 ㉡으로 표시된 혜숙은 몸을 가지런히 하여 재齋를 모시고, 죽지 않고 서방 세

20 公甚異之, 歸奏於朝. 眞平王聞之, 遣使徵迎, 宿示臥婦床而寢. 中使陋焉, 返行七八里, 逢師於途. 問其所從來, 曰: "城中檀越家, 赴七日齋, 席罷而來矣." 中使以其語達於上, 又遣人檢檀越家, 其事亦實.未幾宿忽死, 村人轝葬於耳峴東. 其村人有自峴西來者, 逢宿於途中, 問其何往, 曰: "久居此地, 欲遊他方爾." 相揖而別. 行半許里, 躡雲而逝. 其人至峴東, 見葬者未散, 具說其由, 開塚視之, 唯芒鞋一隻而已. 今安康縣之北, 有寺名惠宿, 乃其所居云, 亦有浮圖焉. 《三國遺事》〈義解〉'二惠同塵'.

계로 해탈하여 가는 인물이다. 둘은 비록 다른 모습으로 서 있지만, 이 조목의 제목(二惠同塵)이 상징하는 대로 동진同塵, 곧 빛을 누그러뜨려 속세와 어우러지는 화광동진和光同塵의 참된 세상살이를 보여주고 있다. 광光과 진塵의 대립을 한 인물이 동시에 다른 곳에서 벌이는 행동으로 늘어놓음으로써, 그 둘이 결코 분리되거나 배제되어야 할 어떤 것이 아님을 설파한다 하겠다.

이 경우 성聖과 속俗의 두 세계에서 동시에 등장하는 이 기이함은,[21] 섬뜩함이 아니라 신성스러움이며 존귀함이다. 프로이트가 랑크 O. Rank의 연구를 따다 정리한 대로 "분신이란 본래 자아의 영속에 대한 보장, '죽음의 위력에 대한 단호한 부정'"[22]이다. 앞의 서사에서 혜숙은 한편으로는 육신의 몸이 다했지만, 또 한편으로는 해탈하여 영생하는 모습이 구현되는 것이다. 여기에서 한 인물이 이중으로 드러날 수 있는 것은 어디에나 막힘이 없는 존재라는 뜻이기 때문이다. 이렇게 한 인물이 서로 다른 곳에 드러나는 양상이 긍정적으로 수용되는가 아니면 부정적으로 수용되는가 하는 문제는 그 지향이 통일에 있는가, 분열에 있는가 하는 데 있다.[23]

이 자아의 통일과 분열이라는 면에서 짝패 인물을 다룬다면, 역시 두 방향으로의 진행이 가능하다. 하나는 본래 같은 데서 출발했지만

---

21 이러한 해석에 대해서는 이강엽, 〈聖과 俗의 境界, 《三國遺事》의 '신발 한 짝'〉(《고전문학연구》 43, 한국고전문학회, 2013) 참조.

22 허창운 외, 앞의 책, 410쪽.

23 황승환은 '자아의 분열인가, 통일성에 대한 욕망인가?'라는 표제의 논문에서 도플갱어를 두 방향에서 해명하고 있다. 황승환, 〈자아의 분열인가, 통일성에 대한 욕망인가? – 패러다임 변환기의 문화 현상으로서 도플갱어 연구(I)〉, 《독일언어문학》 63, 독일언어문학연구회, 2014; 〈자아의 분열인가, 통일성에 대한 욕망인가? – 패러다임 변환기의 문화 현상으로서 도플갱어 연구(II)〉, 《독일문학》 129, 한국독어독문학회, 2014.

분열되어 나가는 짝패이며, 또 다른 하나는 전혀 다른 존재이지만 사실상 통합으로 진행되는 짝패이다. 전자의 가정 적절한 사례는 제3장에서 다루게 될 〈천지왕본풀이〉의 대별왕과 소별왕 같은 형제, 제4장에서 다루게 될 〈오뉘 힘내기〉의 오라비와 누이 같은 남매, 제5장에서 다루게 될 현우형제賢愚兄弟, 제6장에서 다루게 될 놀부와 흥부 형제 등으로, 이들은 모두 한 기운을 얻어 태어난 동기同氣라는 점에서 '같지만 다른' 짝패이다. 반면, 제7장에서 다룰 〈구운몽〉의 성진과 양소유, 제8장에서 다룰 〈옹고집전〉의 실옹實雍과 허옹虛雍은 후자의 사례이다. 이들은 전신轉身과 변신變身이라는 독특한 방식으로 또 다른 자아를 생성해 낸다. 물론 성진에서 양소유로 옮겨 가고 실옹을 바탕으로 허옹이 만들어지기에 참/거짓의 분변을 요구한다는 점에서 상대적으로 어느 한쪽이 우월한 존재로 여겨질 수 있겠지만, 이런 작품의 짝패는 여느 소설에서 볼 수 있는 주동인물/반동인물의 대립만으로는 제대로 설명하기 어려울 뿐만 아니라 실제로 그 둘이 서사적 대결을 펼치지 않고 연속적으로 이야기가 서술되기도 해서 색다른 접근을 요구한다. 성진과 양소유는 현실과 꿈이라는 아예 다른 층위에서 삶을 영위하며, 실옹과 허옹은 잠깐의 충돌 이후에는 서로 다른 삶을 살아간다. 곧, '다르지만 같은' 짝패인 셈이다.

여기에서 한 발 더 나아가면 아예 전혀 다른 인물인 제3자의 형태로 등장하는 짝패도 가능하다. 제9장에서 다룰 〈양반전〉의 정선 양반, 군수, 천부賤富가 그렇다. 이들은 서로 다른 인물일 뿐만 아니라 신분도 지위도 재력도 제각각이어서 반동인물의 관계를 형성하는 것으로 볼 수도 있다. 그러나 서사를 꼼꼼히 살펴보면 이중성을 보이는 부분 등 동질적인 측면이 많으며, 서로가 얽히고설킨 양상은 영락없는 짝패이다.

이러한 의미에서의 '짝패'에 대한 논의는 주로 현대 문학의 영역에서 이루어져 온 편이며,[24] 최근에는 외국 문학이나 영화를 중심으로 논의가 확산되는 추세이다.[25] 고전 서사는 권선징악勸善懲惡 일변도라는 식으로 일축하는 분위기에서는 선한 주인공이 악한 상대자를 물리쳐서 선善을 회복하는 이야기로 보는 경향이 짙었고, 그만큼 짝패를 이야기할 가능성이 크지 않았다. 그러나 둘이 함께 있음으로 해서 완전성을 추구하는 경우는 짝패이고 다른 쪽을 배척함으로써 존재의 완전성이 커지는 경우는 짝패가 아닌 반동인물에 불과하다고 할 때, 이러한 의미에서의 짝패는 어쩌면 고전 서사에서 더욱 풍부하게 발견된다.

그도 그럴 것이 고전 서사의 뿌리가 신화이며, 신화적 사유의 중핵이 바로 대극의 통합이기 때문이다. 신화에 자주 등장하는 쌍둥이, 형제, 남매, 반신반인半神半人, 반인반수半人半獸, 외쪽이, 절름발이 등등이 그 가능성을 잘 드러내 준다. 즉, 이 인물들이 짝을 이룬다는 것은 그 둘 사이의 유사한 속성이 있음을 뜻하지만, 각각의 패라는 점에서 둘은 변별되며, 결국 유사성과 차이성을 동시에 지니면서 서로 보족補足적인 관계를 형성하는 것이다. 짝패를 이루는 상대 짝이 없을 경우 '짝짝이'로 명명되듯이 짝패가 되는 패는 상보적 관계를 이룰 수밖에 없으며, 그런 인물 설정이 그 강력한 증거이다. 화투

---

24 다음과 같은 연구가 '짝패'의 개념으로 현대소설 작품을 분석한 예이다. 김진석, 〈짝패와 기생: 권력과 광기를 가로지르며 소설은〉, 《작가세계》 14호, 1992 가을; 한순미, 〈이청준 예술가소설의 서사 전략과 '재현'의 문제〉, 《현대소설연구》 29호, 한국현대소설학회, 2006; 이재선, 〈한국 소설과 이중성의 상상력〉 중 '2절. 이중 자아의 현대적 계승과 변이', 《현대소설의 서사주제학》, 문학과지성사, 2007, 323~339쪽.

25 최석무와 황승환의 앞의 논문들 및 정현규, 〈더블의 공포〉(《카프카 연구》 27, 한국카프카학회, 2012) 등.

나 카드의 짝패가 사실상 하나의 무늬로 동일하지만 그 값이 다름으로써 구분되듯이, 이러한 인물들에서는 그 기반은 동일하지만 표면적으로 맞서는 형국을 표출함으로써 짝패 관계가 성립된다.

이를 다시 신화적으로 해명하자면, 본래 하나였던 것이 대립되는 속성을 지닌 양兩 갈래로 분화할 경우 그 둘을 아우르는 온전함이 요구되며 그 온전함을 추구하는 과정이 바로 신화라는 특별한 서사일 것이다. 이런 맥락에서, 짝패란 '본래 둘이 함께 있어야 전체성을 지니게 되어 있는 존재가 둘로 분화하여 나타나서, 궁극적으로는 다시 그 잃어버린 전체성을 추구하거나 추구해야 할 한 쌍의 인물'로 정의할 수 있겠다. 엘리아데M. Eliade가 프랑스어로 쓴 《메피스토펠레스와 양성인Mephistopheles et l'androgyne》을 영어로 번역하면서 《둘과 하나The two and the one》[26]라는 제명으로 바꾸어 강조한 점 또한 여기에 있다. 이쪽과 저쪽의 대립이 아니라 합일이 가능한 지점에서 총체성을 문제 삼는 것이다.

우리 문학에서는 《삼국유사》〈감통感通〉 편篇의 '경흥우성憬興偶聖' 조條가 짝패의 성격을 드러내기에 좋은 구도로 되어 있다. 이 조는 제목 그대로 경흥이 성인聖人(여기서는 보살을 말함)을 만난 이야기로, 관음보살과 문수보살의 두 보살을 만난 이야기가 이 조목의 핵심이다. 먼저 경흥에 대한 소개가 나오고, 신문왕이 선왕先王의 가르침에 따라 그를 국로國老로 삼았는데 병이 들어 그 병을 어떤 비구니가 우스꽝스러운 짓으로 고쳐 주었다는 이야기가 나온다. 나중에 경흥이 왕궁에 들어가려 호사스럽게 꾸미고 나서는데 웬 거사가 광주리에 마른 물고기를 가지고 있어서 종자從者가 꾸짖었더니 그 승려

26 Mircea Eliade, *The two and the one*, The University of Chicago Press, trans. J. M. Cohen, 1979.

가 "가랑이 사이에 산 고기를 끼고 있는 자"[27]가 도리어 자기를 나무란다며 경흥을 조롱한다. 경흥이 그 사람을 좇아가 보게 하니 문수보살상 앞에서 사라졌다. 경흥은 크게 깨닫고 다시는 말을 타지 않았다는 것이 그 다음 대목이다.

이를 관음보살 단락과 문수보살 단락으로 대별하여 정리해 보면 둘은 놀랄 만큼 상호보완적이다. 크게는, 관음보살 단락이 숨으려는 주인공의 의사를 부정한다면, 문수보살 단락은 거꾸로 드러내려는 주인공의 권위를 부정한다. 그리하여 주인공이 병 혹은 병통을 고치는 방법으로, 전자는 웃음으로 마음을 풀어 주지만 후자는 질책으로 잘못을 교정한다. 이는 곧 여성성/남성성, 몸/마음, 감성/이성 등등으로 분열된 자아의 통합을 유도하려는 것으로, 그 둘을 잘 보듬어 온전한 삶을 영위하도록 하려는 것이라 하겠다.[28]

모방, 폭력, 희생, 전향

이제 이 같은 짝패 개념을 고전 서사에 어떻게 적용할 것인가 하는 좀 더 현실적인 문제가 대두된다.[29] 앞서 살핀 대로 짝패가 대립과 통합을 전제로 한 것이라면 그 대립과 통합의 요건부터 찾는 것이 순서이겠다. 만일 모든 문학이, 더 나아가 모든 예술과 삶이 대립과 통합

27 挾生肉於兩股間.《三國遺事》〈感通〉'憬興遇聖'.

28 이런 시각은 이강엽, 〈'경흥우성憬興偶聖'〉條의 대립적 구성과 신화적 이해〉, 《구비문학연구》 35집, 한국구비문학회, 2012 참조.

29 '짝패' 개념에 대해서는 이강엽, 〈고소설의 '짝패(double)' 인물 연구〉(《고소설연구》 28, 2008)에서 다룬 바 있으며, 이 장의 개념 부분은 상당 부분 이 논문에 기댄다.

을 그 기저에 깔고 있다면 아마도 짝패 논의는 다른 지점에서 시작해야 할 것이다. 그러므로 가장 먼저 어떠한 대립과 통합을 짝패로 규정할 것인가 하는 문제를 풀어야 한다. 그 다음에는 그렇게 규정된 짝패가 어떻게 분화되는지를 살펴야 한다. 전자가 짝패의 범위를 설정하는 일이라면, 후자는 짝패의 양상을 세분화하는 것이다.

먼저, 대립과 통합이 이루어지는 기제를 포착하는 방법에 대해 살펴보자. 이 문제는 '짝패double'를 '욕망'의 관점에서 주목한 지라르의 견해를 경청할 만하다. 그는 저서 《폭력과 성스러움》을 '희생'으로 시작하면서 구약성서의 '가인과 아벨' 이야기를 끌어들이고 있다. 주지하는 대로, 가인과 아벨은 형제인데 하나님은 아벨의 공물供物만을 받아들이고 가인의 공물은 거부한다. 이 때문에 가인이 아벨을 죽이게 되는데, 이 살해가 '제의적 살해'임은 분명하다. 흔히 '가인/아벨'의 대립을 '악惡/선善'의 대립처럼 이해하지만, 대립 개념만으로는 두 사람의 관계를 온전히 해명하기 어렵다. 《구약성서》를 보아도 그렇게 볼 구석이 없다.

> 하와는 또 가인의 아우 아벨을 낳았다. 아벨은 양을 치는 목자가 되고, 가인은 밭을 가는 농부가 되었다. 세월이 지난 뒤에, 가인은 땅에서 거둔 곡식을 주님께 제물로 바치고, 아벨은 양떼 가운데서 맏배의 기름기를 바쳤다. 주님께서 아벨과 그가 바친 제물은 반기셨으나, 가인과 그가 바친 제물은 반기지 않으셨다. 그래서 가인은 몹시 화가 나서, 얼굴빛이 달라졌다.[30]

---

30 《성경전서》, 대한성서공회, 2001 개정판, 4~5쪽.

문면文面 상으로는 가인이 거둔 곡식을 받지 않은 이유가 드러나지 않는다. 물론 '맏배'에 주목하여 첫 수확물을 바친 아벨과, 그것이 명시되지 않은 가인 사이의 차별성을 가늠해 볼 여지는 충분하다. 그러나 명시적으로 그려지지 않았을 뿐 두 사람 모두 자신의 수확물을 신에게 바친 것이 사실인 만큼, 세속적 의미의 정성으로 파악하기보다는 수확물의 종류로 구분하여 보는 편이 좋을 성싶다. 즉, 한 사람은 농경사회의 제물인 곡식을 바치고 다른 사람은 목축사회의 제물인 고기를 바친 것인데, 신이 용납한 수확물이 고기였다는 점은 목축사회를 인정한다는 표시일 수 있기 때문이다.[31] 이는 〈황조가〉의 배경설화 가운데 화희禾姬와 치희雉姬의 다툼이 벼와 꿩, 곧 농경사회와 수렵사회의 대립으로 인식되는 것과 유사하다. 덧붙여서, 지라르처럼 동물/식물로 구분하여 식물과 달리 동물에게는 폭력을 행사할 수 있으므로 이를 폭력 종식 메커니즘과 연관지어 볼 수도 있겠는데, 이 경우 역시 공물이 가진 기본 속성의 차이일 뿐 선악의 문제는 아닌 셈이다.

《성서》에 등장하는 형제 다툼은 이것만이 아니다. 요셉도 형제의 박해를 받아 애굽으로 팔려갔으며, 야곱도 형 에서와 알력을 빚었다. 우리 신화에서도 비록 친형제는 아니지만 주몽이 금와의 아들들

31 이런 시각은 사무엘 헨리 후크, 《중동신화》, 박화중 옮김, 범우사, 2001, 247~263쪽에 상세히 서술되고 있다. "가인은 농경민족을 상징하고, 아벨은 유목민족을 상징한다. 형제는 모두 그들의 소산을 야웨에게 제물로 바쳤다. 가인은 땅에서 얻은 곡식을 바쳤고, 아벨은 그의 양떼가 낳은 첫 새끼를 바쳤다. 그러나 야웨는 가인의 제물을 거절하고, 아벨의 제물만을 흠향한다."(248쪽) "첫 번째 전승은 사막 지역과 농경 지역 간의, 혹은 농경 중심의 정착민과 유목 중심의 이주민 사이의 갈등과 알력을 반영한 것이다."(249쪽) "창세기 4:1~15절의 가인과 아벨 설화를 담은 야위스트 자료의 원래 형태는 곡식의 풍년을 기원하고 이를 확실히 보장받기 위한 일종의 희생 제의 의식을 묘사한 의식 신화였을 것이다. 죽음의 의식을 거행한 자가 유랑의 길을 걷게 되고 그가 신성한 자라는 보호의 표를 받는 구조는 이러한 의식 신화의 구조를 반영한 것으로 볼 수 있다."(254~255쪽)

에게 쫓겼으며, 온조는 비류와 도읍지를 정하는 문제를 놓고 다투기도 했다. 지라르는 원시사회에서 특히 '쌍둥이'가 두려움을 불러일으키는 대상임에 주목하여, 쌍둥이가 특별한 유사성을 갖기 때문에 위기가 발생한다고 보았다.[32] 둘 중 하나를 제거하고자 하는 것은 그 두려움에서 벗어나고자 함이다. 그러나 가인은 아벨을 죽임으로써 큰 죄를 범하게 되고, 하나님은 "네 아우의 피가 땅에서 나에게 울부짖고 있다."고 말함으로써 그 폭력의 고리를 끊고자 한다.

바로 여기에서 짝패의 어느 한쪽에게 가해지는 폭력, 그리고 그 폭력에 의한 희생을 통해 둘을 하나로 통합하려는 의도를 엿볼 수 있다. 야훼는 여기서 그치지 않고 향후 가인을 죽이면 그 일곱 배로 응징하겠다고 선언한다. 이처럼 유사성이 강한 두 존재는 그 유사성 때문에 차이가 더욱더 극명히 드러나며, 그 차이를 없애려는 시도는 선망이나 동경, 질투나 증오, 폭력이나 살해 등으로 다양하게 드러난다.[33] 지라르의 저서 《속죄양》에서 정리된 대로, 어떤 집단에 위기가 오고 무차별적인 폭력 현상이 일어나서 적당한 희생물을 찾아 박해하거나 처형하고, 그 희생물이 성스러운 존재로 자리매김하게 되는 일련의 과정이 신화로 정착할 가능성은 충분하다. 다만 신화에서는 그 일련의 과정이 그대로 드러나는 것이 아니라 한두 개가 빠지

---

32 르네 지라르, 《폭력과 성스러움》, 김진식 · 박무호 옮김, 민음사, 1993.

33 신화사전에 등재된 '쌍둥이' 항목을 보면 이런 양상이 매우 보편적임을 알 수 있다. "쌍둥이는 이원성의 상징이다. 하늘에 속하는 시원적 쌍둥이, 태양신의 두 명의 자녀, 쌍둥이 형제는 인간의 본성이 가지고 있는 양면성, 행동하는 인간과 생각하는 인간, 〈자아〉와 〈제2의 자아〉를 나타낸다. 쌍둥이는 종종 적대 관계에 있으며, 한쪽이 다른 쪽을 살해한다. 이 경우에 형제는 빛과 어둠을 나타내며, 供犧와 공희 집행자, 밤과 낮, 광명과 암흑, 하늘과 땅, 顯現과 비현현, 생과 사, 선과 악, 두 개의 반구, 양극성, 차오르는 달과 이지러지는 달 등을 상징한다." 진 쿠퍼, 《그림으로 보는 세계 문화 상징 사전》, 이윤기 옮김, 까치, 1994, 431쪽. 세계 각 지역 신화에 나타나는 쌍둥이의 양상에 대해서는 이 인용 대목 이후의 내용 참조.

면서 해석이 필요할 뿐이다.[34]

지라르가 〈가인과 아벨〉에서 택한 방법은 〈흥부전〉 같은 작품에도 그대로 적용될 법하다. 〈흥부전〉의 흥부와 놀부는 한 아버지 밑에서 자란 형제이다. 그러나 불행하게도 흥부는 아버지에게 용납되어 제대로 교육받았지만 놀부는 그러질 못했다. 놀부는 흥부를 질시한 나머지 끝내 내쫓고 마는데, 흥부는 그런 형에 대한 직접적인 응징을 시도하지 않는다. 대신, 박에서 나온 장비 등이 징치懲治하러 나서는데, 문제는 이 경우에도《성서》속의 야훼가 그랬듯이 폭력의 악순환을 중단시키고 우애를 강조한다는 점이다. 〈구운몽〉 역시 성진이 겪는 심적 갈등을 없애 주려는 육관대사의 축출로 이야기가 시작되는 점에서 크게 다르지 않다. 특히 3장부터 5장에 걸쳐 다룰 설화에서 이런 양상이 더욱 극명하게 드러난다. 특히 형제가 서로 좋은 세상을 차지하기 위하여 싸우는 〈천지왕본풀이〉나, 어머니가 개입함으로써 오누이의 목숨을 건 대결이 펼쳐지는 〈오뉘 힘내기〉, 형제 앞에 놓인 공동의 문제 해결을 위해 상반된 방향으로 움직이는 〈현우형제담賢愚兄弟譚〉[35] 등은 동기간의 갈등을 넘어 새로운 질서를 찾아가는 하나의 과정이다. 일례로, 4장에서 논의할《삼국유사》의 〈김현

34 김현은 지라르의《속죄양》을 이러한 일련의 과정으로 파악하면서 한국신화 세 편에 각 과정이 드러나는 양상을 다음과 같은 간단한 도표로 제시한 바 있으며, 향후 논의에 참고할 만하다.(김현, 《르네 지라르 혹은 폭력의 구조》, 나남, 1987, 80쪽)

	단군	고주몽	박혁거세
위기	–	0	–
무차별 현상	–	–	–
희생물 · 표지	+	+	+
박해	0	+	0
성화	+	+	+

35 이 명칭은 필자가 택한 것이며 자세한 내용은 제5장 참조.

감호金現感虎〉는 함부로 생명을 빼앗은 호랑이를 하늘이 응징하려는 데서 시작되지만, 그 끝은 응징이 아니라 거룩한 희생이다.

지라르의 연구는 이렇듯 서로 맞서는 등장인물 간에 벌어지는 일련의 과정을 명료하게 보여 준다. 그의 짝패 관련 논의는 주로 《폭력과 성스러움》, 《낭만적 거짓과 소설적 진실》[36]에 드러나는데, 먼저 《폭력과 성스러움》은 '욕망모방'에 대해 이야기한다. 이 내용을 간단히 요약하면, 사람들은 흔히 자기 의사에 따라 어떤 대상을 욕망한다고 생각하지만, 기실은 '중개자'의 위치에 있는 어떤 모델을 욕망한다는 것이다. 결국, 모델의 욕망을 모방하는 '욕망모방' 현상이 생겨나는데, 이때 그 욕망모방이 욕망 주체와 근접해 있을 때 그 둘 사이에는 묘한 경쟁 관계가 파생된다. 그 결과, 욕망 주체와 유사한 중개자를 '짝패'로 부르는데 이 점에서 짝패는 한편으로는 욕망 주체의 욕망을 유발시키면서 다른 한편으로는 욕망의 성취를 막는 이중성을 지니게 된다. 결국 짝패 안에서 벌어지는 갈등은 필연적일 수밖에 없으며, 그것이 폭력과 희생양을 야기한다는 것이다.

지라르가 지적한 대로 소설 속 인물들은 비자발적인 욕망에 사로잡혀 있으면서도 스스로 자발적인 욕망을 품고 있다는 환상에 빠지는 경우가 있다.[37] 비자발적인 욕망은 '거짓'이지만, 그것을 딛고 일어서서 구원을 추구하는 것은 '진실'이다. 한마디로, 소설에 드러난 거

36 르네 지라르, 《폭력과 성스러움》, 김진식 · 박무호 옮김, 민음사, 1993; 르네 지라르, 《낭만적 거짓과 소설적 진실》, 김치수 · 송의경 옮김, 한길사, 2001.

37 지라르는 이를 '낭만적 거짓'으로 규정하고 이야기 후반부에서 주인공이 '소설적 구원'을 추구하는 과정에 주목했다. '낭만적'/'소설적'의 용어는 "지금부터 우리는 **낭만적**이라는 용어를 중개자의 존재를 결코 드러내지 않은 채 그 존재를 반영시키는 작품들에 사용할 것이고, 중개자의 존재를 드러내는 작품들에는 **소설적**이라는 용어를 사용할 것이다."를 참조. 르네 지라르, 《낭만적 거짓과 소설적 진실》, 앞의 책, 58~59쪽.

짓이 분명함에도 불구하고 위대한 소설에서는 진실로 나아가는 흔적이 보인다는 것인데, 이것이야말로 짝패 개념을 문학에 적용하는 소중한 지침이 될 수 있을 것이다. 가령, 사람이 누군가를 사랑하게 될 때 상대방의 성향이 자신과 정반대라는 이유만으로도 흠뻑 빠질 수가 있는 것이다. 짝패 인물이 등장하는 대표적인 소설인 토마스 만의 〈토니오 크뢰거〉의 경우, "그가 한스를 사랑한 것은 우선 한스가 미소년이었기 때문이었다. 그러나 그 다음에는 한스가 모든 면에서 그 자신과는 정반대되는 상대로 여겨졌기 때문이었다."[38]

소설의 주인공이 내세우는 가치는 대체로 진실해 보이고 또 그렇기도 하지만, 조금만 더 살펴보면 그 이상의 의미 혹은 상반된 의미를 지닌 경우가 많다. 가령, 〈구운몽〉의 성진이 절간에 들어앉아 공맹孔孟을 본받아 평천하平天下하는 삶을 꿈꾸는 것이나, 〈흥부전〉의 흥부가 놀부의 우애를 저버린 부도덕성을 통탄하는 것은 모두 그럴 법한 측면이 있고 또 일면 진실이다. 문제는 그 역逆도 마찬가지라는 점이다. 양소유가 세상의 부귀공명을 다 얻은 뒤, 이렇게 살다 가는 것이 허망하다고 생각하는 것이나, 놀부가 생계를 돌보지 않고 남 좋은 일만 하는 흥부의 비경제성을 힐난하는 것 또한 그럴 법한 측면이 있기 때문이다. 이처럼 양자가 명백히 맞서면서 어느 한쪽이 일방적인 우위를 지니지 못할 때 짝패로서의 면모가 분명해진다.

어느 쪽 인물이든 상대의 '상호보완성'을 인정할 때 비로소 자신을 되돌아보고 그 다음 단계로 나아갈 여지가 생긴다. 예를 들어, 멜빌H. Melville의 〈필경사 바틀비〉에는 흥미롭게 대조되는 두 인물이 등장한다. 터키와 니퍼즈라는 별명이 붙은 회사원인데, 이 둘은 모

38 토마스 만, 《토니오 크뢰거 · 트리스탄 · 베니스에서의 죽음》, 안삼환 외 옮김, 민음사, 1998, 15쪽.

든 면에서 정확히 상반된다. 오전과 오후 시간에 따라 컨디션이 서로 엇갈리며, 한 사람이 신사답게 옷을 입고 있다면 한 사람은 허름한 싸구려 외투를 걸치고 있는 식이다. 니퍼즈의 짜증과 그에 따른 신경과민이 오전에 집중되며, 터키의 발작은 열두 시경에 시작되어 "그들의 발작은 마치 경비병의 근무 교대처럼 서로 교대"했는데, 화자는 이에 대해 "주어진 정황에서는 자연의 훌륭한 배려였다."[39]고 평가한다. 서로의 단점을 각자의 장점으로 극복할 수 있게 해 주어 결과적으로 사무실이 원활하게 돌아간 것이다.

이처럼 상대 인물을 통해 자신에게 부족한 부분을 인정하는 일이 매우 중요한데, 이쯤에서 지라르가 지적한 '고행苦行'의 의미를 되짚어 볼 수 있다. 주인공이 욕망의 원초적 대상과, 그것의 간접화된 형식인 중개자를 혼동하다 못해 양자의 구분을 놓치게 되면 엄청난 정체성의 혼란이 야기된다. 자신이 실제로는 어떤 대상을 차지하려 하면서도 그 욕망을 숨기는 '위선僞善'을 행하고, 끝내 "자신의 욕망에서 보여질 수 있는 모든 것, 즉 대상을 향한 충동인 모든 것을 억누른다."[40] 결국, 욕망 성취를 위해 고행을 감행하고 고행의 과정을 거쳐 끝내 자신이 품어 온 욕망의 정체를 알게 되는데, 지라르는 이런 순간을 '전향Conversion'으로 명명했다. 그는 《돈키호테》에서 주인공이 임종 시에 "나는 기사담들의 괴상한 언동들과 속임수를 깨달았네. 내게 유일한 아쉬움이 있다면, 그것은 나의 깨달음이 너무 늦게 찾아왔기 때문에, 내 영혼에 빛이 될 다른 책들을 읽음으로써 나

39 허먼 멜빌, 〈필경사 바틀비〉, 한기욱 편역, 《필경사 바틀비》, 창비, 2010, 57쪽.

40 르네 지라르, 같은 책, 223쪽.

의 실수를 만회할 시간적인 여유가 없다는 점일세."[41]라는 대목을 음미한다. 소설적으로는 췌언贅言에 불과하다고 여겨질 법한 대목이지만, 지라르는 이러한 내용이 세르반테스나 도스토옙스키에게서 동시에 나타나는 일을 간과하지 않았던 것이다.

결국, 주체가 어떤 대상을 직접 모방하지 못할 때 간접화한 대상을 두게 되며, 주체와 그 모방 대상 사이에 동일한 욕구가 발생하여 다투게 되고 폭력이 일어나며, 희생을 통해 폭력을 종식시키려는 기제가 작동하고, 궁극적으로는 바람직한 세계에 대한 인식을 지향한다는 말이다. 물론 이런 틀이 어떤 소설에나 다 들어맞을 리 없고, 더구나 재미 삼아 하는 가벼운 민담이나 통속적 흥미소가 강조된 현대 대중서 등에까지 적용될 수는 없을 것이다. 다만, 진지한 주제를 심도 있게 다루는 서사라면, 좀 더 범위를 좁혀 서로 맞서기 때문에 강한 대립으로 점철된 서사에서 그러한 대립이 무모한 것임을 깨치는 서사라면 이는 분명 짝패 인물이 등장하는 서사의 특장일 것이다. 어느 한쪽을 모방하고 증오하는 가운데 그 한쪽을 파멸로 몰아넣었을 때 자신의 존립 근거가 미약해지는 것을 깨침으로써 더 넓은 세상을 보게 되기 때문이다.

그러나 실제의 모든 서사에서 고행을 거쳐 전향이 일어나는 것은 아니다. 오히려 많은 논자들이 지적했듯이 작품의 말미에 사족처럼 덧붙은 주인공의 각성은 작품성을 해칠 수도 있다. 일례로 도스토옙스키의 종교적인 결말이 "작위적이고, 조급하며, 소설 작품의 걸치레로 사용되었다고 판단"될 뿐만 아니라, 이는 "소설적 영감이 고갈되자 이 소설가는 자신의 작품을 종교적 정통성으로 치장하기 위해

---

41 르네 지라르, 같은 책, 379쪽.

그러한 결론을 썼으리라는"[42] 추정까지 나오게 된다. 그럼에도 불구하고 상당수의 진지한 작품들에서 그러한 귀결점, 즉 주인공의 각성으로 치닫는 것은 결코 우연도 아니고 폄하할 일만도 아니다. 〈흥부전〉에서의 놀부의 개심改心, 〈옹고집전〉에서의 옹고집의 후회, 〈구운몽〉에서 양소유가 평천하平天下 후에 느끼는 허망함, 〈양반전〉의 천부賤富가 양반의 실상을 파악하고 양반되기를 거부하는 내용, 〈천지왕본풀이〉에서 소별왕이 대별왕에게 잘못을 시인하는 대목, 〈현우형제담〉에서 현명한 형제가 결과적으로 다른 형제보다 못한 부분이 있음을 알게 되는 반전, 〈김현감호〉에서 호랑이 처녀가 자결하여 동족의 죄를 속죄하는 결말 등은 기실 자신이 살아온 짝이 맞지 않는 반쪽짜리 삶에 대한 통찰일 수 있으며, 이 점에서 작품의 깊이가 더해지는 것이다.

짝패의 자질, 동질성과 이질성

이론적으로는 어떠한 대상이든 통합할 수 있고, 어떠한 인물 간에도 화합이 일어날 수 있지만 현실은 그렇지 못하다. 구체적인 인물과 인물이 벌이는 대립과 갈등은 생각보다 훨씬 더 복잡하고 용납되기 어려운 경우가 많기 때문이다. 당연히 작품마다 차별성이 없을 수 없고, 그런 차별성에 주목할 때 작품을 섬세하게 읽어 낼 여지가 높아진다. 앞서 살핀 대로 본래 인간에게 둘 다 있어야 할 속성이 두 인물로 분배되면서 치우치게 되면 그 대립은 극한 양상을 보이게 되

42 르네 지라르, 같은 책, 378쪽.

는데, 짝패 인물이 바로 그러한 경향을 띤다. 그러나 인물들 간에 상호보완이 가능하려면 적어도 두 인물의 공동 접점이 있어야만 하기에 공통 자질이 필수적이며, 양자를 명확히 구분해 주는 개별 자질이 있어야만 한다. 즉, 짝패란 모름지기 동질성과 이질성을 기반으로 하는 것이다.

이러한 동질성과 이질성을 기반으로 하는 개념 정리가 가장 잘 된 영역은 반의어反意語이다. 이는 말 그대로 '반대되는 말'을 뜻하지만, 구체적으로 들어가면 간단치 않다. 반의어를 설명하는 여러 하위 개념들 가운데 짝패 인물 논의와 연관하여 눈여겨볼 것은 '상관 개념'과 '상대 개념'이다.

> 그 다음에는 개념들 사이의 상호관련이 있는 것으로서 상호의존도가 큰 것을 상관 개념이라 하고, 상호의존도가 작은 것을 상대 개념이라 한다. 상관 개념에 속하는 '스승'과 '제자', '남편'과 '아내'는 어느 한쪽이 없으면 존재할 수 없는 개념이요 단어들이다. 상대 개념에 속하는 '바다'와 '육지', '육군'과 '해군' 같은 단어들은 어느 한쪽이 없다고 하여 다른 쪽이 반드시 존재할 수 없는 것은 아니다. 그리고 끝으로 중간적 존재가 있느냐, 없느냐에 따라 모순 개념과 반대 개념을 설정한다. 중간자가 없는 것을 모순 개념이라 하며, 중간자가 있는 것을 반대 개념이라 한다. 모순 개념에는 '있음(有)'과 '없음(無)'이라든지 '삶(生)'과 '죽음(死)' 따위의 단어들이 포함되며, 반대 개념에는 '크다(大)'와 '작다(小)', '길다(長)'과 '짧다(短)' 등의 단어가 포함된다.[43]

43 '반의어反義語' 항, 이응백 외 엮음, 《국어국문학자료사전》, 한국사전연구사, 1998.

상관 개념은 서로 의지하는 개념이다. '남편/아내'를 예로 들자면, 남편이 없다면 아내도 없으므로 남편과 아내는 한 짝을 이룬다. 그만큼 상호관련성이 크며 둘은 상호의존 상태일 수밖에 없다. 그러나 '선인/악인'의 경우 선인이 없다고 해서 악인이 없는 것도 아니며, 선인도 아니고 악인도 아닌 사람이 얼마든지 있으므로 상대 개념이다. 전자의 경우라면 짝패 인물로 성립하지만, 후자의 경우는 꼭 그렇지 않다. 이 책에서 중심적으로 다룰 작품들에 등장하는 인물들을 이에 근거해 동질성과 이질성으로 나누어 보면 다음과 같다.

먼저, 무속신화 〈천지왕본풀이〉의 대별왕과 소별왕은 천지왕과 서수암이라는 한 부모 밑에 태어난 쌍둥이 형제이다. 부모가 같은, 공동의 형질로 태어난 동기同氣로 강력한 동질성에 기반한다. 그러나 둘이 이승과 저승의 통치권을 가르는 과정에서 소별왕이 제시한 내기에 형제가 동참하면서 이질성이 극명히 드러난다. 실제로는 대별왕이 훨씬 더 힘이 세지만 소별왕은 트릭trick으로 대별왕을 이기게 되고, 대별왕은 그에 굴복하는 것이 아니라 염증을 내고 회피하여 스스로 저승을 택한다. 대별왕/소별왕은 과욕寡慾/탐욕貪慾의 이질성을 보인다 하겠다. 그러나 서사는 여기서 그치지 않는다. 소별왕이 이승에서 여러 문제에 봉착하자 대별왕에게 도움을 청하는데, 이때 대별왕은 '큰 것'은 다스릴 수 있지만 '작은 것'은 다스릴 수 없다며 한 발 빼는 내용이 첨가된다. 할아버지 갈 데 손자가 대신 갈 수는 있지만 손자가 갈 데 할아버지가 대신 갈 수 없다는 논리로, 소별왕이 나설 일에 대별왕이 나설 수 없다고 한 것이다.[44] 대별왕은 보

44 "할으방 갈 딘 / 손지가 대력 가도, 손지 갈 딘 / 할으방 대력 못간다. 느가 촟이훈대로 어서 가거라. / 내가 큰 법은 강 다시려 주마. / 그 대신 족은 법은 내가 못다시린다." 진성기, 《제주도 무가본풀

편적인 문제에는 강하지만 특수한 문제에는 약했던 것이다. 그때그때 일어나는 일을 임기응변으로 처리하는 데 능한 소별왕과 구별되는 자질이다. 그 이름에서부터 보이던 '대별大別/소별小別'의 자질이 이 형제를 구분하는 가장 큰 이질성이라 하겠다.

다음으로, 전설에 드는《삼국유사》〈김현감호金現感虎〉와 구비설화 〈오뉘 힘내기〉의 남매도 〈천지왕본풀이〉와 마찬가지로 동기同氣다. 한 어머니 밑에서 한 가정을 이루고 살아가는 것으로 보아 그 동질성은 매우 강력하다. 그러나 이들은 〈천지왕본풀이〉처럼 쌍둥이가 아니라 시차를 두고 태어나서 오빠와 누이동생이라는 위/아래 서열을 갖고 있을 뿐만 아니라, 결정적으로 남성/여성이라는 이질성을 보인다. 여기에 보태어 〈김현감호〉에서는 인간이라는 다른 종족에게 보이는 태도에서 배타성/포용성으로 구분되고, 〈오뉘 힘내기〉에서는 '서울 다녀오기/성城 쌓기'라는 다른 과업으로 크게 갈린다. 〈천지왕본풀이〉에 비하자면 동질성은 한층 더 약화되고 이질성은 강화된 사례이다.

이어서 민담 〈현우형제담〉은 동기同氣라는 기본 자질만 주어질 뿐, 둘의 능력이나 기량이 차이 정도가 아니라 '현賢/우愚'로 강하게 대비되는 경우이다. 형제의 틀을 갖고 나왔지만 타자보다도 더 차이가 나게 이질성을 부각시킨 것이 특징이다.

이처럼 이 책에서 다룰 세 유형은 그 양상이 각기 다르지만, 결국 이질성을 서로 보완하여 과업을 이루는 데 중점을 둔다는 점에서 같다. 이런 이질성의 강화와 보완이 더 강조된 사례가 소설 〈흥부전〉이다. 흥부와 놀부는 비록 형제로 나오지만 마음씨 좋은 흥부와 심

이 사전》, 민속원, 1991, 235~236쪽.

술보를 가지고 태어난 놀부 형제의 '선인/악인'의 이질성이 도드라진다. 그러나 소설답게 품성 문제에 그치지 않고 경제적 능력과 부富의 소유라는 경제 문제에서도 서로 극적으로 대치함으로써 윤리와 경제의 편재偏在 문제로까지 나아간다.

〈흥부전〉이 문제로 삼은 윤리와 경제 문제는 사실 독립적인 삶을 영위하면서 다른 사람들과의 공영을 추구하는 인간이라면 누구나 갖추어야 할 두 가지 자질이다. 이런 자질들은 그 밖에도 여럿이 있는데, 소설에서는 작가의 의식이나 시대적 변화에 맞춰 여러 가지 자질들을 선보였다. 〈구운몽〉의 성진과 양소유는 실제 세계의 자신과 꿈속의 자신이라는 분화라는 점에서 그 둘은 사실상 한 인간이고, 어찌 보면 가장 동질적인, 지금까지 살핀 동기同氣를 기초로 한 짝패 인물들보다 더 동질적인 인물이다. 그럼에도 불구하고 현실/꿈의 이질적인 공간은, 성聖/속俗의 이질성을 드러내어 도리어 더 극명히 대조되는 효과를 거둔다. 그러나 이는 〈흥부전〉의 '윤리'와 '경제'처럼 모든 인간이 갖추어야 할 보편적인 자질이 아니다. 보통의 인간은 속된 세계에 살아가며 성聖으로 넘어가는 길은 봉쇄되기 십상이기 때문에 사상적 초탈로 그 동질성의 회복을 꿈꾼다.

〈구운몽〉의 연장선상에서 〈옹고집전〉의 짝패 인물도 파악해 볼 만하다. 〈옹고집전〉의 허옹虛翁은 실제 내용상 가짜이지만 일부러 똑같이 만들어 놓은 가짜여서, 그 외양의 동질성이라는 면에서 여타의 짝패를 능가한다. 일종의 도플갱어가 만들어진 것으로 주변 사람들을 헷갈리게 하지만, 그 내용 면에서는 매우 달라서 성진과 양소유만큼이나 판이하다. 외양의 혹사酷似와 내면의 대립이라는, 동질성과 이질성을 주축으로 하는 것이다. 이 작품과 유사한 동일 계열의 변신담들은 이런 문제를 파악하기에 좋은 자료가 된다. 〈쥐좆도 모른다〉[45]와 〈황호랑이〉[46]는 모두 사람으로 변신한 동물, 혹은 동물로 변신한 사람 이야기다. 사람과 동물의 경계를 넘나들면서 동물이 사람 행세를 하거나 사람이 동물 행세를 하는 것인데, 이 점은 〈김현감호〉와 유사하게 전개하지만 서사의 결말에서 많은 차이를 보인다. 어쨌거나 이 둘 모두 외양의 동일함이라는 동질성에 기반하면서, 내면의 성향 등에서 극단적으로 대비되는 이질성을 보인다. 실화인 〈유연전柳淵傳〉[47]은 실제로는 동질성이 전혀 없는 사람을 일부러 같은 인물이라고 꾸밈으로써 벌어지는 기사奇事이다. 인위적인 조작으로 부여된 동질성을 바탕으로 했다는 점에서 〈옹고집전〉과 비교하기 좋은 자료이다.

마지막으로 〈양반전〉은 혈연이나 외모의 동질성이 전혀 없는 개별 인물들이 맺는 짝패 관계를 선보인다. 이들의 동질성이라면 동일한 신분 층위, 혹은 하나의 신분제를 유지하기 위해 서로 의존하는 관계라는 점이다. 즉, 반의어 개념에서 흔히 사용되는 '동위성同位性'이 이 인물들의 동질성을 담보한다.[48] 정선 양반과 군수는 '사/대부'

---

45 《한국구비문학대계》 유형분류로 '631-2 둔갑해서 주인을 몰아낸 쥐 물리치기(옹고집전 유형)' 가운데 '쥐좃(뿔)'을 표제로 내건 各篇만 해도 8편이 된다. 1-4. 154 쥐뿔도 모른다, 1-7 782 쥐좃도 모른다, 3-1 338 쥐좃도 모르느냐, 3-2 221 쥐좃도 모른다의 유래, 4-6 501 쥐좃도 모른다, 6-5 479 쥐좃도 모른다는 말의 유래, 6-11 519 쥐좃도 모르냐, 7-18 528 쥐좃도 모르는가. 조동일 외, 《한국구비문학대계 별책부록(I) 한국설화유형분류집》, 한국정신문화연구원, 1989, 533~534쪽.

46 《한국구비문학대계》 유형분류로 '621-1 둔갑했다가 사람으로 되돌아오지 못하기(효자호랑이형)' 가운데 '황효자, 황팔도' 등의 표제를 단 각편들이 이에 해당하며, 표제가 달라도 내용이 크게 달라지지 않는다. 조동일 외, 《한국구비문학대계 별책부록(I) 한국설화유형분류집》, 한국정신문화연구원, 1989, 528쪽.

47 李恒福, 〈유연전柳淵傳〉, 《백사집白沙集》 권16 〈잡저雜著〉.

48 동위성 개념은 다음과 같다: "둘째, 동시에 연상된 공존쌍의 단어들은 논리학적으로 하나의 상위 개념에 묶이는 같은 자리의 개념, 즉 동위 개념이어야 한다. 동위 개념은 언어학적으로도 동위성同位性이 있어야 한다. 즉 '빨강'에 대한 '파랑'은 동위 개념이지만, '빨강'에 대한 '파랗다'는 서로 품

로 구분되는 양반의 동위성이, 정선 양반과 천부賤富는 '양반/상민'으로 이루어진 신분사회의 양축을 형성한다. 그러나 이 작품에서는 윤리나 부富, 덕망, 권세 등등의 여러 자질이 복잡하게 얽힐 뿐만 아니라, 그 결말 역시 여느 작품들과 상당히 달라서 간단치 않은 당대 상황을 잘 그려 낸다.

짝패 인물의 동질성과 이질성이 어우러지는 양상을 아주 간단히 정리하면, "같지만 다르다"는 빤한 결과일 것이다. 그러나 이 정도의 결과는 사실상 모든 서사와 인간관계에서 타자에게 느끼는 감정이므로 그 이상의 논의가 필요하다. 문제는 그토록 동질성이 강한데 왜 이질성을 드러내는가, 혹은 이질성이 그토록 강하다면 왜 동질성을 찾으려 애쓰는가에 있지 않다. 도리어 동질성이 강하기에 이질성을 드러내려는 까닭은 무엇이며, 이질성이 강하기에 동질성을 찾는 이유가 무엇인가에 있겠다.

〈오뉘 힘내기〉[49]의 사례를 보자. 이 이야기에는 힘이 센 남동생과, 그보다 더 힘센 누나가 등장한다. 결과적으로 힘이 약한 남동생이 승리를 거두면서 누나가 죽게 되지만, 딱히 남동생이 악하고 누나가 선하다고 하기 어렵다. 그저 둘이 너무 힘이 센 나머지 서로의 힘을 겨루려 했을 뿐이라는 정도에서 서사가 진행되어도 무방하며, 결정적인 승패를 가르는 요인은 그들의 심성이 아니라 어머니의 개입이

사를 달리하기 때문에 동위 개념이라고 할 수 없다. 이것은 언어적 · 논리적 동질성을 나타내는 조건이다. 이상 두 가지는 반의어가 가지는 동질성 조건이라고 할 수 있다. 반의어는 반드시 어떤 관점에서 공통점이 있다는 전제하에서 문제되는 한 쌍의 단어들이기 때문이다." 이응백 외 엮음, 앞의 책, 같은 항.

49 《한국구비문학대계》 유형분류로 '121 힘내기하다 망하기'의 하위 유형으로 '121-1 한쪽이 희생되고(패배하고) 만 힘내기'가 대개 여기에 속한다. 조동일 외, 《한국구비문학대계 별책부록(I) 한국설화유형분류집》, 한국정신문화연구원, 1989, 142~144쪽.

기 때문이다. 그렇기 때문에 누나가 죽는 것이 선善이 될 수 없고, 설령 그 반대가 되더라도 유쾌한 결과를 초래하지 않는다. '내기'를 표방했지만 내기에서 이긴들 얻을 수 있는 게 없고, 기껏해야 동기간의 목숨을 빼앗는, 어찌 보면 보상이 아니라 형벌 같은 결과만이 돌아오기 때문이다. 어차피 둘은 동기간이고, 둘의 힘이 잘 모아졌더라면 아무 문제가 없을 뿐만 아니라 더 큰 과업을 수행했을 텐데 이들은 아무 잇속 없는 힘겨루기를 하고 결국 한쪽이 목숨을 잃는다. 이 둘이 펼쳐 보인 '성城 쌓기'와 '서울 다녀오기'는 사실상 인간이라면 누구나 해야 할 두 가지 과업, 곧 '집짓기'와 '길 찾기'를 상징한다. 집을 짓고 그 안에 편히 사는 것은 훌륭한 일이지만 길이 없다면 집에 갇힌 꼴일 뿐이며, 길을 찾아나서는 일 또한 아름다운 일이지만 집 없이 평생 길만 찾는다면 모험이 아니라 방황일 뿐이다. 이 오누이의 파탄은, 동기同氣이기 때문에 그 두 과업이 합쳐져야 하는 당위성을 더욱 강하게 표출한다.

이처럼 짝패 인물이 드러나는 서사에서는 어느 한쪽 인물이 더 나아 보이게 설정하더라도 이내 그 둘의 자질이 통합되는 편이 낫다는 생각이 들게 만드는 경향이 있다. 가령, 〈현우형제담賢愚兄弟譚〉 가운데 〈명의名醫 형제〉는[50] 명의로 소문난 똑똑한 형이 어머니 병을 진단만 하고 처방약을 구하지 못해 맥을 놓고 있는데, 어리숙한 동생이 무작정 어머니를 업고 길을 나섰다가 우연히 명약名藥을 얻어 병을 고친다. 형제 모두 어머니의 병을 고치려는 마음은 같았으나 방

50 《한국구비문학대계》 유형분류상 '732-9 엉뚱한 음식 먹고 병 고치기' 유형 및 '413-2 정성이 지극해서 부모 병 고친 효자' 유형 등에 여기에 해당하는 이야기들이 있다. 조동일 외, 《한국구비문학대계 별책부록(I) 한국설화유형분류집》, 한국정신문화연구원, 1989, 631~632쪽 및 362~363쪽 참조.

법이 달랐다. 표면상 이야기는 어리숙한 동생의 손을 들어 주고 있지만, 둘이 대립적인 방법으로 해결책을 구하고 결과적으로 문제를 해결해 나가는 과정은 형제가 짝패적 대립 관계에 있음을 내보인다.

작품을 꼼꼼하게 살핀다면 통합을 요구하는 목소리를 잡아 낼 수 있는데, 예를 들어 〈흥부전〉 이본군異本群에서는 "놀부는 형이오 흥부는 아이라 놀부 심ᄉᆡ 무거ᄒᆞ여 부모 ᄉᆡᆼ젼 분ᄌᆡ젼답을 홀노 ᄎᆞ지ᄒᆞ고 흥부 갓튼 어진 동ᄉᆡᆼ을 구박ᄒᆞ여 건넌산 언덕 밋ᄒᆡ ᄂᆡ써리고 나가며"[51]와 같은 식으로 간단하게 전개되지만, 신재효본 〈박타령〉 같은 데에서는 최종적으로 장비張飛가 나타나서 "네 아무리 회과悔過하여 형제 우애하자 한들 목숨이 죽어지면 어쩔 수가 없겠기에, 네 목숨을 빌려주니 이번은 개과改過하여 형제우애하겠는가"[52]로 하여 개과천선改過遷善에 대한 기대를 상승시킨다. 물론, 《구약성서》에서 가인의 목숨을 살려 주는 야훼와 놀부의 목숨을 살려 주는 장비가 꼭 동일한 메커니즘으로 작동한다고는 보기 어려울 것이다. 그렇지만, 일견 응징의 대상이 되는 인물을 살려 둠으로써 더 큰 뜻을 펼치려 했다는 점에서는 양자가 동일하다.[53]

그런데 악인을 응징하면 통쾌함이 있어야 하는데, 실제로 응징하기 어려운 악인도 있고 응징하고 나면 도리어 불편해지는 경우도 있

---

51 〈흥부전〉(경판25장본, 국립중앙도서관 소장), 1-앞, 김진영 외 편저, 《흥부전 전집》 2, 박이정, 2003, 11쪽.

52 강한영 교주, 《신재효판소리사설집全》, 보성문화사, 1978, 443쪽.

53 희생 제의가 "곡식의 수확에 실패하여 기근에 시달리던 원시농경사회에서는 구성원 사이의 갈등으로 인한 폭력 사태가 발생"한 데서 출발하였으며, "폭력을 미연에 막기 위해 폭력에의 욕구를 초자연적 신에 대한 폭력으로 유인했고 그렇게 하여 사회적 위기를 극복했다."는 웨스터마크E. A. Westermark 주장을 상기하면, 개인적 원한이나 복수의 문제가 아닌 전체 사회의 유지 차원에서 이런 문제가 중요하다. 류성민, 《성스러움과 폭력》, 살림, 2003, 25~26쪽.

다. 전자가 악인의 힘이 강하거나 아예 초월적 존재로 드러나는 경우라면, 후자는 혈연관계처럼 애초에 응징이라는 수단을 사용하는 것이 부당한 경우이다. 예를 들어 아버지나 아들이 잘못을 했다고 해서 응징을 한다면 부모 자식 관계가 치명적인 손상을 입어 응징의 효과보다 부작용이 더 크게 부각된다. 그보다는 정도가 좀 낮지만 형제 관계 또한 그렇게 볼 수 있다. 이런 이유로, 가인이 아벨에게 잘못하고, 놀부가 흥부에게 못되게 군 것이 사실이라 하더라도 그렇다고 해서 아벨이 가인을, 흥부가 놀부를 쉬 응징할 수 없는 것이다. 이런 맥락에서 놀부의 개심改心에 중심이 두어진다면, 〈흥부전〉의 주제는 '악의 응징'이나 '형제간의 우애'가 아니라 '개과천선改過遷善'이 된다.[54]

따라서 비록 악으로 보이는 인물이더라도 그 근원의 동질성 등에 힘입어 어느 한쪽을 응징하거나 멸절하는 것이 선善이 되지 않는 상황에서는, 이질성의 통합 욕구가 강해질 수밖에 없다. 실제 작품을 보아도 자신을 내치려 한다고 원망하는 성진에게 육관대사는 "네 스ᄉᆞ로 가고져 홀ᄉᆡ 가라 ᄒᆞ미니 네 만일 잇고져 ᄒᆞ면 뉘 능히 가라 ᄒᆞ리오? 네 또 닐오ᄃᆡ 어ᄃᆡ로 가리오 ᄒᆞ니 너의 가고져 ᄒᆞᄂᆞᆫ 곳이 너의 갈 곳이라."[55]고 한다. 성진의 악을 응징하여 교화하려는 게 아니라, 그곳이 바로 성진이 가야 할 곳이라고 말하는 것이다. 이 육관대사의 발언을 《금강경》 식으로 설파하자면, 오기도 하고 가기도 하는 등의 방향성이 있는 존재는 여래如來가 아니다. "여래란 어디로부터

---

54 〈박타령〉의 주제를 개과천선으로 파악한 연구는 설중환, 〈흥부전의 상징성과 구조적 의미〉, 《우운박병채박사 환력기념논총》, 우운박병채박사 환력기념논총 간행위원회, 1985, 666쪽 참조.

55 김만중, 〈구운몽〉(서울대학교 규장각 소장 필사본), 김병국 교주, 《구운몽》, 서울대학교출판부, 2007, 15~16쪽.

온 바도 없으며 또한 가는 바도 없으므로 여래"[56]라고 하는 것이며, 성진 또한 이곳에서 저곳으로 내쳐지는 게 아니라 그것이 바로 그가 있어야 할 본래의 곳을 찾는 여정이다. 〈옹고집전〉에서 여러 승려들이 옹고집에 대한 응징을 논할 때 대사가 한사코 말리는 것[57]도 마찬가지다.

이런 측면에서 〈양반전〉은 여러모로 여타의 짝패 인물 서사와 큰 차이를 보이지만 크게 보면 유사한 궤적을 보인다. 우선 이 작품에 등장하는 인물 중 누가 누구와 짝패를 이루는가가 불분명하다. 기존 논의대로 휴머니즘의 견지에서 보자면 군수와 천부賤富가 대척점에 서 있는 것이 분명하지만,[58] 둘 사이의 공통점이 너무 없다. 동일한 근원에서 출발한 분신으로 여겨질 만한 하등의 공통점도 없기 때문이다. 반면, 정선 양반과 군수는 그럴 소지를 보인다. 이는 첫 문권文券에 나와 있는 양반에 대한 정의를 보면 알 수 있다. "대체 양반이란, 이름이 각각이라. 글 읽는 사람은 선비가 되고 정치에 종사하면 대부가 되며 덕이 있으면 군자라고 한다."[59]는 진술의 핵심은 '사士/

---

56 제29. 위의가 적정함[위의적정분威儀寂靜分]
"수보리야, 만약 어떤 사람이 말하기를 '여래는 오기도 하고 가기도 하며 앉기도 하고 눕기도 한다.' 하면 이 사람은 나의 설한 바 뜻을 알지 못함이니라.", "무슨 까닭인가. 여래란 어디로부터 온 바도 없으며 또한 가는 바도 없으므로 여래라 이름하느니라." 무비스님 편저, 《금강 · 아미타경》, 창, 2010, 121쪽.

57 제승이 대왈, "스승의 높은 술법으로 염라왕께 전갈하여 각임도령 치사 노아 옹고집을 잡아다가 지옥에 엄수하여 영불출세하게 하옵소서.", "그는 불가하다.", "그러하오면 해동청 보래매 되어 청천운간 높이 떠서 서산에 머물다가 표연이 달려들어 옹가 대가리를 두 발로 덤벅 쥐고 두 눈을 이근한 오수박 파듯 하여이다.", "아서라 그도 못하리라.", "그러하오면 만첩청산 맹호 되어 야삼경 깊은 밤에 담장을 넘어가서 옹가를 물어다가 산고곡심 무인처에 뼈 없이 먹사리다.", "그도 또한 못하리라." 〈옹고집전〉, 김기동 편, 《한국고전소설선》, 새글사, 1965, 276쪽.

58 천부賤富와 군수郡守를 휴머니즘적 관점에서 대비한 예는 황패강, 〈양반전 연구〉, 《한국고소설연구》, 새문사, 1983이 있다.

59 維厥兩班 名謂多端 讀書曰士 從政爲大夫 有德爲君子. 박지원, 《燕巖集》, 권8, 別集, 〈放璚閣外傳〉.

대부大夫'의 대립이다. 사士는 공부하고 대부大夫는 벼슬을 하지만, 사실 사대부士大夫의 이상理想은 그 둘이 나뉘지 않고 사와 대부가 아름답게 순환하는 데 있을 터이다. 작품 내에서는 그런 통합을 직접 서술하면서도 등장인물은 사실상 두 쪽으로 나뉘어 있는 파행을 보여 주는 셈이며, 그를 통해 새로운 문제를 제기하는 것이다.

짝패 인물들 간의 관계와 양상

이미 살핀 대로 짝패 인물의 관계에서 가장 흔한 것은 쌍둥이나 형제처럼 동근同根을 강조한 대립일 테지만, 실제 작품에서는 그렇게 단일한 방식으로 드러나지 않는다. 이른바 '객관적 짝패Objective Double'와 '주관적 짝패Subjective Double'는 짝패 인물의 구분에서 중요한 잣대가 될 수 있다. 전자는 말 그대로 객관적으로 실재하는 두 인물이 등장하는 경우이며, 후자는 주관적으로 분열되어 두 인물이 등장하는 경우이다.[60] 이 둘을 가르는 기준은 비교적 간단해서, 객관적 짝패가 다른 사람과의 관계 속에서 이루어지는 것이라면 주관적 짝패는 다른 사람과의 관계없이 이루어지는 짝패이다.[61] 전자가 실제 현실에서 다른 인물로 작동하는 '현실적 짝패'라면, 후자는 현실이 아닌 꿈이나 상상, 판타지 공간 등에서 작동하는 '관념상의 짝패'이다.

---

60 이는 로버트 로저스Robert Rogers의 구분으로 이재선, 앞의 책에서 '객관적 이중'과 '주관적 이중'으로 옮긴 바 있으나, 여기에서는 관례대로 'Double'을 '짝패'로 옮긴다. "전자가 두 인물 간의 신체적인 유사성을 전제로 한 것으로 주로 외양적이거나 행동의 동기화와 관련됨에 비해서 후자는 분열된 자아의 상상력과 관련된 심리적인 듀얼리즘이거나 주관 관계적 반응의 동기화와 관련된다." 이재선, 앞의 책, 307쪽.

61 Robert Rogers, *The Double in Literature*, Wayne State University Press, 1970, 5쪽.

그러나 이는 짝패로 등장하는 인물이 어떻게 존재하는가 하는 추상적인 구분일 뿐, 작품에서 더 중요한 기준은 짝패 인물들 간의 관계이다. 남성들의 짝패 인물에 대해 광범위하게 연구한 셀너Sellner는 총 10장으로 구성된 저서에서 다양한 관계를 망라해 놓았다. 1. 상처를 치유하는 의사, 2. 동지(전우), 3. 침상 파트너, 4. 또 다른 자아, 5. 소중한 제자(문하생), 6. 독신 남성, 7. 재능 있는 아들, 8. 영혼의 친구, 9. 사랑하는 형제, 10. 길에서 만난 친구.[62] 여기에 남성-여성, 여성-여성의 관계까지 덧보탠다면 훨씬 더 다양한 짝패 관계들이 드러날 것이며, 아주 세심하게 살피자면 모든 짝패마다 하나의 관계가 있을 수 있겠다. 그럼에도 불구하고 생각할 수 있는 몇 가지 관계를 범주화해 보면 다음과 같다.

첫째, 가장 큰 범주에서 '인간과 비非인간'의 관계이다. 물론 '인간'의 영역을 어디까지로 볼 것인가를 두고 논란의 여지가 있다. 가령 양소유 같은 경우 분명 인간이지만 실제 서사에서는 꿈속에서 한바탕 놀고 가는 인간일 뿐이다.[63] 그럼에도 불구하고, 어떠한 환각이나 복제, 변신, 심지어는 꿈이 아닌 현실에서의 인간을 기준으로 인간과 비인간을 나눌 때 다음과 같은 틀이 생긴다.

먼저, 짝패 인물이 모두 인간인 경우이다. 〈오뉘 힘내기〉, 〈현우형제담〉, 〈유연전〉, 〈흥부전〉, 〈양반전〉등 가장 많은 작품이 여기에 속

---

62 Edward C. Sellner, *The Double : Male Eros, Friendship, and Mentoring - From Gilgamesh to Kerouac*, NJ : Lethe Press, 2013.

63 양소유에 대한 이해는 실제 인물로 보는가, 꿈속에 만들어진 허상虛像으로 보는가에 따라 판단이 달라진다. 전자라면 전생轉生으로 파악하여 또 다른 삶이 펼쳐지는 것으로 볼 수도 있겠고, 후자로 본다면 심리적 분열로 볼 여지도 있기 때문이다. 전자의 시각에서 이해한 연구는 김대숙, 〈轉生설화에서 본 「구운몽」〉(《이화어문논집》13, 이화어문학연구소, 1994.2)이 있으며, 동일한 맥락에서 김병국의 〈성진 환생의 심리적 의미〉(《한국고전문학의 비평적 이해》, 서울대학교출판부, 1995.12) 등은 사실상 동일한 인물의 심리적 분열로 해설될 여지를 제시해 주었다.

한다. 여기에 등장하는 짝패 인물들은 모두 인간으로서 그 서사 역시 인간사에 관한 일들이 대부분이다. 〈오뉘 힘내기〉가 신화의 편린을 보이고, 〈흥부전〉이 초월적인 힘의 개입이 드러나기는 하지만, 인간과 인간이 겪는 일상의 문제를 주조로 하는 점이 특징이다.

다음으로, 짝패 인물이 모두 비非인간인 경우이다. 〈천지왕본풀이〉의 형제는 아버지가 천지왕으로 신이며, 어머니가 여느 인간인 점을 고려하면 사실상 반신반인半神半人의 존재이다. 실제 서사 역시 그 존재에 걸맞게 세상의 질서를 문제 삼으며 저승과 이승을 놓고 어느 세계를 다스릴 것인가 하는 다툼이 중심이 된다.

끝으로, 한쪽은 인간이지만 한쪽은 비인간인 경우인데, 여기에는 여러 다양한 유형들이 있어서 앞의 두 경우보다 좀 더 세심하게 살펴야 한다. 크게 보자면 짝패 인물이 동일 공간에 동시에 존재하는 경우와 다른 공간에 존재하는 경우로 가를 수 있다. 다른 작품들이 모두 한 공간에서 일어나는 일인 데 비해, 〈구운몽〉은 꿈이라는 공간에서 활동하는 허상이라는 점이 특이하다.[64] 〈구운몽〉을 제외한 다른 작품들은 모두 동일 공간에서 함께 있게 되는데, 그 정도에서는 상당한 편차를 보인다. 〈쥐좆도 모른다〉나 〈옹고집전〉은 실제 공간에 가짜 옹고집이 들어와 함께 생활하고 겨루는 내용이지만, 〈김현감호〉와 〈황호랑이〉는 공간을 넘나드는 게 그리 자유롭지 못하다. 호랑이가 사는 세상과 인간이 사는 세상이 '산속/마을'처럼 일정한

---

64 이 문제는 각종 최근 '가상현실'이 서사에 편입되면서 중요한 문제로 대두되었다. 정현규는 가상현실이 실제 현실과 대립하는 양식을 크게 셋으로 나눈 바 있다. "첫째는 실제가 완벽하게 가상화하는 방식이고, 둘째는 가상적인 것이 실제에 의해 완벽하게 식민화되는 방식이며, 셋째는 가상공간과 실제 공간 사이에 상호적인 영향 관계, 즉 '상호침투'가 이루어지는 경우이다."(정현규, 앞의 논문, 230쪽)

기준을 갖고 분리되어 있어서 그곳을 넘나들기 위해서는 특별한 장치가 필요하다. 황호랑이는 변신술을 담은 비서秘書를 통해 양쪽을 넘나들고, 호랑이 처녀는 오빠들과 달리 자유롭게 양쪽 세상을 소통하는 능력을 지녔다.

이런 작품에서는 모종의 위계가 드러난다. 성계/속계(〈구운몽〉), 실제/가짜(〈쥐좆도 모른다〉, 〈옹고집전〉), 인간계/동물계(〈김현감호〉, 〈황호랑이〉)의 구분은, 주로 어느 한쪽에 있는 인물이 다른 쪽에 있는 인물과 어떤 관계를 맺는가 하는 점이 작품의 주제를 이루게 된다. 〈구운몽〉에서 성계보다 한 차원 떨어지는 속계를 진짜로 생각한 후 다시 새롭게 사태를 파악한다거나, 〈쥐좆도 모른다〉와 〈옹고집전〉에서 동물이 변신한 가짜 인간에게 진짜 인간이 패퇴하다가 본래의 지위를 되찾는다거나, 〈김현감호〉에서 양계兩界를 오가는 인물이 희생양을 자처해 양계의 분쟁을 종식시키고 평화를 되찾는다거나, 〈황호랑이〉에서 양계를 오가던 인물이 아내의 개입으로 동물계로 떨어져 영영 돌아오지 못하게 되는 것 등등 다양한 서사의 스펙트럼을 보인다.

둘째, 짝패 인물들의 대결 과정이다. 서사문학에서는 이야기하기의 과정이 필요하므로 통상 시간적 배열이 중요하다. 이미 앞서 진술한 대로 짝패 인물에서 문제가 되는 것은 바로 인물 간의 동질성과 이질성이며 그들의 비교를 통해 인물 간의 관계가 분명해진다. 그런데 이런 비교가 분명해지려면 아무래도 동시에 맞비교가 가능해야 하며, 많은 짝패 인물들은 그렇게 드러난다. 〈흥부전〉을 예로 들자면 흥부와 놀부가 작품 서두에서 설명되면서 둘이 서사적 대결을 벌여 나가는 것이다. 실제로 비교를 할 생각이 없더라도 동시에 등장하거나 거의 시차 없이 연달아 나오게 되면 비교의 효과는 자연스럽게 증폭된다. 즉, "동일한 환경 속에 두 사람의 작중 인물이 제시되어 있을 때 그들의 행동 사이의 유사성이나 대조는 양편 모두의 특성을 두드러지게 한다.”[65]

그런데 이미 살폈듯이 고전 서사의 많은 작품들에서는, 특히 변신이나 환생 같은 특별한 장치를 택하는 경우, 짝패 인물들이 서사의 처음부터 끝까지 지속적으로 동일한 환경 속에 병립하는 것이 아니다. 대결 과정이라는 시간축을 중심으로 설명할 때 적어도 다음과 같은 세 가지 유형이 등장한다.

	유형 1	유형 2	유형 3
인물 a	-----------	--- ---	-----------
인물 b	――――――	――	―――

이 그림은 인물 a와 인물 b가 짝패 인물을 이루며, 인물 a의 서사를 점선으로, 인물 b의 서사를 실선으로 표시한 것이다. 유형 1은 〈흥부전〉 같은 서사로 처음부터 끝까지 두 인물의 서사가 지속되며 항상 대비될 채비를 하는 작품들이다. 유형 2는 두 인물의 서사가 다른 시간축에서 작동하는 경우로, 두 인물이 만나지 않고 별개의 서사를 구축한다. 〈구운몽〉이 여기에 해당한다. 유형 3은 한 인물은 지속적으로 서사에 등장하지만 상대 인물은 부분적으로 나오는 데 그치는 서사이다. 〈김현감호〉가 여기에 해당하는데, 호랑이 처녀는 처음부터 끝까지 등장하지만 그 짝인 오라비들은 중간에 나왔다가 사라지고 만다.

유형 1의 서사는 두 인물이 사실상 복수 주인공의 형식으로 등장

---

65 S. 리몬-캐넌, 《소설의 시학》, 최상규 옮김, 문학과지성사, 1985, 107쪽.

한다고 할 수 있다. 비록 '흥부전'이라는 표제를 달고 나왔더라도 주인공은 흥부와 놀부이며 〈흥부놀부전〉이라고 해도 무방하다. 〈천지왕본풀이〉 역시 대별왕과 소별왕이 대등한 비중을 이루며 서사가 진행되고, 〈오뉘 힘내기〉의 오누이, 〈현우형제담〉의 현우형제 역시 마찬가지다. 이들 서사는 두 인물이 서로의 장단점을 잘 살려서 온전한 인간으로 나아가든지, 그러지 못하고 파탄으로 끝남으로써 그렇게 하지 못했을 때의 위험을 경고한다.

유형 2의 서사는, 적어도 표면적으로는, 인물 a와 인물 b가 완전히 다른 별개의 서사를 갖고 있다. 〈구운몽〉은 사실상 〈양소유전〉과 〈성진전〉의 합체인 것이다. 그래서 둘을 합치는 것이 단순한 물리적인 변화만으로는 미흡하여 화학적인 변화를 필요로 한다. 양소유와 성진은 서로를 보완함은 물론, 서로의 한계를 뛰어넘어 새로운 차원의 존재로 거듭나야만 한다. 이로써 깨달음의 서사로 진행하는데, 앞서 설명한 바 있는 주인공의 '전향'을 보여 주는 적극적인 예이다. 물론 〈흥부전〉의 놀부도 개심을 통해 전향을 하지만 놀부가 단순히 마음을 고쳐먹는 데 비해 성진은 새로운 깨침으로 해탈의 경지에 이른다.

유형 3의 서사는, 실체로 드러나는 인물은 처음부터 끝까지 등장하지만 그 실체의 복제 내지는 허상인 인물은 중간에 잠깐 드러났다가 사라지는 유형이다. 〈옹고집전〉의 옹고집, 〈김현감호〉의 호랑이, 〈황호랑이〉의 황팔도는 지속적으로 등장하는 인물이다. 그러나 그 중간에 특별한 과정을 거쳐 그의 분신 같은 인물이 나타나 혼선을 주다 사라진다. 이런 경우, 대체로 진짜 인물의 정체성에 문제를 제기하는 서사가 되기 쉽다. "네가 진짜로 알고 사는 삶이 진짜인가?"와 같은 근본적인 문제를 던지는 것이다.

셋째, 짝패 인물의 대결 결과이다. 서사가 갈등을 전제로 한다는 점에는 이론이 없으며, 갈등은 힘겨루기의 속성을 지닌다. 그러므로 갈등이 있다면 갈등의 결과에 관심을 두게 되고, 최소한 암묵적으로라도 어느 한쪽의 승리를 상정하기 마련이다. 〈흥부전〉에서는 흥부가, 〈오뉘 힘내기〉에서는 오라비가 승리를 거두는 것이다. 그러나 짝패가 등장하는 많은 작품들에는 그렇게 재단하기 어려운 요소들이 있으며, 심지어 〈흥부전〉이나 〈오뉘 힘내기〉조차 어느 한쪽의 일방적 승리로 보기 어렵다. 더욱이 〈양반전〉처럼 서사가 끝나도 대결이 끝나지 않는 경우에는 대결 결과를 논하기가 쉽지 않다. 이야기의 종지부에 이르러도 갈등이 종결되지 않는 경우가 있어서 주의를 요한다.[66]

〈흥부전〉의 경우, 놀부와 흥부가 함께 살다가 쫓겨나 흥부와 놀부가 차례로 박을 타고 흥부는 부자가 되고 놀부는 회과悔過를 하는 줄거리다. 당연히 부富와 윤리를 한 쌍으로 그 자질을 분배할 경우, 작품의 초입에서는 흥부는 (+, +)이다가 쫓겨나 가난뱅이 신세가 되었다가(-, +), 결국 박을 타 부자가 된 후 (+, +)로 회복한다. 놀부는 (-, +)이다가 박을 탄 후 (-, -)로 변한 후, 회과하여 흥부가 준 재산으로 다시 부자가 되어 (+, +)가 된다. 이 대결의 결과는, 불균형의 형제를 모두 긍정적인 측면에서 균형을 갖게 해 주는 경우라고 할 수 있다. 6장에서 상술되겠지만, 놀부만의 문제가 아니라 흥부 또한 경제관념의 결여에서 출발하여 그것을 획득해 나가는 과정으로 볼 때 쌍방의 승리와 쌍방의 균형을 취해 나간 서사로 봄직하다.

---

66 포터 애벗은 서사의 종결에서 'ending'과 'closure'를 구별한다. 전자가 실제 텍스트에서 서사가 끝나는 부분을 가리킨다면, 후자는 사건의 갈등이 끝나는 내용을 말한다. H. 포터 애벗, 《서사학 강의》, 우찬제 외 옮김, 문학과지성사, 2010, 115~116쪽의 〈종결과 끝〉 참조.

그러나 〈양반전〉 같은 경우는 그렇게 균형을 맞추어 가는 것이 아니라 끝내 파탄에 이르게 된다. 이야기의 말미에 천부賤富가 달아나는 대목이 있으나, 본래 제기되었던 문제나 작품 중간에 불거졌던 갈등이 해결되지 않은 채 '끝ending'이 났다는 점에서 '종결closure'이 없는 것이다. 정선 양반은 여전히 가난하게 지낼 것이며, 목민관으로서 사술邪術을 쓴 군수를 바로잡을 기회는 영영 없다. 한쪽이 극적 반전을 꾀해 균형을 취하는 서사라면, 한쪽은 극적 반전을 통해 불균형을 도리어 심화시키는 서사이다.

그런 양 극점의 사이에 짝패 인물을 다룬 여러 작품들이 놓인다. 물론 짝패 인물들은 서로가 옳은 듯이 다투지만, 그 이면을 살펴보면 하나같이 문제를 안고 사는 인물들로 서로가 꼭 닮아 있다. 짝패가 본시 동일한 근원에서 출발한 까닭에 그렇게 "닮아 가다가는 어느 하나가 크게 탈이 나면 다른 하나만 남거나 또는 다른 하나도 마찬가지로 탈이 나"[67]기에 탈을 풀어 내는 결과에 이르든, 탈이 커져서 파탄으로 끝나는 결과에 이르든, 대립하는 두 인물이 통합되어 균형을 찾아가는 서사, 두 인물의 한계를 넘어 한 차원 다른 존재로 올라서는 서사, 가짜를 배척하면서 참된 자아를 되찾는 서사, 잠깐의 해결책이 보이는 듯해도 결국에는 계속되는 대립이 문제되는 서사 등등의 편차를 보인다.

이 밖에도 각 인물들의 관계 역시 유형을 구분 짓는 요인이다. 긴밀도가 높은 순서대로 늘어놓아 보면, 쌍둥이-한 부모 밑의 형제나 남매-꿈이나 환상 속의 또 다른 자아-자신의 실체를 비춰 주는 도플갱어-자신과 혈연 등의 관계가 없는 완전한 타인 등의 스펙트럼

67 김진석, 앞의 글, 82쪽.

을 보인다. 아울러, 짝패 인물 간의 대립 자질 또한 해당 작품의 주제를 선명히 드러낸다. 〈흥부전〉이 형제애를 바탕으로 한 윤리와 경제 문제를, 〈구운몽〉이 성聖과 속俗을 넘나드는 초월의 문제를, 〈옹고집전〉이 성숙한 삶의 문제를, 〈양반전〉은 사대부士大夫를 근간으로 하는 유교적 통치 기반의 문제를 각각 드러내고 있다.

여기에서 한 걸음 더 나간다면 한 작품에 하나의 짝패가 아닌 다양한 짝패가 있을 수 있다. 두 인물이 이루는 이중-짝패가 아닌 삼중, 사중의 다중-짝패 또한 가능할 것이다. 일례로 〈구운몽〉에서는 작품의 전반과 후반에 걸쳐 성진/양소유가 한 짝을 이루지만, 부분적으로 본다면 그 밖의 다양한 짝패를 상정해 볼 수 있다. 가령 '육관대사/성진'의 짝은 현실에서 이미 널리 알려진 '스승/제자'의 짝이다. 셀너가 예수와 그 제자의 관계를 짝패로 설정한 바 있듯이, 육관대사와 성진 또한 그럴 수 있다. 도마가 예수의 부활을 의심하듯 성진 또한 육관대사의 가르침에 회의를 품는다. 예수의 짝은 예수의 부활을 '의심하는 자Doubter'인 도마이듯,[68] 육관대사의 짝은 육관대사의 불교적 가르침에 회의를 품은 성진이 된다. 아울러 남/녀의 짝으로서 양소유와 팔선녀, 또 팔선녀의 출신과 위계에 따른 여러 짝들이 가능하다. 〈양반전〉 또한 양반과 군수 이외에 양반과 천부賤富의 짝을 생각해 볼 여지가 있다.

이상의 사례들은 모두 소설 갈래에서 포착된 것으로서, 비록 고소설 특유의 환상幻想이나 변신 등이 있기는 해도, 일정한 수준의 개연성을 유지하기 위해 현실적인 면모를 짙게 띠는 편이다. 이에 비해 신화나 전설 같은 설화, 나아가 서사무가 등의 서사 갈래에서는 그

68 Edward C. Sellner, 앞의 책, 'ch.5. Beloved Disciple'(135~162쪽) 참조.

출발선에서부터 짝패가 될 수밖에 없는 인물 배치가 등장하여 논의의 스펙트럼이 훨씬 넓다.

가령, 《삼국유사》에 등장하는 2인 경쟁담 같은 경우, 고의적이라고 할 만큼 대립적인 자질을 강하게 부각시킨다. 가령, 〈남백월이성노힐부득달달박박南白月二聖努肹夫得怛怛朴朴〉조條의 노힐부득/달달박박, 〈광덕엄장廣德嚴莊〉조의 광덕/엄장, 〈사복불언蛇福不言〉조의 원효/사복의 짝이 그렇다. 상이한 성향의 두 인물이 나타나 성불成佛을 꿈꾸는데, 한 인물이 먼저 깨치고 다른 인물이 나중에 따르거나, 한 인물은 깨치지만 다른 인물에게는 기회가 주어지지 않은 채 텍스트가 끝난다. 이 경우 작품에서 힘주어 강조하는 부분이 있고, 그런 주목을 많이 받는 인물이 주인공이라 할 만하지만, 문제는 이런 이야기들에서 한 인물이 빠지거나 단순히 보조 역할 만 하게 되면 전체 서사에 균열이 온다는 점이다. 단적인 예로, 〈남백월이성노힐부득달달박박南白月二聖努肹夫得怛怛朴朴〉조를 보자.

> 녹음 우거진 바위 앞에 문 두드리는 소리.
> 뉘라서 날 저문데 구름 사립문 두드릴까.
> 남쪽 암자 가까우니 그리로나 가보시고
> 내 집 뜰에 푸른 이끼 밟아 더럽히질 마오.
> – 이상은 북쪽 암자에 대하여
>
> 저문 골짝 어이 가리, 날은 이미 어두워라.
> 남쪽 창 밑 저 자리에 묵어 간들 어떠리.
> 밤 깊도록 백팔 염주 가만히 굴려 보니
> 이 소리 시끄러워 길손의 잠 깰까 두렵네.

– 이상은 남쪽 암자에 대하여[69]

일연이 이 조목의 맨 뒤에 쓴 찬시讚詩인데, 두 수를 나란히 배치하면서 앞의 시는 달달박박이 머물던 북쪽 암자에 대해 쓴 것이고, 뒤의 시는 노힐부득이 머물던 남쪽 암자에 대해 쓴 것이다. 물론, 가엾은 여인을 외면했던 달달박박보다는, 중생衆生 구제救濟라는 부처의 뜻을 먼저 생각한 노힐부득에게 조금 더 호의적이기는 해도, 그 핵심은 둘의 우열에 있지 않다. 북쪽 암자는 북쪽 암자대로 '푸른 이끼 밟아 더럽히질 말라'는 청정淸淨이 돋보이며, 남쪽 암자는 남쪽 암자대로 애써 불경을 외우면서도 도리어 '길손이 잠 깰까 두려워할' 만큼의 큰 도량度量이 돋보이는 것이다. 이런 순간에, 청정淸淨과 지혜知慧는 서로 맞설 듯도 싶지만, 청정淸淨이 없이 지혜를 구하기는 이른 봄에 곡식을 구하는 것처럼 섣부르고, 지혜가 따르지 않는 청정은 공허하기 그지없다. 달달박박은 달달박박대로, 다소 늦기는 했지만 염결廉潔함으로 목표에 이르고, 노힐부득은 노힐부득대로 툭 트인 마음으로 좀 더 일찍 목표에 이르게 함으로써 서로 다른 길, 그러나 함께 해야 하는 길을 제시한 것으로 풀 수 있겠다.

이렇게 짝패 인물은 신화는 물론이고 전설이나 민담 등의 설화, 소설 등등의 다양한 서사에서 다양한 방식으로 작동하므로 그들이 서사에 기여하는 역할과 의미를 추적하는 일은 그 문학성을 해명하는 데 크게 기여할 것이다.

---

69 滴翠嵓前剝啄聲, 何人日暮扣雲扃. 南庵且近宜尋去, 莫踏蒼苔汚我庭. 右北庵. 谷暗何歸已瞑煙, 南窓簟且流連. 夜闌百八深深轉, 只恐成喧惱客眠. 右南庵. 《三國遺事》〈塔像〉 '南白月二聖努肹夫得怛怛朴朴'.

제3장

천지개벽과 하늘, 땅

하늘과 땅, 그리고 사람

하늘과 땅이 대립적으로 드러나는 일은 세계 신화에서 보편적이다. 이른바 '신인동형법神人同形法'[1]에서는 신을 인간의 이미지로 만들어 내서 곧잘 인간의 외형을 지닌 신이 탄생하곤 했다. 그 결과 하늘에 아버지를, 땅에 어머니를 분속시키는 일이 잦았는데, 우리라고 예외는 아니다. 《삼국유사》의 첫머리에 있는 〈기이紀異〉의 서敍부터 이 점을 분명히 드러낸다.

> 머리말 : 대체로 옛날 성인聖人이 바야흐로 예악禮樂으로써 나라를 일으키고, 인의仁義로써 가르침을 베푸는 데 있어 괴력난신怪力亂神에 대해서는 어디에서도 말하지 않았다. 그러나 제왕이 일어나려고 할 때에는 부명符命을 받고 도록圖錄을 얻게 된다고 하여 반드시 여느 사람과 다름이 있었다. 그런 후에야 능히 큰 변화(大變)를 타서 제왕의 지위(大器)를 잡고 큰 일(大業)을 이룰 수가 있는 것이다.[2]

---

1 "신적인 존재에 인간의 형상이나 특성을 투사하는 것을 신인동형법이라고 한다. '신을 인간의 이미지로 만드는 것'이라고 하는 게 적절한 표현일 것이다." J. F. 비얼레인, 《세계의 유사신화》, 세종서적, 1996, 24쪽.

2 일연, 《삼국유사》, 〈紀異〉 제1. 이 번역은 일연, 《삼국유사》, 강인구 외, 《譯註 三國遺事 I》, 이회문화사, 2002에 따르며, 편의상 한자를 드러내는 등 다소 수정하여 쓰기로 한다. (敍曰, 大抵古之聖人, 方其禮樂興邦, 仁義設敎, 則怪力亂神, 在所不語. 然而帝王之將興也, 膺符命, 受圖籙, 必有以異於人者, 然後能乘大變, 握大器, 成大業也.)

여기서 두드러지는 원리는, 신화 주인공의 '영웅적인 행위'와 함께 '하늘의 표지'와 '땅의 변화 조짐'으로 정리될 수 있다. 즉, 첫째 '하늘'에서 부명이나 도록 같은 표지標識가 내리고, 그에 조응하여 '땅'에서는 대변大變이 일어나며, 그러한 하늘과 땅의 작용이 있을 때 '사람'이 대기大器를 잡고 나라를 세우는 것 같은 대업大業을 이룬다는 것이다. 실제로《삼국유사》곳곳에는 이러한 원리가 작동되어 천지인天地人 삼재三才의 조응에 의한 기이한 일들이 그려져 있다. 한 예로 〈기이紀異〉 편의 〈만파식적萬波息笛〉조에는 동해 가운데 작은 섬 하나가 물결을 따라 이리저리 쓸려 가는 기이한 일이 보고된다. 이는 땅의 변고로 대변大變임이 분명하지만, 일관日官을 시켜 그 연고를 물으니, 문무대왕이 바다의 용이 되어 신라를 지키고, 김유신 장군이 33천天의 아들로 대신이 되었는데 그 둘의 덕을 합치어 보배를 내리려는 것이라는 점괘가 나왔다.

문무왕과 김유신은 분명 인간이지만 이 이야기에서는 한 사람은 바다로, 한 사람은 하늘로 분속하여 그 둘이 다시 합쳐져야 함을 역설한다. 그리하여 왕이 점괘에 나온 장소로 가 보니 해괴한 일이 벌어지고 있었다.

> 왕은 기뻐하며 그달 이렛날 이견대로 가서 그 산을 바라보고 신하를 보내 살펴보게 했다. 산의 모양이 꼭 거북이 머리처럼 생겼는데 그 위에 대나무 한 그루가 있었다. 그런데 낮에는 둘이 되고 밤에는 하나로 합쳐지곤 했다.(일설에는 산 또한 낮밤으로 대나무처럼 떨어졌다 합쳐졌다 했다고도 한다.)
>
> 신하가 와서 보고하자 왕은 감은사에 가서 묵었다. 이튿날 오시午時에 대나무가 하나로 합쳐지자, 천지가 진동하며 이레 동안 폭풍우가 치

며 날이 어두워졌다가 16일 날에야 겨우 바람이 멈추고 파도가 가라앉았다.[3]

대나무가 하나에서 둘로 갈라졌다가 다시 합쳐지는 일련의 과정은 천지가 혼돈스러운 상태를 상징한다. 7일 동안이나 폭풍우가 몰아치며 어둑어둑했다는 것이 바로 그 불분명한 상태를 그린 것이며, 마침내 바람이 멈추고 파도가 가라앉았다는 것은 혼돈이 끝나고 질서가 자리를 잡았다는 표시다. 그 질서의 표상으로 나타난 대나무로 피리를 만듦으로써 마침내 적군을 물리치고, 병을 치유하며, 비를 제때에 내리게 하고, 바람과 파도를 제어할 수 있는 만파식적이 만들어졌다. 비록 일개 사물을 만드는 과정이지만 천지창조 과정이 되풀이되고 있음을 부인할 수 없다.

이는 영웅신화에서 영웅의 탄생을 둘러싸고 거듭 반복되는 틀로 〈단군신화〉에서 단군의 탄생 역시 그렇다. 다 아는 대로 하늘을 지배하는 환인의 아들 환웅이 땅으로 내려오고, 땅에서는 곰이 동굴 속에 기忌하면서 사람이 되기를 바라다가 마침내 둘의 혼인으로 단군이 탄생한다. 그런데 이 과정을 가만 들여다보면 단순히 하늘의 뜻이 아래로 내려오는 형식을 취하지 않고 있다. "아버지(환인)가 아들의 뜻을 알고, 삼위태백三危太伯을 내려다보니 인간 세상을 널리 이롭게 할 만하여, 이에 아들에게 천부인天符印 3개를 주어 (그곳에) 가서 다스리게 하였다."고 하여 먼저 아들이 뜻을 내비치고, 땅에서

---

3 王喜, 以其月七日, 駕幸利見臺, 望其山, 遣使審之, 山勢如龜頭, 上有一竿竹, 晝爲二, 夜合一[一云: 山亦晝夜開合如竹.], 使來奏之, 王御感恩寺宿, 明日午時, 竹合爲一, 天地震動, 風雨晦暗七日, 至其月十六日, 風霽波平. 일연, 《三國遺事》, 〈紀異(二)〉, '萬波息笛'.

도 짐승이 "늘 신령스러운 환웅에게 변하여 사람이 되게 해달라고 빌었"으며 "환웅은 이에 잠시 (사람으로) 변하여 그와 혼인하여 (그가) 잉태하여 아들을 낳으니, 이름이 단군왕검이라고 했다."[4]고 되어 있다. 외형상 지상 남녀의 혼인으로 되어 있지만, 하늘에서 땅으로 내려와 잠시 인간으로 변한 존재와 땅속 동굴에서 기忌를 통해 인간으로 변한 존재의 결합인 것이다.

이런 양상은 〈주몽 신화〉에 이르러서도 그대로 이어지는데, 《삼국유사》에서는 찬자撰者 일연一然이 주석을 붙여 의미를 보탠다.

> 북부여왕 해부루의 재상 아란불의 꿈에 천제가 내려와 이르기를, "장차 내 자손을 시켜 이곳에 나라를 세우려고 하니, 너는 이곳을 피해 가거라.(<u>동명이 장차 일어날 조짐을 이른다.</u>) 동해의 물가에 가섭원이란 곳이 있는데 땅이 기름지니 왕도를 세울 만하다."고 하였다. 아란불은 왕을 권하여 그곳으로 도읍을 옮기고, 국호를 동부여라고 하였다.[5](밑줄 필자)

서술상으로는 단순하기 그지없다. 하늘에 있는 절대자가 어디론가 떠나라고 명령했다는 것인데, 여기에 밑줄과 같은 친절한 주석을 달아 놓음으로써 그것이 곧 하늘의 표지임을 분명히 했다. 그런데

---

4 昔有桓因[謂帝釋也]庶子桓雄, 數意天下. 貪求人世. 父知子意, 下視三危太伯可以弘益人間. 乃授天符印三箇, 遣往理之. 雄率徒三千, 降於太伯山頂 (中略) 時有一熊一虎, 同穴而居. 常祈于神雄, 願化爲人. (中略) 雄乃假化而婚之, 孕生子. 號曰壇君王儉. 일연, 《三國遺事》, 〈紀異〉 제1, 143~145쪽.

5 北扶餘王解夫婁之相阿蘭弗, 夢天帝降而謂曰. 將使吾子孫立國於此, 汝其避之[謂東明將興之兆也.] 東海之濱, 有地名迦葉原, 土壤膏腴, 宜立王都. 阿蘭弗勸王移都於彼, 國號東扶餘. 일연, 앞의 책, 195~196쪽.

이 계시를 천제가 왕에게 직접 내린 것이 아니라 아란불이 꾼 '꿈'으로 처리하였다. 상식적으로 신이 나타나서 직접 말했다면 그 권능을 인정하는 한 전하지 않을 도리가 없다. 반면에 꿈으로 처리된 계시는 직접적인 계시보다 그 권위가 약할 수밖에 없다. 그럼에도 불구하고 그 말을 전한다면 이는 왕권이 약한 것이다. 즉, 하늘의 표지에 상응하는 땅의 대변大變을 의미한다고 할 수 있다.

이는 신라 쪽 신화로 가도 크게 다르지 않아서 박혁거세의 탄생담도 이와 유사하게 전개된다. 특히 《삼국사기》에서는 "고허촌장 소벌공이 양산의 기슭을 바라보니 나정 옆의 숲 사이에 웬 말이 꿇어앉아 울고 있는 것이었다. 알을 가르자 그 속에서 한 어린이가 나오므로 거두어 길렀다."고[6] 되어 있는 데 반해, 《삼국유사》에서는 6부 촌장들이 모여 "우리들은 위로 백성을 다스릴 임금님이 없으므로 백성들이 모두 방자하여 제 마음대로 하게 되었소. 어찌 덕 있는 사람을 찾아 군주를 삼아 나라를 세우고 도읍을 정하지 않겠소!" 하고 의논한 끝에 "이에 높은 곳에 올라, 남쪽을 바라보니, 양산 밑 나정 곁에 이상한 기운이 전광처럼 땅에 비치는데(하략)"[7]라고 하여 차별성을 보인다. 사람들이 모여 왕이 없는 문제 상황을 인식한 후 하늘이 그 염원에 응답하는 방식을 택한 것이다. 이런 서술 방식은 혁거세의 배필을 구하는 데서도 그대로 드러난다. 《삼국사기》에서는 "봄 정월에 용이 알영의 우물에 나타나 오른쪽 옆구리에서 여자 아이를 낳았다. 한 노파가 이것을 보고 기이하게 여겨 데려다 기르고 우물 이

---

6 高墟村長蘇伐公望楊山麓, 蘿井傍林間, 有馬跪而嘶, 則往觀之, 忽不見馬, 只有大卵. 剖之, 有嬰兒出焉, 則收而養之.(〈新羅本紀〉 제1 '시조 혁거세 거서간', 김부식, 《삼국사기》I, 같은 책, 63쪽.

7 我輩上無君主臨理蒸民, 民皆放逸, 自從所欲, 覓有德人, 爲之君主, 立邦設都乎. 於時乘高南望, 楊山下蘿井傍, 異氣如電光垂地.(下略) 일연, 앞의 책, 230쪽.

름으로 아이의 이름을 지었다."[8]고 했지만, 《삼국유사》에서는 "이제 천자天子가 이미 내려왔으니 마땅히 덕 있는 왕후王后를 찾아서 배필을 삼아야 할것이오."[9]라며 사람들의 결의가 있고 나서 계룡이 등장한다.

이에 덧붙여, 가야나 신라 쪽 이야기에서 특히 하늘과 더불어 물(泉, 井, 川, 海)이 중시되는 것 또한 물이 넓은 의미에서 땅에 속한다는 점에서 같은 기제로 설명할 수 있을 것이다. 특히, 물이 모든 생명의 근원이라는 점에서 생명력을 상징하고, 하늘이 세계의 통치 권력을 상징한다고 본다면 이 둘의 결합은 "지상 최대의 권력과 지상 최대의 생산력의 결합을 의미"한다. "신랑의 또는 지아비의 카리스마가 권력의 힘, 정치의 힘이라면 신부의 또는 지어미의 생산력은 생명의 힘이면서도 동시에 (농업) 경제의 힘"[10]으로 이 둘의 결합이 곧 정경政經 합일을 상징하는 것으로까지 해석해 봄직하다.

이러한 결합은 신화적 영역에만 국한되지 않는다. 나아가 김유신, 장춘랑과 파랑, 김(박)제상 등처럼 신화적 인물이라기보다는 역사적 인물들에서조차 하늘/땅의 결합을 통한 인물 탄생이 구체화되고 있어서 이를 하나의 틀로 받아들이는 데 주저함이 없게 된다. 단적인 예로 김유신의 경우, 《삼국유사》 〈기이紀異〉편의 〈김유신〉조에는, 첫째 김유신이 칠요七曜의 정기를 받고 태어나서 등에 일곱 별의 무늬가 있으며, 둘째 백석이란 첩자에게 속을 위험에 처한 것을 땅을 지키는 호국신이 도와주며, 셋째 고구려의 유명한 점쟁이인 추남이 고

---

8 春正月, 龍見於閼英井, 右脇誕生女兒. 老嫗見而異之, 收養之, 以井名, 名之. 김부식, 앞의 책, 232쪽.

9 今天子已降, 宜覓有德女君配之. 일연, 앞의 책, 65쪽.

10 김열규, 《혼례》, 현실문화연구, 2006, 270쪽.

구려에 원한을 품고 죽으면서 나중에 신라의 대장으로 태어나서 고구려를 멸망시키겠다는 예언을 하는 내용이다. 그 셋은 그대로 하늘-땅-사람으로서 이 셋의 정기가 총합을 이룬 인물이 김유신이라는 점을 강조하고 있다.

이 같은 하늘/땅 의식은 우리 신화에서 반복적으로 드러나는데, 그 특성상 창세의 내용을 담고 있는 작품에 두드러진다. 아예 제목부터 '천지'를 내세운,[11] 제주도 무가 〈천지왕본풀이〉가 그 좋은 예가 될 것이다.

'원수 형제'의 탄생

앞서 살핀 대로 '하늘-땅-사람'은 신화적 사건이 일어나는 핵심 요소로 작용한다. 일부만으로는 온전하지 못하다고 여겨졌던 것 같은데, 그것이 한편으로는 창세의 과정을 설명하기도 하고 또 한편으로는 영웅 탄생의 과정으로 다르게 작동함에도 불구하고 그 이면에 담긴 기제는 공통적이라 하겠다. 물론, 이 과정에는 약간의 설명이 덧보태져야 할 것이다. 본래 하나였던 데에서 이른바 천지개벽을 통해 하늘과 땅이 갈라지고, 그 하늘과 땅(혹은 陽과 陰)의 작용으로 만물이 생성하는 것은 어찌 보면 세계 창세신화의 공통적인 내용일 터이다. 또 대개의 영웅 탄생 또한 천부신과 지모신의 신성혼神聖婚에 의한 탄생이므로 마찬가지 기제임이 분명하지만 그 둘 사이에는 미

11 일부 본에서는 '천주왕天主王'으로 표기되기도 하나, 다수의 본이 천지왕이라고 할 뿐 아니라 천지왕이 좀 더 포괄적인 의미를 갖는다는 점에서 '천지'왕으로 본다.

세한 차이가 감지된다.

전자의 경우 지상에 사는 인간의 기준에서 높은 곳의 하늘과 낮은 곳의 땅 가운데에 위치하는 만물의 탄생에 대한 보편적인 사실을 이야기하는 데 반해, 후자의 경우에는 그렇게 출현한 만물과는 구별되는 특별한 존재의 탄생에 대한 특수한 사실을 이야기하는 것이다. 전자에서나 후자에서나 인간의 탄생이 서술되지만 전자 속 인간은 "다른 물체들과 마찬가지로 자연 속에 뿌리가 있고 자연에서 생산된 합자연적合自然的인 존재"이지만, 후자 속 인간은 "신적인 존재의 혈통을 타고나는 인간"[12]임이 강조된다. 자연의 일부로서의 인간은 자연으로 태어나서 자연과 함께 살다가 다시 자연으로 돌아감으로써 서로 간의 우열이 없이 지낼 수 있지만, 문제는 후자와 같은 특별한 혈통이 강조될 경우이다. 특별함을 강조하는 것은 결국 그렇지 못한 다른 인간에 대한 우월성을 드러내는 것이므로 그 출생에서부터 거기에 들지 못한 인간에 대한 우월함이 배태되고 실제로 그렇게 여겨졌다.

그러므로 해당 신화를 신봉하는 사람이라면 그렇게 태어난 특별한 인물과 그 자손을 신성시하면 그뿐이겠으나, 그렇게 특별하게 태어난 인물이 하나가 아닐 때 심각한 문제가 일어난다. 특히 서로 맞설 만큼 힘이 비등한 '두' 인물을 탄생시킬 때, 천지개벽 이전의 혼돈스러움이 되풀이되고 그 과정이 웅장한 서사시로 자리매김하게 된다. 그 혼돈은 일단 다툼으로 드러나지만, 다툼의 결과가 온 세상을

---

12 '합자연적'이라는 용어는 김인회, 《한국인의 가치관》(문음사, 1981)에서 사용된 것으로 "자연질서에 의해 태어나 자연처럼 살다가 명이 다하면 자연 속으로 소멸해 버리는 존재"(167쪽)를 말하며, 하늘과 땅 사이의 인간의 탄생을 이렇게 둘로 갈라 본 것은 박정세, 《성서와 한국민담의 비교 연구》, 연세대학교출판부, 1996, 22~25쪽 참조.

어지럽게 한다는 점에서 그 규모는 천지창조의 혼돈에 버금간다.[13] 세계 각지의 신화에서 선한 영웅에 대항하는 악한 존재를 상정하는 것은 세상이 다시 혼돈 상태로 돌아가는 것을 의미한다. 일례로 성경 속의 사탄satan은 "대항하는 자"라는 뜻이며, 사탄이 끝내 신의 아들인 예수를 유혹하려 했다는 점은 사탄이 바로 신이 부여한 질서를 흩뜨리려는 자임을 분명히 한다. 이런 관점에서 메시아로서의 예수는 자신의 희생을 통해 아담과 하와가 살던 에덴동산을 복원하려는 자이다.

그런데 우리 신화의 제일 앞자리를 차지하는 〈단군신화〉에서는 그렇게 하늘과 땅이 결합하여 탄생한 두 존재가 드러나지 않는다. 곰과 범이 엇비슷한 양상을 보이지만 전자만 웅녀로 변신했다는 점에서, 온전한 짝을 이루지 않고 동굴 안 생활만으로 하늘의 기운을 받은 표지가 없다.[14] 《삼국유사》에 일연이 달아 놓은 주석을 보자. 그는 〈고구려〉조에서 주몽의 탄생 과정을 기술하면서 해모수가 유화와 야합하였다는 대목에서 다음과 같은 주석을 달았다.

---

13 특히 쌍둥이로 등장하는 두 영웅이 드러나는 경우, 적대적인 관계 이외에도 본래 하나라는 의식이 강조되는 경우, 서로 협력하여 공생하는 관계 등도 있으며, 이 책의 5장에서 다룰 민담 같은 경우는 공생이 강조된 사례이다. 김영일은 북아메리카 신화의 쌍둥이 영웅을 일별하면서, 세 갈래의 서사물이 있음을 지적한 바 있다. "하나는, 쌍둥이 영웅은 원래 하나라는 이야기다. … 두 번째는, 신화적 쌍생아로서 두 영웅의 협력보다는 분리와 적대의 성격이 더 강조되는 경우이다.… 세 번째는 쌍둥이 영웅의 협력과 조화다."(김영일, 〈〈제석〉 신화의 비교 연구〉, 김병욱 외, 《한국문학과 신화》, 예림기획, 2006, 65~68쪽)

14 남성인 환웅과 여성인 '곰과 호랑이'를 합쳐 삼각관계로 살핀 사례(이죽내, 〈한국신화에서 본 모성상〉, 《심성연구》 2권 2호, 1987)가 있지만, 호랑이가 사람이 되는 성패 여부를 떠나 곰과 호랑이의 탄생에서 서로 맞설 만한 자질을 주지 않고 있다는 점에서 이 글에서 다루려는 동일한 하늘-땅을 배경으로 하는 동기同氣로서의 짝과는 다르다.

> 《단군기》에서는 "임금이 서하 하백의 딸과 친하여 아들을 낳아 이름을 부루라 하였다." 했다. 여기에 따르자면, 해모수가 하백의 딸과 사통한 다음에 주몽을 낳았으니, 《단군기》에서 "아들을 낳아 '부루'라 한 것과 함께 살펴보면, 부루와 주몽은 이복형제이다.[15](밑줄 필자)

《단군기》라는 기록에 따르면, 단군이 하백의 딸과 친하여 부루를 낳았는데, 또 해모수가 하백의 딸과의 사이에서 주몽을 낳았다. 단군은 천제인 환인의 손주이고, 해모수는 자칭 천제 혹은 천제의 아들이다. 여기저기 산발적으로 전해지는 자료 탓에 그 복잡한 계보가 쉽게 풀릴 것은 아니지만, 단군-해부루-주몽이 모두 하늘에 근원을 두고 자신이 적통嫡統임을 자랑할 만한 존재이다. 결과적으로 어느 한쪽이 다른 쪽을 박해하거나, 어느 한쪽을 두려워하여 다른 한쪽이 피해 가는 방식으로 서사가 진행될 가능성을 보여 준다. 이는 〈주몽신화〉에서 그대로 확인된다. 이 신화는 북부여, 동부여, 고구려로 이어지는 세 나라의 건국신화의 끄트머리에 있는데, 문제는 북부여에서 동부여로 도읍을 옮기면서 발생한다. 후계를 잇는 과정에서 돌발 사태가 일어난 것이다. 해모수에게는 해부루라는 아들이 있었으나, 그 아들 해부루는 늙도록 아들이 없었던 것이다. 당연히 신의 권능이 제대로 이어져 나갈 수 없었고, 그 상태에서 해부루는 하늘의 계시를 받아 금와를 얻는다. 그런데 해부루의 대신 아란불의 꿈에 나타난 신은 "장차 이곳에 내 자손을 시켜 나라를 세우도록 하려 하니

15 壇君記云, "君與西河伯之女要親, 有産子, 名曰夫婁. 今按此記, 則解慕漱, 私河伯之女, 而後産朱蒙. 壇君記云, "産子名曰夫婁." 夫婁與朱蒙, 異母兄弟也. 《三國遺事》〈紀異(一)〉'高句麗'.

너는 피해 가라.(장차 동명왕이 일어날 조짐이다.)"[16]는 명령을 내린다. 해부루가 그 명대로 동부여로 도읍을 옮긴 후 금와가 왕위에 올랐고 금와에게는 장자 대소 등 일곱 아들이 있었고, 그때 주몽이 탄생한다. 이 일련의 과정을 도표로 나타내면 다음과 같다.

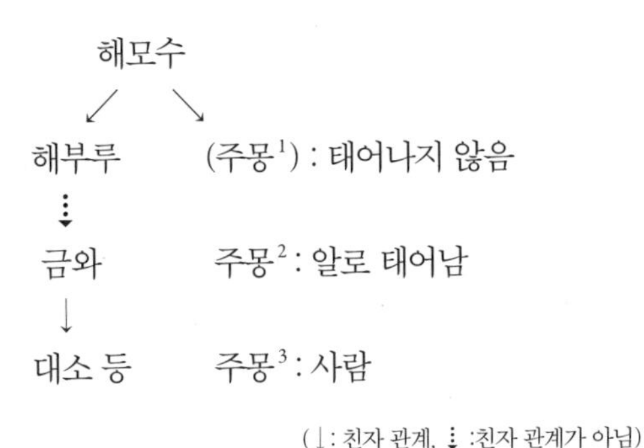

해부루는 주몽이 탄생할 때를 대비해 자기의 터전에서 물러날 것을 종용받는다. 비록 표면적으로는 주몽과 맞서는 인물로 상정된 것은 아니지만, 주몽의 탄생이 아니고서는 떠나야 할 이유가 제시되지 않는다는 점에서 그와 경쟁 관계에 있는 것이 분명하다. "장차 나의 자손을 시켜 나라를 세우도록 하려 하니"라는 계시가 주는 의미는 독특하다. 해부루가 옮겨 갈 것으로 제시되는 가섭원이라는 땅이 비옥한 곳이라는 진술이 있기는 해도, 왜 나중에 탄생하게 될 주몽을 위해서 해부루가 제 땅을 넘겨주어야 하는지 설명되지 않는 것이다.

16 將使吾子孫 立國於此 汝其避之[謂東明將興之兆也]. 〈동부여〉,《삼국유사》'기이1'.

사실 해부루 또한 해모수의 자식이므로 "내 자손을 시켜"라는 말에는, 앞으로 태어날 주몽이 모두 내 자손이지만 나는 주몽을 택한다는 선언이 도사리고 있는 셈이다. 이는 가인과 아벨의 경쟁에서 아벨의 재물만 받음으로써 원수 형제[17] 관계가 형성된 사례와 크게 다르지 않다.

그러나 주몽 1에서는 어디까지나 잠정적인 경쟁 관계일 뿐 표면상 대결은 드러나지 않는다는 점에서 주몽 2, 주몽 3과는 구별된다. 주몽 2에 이르러야 주몽이라는 실체가 드러나기 때문이다. 금와가 그물에 걸린 유화를 데려다 놓고 유화가 알을 낳음으로써 비로소 주몽의 모습이 현실화된 것이다. 그런데 금와는 이 알을 상서롭지 않다고 여겨 내다버리라고 하지만 온갖 길짐승과 날짐승이 보호하여 무사했으며, 깨뜨려 보려 했지만 깨뜨릴 수 없었다. 결국 속수무책으로 그냥 내버려두는 수밖에 없었으니, 해부루에 이어서 두 번째 패배인 셈이다. 주몽 3에 이르면 그 대결이 더욱 구체화되어 금와의 일곱 아들과 주몽이 사냥에 나가 경쟁하는 형식을 띠게 된다. 〈동명왕편〉 같은 대목에 소상히 나오듯, 일곱 명과 함께 겨루어도 그 포획물에서 주몽이 월등하며, 주몽은 나무 기둥에 묶어 두면 그 기둥을 통째로 뽑아 버릴 정도의 괴력을 발휘한다.

이렇게 보면, 주몽은 해부루→금와→대소 등으로 이어지는 3대와 대결 관계를 이룬다. 해부루는 주몽을 피해 떠나라는 명을 받았

---

17 이 용어는 지라르에서 사용된 것으로, 지라르는 '쌍둥이'의 무차별성을 이어 그 정도는 약화되지만, 여전히 다른 관계에 비해 차별성이 적은 형제 사이에서 서로 원수처럼 갈등하는 테마를 '원수 형제' 테마로 명명하고 그 해석을 시도한 바 있다. "신화의 본질적인 테마, 즉 〈원수 형제〉 테마를 쌍둥이 공포증과 모든 형제의 유사성과 비교해야 할 것이다. 클라이드 클루콘Clyde Kluckhon은 신화 속에서 형제의 갈등보다 더 자주 나타나는 갈등은 없다고 단언한다. 이 갈등은 일반적으로 형제 살해로 귀결된다." 지라르, 《폭력과 성스러움》, 김진식 · 박무호 옮김, 민음사, 93쪽.

고, 금와는 주몽의 출생을 방해했으나 이루지 못했으며, 대소 등은 사냥 경쟁에서 패배했다. 그런데 3대를 이어 오며 경쟁하는 원동력이 국가의 통치권 다툼이라는 점은 의미심장하다. 한 나라를 다스리는 사람이 둘이 될 수 없기에 경쟁은 극단화되며, 어쩔 수 없이 한쪽이 한쪽을 박해하는 형국을 취할 수밖에 없다. 해부루가 힘없이 도읍을 옮긴 것이나, 금와가 유화가 해모수와 관계를 맺은 것을 알고 방에 가둔 것이나, 대소 등이 후환을 없앤다는 빌미로 주몽을 제거하려 한 것이 모두 자신들의 몫인 나라를 온전히 소유하려는 욕망 때문임을 부인할 수 없다. 이는 주몽과 비류국의 왕 송양松讓이 벌이는 대결에서도, 또 주몽의 아들인 비류와 온조가 다투는 대목에서도 반복되는 만큼 전체 서사를 관통하는 핵심으로 보아도 무방하다.

이 중 비류와 온조의 대결이 짝패의 서사에 가장 근접하므로 좀 더 자세히 보자.

두 아들을 낳아 큰아들은 비류, 둘째는 온조였다. 태자에게 용납되지 않을 것을 두려워하여 오간·마려 등 열 신하들과 함께 남쪽으로 내려갔는데 백성들 가운데 따르는 자가 많았다. 한산에 이르러 부아악에 올라 살 만한 곳을 찾았다. 비류가 바닷가에 살려고 하자 열 명의 신하들이 간했다. "오직 이 하남 땅은 북으로는 한수漢水를 두르고, 동으로는 높은 산에 기대며, 남으로는 비옥한 논을 바라보고, 서로는 큰 바다가 막혀 있습니다. 하늘이 내린 험지의 이로움으로 보면 얻기 어려운 형세이니 여기에 도읍을 세우는 게 마땅하지 않겠습니까?" 비류는 듣지 않고 그 백성을 나누어 미추홀로 가서 자리를 잡았고, 온조는 하남 위례성을 도읍으로 삼았다. 열 신하가 보필을 하여 나라 이름을 '십제十濟'라 하였는데 한나라 성제 홍가 3년(서기 18년)이었다. 비류는 미추홀이 땅이 습하고 물이 짜서 편안히 살 수 없자 되돌아와 위례성의 도읍이 안정되고 백성들이 태평한 것을 보고는 부끄러워하다 죽었다.[18]

비류와 온조가 자신들이 살던 땅을 떠나는 이유 역시 앞의 여러 서사에서 반복되던 그대로이다. 주몽에게는 그가 부여로 떠나오기 전 이미 아들이 있었고, 그 아들이 나중에 임금이 된 주몽을 찾아와 태자가 되었다. 이미 그 아들 유리의 자리가 굳건하다고 여긴 다른 두 아들이 그를 피해 떠나는 것이다. 이 점에서 비류와 온조 형제는 모두 유리의 박해를 받아 떠나는 희생자의 모습이지만, 둘이 서로 다른 행보를 보임으로써 둘이 다시 맞서는 형국을 보인다. 둘 다 위험을 피해 북에서 도망 나온 점은 일치하지만, 온조는 하남 위례성에서 멈춘 반면 비류는 미추홀까지 갔다고 했고, 이 사실이 둘의 정체성을 확연히 드러내 준다. 신하들이 동서남북의 지형을 보고한 내용은 북쪽으로는 한수漢水가 있어 운송과 식수에 문제가 없고, 동쪽으로는 높은 산이 있어 외침의 위협이 없으며, 남쪽으로는 비옥한 들녘이 있어서 식량 걱정이 없고, 서쪽으로는 큰 바다가 막혀 있어 외침의 위협이 없음을 말하고 있다. 그런데 비류가 바닷가를 고집하고 끝내 바닷가가 있는 서해안 인천 쪽까지 갔다는 것은 유리의 위협을 지나치게 걱정했다는 뜻이면서, 백성의 젖줄이 될 큰 강과 식량을 줄 드넓은 옥토를 포기했다는 뜻이기도 하다.

18 生二子, 長曰沸流, 次曰溫祚. 恐後爲大子所不容, 遂與烏干, 馬黎等十臣南行, 百姓從之者多. 遂至漢山, 登負兒岳, 望可居之地, 沸流欲居於海濱, 十臣諫曰: "惟此河南之地, 北帶漢水, 東據高岳, 南望沃澤, 西阻大海, 其天險地利, 難得之勢, 作都於斯, 不亦宜乎?" 沸流不聽, 分其民, 歸彌雛忽居之, 溫祚都河南慰禮城, 以十臣爲輔翼, 國號十濟, 是漢成帝鴻佳三年也. 沸流以彌雛忽土濕水鹹, 不得安居, 歸見慰禮, 都邑鼎定, 人民安泰, 遂慙悔而死. 《三國遺事》〈紀異〉'南扶餘 · 前百濟'.

제1조건은 물론 생존이다. 생존에 위협이 있는 한 문화는커녕 일상생활조차 영위하기 어렵기 때문이다. 그러나 생존을 통해 추구하는 것은 살아남는 데 있는 것이 아니라 잘 살아 나가는 것이다. 이 이야기에서 비류는 생존에 집착한 나머지 생활 기반을 도외시했고, 온조는 다소간의 위험을 감수하더라도 생활 기반이 든든한 곳을 찾았다. 결과적으로 온조는 실패했고 비류는 성공했다. 그래서 비류가 물이 짜서 농사는커녕 식수조차 조달하기 어려운 미추홀을 포기하고 돌아왔을 때 아름다운 결말이 기다리고 있지 않았다. 문면대로라면, 원래 한 백성을 다스렸으므로 돌아와서 동생과 함께 살면 된다. 그러나 그렇지 않고 깊이 뉘우치다 죽었다고 했다. 구태여 죽을 필요까지 있는가 반문할 수도 있지만, 한 나라에 두 임금을 용납하지 않는 상황에서 죽음 이상의 대안이 없었다고 풀이해 볼 수 있다.[19]

북부여→동부여→고구려→백제를 잇는 서사는 그렇게 닮았다. 한 나라가 있고 그 나라를 다스릴 수 있는, 동일한 근원을 가진 존재가 있다. 둘 중 하나만이 선택을 받고 그렇지 못한 존재와 맞서거나 피하게 되며, 결국 선택받은 존재만이 정통성을 인정받는다.[20] 그러나 대체로 건국신화의 형태로만 전해지는 이런 이야기에서는 서로

---

19 김현은 "박해자에겐 죄가 없고, 피박해자에게 잘못이 있었다는 것을 입증하려 한 기록이며, 박해자의 폭력을 최대한으로 감춘 묘사"(82쪽)로 보고, 그 석연치 않은 이면에 박해의 흔적이 엿보인다고 보았다.

20 백제의 건국신화가 고구려 건국신화와 맞물리는 과정은 생각만큼 간단치 않다. 여기에서 살핀 대로 《삼국사기》나 《삼국유사》에 있는 것처럼 주몽의 친아들인 것으로 서술되기 이전에 이미 여러 가지 변이형이 존재하는 것으로 보이기 때문이다. 홍기문은 우리나라와 중국의 여러 사서史書를 검토한 결과 다음과 같은 결론을 내렸다: "백제 사람들은 자기네 스스로 부여왕 위구태를 시조라고 일컫고 그 위구태를 부여의 시조인 동명의 후손이라고 인정한 것만 명백한 사실로 되고 있다. 부여의 시조가 해모소와 금와로 변모된 것같이 후대로 내려오면서 백제의 시조도 자연히 변모되어 버린 것이다. 한 번 변모되어서는 고구려 시조의 의붓아들로 되고 두 번 변모되어서는 드디어 그의 친아들로까지 된 것이다." 홍기문, 《조선신화연구》, 지양사, 1989, 62쪽.

맞서는 과정이 극명히 드러나기보다는 무언가 은폐되거나 위장된 상태로 애매하게 서술된다. 도읍을 옮기라는 계시에 아무런 반발 없이 떠나는 해부루, 해모수의 아들이면서도 박해를 피해 엄체수를 건너는 주몽, 태자 유리가 아무런 위협을 가하지 않았음에도 불구하고 지레 겁을 먹고 떠나는 비류와 온조, 온조가 정한 도읍지가 잘 되는 것을 보고 뉘우치다 죽고 마는 비류에게 무언가 석연치 않은 점이 있다. 온전한 완형의 이야기를 상정하는 상태라면 서사 단락의 결락缺落이거나, 역사는 승자의 기록일 뿐이어서 패자를 너무 약하게 그려 놓은 탓일 것이다.

이는 똑같이 통치권을 두고 다툼을 벌이는 〈천지왕본풀이〉의 경우와 판이하게 다르다. 이야기의 주인공 대별왕과 소별왕에게는 천상의 천지왕과 지상의 바구왕의 딸이 부모로 엄존한다. 이것이 하늘과 땅의 결합인 신성혼神聖婚을 이끌어 내는 것은 자명한 이치다. 또, 그 둘의 결합인 신성혼의 결과, 세상을 바로잡을 영웅이 탄생하는 순조로운 진행을 보이며 이로써 세상의 질서가 바로잡힐 법하다. 그러나 두 아들로 태어난 대별왕과 소별왕이 서로 세상을 차지하겠다고 경쟁에 뛰어듦으로써 한바탕 소동이 일어나게 되며, 두 인물은 본격적인 원수 형제로 자리한다. 이는 곧 신화에서 전체성의 근원인 절대 존재에 의해 다시 이분화二分化된 두 인물, 대체로 그 존재의 자식인 아들형제이거나 남매가 대립하면서 천지창조 이전의 혼돈을 되풀이하는 방식이다.

혼돈의 반복과 세상 차지 경쟁

형제(남매)는 신화에서 짝패를 이루기에 가장 적절한 인물 관계로, 그중에서도 짝패로서의 가능성이 가장 높은 예가 "이원성의 상징"인 쌍둥이다.[21] 하늘과 땅이 갈라지는 천지개벽天地開闢에서의 쌍둥이든, 본시 하늘 혹은 땅에 속하던 한 존재가 합쳐져서 만들어 낸 두 존재이든, 그들은 서로에게 분신分身이자 '또 다른 나'이다. 〈천지왕본풀이〉의 대별왕과 소별왕 형제는 그 전형적인 예이다. 하늘에 있는 천지왕이 지상에 내려와 바구왕의 딸과 잠을 자고 간 후 낳은 아들 형제인 대별왕과 소별왕이 다시 아버지를 찾아간 후 서로 이승을 차지하려 다투는 내용이 이 작품의 줄거리이고 보면, 이 둘의 근원이 바로 세계 질서의 총합임이 틀림없다. 논의의 편의상 그 줄거리를 구성해 보면 다음과 같다.[22]

(가) 수명이 악행을 일삼자 천지왕은 군졸을 보내 수명을 잡아들이려 했다. (나) 천지왕은 끝내 수명을 잡지 못하고 바구왕 집으로 가서 총명부인과의 사이에서 태어난 서수암과 동침한 후, 앞으로 자식 둘

---

21 진 쿠퍼, 《그림으로 보는 세계 문화상징 사전》, 이윤기 옮김, 까치, 1994, 431쪽.

22 진성기, 《제주도 무가본풀이 사전》(민속원, 1991)의 〈천지왕본〉(이무생 구술, 228~236쪽) 자료이다. 내용을 정리하면서 인물의 이름은 모음의 변화를 피하는 수준에서 표준어화하였다. 예) 쉬맹→수명, 총맹→총명, 대밸→대별, 소밸→소별. 또, 각 단락의 이동異同이 있다. 가령 박봉춘 구연본의 경우는 (마)에서 꽃피우기 내기를 제안하는 사람이 천지왕이며, 꽃피우기 이후에 수수께끼 경쟁이 뒤이어진다. (김헌선, 《한국의 창세신화》, 길벗, 1994, 403~406쪽 자료 참조) 특히 (마) 단락에서 수수께끼 경쟁에서 대별왕이 이기자 소별왕이 다시 꽃피우기 내기를 제안하는 방향으로서의 서사 진행이 훨씬 더 자연스럽고 실제로 보편적이다. 가령 정주병 구송 자료(현용준, 《제주도무속자료사전》, 신구문화사, 1980, 35~43쪽) 같은 경우가 그러하므로, 향후의 논의는 이 이런 이동異同을 고려하기로 한다.

이 태어날 텐데 이름을 '대별왕', '소별왕'이라 하라 하고 빗 한 짝과 박씨 한 알을 주고 떠났다. (다) 서수암은 아들 둘을 낳아 대별왕, 소별왕이라고 했는데 아들들이 장성해서 아버지를 찾자 아버지가 천지왕이라고 일러 주었다. 아들들은 박씨를 심어 그 줄기를 타고 하늘로 올라갔다. (라) 아들들은 천지왕을 만나 가지고 간 신표로 아들임을 확인했다. 천지왕은 대별왕에게 이승왕을 하고, 소별왕에게 저승왕을 하도록 했다. (마) 이승을 차지하고픈 소별왕은 이승왕 자리를 놓고 수수께끼 내기를 제안하여 승리했다. 소별왕은 다시 꽃을 심어 잘 기르기 내기를 제안하지만 대별왕이 심은 꽃은 무성하고 소별왕이 심은 꽃은 시들었다. 그러자 소별왕은 잠자다 일어나서 꽃을 서로 바꾸어 놓았다. (바) 대별왕은 그 사실을 알고 소별왕이 욕심이 과하다고 한탄하며 자신이 저승을 차지하겠노라 선언했다. 이리하여 대별왕과 소별왕이 각각 저승과 이승을 차지하게 되었다. (사) 이때 세상에는 해도 둘, 달도 둘이어서 낮에는 너무 덥고 밤에는 너무 추워서 살기 어려웠다. 게다가 나쁜 짓을 하는 사람들이 너무 많고 귀신투성이어서 편안히 살 수가 없었다. (아) 소별왕은 대별왕을 찾아가 이승과 저승을 서로 맞바꾸자고 했지만 대별왕은 그럴 수 없다고 했다. 대신 대별왕은 활 잘 쏘는 이를 불러다 해와 달을 하나씩 없애 주고, 떠도는 귀신들을 모두 잡아갔다. (자) 그렇지만 애초에 천지왕의 명을 제대로 듣지 않아서 세상에는 온갖 어려운 일들이 많게 되었다.

이 아홉 단락을 가만 살피면, 창조創造와 재생再生을 반복하는 꼴로 이루어진다.[23] (가)는 인간 세상에서 벌어지는 악행에 대해 이야기

23 통상 〈천지왕본풀이〉에 앞서 행해지는 〈베포도업침〉에 드러나는 천지개벽天地開闢 화소까지 한

한다. 이는 홍수신화 등에서 단골로 등장하는 소재로,[24] 인간의 죄가 벌어지고 그 죄를 씻기 위한 행위가 일어날 것을 예고한다. 여기서는 죄인을 멸절滅絶시키는 데 실패했기 때문에, 그 죄를 씻어 낼 새로운 존재를 요구하게 되는 것이다. 이 단락이 보여 주는 핵심 내용은 혼돈의 반복이다. 창세신화에서 세상이 만들어졌다는 것은 세상에 질서가 부여되었다는 뜻인데, 세상을 어지럽히는 악한 존재인 수명장자가 등장함으로써 세상은 다시 혼돈의 도가니로 빠져드는 것이다. 수명장자의 악행은 다음처럼 기술된다.

> 쉬멩이라 ᄒᆞᆫ 사름이
> 천하거부로 잘 살아지난,
> 하님년은 멧개 ᄃᆞᆯ고
> 아방을 팽풍 치연 모사두서
> 밤이 중석까지 잘 먹이멍
> 살아수다.
> 쉬맹이 아방이
> ᄀᆞᆺ 예쉰이 나난

데 아울러 논의하게 되면, 카오스에서 코스모스로 이행하는 개벽開闢을 시작으로, 악惡한 질서를 이끄는 수명장자의 징치를 통한 새로운 질서 확립, 두 형제가 이승과 저승을 차지하며 정립定立하는 과정, 그리고 일월이 둘씩이나 생기는 기현상을 물리쳐 새롭게 질서를 이끌어 내는 과정 등이 복합적으로 이어진다. 〈베포도업침〉과 〈천지왕본풀이〉를 한데 아울러 신화의 논리로 살피는 논문은 김헌선, 〈〈베포도업침 · 천지왕본풀이〉에 나타난 신화의 논리〉, 《비교민속학》 28집, 비교민속학회, 2005 참조.

24 메소포타미아 신화에서는 인간들이 자신이 해야 할 노동에 대해 불평을 토로하자 홍수를 통해 낡은 질서를 무너뜨리고 새로운 질서를 찾는 재생을 도모하게 된다. 그런데 이런 이야기들에서 중요한 것은 '홍수'가 아니다. "홍수신화의 중심 모티브는 신들이 인간을 멸망시키기로 결정한 사건에서부터 시작한다. 신들이 인간을 어떠한 방법으로 멸망시키려 했는가 하는 문제는 부차적인 것이다."(밑줄 필자. 사무엘 헨리 후크, 《중동신화》, 박화중 옮김, 범우사, 2001, 61쪽.)

식상 식술을 설러불고
아칙이도 죽, 낮이도 죽,
즈냑이도 죽,
ᄒᆞ로
죽 시발쑥을
먹이기로 ᄒᆞ니
쉬맹이 아방은 때 들러온 하님년신디,
"이거 어떵ᄒᆞ난
ᄋᆞᄒᆞᆫ 때 죽 ᄒᆞᆫ사발쑥만
주느냐?
내 배고파서 못살겠다."[25]

수명의 악행은 통상적인 신화의 규모에 비하면 평이하기조차 하다. 〈옹고집전〉의 옹고집이 그랬듯이, 먹고살기 충분한 재물을 가지고도 늙은 아버지 봉양에 인색했던 것이다. 별호로 '~장자長者'가 붙을 만큼 부자인 아들을 두고도 겨우 죽 세 사발로 하루하루 연명하던 아버지는 수명에게 배고픔을 하소연한다. 그러나 냉혹한 수명은 아버지에게 죽어서 제삿밥을 먹지 않겠다는 다짐을 받고서야 겨우 잘 먹였으며, 아버지는 그 이듬해 세상을 떠난다. 저승에 간 수명의 아버지는 아들과의 약속대로 섣달그믐에 명절 제삿밥을 먹으러 이승으로 가려 하지 않지만 천지왕의 권유로 이승에 가게 된다. 그러나 예상대로 물 한 잔 얻어먹지 못하고 돌아오자, 천지왕이 수명의 악행을 응징하려 계획한다.

---

25 진성기, 앞의 책, 228~229쪽.

이러한 서사는 홍수신화 같은 '재창조' 신화에서 흔히 보이는 패턴이다. 세상이 신의 섭리대로 바르게 돌아가야 마땅한데 섭리를 어기는 인간들이 세상을 어지럽히고, 그러한 세상을 원래의 바른 모습으로 돌리기 위해 한바탕의 소동이 일어난다. 홍수든 살육이든, 아니면 이 이야기처럼 악행을 일삼는 존재를 잡아들이든, 일련의 과정을 거쳐 정화淨化가 일어나고 세상은 본래의 질서를 회복하게 된다. 실제로 〈천지왕본풀이〉는 제주도의 초감제에서 〈베포도업침〉을 구연하는 과정의 일부로 존재하며,[26] 〈베포도업침〉은 "천지혼합으로 제이르자"로 시작하는, 천지가 뒤섞인 상태에서 개벽하는 상태로 가는 과정을 그린다. 결국, 천지가 혼돈에서 질서를 차지하는 과정을 교술적으로 풀어놓은 뒤 펼쳐지는 서사가 〈천지왕본풀이〉이며, 이 점에서 이 이야기는 창조와 재창조의 연속으로 볼 수 있다.

그런데 〈천지왕본풀이〉에서 못된 존재를 잡아들이려던 천지왕은 번번이 낭패를 당한다. 어떤 꾀를 내어도 수명은 꿈쩍도 하지 않았고 마침내 천지왕이 쇠철망으로 수명을 씌워 잡으려 했지만, 나중에는 쇠철망이 망가질까 봐 스스로 거두어들이는 지경에 이른다. (나)의 서사는 그렇게 혼란스럽다. 별별 방법이 동원되지만 그때마다 무사히 넘기는 수명은, (가)에서 보여 주던 가정 내에서의 무도함의 수준을 넘어선다. (가)와 (나)는 분명 다른 서사이지만 악행이라는 측면에서는 한층 확대된 양상을 보인다 하겠다. 단순히 집안에서 못된 짓을 일삼는 불효자 정도에서, 세상이 나서서 응징하려 해도 손을 써 볼 도리가 없는 악인으로 격상하는 것이다.

---

26 이런 내용에 대해서는 강소전, 〈〈천지왕본풀이〉의 의례적 기능과 신화적 의미〉, 《탐라문화》 32호, 2008 참조.

(다)에서는 서사가 급전急轉한다. 수명을 잡으러 왔던 천지왕이 그 일을 포기하고 돌연 바구왕의 집으로 가서 그 집 딸과 동침하게 된다. 서사 문맥에서 볼 때, 천지왕의 이런 행보는 적잖이 당혹스럽게 느껴진다. 뜬금없다고 여겨질 만큼 급작스럽기 때문이기도 하며, 바구왕의 집으로 갈 어떠한 이유도 없어 보이기 때문이다. 그럼에도 불구하고 작품에서는 "천지왕은 ᄂᆞ시 쉬맹일 / 잡지 못ᄒᆞ연 / 바구왕집으로 가는구나"[27]로 서술하고 있다. 그러나 제주도 방언의 접속어미 "~ᄒᆞ연"이 "~ᄒᆞ여서"의 뜻이고 보면, 잡지 못하였기 때문에 바구왕의 집으로 들어갔음을 분명히 하고 있다. 그리고 그 이유는 바로 뒤에 서술된다. 하늘에서 내려온 자신이 수명을 징치하여 질서를 바로잡는 일을 포기했으나 바구왕의 집에 들어감으로써 그 일이 지속될 것임을 암시한다 하겠다. 결국 이로 인하여 세상을 바로잡을 두 영웅이 탄생하게 되는데, 천지왕과 서수암의 결합 과정이 예사롭지 않다.

천지왕이 바구왕 집에 머물면서 총명부인에게 동침할 처녀를 구해 보지만, 총명부인은 자신의 딸 서수암을 염두에 두고 딸 방에 가서 말할 듯 말 듯하다가 끝내 입을 떼지 못한다. 그러나 서수암은 천지왕 같은 배필을 어디서 구하겠느냐며 자청하여 천지왕이 머무는 방으로 가는데, 천지왕은 일단 되돌려 보낸다. 다음 날이 되자, 천지왕은 남자가 여자 방에 찾아가지 여자가 남자 방에 찾아가는 법이 아니라며 꾸짖은 후 동침한다. 그렇게 하여 태어난 아이가 대별왕, 소별왕의 쌍둥이 형제이다. 문제는 둘이 태어남으로써 수명장자의 존재 같은 난제를 해결할 힘이 두 배가 되기도 하지만 그만큼 다툼

27 진성기, 앞의 책, 31쪽.

이 일어날 소지도 커진다는 점이다. (라) 단락에서 실제로 천지왕은 두 아들더러 한 문제를 합심해서 풀라고 하는 것이 아니라, 이승과 저승을 각각 나누어서 통치하도록 함으로써 분란의 소지를 남긴다.

그런데 이 작품 속의 이승과 저승은 그 상징값이 수평적으로 대등하게 여겨지는 것이 아니라 수직적이며 불평등하게 여겨진다. 공간적으로도 항용 이승은 인간이 살아가는 지상을 나타내는 데 반해, 저승은 지하 세계 혹은 생명의 동쪽으로부터 "거의 무한대의 바깥에 자리잡고 있는 공간"[28]이다. "개똥밭에 굴러도 이승이 좋다"는 말처럼 이승이 저승보다 한결 나은 세상으로 인정받는다. 더욱이 (가) 단락에서 보이는 대로 수명의 아버지가 찾아간 저승세계란 무기력하기 그지없는 세계이기도 하다. 이 이야기에 나오는 대로라면, 명절이나 되어야 겨우 이승에서 차려 주는 밥을 먹을 수 있는 딱한 곳인 셈이다. 더욱이 자손에게 박대를 받아도 어떠한 힘을 행사할 수도 없는 속수무책의 세상으로 그려지고 있어서 선뜻 차지하겠다고 나서기 어렵다.

그러므로 아버지가 차지하고 있는 천상이 아닌 바에야 아들들이 차지하고 싶어 하는 곳은 이승일 수밖에 없으며, 이승 세계는 하나뿐이어서 필경 사활을 건 쟁투가 벌어지게 되어 있다. 더욱이 소별왕의 욕심이 지나쳐서 아버지 천지왕의 뜻을 거스르게 되고, (마)에서 보는 대로 걷잡을 수 없는 혼란이 펼쳐진다. 이는 수명이 흐트러뜨린 무질서의 반복이며, 아버지가 부여한 질서를 파괴하는 일이며, 형제간의 의를 상하게 하는 일이다. 한 세상을 서로 차지하겠다고 나서는 경쟁부터 극심한 혼란을 야기하는 일인 데다, 그것이 두 형

---

28 한국문화상징사전편찬위원회, 《한국문화상징사전1》, 동아출판사, 1992, 523쪽.

제가 벌이는 경쟁이기에 더 심각한 문제를 초래하고, 그것이 짝패의 양상으로 드러난다 하겠다.

대별왕과 소별왕, '큰 것'과 '작은 것'

〈천지왕본풀이〉에서 아버지 천지왕의 뜻대로 대별왕이 이승을 맡고 소별왕이 저승을 맡았더라면 사실상 아무 문제가 일어나지 않고 이승/저승의 유래담처럼 끝날 수 있었다. 그러나 소별왕의 반발로 독특한 시합이 벌어지면서 대별왕과 소별왕의 성향이 또렷이 갈린다. (바)에 이르면, 소별왕의 거친 도전에 대별왕이 파탄을 선언하기에 이른다. 신기하게도, 소별왕에게 대별왕이 밀려서 승복하는 것이 아니라 한 수 접어주는 방식으로 종결된다. 즉, 수수께기 내기와 꽃 피우기 경쟁에서 기량의 차이를 고려하면 분명히 대별왕이 승리를 해야 함에도 불구하고, 소별왕의 잔꾀로 공정한 승패에 혼선이 오자 대별왕 스스로 그러한 경쟁을 더 이상 진행해서 안 된다고 판단한 것이다.

그 영ᄒᆞ난
밤인 누언 자는디.
소벨왕은 일어난 ᄉᆞᆯ째기
성 앞잇 고장을 지앞데레
ᄃᆞᆼ기여다놓완
몰른 척 ᄒᆞ연 누언 잤수다.
ᄇᆞᆰ는날은 일어나난

성은 불써 눈치 알안,
말을 ᄒᆞ되,
"괴씸ᄒᆞ다.
나 앞잇 고장이 걸음걸언
느 앞데레 간나?
느가 욕심이 너미 씨다.
난 저싱 ᄎᆞ이ᄒᆞ레 간다."
ᄋᆞᆼᄒᆞ연 대밸왕과 소밸왕
성제라 갈라산,
대밸왕은 저싱 ᄎᆞ이,
소밸왕은 이싱 ᄎᆞ일 ᄒᆞ엿수다.[29]

앞서 살펴본 대로 소별왕은 대별왕을 속였고, 대별왕은 그 사실을 분명히 알았지만 경쟁의 결과를 무효로 돌리지 않는다. 그저 괘씸하다고 여기며 자신이 이승을 포기하고 저승을 차지하겠노라고 선언한다. 이는 단순한 양보나 포기가 아닌, 더 이상의 분란은 막아야겠다는 과감한 결단으로 읽힌다. 가인과 아벨의 형제 경쟁에서는 패배한 가인이 아벨을 죽임으로써 종지부를 찍었다면, 대별왕과 소별왕의 형제 경쟁에서는 실제로는 승리한 대별왕이 물러섬으로써 종지부를 찍는 것이다. 만약 대별왕이 그렇게 하지 않았더라면 소별왕은 계속적인 도발을 감행했을 것이며, 두 형제는 계속적인 대결을 벌일 것이 분명했기에, 대별왕은 스스로를 희생하여 악순환을 막는다. 그렇지만 그렇게 하여 얻은 결과는 그리 아름답지 못하다. 힘에 부치

29 같은 책, 235쪽.

는 이승을 차지한 소별왕이 세상을 제대로 다스릴 수 없었기에 (사)에서 극심한 혼란이 일어나고 대별왕에게 도움을 청하지만, (아)에서 해와 달이 둘인 것 같은 큰 혼란만 바로잡을 뿐 작은 문제는 여전하여, (자)에서 지금 세상이 왜 혼란한지가 설명된다.

결국, 수명장자가 세상 질서를 어지럽히고, 천지왕이 그를 징치하기 위해 왔다가 지상의 여자와 결혼하여 대별왕과 소별왕 형제가 태어나고, 그 형제가 아버지를 찾아 이승과 저승을 차지하는 이 일련의 과정은 혼돈과 질서 회복의 되풀이다. 즉, 세상에 혼돈이 일어나자 그 혼돈을 끝내기 위해 하늘과 땅이 결합하고, 그 가운데 두 영웅이 탄생하여 그 둘로 하여금 혼돈을 끝내고 질서를 부여하게 하려 했으나, 한 영웅이 저에게 주어진 과업을 거부함으로써 혼돈이 가속되고, 다른 영웅의 도움으로 질서를 얼마간 회복하는 과정으로, 이는 카오스에서 코스모스로, 코스모스에서 카오스로 오가면서 세상을 조율해 가는 이야기에 다름 아니다. 이런 견지에서 전체 서사를 대립하는 인물들로 짝을 맞추어 나열하면 다음과 같다.

① 천지왕 ↔ 수명장자

② 천지왕 ↔ 바구왕

③ 천지왕 ↔ 서수암

④ 대별왕 ↔ 소별왕

물론, 이 서사의 중핵은 ④에 있겠지만, '천지왕본풀이'의 제명題名이 말해 주듯 앞의 세 짝 ①, ②, ③ 역시 ④의 근간으로서 중요하다.

'① 천지왕 ↔ 수명장자'부터 보자. 천지왕은 작품에서 옥황상제로 칭해질 뿐만 아니라, 이름 그대로 '천지'를 주관하는 신이다. 하늘에서 최고의 지위를 가졌으니 당연히 땅에서도 누구든 쉽게 제압할 만한 힘을 가졌을 것으로 여겨진다. 그러나 그 천지왕조차 수명장자는 쉽사리 제압하지 못한다. 수명장자는 저승을 두려워하지도 않을 뿐만 아니라, 심지어 총명부인이 천지왕에게 대접할 쌀을 꾸러 갔을 때 흰 모래를 섞어 주어서 괴롭힐 정도이다.[30] 이는 작품에서 천지왕이 옥황상제로 일컬어지는 내용과 상당히 배치되는 부분이다. 섣부른 논단은 어렵겠지만, 우리가 상식적으로 아는 천부신의 권능이 많이 약화된 형국이다.

페타조니R. Pettazoi는 하늘이 전세계 모든 민족 위에 동등하게 펼쳐져 있지만, 천신에 대한 생각은 대략 두 갈래라고 했다. 하나는 "하늘을 지상과 우주적으로 짝을 이룬다고 생각"하는 것이요, 또 하나는 "만물을 내려다보는 하늘의 눈으로부터 도피하거나 피난할 데도 없는 가운데 산재하고 내재한 채 인간에게 언제 어디서나 밀고 들어오는 존재"[31]로 여기는 것이다. 다니엘의 분석에 따르면, 이 천신 개념을 몽골과 비교할 때 한국은 특히 전자의 성향이 농후한데, 몽골이나 아메리카 인디언들은 대초원에서 '늘 푸른 하늘'신을 경험하는 데 반해, 한국은 그렇지 못하고 결과적으로 거역할 수 없는 막강한 힘을 발휘하는 천신 이미지는 약한 편이다.[32] 물론 이본에 따라 벼락신 등을 동원하여 수명장자를 징치하는 경우도 있지만, 온전한 징치로 보기 어렵다. 만약 온전한 징치로 말끔하게 해결되는 경우라면,

30 현용준이 채록한 이본 등에 그런 사례가 보인다. "그런 게 아니웨다. 진지 쏠이 엇어서 수명장제 부제富者에 간 대미大米 흔 뒈 꾸레 갔더니, 백모살白沙을 서꺼 주으시난 아옵볼 열볼을 밀어와 진지를 지어도 쳇수까락에 머을이 먹힙네다."(현용준, 《제주도무속자료사전》, 신구문화사, 1980, 36쪽)

31 다니엘 A. 키스터, 《삶의 드라마》, 서강대학교출판부, 1997, 47쪽에서 재인용.

32 키스터, 위의 책, 46~49쪽 참조.

나중에 이승에서의 질서가 어지러워지는 것을 제대로 설명하기 어렵기 때문이다.[33] 천지왕이 위력을 행사하여 악한 존재를 어느 정도는 물리칠 수 있지만 완전히 없앨 수는 없는 한계를 보일 때, 사실은 카오스에서 코스모스로의 이행 또한 일정한 제약을 갖는 것이며, 이 서사는 그런 제약된 상황을 초지일관 보여 주는 데에 서사상 특이함이 있다.

이런 양상은 '② 천지왕↔바구왕'과 '③ 천지왕↔서수암'에서도 지속된다. 두 인물 모두 '왕'을 표방한 만큼 하늘의 왕과 땅의 왕으로 맞설 것 같은데, 사실은 많이 어긋난다. 천지왕이 바구왕의 집에 갔을 때 집에 쌀이 없을 정도의 궁핍한 형편으로 설정된다거나, 천지왕이 자기 자식들이 업신여김을 당할까 봐 걱정한다는 대목 등이 그렇다. 실제로 대별왕과 소별왕은 '낫갓나이(낮의 갈보) 낳은 거'[34]라는 조롱을 받기에 이른다. 바구왕은 가난하고 미천하기 이를 데 없는 지상의 존재이며, 그 둘의 결합으로 태어나는 인물이기에 양면성을 띠기 좋다 하겠다. 그러한 비구왕에게서 태어난 서수암의 존재 또한 미약하기 이를 데 없다. 그래서 기껏 천지왕이 머무는 방에 갔다가 "괘씸ᄒᆞ다. 느방으로 나고가라."는 한마디에 "애삭ᄒᆞ연(애닯아서) 지방으로 돌아온다."[35]고 서술되며, 천지왕이 동침하고는 몸을 돌려 한숨을 쉬자 "누춰ᄒᆞᆫ 인간광 밤을 자지니 그럼네까?"[36]라는 자격지심을

---

33 김난주는 천지왕에 의해 징치가 이루어지는 각편이 원형일 것으로 판단했다. "천지왕과 수명장자의 징치가 카오스 상태에서의 대립적 두 힘의 싸움에서 비롯되었다고 생각하기 때문에 천지왕에 의해 징치가 완결되는 것이 원형일 것으로 생각한다."(김난주, 《융 심리학 관점으로 본 한국의 신화》, 집문당, 2007, 106쪽)

34 진성기, 앞의 책, 233쪽.

35 같은 책, 232쪽.

36 같은 책, 같은 쪽.

발동하기까지 한다.

이러한 바탕에서 태어난 대별왕과 소별왕이 벌이는 '④ 대별왕↔소별왕'의 관계는 사실상 이 짝패 이야기의 핵심이다. 둘 다 천부신天父神과 지모신地母神의 결합으로 한날한시에 태어난 쌍둥이임에도 불구하고 둘이 하는 일은 거의 대극적對極的이기까지 하다. 표면상 한쪽이 순선純善이라면 한쪽은 순악純惡이다. 그러나 이는 단순히 선악의 문제로 치부할 만큼 간단치 않다. 둘 다 출중한 능력이 있어서 한 자를 가르치면 열 자를 알았고 그 때문에 다른 사람들의 시기를 받았다고 했지만, 둘이 힘을 쓰는 방향이 영 달랐던 것이다.

수수께끼 대목을 보자. 소별왕이 낸 수수께끼는 두 가지다. 하나는 '속이 여문 나무가 여름이며 겨울에 잎이 서는지, 속이 빈 나무가 그러한가?'이고, 또 하나는 '깊은 구렁의 풀이 길게 나는가, 높은 동산의 풀이 길게 나는가?'이다. 앞의 수수께끼에 대해 대별왕은 보편적인 상식에 따라 속이 여문 나무가 계절에 상관없이 무성할 것이라고 대답했다. 뒤의 수수께끼에 대해서도 깊은 구렁의 풀이 길게 난다고 대답했다. 그러나 소별왕은 대별왕의 허를 찔렀다. 대나무는 속이 비었는데 겨울에 잎이 서고, 사람은 발등에는 털이 적은데 머리꼭대기에는 털이 많다고 했다. 물론 여기에는 논리적인 허점이 많지만, 예외적인 사항을 들어 대별왕이 생각하는 보편성에 타격을 가한 것이다. 대별왕이 보편적이며 일반적인 사실에 입각해 대답한다면, 소별왕은 특수하며 구체적인 데서 답을 찾는다.

이 점에서 대별왕이 이성 중심적이라면, 소별왕은 상대적으로 감성 중심적이다. 수수께끼가 본래 그렇게 난센스적인 데가 있는 유희이지만, 실제로 놀이에는 그렇게 '규칙'과 '자유'의 양면성이 작동한다.[37] 한편으로는 규칙에 정해진 대로 길을 찾아나가면서, 다른 한편으로는 어떠한 속박에도 매이지 않는 자유스러움을 추구하는 것이다. 이처럼 대별왕이 일반적인 규칙을 찾는 항상성에 집중한다면, 소별왕이 순간순간 변화하는 순간성에 집중하기 때문에 양자의 특성이 맞물릴 때 서사적 의미가 강화된다. 어딘가에 있는 중심점을 기준 삼아 구심력을 찾아 근원적인 데에 관심을 보이는 대별왕과, 자신의 욕망을 기준 삼아 원심력을 찾아 독자적인 삶을 모색해 나가는 소별왕의 대립은 기실은 인간이 추구하는 두 축을 선명히 드러낸다. 근원적인 힘이라는 점에서 대별왕은 힘이 있지만 순간순간의 변화에 기민하게 대응하는 능력은 떨어질 것이고, 순간순간의 변화에 기민하게 대응하는 능력에서 소별왕의 힘은 대단하지만 근원적인 힘을 파고드는 데에서는 미약할 수밖에 없는 것이다.

이러한 특성은 실제 서사에서도 그대로 드러난다. 그래서 어려운 문제에 직면한 소별왕이 대별왕에게 도움을 청했을 때 '큰 것'은 다스릴 수 있지만 '작은 것'은 다스릴 수 없다고 선언하게 된다.

> 대밸왕이 말을 ᄒᆞ되,
> "그건 못ᄒᆞ는 법이다.
> 할으방 갈 딘
> 손지가 대력 가도, 손지 갈 딘

---

37 로제 카이와는 놀이를 분류하면서 '규칙'과 '자유'의 양면성에 대해 언급한 바 있다. "내가 제도적 존재라고 부르는 성질을 놀이가 획득하면, 규칙과 놀이는 떼어놓을 수 없는 것이 된다. 이때부터 규칙은 놀이의 본질의 일부가 된다. 규칙이야말로 놀이를 창조력이 풍부하고 중요한 문화수단으로 변화시킨다. 그러나 놀이의 원천에는 근본적인 자유가 있다. 이 자유란 쉬고 싶은 욕구이며 아울러 기분 전환 및 변덕스러움의 욕구이다. 이 자유가 놀이의 필수불가결한 원동력이다." 로제 카이와, 《놀이와 인간》, 이상률 옮김, 문예출판사, 1994, 57쪽.

할으방 대력 못간다.
느가 춫이ᄒᆞᆫ대로 어서 가거라.
내가 큰 법은 강 다시려 주마.
그 대신 족은 법은 내가 못다시린다.[38]

대별왕의 힘이 미치는 곳은 말 그대로 큰(大) 것이며, '대별왕'의 이름 역시 "큰 것을 가려내는(大別)" 데서 왔음을 짐작케 한다. 사리가 이러하니 대별왕이 소별왕보다 크거나, 소별왕이 대별왕에게 포함되는 관계로 추론할 수 있으나 실제로는 그렇지 않다. 소별왕은 소별왕대로 인간 세상의 자잘한 문제들을 해결해야 했고, 이본마다 넘나듦이 있지만 결정적으로 수명장자를 징치하는 데 나서게 된다. 그리하여 형은 이승을 차지하고 동생은 저승을 차지하라는 아버지의 명령을 거역하는 구실로 자신만이 그 역할을 떠맡을 수 있음을 내세우기도 한다. "자기가 인간 차지하고, 형이 지옥 차지하게 되면 수명장자를 버력을 주워서, 행실을 가르치지마는 우리 형은 못하리라 생각하고…"[39] 같은 대목이 돌출되는 것은, 자신의 힘을 믿는 까닭이다. 수명장자를 징치하는 일은 아버지 천지왕도 못한 일인데, 소별왕이 할 수 있다고 생각한 것은 의미심장하다. 제멋대로 악행을 일삼는 수명장자에 대한 징치는, 선한 원리를 따라 규칙대로 움직이는 천지왕이나 대별왕이 아니라 순간적인 꾀로 상대를 제압할 수 있는 소별왕이 제격이라는 뜻으로 보인다.

이렇게 대별왕과 소별왕이 대립적인 특성으로 맞물릴 수 있는 근

---

38 진성기, 앞의 책, 235~236쪽.
39 赤松智城, 《朝鮮巫俗의 硏究(上)》, 심우성 옮김, 동문선, 1991, 290쪽.

원은 대략 두 가지로 풀이해 볼 수 있다. 하나는 수명장자로 표상되는 악한惡漢의 존재이다. 그는 지상의 인간으로 서술되지만 하늘의 신이 힘으로도 제압할 수 없는 무시무시한 위력을 지녔다는 점에서 악신惡神으로 보아도 무방하다. 〈천지왕본풀이〉에서 최고의 존재인 천지왕에게 저항하고, 또 천지왕이 아무리 애를 써도 끝내 없앨 수 없는 근본악根本惡을 표상하는 것이다. 이에 따라 세상의 큰 질서를 자리 잡게 할 존재와 더불어 그 근본악을 없앨 영웅이 필요한데, 이 서사에서는 이를 대별왕과 소별왕에게 분담시키는 방식을 택했다. 대별왕과 소별왕의 칭호 역시 '큰 구별(大別)'과 '작은 구별(小別)'에서 왔을 것이며, 삶에서 이 둘이 조화를 이루어야 함은 당연한 이치다. 크기로 본다면 '대별'이 더 크지만 실제 일상에 관여하는 정도는 '소별'이 더할 것이며, 이로써 양자의 공존은 가능성을 넘어 필요성을 띠게 되고, 나아가 상호의존적이 된다.

또 하나의 근원은 천지왕과 서수암[40]의 결합이다. 천지왕이 하늘을 대표하듯 바구왕이 땅을 대표하는 것으로 생각해 볼 여지는 충분하지만, 작품의 문면만으로는 바구왕의 지위가 매우 낮아 보인다. 바구왕이 지신地神으로서의 존엄성을 가지고 있다면 천지왕이 서수암과 동침한 후 한숨을 쉬자 서수암이 "인간이 ᄂᆞ려오랑 / 누취ᄒᆞᆫ 인간광 밤을 자지니 / 그럼네까?"라고 묻거나, 천지왕이 "내가 아들 성젠/ ᄂᆞ몸에 두엉 감건마는/ 누게가 이 아이들은 / 천지왕 아들이엥 / ᄏᆞ리내겨주지 안ᄒᆞᆯ 거니"[41]라며 걱정하지 않았을 것이다. 이는 곧 서수암

40 서수암은 이본에 따라 박이왕, 총맹부인 등의 이명異名으로 등장하지만, 지상의 어떤 부부 사이에 난 딸로 나오는 점은 동일하다.

41 진성기, 앞의 책, 232쪽.

은 자신의 지위가 천지왕의 짝이 될 수 없을 만큼 미천하다고 생각하고 있으며, 천지왕은 자기 자식인 줄 모른다면 바구왕의 손주인 사실만으로는 박대받을 거라 걱정하고 있다는 뜻이기 때문이다. 실제로 다른 이본에서는 "백주늙은할망 집이 드러서"[42] 유숙하는 것으로 나오기도 해서 상대자가 그 이름이 암시하는 것만큼 '왕王'의 존귀한 혈통이라는 데에는 그리 큰 의미를 두지 않는 것으로 여겨진다.

결국, '대별왕/소별왕' 짝은 그 근원상 '천지왕/수명'의 '선/악' 구도와 '천지왕/서수암'의 '존귀尊貴/비천卑賤' 구도를 함께 갖는 짝패로 정리될 수 있다. 첫째 구도로 볼 때 양자의 힘이 거의 대등하게 맞서고 있어 둘 사이의 결판이 선한 쪽으로 쉬 옮겨 가지 못하지만, 둘째 구도로 본다면 존비尊卑의 차이가 명확해서 이승 삶의 어지러움이 명확히 드러난다 하겠다. 대별왕의 선함이 소별왕의 악함을 물리쳐 없앨 수 없으며, 대별왕의 존귀한 정신이 저승을 다스리고 소별왕의 미천한 정신이 이승을 다스리는 문제가 계속됨으로써, 이 세상의 공명정대하지 못한 질서에 대한 해명을 시도하고 있는 것이다.

아울러, 대별왕과 소별왕이 벌이는 수수께끼 풀이와 꽃피우기도 그 속성상 대립적인 요소를 보인다. 신화에 나오는 수수께끼는 주몽이 유리에게 낸 수수께끼처럼 힘 있는 존재가 아랫사람을 시험하기 위해 내는 게 상례인 데다 근본적으로 지혜를 가린다는 점에서 '머리'에 속하며, 남성성男性性의 영역에 있는 것은 어렵지 않게 상정할 수 있다. 반면 꽃피우기는 그 자체로 여성성의 상징이다. 꽃피우기는 생명체를 연속해서 길러 내는 능력이다. 꽃을 피워야 열매를 맺

---

42 박봉춘 구연 〈천지왕본풀이〉. 1937년 채록된 자료로 김헌선, 《한국의 창세신화》, 길벗, 1994, 404쪽에서 인용.

고 그 열매가 다시 씨앗으로 꽃을 피울 것이기 때문이다. 이런 생생력生生力은 본시 지모신의 절대적인 능력이다. 실제 작품에서는 여러 가지 변형이 일어나겠지만, 하늘과 땅의 분화와 그 둘의 재통합을 염원하는 서사가 바로 신화에 등장하는 짝패 인물을 통해 일어나는 것이다. 게다가 꽃은 그릇 모양이고 꽃받침은 흡사 컵과 같아서 그 자체로 수동적인 여성 원리를 상징한다.[43] 비록 속임수로 인해 양쪽 모두 소별왕의 승리처럼 서술되기는 해도, 소별왕과 대별왕이 각각 수수께끼 풀기와 꽃피우기에서 우위에 있다는 것은 둘의 적극성/소극성을 설명하는 것이기도 하다.[44] 또, 소별왕이 천지왕도 징치하지 못한 수명장자를 징치하는 본이 있다는 사실에 비추어 보면, 소별왕에게 이승을 지켜 낼 능력도 있음을 미루어 짐작할 수 있다.[45]

이와 유사한 이야기는 세계 각국에 있지만, 대별왕과 소별왕처럼 서로 다른 영역을 다스리면서 서로 힘을 보태지 않으면 짝패로 성립할 여지가 줄어든다는 점에서 이 이야기의 의미는 깊다. 김헌선이 〈천지왕본풀이〉와 비교한 외국 신화 두 편 〈미야코 신화〉와 〈부리야트족 신화〉에서 보듯이 속임수를 써서 이긴 인물이 모든 것을 가지고 달아나거나, 속임수 때문에 진 사람이 인간 세상에 저주를 퍼붓는 식으

---

43 "꽃은 수동적인 여성원리이다. 꽃은 그릇 모양이며 꽃받침은 컵과 동일한 상징성을 가진다." 진 쿠퍼, 《그림으로 보는 세계문화상징사전》, 까치, 1994, 140쪽.

44 '수수께끼/꽃피우기'의 대립에 주목하지 않을 경우, 형제이기 때문에 형인 대별왕이 소별왕에 비해 보다 근원적"인 존재로 나오고, 동생이 지상과 인간에 가까운 후대적 성격을 띠는 것으로 설명하기도 한다. 김난주, 앞의 책, 121쪽 참조.

45 앞서 보인 박봉춘 구연, 〈천지왕본풀이〉가 그런데 매우 냉혹한 보복을 보인다. "아시는 인간 차지하야, 수명장자를 불너다가 / 네가 인간의 포악부도한 짓슬 만이 하니 / 용사할 수 업다하야 압밧듸 벗텅걸나 / 뒷밧듸 작지갈나, 참 지전지한 연후에 / 빼와 고기를 비저서 허풍바람에 날이니 / 목이 파리 빈대각다리 되여 나라가고 / 패가망신 식힌 후에…."(김헌선, 앞의 책, 406쪽)

로[46] 해서는 두 인물이 닮았으면서도 대립하여 서로 필요한 자질을 나누어 갖게 되는 짝패 구실을 할 수 없는 것이다.

몽골 민담 가운데도 이와 유사한 경우가 있다. 하늘에 있던 오치르바니가 아래를 내려다보며 물 대신 대지가 있었으면 좋겠다고 생각했다. 그러나 혼자 힘으로는 어려우므로 누군가의 도움이 필요했는데 그런 신을 찾다가 만난 것이 차강 슈헤르트라는 신이었다. 둘은 물 가까이에 이르러서 바다 한가운데 있는 큰 거북이를 발견했다. 오치르바니가 차강 슈헤르트에게 제안하기를, 차강 슈헤르트가 물밑으로 들어가서 거북이를 끌고 나오면 자기가 그 거북이를 뒤집어 놓고는 거북의 배 위에 올라탈 테니 차강 슈헤르트가 그동안 바닷속에 들어가 흙을 가져오라고 했다. 둘은 합심하여 대지에 이어서 사람도 만들고 개도 만들었다. 그러나 추트구르라는 악신이 나타나서 둘 사이를 이간질하기 시작했고, 둘은 세상의 주도권을 놓고 다투게 되었다. 결국 누가 꽃을 먼저 피우는지 내기를 벌여 오치르바니의 그릇에서 먼저 꽃이 피었지만, 〈천지왕본풀이〉의 소별왕이 그랬듯이, 차강 슈헤르트가 몰래 꽃을 옮겨 놓는다. 오치르바니는 이 사실을 알고 "이 세상 사람들은 서로가 서로를 속이는 사기꾼, 거짓말쟁이가 될 것이다."라는 말을 남기고는 하늘로 올라가 버렸다.[47] 이런 이야기는 무섭기만 한 신의 이미지가 강할 뿐만 아니라, 악신惡神은 배척해야만 하는 절대악이라는 점이 강조된다.

이런 사례에 비추어 볼 때, 〈천지왕본풀이〉에서는 이미 천지왕이 두 아들의 몫을 명확히 획정劃定했음에도 불구하고 작은아들이 나서

46 김헌선, 같은 책, 161~163쪽 참조.

47 체렌소드놈, 《몽골 민간 신화》, 이평래 옮김, 대원사, 2001, 33쪽.

서 결과를 뒤바꾼다는 게 특이하다.[48] 천부신의 무서운 권력이 상당히 약화되어 있어 대별왕과 소별왕이 주체적으로 작동할 여지가 커졌고, 또 둘이 겨루면서도 적절한 역할을 배분함으로써 새로운 국면을 맞았던 것이다. 결국, 소별왕이 속임수를 써서 승리를 거두므로, 상식적으로 본다면 소별왕에게 저승(地下, 地獄) 세계와 같은 음험한 곳을 맡는 게 합당할 것 같지만, 대별왕이 저승으로 밀려남으로써 천지왕의 질서가 어긋나면서 지상 세계의 혼란상이 설명된다. 그럼에도 불구하고 천지왕/소별왕/대별왕이 천상/이승/저승의 삼계三界를 맡음으로써 세계의 새로운 질서를 찾아가는 이야기다. 또, 이승에 일어난 양일兩日 양월兩月의 괴怪현상을 물리친 사실을 통해 세상의 질서를 공고히 하는, 카오스에서 코스모스로 옮겨 가는 것이 이 이야기의 주요 귀결점이다.

48 이런 부분은 천부신으로서의 천지왕의 직능이 제대로 작동하지 못하는 데 대해 김현은 '아버지 不在'로 설명한 바 있다.(김현, 〈지라르의 눈으로 제주도 개벽 신화 읽기〉, 《폭력의 구조/시칠리아의 암소》, 문학과지성사, 1992, 91쪽)

제4장

패배의 뒤안길

'아버지-형제'에서 '어머니-남매'로

신화시대가 종언을 고하면 전설 · 민담 시대가 된다는 진술은[1] 여러모로 문제를 야기할 소지가 크다. 신화 · 전설 · 민담의 3분법도 명료한 구분이 아닐뿐더러 어떤 문학 갈래이든 단선적이며 단절적인 흐름을 보이는 예도 드물기 때문이다. 나아가, 신화가 끼친 영향은 전설 · 민담은 물론 고소설, 나아가 현대소설이나 영화 같은 현대 서사물에도 두루 등장한다.[2] 그럼에도 불구하고 1장에서 논의한 대로, 인간 의식의 발달 단계에 비추어 신화에서 전설이나 민담으로 흘러가는 정황을 찾아내기란 그리 어려운 일이 아니다. 경험에서 알 수 있듯이, 인간이 영유아기 때에는 거의 모든 것이 미분화된 상태로 인식되어 한마디로 나와 남의 구분이 없다. 모든 무정물無情物을 유정물有情物로 여기는 것도 그 때문이며, 자신을 양육하는 어머니와 최고조의 동질감을 느끼는 것도 그 때문이다. 그러나 청소년기에 돌입하게 되면 일단 어머니의 영향권에서 벗어나고 싶은 충동을 느끼며, 그 모성 밖의 새로운 세상을 꿈꾸게 된다. 그것이 바로 '부친 탐색담'이라는 형태의 자기 정체성 찾기다. 어머니가 자신을 배태했던 원천 혹은 자신의 내

---

1 이런 방식의 순차적 진행은 조동일, 《한국소설의 이론》(지식산업사, 1977)에서 찾아볼 수 있다. 그는 〈소설시대의 이해를 위한 예비적 고찰〉에서 '신화시대, 전설시대, 민담시대, 소설시대'라는 용어를 쓰면서, 순차적 출현에 주목했는데, "민담시대는 전설시대와 같은 시기일 것이다."(169쪽)라 하여, 사실상 신화시대-전설 · 민담시대-소설시대의 순서로 배열하고 있다.

2 일례로, 김병욱 외, 《한국문학과 신화》(예림기획, 2006)에서는 주로 한국현대소설의 여러 작품에 나타나는 신화적 의미를 탐색하고 있다.

부에 공존하는 존재라면, 아버지는 외부에 존재하는 또 다른 힘이며 그것을 찾아냄으로써 새로운 세계를 경험하게 되는 것이다.

앞 장에서 살핀 〈천지왕본풀이〉 같은 서사는 확실히 세상에 질서가 드리워지는 본바탕의 이야기다. 아버지 천지왕이 하늘로부터 내려왔고, 두 아들 대별왕과 소별왕이 저승과 이승을 나누어 맡으며, 그 과정 중의 우여곡절로 지금 같은 세상이 만들어졌다고 설명하고 있다. 그 과정에서 아버지를 찾아 나서고 그 아버지의 권능을 물려받는 대 잇기가 충실히 이어지는 등 어머니를 떠나 아버지의 세계로 나아가는 모습이 소상히 드러난다. 이런 이야기에서 그러한 이데올로기의 원천으로서의 '아버지'의 존재가 빠져 버린다면 이야기는 상당히 다른 방향으로 흘러간다. 하늘의 권능을 행사할 아버지 없이 어머니만으로 서사를 전개하게 되면 필경 거대한 변화가 일어날 것이다. 아버지와 어머니, 곧 마음과 몸이라는 이원성의 틀이 깨지면서 예측되는 서사는 두 방향이다. 하나는 어머니가 과보상過補償을 통해 아버지의 역할을 시도하거나, 아버지의 권능이 약해진 틈을 타고 어머니에게 자식이 압도당하는 경우이다.

이런 이야기에서는 신화에서 중시하는 세계의 질서가 표면적으로는 문제가 되지 않는다. 예를 들어, 이 장에서 집중적으로 다룰 〈오뉘 힘내기〉[3] 같은 경우, 그 문제가 가정에 국한된 것처럼 보인다. 그저 한 가정에 홀어머니 아래 남매가 있었고, 그 남매가 서로 힘겨루기를 하며, 어머니가 어느 한쪽 편을 드는 문제만 있을 뿐이다. 작게 본다면 어느 자식을 편애偏愛하는 정도의 문제에 국한되는 듯이 보

3 《한국구비문학대계》 유형분류상 '121-1 한쪽이 희생되고 만 힘내기' 유형의 이야기로, 조동일 외, 《한국구비문학대계 별책부록(I) 한국설화유형분류집》, 한국정신문화연구원, 1989, 142쪽 참조.

인다. 딱히 세계의 질서가 문제되지도 않고, 수명장자의 경우처럼 세계의 질서를 어지럽히는 존재가 있는 것도 아니다. 그렇다고 아기 장수처럼 외부에서 주인공을 제거하려는 힘이 행사되는 것도 아니어서 도무지 석연치 않은 구석이 있다. 더구나 어머니의 편애로 결과가 갈리기는 해도, 이야기 속의 남매가 대왕별과 소왕별처럼 선/악으로 구분될 만한 또렷한 차이를 보이는 것도 아니다. 궁극적으로, 오라비와 누이의 힘내기 결과가 특별한 성취로 이어지지 않는다. 어느 한쪽이 이긴다 해도 그 결과 패배한 피붙이가 죽임을 당하거나 승리한 쪽이 부끄러움으로 자결하는 정도이다.

이런 이야기를 현실 맥락에서 보면 매우 비합리적으로 보인다. 우선, 등장하는 남매가 다 비범한 능력을 지녔는데 왜 그 힘을 다른 데에 쓰지 않고 집 안에서 파괴적으로 소모하는지 의아하다. 또, 어머니가 왜 아들 편을 드는지 구체적으로 제시되지 않는다.[4] 대별왕과 소별왕이 큰아들과 작은아들이라는 차이가 있는 것처럼 아들과 딸이라는 이유로 설명할 수도 있겠지만, 대별왕과 소별왕이 보여 준 윤리적인 차이조차 드러나지 않고 있어서 납득하기 어렵다. 끝으로, 승리의 결과로 주어지는 보상이 너무 적거나 없다. 힘겨루기를 하는 까닭은 누가 더 힘이 센지를 알아내자는 것이며, 그 결과 차등적인 보상이 주어짐으로써 승자는 승리의 기쁨을 만끽하고 패자는 패배의 책임을 떠안는 것이 상례이다. 그런데 이 이야기에서는 승패를 가른 결과가 너무 참혹하다. 승리자에게 명예가 주어지는 것도 아니고, 희미했던 질

4 권태효, 〈거인설화의 전승양상과 변이유형 연구〉(경기대학교 박사학위논문, 1997)에서 〈오뉘 힘내기〉를 거인설화의 후대적 변이형으로 파악한 바 있으며, 그 후속 연구에서 북유럽신화와의 비교를 통해 어머니의 '양성성'에 주목한 바 있다. 권태효, 〈북유럽신화집《에다》와의 대비를 통해 본 〈오누이힘내기설화〉의 신화적 성격과 본질〉,《민속학연구》8, 국립민속박물관, 2001, 96~98쪽 참조.

서가 또렷해지는 것도 아니다. 이야기에 따라서는 승리자가 자결함으로써 남매가 모두 죽어 없어지는 끔찍한 결과만 남을 뿐이다.

이는 어찌 보면 전설의 서사가 갖는 숙명적 한계일지도 모르겠다. 신화에서라면 대별왕과 소별왕이 그랬듯이 어쨌거나 세상의 질서를 확립하여 안정을 꾀하는 것으로 끝을 맺는 이야기가 가능하겠지만, 전설이나 민담의 경우에는 사정이 다르기 때문이다. 특히 전설의 중핵은 세상의 경이로움이다. 나의 힘보다 훨씬 더 큰 세상의 힘을 느낄 때 전설이 시작된다. 주인공은 언제나 세상 앞에 무력한, 세상 밖 질서에 의지하여 겨우 살아가는 미약한 존재이다. 설사 형제나 남매로 설정된 두 인물이 나오더라도 그렇게 공동의 승리로 끝맺는 내용이 나오기는 어렵게 되어 있다. 필연적으로 인간이 거역할 수 없는 운명에 의해 한쪽이 패퇴하게 되면, 그 패퇴를 보는 다른 한쪽에게도 극심한 슬픔을 안기게 된다. 이상한 일이지만, 슬픈 결말을 맺는 인물이 악하다기보다는 도리어 선한 경우가 많은 것도 전설의 한 특성이 될 법하다.

물론, 선한 인물이 패배한다는 것은 인간 보편의 정서에 잘 들어맞지 않는 내용임이 분명하다. 그러나 우리의 실제 삶은 그보다 더한 일이 많아서, 악하지만 오래 잘살고 착해도 약하면 맥없이 무너지는 일이 많다. 문제는 약하지 않은데도 패배하는 일이다. 〈아기장수 전설〉의 아기장수가 그렇고, 〈장자못 전설〉의 며느리가 그러하며, 〈오뉘 힘내기〉의 누이가 그러하다. 아기장수는 날개나 비늘이 달린 출중한 인물이며, 며느리는 무서운 시아버지 몰래 적선을 할 줄 아는 인물이고, 누이는 남자도 해내기 힘든 성城 쌓기 과업을 해내는 인물이다. 공통점은 또 있다. 이 셋은 모두 가정 내부의 이야기이며, 1차적인 박해가 가족 구성원에게서 나온다는 점이다. 외부로부터의 압박에서 가림막이 되어 주어야 할 가정이 도리어 박해의 근원이라면 문제는 더욱 심각하다 하겠다.

이들 가운데 이 책의 주제인 짝패에 가장 부합하는 작품은 〈오뉘힘내기〉다. 대별왕과 소별왕처럼, 이 이야기의 주인공 남매 또한 동기同氣이며 그 때문에 경쟁이 더 치열해지기 때문이다. 다만 앞서 살핀 〈천지왕본풀이〉 같은 신화와 다른 점은, 거기에서는 질서의 중심이 주로 천부신 격에 해당하는 아버지인 데 비해 이 작품에서는 지모신에 해당할 어머니라는 점이다. 아울러 서로 맞서는 짝패 인물 또한 동성의 형제간이 아니라 이성의 남매간이라는 점도 적지 않은 차이다. 그러나 여기에서의 어머니와 남매는 현실에서의 어머니와 남매와는 다른 차원의 존재이다. 이야기 속 모성 원형이 "인간 이상의 성향을 갖거나 혹은 인간 이하의 성향을 갖는다."[5]는 진술처럼 이야기, 특히 오랜 전통을 갖는 민담에서는 좀처럼 중간이 없다. 그리하여 천신天神과 지신地神, 아버지와 어머니, 누이와 오라비 같은 양성간兩性間 간의 맞섬은, 해당 서사와 인물만의 특이점에 앞서 극단적인 대립으로 벌어지는 남성성과 여성성을 문제 삼도록 요구한다.

호랑이 남매의 짝패

남매가 등장하여 서로 알력을 보이다가 누이가 죽음을 맞는 이야기는 《삼국유사三國遺事》 〈감통感通〉편에도 나온다. 이 이야기가 실린 편명이 '감통感通'인 데다가 '김현이 호랑이를 감동시킨다(金現感

5 지빌레 비르크호이저-왜리, 《민담의 모성상》, 이유경 옮김, 분석심리학연구소, 2012, 21쪽.

虎)'는 제목 그대로 감화하여 통하게 하는 데 찬자撰者의 의도가 있을 것이다. 간단하게는 못된 호랑이를 감동시킴으로써 호환을 막아냈다는 정도의 내용이겠는데, 이야기를 파고들면 그리 간단치 않다. 작품 속의 호랑이 가족은 늙은 어머니와 딸, 아들 3형제의 다섯 식구로 구성되어, 적어도 세 가지 역할로 나뉘어 있다. 논의의 편의를 위해 줄거리를 몇 개의 단락으로 정리해 보면 다음과 같다.

> (가) 김현이 흥륜사에서 탑돌이를 하다가 한 처녀와 눈이 맞아 정을 통했다. (나) 김현이 처녀를 따라갔는데 처녀의 어머니인 노파가 오빠들을 피해 김현을 숨기라고 했다. (다) 호랑이 세 마리가 오더니 사람 냄새를 맡고 먹으려 했고 노파와 처녀가 꾸짖었다. (라) 하늘에서 너희들 중 한 놈을 죽여 악행을 징계하겠다는 소리가 들렸다. (마) 세 오빠가 두려움에 떨자 처녀는 오빠들이 뉘우친다면 자기가 대신 벌을 받겠다고 나섰다. (바) 처녀는 김현에게 자신의 뜻을 말하고 내일 거리에 나가 악행을 일삼을 때 자신을 쫓아오면 잡게 해 주겠다고 했다. (사) 다음 날 장안에 호랑이가 나타나자 나라에서는 벼슬을 걸고 호랑이를 잡도록 했고 김현이 그 호랑이를 쫓아갔다. (아) 호랑이는 처녀로 변신하여 호랑이에 상처 입은 사람들을 낫게 하는 방법을 일러 주고는 김현의 칼을 뽑아 스스로 찌르자 다시 호랑이가 되었다. (자) 김현은 호랑이를 잡았다고 말하고 일러 준 대로 했다. (차) 김현은 벼슬에 오른 후 절을 세워 '호원사虎願寺'라 하고 호랑이의 명복을 빌었다.[6]

(가)부터 심상치 않다. 이물교구異物交媾는 옛이야기에서 흔히 등

6 《三國遺事》, '感通', 〈金現感虎〉.

장하는 것이지만, 여기에서는 존재의 변환이 문제되고 있다. 그래서 처음에는 호랑이인 줄 모르고 통정했다는 것이 핵심이다. 그러므로 이야기상으로는 호랑이 처녀는 겉은 사람이지만 안은 호랑이인 반인반수半人半獸의 존재이다. 그것은 〈단군신화〉에서 웅녀가 곰에서 사람으로 변한 것처럼 본래는 동물이었지만 사람의 껍질을 쓰고 존재를 변환했다는 뜻이 된다. 이 점에서 이 처녀는 초지일관 호랑이의 모습으로만 등장하는 세 오빠들과는 구분된다. 그들 모두 비록 사람처럼 말을 하는 대목이 나오기는 해도 오빠들은 외형상 호랑이일 뿐만 아니라 사람 냄새를 맡으면 먹어야 직성이 풀리는 수성獸性의 존재지만, 처녀는 사람을 보면 사랑하여 통정通情해야 하는 인성人性에 가까운 존재로 차이를 보인다.

(나)의 대목은 어머니로서의 특성, 곧 모성을 드러낸다. 딸의 이야기를 들은 어머니는 "비록 좋은 일이지만 없느니만 못하다."[7]는 말로써 복잡한 심경을 드러낸다. 부모로서 딸이 나은 존재, 곧 짐승보다 나은 존재인 인간과 혼인한 것은 좋은 일이지만 그로써 생겨날 문제가 더 심각함을 직감한 것이다. 재미있는 것은 김현이 처녀를 따라갔을 때, 거기에 늙은 호랑이가 있었다고 하지 않고 '노파(老嫗)'가 있었다고 서술한 점이다. 이로 보면 호랑이 다섯 식구 가운데 호랑이에서 인간의 몸으로 자유롭게 옮겨 갈 수 있는 존재는 어머니와 딸 둘뿐이고 나머지 셋은 여전히 수성獸性의 영역에 머물러 있는 셈이다. 이어지는 (다)는 바로 그 내용을 더욱 강화해 준다. 오빠들은 사람 냄새를 맡자마자 잡아먹으려 했고 모녀가 가로막았다는 데에서 그들의 대립이 더욱 분명해지기 때문이다. 여기까지가 호랑이 가족

7 雖好事, 不如無也. 《三國遺事》, '感通', 〈金現感虎〉.

을 서로 맞서게 하는 내용들인데, 이 점에서 김현과 호랑이 일가의 대립을 '인간 사회'와 '자연 공간'의 문화적 충돌이라는 근원적 문제로[8] 파악한 시각은 타당성을 갖는다.

(라)는 사건의 일대 전환이 일어나는 대목이다. '인간(김현)-인간 동물(호랑이 처녀, 호랑이 어머니)-동물(호랑이)' 관계상에 위치하는 최상위의 하늘이 등장했기 때문이다. 인가에 호랑이가 드나들면서 호환虎患이 생겼고, 이런 변고는 당시 거의 천재지변에 준하는 재앙이었으므로 절대자가 나서서 막은 셈이다. 이렇게 본다면 다시 이 관계는 '신(하늘)-인간(김현)-인간 동물(호랑이 처녀, 호랑이 어머니)-동물(호랑이)'의 위계를 이루면서 재조정된다. 그런데 하늘에서 들려온 소리는 "너희들이 남의 목숨을 빼앗기를 즐기는 것이 매우 많으니 마땅히 한 놈을 베어서 악을 응징할 것이다."[9]라는 노성怒聲이었다. 죄는 너희'들'이 지었는데 응징은 '한' 놈을 하겠다는 것은 한 '놈'을 희생양으로 삼겠다는 뜻이다. 그 존재를 속죄양 삼아 "그 하나에게로 모든 공포와 증오와 원한을 모으기 위해서"[10]일 것이다.

(마)에서 결국 호랑이 처녀가 자원하기에 이르는데 그 과정이 흥미롭다. 호랑이 가족이 모두 벌벌 떨어야 마땅한데 세 오빠 호랑이들만 그랬던 것이다. 그것은 곧 자신들의 죗값에 대한 두려움인데, 이때 호랑이 처녀와 어머니의 반응은 생략되어 있다. 이 호랑이 모녀는 적어도 하늘에서 말하는 악행을 저지르지 않았다고 보는 편이

8 정충권, 〈金現感虎型 說話의 構造的 考察〉, 《한국국어교육회논문집》 55권, 한국국어교육연구학회, 1996, 28쪽.

9 "爾輩嗜害物命尤多, 宜誅一以徵惡."《三國遺事》, '感通', 〈金現感虎〉.

10 김현, 〈지라르의 눈으로 한국 설화 읽기〉, 김현, 《폭력의 구조/시칠리아의 암소》, 문학과지성사, 1992, 85쪽.

옳겠다. 그렇다면 이 이야기에서 호랑이들은 무고한 호랑이와 죄를 지은 호랑이로 나뉜다. 문제는 스스로 죄 지은 것을 알아서 벌벌 떠는 호랑이들 중 한 마리가 선택되지 않고 무고한 호랑이가 선택된다는 데 있다. 그것도 희생될 존재가 스스로 자원하는 나서는 형식을 택함으로써 문제를 해결하고자 하는 것이다.

이상에서 드러난 호랑이 남매는 두 가지 속성을 보여 준다. 하나는, 호랑이 처녀의 세 오빠들이 보여 준 대로, 자신의 삶을 영위하기 위해 다른 삶을 해치는, 그래서 심지어는 동생이 데리고 온 손님까지도 먹어치워야 직성이 풀리는 존재이다. 또 하나는, 호랑이 처녀가 보여 준 대로, 다른 삶을 해치지 않을 뿐만 아니라 다른 삶을 영위할 수 있도록 자신을 희생하기까지 하는 존재이다. 전자가 본능에 의해 움직인다면 후자는 이성에 의해 움직이며, 전자가 동물적이라면 후자는 인간적이다.[11] 그러나 그 둘은 본시 하나만으로 살아갈 수 없게 되어 있다. 본능 역시 이성만큼 소중하며, 모든 인간 또한 동물적인 바탕을 지니고 있기에 그것을 도외시하다가는 낭패를 보기 십상이다. 상식적으로 다른 생명체를 취하지 않고서는 살아갈 수 없는 것이 인간을 포함한 모든 생명체의 운명이다. 그래서 하늘이 문제삼는 것 또한 다른 생명을 해치는 일이라기보다는 그런 일을 좋아하는 것이 "매우 심한(尤多)" 까닭이다.

(바)는 희생을 위한 구체적 실행 계획이다. 희생이 의미를 지니려면 그 희생을 통해 더 값진 것을 얻어 내야만 한다. 그러기 위해서

11 이 설화의 호랑이를 남성성과 여성성의 양성구유兩性俱有로 파악한 연구(이지영, 〈女 · 男 山神과 호랑이 신격의 상관성 연구-호랑이의 兩性的 側面에 주목하여-〉, 《한국고전여성문학연구》 15, 한국고전여성문학회, 2007)가 있는데, 남성은 포악하고 여성은 자애롭다는 식의 긍정적/부정적 대립으로 설명하는 데 실효성이 의문시되기는 해도 대립적 자질로 파악하는 데는 이견을 달기 어렵다.

일단 자신의 죽음을 세상에 공표하고, 또 가능하면 자신의 편에 선 사람에게 죽음의 보상이 돌아가도록 하고 있다. 호랑이 처녀가 자신의 계획을 이야기했을 때 김현은 배필의 죽음을 팔아 벼슬할 수 없다고 막았지만, 처녀가 내세운 이로움은 다섯 가지나 되었다. 하늘의 명령이며, 자신도 원하는 일이고, 낭군에게는 경사이며, 자기 족속의 복이고, 나라의 기쁨이라는 것이다. 이는 곧 어차피 피할 수 없는 운명인 바에야 자신이 달게 받음으로써 남편과 가족과 온 나라가 평온하게 된다는 의미로, 그 하나의 희생으로 세상을 평화롭게 하겠다는 뜻이다. 이는 곧 이 이야기가 희생 제의를 통해 무너진 질서를 바로잡는 갱신更新의 서사임을 드러낸다. (사)에서는 호랑이 처녀의 말대로 이루어지고, 처녀가 끝내 자결하는 것으로 사실상의 이야기가 완결된다. 호랑이가 나타나 사람들을 해치고 처녀는 김현의 칼을 빼앗아 자살하고, 호랑이에게 상처를 입은 사람들 또한 말끔히 치유하며, 그 공으로 김현은 벼슬을 한다.

여기까지만 보아도 호랑이 남매가 같은 한 어미 아래 동기간이라는 점에서는 동질적이지만, 다음 몇 가지 점에서 서로 확연히 구분됨을 알 수 있다.

첫째, 처녀는 여성이고 오빠들은 남성이다. 이것이 단순히 생물학적 성性(Sex)의 차이에만 그쳤더라면 짝패 인물로 확대하기 어려웠겠지만, 그 이면을 파고들면 그 이상의 성性(Gender)적 특성이 드러난다. 물론, 표면적으로 드러난 성품은 오빠들은 포악하고 여동생은 자애롭다는 점에서 그대로 남성성과 여성성을 드러내지만, 그 밖의 내용은 도리어 반대가 된다.[12] 또, 여동생은 이계異界의 존재와 혼인

12 김현, 앞의 책에서는 그러한 전도 양상에 대해 설명된 바 있다. "그녀의 흉포함은 동물적이지만 그

을 시도할 만큼 용감하지만, 오빠들은 하늘에서 소리가 들리자 겁만 낼 뿐이다. 하늘에서 경고의 목소리가 들리자 이성적으로 대책을 세워 멸문滅門의 화를 입지 않도록 조처하는 사람은 도리어 여동생이며, 오빠들은 자신이 대신 벌을 받겠다는 여동생의 말을 듣고 만류하기는커녕 기뻐하며 달아난다.

둘째, 처녀와 오빠들의 삶의 지향점이 상반된다. 처녀와 김현이 만난 것은 절에서 벌어진 탑돌이 행사였다. 탑돌이가 개인의 행복을 비는 다분히 기복적祈福的인 행사지만 그 근간은 부처님의 뜻에 따라 살아가는 데 있다. 부처님의 뜻을 어겨 가면서 복을 빌 수는 없는 노릇이기 때문이다. 텍스트에 기술된 날짜인 2월인 것이 본래의 석가탄신일인 2월 8일에 근거하고 있음은 그 결정적 증거일 것이다.[13] 부처님의 탄생에 맞추어 기원하는 행사에 공을 들일 정도라면 당연히 불필요한 살생殺生을 피했을 것이 분명하며, 나중에 벌어지는 호랑이 소동 뒤에도 상처를 낫게 할 비방秘方을 마련한다. 반면, 오빠들의 삶은 정반대이다. 집에 들어서자마자 사람 냄새를 맡고 잡아먹고자 하는 탐학성貪虐性을 드러낸다. 이는 무고한 자신의 목숨을 던져서라도 가족들의 죗값을 치르고자 하는 이타심과, 자신의 죗값을 무고한 혈육이 대신 받도록 방기하는 이기심으로 이어지는 것이기

녀의 남편 사랑은 인간적이다. 그러나 뒤집어 볼 때, 그녀의 가족에 대한 사랑은 인간적이지만, 그녀의 남편(?)에 대한 사랑은 맹목적이라는 의미에서 동물적이다. 그녀와 김현의 결합은 동물적인 것과 인간적인 것의 결합이며 비정상적인 결합이지만, 그녀와 김현의 결합은 동시에 능동적-남성적인 것과 수동적-여성적인 것—이 역할은 김현 설화에서 도치되어 있다. 여자가 능동적이며 남자가 수동적이다—의 결합이다."(85쪽)

13 전통적인 음력에서는 동지로부터 한 해가 시작한다고 생각하였던 까닭에 두 달 정도의 차이가 생기는 까닭에 부처의 탄신일인 2월 8일이 현재의 음력에서 4월 8일로 바뀌었다고 한다. 이에 대해서는 박은애, 〈《三國遺事》感通 '金現感虎'條에 나타나는 신라 탑돌이의 양상과 성격〉, 《신라문화제학술발표논문집》 32, 동국대학교 신라문화연구소, 2011, 138쪽 참조.

도 하다.

셋째, 처녀와 오빠들이 살아가는 공간의 상이相異함이다. 이야기상으로 처녀와 오빠들은 한 가족으로 모두 한 공간에 살아간다고 할 수 있다. 그러나 실제적으로는 처녀는 인간과 호랑이로 자유자재로 모습을 바꾸면서 인간이 사는 세계와 호랑이가 사는 산속에 걸쳐 있는 존재이다. 반면 오빠들은 호랑이 몸을 벗지 못한 채 언제나 호랑이가 사는 산속에 매여 있는 존재이다. 처녀와 김현이 만났던 흥륜사는 말하자면 호랑이가 사는 서산 기슭(西山之麓)과 인간 세계를 어어 주는 연결 고리다. 그것은 마치 웅녀가 잉태하게 해 달라고 빌었던 신단수 아래와 같다. 환웅이 사는 제1세계의 하늘과, 곰이 사람이 되려 애쓰던 제3세계의 땅 밑을 연결하는 공통의 공간이자 변환의 공간이 신단수神壇樹 아래였던 것처럼 여기에서는 탑돌이를 하던 흥륜사가 바로 그런 역할을 떠맡는 것이다. 특히 불교사적으로 볼 때 흥륜사가 신라 최초의 절이라는 점은 그 신성성을 더하는 요소가 되었을 것이다.[14] 이렇게 본다면 이 호랑이 남매의 공간은, 호랑이 처녀는 인간 세계와 동물 세계를 오가면서 그 가운데 걸쳐 있고 그 오빠들은 동물 세계에 머물고 있다고 할 수 있다.[15]

이렇게 여러 측면에서 맞서기만 하는 것 같은 호랑이 남매지만, 사실은 모두 호랑이 족속의 일원으로 공생해야 할 필요성이 있다. 어미의 고민은 바로 거기에서 비롯된다. 딸이 인간과 통정했다는 말

---

14 이에 대해서는 박은애, 앞의 논문, 134~137쪽에 상술되어 있다. 여기에서는 이 절이 신라 최초의 사찰일 뿐만 아니라, 그 때문에 巫教와 불교적 요소가 混淆되어 나타나는 사실들을 적시하고 있다.

15 이어령은 〈김현감호〉를 '인간과 자연의 교류'로 파악하여 "'인간'과 '호랑이'라는 두꺼운 생명계의 벽을 뛰어넘으려는" 사랑으로 보았다. 단순히 인간과 동물의 교구交媾라는 신이담 이상의 의미로 본 것이다. 이어령, 《신화 속의 한국정신》, 문학사상사, 2003, 168~172쪽 참조.

을 듣고 꾸짖기는커녕 좋은 일이라고 반기면서도, 없었던 것만 못하다는 말로써 걱정을 하고 있다. 이 진퇴양난의 어려움이야말로 호랑이 족속이 처한 위험이면서, 기실은 보편적인 인간들이 맞닥뜨리는 현실이기도 하다. 나아가야 할 방향은 분명하지만 그러기에는 너무도 큰 위험이 도사리고 있기 때문이다. 그러나 이는 거꾸로 큰 위험을 무릅쓰지 않으면 진로가 보이지 않는다는 뜻이기도 하다. 이런 문제의 돌파구로 선택된 것이 호랑이 처녀의 죽음, 곧 갸륵한 희생이며 그로써 이야기 속 모든 인물들이 제자리를 찾게 된다.

한 가지 첨언할 것은, (마)에서의 어머니 역할이다. 어찌된 영문인지 모르겠지만 바로 이 대목에서 이전까지는 엄존했던 어머니의 역할이 사라진다는 점이다. 무고한 딸이 죽음을 택하는 데 대한 어떤 의사 표현도 없이 이야기에서 스르르 자취를 감추어 버린 것이다. 서사상 생략 혹은 누락으로 여겨짐직하지만, 문면대로라면 어머니의 묵인默認을 감지하게 하는 부분이다. 아들이 잘못하였으나 딸이 죽는 데 대해 어머니의 입장에서 그런 일은 눈감아 줄 수 있다는 인식이 내비쳐진다. 물론 딸이 자원하는 형식이어서 과도한 해석은 피해야겠지만, 딸이 배필을 정하는 데에는 적극적인 의사를 표명했던 어머니가 딸의 죽음에 대해서는 짐짓 모르는 체 입을 다무는 것만은 명백한 사실이다. 실제 텍스트에서도 고기 냄새가 나니 요기를 해야겠다는 아들들에게 딸과 함께 꾸짖는 대목이 나오는데, 그 뒤로 장면 전환 없이 하늘의 소리가 들리고는 딸이 자신의 희생 계획을 말하고 있다. 당연히 어머니는 그 현장에 있었음에도 불구하고 묵묵히 따를 뿐이어서, 자식을 자신의 삶처럼 여기는 어머니상像과는 심히 어그러진다. 어머니는 이미 아들 편으로 기울었다 하겠으며, 한쪽 자식을 구하면서 한쪽 자식을 포기하는 이중성을 보이는 것이다.

호랑이가 본시 "창조자이며 동시에 파괴자라는 양면성을 나타낸다"[16]는 견지에서 보면, 호랑이 어머니나 호랑이 남매는 확실히 그 양쪽 측면을 나누어서 보여 준다. 사람과 혼인하려는 누이와, 누이가 혼인하고 싶어 하는 사람을 잡아먹으려는 오라비들의 대립이 그렇기도 하지만, (아)에서 누이로 등장하는 호랑이 처녀가 스스로의 몸을 내놓아 분란을 잠재우는 내용이 더욱 그렇다. 이쪽은 창조자의 기능을, 저쪽은 파괴자의 기능을 맡게 되면 그 둘이 존재하는 한, 창조와 파괴의 악순환은 계속될 수밖에 없다. 더 정확히 말하자면 한쪽은 계속 창조하기만 하고 한쪽은 계속 파괴하기만 하는 불균형이 지속되는 것이다. 그러나 호랑이 처녀가 스스로를 죽임으로써, 특히 죄 없는 자신의 몸을 희생으로 삼음으로써 다시는 자기 족속에 의한 호환이 일어나지 않게 조처했다는 점은, 파괴를 통한 창조라는 재생再生의 양상을 잘 드러내 준다. 이는 (자)에서 호랑이가 입힌 상처를 호랑이가 일러 준 방법으로 치유하는 역설적 통합을 통해 더욱 극명해진다.

레비스트로스는 《신화학》에서 이와 유사한 이야기를 기술하고 있다.[17] 어떤 소녀가 표범이 먹다 남긴 야생 돼지의 뼈를 발견하고는 표범의 딸이 되면 그런 고기를 배불리 먹을 수 있겠다고 소리를 쳤고, 그 말을 들은 표범이 그 소녀를 데려갔다. 집에서는 그 소녀를 잃어버렸다고 생각하던 차에, 하루는 소녀가 나타나서 표범이 인디언들에게 고기를 제공하고 싶어 한다며 지붕을 튼튼하게 준비해 두라고 일렀다. 그로부터 표범은 사냥을 해다가 그 지붕 위에 올려다 놓곤 했으며, 더 나아가 마을에서 함께 살게 해 달라고 했다. 그런데 소녀

16 진 쿠퍼, 《그림으로 보는 세계 문화상징 사전》, 이윤기 옮김, 까치, 1994, 410쪽.

17 이 이하의 이야기 및 해설은 레비-스트로스, 《신화학1》, 임봉길 옮김, 한길사, 2005, 216~217쪽.

가 점차 표범처럼 맹수로 변해 가서 얼굴만 사람의 모습이 되었다. 할머니는 그런 손녀를 죽였고, 손녀의 남자 형제들이 표범을 찾아가 너의 아내를 죽였으니 복수하지 않을 것인가 물으며 다른 여동생을 줄 테니 데리고 살라고 제안했다. 그러나 표범은 모두 거절하고 다시 숲 속으로 돌아갔으며 그 이후로 사람들은 표범의 포효에 두려움을 느끼게 되었다고 한다.

레비스트로스는 이 이야기에서 인간이 소유한 모든 것이 표범에게서 인간에게로 올 수 있게 하기 위해서는 그들 사이를 맺어 줄 수단이 있어야 하고, 이것이 바로 표범 아내(인간)의 역할이라고 진단한다. 아울러 표범 아내의 중개로 이전移轉이 완성되면, 여인은 필요없는 존재가 되고, 그녀의 생존이 무호혜성無互惠性으로 정의된 원초적인 상황에 모순되기 때문에 표범의 아내는 제거되어야만 한다고 설명한다. 〈김현감호〉의 호랑이 처녀의 역할 역시 마찬가지다. 그녀는 자신에게 주어진 호랑이 세계와 인간 세계를 중개하는 역할을 마침과 동시에 더 이상 해야 할 역할이 사라졌으며, 그녀가 제거됨으로써 호랑이 세계와 인간 세계는 다시 온전해지게 되는 셈이다. 결국, 양兩걸림의 존재인 호랑이 처녀가 호랑이 세계에서 인간 세계로 옮겨 가면서 그녀의 중개로 두 세계의 불화가 종식되는 것이다. 지라르 식으로 이 사태를 파악할 때, 호랑이 처녀는 호랑이 족속 가운데 '경계인'이며 '복수할 수 없는 자'여서 희생 메커니즘에 최적이었던 것이다.[18]

일반적으로 희생 제의는 잘못한 누군가를 대신하여 '희생犧牲'을

---

18 이러한 희생양의 양대 조건에 대해서는 김모세, 《르네 지라르: 욕망, 폭력, 구원의 인류학》, 살림, 2008, 204~208 참조.

바치는 것으로, 희생은 해당 한자의 구성처럼 소(牛)와 같은 가축을 쓰는 것이 일반적이었다. 이는, 지라르 식으로 말하자면, 계속되는 폭력을 막기 위해 보복적 폭력이 불가능한 대상을 찾아 희생으로 바치고, 그 희생을 죽이는 행위를 통해 폭력 욕구를 해소하는 이중의 효과를 거두는 것이 된다. 만약 호랑이가 폭력을 휘두르므로 그런 폭력을 휘두르는 호랑이를 죽인다면, 그것도 호랑이 세 마리 가운데 한 마리만을 골라 죽인다면, 나머지 두 마리의 보복은 너무도 당연한 일이며 계속적인 폭력을 막을 길이 없을 것이다. 더군다나 호랑이를 죽이는 일은 그 어떤 무력 행사보다 어려워서 임금이 포상을 내걸고 백성들을 독려해야 할 만큼 위험한 일이었다. 이때 등장한 것이 바로 다른 동물로 '대리 희생'을 하는 것이 아니라 죄 없는 존재가 자기 생명을 내놓는 '자기희생'이고 호랑이 처녀가 그 일을 감행한다. 이런 전환은 "잘못을 저지른 사람이 희생 제물로 동물을 대신 바침으로써 잘못한 것에 대한 사회적 책임을 면하는 것"에서 "그런 잘못이나 범죄로 인한 사회적 책임을 다하는 것"[19]으로의 전환을 의미하며, 호랑이 처녀의 말마따나 다섯 가지 이로움이 있는, 곧 온 세상에 의미를 갖는 성스러움을 체현하는 일이기도 하다.

어쨌든 이야기는 이렇게 끝난다. 《삼국유사》에는 (차)가 덧붙어 있지만 불교적 윤식潤飾이 더해진 후일담처럼 보인다. 물론, 그를 통해 호랑이 처녀도, 김현도 종교적 구원을 받는다는 의미가 덧보태졌어도, 실제의 서사로 본다면 군더더기 같을 뿐이다. 이 이야기의 핵심적 의미를 찾으려면 이 마지막 단락보다는 도리어 이 이야기 뒤에 덧붙은 신도징申都澄 일화를 보아야 한다. 신도징 또한 김현이 그랬

19 류성민, 《성스러움과 폭력》, 살림, 2003, 72쪽.

던 것처럼 호랑이 처녀와 인연을 맺고 잘살아 갔지만, 사람과 함께 살면서 도리어 "금슬琴瑟의 정이 비록 중하지만 산림에 둔 뜻이 절로 깊어"[20] 가는 바람에 끝내 호랑이로 되돌아갔던 것이다. 김현에게 나타났던 호랑이 처녀가 오라비들과 짝패를 이루면서 자신의 희생을 통해 그 둘의 특성을 통합하는 데 성공했다면, 신도징의 호랑이 아내는 그런 과정 없이 어느 한쪽으로 쏠리면서 파탄이 일어났다 하겠다. 물론 이렇게 되는 데에는, 김현 이야기의 경우 하늘이 개입하고 호랑이 처녀의 어머니가 등장하는 등 여러 변인이 있겠으나, 짝패를 통한 통합 과정의 결락缺落은 중요한 요인으로 보인다.

성城 쌓기와 서울 다녀오기

우리 설화에서 남매가 등장하는 대표적인 작품으로는 〈해와 달이 된 오누이〉와 〈오뉘 힘내기〉를 꼽을 수 있다. 이 작품들은 남매가 등장하지 않고서는 아예 성립이 안 될 만큼 그 표제에서부터 오누이의 의미를 강력하게 내포하고 있다. 그럼에도 불구하고 전자의 경우, 오누이의 역할이 대등하게 이어지기보다는 오라비의 역할이 주도적인 가운데 어린 누이가 미숙한 면모를 보이는 까닭에 위험에 처하는 내용이어서 짝패로 작동하기에는 미흡하다. 이런 측면에서 〈오뉘 힘내기〉는 제목 그대로 오누이가 서로의 힘을 겨룰 만큼 대등하게 맞서고, 또 그 둘의 힘이 작동하는 방향이 서로 또렷이 구분되어서 짝패로 기능하기에 충분하다. 더욱이 앞서 보인 〈김현감호〉에서는 남

20 琴瑟情雖重 山林志自深. 《三國遺事》, '感通', 〈金現感虎〉.

매의 어머니가 등장하기는 하지만 실제로 특별한 역할을 못 하고 머뭇거리는 데 비해, 이 작품에서는 어머니가 적극적으로 개입함으로써 신화에 자주 등장하던 지모신적인 모습을 어림해 볼 만하다.

이는 앞서 살핀 〈천지왕본풀이〉와 같은 천지창조 신화의 자장磁場을 벗어나지 않은 작품으로 보이지만, 기존 연구에서 누차 지적된 대로, 가부장적 권한이 거세지면서 변화된 느낌을 지울 수 없다. 한편으로는 창조신화의 웅장함을 간직하면서 또 한편에서는 공고해지는 사회제도의 틀 안에 매이기도 하는 이중적인 양상을 표출하는 것이다. 통상 청동기 이후 가부장제 질서가 확립되면서 천부신天父神의 권한이 지모신地母神의 권한을 압도하는데,[21] 이 〈오뉘 힘내기〉에 보면 아버지의 부재不在 상태에서 어머니가 아들의 승리를 위해 술수를 쓰고 있다.

그 내기 시행을 허구서는 식전챔이 지끔이루 일르먼 몇 시 됐던지, 에그찍이 서울루 가구 보를 막기 시작하는디, 치마폭이다니 막싸다가니 줏어 막능 걸 보닝께 자기 어머니가 보닝께 재주가 그 딸이 능란해 가지구서는, 뭣이, 아들이 깨딱하면 죽게 되거던? 서울 갔다 올 수도 욱구 이래서. '아, 죽기루 말하먼 딸이 죽으야지 아들이 죽어서야 쓰겄냐?'구. 딸을 죽일 작정을 하구서는,

"야야, 그 네 동생이 무순 재주루 쇠나막개 싱구서는 서울을 갔다니 되돌아온단 말이냐? 아침 먹구 싸두 니가 다 쌓는다. 그러니 니가 이기닝께, 그쵔다….[22](밑줄 필자)

---

21 이런 양상은 장영란, 《위대한 어머니 여신: 사라진 여신들의 역사》(살림, 2003)에 소상히 나온다.
22 〈석숭보의 유래〉, 《한국구비문학대계》, 4-6, 528쪽

작품에서는 납득할 만한 별다른 이유 없이, 그저 딸이 죽어야지 아들이 죽어서는 안 된다 당위론만 부각된다. 물론 작품에 따라서는, 나중에 어머니나 오라비가 자결하는 것으로 그에 대한 윤리적 부담감이 강조되기도 하지만, 윗대의 여신에 의한 아랫대 여신의 억압이 도드라진다 하겠다. 드물게, 아버지가 등장하는 각편各篇에서조차 아들인가 싶어서 딸을 가졌을 때 소를 열두 마리나 잡아먹었는데 정작 아들 가졌을 때에는 아홉 마리만 잡아먹었다는 식으로[23] 전개되어 힘의 우열을 설명하기도 한다.

이 남매의 대결은 여러모로 아들-아들의 대립과는 차이를 보이는데, 먼저 〈오뉘 힘내기〉의 줄거리를 따라가 보자: (가) 홀어머니와 함께 사는 어느 남매가 있었는데 둘 다 힘이 장사였다. (나) 둘은 우열을 가리기 위하여 오라비는 무쇠신 신고 서울 다녀오기를 하고 누이는 성 쌓기를 하는 내기를 한다. (다) 결과는 누이가 오라비보다 더 빨랐다. (라) 어머니는 오라비가 이기도록 하기 위해서 누이에게 계속 팥죽을 권하여 지연시킨다. (마) 결국 오라비가 승리하고 누이는 자결하거나 죽임을 당한다.[24]

(가)부터 홀어머니와 함께 사는 내용을 강조함으로써 심한 결핍을 짐작케 한다. 〈천지왕본풀이〉의 경우, 아이들이 성장하면서 아버지가 누구인지 알고자 하고, 끝내 아버지를 찾아 나감으로써 아버지-자식의 대물림이 정상적으로 이어진다. 그러나 이 작품의 경우,

---

23 〈홍리 고대각〉, 《한국구비문학대계》, 9-3, 381쪽.

24 물론 이야기의 각편에 따라 여러 변이형이 존재한다. 예를 들어, (가)와 (나) 사이에 오누이의 씨름 대결이 들어가기도 하고 (마) 이후에 어머니가 애통해하며 죽는 이야기도 있으나, 〈오뉘 힘내기〉의 최소 골격만 제시해 본 것이다. 이 유형의 변이 양상에 관해서는 이지영, 〈〈오뉘 힘내기 설화〉의 신화적 성격 연구〉, 《한국고전여성문학연구》 7, 한국고전여성문학연구회, 2003, '2. 〈오뉘 힘내기 설화〉의 전승양상'(227~238쪽)에 상세히 나와 있다.

단 한 편의 각편에서조차 아버지가 누구인지 궁금해하지 않는다. 아버지는 아예 처음부터 없는 사람이었고 찾을 이유도 없는 존재였으며, 당연히 어머니와 남매에게 어떠한 영향도 끼치지 않는다. 이런 철저한 결핍의 경우, 예상되는 방향은 대략 두 가지다. 아버지의 권능이 아예 작동하지 않고 어머니의 권능만이 강조되는 경우가 그 하나이고, 도리어 아버지의 빈자리를 더욱 강화시켜 남성적 권능을 더욱 크게 만드는 경우가 그 하나이다. 이 작품의 경우는 후자를 따르고 있다. 자식 간의 대결에서 아들-딸의 대결이 아니라 동성의 대결일 경우 어머니의 개입이 약화되는 경향이 있다는 것은,[25] 역으로 특별히 남자 쪽의 권능을 키울 필요가 없는 사정을 반증한다.

(나)의 경우, 작품에 따라 그 과업에 변이가 있기는 하지만, 성 쌓기와 서울 다녀오기가 가장 일반적이다. 기존 논의에서 누이가 하는 성 쌓기에 비해 오라비가 하는 서울 다녀오기가 허약하고 불완전하다는 점이 지적되기도 했지만,[26] 이 문제의 핵심은 그 과업의 난이도難易度를 따지는 데 있지 않을 듯하다. 설사 그런다 하더라도 두 자 혹은 쇠로 된 나막신을 신고 수백 리 서울 길을 걸어서 다녀오는 일이 성 쌓기보다 쉽다고 하기도 어렵다.[27] 백 번 양보하여 쉽다고 한

---

25 강현모, 〈오뉘 힘내기〉 항, 국립민속박물관 편, 《한국민속문학사전》, 국립민속박물관, 2012, 541쪽.

26 최래옥, 《한국구비전설의 연구》, 일조각, 1981, 186쪽.

27 실제 설화에서도 남자와 여자에게 부과된 과업의 난이도를 놓고 사람들이 서로 옥신각신하는 이야기가 나오기도 한다. "옛날에, 이 성의 근처에 남녀가 살고 있었다. 그들은 모두 힘도 세고 재주도 비상해서 무엇이든지 잘 했다. 남자가 살고 있는 마을에서는 남자가 힘이 세다고 하고, 여자가 살고 있는 마을에서는 여자가 더 힘이 셀 것이라고 우겨 댔다. 그것도 그럴 것이, 남자는 집채만 한 바위를 들었다가 놓은 일이 있고, 여자는 몇 백 년 묵은 느티나무를 단숨에 뽑은 일이 있기 때문에, 정말 누가 더 힘이 센지는 헤아리기 어려운 일이었다. 그래서 마을 사람들은 한가하게 모여 앉아 쉬게 되면 으레 이들의 이야기로 화제를 삼았다. 「아무래도 여자보다는 남자 쪽이 힘이 더 센 것 같아. 생각들 해 보게. 나무 뽑기보다는 바위 들기가 얼마나 더 힘이 들 것인가?」 이것은 남자가 힘이 세다는 쪽의 이야기다. 그런가 하면 또 한쪽에서는 「그런 소리 말게! 남자가 바위를 든 것보다

들 어차피 하루 식전에 다녀오는 내기인 바에야 불가능하기는 매한가지이기 때문이다. 그 둘의 근본적인 차이는 하나는 공간이 고정된 상태에서 붙박이로 해야 하는 일인 반면, 하나는 공간에서 공간으로 이동해야 하는 일이라는 점이다. 즉, 누이는 앉은 자리에 성을 쌓는 일이고 오라비는 지역적으로 먼 곳을 다녀오는 일을 택했다는 사실에 주목할 필요가 있다.

한 걸음 더 나아가 생각해 본다면, 단순히 어렵다는 점만을 강조하려 했다면 서울이 아니라 아예 백두산쯤으로 하는 게 훨씬 더 극적인 느낌이었을 것이다. 그러나 이야기는 굳이 '서울'임을 명시하고 있다. 어느 지역 설화에서든 그렇게 서울로 명기한다면, 그것은 단순히 지리적으로 먼 곳을 뜻하지만은 않을 것 같다. 서울은 언제나 중심이기에 서울과 지방을 오가는 것은 곧 중심과 주변을 오가는 것이다. 그래서 서울은 동서남북 어디에서 가든 '올라간다'고 표현하며, 그것은 곧 '수직적' 이동을 의미한다. '중심'이란 원의 중심점이 그런 것처럼 언제나 모든 변경에서 가장 가까운 지점이며, 바로 그 점에서 모든 곳을 공평하게 통어通御할 수 있는 곳이며, 또 그 점에서 전체를 대신하기도 한다. 천자나 왕이 중앙에 도읍을 정한 까닭 또한 거기에 있다.[28] 서울처럼 중심으로 인식되는 곳은 성스러운 곳이고, 그곳이 곧 세계의 축Axis Mundi이기 때문에 모든 세계를 아우르

는 아무래도 느티나무 뽑기가 더 힘이 들 걸세. 그 느티나무가 몇 년이 된 나무인 줄 아나? 2백년도 더 넘었다네.」"(아산군 공보실 편, 《民話集》, 1980, 296~296쪽. 《한국구비문학대계》 4-3. 591쪽에서 재인용)

28 "사방의 끝에 있는 땅까지 똑같이 가깝게 하고 싶거든 중앙에 자리 잡는 것이 제일이다. 그러므로 王者는 반드시 천하의 중앙에 도읍을 정하는 것이니, 이것은 예의 규정이 그렇다."(《荀子》 〈大略〉 편. 《荀子(하)》, 송정희 옮김, 명지대학교출판부, 1981 4판, 159쪽)

게 된다.[29]

이는 앞 장에서 살핀 〈천지왕본풀이〉의 과업인 수수께끼 풀이와 꽃피우기 등과 비교해 볼 때 더 쉽게 이해된다. 그 둘이 그대로 남성성과 여성성의 상징이었듯이, 이 두 과업 또한 그렇게 풀어 볼 만하다. 〈오뉘 힘내기〉의 과업은 제목 그대로 오누이 사이의 힘겨루기로, 남성이 여성보다 힘이 세다는 상식을 뒤집는 데서 이야기가 시작된다. 어떤 각편에서는 이미 씨름판에서 누이가 오라비를 이기고 그에 대한 분심忿心으로 목숨을 건 대결이 이어지는 것으로 해 놓기도 한다.[30] 그러나 대체로 왜 그렇게 목숨을 걸어가면서까지 싸워야 하는지에 대해서는 명확히 밝혀 놓지 않았다. 최래옥의 지적처럼 양웅불립兩雄不立 정도로 설명하는 것이 상식적인 해명일 것 같다.[31] 그러나 이 둘의 시합이 〈천지왕본풀이〉처럼 똑같은 종목을 놓고 함께 겨루는 경쟁이 아님에 유의할 때 그 의미는 달라질 수 있을 것이다. 오라비는 서울 다녀오기를, 누이는 성 쌓기를 택했는데, 앞서 밝힌 대로 특히 서울을 명시함으로써 질적 비약을 이룰 수직적 상승과 연관되며, 전자의 경우 굳이 성城이라고 못 박음으로써 외부의 침입으로부터 보호할 거처의 마련과 연관된다. 신화에서 길 찾기는 항용 남성신의 몫이고, 그들은 모험이 수반되는 여행을 통해 자신의 영웅성을 발휘하고 스스로 완전한 존재임을 널리 알리곤 했다. 그러나 성 쌓기는 통상적으로 자신의 자리를 지키는 일로 여성성의 발현이다.

그렇다면 여기에서 오라비와 누이의 대립은 변방에 남아 성을 쌓

---

29 세계의 축(Axis Mundi)은 '하늘', '땅', '지하 세계'가 서로 만나는 지점으로 간주되며, 이에 대해서는 미르치아 엘리아데, 《영원회귀의 신화》, 심재중 옮김, 이학사, 2003, 23쪽 참조.

30 예를 들어, 〈형제城〉(임석재, 《한국구전설화》 6, 평민사, 1990, 235~236쪽)이 그렇다.

31 최래옥, 앞의 책, 188쪽.

는 사람과 중심을 다녀와야 직성이 풀리는 두 세계관의 충돌로 풀어 봄직하다.[32] 신화에서 이런 수직적 이동을 주도하는 층은 언제나 천부신天父神이다. 환웅은 하늘과 땅을 자유로이 오가며, 해모수 또한 하늘과 땅을 오갔기 때문에 천왕랑天王郞이라는 칭호를 얻은 바 있다. 그러나 웅녀와 유화는 땅의 영역을 떠날 수 없는 존재이다. 천부신과 지모신이 그렇게 갈리는 걸 생각한다면, 〈오뉘 힘내기〉의 남매 역시 근본적으로는 천신과 지신의 대립이 연장된 꼴이며, 지신이 천신을 압도하는 상황을 다시 한 단계 위의 지신(어머니)이 억누르는 양상이다.

(다)에서 결과적으로는 오라비가 누이보다 빨랐지만 (라)의 과정은 사뭇 복잡한 양상을 띤다. 우선 오라비의 역량으로 누이를 이길 수 없었던 것은 어디나 공통이나, 그럼에도 불구하고 결과를 뒤집는 결정적인 요인은 크게 둘로 구분된다. 하나는 어머니가 나서서 누이를 방해하는 것이고, 또 하나는 누이가 스스로 패배의 길로 들어서는 것이다. 전자의 경우라면 어머니의 방해를 원통해할 법하지만,[33] 후자의 경우는 자초한 일이라는 점에서 해석이 쉽지 않다. 특히 김덕령 같은 실존 인물과 얽히는 각편의 경우가 심한 편인데, 부모가 자신을 해치려는 것을 알고 스스로 포기하거나 동생 성질에 경쟁에

---

32 권태효, 〈북유럽신화집 《에다》와의 대비를 통해 본 〈오누이힘내기설화〉의 신화적 성격과 본질〉(《민속학연구》 8, 국립민속박물관, 2001)에서 북유럽신화에서 재건하려는 성城이 곧 신들이 거주처였다는 데 착안하여 "〈오누이힘내기설화〉의 성 쌓기 또한 이런 신들의 성소를 마련하는 신화적 성격을 지닌 것이 아닌가 추정해 볼 수 있는 것"(91쪽)이라고 했지만 양자를 맞비교할 만한 근거가 없는 데다 작품 내에서 그렇게 추정할 단서나 근거를 찾아내기 어렵다.

33 개중에는 그 원통함 때문에 눈물이 떨어져 구덩이가 파졌다는 이야기도 있을 정도이다. "「허, 엄마 땜(때문에)에 나 죽네. 엄마 땀에 나 죽네.」 그래, 그래서 그 탑이 말이여, 그 눈물로 구뎅이가 이렇게 파져서 그 구뎅이를 친다는 것이 그냥 한쪽으로 치워 버렸어." 〈금마탑에 얽힌 전설〉, 《한국구비문학대계》 5-2, 390쪽.

서 지면 자살할 것 같아서 먼저 물러서는 방식을 택한다. 문제는 "남자 운수를 끊으면 못 쓴다."[34]는 식으로 남자는 죽어도 안 되고, 운수를 나쁘게 해서도 안 된다는 것인데, 결과적으로 김덕령이 나라에 충신이면서도 역적이 되고 말았다는 데서 역설逆說이 발생한다. 이는 "누나만 안 죽여 버렸으면 김덕령이가 큰 놈이 됐어. 그런디 누나 죽여버리꼬 맥이 없어."[35]라는 화자의 서술이 보여 주듯이, 남매가 온전히 함께하지 못해 일어나는 파탄으로 풀이된다.

(마)는 매우 비극적이다. 함께 있어야 하는 남매가 손아래 혈육에 의해 손위 혈육이 죽는 것으로 귀결되기 때문이다. 이 이야기의 남매가 〈천지왕본풀이〉의 쌍둥이 형제와는 다르겠지만, 기실은 그와 아주 엇비슷한 양상임은 쉽사리 눈치 챌 수 있다. 〈구물레 구장군〉이라는 각편에서는 "쌍둥이가 하난 여자구 하난 구장군이요, 구물레 장군. 그런데 옛날에 쌍둥이가 나며는 남자가 둘 되면 남자가 둘, 여자가 둘이면 여자가 둘 되야지 남자하구 여자하구 둘 나며는 〔웃으며〕 하나는 없애야 된다 그 말이유."[36]라는 설명이 보태지기도 한다. 남-녀 쌍둥이, 곧 남자와 여자 사이의 차별이 없어지는 무차별성이 불길함의 징조로 여겨졌고, 둘의 출생은 곧 그 중 하나를 선택적으로 제거해야 하는 상황임을 뜻한다. 많은 각편에서 이를 두고 남존여비男尊女卑로 해석하곤 하는데, 더욱 현실적인 해석으로는 "누님을 죽일 수가 있는가? 이치로 봐서, … 그런 얘기는 그것 부황헌(쓸데없는) 얘기여."[37]로 일축하기도 한다.

---

34 〈김덕령과 힘자랑〉, 《한국구비문학대계》 6-9, 457쪽.

35 〈김덕령 장군과 오뉘 힘내기〉, 《한국구비문학대계》 6-11, 606쪽.

36 〈구물레 구장군〉, 《한국구비문학대계》 4-1, 461~462쪽.

37 〈김덕령 장군의 오뉘 힘내기〉, 《한국구비문학대계》 5-3, 116쪽.

바로 이러한 두 시각, 즉 쌍둥이는 불길하다는 시각과 아무리 그렇더라도 어찌 누나를 죽일 수 있겠는가라는 시각 사이에 이 작품이 위치한다. 〈오뉘 힘내기〉가 이몽학과 결부된 각편의 일부를 보자.

> 이몽핵이는 날 적이 이몽핵이 아버지가 꿈에 하늘서 북을 타구서 치구 네려오놔서 낳구우, 이몽핵이 뉘 날 적이는 북을 치구 타구서 올라갔다 네려갔다 허구서 낙거던? 그런디. 이몽핵이 뉘가 재주는 휘낀(훨씬) 낫어.
>
> 그래 이몽핵이가 역적질을 헤 헐라구 나슬라구 허니 조이(저의) 뉘기 말렸지. '때가 못돼서 잽혀 죽으닝개 나스지 말어라.' 응 못나스게 해두 나슨다능 게지.[38](밑줄 필자)

둘의 기량 차이를 이렇게 상징적으로 설명해 놓기도 쉽지 않을 것 같다. 남동생의 태몽에서는 그저 북을 치면서 하늘에서 땅으로 내려오기만 했지만, 누나의 태몽은 북을 치며 하늘에서 땅 사이를 오르내렸다고 했다. 하늘에서 땅이라는 일방향성만 갖는 존재와, 하늘과 땅 사이를 오르내리는 양방향성을 갖는 존재 사이의 우열은 물어볼 것도 없겠다. 남주인공의 힘이 그렇게 제한적인 이유로 하늘과 땅의 소통이 끊기게 된 데서 찾은 것은, 이런 이야기들에서 여전히 천부신/지모신의 잔재가 남아 있다 하겠다. 〈천지왕본풀이〉의 짝패 인물이, 비록 천부신이 땅의 존재와 결합하여 낳은 아들에 의한 것이기는 해도, 본질적으로는 천부신의 분화에 의한 대립을 보이는 것이라면, 〈오뉘 힘내기〉는 신화에서 멀리 오기는 했지만, 그 근원으로 따

38 〈누나만 못한 이몽학의 재주〉, 《한국구비문학대계》 4-5, 694쪽.

지자면 천부신과 지모신의 맞대결 양상을 띠고 승패에 따라 파국이 도래했던 것이다. 이는 이 이야기가 역사적 인물과 결부될 때, 김덕령, 견훤, 이몽학, 이자겸 등처럼 능력은 있었지만 뜻을 이루지 못하거나 역적이 되는 등 비운의 인물인 데에서도 쉽게 확인된다.

모성母性의 그늘과 뒷이야기

〈오뉘 힘내기〉를 놓고 신화적으로 접근한 선례는 매우 많은 편이다. 오누이 이야기가 해와 달 이야기와 합쳐지면서 천체신화적 속성을 드러내기도 하고, 또 오누이가 모두 엄청난 힘을 발휘한다는 점에서 거인설화에 연계되면서 자연스럽게 창세신화로 접근할 수 있기 때문이다.[39] 그러나 작품에 실제 드러나는 내용은 천체신화나 창세신화와는 아주 멀게만 느껴진다. 그도 그럴 것이, 우선 남매의 특별한 능력과는 달리 여기에 등장하는 어머니가 일상의 어머니와 크게 다르지 않게 느껴지며, 남매가 가진 능력도 신화적인 질서를 세우는 데 기여하기보다는 도리어 파탄으로 이끄는 데 쓰이기 때문이다. 누나와 남동생 각각으로 보면 대단한 능력이 있다 하겠으나, 어머니의 세속적인 개입과 남매간의 지나친 경쟁으로 파국을 맞는다는 점에서 신화와는 크게 벌어지는 것이다.

39 조동일, 〈한국설화의 변이양상-논평3〉, 《한국학연구의 성과와 그 성찰》(한국정신문화연구원, 1982) 및 임동권, 〈선문대할망설화고〉, 《한국민속논고》(집문당, 1984) 등에 의해 제시된 바 있고, 권태효에 이르러 본격화된다. 권태효는 다음 세 가지를 들어 거인설화와의 관련성을 논한다. "가. 누이의 행위가 여성거인의 행위와 일치한다는 점. 나. 힘내기를 벌이는 거인설화가 오누이가 벌이는 힘내기의 원초적 모습에 해당된다는 점. 다. 증거물로 제시된 쌓다만 성과 그 명칭."(권태효, 《한국의 거인설화》, 역락, 2002, 135쪽)

그럼에도 불구하고, 이 이야기에서 신화적 편린을 찾기는 그리 어려운 일이 아니다. 앞서 살핀 대로 등장인물을 짝패 인물의 견지에서 살필 때 더더욱 그러한데, 이야기에서 짝패가 되는 인물은 오라비와 누이로 〈천지왕본풀이〉에서의 대별왕·소별왕이 짝패가 되는 것과 크게 다르지 않다. 둘 다 동기同氣이고, 둘 다 대단한 능력을 지녔으나 능력에 우열이 있고, 열등한 동기가 우월한 동기를 이기려든다는 점에서 같다고 할 수 있다. 그러나 꼼꼼히 살펴보면 둘 사이에는 심각한 질적 차이가 보이기도 한다.

우선, 〈오뉘 힘내기〉에서는 세계의 질서가 문제되지 않는다. 문면의 내용을 토대로 유추해 볼 가능성은 있겠으나 표면상으로 세계를 바르게 움직이는 질서가 드러나지 않는 것이다. 수명장자처럼 세계의 질서를 어지럽히는 존재가 있는 것도 아니며, 상대적으로 볼 때, 대별왕과 소별왕처럼 둘이 선/악으로 구분될 만한 또렷한 지점도 없다. 물론 공연히 누이와 경쟁을 유도하고 이기려 드는 오라비가 좀 더 악하다 할 수 있겠지만, 뒤에 빚어지는 파탄은 전적으로 어머니에 의한 것이라는 점에서 적어도 짝패 인물 둘의 관계에서는 사뭇 다르다. 무엇보다 둘이 함께 있을 수 없는 뚜렷한 이유가 없어 보인다. 부모에게서 물려받을 나라는커녕 변변한 재산도 없이 어렵게 사는 처지이고 보니, 무엇을 가지고 크게 다툴 일이 없는 것이다.

이는 이른바 '인세人世차지경쟁 신화'에서 힘이 부족한 존재가 세상을 차지하면서 세상이 악하게 되었다고 하는 내용과 맥을 같이 하는 것이면서[40] 동시에 차별성이 드러나는 지점이다. 한마디로 그렇게

---

40 '인세차지경쟁'이라는 용어는 김헌선에 의해 본격적으로 연구되었으며, "두 주체의 주도권 다툼이 벌어지는 과정, 다툼에 개입되어 있는 속임수, 속임수의 결과에 의한 주도권 쟁취"(김헌선, 《한국

승자가 되어 차지할 '인세人世'가 없다. 지라르가 말한 대로 둘이 함께 할 수 없는 대단한 것이 없기에 '원수 형제'가 될 필요가 없었음에도 불구하고 원수가 되고 말았다. 앞서 살핀 〈천지왕본풀이〉처럼 소별왕이 승리하여 이승을 차지하고 대별왕이 패배하여 저승을 차지한다는 이야기에서는 둘 다 저마다의 세상을 갖게 되지만, 이 이야기에서는 누이는 죽고 오라비 또한 끝이 좋지 못한 것이다. 굳이 남은 것으로 따지자면 성城 쌓기를 했던 누이는 미완의 성城이나마 남겼지만, 도성都城을 다녀왔던 오라비에게는 아무런 것도 남지 않았다. 도성이 상징하는 대로 나라의 복판을 차지하여 세상의 중심에 서지 못한 것이다.

그러므로 이 작품의 귀결은 또 다른 방향을 택해야 했다. 그 하나가, 세속의 윤리를 들이대는 것이다. 실제로 많은 각편들에서, 여자가 남자를 이기면 안 된다거나 남동생이 제 성질에 못 이겨 자살할까 봐 겁이 나서라거나, 남존여비 사상 탓이라는 식의 이유를 끌어대고 있다. 이는 〈김현감호〉에서 호랑이 처녀가 남자 형제를 대신해 죽은 것과 비슷하게 흘러가는 듯하지만, 그 내용은 천양지차天壤之差이다. 호랑이 처녀는 남자 형제의 잘못을 분명히 인식했고, 자신이 그것을 알지만 대신 죽을 테니 앞으로는 선하게 살라는 부탁을 명시적으로 남긴 데 비해, 이 작품에서는 그런 과정이 전혀 없다. 한마디로 제대로 된 희생의 조건을 충족시키지 못하는 것이다. 대체로 누나는 그저 동생에게 져 주기 위해 일부러 내기를 제안하고, 또 이기지 않기 위해 옷고름을 떼어 놓거나 돌 하나를 덜 쌓거나 어머니가 시키는 대로 순순히 팥죽을 먹는 등 패배의 길을 자초한다.

창세신화연구》, 길벗, 1994, 139쪽)로 정식화된다.

그러나 윤리적인 설명에는 일정한 한계가 있다. 이미 실제 구연자들이 말했듯이 그럴 리가 없을 뿐만 아니라, 그렇게 하는 것이 심히 부당하게 여겨지기 때문이다. 그럼에도 불구하고 두 주인공은 기필코 목숨을 건 내기를 한다는 점이 중요해 보인다. 더 정확하게는 누나는 어떻게든 파국을 면해 보려고 애쓰나 모든 노력이 무위로 돌아간다. 가령, 김덕령이나 이몽학 같은 실존 인물에 결구結構된 각편에서는, 누나가 나서서 동생의 기를 죽이는 데 초점이 주어진다. "자기 동생이 장차 커가지구서 반란을 일으킬 이런 그 거시기가 익거던?"[41]이라거나, "자기 누나가 보니깐 저렇게 키웠다가는 도대체 앞으로 크게 출세를 못하겠단 말이요."[42]라고 하여, 동생이 잘못될까 두려워 일단 힘을 억제하도록 해 보지만, 비정상적인 방법으로라도 누나를 이긴 동생은 역적으로 몰리게 된다. 그런데 바로 이 대목에서 심각한 어긋남이 엿보인다. 로고스Logos에 기반한 남성성은 도리어 누나의 몫이고, 남동생은 그저 맹목적으로 달려들 뿐이다.

더욱이, 이러한 남동생의 행보를 부추기는 인물이 바로 어머니라는 점에서 모성母性의 어두운 측면을 떠올리게 된다. 어머니는 자식을 생산하기 때문에 다른 한편으로는 자식을 품어 자기 소유물로 생각하기도 쉽다. 1장에서 잠깐 언급했듯이 용기容器는 본디 무엇을 간수하는 수단이지만, 사실은 감추어 버릴 수도 있기에 자식을 압도할 가능성도 충분하다. 이른바 '죽음의 모성'[43]이 작동하는 것인데, 동화에서는 주로 사악한 계모나 마녀 등으로 등장하지만 실제의 모습은

---

41 〈동생과의 내기에서 져 준 이몽학의 누이〉, 《한국구비문학대계》 4-5, 724쪽.

42 〈김덕령 장군 오뉘 힘내기〉, 《한국구비문학대계》 6-9, 199쪽.

43 이 용어는 모성의 부정적인 측면을 강조한 것으로 지빌레 비르크호이저-왜리, 앞의 책, 51~54쪽에 자세히 설명되고 있다.

어머니 그 자체이다. 굳이 구분하자면, 자애로써 모든 것을 덮는 어머니와, 욕망으로써 모든 것을 삼키는 어머니로 양대별할 때, 이 이야기 속의 어머니는 아들에게는 전자의 모성이, 딸에게는 후자의 모성이 발동되었다고 할 수 있겠다. 세속적인 관점에서 범박하게 말하자면, 그러한 신화적인 속성이 변전하여 편애가 심한 어머니 밑의 분란이 심한 남매 이야기 정도로 약화된 것이 아닐까 싶을 정도이다.

이야기 속 어머니가 자식인 오누이에 비해 별다른 능력을 갖추지 않은 것으로 등장하고 실제로 그렇게 나옴에도 불구하고, 한 가지 명확한 사실은 자식들을 완전히 통제할 능력을 갖고 있다는 점이다. 즉, 하루아침에 성을 쌓거나 서울을 다녀올 만한 능력을 지닌 자식들이지만 어머니의 말에는 거역할 수 없다는 점은 예사로 보이지 않는다. 영웅신화의 도식으로 보자면, 어머니는 자식을 양육하여 자식이 자신의 품을 떠나 아버지의 질서로 편입되도록 애쓰는 존재이지만, 이 이야기에서는 부성父性이 드러나지 않는 틈을 타서 그 어머니가 아버지보다 더한 권위로 자식들을 통제하고 있는 것이다. 필자가 확인한 한, 단 한 편의 각편에서도 어머니의 처사가 부당하다고 항의하거나 어머니에 의한 승패의 오도誤導를 되돌리려는 내용이 없는 것으로 보아 신화적 질서를 찾아가는 서사와는 괴리가 크다.

그러나 그런 과정에도 질서의 재편과 연관될 만한 내용이 적지 않다. 가령, 김덕령과 결부된 각편에서, 누나가 일부러 옷고름 하나를 안 달았는데 김덕령이 자신이 이겼다고 생각하여 누나의 목을 쳤고, 누나는 독수리가 되어 날아가는 내용이 있다. 그래서 김덕령이 혼자 영웅이 되기는 했지만 문제는 왜적이 쳐들어온 다음부터 발생한다. 그가 쏜 화살을 누나의 혼령이 깃든 독수리가 잡아채게 되는데, 그것으로 김덕령의 운수가 제한되는 이유를 설명한다. "그래갖고 김덕령 씨가 충신은 충신이어도 행세를 못허고"[44]라는 논평을 달아 그 의 불행을 해명한다. 이는 또한 그때 누이가 쌓은 성이 그 때문에 불 완전하다거나, 어느 쪽이 떨어져 나갔다는 식의 서술을 도처에서 볼 수 있는데, 이 또한 온전하지 못한 질서에 대한 서술로 볼 법하다.

윤리적인 귀결 이외의 또 다른 귀결은, 영웅의 실패담과 연계시키는 것이다. 김덕령, 이몽학 같은 인물의 이야기는 그 자체로 실패한 영웅담이 될 만한 것이지만, 거기에 '말무덤' 설화까지 곁들이면 이야기는 한결 완고해진다. 〈말무덤〉의 기본 줄거리는 이렇다: "옛날에 뛰어난 장수가 있었는데, 능력을 쌓기 위해 천하의 명마를 얻어 끊임없이 무예를 닦았다. 어느 날 장수는 훈련하다가 말의 능력을 시험해 보고자 쏜 화살과 빠르기 내기를 하였다. 장수가 목적지에 도착했을 때 화살이 보이지 않자, 화살보다 늦게 온 줄로 알고 말의 목을 베었다. 그 순간 화살이 날아와 말에 꽂혔다. 장수는 자신의 실수로 아까운 명마를 잃게 되었다고 후회하면서 말의 무덤을 만들어 주었다."[45]

이 이야기에서 영웅이 실패하는 것은 결코 능력이 부족해서가 아니다. 더구나 "장군 나자 용마 난다."는 속언처럼, 이 영웅에게는 자신을 도울 준마까지 있고 보면 부족하기는커녕 모든 것이 너무 일찍 완비된 상태이다. 그러나 기실은 그 넘치는 능력 때문에 실패하고 만다는 것이 이 이야기의 골자이다. 상식적으로 말이 화살보다 빠를 리 만무하지만 적어도 자기의 명마만큼은 그 정도가 되어야 한다고 믿었고, 그렇기 때문에 마음속으로 무모한 내기를 했으며, 말이 졌다고

44 〈김덕령 장군 일화(1)〉, 《한국구비문학대계》 6-9, 569쪽.

45 강현모, 〈말무덤〉 항. 국립민속박물관 편, 앞의 책, 224쪽.

판단하여 '너무 빨리 달린' 말을 죽여 버린 것이다. 그 결과, 영웅은 실패하고 만다. 이런 이야기가 '흑치상지黑齒常之의 말무덤'[46] 같은 식으로 전해지는 것을 보면, 흑치상지 같은 장수가 충분히 제 꿈을 이룰 수 있었음에도 불구하고 자만과 과신, 조바심 때문에 실패했다는 내용이다. 그리하여 이런 설화가 김덕령 이야기와 결부된 데에서는, 그 결말에 "그런께 용마도 잃었재, 지그 누나도 잃었재, 김덕령이가 그랬다고 그러거든."[47]이라는 아쉬움을 담는다. 결국, 이 영웅은 먼저 자신의 든든한 버팀목이 되어 줄 누나의 도움을 저버렸고 다음으로 전투에 타고 나갈 말을 죽임으로써 완전히 패망했다는 귀결이다.

이러한 두 갈래의 귀결은 공히 어두운 모성母性과 연관된다. 모성이 생산과 파괴를 함께 할 수 있다면, 파괴를 통한 생산, 곧 재탄생의 신비로움을 보이는 것이 상례이다. 모성의 횡포를 이겨 내고 영웅으로 좌정한 주인공 이야기는 세계 신화의 도처에 있고, 이는 기실 유아기에서 어머니의 보살핌을 받다가 청소년기 이후 독립적인 세계로 나아가는 실제적인 모습과 유사한 것이기도 하다. 그러나 이 이야기 속에서는 엉뚱하게도, 힘이 센 누나가 힘이 약한 동생에게 죽임을 당하게 만듦으로써 재탄생의 신비를 맛볼 수 없게 되고 말았다. 그나마 누나의 경우는 미완의 성城이라도 일부 남아 증시화소證示話素로 쓰이지만, 아들의 경우는 서울에 갔다 왔다는 사실 외에는

46 〈말무덤〉(임석재, 《한국구전설화》(충청북도 편 · 충청남도 편), 《한국구전설화》, 평민사, 1990, 245~246쪽) 같은 설화는 그런 과도한 욕망에 대한 경고로 읽히기에 충분하다. 설화에 따르면 백제가 멸망한 후 백제 부흥 운동을 펼치던 흑치상지는 명마를 하나 얻었는데 얼마나 빨리 달리는지 시험해 보고 싶어 했다. 그는 말에 올라탄 채로 화살을 날린 후 말을 달렸다. 그랬더니 말이 너무 빨리 달려가서 그만 나중에 뒤쫓아온 화살에 꽂혀 죽고 말았다. 이 때문에 흑치상지는 좋은 말 하나를 잃었고, 그 말을 묻어서 말무덤이 되었다고 한다.

47 〈김덕령과 누나와 용마〉, 《한국구비문학대계》 6-9, 498~499쪽.

아무것도 남기지 못함으로써 영웅적 행적과는 거리가 벌어졌다. 실존 인물과 연결된 몇몇 이야기에서도 대체로 역적이거나, 역적으로 몰렸거나, 망국의 장수 등이어서 크게 다르지 않다. 부친의 부재라는 결핍 상황은 필경 충족을 위한 행위를 수반하게 마련인데, 〈오뉘 힘내기〉의 어머니는 딸이 이기는 것을 방해함으로써, 부성父性을 강화하고 모성母性을 억제하는, 말하자면 결핍에 대한 과보상過補償으로 처절한 실패를 보는 이야기다.

정리하자면, 〈오뉘 힘내기〉의 짝패 두 인물이 보여 준, 성城 쌓기와 서울 다녀오기는 삶을 온전하게 해 주는 두 상징이었지만 어느 한쪽의 승리를 강요함으로써 온전함을 상실했다. 특히 어느 한쪽으로 치우친 모성의 작동으로 죽음과 삶을 거듭하는 재탄생이라는 신화적 신비로움에는 이르지 못한 것이다. 우여곡절 끝에 얻어진 어느 한쪽의 일방적 승리로 새로운 질서가 탄생하는 안정감은커녕 엄청난 파탄으로 느껴지는 데에서, 그 둘이 본래 통합되어 있었고 서로를 보족적補足的으로 필요로 하는 짝패였음을 일깨워 준다. 이는 앞서 살핀 〈김현감호〉의 어머니 역할과 대비해 볼 때 훨씬 더 선명하게 다가온다. 이 어머니는 딸이 사랑하는 남자의 목숨을 구하기 위해 피해 있으라고 하고, 김현을 잡아먹으려는 아들들을 야단친다. 적어도 딸에 대한 모성이라는 측면에서 〈오뉘 힘내기〉와 상반된 모습이며, 파탄으로 귀결되지 않고 호랑이와 인간 세계가 공존할 수 있는 길을 열었다는 점에서도 큰 차이가 있는 것이다. 이에 비하자면 〈오뉘 힘내기〉는 아들의 맹목적인 승리를 위해 딸을 부당하게 희생시킴으로써, 이상적인 세계라면 일어날 수 없는 모순과 차별, 폭력에 대해 말하고 있다.

제5장

문제 해결의 두 방향

민담의 형제담, 그 경쟁의 향방

신화를 이어 전설과 민담에서도 형제와 남매의 대립과 갈등은 서사에서 매우 중요한 모티프로 작동한다. 앞 장에서 진술했듯이 〈오뉘 힘내기〉 같은 이야기는 신화적 자장을 크게 벗어나지 않은 상태에서 남매간의 갈등이 극대화하면서 파국을 빚어냈다. 그런가 하면 〈김현감호〉 같은 이야기 또한 남매간의 갈등이 첨예하지만 누이의 희생양 기제가 작동함으로써 갈등을 종식시키고 평화와 공존을 모색하는 길을 열기도 했다. 이런 이야기에 등장하는 인물들이 똑같은 부모의 똑같은 기운을 얻어 태어난 관계여서 '동기同氣'라고 칭하는 까닭에 서로의 합일점을 찾아나가는 설정은 매우 자연스럽지만, 그 과정은 실로 거칠고 복잡하다. 〈오뉘 힘내기〉에서 힘내기 경쟁을 벌였던 누이는 실제로는 더 힘이 셌음에도 죽어야 했고, 〈김현감호〉에서 마음씨 고운 호랑이 처녀는 오라비들을 위해 속죄물이 되기를 자처해 희생되었다.

이처럼 전설인 〈오뉘 힘내기〉나 〈김현감호〉는 비록 〈천지왕본풀이〉처럼 세계 질서를 문제 삼지는 않더라도, 오라비와 누이로 상징되는 두 세력이 함께할 수 없다는 특별한 사정에서 빚어지는 비극을 다룬다. 주인공의 힘으로는 어찌할 수 없는 세계의 힘에 맞서다 패퇴하거나, 그 힘에 압도되어 스스로 물러남으로써 세계의 힘이 얼마나 큰지를 증명하는 것이다. 그러나 그러한 비극적 과정이, 기실은 주인공의 힘이 없어서가 아니라 도리어 더 크기 때문이라는 점은 이런 서사의 핵심이라 할 만하다. 오라비보다 힘이 셌던 누이가 어머니의 개입으로 패배한다거나, 인간과 동물의 두 영역을 자유로이 오갈 수 있었던 호랑이 처녀가 동물 영역에만 머무르는 오라비들을 구제하기 위한 희생물이 된다는 설정에서 파탄을 통한 합일의 필요성을 더욱 분명히 한다. 만약, 그러한 상황을 역전시켜서 〈오뉘 힘내기〉에서 본래 우위에 있는 누이가 공정한 경쟁에서 승리를 한다거나, 〈김현감호〉에서 양계兩界를 오가는 능력이 부족한 오라비가 희생되는 서사였다면, 두 인물 간의 불균형이 심화되면서 어느 한쪽만으로 온전함과 정당성을 추구하려 들 것이다.

이 점에서 민담에서 자주 발견되는 형제담 또한 그에 못지않은 독특함을 보인다. 민담의 경우에서도 형제간의 경쟁이 드러나지 않는 것은 아니지만 그 경쟁의 심각성은 신화는 물론 전설과 비교할 때도 상당한 폭으로 줄어든다. 프로프V. Y. Propp는 민담 연구의 몇 가지 전제들을 제시하면서 '제의의 역전'을 꼽은 바 있다. 이는 "제의의 모든 형식들이 이야기에 의해 보존되되, 그것들이 제의에서 갖던 것과 반대의 의미를 갖게 되는 경우"[1]를 말하는데, 민담의 형제 경쟁담이 신화적 제의에 근간을 두고 있다는 전제에서 매우 유용한 착점이다. 프로프가 든 사례는 노인을 죽이는 관습이 있다고 할 때 제의가 존재하던 때에는 그렇게 하는 것이 옳으며 그에 반하는 행동을 하는 자는 도리어 안녕과 질서를 해치는 인물로 치부되어 조롱감이 되지만, 민담에서는 노인을 위기에서 구하는 사람이 현명한 인물로 치부된다는 것이다.

앞서 살핀 신화, 혹은 신화의 후대형인 전설의 경쟁담에서 뛰어난

1 V. Y. 프로프, 《민담의 역사적 기원》, 최애리 옮김, 문학과지성사, 1990, 46쪽.

능력을 지닌 인물들이 더 낮은 데 처하거나 박해를 받거나 심지어 죽임을 당하는 서사였다면, 민담에서는 그와는 다른 양상이 펼쳐지는 것이다. 그도 그럴 것이, 민담의 세계는 이미 이루어진 세계에서 견고하게 정착된 질서를 전제로 서사가 전개되는 까닭에 그러한 격렬함은 약화될 수밖에 없다. 전술한 대로 〈천지왕본풀이〉, 〈오뉘 힘내기〉, 〈김현감호〉에서 동기간에 벌어지는 알력은 엄연히 동질성을 지닌 형제들이 함께 나눌 수 없는 무언가를 혼자 차지하려는 까닭에 생긴다. 가령, 〈천지왕본풀이〉에서 대별왕과 소별왕이 이승이든 저승이든 아무것이나 차지해도 상관없다고 생각했다면 이른바 '원수 형제'가 될 필요가 없었다. 또, 〈오뉘 힘내기〉에서도 어머니에 의해 마련된 승자독식勝者獨食 경쟁만 아니었다면, 〈김현감호〉에서도 누이가 그랬던 것처럼 오라비에게도 사랑하는 인간 짝이 생긴다면 어느 한쪽의 일방적 희생이 요구될 필요가 없는 것이다.

이러한 사정을 고려할 때, 형제들이 등장하여 서로의 기량을 겨루는 민담 가운데 그들이 한 가지 기량을 두고 동일한 척도로 승패를 가르려 하지 않는다는 점은 주목할 만하다. 가령 이야기 제목부터 '재주를 한 가지씩 배운 삼형제'[2]인 설화를 예로 든다면, 부모를 여읜 3형제가 뿔뿔이 흩어지며 3년 후 재주 한 가지씩을 익혀 오기로 한다. 그 결과 한 사람은 도둑질을, 한 사람은 총 쏘는 법을, 한 사람은 바느질을 배워 왔는데, 문제는 정말 크게 쓰이려면 그 세 가지가 한데 어우러져야 한다는 점이다. 그중 하나만 빠져도 온전치 못하기에 과업을 수행할 수 없고, 결국 3형제는 경쟁이 아닌 협력을 통해 문제를 해결해 나간다. 그러나, 그렇다고 해서 이들 형제가 경쟁 없는 협

2 《한국구비문학대계》 8-2, 493쪽.

력을 통해 상생하는 것만으로 받아들여서는 곤란하다. 3년이라는 세월을 두고 한 가지씩의 재주에 능통하도록 약속하고 또 실천하는 과정이 곧 경쟁이기 때문이다. 이처럼 민담에서 형제가 벌이는 경쟁은 세계의 질서를 두고 한바탕 벌이는 격전이라기보다는 특별한 능력의 유무를 두고 겨루는 경우가 일반적이며, 신화나 전설에 비해 궁극적으로는 상호협력으로 이어지는 경우가 많다.

다음으로 고려할 사항은 민담에서는 두 인물이 겨루는 데 능력 이외의 요소가 많다는 사실이다. 일례로 형제 앞에 부모의 병을 고치는 문제가 떨어질 경우, 당연히 의료 능력이 우선시되어야 한다. 그러나 의사와 의사가 아닌 보통 사람이 형제간으로 등장할 때, 뜻밖에도 의사인 형제는 속수무책으로 있는 가운데 다른 형제가 병을 고친다. 나랏일에서도 마찬가지다. 나랏일이라면 학식도 뛰어나고 벼슬을 하는 형제가 주도적일 것으로 예상되지만, 이야기에서 주도적인 역할을 하는 인물은 평소에 드러나지 않고 수련을 쌓던 형제이며 이미 드러나 있던 형제는 보조적인 역할을 하거나 다른 형제의 힘을 빌려서 대리 수행하는 정도에 머무른다.

그렇다면, 이러한 양상은 '서사'에서 어떤 의미를 지니는가? 물론, 이 점이 이 장에서 집중적으로 거론될 사항이지만, 근본적으로는 서사가 갖는 "이야기의 이야기하기" 속성에서 그 일단을 찾아낼 수 있겠다. 근본적으로 모든 서사는 '이야기story'를 '이야기하는telling' 문학 갈래이다. 앞의 '이야기'는 일상에도 있고 역사에도 있지만, 뒤의 '이야기하는' 속성은 오롯이 서사문학 갈래의 특성이다. 물론 최근에는 역사서에 담긴 내용조차 그 서술을 서사와 연관 지어 설명하려는 시도도 있지만, 그것은 역사 본연의 것이라기보다는 역사에서 문학을 원용한 사례로 파악된다. 이렇게 이야기를 이야기한다는 맥락에서

스토리텔링storytelling은 "현실적, 감성적, 놀이적, 관계적 성격"[3]를 지닌 것으로 파악되는데, 이 네 가지 요소 가운데 '놀이적'이라는 측면은 특히 민담적 속성에서 잘 설명될 수 있다.

이야기하는 청자와 이야기를 듣는 청중이 하나의 놀이를 한다고 가정할 때, 화자의 레퍼토리나 구연이 이미 청중에게 간파되어 별 흥미를 끌지 못한다면 화자는 청중에게 진 셈이 된다. 거꾸로 화자의 레퍼토리 구연이 매우 색달라서 청중이 저도 모르게 몰입하게 된다면 화자가 청중을 이긴 셈이다. 그러나 사태는 그리 간단치 않아서 지나치게 난해하고 생경하거나, 비현실적인 기괴함으로 가득 찬 경우에는 화자와 청중이 주고받는 놀이가 성립하지 않는다. 거꾸로, 청중의 수준에 비해 너무 낮거나 진부하며 틀에 박힌 내용도 마찬가지다. 요컨대 적절한 정도의 밀고 당기기가 가능한 내용이 담보되어야 놀이가 성립하는 것인데, 이러한 양상은 이야기하는 내용이랄 수 있는 '이야기story'에도 어느 정도 그대로 적용된다.

기본적으로 형제담은 인물과 인물이 겨루는 이야기로, 그것이 지속적인 흥미를 주려면 그 겨루기 과정에서도 끊임없는 밀고 당기기가 일어나야만 한다. 인류사에서 처음으로 '놀이'를 진지한 논의의 장으로 끌어들인 호이징거John Huizinga에 따르자면 문화 전반이 놀이이고, 여기에서 경쟁은 매우 중요한 역할을 한다. 그에 따르면 경쟁에서 공정함은 매우 중요한 가치이지만 민담에서는 좀 다른 면이 발견된다.

> 경쟁은 무언가를 '위한(for)' 것일 뿐만 아니라 무엇인가와 함께(with) 혹은 무엇인가의 속(in)에서 수행된다. 사람들은 먼저 힘과 기술, 지식과

3 조정래, 《스토리텔링의 육하원칙》, 지식의 날개, 2010.

부, 영광, 자유, 고귀한 후예, 자식들의 숫자 속에서 경쟁한다. 또 신체의 힘, 무기의 위력, 합리적 정신, 주먹 등과 함께 경쟁하며, 놀라운 과시, 허장성세, 자랑하기, 욕설, 교묘한 꾀와 기만술과 함께 경쟁한다. 그러나 우리가 보기에, 게임에서 이길 목적으로 부정행위를 하는 것은 게임의 놀이 특성을 빼앗을 뿐만 아니라 망쳐 버린다. 왜냐하면 놀이의 본질은 규칙을 지키는 것, 즉 페어플레이이기 때문이다. 그러나 원시 문화는 현대인의 도덕적 판단을 무시하며 민담의 정신 또한 그러하다.[4] (밑줄 필자)

호이징거는 놀이의 규칙에 대단한 의미를 부여하고, 그 규칙을 벗어나는 일체의 행위를 놀이 특성을 빼앗는 것으로 보았다. 이런 시각으로 〈천지왕본풀이〉의 형제 경쟁을 본다면 절대로 놀이가 될 수 없는 부도덕한 승패 가르기에 지나지 않을 것이다. 그러나 이미 호이징거가 간파했듯이, 민담에 드러나는 그러한 사실은 정당한 경쟁인가 놀이인가의 여부를 떠나서 민담 고유의 속성이기도 하다. 많은 권선징악 서사가 그러하듯이 선한 인물이 악한 인물을 이기는 이야기가 있는 것처럼, 악한 인물이 선한 인물을 이기는 이야기도 있다. 강한 인물이 약한 인물을 이기는 것이 대개의 현실이라면, 약한 인물이 강한 인물을 이기기도 하는 것 또한 민담스러운 일이다. 민담의 전복성顚覆性은 바로 그러한 사실을 말해 준다.

이렇게 볼 때 공정한 경쟁의 놀이를 지나치게 강조한 호이징거의 입론을 수정할 필요가 생기는데, 이 일은 카이와Roger Caillois에 의해 이루어졌다. 그는 호이징거가 놀이를 문화 전면에 내세운 점은 받아들이지만 놀이를 총체적이고 단선적으로 몰아가는 것을 극복할 합

4 요한 하위징아, 《호모 루덴스》, 이종인 옮김, 연암서가, 2010, 117쪽.

리적 대안 마련에 몰두했다. 널리 알려진 대로, 카이와는 놀이의 범주를 넷으로 나누었다. 경쟁을 중심에 놓는 '아곤', 능력과 상관없이 그때그때의 운에 맡기는 '알레아', 단순히 모방하는 데서 즐거움을 찾는 '미미크리', 극도의 긴장감과 스릴 등에서 파생되는 현기증의 쾌감인 '일링크스'가 그것이다. 여기에 덧보태어 놀이의 속성으로 놀며 즐기고 싶어 하는 욕망인 '파이디아'와, 거기에 머물지 않고 질서를 부여하고 체계화하는 '루두스' 또한 놀이를 보는 한 축으로 내세웠다.[5]

민담으로 존재하는 형제담을 염두에 둘 때, 이들 가운데 가장 중요한 범주는 맨 앞에 놓인 아곤과 알레아로 보인다. 놀이에는 스포츠 경기처럼 기능을 잘 닦은 사람이 이기기 쉬운 놀이도 있지만, 동전 던지기처럼 그저 그 순간의 운에 내맡기는 놀이 또한 존재하기 때문이다. 각종 약재류를 꿰고 있을 명의名醫도 포기한 구약求藥을 어머니를 무작정 업고 나선 동생이 이루는 것은 실로 우연이요 운이다. 그런데 어떠한 놀이이든 능력만 있으면 무조건 이기는 경우나, 운에만 의지할 뿐 기예를 닦을 필요가 전혀 없는 경우는 극히 드물거나 있어도 훌륭한 놀이로 각광받기 어렵다. 누구나 경험하는 대로, 비록 이기더라도 제 능력만이 아니라 운이 좋았다고 겸손해하거나, 패배하더라도 놀이의 기예를 조금 더 닦으면 이길 가능성이 있다고 믿을 때 놀이의 순기능이 커진다. 다시 말해, 그 둘의 균형이 적절히 이루어질 때 사람들은 기꺼이 놀이에 참여하고, 또 어느 정도

5 "여러 가지 가능성을 검토한 결과, 그 목적을 달성하기 위해 나는 여기서 경쟁, 우연, 모의, 현기증이라는 네 개의 역할 중 어느 것이 우위를 차지하는가에 따라서 놀이를 네 개의 주요 항목으로 구분할 것을 제안한다. 나는 그 항목들을 각각 아곤(그리스어로 '시합, 경기'를 뜻함), 알레아(라틴어로 '요행, 우연'을 뜻함), 미미크리(영어로 '흉내, 모방, 의태'를 뜻함), 일링크스(그리스어로 '소용돌이'를 뜻함)로 이름을 붙인다." 로제 카이와, 《놀이와 인간》, 이상률 옮김, 문예출판사, 1994, 36~37쪽.

는 승패의 결과에서 자유로울 수 있는 것이다.

형제담에서 한쪽의 역량이 우월하고 다른 쪽이 열등할 경우, 그 경쟁의 과정과 결과를 어떻게 진행시켜야 민담의 흥미를 증폭시키는지 확인하는 일은 곧 이 책의 주제인 짝패의 의미와 직결된다. 이제, 민담의 형제담에서 경쟁하면서 협력하고, 역량을 겨루지만 운의 작용 또한 저버리지 않는 적절한 절충 양상을 살펴보기로 한다.

형제담의 자료와 짝패의 성립

형제가 경쟁하며 짝패를 이루는 형제담으로 크게 주목되는 사례는 형제가 현賢/우愚로 갈리는 이야기다. 대비적인 측면에서 보자면, 한쪽은 똑똑한데 한쪽은 어리석은 상보성을 그 특성으로 하는 것이지만, 세부로 들어가면 몇 가지 유의미한 변이를 찾을 수 있다.

그 첫째는, 형제 모두 특별히 뛰어나지만 한쪽이 더 뛰어난 경우이다. 《한국구비문학대계》의 '231-1 아우(형)보다 나은 형(아우)'유형이 적절한 사례이다. 이 유형은 형제 중 어느 한쪽이 다른 한쪽보다 더 뛰어나다는 것인데, 이 상위 유형이 '23. 모를 만한데 알기(범상한 사람이 이인 노릇한다)'인 데서 알 수 있듯이 그냥 어느 한쪽이 낫고 어느 한쪽이 못하다는 비교담이 아니다. 그런 이야기라면 모든 형제의 이야기가 다 민담이 될 정도로 보편적인 터여서, 유형명에 드러난 대로 모를 만한 사람이 뜻밖에도 알고 알 만한 사람은 뜻밖에도 모른다는 전복성顚覆性을 보이는 것이다.[6] 특히 이 유형에서는

6 조동일 외,《한국구비문학대계별책부록(I) 한국설화유형분류집》(한국정신문화연구원, 1989)의 유형

서애나 겸암 같은 실제 형제를 내세움으로써 낙차를 크게 한다. 우선, 여기에 속하는 이야기 유형을 일별하면 다음과 같다.

2-3. 38. 율곡 선생 이야기, 2-5. 338. 겸암謙巖 선생의 지혜(1/3), 3-1. 68. 귀신의 대구對句, 3-1. 187. 무식한 동생의 재치, 3-1. 304. 서애 어머니와 형, 3-1. 431. 이인異人 겸암 선생, 3-3. 332. 임진왜란을 미리 안 겸암, 3-4. 566. 임진왜란을 미리 안 겸암(1/3), 4-3. 530. 유성룡의 형과 가등청정, 5-1. 190. 겸암 선생의 도술 이야기, 5-5.160. 서애와 겸암, 6-2. 87. 유성룡과 이여송, 6-2. 239. 율곡의 형님과 풍신수길, 6-2. 770. 겸암과 풍신수길, 6-4. 65. 풍신수길을 물리친 유서애의 형님, 6-4. 759. 사필귀정已必歸井, 6-8. 48. 삼년고개에서 다시 구르라고 한 아들, 6-10. 259. 무학의 대궐 짓기, 6-10. 309. 유성룡 일화, 6-12. 799. 명당자리, 7-3. 185. 서애대감(1/2), 7-5. 21. 정승된 상씨와 정읍 마을(2/2), 7-6. 155. 겸암의 예언, 7-6. 670. 서애와 겸암, 7-8. 410. 이인異人 겸암 선생, 7-8. 689. 유서애의 형 겸암 선생, 7-9. 751. 서애보다 앞선 겸암 선생, 7-11. 317. 임진왜란 이야기(1/6), 7-12. 500 장담 센 세 아들, 7-12. 538. 겸암 선생과 서애 선생, 7-13. 465. 겸암 선생의 이적異蹟(1), 8-11. 601. 명풍수 신기와 도선, 9-2. 165. 서화담의 도술, 9-2. 178. 허미수 선생(1/4), 9-3. 사돈집 가서 실수한 형제들

여기에는 율곡栗谷, 겸암謙菴, 서애西厓, 화담花潭, 미수眉叟 등 역사적으로 실재했던 걸출한 인물들이 등장하는데, 문제는 그들의 한 짝

분류표에서 231형의 이름이 '숨은 이인 나타나기'로 '이인異人'을 강조한 점을 주목할 필요가 있다(72쪽). 보통 사람의 능력으로는 설명이 안 되는 이인이 나타나 특별한 경쟁이 펼쳐진다는 뜻이다.

으로서 형제가 자리하면서 짝패로 작동한다는 점이다. 이 유형은 서애西厓와 겸암謙菴 형제 이야기가 그 원형이며, 나머지 이야기들은 거기에서 파생하거나 다른 인물 이야기가 덧붙은 꼴에 지나지 않는다. 다 아는 대로 서애西厓 유성룡柳成龍은 임진왜란 당시에 국난國難을 극한 명신名臣 중의 명신이다. 그에 비하자면 그의 형인 겸암謙菴 유운룡柳雲龍은 그 지명도에서 현저히 떨어지는 인물로, 실제 역사에서도 동생만큼 탁월한 업적을 남기지 못했다. 그럼에도 불구하고 이 두 형제를 다룬 설화에서는 언제나 겸암이 호號에 드러난 그대로 겸손하게 몸을 숨기고 지냈어도, 결국은 그가 준비하고 대비한 까닭에 서애西厓가 빛을 발할 수 있었다고 되어 있다. 그러데 이 둘은 같은 부모 밑에 태어난 동기이지만 철저하게 상반된 삶을 사는 것으로 되어 있고, 그런 상반된 삶이 서로에게 상보적으로 작용하면서 국난 극복이라는 무거운 과업을 완수할 수 있게 한다.

둘째로, 우행담愚行譚의 영역에서 바보스러움이 강조되는 형제 이야기다. 앞의 유형이 잘 알 만한 형제인 서애西厓도 모르는 것을 도리어 잘 모를 것 같은 형제인 겸암謙菴이 안다는, 즉 '모를 만한데 알기'의 이인형異人型 이야기라면, 이 유형의 이야기는 잘 모를 것 같은 형제가 워낙 어리석어서 역시 어리석은 짓을 벌인다는 설정이다. 채록자가 제목을 달 때부터 '바보 형', '바보 아우', '미련한 동생', '현형우제賢兄愚弟' 같은 식으로 달아 놓은 데서 보듯이, 한 형제는 똑똑하고 한 형제는 어리석은 인물로 설정하는 것이 상례이다.[7] 이런 이야

7 이 유형은 한국구비문학대계의 유형분류상 '43. 시키는 대로 하다가 낭패한 사람'의 유형으로, '1-9. 18. 바보 아우', '2-2. 바보 형'처럼 그 표제에 어느 한쪽이 바보임을 명기한다. 조동일 외, 《韓國口碑文學大系 別冊附錄(I) 韓國說話類型分類集》, 한국정신문화연구원, 1989, 271쪽 참조.

기의 줄거리는 대개 형제 중 하나는 똑똑하고 하나는 바보인데, 똑똑한 형제가 바보형제에게 짐승을 잡도록 시키지만 바보형제는 거듭 실패하던 끝에 결국은 제 어머니를 잡는다는 어처구니없는 내용이다. 이에 해당하는 작품들을 열거해 보면 다음과 같다.[8]

1-9. 18. 바보 아우, 2-2. 371. 바보 형, 2-5. 795. 글 배운 형과 글 안 배운 동생, 6-1. 309.미련한 동생, 7-16. 498. 어리비기 시리비기 형제, 8-14. 288. 바보와 똑똑이, 8-14. 289. 바보 이야기, 임1.217. 賢兄愚弟, 임3.282. 愚兄, 임3.434 바보 형, 임12.178 愚弟問祭.

이런 이야기는 그 내용상 기괴하게 받아들여지기 십상이다. 아무리 어리석은 인물로 설정되더라도 공연히 어머니를 죽음에 내모는 설정이기 때문이다. 물론 여기에 대해 신화적 해명이 시도된 바 있지만,[9] 신화에서부터의 변형과 공백이 너무 커서 계속적인 추론과 방증이 필요한 편이다. 그러나 이들 형제는, 적어도 표면상으로는, 둘의 격차가 너무 커서 상호보완적인 면모를 보이지 못하기 때문에 사실상 경쟁이 이루어질 수 없다. 적어도 경쟁이 될 만큼 양편이 맞섬으로써 형제가 상호보완적으로 작용하여 하나의 짝패로 나아갈 가능성이 크지 않은 것이다.[10]

---

8 이하 숫자만 있는 경우는 《한국구비문학대계》이고, '임'은 임석재전집(《한국구전설화》, 평민사)이다.

9 신연우, 〈'바보 형제' 이야기의 신화적 해명〉, 《고전문학연구》 12집, 한국고전문학회, 1997, 313쪽.

10 신화 · 전설 · 민담을 아우르는 설화에서 짝패 인물에 대한 개괄적인 검토는 이강엽, 〈설화의 '짝패 double'인물 연구〉(《구비문학연구》 33집, 2011)에서 다루어진 바 있으며, 현우형제담에 대해서는 이강엽, 〈현우형제담의 경쟁과 삶의 균형〉, 《한국문학치료연구》 41집, 한국문학치료학회, 2016에서 다루었다.

이처럼 이 유형은 '협조와 경쟁의 이중적 관계'[11]라는 형제담의 기본 틀을 많이 벗어나 있어서 다른 유형과 한데 설명하기 어려운 측면이 있다. 그럼에도 불구하고 이 이야기에서 바보형제의 바보짓 탓에 실패에 실패를 거듭하는 게 아니라, 한 차례 실패하지만 그 다음 차례에서는 성공한다는 점은 눈여겨 둘 만하다. 즉, 바보인 형(혹은 동생)이 덫을 놓아 짐승을 잡는 상황에서 어머니가 덫에 걸렸는데도 잡아오는 황당함을 연출하지만, 어머니의 제사를 지내야 하는 상황에서는 바보짓 덕분에 동정심을 이끌어 내서 제수祭需를 얻게도 된다.

셋째로, 똑똑한 형을 제치고 보통의 아우가 병든 어머니를 살려내는 이야기가 있는데, 이는 짝패로서 기능하기에 부족함이 없다. 이 이야기는 《한국구비문학대계》 유형분류상 '732-9 엉뚱한 음식 먹고 병 고치기' 유형 및 '413-2 정성이 지극해서 부모 병 고친 효자'[12] 유형에서 확인할 수 있다. 특히 여기에 속한 이야기들 중에서 병에 대해 잘 아는 사람이 있지만 고치질 못하고 그 주변의 다른 인물이 고치는 줄거리를 보이는 각편各篇 등에서 그렇다. 이에 해당하는 이야기는 다음과 같다.

2-2. 761. 천년두골에 쌍용수, 2-6. 458. 천녀두골에 쌍용수千年頭骨雙龍水, 3-2. 285. 어머니 병 고친 화타華陀, 4-2. 362. 어머니 병 못 고친 편작, 5-5. 156. 어머니 병을 안 고친 명의원, 6-1. 178. 두 형제와 백여우, 7-8. 757. 어머니 병은 못 고친 편작扁鵲, 7-11. 755. 모친의 지병 고친 기

11 고전 서사 연구에서 형제 관계를 이렇게 파악한 사례는 조춘호, 《형제갈등의 양상과 의미》, 경북대학교출판부, 1994, 6~7쪽 참조.

12 조동일 외, 《韓國口碑文學大系 別冊附錄(I) 韓國說話類型分類集》, 한국정신문화연구원, 1989, 362~363쪽 참조.

갈 선생 형제, 7-13. 78. 어머니 병은 못 고친 편작, 7-15. 219. 천연두수에 일용물 십팔계에 봉 한 마리 구한 효자, 8-3. 446. 명의 유희태, 8-4. 233. 유명한 의원, 8-6. 486. 신연당 유의태, 8-11. 434. 부모 눈 뜨게 한 효자와 제갈 선생, 8-11. 666. 유의태 의원도 못 고치는 병이 있었다.

이 이야기들에 두드러지는 특징은 화타, 편작, 유의태 등 명의와 그 형제가 등장한다는 점이다. 이는 맨 앞에서 살펴본 이야기에서 유명한 서애西厓의 짝으로 그 동생 겸암謙菴이 등장하는 것과 비슷하지만, 서애의 경우 그 형제 또한 실존 인물이며 유명한 인물인 데 반해 여기에서는 그렇지 못하다는 점이다. 그저 명의 아무개의 동생 혹은 형으로만 등장할 뿐 이름조차 드러나지 않을 뿐만 아니라, 대개는 학식도 없는 평범하기 그지없는 인물로 나온다. 그런데 문제는 이들 형제 앞에 닥친 문제가 어머니의 중병重病이고, 이야기 전개로 보자면 마침 그 아들 가운데 명의가 있으니 안성맞춤이겠다는 생각이 들 법하다. 그러나 실제 이야기의 전개는 그 반대로 진행되어 명의인 형제는 속수무책인 가운데 아무 대책이 없을 것 같은 평범한 형제가 어머니 병을 고친다는 것이다.

이 세 유형은 모두 표면적으로는 형제 중 어느 한쪽이 어느 한쪽보다 더 뛰어난 것으로 드러나지만 그 이면을 살펴보면 다른 한쪽이 더 뛰어나거나, 최소한 과업 수행에 더 큰 일을 하는 이야기다. 그러나 그런 공통점을 제외한다면 이 셋은 이야기 유형상 아주 먼 거리에 있는 것이기도 하다. 첫째 유형은 〈2. 알고 모르기〉 가운데 '243. 시키는 대로 하다가 바보짓 하기'에 속하는 이야기다.[13] 둘째 유형은

13 조동일 외, 《한국구비문학대계 별책부록(I) 한국설화유형분류집》, 한국정신문화연구원, 1989,

〈4. 바르고 그르기〉 가운데 '413. 바른 행실 지키니 이적 일어나기'에 속하는 이야기다.[14] 셋째 유형은 〈2. 알고 모르기〉 가운데 '231. 숨은 이인 나타나기'에 속하는 이야기다.[15] 이 유형분류대로라면 각 이야기의 중심은 첫째 유형은 '바보짓', 둘째 유형은 '효행에 따른 이적異蹟', 셋째 유형은 '숨어 있던 이인異人'으로 갈린다. 그만큼 서로 다른 이야기로 비춰질 수 있는 것인데, 공교롭게도 이들 모두 형제담이어서 특별한 의미를 갖게 된다. 터무니없는 바보짓을 하는 인물이지만 내치기 곤란한 형제이며, 두 형제가 있는데 한 형제에게만 이적이 일어나고, 똑똑한 인물이 있었지만 사실은 그동안 드러나지 않았던 형제가 더 똑똑하더라는 설정인 것이다.

이제 이들 세 유형을 실제 과업을 하는 역할을 주도하는 사람을 중심으로 차례대로 명명하면 '바보 형제', '명의名醫 형제', '명인名人 형제'가 되겠다. '바보 형제 유형'은 어리석은 형제가 우행을 하지만 몇 차례의 실패 끝에 그 우행 덕에 무언가를 얻어 내는 이야기며, '명의名醫 형제 유형'은 명의인 형제도 고칠 수 없는 병을 다른 형제가 약을 구해 고치는 이야기며, '명인名人 형제 유형'은 국난이 일어나자 덜 똑똑한 형제가 명인을 도와 형제가 과업을 이루어 내는 이야기다.

민담이 대체로 결핍 상황이 주어지고 그 결핍이 어떻게 해결되어 나가는가 찾아가는 과정을 보이는 것이라고 할 때, 이러한 형제담에서 짝패를 이루는 양상을 추적해 보는 일은 서사를 풀어 나가는 열쇠가 될 것이다.

269~271쪽.

14 위의 책, 358~371쪽 참조.

15 같은 책, 220~230쪽 참조.

'명인名人 형제', 우열愚劣의 역전과 협력

서애와 겸암 형제는 안동의 명문가 출신으로, 설화로 드러나기 전의 실존 인물이다. 역사적 지명도에서는 서애西厓 유성룡柳成龍이 월등한 인물이어서 차이가 심한 것 같지만, 설화에서는 역전이 일어날 만큼 겸암의 역할이 크다. 이렇게 실제 역사와 이야기 속의 설정이 달라질 수 있는 것은, 단순히 이야기의 허구성에서 기인하는 것이 아니라 내면적으로 그럴 만한 요인을 지닌 까닭으로 보인다. 형제의 이름부터 '운룡'과 '성룡'인 것에서부터 형은 구름 속에 노니는 용으로 아직 온전히 모습을 드러내지 않은 잠룡潛龍인 듯한 인상을 주는데 반해, 동생은 온전한 용을 이루어 승천을 하는 듯한 인상을 주게 된다. 실제 역사를 좇아 보더라 이 둘이 대대待對 관계를 형성할 법한 내용은 쉽게 감지된다. 참고삼아 이식李植이 쓴 겸암의 〈묘갈명墓碣銘〉을 옮겨 보면 이렇다.

임진년壬辰年(1592년 선조 25년)의 왜란倭亂이 일어나자 임금이 장차 서쪽으로 몽진蒙塵하려는데 상국相國(서애 유성룡을 말함)이 호종扈從(임금을 모시고 따름)하게 되자 임금에게 울면서 호소하기를, "형의 직책을 해임시켜 노모老母를 구救하게 하소서." 하며, 임금의 윤허를 언자 이로부터 대부인大夫人을 받들어 모시고 험한 사잇길로 헤매 다니며 적을 피하여 온 집안이 온전함을 얻으니 남들이 성효誠孝의 소치라 하였다. 가을에 순찰사巡察使로부터 풍기豐基 고을의 임시 군수로 임명을 받자 행재소行在所가 멀리 떨어져 있어 조공朝貢의 길이 단절되었건만 공이 홀로 군리郡吏를 보내어 조정朝正의 예禮가 전과 같게 하니 임

금이 감동하였다.[16](밑줄 필자)

이 대목의 핵심은 전란 가운데 동생인 서애가 임금을 호종扈從했고 형인 겸암이 어머니를 모시기 위해 관직에 물러났다는 것이다. 이 이전에 겸암은 관직을 잘 수행하며 아버지를 잘 모신 사례가 나오는 등 나랏일과 집안일을 두루 잘 수행하는 인물로 서술되는데, 바로 이 대목에서 형제의 길이 갈리게 된다. 전란의 위험에서 노모도 모셔야 하고 임금도 모셔야 하는 상황이 발생하자, 형은 노모를 택하고 동생은 임금을 택하는 것이다. 물론 벼슬이 높은 동생의 청으로 그 일이 이루어진 것으로 되어 있지만, 그 일이 동생의 지휘에 의해 이루어졌다기보다는 형은 형대로 최선의 길을 택하고 동생은 동생대로 최선의 길을 택하는 가운데 이루어진 당연한 선택임을 알 수 있다.

이렇게 두 형제가 자신에게 주어진 과업을 성공적으로 수행한 후, 어머니의 수연壽宴에 함께 자리한 광경은 다음과 같이 기술된다.

공은 훌륭한 자태와 순수한 소질에다 학덕學德을 갖추어 일찍부터 스스로 수립함이 있어 속된 선비로 전락되지 않았고 젊을 때부터 강개剛介한 뜻이 있어 떨치고 일어나 힘써 행하여 보기에 잘못 지나치게 모난 듯했으나 중년 이후로 화손和遜한 편으로 기울여 기질이 일변되었다. 대개 일찍 서실書室을 강안江岸에 축조築造하고 편액扁額하기를 겸암謙菴이라 하고 드디어 자호自號로 삼고 아침저녁으로 잠심潛心하였으니 그 학

16 壬辰變作 上將西狩 相國扈從 泣訴于上 乞解兄職救母. 上許之. 由是得扶負大夫人 間關避賊 闔門獲全. 人稱其誠孝. 秋被使檄 假守豐基郡 時行在隔遠 朝貢路絶 公獨遣郡吏 朝正如舊 上爲之感動. 李植, 〈贈吏曹參判原州牧使柳公墓碣銘〉, 《澤堂先生別集》 제7권. 번역은 《국역국조인물고 15》, 홍혁기 · 이광재 옮김, 세종대왕기념사업회, 2003.

> 력學力의 이른 바를 볼 수 있다. 대부인大夫人을 섬기기를 40년 동안을 지성으로 즐겁게 모시어 일찍 한 번도 어기거나 거역함이 없었고 설 때가 되면 반드시 잔을 받들어 올려 장수를 비는데 상국相國이 동석하니 난새와 봉이 서로 마주 대한 듯하니 일세一世가 영광스럽게 여겼다. 세 사람의 누이동생이 있었는데 상란喪亂으로 일찍 죽자 공이 여러 고아를 모두 어루만져 길러 그들로 하여금 생업을 잃지 않게 하였다. 고례古禮를 믿고 좋아해서 관혼상제冠婚喪祭의 의식儀式에서 속俗되고 비루한 것은 모두 씻어 버렸고 관직官職에 있을 때는 법도法度를 엄히 지켜서 위엄과 은혜를 아울러 행하였다. 일찍 이 법령의 조문에만 의지하고 자영自營하지 않아 비록 비난을 받더라도 흔들리지 않았다.[17](밑줄 필자)

겸암은 본래부터 총명했다고 그려 내면서도 대기만성형인 것을 강조하고 있다. 젊을 때 강개剛介하여 원만하지 못했던 흠을 감추지 않고 기술하면서, 중년 이후에는 온화하고 겸손하게 되었다고 적은 부분이 그렇다. 그의 호 '겸암謙菴'이 자호自號인 데서 드러나듯이 겸손함이 그 중심에 있고 보면 사람들이 그를 높이 사는 까닭이 어디에 있는지 알 수 있다. 겸암이 형이고 서애가 동생이므로, 나온 순서대로 한다면 입신출세 순서 또한 그렇겠지만 영의정을 지낸 동생보다 현달하지 못함은 물론, 나중에야 그 인품과 학문이 완성되어 가는 과정이 강조되고 있는 것이다. 그리하여 결국 형제가 난鸞과 봉

---

17 公丰姿粹質 輔以學問 早自樹立 不落俗窠. 少時剛介振厲 頗見稜峭 中歲以後 濟以和遜 氣質一變. 蓋嘗築書室予江岸 扁曰謙庵 遂用以自號 朝夕潛心 可見其學力所至也. 事大夫人四十年 至誠娛侍 未嘗違忤. 歲時 必奉觴上壽 相國班席 鸞鳳交峙 一世榮之. 有三妹喪亂早歿 公爲撫育諸孤 俾不失所. 信古好禮 冠婚喪祭之儀 一洗俗陋 居官守法 威惠幷行. 未嘗便文自營 雖致謗毀不撓也. 李植, 〈贈吏曹參判原州牧使柳公墓碣銘〉, 《澤堂先生別集》 제7권. 번역은 《국역국조인물고 15》, 홍혁기 · 이광재 옮김, 세종대왕기념사업회, 2003.

鳳에 비견될 만큼 난형난제의 쌍벽이 되었다는 게 이 기사의 골자이다. 게다가, 여동생이 전란에 죽자 그 자식들을 잘 거두었으며, 법도의 지엄함을 지키면서도 은혜의 따사로움을 저버리지 않은 균형 잡힌 모습으로 드러난다.[18]

이런 양상은 설화화하기 좋은 구조를 보이는 게 분명하다. 즉, 현명했을 뿐만 아니라 그로써 현달하기까지 했던 영웅적 인물인 동생이 있었는데, 그에게 그만큼 드러나지는 않았지만 역시 뛰어난 역량을 지닌 형제가 있었고, 그 형제의 역량이 기실은 그가 세운 공헌의 밑바탕이 되었다는 식으로 이야기가 전개되면서 높은 쪽은 살짝 눌러 주고 낮은 쪽은 살짝 올리면서 양자 간의 균형을 취해 가기 쉽기 때문이다. 나아가, 이렇게 역사적 기록에서는 난/봉의 대등한 쌍으로 비교하고 있지만, 설화 쪽으로 간다면 도리어 겸암이 서애를 넘어서는 것으로까지 기술되면서 민담의 전복성顚覆性을 발휘할 법한데, 이제 그 중심 스토리를 찾아나가면서 하나하나 짚어 보기로 하자. 가장 풍부한 내용을 담고 있는 각편의 내용은 이렇다.[19]

#1. 안동의 한 마을에는 시집간 딸이 거기에 와서 해산을 하면 영험함을 빼앗아 간다는 말이 있었다. 그 마을의 김씨 성을 가진 사람이 딸을 두었는데 왈짜로서 품행이 바르지 못했다. 유경암의 아버지가 김씨 집에 놀러갔다 왔는데 말안장에 피가 묻어 있었다. 누가 탔느냐고 물었

18 학문적으로도 퇴계의 뒤를 잇는 과정에서 조목趙穆을 중심으로 하는 처사형인 예안사림禮安士林과 유성룡을 정점으로 하는 관료형인 안동사림安東士林의 팽팽한 대립을 중재할 인물로 유운룡의 역할이 부각되는데(이에 대해서는 설석규, 〈16세기 退溪學派의 분화分化와 柳雲龍의 역할〉, 《조선사연구》 9, 조선사연구회, 2000 참조), 이것이 한 집안에서는 형제가 맞서는 형국으로 비춰질 개연성을 갖게 한다.

19 〈서애西厓 어머니와 형〉, 《한국구비문학대계》 3-1, 한국정신문화연구원, 304~309쪽.

더니 그 집 딸이 탔다고 하자, 그 집에 사돈 맺기를 청했다. 김씨 집에서는 딸의 품행을 문제 삼아 사양했으나, 유씨 집에서 우겨서 경암 선생과 김씨 딸은 혼인하였다.

#2. 혼인 후로 김씨 딸은 품행을 바르게 하고 시집살이를 잘해 나갔다. 그러다가 임신을 하여 아들을 낳았는데, 그 이후로는 남편이 가까이 오지 못하게 했다. 시아버지가 손자 하나를 더 보아야 한다며 합방하도록 하여 아이가 들어서자, 이번에는 친정으로 가서 해산 준비를 했다. 친정에서는 태기가 있는 것을 알고 못 낳게 하려 했으나 딸은 숲 속에 들어가 가마 안에서 해산을 하였고, 그 아이가 바로 서애 유성룡이다.

#3. 동생은 한양에 가서 영의정도 하게 되었는데 형은 아무것도 모르는 사람이었다. 하루는 형이 동생에게 장기를 두자고 하자, 동생은 형더러 장기나 둘 줄 아느냐고 말했다. 그러나 장기를 두어 보니 형이 이겼고, 바둑을 두어도 형이 이겼다. 형은 동생에게 "아무 날 중이 하나 와서 자고 가자고 할 테니까 그때는 나에게 보내라."고 일렀다. 정말 그런 일이 생겨서 그 중을 형 집으로 보냈더니 형은 그에게 술을 먹여 취하게 한 후 짐을 뒤졌는데 지도와 비수가 나왔다. 그가 바로 일본의 풍신수길로 조선 침략을 위해 지도를 그리는 중이었고, 서애 유성룡의 목숨을 노리고 있었다. 형은 풍신수길의 정체를 알고는 쫓아냈다.

#4. 또, 형은 동생더러 구경을 가자고 했다. 동생이 형을 따라갔더니 소상팔경瀟湘八景이 나왔고, 형은 거기에 있는 대나무인 소상반죽瀟湘斑竹을 베어다가 잘 간수하라고 했다. 동생은 그것을 가지고 명나라의 이여송이 왔을 때 자신의 능력을 시험해 보이는 데 잘 썼다. 또, 이여송이 출병하여 압록강을 건너오면서 "나는 용의 간이 아니면 편을 들지 않는다."고 했는데 서애 형제가 하늘에 제사를 지내자 용이 나타났고 그것을 빼어 주어서 임진왜란에서 나라를 구할 수 있었다.

이상의 내용을 크게 네 단락으로 나누어 보면, #1은 겸암과 서애 형제의 탄생 배경담이다. 탄생하기 이전에 어떤 일이 있었는지, 선대先代는 어떤 사람이었는지, 태어난 곳은 어떤 곳이었는지를 담고 있다. #2는 형제의 탄생담이다. 어머니가 시집와서 형제를 낳게 되는 과정이 잘 드러나 있다. #3은 형제의 대결담이다. 어리숙해 보이는 형이 동생을 번번이 이기고, 동생을 죽이러 온 풍신수길을 막아 준다는 내용이다. #4는 겸암이 신비한 방책으로 소상반죽과 용의 간을 얻어 명나라의 원병을 얻는 데 써서 나라를 구했다는 것이다. 이 네 단락은 순차적 질서를 이루어 가며 두 인물이 짝패로 기능하도록 작용하는데, 이를 차례로 살펴보면 다음과 같다.

첫째, 탄생 배경담에서 윗세대가 서로 맞서는 사실을 확인할 수 있다. 〈천지왕본풀이〉에서 아버지와 어머니가 천상과 지상에 서로 다른 뿌리를 두고 있듯이, 아버지와 어머니는 전혀 다른 배경을 지닌 사람들이다. 아버지는 선비들이 많기로 유명한 안동의 명문가 출신이지만, 어머니는 어찌 된 일인지 왈짜로 그려지고 있다. 욕도 잘하고 되바라진 사람이어서 며느리 삼겠다는 사람이 없어 결혼하기 어려운 상황이었다. 그런데 아버지 손님의 말을 허락도 없이 타면서 전환점을 맞는다. 여성이 말을 타는 것부터가 이례적인 일인데, 손님 말에 허락도 없이 올라 피를 묻혔다는 것은 여염집 규수로서는 대단한 파탈이다. 그런데 이 손님은 그 사실을 알고 도리어 그녀를 며느릿감으로 점지한다. 처녀 집안에서 흠이 있다는 이유로 사양함에도 불구하고 극구 청혼하여 혼인을 성사시킨 것이다.

이 탄생 배경담에서 또 하나 주목해야 할 점은 김씨 처녀 마을에 전해 오는 이야기다. 이 마을은 영험한 아이를 배태할 지기地氣를 가지고 있지만, 딸이 거기에서 출산을 하게 되면 영험한 기운이 사라진다고 했다. 며느리가 출산할 때는 그런 일이 있다고 하지 않은 것으로 미루어, 딸이 출산을 하면 영험한 기운을 한몫에 몰아가게 되는 것으로 보인다. 이렇게 볼 때, 이 탄생 배경담에는 김씨 딸이 세 차례의 금기와 금기 위반을 통해 신이한 인물이 탄생하는 이야기가 숨겨져 있다. 첫째는 여성은 조신해야 한다는 금기를 깨고 욕설에 상스러운 짓을 마다 않는 것이고, 둘째는 여성이 남성 어른 손님이 타고 온 말에 허락도 없이 올라타 거기에 부정하게 피를 묻히기까지 하는 것이며, 셋째는 출가한 딸은 친정 마을에서 해산을 해서는 안 된다는 금기를 어긴 것이다.

둘째, 형제의 탄생담에서는 둘이 함께 태어나야만 하는 사정이 잘 드러난다. 사실 양가의 혼인이 가능하게 된 배경에는 시아버지의 지인지감知人之鑑이 한몫했으므로, 그 이후의 서사는 그러한 특별한 능력이 현실화하는 방향으로 전개될 것은 쉽게 짐작할 만하다. 주변에서 그런 별난 며느리를 보아서 어떻게 하겠느냐고 걱정할 때 시집와서는 다를 수 있다고 말하는 데에서 예견하는 바가 엿보일 뿐만 아니라, 며느리에게 속히 둘째 손자를 낳아야 한다고 다그치는 데에서도 특별함을 내비춘다. 시부모는 며느리가 동침을 거부해서 둘째를 갖지 못하는 장애를 넘어서게 하는데, 이는 아들 하나로는 부족하다는 상식적인 내용이 아니라 자신의 큰 뜻을 완성하기 위해서는 두 손자가 모두 필요하다는 인식에 기인한다 하겠다. 며느리 또한 태기가 있자 친정 마을의 숲으로 들어가 친정 사람들의 반대에도 아랑곳하지 않고 영험한 기운을 받음으로써 시아버지의 뜻을 완성시킨다.

이 완성의 의미는 둘의 순차적인 탄생에 따라 하나로 합치되는 특별한 능력으로 모아진다. 장남은 본가에서 출산함으로써 친가인 양반가의 점잖은 기풍을 그대로 받고, 둘째는 친정에서 출산하여 그 마을에서 전해 오는 영험한 기운을 이어받아 둘이 상보적으로 작동할 여지를 주는 것이다. 이는 사실상 혼전에 있었던 남녀 가문의 상이함이라는 공간적 대립이, 형과 아우라는 시차를 둔 시간적 대립으로 탈바꿈한 양상이다. 전자가 서로 맞설 수밖에 없는 상보적 분포를 보인다면, 후자는 시간적 순서를 두고 부족함에서 충분함으로, 미완에서 완성으로 나아가는 서사 질서를 보인다 하겠다.

셋째, 탄생담에 드러난 대로 표면적으로는 둘째 아들이 좀 더 특별한 능력을 발휘한 것은 사실이다. 동생이 형을 장기도 두지 못하는 사람으로 여기며 함부로 대하는 데에서 그런 특징이 잘 드러난다. 형제간의 능력에서 장남인가 차남인가의 여부에 따라 지능을 포함하여 여러 능력에 차이가 있을 것이라는 가설은 오래도록 신봉되었고, 또 실제로 그렇게 연구가 진행되기도 했다. 그러나 지금까지 알려진 바로는, 형제 관계를 지배하는 변인 가운데 출생의 선후, 곧 형으로 태어나는가 동생으로 태어나는가 하는 점은 그리 중요한 변인이 못 된다. 그보다는 기질이 더 중요한데, 타고난 기질에 따라 보통 셋으로 나누어서 순한 아동easy child, 까다로운 아동difficult child, 더딘 아동slow to warm up child으로 보는 편이 더 낫다고 알려진다.[20] 만약 형제가 모두 순한 아동이라거나 더딘 아동이라면 갈등은 불거져 나오지 않을 것이지만, 최소한 한쪽이 까다로운 아동일 경우 갈등이 표면화되기 쉽다.

겸암과 서애의 경우, 겸암이 형임에도 동생보다 입신이 늦고 도리어 동생의 경시를 받는 것을 보면 겸암은 더딘 아동이고, 서애는 그런 형을 쉽게 무시할 만큼 까다로운 아동이었을 것이며, 그러한 점

20 이런 사정에 대해서는 전귀연 · 임주영, 《형제관계》, 신정, 2006, 50~56쪽 참조.

이 둘 사이의 갈등을 키웠다. 그러나 둘이 그렇게 한쪽은 빠르고 예민하며 한쪽은 더디고 둔하게 보이는 특성이 결과적으로는 반대의 결과를 빚어내어 이야기의 흥미를 한껏 키운다. 장기를 두는 방법도 모른다고 생각했던 겸암이 서애를 이기는 설정은 아주 가벼운 예에 불과하고, 풍신수길을 제압하는 과정에서 그 점이 특히 도드라진다. 서애는 젊은 나이에 이미 입신양명하여 밖으로 드러남으로써 풍신수길의 표적이 되어 목숨이 위험해지고, 겸암은 그러지 않았기 때문에 미래의 위험을 미리 대비할 수 있었던 것이다. 이런 서사대로라면, 겸암이 없었다면 서애는 죽을 운명이었고, 서애를 영웅으로 만들기 위해 겸암은 뒤늦게 역량을 발휘해야만 했다고 봄직하다.

넷째, 겸암이 펼쳐 보이는 이적담異積譚에서는 서애는 겸암의 보조 역할로 떨어진다. 서애는 영문도 모른 채 소상강으로 가는 형을 따라나서야 하고, 용의 간을 내어야 한다는 말도 안 되는 과업 앞에 형이 하는 일을 그냥 보고 있을 수밖에 없다. 서애가 공식적인 벼슬을 하는 처지라 그에게 명나라의 원병을 청해야 하는 일이 맡겨져 있지만 실제로 그 일을 가능하게 해 주는 사람은 숨어 지내던 겸암이었다. 그러나 그런 이유만으로 겸암과 서애의 우열을 판가름하는 것은 설화는 물론 현실 맥락에도 맞지 않다. 어떤 과업에서든 숨은 공로자는 있기 마련이지만 실제적인 일의 완수는 과업을 맡은 사람에 의해 이루어지기 때문이다. 형이 이면에서 일하고 동생은 그에 힘입어 표면에서 완성해 냈다는 표현이 적절하다.

이렇게 본다면, 이 네 단락은 결국 형제의 협력에 의한 과업 성취로 설명되는데, 각편들에 드러난 세부 사항에서도 몇 가지 짝으로 설명될 수 있다.

그 하나는, 형제의 출생담에 보이는 용의 성격이다. 이 설화의 시작은 아마도 '운룡'과 '성룡'이라는 이름이 갖는 스토리라인일 것이다. 그 이름에서부터 구름을 타고 하늘로 오르는 용(雲龍)인 형과, 승천하여 용의 자태를 뽐내는 용(成龍)인 동생을 두 마리의 용으로 보기 때문에 그 태몽에서부터 용과 연관된다.

거게서 인제 이 여자가 첫, 첫 아가 배가주골랑은 택, 택몽에 그 현몽을 핸 기, 처 황룡이 청룡이 확 니러오디마는 구름을 타골랑은 올라가거등 말이라. 그래설랑은 그 인자 구름을 타고 올라간다고 그 말이 인자 그 겸암선생은 운룡이라 짓고 구름 운雲 자, 용 룡龍자라고 이름을 지있고, 그 두분째 태몽을 푼께더로 말이라, 찬 구름이 큰 시커먼 구름이 거석 일이이는 거어서 참 청룡, 황룡을, 그 황룡을 이루더래여, 구름이 말이라. 그래설랑은 그 인제 둘째 서애대감의 이름은 유성룡, 이룰 성成 자, 용 룡龍자.[21]

이 태몽에서 재미있는 것은 한 사람의 태몽에 용 한 마리씩을 보는 게 아니라, 형제의 태몽에서 모두 두 마리의 용을 쌍으로 본다는 사실이다. 황룡과 청룡이 구름을 타고 올라가는 꿈을 꾸고 큰아들을 낳고, 역시 검은 구름이 일어나면서 청룡과 황룡을 이루는 꿈을 꾸고 작은아들을 낳은 것이다. 태몽으로만 보아도 형제는 본래 함께 있어야 하는 몸인데, 편의상 두 차례에 걸쳐 나온 것이 분명해 보인다.

또 하나는, 둘이 하는 과업의 성격이다. 여러 설화에서 겸암은 마을 일과 집안일, 효도 등에 중점을 두고 있고, 서애는 나랏일에 중점을 둔다. 이는《국조인물고》에서 보았듯이 역사적인 근거가 있는 일

21 〈이인 겸암 선생〉,《한국구비문학대계》7-9, 한국정신문화연구원, 1983, 412쪽.

이기도 하며, 집안에 들어와서는 효제孝悌하고, 집 밖 나랏일에는 충성忠誠하는 식의 안/밖의 일을 분담하는 것이다. 좀 더 구체적으로 일상생활로 들어가 보면, 겸암은 초가집에 살면서 벼슬을 피하고 서애는 기와집에 살면서 재상 벼슬을 하는 것으로 드러나는데, 이 또한 현재 남아 있는 겸암과 서애의 집의 규모에서도 쉽게 짐작할 수 있다. 또한 겸암의 아내가 남편을 따라 발싸개를 만들며 검소하게 살았다는 사실 등에서도 둘의 생활 차이를 명확히 구분할 만하다. 그러나 그 둘은 태생부터 한데 기대어야 하는 만큼 상호존중의 상보적인 관계이다.[22]

결국, 이 두 형제는 태생부터 함께 힘을 합쳐야 할 운명을 지닌 공동운명체로서, 표면적으로는 아우가 뛰어나고 형이 그보다 못한 양상을 보이지만, 실제 이면에는 형은 더디지만 앞일을 예측하여 미리 대비하는 능력을 지녔고, 동생은 그 능력을 보태어 자신에게 주어진 과업을 이루어 내는 이야기다. 애초의 우열이 역전되면서 경쟁담인 듯 보이던 이야기가 협력담이 되어 서로의 도움으로 가문과 국가를 온전히 하는 데 기여하는 이야기다.

'바보 형제'와 '명의名醫 형제', 우열의 상호 보완

형제 경쟁담은 모두 한 형제가 다른 형제보다 우월한 것을 전제로

22 겸암과 서애의 그러한 삶을 정신적/물질적인 대비로 본 경우에도 "차이를 차이로 소개할 뿐 차이를 차별로 보이게 하지는 않는다."(김기호, 〈겸암 설화에 나타난 형제 관계와 전승자 의식〉, 《구비문학연구》 31집, 한국구비문학회, 2010, 12쪽)는 점이 지적된다.

하고 있다. 가장 심한 예가 '바보 형제' 유형인데, 여기에서는 형(혹은 동생)의 바보스러움이 한껏 과장된다. 그래서 독자적으로는 아무 일도 하지 못하고 그저 시키는 대로만 할 수밖에 없다. 밭을 파 놓으라고 하면 한 곳만 파서 구덩이를 만들어 놓고, 보리를 파종하라고 하면 그 구덩이에다 한목에 털어 넣으며, 곡식 옆에 올무를 쳐 놓고 걸린 것은 무엇이든 때려죽이라고 하면 어머니까지 그렇게 하는 것이다. "어메가 여그 쳐논 줄에 걸리넌 것언 멋이 됐던 떼레쥑이라고 히서 그랬다"[23]는 항변은 그가 얼마나 어리석은가를 입증하면서, 한편으로는 또 얼마나 순진한가를 일러 주는 표지다.

모든 사람들이 합리적인 의식 아래 합목적적인 행동을 할 때, 이런 부류의 인간들은 자기 안에서 나오는 생각대로 자연스럽게 행동한다. 융통성 없는 바보가 우연한 행운을 얻는 민담들은 대개 그런 기제를 통해 나타난다. 앞뒤를 재지 않고 정해진 대로만 한다는 점에서 베르그손이 지적한 '기계적인 경화硬化'로 일상에서 경계될 일이지만, 민담에서는 그로 인해 도리어 큰 행운을 얻는다.[24] 인과론적 세계관을 가진 사람은 어떤 원인에 어떤 결과가 나오며, 또 어떤 결과를 원하면 어떤 원인을 제공해야 한다는 이념이 견고해서 다른 생각이나 행동이 개입할 여지를 주지 않는다. 그러나 이 이야기처럼 비록 상대의 관대한 처분에 따른 경우라 하더라도, 어리숙한 행위 때문에 숨기려던 사실이 드러나고 그로 인해 도리어 역전逆轉이 일어날 수 있다. 이야기의 대부분을 똑똑한 동생이 바보 형 때문에 고

---

23 〈미련한 아우〉, 임9. 132쪽.

24 '기계적 경화'는 베르그손, 《웃음》, 김진성 옮김, 종로서적, 1983, 8~14쪽에 나온다. 바보 설화에서 이런 융통성 없는 행위로 우연한 행운을 얻는 사례에 대해서는 이강엽, 《바보설화의 웃음과 의미 탐색》, 박이정, 2011, 138~142쪽 참조.

생을 하는 데 할애하지만, 형의 순진함이 동생의 영악함을 보완함으로써 새로운 돌파구를 찾는 것이다.

이러한 우열의 상호보완은 '명의 형제' 유형에서 더욱 극명하게 드러난다. 어머니의 치병治病을 두고 형제의 방향은 아주 다르다. 한 형제는 못 고치는 병이 없다는 명의임에도 불구하고 그 능력이 병을 진단하고 처방을 찾는 데까지만 작용한다. 처방전을 찾고 난 다음부터는 속수무책이었다. 그렇다고 명의가 아닌 다른 형제가 어머니의 약을 구하겠다고 나서는 것도 아니었다. 그저 이렇게 가만히 있을 수는 없으니 무작정 나서거나, 돌아가시기 전에 바깥구경이라도 시켜드리겠다는 단순한 효성을 발휘했고, 그 효성의 결과 도저히 구할 수 없는 약을 '우연히' 얻는다. 이 효성스러운 자식이 바보일 리는 없지만, 이 유형에 속하는 많은 각편들의 제명에 '현우형제'가 많은 것은 어머니가 중병에 들었다는 설정에서 병을 고칠 수 있는 능력을 지닌 인물이 '현賢'이고 그렇지 못한 인물이 '우愚'이기 때문이다.

이 이야기의 줄거리는 이렇다:

(가) 어느 마을에 두 형제가 살았는데 어머니가 중병이 들었다. (나) 형은 소문난 명의였으나 어머니의 병세를 보고는 한숨만 쉬며 치료하기를 포기했다. (다) 동생은 답답한 마음에 어머니를 업고 집을 나섰다. (라) 어떤 산을 넘다 마실 물이 없어 해골 바가지에 담긴 지렁이가 떠 있는 물을 어머니께 드렸다. 산을 넘어 어느 마을에 가니 어떤 집 울 밖에 오골계 한 마리가 떨어져 있었는데 약이 차서 버린 것이었지만, 음식을 구하지 못한 동생은 그걸 가져다가 어머니께 해 드렸다. 그랬더니 어머니의 병이 씻은 듯이 나았다. (마) 형은 어머니 병에는 천 년 묵은 해골에 담긴 지렁이 세 마리 썩은 물을 마시고 약이 찬 오골계를 먹어야

낫는데, 그 약을 도무지 구할 수 없어 그렇게 한숨만 내쉬었다고 했다.

어머니가 병이 들었는데 큰아들이 명의名醫라면 일견 기가 막힌 설정이다. 급한 병에 쉽게 구해지지 않는 게 명의이고 보면 그야말로 안성맞춤이기 때문이다. 그러나 이야기의 실상은 밖에서는 소문난 명의이지만 정작 자신의 어머니는 고치지 못한다는 내용을 덧보탬으로 해서 도리어 그 어긋남이 극대화된다. 효孝가 윤리의 지상명제至上命題로 작동하던 시절, 그것은 다른 모든 윤리를 무화시키고도 남을 만큼 절대적인 것이었다. 그러나 그 효의 이면에는 알게 모르게 가부장제 윤리가 침윤되어 있어서 인간의 불효 삼천 가운데 무후無後가 최고라는 식의 이념을 내세워 대代 잇기에 골몰하는 게 상례였다. 부계 질서의 원리에서 본다면 할아버지-아버지-아들로 이어지는 대代 잇기가 선결 과제였기에 병든 아버지를 위해 인신을 희생하는 이야기 역시 심심찮게 있던 것이다.

일례로, 자기 자식을 던져서 호랑이를 구한 이야기 같은 경우가 그렇다.[25] 시아버지가 저녁이 되어도 돌아오지 않자, 시아버지 마중을 나갔다가 취해서 산에서 잠이 든 시아버지를 발견했다. 그때 호랑이가 시아버지를 잡아먹으러 달려들자 급한 마음에 업고 있던 아들을 호랑이에게 던져서 시아버지를 구하는 내용이다. 물론, 기적이 일어나서 아들도 살아 돌아오기는 하지만, 이런 이야기에는 1차적으로 가군家君의 지위에 있는 시아버지를 무조건적으로 살리고 보아야

---

25 〈아들로 시아버지 구한 효부〉(2-7. 661), 〈아들 죽인 어머니를 용서한 효자〉(5-1.52), 〈호랑이에게 자식 준 효부 이야기〉(5-2. 571), 〈호랑이도 감동한 며느리의 효성〉(7-8.786) 등등이 그런 예로, 《한국구비문학대계 유형분류》의 '413-9 하늘이 아는 효성' 유형에 있다.

한다는 이념이 모자간의 정리情理마저 압도하는 것으로 보인다. 거기에 비하자면, 앞의 이야기는 며느리의 개입 없이 형제가 어머니를 봉양하는 문제를 중심으로 다룬다.

모자 관계는 부자 관계와 같은 가문의 계승 문제가 개입되지 않는다. 이성적인 측면은 최대한 배제된 감성적인 측면이 강하다. 이념이나 정신이 아닌 몸 그 자체가 문제이며, 그렇기에 의술의 개입이 당연시된다. 그런데 이야기 속 노모의 두 아들은 어머니의 병을 두고 접근하는 방식이 판이하며 짝패를 이룬다. 명의名醫인 큰아들은 철저하게 어머니를 환자로만 여긴다. 주인공으로는 화타, 편작, 유의태 등 우리가 알 수 있는 명의 이름이 두루 거명되어, 그들은 과연 명의답게 병도 알고 처방까지 알지만 그 처방에 따른 실제 약을 구하는 것은 아예 포기하고 만다. 명의만 믿던 다른 형제로서는 난감한 장면이 아닐 수 없는데, 기껏 병에 적합한 처방을 찾아내고 그 처방전의 약을 구할 방법이 없으므로 스스로 포기하는 것이다. 그러나 둘째 아들은 달랐다.

이렇게 본다면 이 이야기 속의 두 형제는 모성에 위기가 닥쳤을 때 대처하는 두 가지 극단적인 방법을 상정한다고 보아도 무방하다. 하나는 책을 읽어 지식을 쌓고 그간 갈고닦은 의술을 통해 처방을 찾아내는 것이며, 하나는 아무 생각 없이 어머니를 모시고 사방팔방 돌아다니다가 우연히 찾아내는 것이다. 명의인 형제는 의사 중에서도 최고의 의술을 지닌 의사이므로 의사 간 경쟁에서 다른 의사들을 이기고 올라간 사람이겠는데, 바로 이 지점에서 놀이에서 경쟁 못지않게 우연이 중요하다고 설파한 카이와의 이론을 경청할 만하다.

현대사회는 그 원리를 통해서 또 점차 제도를 통해서도 출생이나 유전(상속)의 영역, 즉 우연의 영역을 줄어들게 하면서, 규칙이 있는 경쟁의 영역 즉 능력의 영역을 넓히는 경향이 있다. 이러한 변화는 정의와 이성을 만족시키는 동시에 인재를 가장 잘 활용해야 할 필요성을 만족시킨다. 정치개혁가들이 보다 공정한 경쟁을 고안해 내어 그 실현을 서두르려고 끊임없이 노력하는 것은 그 때문이다. 그러나 그들의 활동의 성과는 변변치 못하며 기대에 어긋난다. 게다가 성과가 있기까지는 요원해 보이며 또 성과가 있을 것 같지도 않다. 사려분별이 가능한 나이가 되면, 지금으로서는 너무 늦으며 모든 것이 끝장난다는 것을 누구나 쉽게 이해한다. 모두는 각각의 조건 속에 갇혀 있다. 자신의 능력을 통해 그 조건을 개선할 수 있을지는 모르지만, 그 조건으로부터 벗어날 수는 없다. 능력도 생활수준을 근본적으로 바꾸지는 못한다. 여기서 상대적이긴 하지만 갑작스런 성공의 전망을 주는 지름길, 즉각적인 해결에의 동경이 생긴다. 노력도 자격도 그러한 전망을 주지 못하는 이상, 그것은 운에서 찾지 않으면 안 된다.[26]

대체로 문명화된 사회일수록 공평한 경쟁을 유도하기 위한 각종 제도를 만들어 낸다. 능력에 따라 적당한 대우를 함으로써 사회 구성원의 불만을 누그러뜨리고 올바른 발전 방향을 모색하기 위한 것이다. 그러나 실제로는 문명화가 진행됨에 따라 문명의 이기를 누릴 수 있는 사람과 그런 데서 소외되는 사람 간의 격차는 더욱 커지기 마련이다. 사회가 발달함에 따라 구성원 간의 격차가 더 커지는 것이 일반적인 현상인 셈으로, 이 점은 카이와의 지적대로 자신이 타고난 조건을 벗어날 수 없다는 문제가 발생하는 것이다. 이에 따라,

---

26 로제 카이와, 앞의 책, 169쪽.

개중에는 비상의 노력을 경주하여 주어진 조건을 어느 정도 개선하기도 하지만, 구성원 모두가 다 그럴 수도 없고 또 그렇게 하는 사람조차도 근본적인 조건으로부터 아주 벗어날 수는 없다. 이런 상황에서 오는 절망감을 극복하는 길은 단 하나이다. 부단한 노력으로 점진적인 개선을 도모하는 것이 아니라, 특별한 계기에 따라 어느 한 순간의 전복이 일어나는 일, 그것이 바로 운이며 우연이다.

이 점을 헤아리면서 다시 이야기로 돌아가 보면, 형제가 나아가는 방향은 아주 다르다. 형은 못 고치는 병이 없다는 명의이고, 동생은 의사가 아닌 평범한 사람이다. 그런데, 문제는 형이 가진 명의로서의 특성은 병을 진단하고 처방을 찾는 데까지만 작용한다. 이야기에서 형은 어머니의 병을 분명히 진단했고 그에 따른 처방전까지 마련하였으나, 처방전에 있는 약을 구할 수는 없었다. 처방전을 찾는 일까지는 다른 의사와의 경쟁에서 탁월함을 보인 명의가 해낼 특별한 능력이었지만, 그 다음 일에는 속수무책이었던 것이다. 그렇다고 명의가 아닌 다른 형제가 어머니의 약을 구하겠다고 나서는 것도 아니다. 그저 이렇게 가만히 있을 수는 없으니 무작정 나서보거나, 돌아가시기 전에 바깥구경이라도 시켜드리겠다는 단순한 효성을 보였고, 그 효성의 결과 '청룡수'나 '장생초'처럼 도저히 구할 수 없다고 여겨진 약재를 실로 '우연하게' 얻고 있다.

이런 양상은 이 유형에 속하는 다른 갈래의 이야기들에서도 마찬가지다. 가령, 효행담 가운데 널리 알려진 〈지렁이 봉양〉[27] 같은 경우

---

27 조동일 외, 《한국구비문학대계별책부록(Ⅰ) 한국설화유형분류집》(한국정신문화연구원, 1989)의 '413-2 정성이 지극해서 부모 병 고친 효자' 유형 가운데 상당수가 가난한 집 며느리가 아들이 없는 집에서 혼자 시어머니를 모시며 지렁이로 봉양하는 내용이다.

가 그렇다. 가난한 집에 아들이 오랫동안 멀리 나가 있을 일이 있었다. 아들은 예의 효심을 발휘하여 아내에게 "어머니 잘 모시고 있으라."고 말한다. 그것은 효성을 다해야 한다는 이념이었을 뿐이다. 당장 끼니 걱정을 해야 하는 형편에서 '잘 모시라'는 당부는 헛된 이념이거나 공염불일 공산이 크다. 그때 며느리는 눈먼 시어머니에게 지렁이를 끓여 드려서 효도를 하게 된다. 이 경우, 아들이 부모를 어떻게 모셔야 하는지를 너무도 잘 아는 사람이지만 실제로 그렇게 하려면 어떻게 해야 할지 실천적인 방안을 갖지 못하고 있다는 점이 중요하다. 그에 반해 며느리는 그 이념적 차원에서는 아들에게 뒤질지 몰라도 어떻게 해서든 쇠약한 시어머니를 봉양하는 실천적 방안이 확실했다.

'마음(이념)/몸(실천)'의 대립은 신화에서 널리 통용되는 남성신과 여성신의 기본 속성이기도 하다. 통상 하늘의 기운을 받아 밝은 정신으로 세상을 통제하는 천부신과, 지상의 모든 것들을 몸소 받아 내고 키워 내는 지모신의 대립 가운데 자연스럽게 그렇게 설정된 예인데, 이야기에서는 그 둘의 대립을 넘어서기 위해 형제나 부부가 동원된다. 물론, 이야기의 방향에 따라 어느 한쪽에 약간의 우위를 인정하지만,[28] 결국은 그 둘이 서로를 인정함으로써 공동의 문제를 해결하여 궁극적으로 단일한 목표에 이르게 된다. 여기에서 빠지기 쉬운 함정은 명의인 형의 능력은 아무 의미가 없고 무작정 어머니를 업고 나서는 동생의 효성만이 최고라는 식의 우열론이다. 물론, 표면적으로는 그렇게 보이지만 사실은 영 다르다. 형이 최고의 명의가 아니었다면

28 이야기의 각편에 따라, 한쪽의 일방적 승리를 선언하는 경우도 있다. 예를 들어 명의이면서도 어머니 병을 못 고친 형을 나중에 공박하며 무참하게 하는 예가 그러한데, 전체 편수 가운데는 예외적으로 여겨질 만큼 미미한 편이다. 대개는 명의인 형도 정확한 병과 처방전이 있었지만 구하지 못할 뿐이었다는 점을 밝히고, 결과적으로 둘의 협심으로 병이 말끔히 고쳐진 것으로 처리되기 때문이다.

동생이 할 수 있는 일은 세상에 최고라는 명의를 찾아다니다 끝내 병을 못 고치고 말기 십상이다. 다행스럽게도 형도 고칠 수 없다는 사실을 알고는, 이성적인 방법으로 치병治病하기를 포기하고 비상식적인 타개책을 찾아낼 수 있었기 때문이다. "치유의 힘은 비합리적인 무의식적 과정에서 나온 자연스러운 정감情感(affect)의 표현에 있는 경우가 많다."[29]는 사실은 이런 설화에서도 그대로 입증된다 하겠다.

경쟁담에서 경쟁과 운, 곧 능력과 우연의 작용이 핵심 원리로 작용하는 예는 여느 설화에서도 어렵지 않게 찾아볼 수 있다. 《삼국유사》의 구도담求道譚에서 의상/원효, 원효/사복, 노힐부득/달달박박, 지통/낭지 등등의 대립에서, 능력이 출중하고 고귀한 인물이 도리어 평범하거나 비속한 인물에게 패배하면서 깨침을 얻는다. 이 가운데 〈남백월이성 노힐부득 달달박박南白月二聖努肹夫得怛怛朴朴〉 같은 이야기는 한 인물이 성불成佛한 후 다른 인물에게도 기회를 준다는 점에서 특별한 의미가 있다. 물론 작품에서 힘주어 강조하는 부분이 있고, 또 그에 따라 주목을 더 많이 받는 인물이 주인공이라 할 만하지만, 문제는 이런 이야기들에서 한 인물이 빠지거나 단순히 보조 역할만 하게 되면 전체 서사에 균열이 온다는 점이다. 달달박박은 달달박박대로, 다소 늦기는 했지만 염결廉潔함으로 목표에 이르고, 노힐부득은 노힐부득대로 툭 트인 마음으로 좀 더 일찍 목표에 이름으로써 서로 다른 길, 그러나 함께 해야 하는 길을 제시한 것으로 풀 수 있겠다. 물론 양자의 경쟁에서, 1차적으로는 청정淸淨을 지켜 내려는 이념에 경도된 박박이 딱한 중생을 구제하려는 부득에게 패배하는 이야기를 연출하지만, 끝내 둘의 선후는 있더라도 함께 성

---

29 이부영, 《한국민담의 심층분석 - 분석심리학적 접근》, 집문당, 1995, 162쪽.

도成道함으로써 그 둘이 대립적이며 배타적인 것만은 아니라는 사실을 분명히 해 준다.

같은 맥락에서 〈현우형제〉이야기도 분명 '현우賢愚'를 내걸었지만, 당연히 '현'이 '우'를 이긴다거나, 뜻밖에도 '우'가 '현'을 이겼다는 식으로 몰아가지는 않는다. 경쟁 일변도이거나 우연에 의한 승리만을 강조하지 않고, 물론 이야기의 속성상 어느 한쪽으로의 기운 측면은 있지만, 그 둘의 상호작용으로 공동의 승리로 가는 부분은 분명 짝패로서의 속성이라 하겠다.

화합과 합일, 짝패로서의 형제

지금까지 살핀 대로 '명의 형제', '바보 형제', '명인 형제'는 모두 형제담으로 한쪽은 똑똑하고 한쪽은 어리석거나 덜 똑똑한 형제의 이야기라는 점에서 매우 유사한 구조이다. 더욱이 그 둘이 경쟁을 벌인 끝에 새로운 질서를 정착시키거나 돌이킬 수 없는 파국을 빚어내는 것이 아니라, 경쟁을 하는 듯하면서도 결국은 힘을 한데 모아 공동의 목표를 이루어 내고 있어서 그 둘이 본래 하나라는 인식을 강하게 심어 준다. 두 이야기에 보이는 형제의 대립적인 양상은 다음과 같이 정리될 수 있다.

먼저, '명인 형제'유형의 서애와 겸암은 다음과 같이 대립한다.

형제 / 대립요소	형 : 겸암 유운룡	동생 : 서애 유성룡
태몽	구름 속에 두 마리가 뒤엉킴	구름을 뚫고 하늘로 치솟음
성장과 출세	더디다	빠르다
주 활동 공간	집안과 지역사회	국가

중심 이념	효孝와 선린善隣	호국護國과 충성
행동 양태	예측과 준비	실제 행동

첫째, 태몽에서부터 이들 형제는 크게 갈린다. 이미 서술한 대로, 이 둘은 태몽에서 각기 다른 용을 본 것이 아니라 모두 두 마리의 용을 보았으며 그 둘이 드러난 모습만 다를 뿐이다. 동양에서 용龍은 본디 바다에 있다가 때가 되면 바다를 박차고 하늘 위로 올라가는 상서로운 동물이다. 땅보다 낮은 곳에 있다가 때가 되면 하늘 높이 치솟는 존재여서, 태몽에 용이 등장한다 함은 겸암과 서애 형제 또한 그렇게 큰일을 할 것으로 예비되었다는 뜻이다. 그런데 맏이의 태몽에는 구름 속에 뒤엉키는 형상으로, 둘째의 태몽에는 구름을 박차고 올라서는 모습으로 보임으로써, 순차적으로 그 둘이 함께 힘을 합쳐 큰일을 해낼 것을 예견하게 한다. 구름 속에 뒤엉키는 과정이 없다면 구름 위로 솟아오를 수 없듯이, 둘이 한데 어우러질 때에만 목표를 달성하는 것으로 되어 있다는 뜻이다.

둘째, 발육과 성장 또한 마찬가지다. 실제 역사에서도 그렇지만 겸암보다는 서애가 뛰어난 면을 많이 발휘하였고, 여러 방면에서 조숙했다고 하겠다. 이야기에서 동생인 서애가 형인 겸암을 장기도 못 두는 위인으로 치부하는 것은 그 둘 사이의 불균형을 잘 말해 준다. 실제로도 겸암은 25세 되던 해에 세 살 아래인 동생과 나란히 향시鄕試에 합격한다.[30] 그러나 단순히 성취의 선후를 따질 때 서애가 겸암보다는 위이겠지만, 더 큰 성취를 이루려 할 때 사태는 달라진다. 빨

30 이하 유운룡 생애와 관련한 내용은 김시황, 〈謙菴柳(雲龍) 先生의 生涯와 思想〉, 《동방한문학》 20집, 동방한문학회, 2001, 7~28쪽에 따른다.

리 이루어 낸 서애로서는 더 큰 과업을 해낼 준비 기간이 부족했던 것인데, 그런 부족한 부분은 형인 겸암이 채워 줄 수 있는 것이다. 더디면 더딘 대로, 빠르면 빠른 대로 각각의 장단점이 있어서 둘을 합칠 때 완성체가 되는 셈이다.

셋째, 주 활동 공간은 이 둘을 가르는 내용이기도 하다. 임진왜란의 국가적 위난危難을 맞아 서애 유성룡이 이루어 낸 공은 새삼 논할 필요도 없겠지만, 그의 한편에서 겸암이 이룬 공 또한 지역사회를 중심으로 혁혁하다. 설화에서는 제대로 드러나지 않지만 겸암이 〈안동복호소安東復號疏〉를 지어 패륜범이 나온 이유로 현縣으로 강등된 안동부安東府를 다시 부府로 승격시켰다든지, 인동仁同 현감으로 있을 때에는 고을의 토호土豪들을 법으로 제압했다든지 하는 일들이 있었으며, 그런 일들 덕분에 지역사회에서 신망을 얻는 주요 인사로 자리매김할 수 있었다. 문제는 중앙과 지역, 국가와 향촌이 우리의 삶에서 모두 중요한 것이며 어느 한쪽만으로는 온전한 삶을 일구어 내기 어렵다는 데 있고, 이 형제는 그 일을 각각 나누어서 제대로 수행했던 것이다. 지역을 기반으로 하는 민간 설화에서 겸암이 우위를 차지하는 것은 당연한 일이다.

넷째, 효도와 충성으로 구별되는 형제가 추구하는 중심 이념이다. 사대부의 이상이 안에서는 효제孝悌하고 나가서는 충성을 다하는 데 있다면, 이 두 형제의 삶은 그러한 이상을 절묘하게 반분半分하여 서로의 부족한 부분을 채워 나간다. 겸암이 임진왜란 당시 어머니를 모시기 위해 벼슬을 사직한 일은 앞서도 논의했지만, 그는 일찍이 17세에 어머니 병구완을 위해 옷도 벗지 않고 곁을 지켰으며, 아버지 상을 당해서는 병든 몸으로 시묘侍墓살이를 마다하지 않은 효자였다. 서애의 입장에서라면 나랏일에 골몰하며 임금님께 충성하느라 마음이 있어도 행할 수 없는 효성을 형이 해내기 때문에 흔들림 없이 국사國事를 돌볼 수 있었으며, 마찬가지로 국가적 위난을 동생이 잘 막아 주기에 형은 어머니를 안전하게 모실 수 있었던 것이다.

다섯째, 실제 행동 양태 또한 예측하며 준비하는 데 중심을 두는 것과 실제 행동에 옮기는 것으로 갈린다. 이는 둘째 항목의 '더디다/빠르다'의 구분과 연결되는 것으로, 욕속부달欲速不達 내지는 대기만성大器晩成의 진리를 설화 구연층이 잡아 냈다 하겠다. 조선을 침략하기 위해 정탐하러 온 풍신수길을 막고 조선의 청병請兵을 거부하는 이여송의 마음을 돌리는 실제적인 일을 수행해야 하는 사람은 영의정 벼슬을 하는 서애지만, 그는 일찍 높은 자리에 올라 그런 일에 대비할 틈이 없었다. 그래서 형인 겸암이 그런 일에 나서서 미리 빈틈없이 준비하게 해 준다.

다음으로, '바보 형제' 유형 형제간 대립은 실질적으로는 한쪽은 정상이고 한쪽은 비정상이어서 정상인 형제가 시키는 대로 따라하다가 낭패를 겪는 바보의 실패담이어서 대립의 여지가 매우 적다. 다만, 어머니가 죽은 뒤 제사를 지내기 위해 물건을 훔치러 남의 집에 들어갔다가 일어나는 해프닝에서 짝패적 성격의 일단을 확인해 볼 정도다. 적어도 형제간의 짝패적 성향에서 나머지 두 유형에 비해서는 매우 부분적이다.

형제 대립 요소	동생 : 정상	형 : 바보
현명함의 정도	표면: 현명 이면: 영악함	표면: 우둔 이면: 순진함
제수 마련 방법	도둑질(형을 주도)	도둑질(동생에 종속)
행위의 결과	도둑질 실패	동정심을 유발하여 얻음
제수를 얻은 이후	제사를 잘 모시고 잘 삶	제사를 잘 모시고 잘 삶

이 형제의 짝패적 성격은 현명함의 정도가 극단적으로 대비를 이루지만, 그 이면에 파고들면 똑똑한 형제는 제 이익만 챙기는 영악스러움이 강조되는 반면, 동생은 아무것도 계산할 줄 모르는 순진함이 강조된다는 데 있다. 대개의 우행담이 그렇듯이 이 이야기도 여러 차례 반복과 누적을 통해 그 어리석음을 증폭시키는 경향이 있는데, 그렇다면 똑똑한 형제가 왜 그렇게 여러 차례 어리석은 형제에게 무언가를 시키는가 하는 데 문제를 제기할 소지가 있다. 한두 차례 실패를 했다면 본인이 나서서 하든가, 제대로 된 시범을 보인 후 다시 시키면 좋을 텐데 한사코 똑같은 방식으로 지시하고 점점 더 큰 실패를 빚어낸다. 이야기 속 동생은 바보설화에서 흔히 볼 수 있는 '겉똑똑 속바보'에 근접하는 인물형이며, 형은 '바보 행운담'의 주인공이 으레 그렇듯이 천진함으로써 사람이나 하늘을 감동시키는 인물형이다. 즉, 이 형제의 대립은 '겉똑똑 속바보'와 '속똑똑 겉바보'의 짝패적 성격인 것이다.

셋째, '명의名醫 형제' 유형의 형제간 대립은 다음과 같다.

대립 요소 \ 형제	형: 명의名醫	동생: 보통 사람
현명함의 정도	표면: 현명, 이면: 우둔	표면: 우둔, 이면: 현명
치병 방법	의술에 의한 처방	효성에 의한 실천
치병에 대한 판단	성급히 판단, 포기	포기하지 않고 방법 모색
치병治(病) 이후	처방전의 공개	이유를 모름

첫째, 형은 매우 똑똑하고 동생은 보통이다. 채록자가 동생에게 특별히 '우愚'를 붙이기도 하는 까닭은 형에 비하자면 바보에 가깝다는 뜻이다. 동생은 세칭 '촌무지렁이' 정도의 캐릭터로 등장한다. 앞서

논의한 대로 똑같은 표제를 단 이야기 가운데 똑똑한 형제가 시키는 대로 하다가 어머니를 죽이고 마는 이야기를 생각하면, 이 이야기는 그 바보스러움이 도리어 문제를 풀어내는 능력이 된다. 바보의 행운을 다룬 많은 바보 설화들이 이처럼 천진함으로 사태를 풀어 나간다. 바보의 행운담이 "표면에는 우연이지만 이면에는 그럴법함을 갖추고 있으며, 표면에는 우둔함이지만 이면에는 그 우둔함을 상쇄해 줄 장점 또한 잠재"[31]해 있듯이, 이 작품 속의 형제 또한 그렇다. 표면적으로는 형이 똑똑하고 동생은 어리석은데, 이면으로는 그것이 뒤집히면서 독특한 서사를 형성하는 것이다.

둘째, 치병 방법에서 한 사람은 의사인 만큼 자신의 진단과 처방을 신봉하고, 한 사람은 아무 방법이 없다고 하니 일단 어머니가 답답하지 않게라도 해야겠다며 업고 나선다. 모든 약에 플라시보 효과가 있다고 하는데, 대단한 명의로 알려진 형은 어머니 병을 못 고친다고 단언함으로써 되레 병세를 악화시킨다. 병자로서는 낙담할 수밖에 없기 때문이다. 반대로, 동생은 아무 방법이 없어도 좋으니까 자신이 할 수 있는 일이나마 실천해야 한다고 생각한다. 할 수 없으니까 못 한다는 사람과, 할 수 없다니까 그래도 할 수 있는 만큼은 해 보아야겠다는 사람이 맞서는 것이다. 전자가 앎이 있지만 실천이 부족한 삶이라면, 후자는 앎은 없어도 실천을 해 나가는 삶이어서 정확한 짝을 이룬다.

셋째, 치병에 대한 판단 역시 둘이 극명히 갈린다. 한쪽은 방법이 없다 생각하고 단념하고 한쪽은 포기하지 않고 모색을 한다. 그것이 단순히 바람이나 쐬어 드리기 위한 효심에서 나온 것이었든, 어떻게

---

31 이강엽, 《바보설화의 웃음과 의미 탐색》, 박이정, 2011, 142쪽.

든 길을 나서 보면 고칠 방법이 있지 않겠는가 생각하는 요행을 바라는 마음에서였든 둘은 아주 다른 길을 가는 것이다. 한쪽은 집 안에서 구할 수 없는 일이므로 포기를 하고, 다른 한쪽은 집 바깥에서라도 구할 수 있다면 하는 마음으로 길을 나선다.

넷째, 병을 고친 후의 후일담後日譚처럼 덧붙은 이야기는 이 둘이 짝패를 이루는 양상을 정확히 반영한다. 작품의 표제로 '못 고친 의원' 대신 '안 고친 의원'을 쓰는 각편이[32] 제법 있는 것은, 명의로 알려진 형이 수수방관하지 않았다는 뜻이다. 병도 알고 처방전도 알지만 당장에 그 처방전의 약을 구할 수 없으니 그 약을 구하는 방법은 자신이 하는 게 아니라 동생 같은 사람이 할 수 있다는 사실을 알았다는 뜻이겠다. 결국 뜻밖의 음식을 먹고 병이 낫게 되자, 형은 그제야 어머니 병의 처방을 이야기함으로써 그것이 우연히 나은 것이 아님을 일러 준다. 그리하여 제 어머니병도 못 고치는 돌팔이 의사가 아니라 매우 정확히 진단하고 처방했던 명의임이 판명되고, 그 명의가 해내지 못한 영역의 우연한 기회를 동생이 얻어 냄으로써 둘의 합심으로 문제가 해결된다. 능력와 행운, 경쟁과 우연이 하나의 이야기에 들어오면서, 어찌 보면 실제적인 삶이 더욱 핍진하게 그려진 셈이다.

이렇게 보면, 두 설화 모두 형과 동생이 표면적으로 능력의 우愚/열劣, 지혜의 현賢/우愚를 나누지만, 결국은 둘이 일정 영역을 감당하면서 이면적으로 전도된 열劣/우愚와 우愚/현賢이 한데 합쳐짐으로써 합일과 화합으로 가는 서사이다. 실제 구연 현장에서는 공교롭게도 한 화자가 '명의 형제' 유형과 '명인 형제' 유형 두 이야기를 연이

---

32 5-5. 156. 〈어머니 병을 안 고친 명의원〉 같은 예가 그렇다.

어 구연한 사례가 있어서, 이 둘이 사실은 하나의 맥락에서 이해되고 있음을 알 수 있는데[33] 화자의 의식을 엿볼 수 있는 발화 대목만 뽑아보면 다음과 같다.

(가) "아, 어머니 소원이 그렇다시면 그냥 말 수 있간디요."

이놈이 인자 둘러 업었다. 기운은 시겄다. 업고는 사방 산천을 돌아 댕겨. 돌아 대니다 산뽕댕이쯤 어디 인자 걸어 댕기다가 오뉴월 날씨에 더웁기는 허고 목은 마랍던게벼. 걍 물이 좀 먹고 자퍼서[34]

(나) 그러닌게,

"그것을 갑자기 귀해다 먹었입니다. 그런 때가 만나서 그때 그걸 먹으면 병환이 낫으요. 그래서 나는 그것을 알고 안 건디렸어. 그리 내가 다른 약은 읎어요. 그런게 그 약으로 잡수고 낫기 지달르고 내가 이거 몰라서 그런건 아니요."

그렇게 똑드러지게 알든가 보드만.[35]

– 이상 〈어머니 병을 안 고친 명의원〉(밑줄 필자)

(다) 그러고 낭중으 동생을 불렀어. 불러가지고는,

"동생 나보고 밤나 뭔 일을 자네가 이러고 저러고 힜지만은 조그만헌 가정 살림도 그런 것이여. 원이 아니면 필요가 읎고 사램이란 건 대체 집자리 뚝 떨어져서 내어다 보감서 어떻다는 것을 사주팔자 딱 장만허

33 《한국구비문학대계》 5-5에서 한 화자에 의해 〈어머니 병을 안 고친 명의원〉, 〈서애와 겸암〉가 연속으로 구연되었다.

34 같은 책, 157쪽.

35 같은 책, 159쪽.

고 나왔지. 그러기 땜이 영웅은 있지. 그러고 천지이치를 이것이 그 돌아가는 거이 다 보인디 하늘이 꼭 이르야 되는 것이자 가서 그놈을 없애 버리면 지금 와서 죽이 버리도 죽이는 것인디. 사램이란 것은 죽는 날까장 어떻게 마음을 정헌 것 가지고 될 수 있으면 읎는 사람 살리고 불쌍헌 사람도 살리고 넘기다 좋은 일을 허고 후덕으로 가지고 살다가 죽으야지 그것이 없으면, 동생만이로 일을 맘을 먹으면 안되아."[36]

(라) 이런 용맹이 가져서 저그 성이 그제사 재주를 뵈었단 말여. 동생을.

"보소, 내가 이놈이먼은, 내가 우리 한국에 며칠날 간다는 것을 내가 환히 다 알고 있네. 그러면 외국 상대히야 우리 한국이 어티게 된다는 그 외국을 안 상대허고 외국 갈 준비가 어느 때 가면 된다. 그리도 운이 없이면 안 되는디 동생은 덮어놓고 걍 누구 죽이라고, 어떤 나라 없애 버리라고 그것 것이 아니라고. 가정을 살림서 거시기 헌 것이라고."[37]

– 이상 〈서애와 겸암〉(밑줄 필자)

강조한 부분을 중심으로 읽어 보면 또렷한 공통점이 발견된다. (가)에서 "기운은 시겼다."를 강조하는 데서, 형처럼 의술은 없지만 기운이 세서 어머니를 업고 나설 수 있었다는 의미가 감지된다. 병을 고치는 데 탁월한 의술이면 다라고 생각하지만, 평소에는 그리 크게 쓸모없는 것으로 여겨지던 기운이 한몫을 하는 것이다. 이는 명의의 반대편에 서 있는, 명의가 갖지 못한 자질이다. (나)에서 명

36 같은 책, 163쪽.

37 같은 책, 164쪽.

의가 하는 말은 자신은 이미 그러한 사정을 알고 안 건드렸다고 했다. 몰라서도 아니고 포기해서도 아니며, 그 약을 누군가가 구해 올 것을 믿었다는 뜻이 된다. 그래 봐야 소용없다고 막아서지 않은 까닭이 바로 거기에 있고, 형제가 서로 의존하고 있는 관계 또한 미루어 짐작해 볼 수 있다. (다)에서는 사람이란 제 잘난 맛에 사는 것이 아니라, 저보다 못한 사람을 불쌍히 여기고 도와주는 마음이 있어야 하는데 동생에게는 그런 면이 부족함을 질타한다. 똑똑하지만 남을 배려하는 마음이 없는 동생과, 조금 둔한 듯해도 남을 배려할 줄 아는 형의 모습을 대립적으로 그려 낸다. (라)에서는 운에 대해 이야기한다. 자신의 능력만 있으면 이길 줄 아는 동생의 생각이 짧음을 경고하면서, 그것들이 한데 가야 함을 설파하는 것이다.

이처럼 짝패가 서로 맞서면서도 또 힘을 합쳐야 하는 사실은 이야기를 구연하는 화자들도 이미 파악했던 것이고, 그래서 그런 이야기를 한데 붙여 연이어 구연했을 것이다. 형제이기 때문에 서로 비교가 되고, 그래서 서로의 우열이 과장되어 보이지만 서로에게 부여된 장/단점은 다른 측면에서 단/장점으로 인식되기도 하고, 이러한 형제담은 결국 합일과 화합을 통해 건실한 삶을 꾸리고자 했던 이야기 구연층의 소박한 소망이었다. 일상의 문제가 아닌 특별한 문제에서는 미리 계획을 세워 준비한 경쟁력이 아니라 그 순간에 돌발적으로 튀어나온 우연한 사건이나 운이 더 큰 역할을 한다는 점에서, 이 이야기는 공평한 경쟁을 앞세워 차별화를 가속하는 세태에 대한 소박한 반기反旗이자, 합일과 화합을 통해 건실한 삶을 꾸리고자 했던 이야기 구연층의 소박한 소망의 표출이다.

제6장

한 핏줄의 상반된 품성

형제 갈등의 소설적 변모

설화에서 형제나 남매 관계가 빚는 복잡다단한 양상은 이미 살핀 대로이다. 때로는 〈천지왕본풀이〉에서처럼 형제가 동일한 욕망 앞에서 '원수 형제'로 되어 대결을 벌이며 질서를 찾아나가는가 하면, 〈오뉘 힘내기〉처럼 한 사람의 승리가 곧 한 사람의 패배가 될 수밖에 없는 비극적 결말을 찾기도 하고, 〈현우형제〉처럼 하나의 문제를 두고 형제가 다른 해법을 택하여 공동의 승리를 구가하기도 한다. 그것들은 모두 설화라는 공동의 테두리 안에서 이해되는 것이지만, 한편으로는 각각이 신화, 전설, 민담이라는 갈래적 속성을 드러내 보이는 징표이기도 하다. 신화이기에 형제가 정해진 질서를 파괴하여 파탄으로 향하는 듯 보이는 가운데 새로운 질서를 찾아 새로운 세상을 건설하는 것이며, 전설이기에 주인공이 더 뛰어넘는 능력을 보임에도 불구하고 외부의 압도하는 힘에 굴복하고 마는 비장함을 선보이고, 민담이기에 해결이 불가능해 보이는 문제 앞에서 능력이 떨어지는 것으로 여겨지는 형제의 도움에 힘입어 새로운 돌파구를 찾는 것이다.

그렇다면 그러한 제반 특성들이 소거된, 적어도 현실적 외피를 입을 수밖에 없는 소설에 이르러서 형제간의 갈등은 어떤 특성을 보이는지, 또 이 책의 주제인 짝패로서의 기능은 어떻게 변화하는지 궁금하지 않을 수 없다. 이런 견지에서 '우애소설'로 명명된 일군의 고소설 작품군은 변화의 일단을 살피는 데 매우 유용하다. 기존 연구에서 지적한 대로 이 유형은 "우애의 추구 · 우애의 성취를 주제의식으로 하면서 형제 사이의 대립과 갈등 혹은 온전한 우애를 위한 형제 사이의 노력이 작품의 중심 내용인 작품"[1]을 말한다. 〈선우태자전〉, 〈선생태자전〉, 〈창선감의록〉, 〈적성의전〉, 〈흥부전〉, 〈목시룡전〉, 〈유효공선행록〉, 〈육미당기〉, 〈김태자전〉, 〈엄씨효문청행록〉 등등이 거명되는데, 이들 작품들은 '우애'라는 주제를 제외하고 본다면 그 편폭이 너무 커서 한데 논의하기 버거울 정도이다. 소설 형성기의 작품으로 불경佛經 설화에서 크게 변화하지 못한 〈선우태자전〉에서부터 30책에 이르는 낙선재본 대하소설 〈엄씨효문청행록〉까지 그 분량이나 서사 구조를 한데 아우르기 어려운 실정이다.

그러나 그보다 더 심각한 문제는 '우애의 추구'나 '우애의 성취'라는 주제의식을 중심으로 볼 때, 형제간의 문제를 다룬 많은 설화들 또한 그런 내용을 담고 있는 것이어서 설화와 소설의 경계가 또렷하지 못하다는 점이다. 간단하게 생각하면 소설이 그 이야기의 전개에서 개연성이 더 크다거나 주변의 상황 묘사 등이 더 세심하다는 식으로 볼 수도 있겠지만 본질적인 구분선이 되지는 못한다. 일례로, 〈흥부전〉은 악한 형이 착한 동생의 흉내를 내다가 망하는 이야기로, 설화의 모방담에 근원을 두고 있을 뿐만 아니라 형제간의 모방담은 헤아리기 어려울 만큼 많다. 〈흥부전〉의 근원설화로 지목되는 〈방이설화旁㐌說話〉는 세간에 널리 유포된 〈도깨비방망이〉 이야기로, 마음씨 착한 형제가 행한 선행으로 얻어진 행운을 보고 마음씨 악한 형제가 그대로 따라하다가 망하는 이야기다. 둘 모두 착한 형제는 성공을 하고 악한 형제는 실패하는 내용을 보임으로써 우애의 성취를 촉구

1 조춘호, 《우애소설연구》, 경산대학교출판부, 2001, 18쪽.

하는 내용이라는 점에서 차이를 보이지 않는 것이다.[2] 기존 논의에서 지적된 대로 형제간의 모방담에 부富의 획득에 초점을 둘 때 소설 〈흥부전〉에 근접하게 된다.[3]

그러나 〈흥부전〉에서 부富의 획득보다 더 본질적인 내용은 형제간의 심성이어서 이른바 '품성'의 문제를 좀 더 세심히 살펴볼 필요가 있다. 방이 형제의 마음씨나 놀부 형제의 마음씨가 모두 선/악으로 갈리는 점이 분명하지만, 흥부와 놀부의 경우는 마음씨라고 통칭하는 심성만으로는 설명될 수 없는 특수함이 존재하기 때문이다. 단적인 예로 방이의 경우, 방이의 부모가 방이 형제를 어떻게 양육했으며 각 형제의 배우자가 어떤 사람인지 전혀 나오지 않는다. 그저 한 형제는 착하고 한 형제는 악하다는 사실이 기본 전제로 주어지고, 각 형제는 거기에 충실하게 기능할 뿐이다. 그러나 흥부와 놀부의 경우에는 작품 중간중간에 그들의 생장 과정이 나올 뿐만 아니라, 부인의 행태도 드러나고, 나아가 다른 사람들과의 관계를 통해 사회적인 활동 영역까지 가늠해 볼 만한 대목이 적지 않게 드러난다.

여기에서 우리가 흔히 '성격'으로 통칭하는 다층의 특성들을 되짚어 볼 수 있다. 문학 연구에서는 흔히 작품으로 표현되는 등장인물의 특성을 성격으로 규정하지만, 성격심리학처럼 성격을 좀 더 전문적으로 연구하는 영역에서는 성격을 다층적인 것으로 본다. 물론,

---

2 이 점은 근원설화론의 결정적 결함으로 꼽히기도 한다. 소위 근원설화로 지목된 설화와 그 후대 작품인 소설 사이의 유사성에만 집중할 경우, 결국 소설의 디테일을 사상한 채 환원론에 빠질 위험이 크다. 이런 위험에 대해서는 일찍이 김흥규, 〈국문학 연구방법론과 그 이념기반의 재검토〉(《문학과 지성》 1979 겨울, 문학과지성사)에서부터 지적된 바 있다.

3 정충권은 〈흥부전〉 근원설화로 지목되어 온 10개의 설화를 분석한 후, "그 근원설화의 요건으로는 ①우연한 행위와 의도적 행위로 이루어지는 모방담의 구조라는 근간 요건과, ②행위의 결과가 부의 획득에 초점이 맞추어져 있어야 하고 또한 그것이 보은報恩과 보수報讎와 긴밀한 관련이 있어야 한다."(정충권, 《흥부전 연구》, 월인, 2003, 23쪽)고 보았다.

연구자들에 따라 차이가 있겠지만, 대략 다음의 세 가지 층위로 구성된다.

첫째, 맨 아래층에는 생물학적으로 타고난 특성인 기질temperament이 있다. 이것은 유전적인 요인으로 갖게 되는 가장 근본적인 특성으로 사전적 정의대로라면 다음과 같다: "태어나면서부터 관찰되는 정서, 운동, 자극에 대한 반응성, 혹은 자기 통제에 대한 안정적 개인차를 일컫는다. 어떤 연구자들은 기질이 대부분 유전적 요인에서 기인한다고 보며, 어떤 연구자들은 유전적 요인을 기반으로 환경적 요소 간의 상호작용을 통해 표현된다는 입장을 보인다. 기질의 차원에 대한 분류는 뉴욕 장기 종단 연구 이래 다양한 연구자들이 제안했으며, 그에 따라 유아를 유형론적으로 나누기도 했다."[4]

둘째, 기질적 요인 위에 생장 환경 등과의 교섭 작용으로 특성화된 것으로 성격character이 있다. 성격은 기질과 상당 부분 겹치기도 하지만, 기질의 바탕 위에 특별한 경험이 축적되면서 쌓인 독특한 성질이다. 기질이 태어나면서부터 관찰되는 생득적인 개인차로 인식되는 데 반해, '성격'은 생득적인 것에 더해 외부 환경이나 타인과의 관계에서 형성된 것으로, 가장 널리 인정되는 올포트G. Allport의 개념 정의에 따르자면 "환경에 대한 개인의 적응을 결정하는 심리신체 체계로 파악하고 개인 내에 있는 역동적 조직"[5]이다. 둘의 공통 영역이 있기 때문에 기질과 성격을 확연히 구분할 수는 없지만 어떤 개인의 특성을 다혈질이라거나 반응이 느리다고 할 때는 기질을 지적하는 것이라면, 도덕적이라거나 고집불통이라고 할 때는 성격을

4 한국심리학회, 《심리학용어사전》(Naver지식백과), 2014.

5 이수연 외, 《성격의 이해와 상담》, 학지사, 2013, 15쪽.

가리키는 것이다.

셋째, 기질과 성격을 포괄하면서 그 밖에 한 개인의 특성을 드러내는 것들까지를 합친 상위 개념으로 '인성personality'이 있다. 기질과 성격은 물론 그 밖의 역할이나 지위, 인상 등까지도 그 영역에서 설명이 가능하다. 심지어는 외모나 체격, 빈부의 차이, 출신 지역이나 출신 학교 같은 요소도 인성의 영역에서 설명될 수 있다. 이렇게 볼 때, 인간의 특성은 차례로 밑바닥부터 기질, 성격, 인성의 순으로 층을 쌓아 올라가는 것이며, 그 인물의 성격을 드러내는 방식에서 설화와 소설의 차별성 또한 여기에서 설명됨직하다.

이 개념에 비추어 볼 때, 방이설화와 같은 '도깨비 방망이'류의 이야기는 사실상 기질적인 차이로 인물의 특성을 설명한다고 할 수 있다. 어떤 인물이 착하다는 직접적인 서술이 드러날 뿐, 어떻게 착한지, 그리고 그러한 착한 마음씨는 어디에서 비롯되어 있는지 설명하지 않는 것이다. 타자의 속내를 헤아릴 줄 아는 갸륵한 마음씨가 있다는 것이 전부이고, 그것은 등장인물이 생래적으로 타고난 것으로밖에 여겨지지 않는다. 그렇지만 소설에 이르면 인물의 환경에 구체성이 부여되기 마련이다. 소설 속 인물은 누군가의 자식일 뿐만 아니라, 그 누군가가 어떤 신분의 사람이며 어떤 성격의 사람인지, 또 그가 다른 사람을 어떻게 대했는지가 구체적으로 드러날 때 독자의 판단 또한 힘을 얻게 된다. 형제간의 갈등이 두드러지는 작품에서 부모의 편애偏愛가 빈출하는 것이 그 좋은 예이다. 〈창선감의록〉에서는 아버지가 자식들에게 시를 짓게 한 후, 화춘이 집안을 망하게 할 자이고 화진이 집안을 흥하게 할 자라고 재단하면서[6] 형제간의

6 "내 집을 홍홀 ᄌᆞ는 진이요 ᄉᆞᆯ망홀 ᄌᆞ는 츈이라."ᄒᆞ고 츈을 칙왈 "우리문회 ᄃᆡᄃᆡ로 츙효법도로 젼ᄒᆞ

반목이 심화된다. 〈적성의전〉 또한 부왕인 안평국왕이 성의와 항의가 보인 성품의 차이가 있다손치더라도 성의를 극심히 편애함으로써,[7] 항의가 비록 적자인 몸이지만 자신의 안위를 걱정한 나머지 극단적인 갈등이 빚어진다.

이처럼 타고난 기질이나 성품 이외에 생장 과정에서 생겨난 문제 등등까지가 문제될 때, 소설의 형제 갈등은 설화의 그것과 질적인 차이를 빚는다. 가령 '성품'을 '품성'으로 대체한다면, 대체로 '성품'과 유사하게 쓰이지만 거기에 더해 '품격'이라는 의미를 내재하게 됨으로써, 타고난 기질이나 성품 등의 선천적인 부분 이외에 환경과 교육의 영향으로 형성된 인품의 차이까지 담아내게 된다. 연구사를 통해 볼 때, 〈흥부전〉의 놀부와 흥부 형제를 두고 단순히 윤리상의 선/악 대립뿐만 아니라[8] 신분상의 갈등을 노정하는 것으로 보는 논의도 있고,[9] 경제적 차이를 상징하는 것으로 보는 논의도 있는데,[10] 품성은 바로 그러한 점들까지 드러내기에 적절하다. 예를 들어 흥부

야 마음 가지미 셰인에 흠탄ᄒᆞ는 ᄇᆡ어늘 네 이제 뜻을 부형압히셔 방탕ᄒᆞ미 여ᄎᆞᄒᆞ니 마음에 놀나온지라. ᄎᆞ후는 일동일졍을 네 아오의게 ᄇᆡ화 시종ᄉᆞ를 네ᄎᆞ에 망케말나 ᄒᆞ니 츈이 황공 슈괴ᄒᆞ야 물너나니라.《창선감의록》, 경성서적, 1926, 3장.

7 해당 대목을 보면 "셩의〃 쳔품이 슌후ᄒᆞ고 긔골이 쥰슈ᄒᆞᄆᆡ 왕의 부뷔 과ᄋᆡᄒᆞ고 일국이 흠양ᄒᆞ니 항의 ᄆᆡ양 불측ᄒᆞᆫ ᄆᆞ음으로 셩의의 인효를 싀긔ᄒᆞ여 음ᄒᆡᄒᆞᆯ 뜻"(〈적셩의젼〉23장본, 《영인고소설판각본전집3》, 인문과학연구소, 1973, 1쪽)을 두는 것으로 되어 있다.

8 홍부는 선하며 놀부는 악하다는 도식을 벗어나 놀부를 옹호하는 논지는, 김광순, 〈興夫傳의 主人公에 關한 人性 分析〉(《청계김사엽박사송수기념논총》, 청계김사엽박사송수기념논총간행위원회, 1973)에서 시작되어 서대석, 〈興夫傳의 民譚的 考察〉(《국어국문학》67, 국어국문학회, 1975)에서 증폭되었다.

9 조동일, 〈興夫傳의 兩面性〉(《계명논총》5, 계명대, 1969)에서는 홍보를 몰락 양반으로, 놀보를 신흥천부賤富로 신분적인 차이가 있는 인물로 보았다.

10 임형택, 〈興夫傳의 現實性에 關한 硏究〉(《文化批評》4, 亞韓學會, 1969)에서는 형제의 신분상의 차이를 논하는 문제를 지적하면서, 당대 현실의 맥락에서 놀보는 '서민부농'으로 흥부는 '품팔이꾼으로 전락한 빈농'으로 보았다.

가 환자還子를 빌리러 가면서까지 양반의 체면에 손상이 갈까 걱정하는 대목이나 놀부가 화초장을 얻어 좋아하면서도 그 이름을 못 외워 쩔쩔매는 대목 등은 신분이나 경제를 설명하면서도 품성의 영역으로 아우를 수 있을 것이다.

어긋난 출발선, 이유 있는 항변

우애가 다루어진 고소설은 여러 편 있지만, 대체로 우애가 일부분의 요소로 드러날 뿐 우애 자체가 핵심으로 드러나는 작품은 흔치 않다. 〈선우태자전〉이나 〈적성의전〉 같은 경우가 형제의 갈등이 전면에 나서기는 해도 아버지가 왕인 관계로 함께 나눌 수 없는 부왕의 권력이라는 문제가 대두되어 우애의 문제는 도리어 부차적인 것으로 여겨질 법하다. 그것은 여느 집안에서의 형제 문제라기보다는 〈천지왕본풀이〉에서 대별왕과 소별왕의 다툼과 유사하다 하겠다. 또, 〈창선감의록〉, 〈육미당기〉 같은 작품은 형제 갈등이 여러 갈등들 가운데 하나로 드러나는 것이고, 〈유효공선행록〉 같은 작품은 대하소설로 그 특성상 우애 같은 주제뿐만 아니라 여러 주제를 아우를 수밖에 없는 것이다.

이렇게 볼 때, 짝패로서의 형제의 면모를 가장 잘 드러내는 작품은 아무래도 〈흥부전〉을 꼽지 않을 수 없다. 그러나 〈흥부전〉은 적층문학積層文學으로서 그 형성 과정에서 복잡한 변이를 겪었기 때문에 일괄적으로 말하기 어렵고, 적어도 등장인물을 극단화하지 않고 양면의 특성을 그럴듯하게 그려 낸 이본이 적절한 사례일 것이다. 이 점에서 여느 판소리계 소설과 달리 판소리와 친연성이 깊은 소설본을 갖지 못한 〈흥부전〉으로서는 판소리 사설이 논의하기에 적절해 보이는데, 후술되겠지만 신재효의 〈박타령〉은 짝패로서의 면모를 잘 드러내 주므로 이 작품을 중심으로 논의를 펼치기로 한다. 단적인 예로, 짝패로서의 특성을 논하려면 놀보 형제의 심성 대립이 필수적인데, 신재효본이 여타의 이본에 비하여 가장 장황한 편이어서[11] 신재효가 그 부분에 상당히 공을 들인 것을 엿볼 수 있다.

〈박타령〉은 그 시작부터 고소설 특유의 서사를 벗어나면서 상식을 깬다. 고소설은 대체로 시간과 공간의 배경을 이야기한 후, 곧바로 등장인물의 출생 혹은 그 출생의 배경을 서술하는 것이 일반적이다. 그 시작 부분을 실제의 판소리 공연 텍스트와 비교해 보면 그 독특함이 금세 드러난다.

> 아동방이 군ᄌᆞ지국이요, 예의지방이라. 습실지읍의도 츙신이 잇고 칠셰지아도 효제를 일사무니 무슨 불양ᄒᆞᆫ ᄉᆞ름이 잇건난야마ᄂᆞᆫ 요슌 임군의 ᄉᆞ흉이 잇고 공ᄌᆞ임 당연의 도쳑이 잇스니 아ᄆᆡ도 일죵여긔ᄂᆞᆫ 엇절슈가 잇난야.[12](신재효, 〈박타령〉)

> 옛날 운봉 함양 두 얼품에 홍보 놀보 두 형제가 살았는듸 놀부는 형이요 홍보는 아우였다. 사람마다 오장이 다 육부로되 놀부만은 오장이 칠보더랍니다. 어찌허여 그런고허니 왼쪽갈비 밑에 장기 궁짝처럼 똥

11 일례로 '놀부심술타령'의 경우, 유광수가 이본을 비교한 결과에 의하면 놀보의 심술 가짓수가 신재효본이 67종으로 가장 많고, 이선유본 45종, 김연수본 44종, 박동진본 40종, 박봉술본 32종, 정광수본 33종, 박헌봉본 38종, 임형택본 36종, 오영순본 35종, 경판본 17종, 〈燕의 脚〉 45종, 박문(세창)본 34종이며, 흥부의 선심善心 가짓수 또한 신재효본이 가장 많다. 이에 대해서는 유광수, 《興甫傳 硏究》, 계명문화사, 1993, 31~41쪽 참조.

12 강한영 교주, 《신재효판소리사설집》, 민중서관, 1971, 324쪽.

또드름 허니 생겨가지고 밥만 먹으면 심술을 일삼는듸 꼭 이렇게 허드랍니다.[13](박동진 창, 〈박타령〉)

우리가 아는 상식으로는 흥보는 착하고 놀보는 악하다. 좀 더 정확하게 말하자면 흥보는 착하기만 하고 놀보는 악하기만 하다. 이런 2분법적 도식은 이미 널리 인식되어 온 바이고 판소리 이전의 설화에서도 똑같았다. 다만, 설화에서는 그들이 왜 그렇게 되었는지 또 정말 사람이 그럴 수 있다는 이야기인지 납득할 만한 해명은 부족한 형편이었다. 앞의 두 서두를 비교해 보면, 앞의 신재효 〈박타령〉은 그런 일반성을 파기하려는 의도를 보인다. 작품의 서두에 배경이라고 할 만한 것이 드러나지 않고, 엉뚱하게도 작은 마을에도 충신이 있다느니 요순堯舜 시절에도 사흉四凶이 있었느니 하면서 이야기를 끌고 간다. 그런데 가만히 보면 이것이 곧 이어서 나올 놀보의 심술을 슬쩍 떠받쳐 주는 구실을 한다. 놀보를 천하에 못된 녀석으로 매도하려는 의도보다는 어느 시대고 그런 악인은 있게 마련이라는 식의 정당화를 노리는 셈이다. 이는 놀보의 심성을 전적으로 놀보 한 개인에게만 맡기던 데에서 탈피하여 적어도 가정이나 사회의 문제를 부분적으로나마 인정하려는 의도로 풀이된다.[14]

아래의 인용문처럼, "옛날 운봉 함양 두 얼품에 흥보 놀보 두 형제가 살았는듸 놀부는 형이요, 흥보는 아우였다."로 시작한다면, 이는

13 박동진 창, 〈박타령〉, 1990 산울림소극장 공연 팜플렛, 46쪽.

14 정창권은 〈흥부전〉을 신재효본 계통의 창唱 전승과 경판 계통의 기록 전승으로 대별하여 살핀 후 흥부 형제의 선악에 대해 다음과 같이 정리한 바 있다: "결국 경판본의 경우 선악의 구도로써 사건을 이끌어 나가고 흥보를 선한 인물로 그리면서, 비록 실패할 수밖에 없었지만 그 나름대로 난국을 타개하려는 적극적인 인물로도 형상화한 반면, 신재효본에서는 선악의 경계를 허물면서 흥보의 부정적인 형상과 놀보의 다소 긍정적인 형상을 덧붙였다고 할 수 있다."(정충권, 앞의 책, 64쪽)

바로 전형적인 설화의 형태로, 단순히 등장인물을 소개하는 도입부라는 의미 이상을 찾기 어렵다. 사실 이런 정도의 도식이라면 설화의 모방담에서 쉽게 발견될 만한 것이니 그런 답습을 대단하게 생각할 필요는 없다. 게다가 곧바로 흥부와 놀부 두 형제의 심성을 비교함으로 해서 일반적인 선악善惡 대비에 지나지 않는다. 이 점에서 본다면 신재효본 〈박타령〉에서는 확실히 놀부의 심술과 흥부의 선함을 어떤 다른 각도에서 보려는 시도임을 알 수 있다.

그리고는 곧바로 이어지는 것이 놀보의 심술타령이다. 특기할 만한 사실은 이 대목이 다른 본에 비해 유달리 장황하다는 점이다.

> 본명방의 벌목ᄒᆞ고 참ᄉᆞ각의 집짓기와 오귀방의 이ᄉᆞ권코 슴ᄌᆡ든듸 혼인ᄒᆞ기 동ᄂᆡ 쥬산 파라먹고 남의 션ᄉᆞᆫ 투장ᄒᆞ기 질가는 과ᄀᆡᆨ양반 ᄌᆡ일득기 붓드럿다 ᄒᆡ가 지면 ᄂᆡ여좃고…[15]

이 인용에서 생략된 부분가지 헤아리면 전체 심술 가짓수가 70종에 육박해서 확인 가능한 판소리 사설 가운데 최고로 많은 내용이다. 가령, 브리태니커본 같은 경우는 그 가짓수로 따지자면 신재효본의 반이 채 못 되는 것만 보아도 신재효본이 얼마나 장황한지 짐작할 수 있다. 그런데 장황하다는 것은 그만큼 더 고약한 인물로 그려 놓았다는 이야기이면서 동시에 희화화戲畵化했다는 의미이기도 하다. 이 정도로 많이 늘어놓고 보면 어차피 사실과는 거리가 먼 과장일 수밖에 없으며, 결과적으로 재미로 늘어놓은 듯한 느낌을 주기 때문이다. 실제로 이 대목을 읽거나 듣는 사람들은 이 대목에서 놀

15 강한영 교주, 앞의 책, 324쪽.

보의 악행을 징계해야겠다는 의도보다는 한바탕 웃어 재끼려는 심리가 더 클 것이다. 판소리 공연장에서 이 대목을 창할 때의 분위기가 흥겹게 돌아갈 수 있는 것은 다 이런 이유 때문이다. 나아가 그 가짓수의 많고 적음을 떠나 여타의 이본에 있는 악행 역시 심각성이 떨어진다는 점에서는 대동소이하다 하겠다.[16]

같은 원리로 흥보의 참상慘狀 역시 해학을 곁들임으로 해서 그것을 비극으로 인식하려는 태도를 약화시키기도 한다.

> 틀만 나문 헌 문쪽의 공셕으로 창호ᄒᆞ고 방의 반뜻 드러누어 쳔장을 망견ᄒᆞ면 ᄀᆡ쳔도 부친득기 이십팔슈 셔여보고 일ᄒᆞ고 곤ᄒᆞᆫ 잠의 기직에을 불근켜면 상토난 허물업시 압토방의 쑥 나가고 발목은 어늬 사이 뒤안의 가 노여쑤나. 밥을 ᄒᆞ도 자로 ᄒᆞ니 아궁지 풀 샏바씨면 ᄒᆞᆫ 마직이 못ᄌᆞ리난 넉넉히 할테여든…[17]

이 대목은 비장미와 골계미가 뒤섞인 부분으로, 보기에 따라서는 그 때문에 도리어 그 비장감을 더해 줄 수도 있는 곳이다. 그러나 문제는 전반적인 어조가 흥보의 가난을 즐겁게 구경하는 투일 뿐만 아니라, "밥을 ᄒᆞ도 자로 ᄒᆞ니 아궁지풀 샏바씨면 ᄒᆞᆫ 마직이 못ᄌᆞ리난

---

16 유광수는 〈흥부전〉의 각 이본에 나타난 놀부의 심술 150가지를 몇 개의 유형으로 나누어 살펴본 바 있다. '㉮ 사회 윤리규범 · 공중도덕을 파괴하며 비방하는 행위, ㉯ 자신의 이익을 위하여 남을 해치는 행위, ㉰ 자신의 유희 · 오락이나 정신적 억울감 등을 해소하기 위한 행위, ㉱ 단순한 시기 · 질투심에서 나타나는 행위, ㉲ 남의 불행에 처하게 함으로써 자신의 승리욕이나 성취욕을 만끽하려는 행위, ㉳ 남의 생업을 그르치게 하는 행위'의 여섯 유형인데, 그 행악이 어떤 뚜렷한 목적의식을 가지고 진행되는 것이 별로 많지 않다는 점이 특징이라고 하면서, 그 가운데 ㉯가 자신의 이익을 위해 남을 해치는 목적의식을 보이지만 그 빈도수가 훨씬 적은 사실을 적시했다. 유광수, 앞의 책, 31~37쪽 참조.

17 강한영 교주, 앞의 책, 332쪽.

넉넉히" 하겠다는 식의 비아냥투는 아무래도 그 비장감을 약화시킨다. 이는 선한 인물의 고난은 곧바로 비극성과 연결된다는 상식에 비추어 볼 때 흥보의 순선純善함을 파괴한 것이다. 이처럼 놀보의 악행이 앞의 두 부분에서만 해도 어느 정도 약화되어 드러나는 듯한 느낌을 지울 수가 없는데, 여기에다 흥보의 순선함이 깨어지는 대목이 덧보태지면 그런 성향은 한층 더 강화된다.

> 흥보의 마음씨ᄂᆞᆫ 제 형과 달나 부모의게 효도ᄒᆞ고 얼운을 존경ᄒᆞ며 인리의 화목ᄒᆞ고 친고의게 신이 잇셔 굴머셔 쥭을 사ᄅᆞᆷ 먹던 밥 덜어 쥬고 얼어서 병난 사람 입엇쓴 옷 버셔주기 (중략) 게칩불살 방ᄌᆞᆼ불졀 나무 일만 ᄒᆞ노라고 ᄒᆞᆫ푼 돈은 못 버으니 놀보 오쟉 미워ᄒᆞ랴[18](밑줄 필자)(신재효, 〈박타령〉)

> 심술이 이래 노니, 삼강오륜을 알며, 형제 윤기인들 알 리가 있겠느냐? 하로는 이 놈이, 비오고 안개 담뿍 찐 날, 와가리 성음을 내어 가지고 제 동생 흥보를 부르는듸, "네 이 놈 흥보야!" 흥보 깜짝 놀래, "형님 저를 불러겠읍니까?", "오냐, 너 불렀다. 너 이 놈 네 자식들 장개 보냈으면 손자를 몇을 놓쳤겠지? 너 이놈 늙어가는 형만 믿고 집안에서 헐일 하나 없이 되똥되똥 슬슬 돌아다니는 게 내 눈궁둥이가 시어 보아줄 수가 없구나. 놈 오날부터서는 네 계집, 자식 싹 다리고 나가부려라!"[19](밑줄 필자)(박봉술 창, 〈박타령〉)

18 강한영 교주, 앞의 책, 326~328쪽.

19 박봉술 창, 〈박타령〉, 뿌리깊은나무, 《판소리 다섯 마당》, 브리태니커사, 1984, 124쪽.

앞의 인용은 신재효본 〈박타령〉에 있는 흥보의 선행善行 대목이고, 뒤의 인용은 현전現傳 창본에서 놀부가 흥부를 쫓아내는 부분이다. 앞의 예에서는 흥부의 행위가 모조리 착한 일이라는 점에서 놀부의 심술과 대비가 되지만 그렇다고 해서 꼭 모두 긍정적인 것만으로는 파악하지 않는 점이 독특하다. 작품에서 적시한 대로 그 선행이라는 것도 제게 별 실속이 없다는 점에서 꼭 긍정적이지만은 않은 것이며, 그래서 신재효는 이 대목의 끝에 밑줄 친 부분을 끼워 넣은 듯하다. 남의 일만 하느라 한 푼 돈을 못 벌어 온다는 것은 한 가정을 구성하고 있는 성인로서의 책무를 방기한 것이니 마땅히 비판받아야 하며, 놀보로서는 그렇기 때문에 비판할 수밖에 없다는 논지다. 이는 뒤의 창본에서처럼 늙은 형만 믿고 노는 꼴을 못 봐주겠다는 식의 서술과는 확실히 다른 설정이다. 결국, 이 대목에 이르면 흥보의 선행에도 양면성이 있음을 시사하면서 동시에 놀보의 동생 구박도 나름대로 이유가 있다는 항변이 되는 셈이다. 이에 비해 뒤의 예문처럼 일반적으로 다른 본들에서는 주로 놀부의 비윤리성에 초점을 두고 있다.

이렇게 보면 흥보만이 전적으로 옳고 놀보는 모두 그르다는 식의 도식은 거의 다 깨어지는데, 신재효의 〈박타령〉에서는 이런 상황이 야기되는 것이 흥보 놀보 형제 당대의 문제만이 아님을 밝혀 놓고 있다.

> 놀보가 분이 나셔 상토 슷ᄭᆞ지 올나 그런 야단이 업구ᄂᆞ. 아번이 게슬 젹으 나ᄂᆞᆫ 싱일 시기고셔 ᄌᆞ근 아덜 사랑옵ᄃᆞ 글공부 시기더니 너 ᄆᆡ우 유식ᄒᆞ다 당틱죵은 셩쥬로되…[20]

---

20 강한영 교주, 앞의 책, 330쪽.

선친이 살아 계실 적에 형은 일만 시키고 아우는 공부만 시켰다고 했으니 놀보의 심통도 단순한 심통만이 아님을 알 수 있다. 경판 〈흥부전〉 같은 데서 "놀부 심ᄉᆡ 무거ᄒᆞ여 부모ᄉᆡᆼ젼 분진젼답을 홀노 ᄎᆞ지ᄒᆞ고"[21]라 한 것과는 아주 다르다. 기존 논의에서 놀보가 부자가 되는 방식이 경판 〈흥부전〉은 '약탈'이지만, 신재효본 〈박타령〉은 '자수성가'로 본 것은 이런 이유이다.[22] 심성이 악해서 애초에 부모 재산뿐인 것을 놀보가 독식한 것이 아니라 재산 생성 과정에서 형제의 역할이 다른 부분이 있기 때문이다. 여기에서 비로소 '기질'의 문제를 넘어 '성격'의 문제가 대두된다. 물론 타고난 기질에도 차이가 있다 하더라도, 성장 과정에서 부모의 편애偏愛가 과하게 발동함으로써 자식의 의사와는 관계없이 서로 다른 방향으로 크도록 강제되었고 그에 대한 반발로 놀보의 심통이 극에 달했기 때문이다. 이처럼 문제의 발단은 아버지가 두 형제를 균형 있게 키우지 못하고 어느 한쪽에만 주력하게 함으로 해서 결과적으로 두 형제가 모두 불구적 인물이 되었다는 데에 있다. 이 대목에 따른다고 한다면 이 두 인물은 그 성격이나 행동이 모두 대립될 뿐만 아니라 양쪽 모두 온전한 인간 구실을 할 수 없게끔 되어 있다. 이런 장치를 씀으로 해서 이 이후의 형제간의 갈등은 더 복잡하고 좀 더 심각한 양상을 띨 수 있게 된다. 한 짝이 없으면 나머지 한 짝마저 온전할 수 없는 짝패 상황이 형성되는 것이다.

앞 절에서 기술한 대로 고소설에서 부모의 편애가 형제의 불화

---

21 〈흥부전〉(경판 25장본), 1-앞, 김진영 외 편저, 《흥부전전집 2》, 박이정, 2003, 11쪽.

22 황혜진, 〈조선후기 饒戶富民과 富에 대한 시선: '놀부'와 '옹고집'을 대상으로〉, 《판소리연구》 43, 판소리학회, 2017, 219쪽.

를 야기하는 요소로 등장하는 일이 잦은 것은, 선악 형제담의 대결에 앞서 인간의 보편적 심리의 문제이기도 하다. 오스트리아의 정신의학자인 아들러A. Adler는 첫째 아이와 둘째 아이의 관계를 적실하게 풀이한 바 있는데, 그에 따르면 그 둘은 근원적으로 불화를 빚게 되어 있다. 첫째 아이는 태어나면서 외동자식으로 부모의 관심을 한 몸에 받으며 전성기를 구가하지만 동생의 출생으로부터 관심에서 밀려나서 '폐위된 왕'에 비견될 만하다는 것이다. 그가 아무리 노력해도 동생으로 향하는 부모의 관심을 돌이킬 수 없으므로 독자적인 생존의 길을 모색하게 된다. 반면, 둘째 아이는 태어날 때부터 형이나 누나와 같은 속도 조정자pace setter를 가지고 있어서 그들을 능가하기 위한 특별한 능력이 요구되고 실제로도 대개의 경우 맏이보다 빠른 성장을 보이며, 언제나 최고가 되기 위한 노력을 경주한다.[23]

비록 부모의 편애에 의한 구체적인 상황을 드러내지는 않았더라도, 놀보가 보기에 아버지가 흥보를 더 사랑했던 것 같고, 그 탓에 자신은 억지로 하기 싫은 일만 했으며 동생은 공부만 했다는 내용이 드러난 것은 일반적인 형제 관계에서 형성되는 성격을 내비친 것이다. 본래 기질적으로 놀보는 악하고 흥보는 선한 면이 있다는 전제 위에서라도, 동생 때문에 부모의 사랑을 잃고 육체노동에 내몰려야 했던 형과, 부모의 사랑을 등에 업고 곱게 자라면서 공부만 했던 동생 사이의 갈등이 매우 생생하다. 바로 이러한 이유 때문에 놀보의 악행을 그리면서도 공분이나 증오심을 유발하지 않고, 흥보가 고생하는 대목 또한 슬픔이 극대화되지 않도록 조처했다 하겠다. 이처럼 〈박타령〉의 서사 전개는 작품의 서두에 제시한 대로, 어쩔 수 없는

23 이에 대해서는 정종진, 《인간성격의 심리》, 장원교육, 1995, 85~87쪽 참조.

악惡의 존재를 현실로 받아들이면서 어떻게 그 둘을 다독여 나갈지 고민해 나가는 과정이었다.

선악의 경계를 넘나들기

이 정도의 포석만으로도 흥보는 순선純善, 놀보는 순악純惡이라는 고정관념에 상당한 타격을 주고, 이 점은 신재효본을 다른 본과 구별지어주는 한 특징이기도 하다. 그러나 소설은 설화와 달리 주변 인물이 퍽이나 많이 나오고, 또 그들이 하는 행위가 작품에 적잖은 영향을 주기에, 흥보와 놀보의 시선은 물론, 그 주변 인물의 시선을 따라가 볼 필요가 있다. 흥보의 아내부터 보자.

(가) 흥보의 마노ᄅᆡᄂᆞᆫ 어린것슬 등의 부쳐 ᄉᆡᆨ기로 쏵 동이고 박아지의 밥을 빌고 호박입의 건ᄀᆡ 어더 허위허위 ᄎᆞ져오면 염치 업난 흥보 쇼견 가장 틔 ᄒᆞ노라고 가쇽이 더듸 왓ᄃᆞ 집펏썬 집핑이로 ᄆᆡ질도 ᄒᆞ여보고 입의 맛난 반ᄎᆞ 업다 안졋던 물방ᄋᆡ집 불도 노와 보랴 ᄒᆞ고[24]

(나) 흥보가 의ᄉᆞ 잇난 ᄉᆞ람이면 슈작이 일어ᄒᆞ니 무슨 이리 되거나 냐. 썩 일어셔 나왓시면 아무 탈이 업스거슬 져 농판 ᄉᆞᆺ마음의 ᄎᆞᆷ 모로고 그러ᄒᆞᆫ가 ᄌᆞ세이 일너씨면 무어슬 ᄌᆞᆯ쓸 알고 본ᄉᆞ를 다 고ᄒᆞ여[25]

24 강한영 교주, 앞의 책, 330~332쪽.
25 같은 책, 340쪽.

(다) ᄉᆞ흘 굴문 져 흥보가 헛 슈인ᄉᆞ 한 번 ᄒᆞ여 "져러ᄒᆞ신 션동ᄂᆡ가 날만 사ᄅᆞᆷ 보랴ᄒᆞ고 그 먼ᄃᆡ셔 와 겻따가 아무리 염반이나 졈심요긔ᄒᆞ야ᄒᆞ졔[26]

(라) ᄒᆞᆫ 상의셔 밥을 먹고 ᄒᆞᆫ 품의셔 ᄌᆞᆷ을 잘 졔 부자 셔방 죠타 ᄒᆞ고 욕심ᄂᆡᆯ 연 만ᄒᆞ리라. 암ᄏᆡ라도 얼는ᄒᆞ면 ᄂᆡ 숌씨의 절단나졔.[27]

(마) 흥보 마노ᄅᆡ가 죠흔 보물 나올쥴노 쇼ᄅᆡᄭᅡ지 먹인 거시 못볼 ᄭᅩᆯ을 보와ᄭᅮ나. 부졍탄 숀님갓치 불시의 틀이난듸 숀가락 입의 너코 고ᄀᆡ를 외로 틀고 뒤로 도라 안지면셔 "져것덜 지랄ᄒᆞ제. 박통속의셔 나온 셰간 뉘것신쥴 ᄎᆡ 모로고 양귀비와 농창친고. 당명황은 천ᄌᆞ로ᄃᆡ 양귀비게 졍신 노와 망국을 희ᄶᅡ난듸 박통셰간 무엇시냐. 나난 열ᄭᅵ 곳 굴머도 시앗ᄭᅩᆯ은 못 보것다. 나난 즉금 곳 나가니 양귀비와 잘 ᄉᆞ라〃."[28]

(가)와 (다)는 흥보의 허세虛勢를 그린 대목이다. 식솔들이 굶는 마당이니 가장의 권위는 형편없을 텐데도 공연히 아내에게 반찬 타령이나 하고 매질까지 한다. 게다가 사흘이나 굶고서도 여전히 입에 발린 헛인사를 해야만 직성이 풀리는 사람이기도 하다. 생판 모르는 남들에게 그렇게도 착하게 대하던 흥보가 할 행위가 아닌데, 신재효 본에는 이런 대목이 의외로 많다. 이런 대목은 심성이 바르기만 하다고 해서 세상을 올바르게 살아갈 수 없다는 논리임과 동시에 당대

---

26 같은 책, 368쪽.
27 같은 책, 384~386쪽.
28 같은 책, 388쪽.

의 무능한 양반층의 허세에 대한 신랄한 풍자로 읽힌다. 심리적으로 보자면, 이른바 착하다고 하는 사람들이 사실은 남에게 싫은 소리 한마디 못하는 여린 사람들이어서, 결국 어려움이 생기게 되면 뜻밖에도 가장 가까운 사람에게 화풀이가 전가되는 형국이다. 이런 양상은 (나)에서는 아예 "의사"가 없는 '농판 숫마음'으로 격하되어 버리는 데서도 잘 알 수 있다. 심하게 표현하자면 상식선의 판단도 주체적으로 할 수 없는 멍청이로 그려지는 것이다.

여기에서 간과해서는 안 될 점이, 이제 기질과 성격을 넘어 '인성'의 영역에서 문제가 되고 있다는 사실이다. 인성을 뜻하는 영어 'personality'는 persona에서 왔고 이 단어는 본디 가면을 뜻한다. 그렇다면 이 인성에는 우리가 살아가면서 써야 하는 많은 가면과 그 가면에 맞는 행동양식을 뜻한다고 하겠는데, 여기에서는 홍보가 쓰고 있는 양반의 가면이 작동하는 것이다. 즉, 자식들을 굶게 하는 무능한 가장이면서도 양반의 가장으로서의 체통이 중요하다고 여기고, 양반 체면에 가난한 표시를 내어서는 안 된다는 허세가 작동한다. 홍보가 형의 집에서 내쫓겨서 적수공권赤手空拳이 되었지만, 전에 살던 양반으로서의 품위를 저버릴 수 없다는, 어찌 보면 인간적이기까지 한 허세가 투영되었다 하겠다.

그런가 하면 (라)와 (마)는 홍보 처의 질투 대목이다. 이제 박을 타서 먹고 살 만해지자 시앗싸움이 시작될 조짐이 보이는데, (라)처럼 단순한 상황 아래서도 "암캐라도 얼는 하면 닉 솜씨의 절단나졔"라는 결의를 보이는데 이 역시 이런 남녀 문제에 대한 진지한 접근이라기보다는 그저 한바탕의 웃음거리에 지나지 않는다. 굳이 사대부 아녀자가 지켜야할 법도를 따지지 않더라도, 이 대목은 분명히 평범한 인간적 속성을 여지없이 드러낸 것이고 따라서 착한 홍보의 착한 아내라는 당연한 등식이 쉽사리 무너지게 된다. 윤리를 내세우는 고소설이란 〈사씨남정기〉에서 보듯이 첩에 대해 질투하기는커녕 도리어 먼저 나서서 첩을 얻으라고 강권하기까지 하는 데 비하자면 흥보처의 이런 행위는 대단한 일탈인 셈이다. 그러나 이는 앞에서 본 흥보와 정반대 방향에서의 인성이 발동한 지점으로 파악됨직하다. 흥보는 아무리 가난해도 양반 체통을 지켜야한다는 생각에 공연한 허세를 떨지만, 이 대목에서 흥보의 아내는 반가班家의 교양 있는 부녀자가 지켜야 할 도리쯤은 아랑곳하지 않고 한 남성의 아내로서 갖게 되는 질투심만 증폭시키기 때문이다.

이처럼, 우리가 여느 〈흥부전〉에서 볼 수 있는 일반적 도식이 신재효의 〈박타령〉에서는 쉽게 깨지는 것을 확인할 수 있다. 특히 어느 한쪽이 절대선絶對善이고 어느 한쪽은 절대악絶對惡이라거나 하는 일방적 우열을 용인하지 않는다. 이는 그 양쪽의 문제점을 다 비판하겠다는 이야기이면서, 역으로 그 양쪽을 다 포용해 보겠다는 심산이기도 하다. 이와 관련하여 기존 논의에서는 흥부와 놀부의 신분 문제가 거론된 일이 있다. 그 주요 논지는 그 둘의 신분이 동일한가 하는 기본적인 물음에서부터 그 둘이 다르다면 구체적으로 그 당시의 어느 신분에 해당하며 또 다르다면 각각 어느 신분에 해당하느냐 하는 점이었다. 혹자는 형제이지만 신분을 달리 파악하기도 하는 등 구구한 설명이 있어 온 것도 사실이다.[29] 그러나 중요한 문제는 형제간의 신분이 같은가 다른가, 또 다르면 어떻게 다른가 하는 점이라

29 조동일은 놀부를 신흥 천부賤富의 표상으로, 흥부를 몰락 양반으로 상정했으며, 임형택은 조동일의 논지를 비판하여 놀부를 경영형 부농富農으로, 흥부를 품팔이로 몰락한 빈농貧農으로 보았다. 조동일, 〈〈흥부전〉의 양면성〉, 《계명논총》 5, 1969; 임형택, 〈흥부전의 현실성에 관한 연구〉, 《문화비평》 4, 1969.

기보다는 오히려 그들이 왜 그렇게 그려졌으며 그렇게 그린 결과 어떤 효과가 있느냐하는 점일 것이다. 이런 논의에서 흔히 흥부나 놀부의 어느 한쪽에 더 큰 비중이나 가치를 두고 논의하려는 경향이 강했지만, 적어도 이 신재효본에서만은 그 둘의 절대적 우위를 없앰으로 해서 새로운 인간상을 제시하려고 했다는 점이 주목거리인 셈이다.

이렇게 선악의 경계를 넘나드는 인물이 생성되면, 둘이 끝없는 평행선을 달리다가 파탄이 나는 게 아니라 상호 침투가 가능해진다. 흥보의 이면에 놀보가 서고, 놀보의 이면에 흥보가 서는 배치에서 서로 거울 보듯이 비춰 보다가 한 몸임을 깨닫고 또 그렇게 다가서게 되는 것이다. 단적인 예로, 이야기의 초반부에서는 흥보나 그의 처가 '노동'과는 담을 쌓고 사는 무능한 인간으로 그려지지만, 이야기가 진행되면서 자신의 위치를 깨닫고 열심히 일하려는 적극적 인간으로 변모하는 모습을 보여 준다.[30]

> 흥보가 깜쫌 놀라, "자ᄂᆡ 그것 웬 소린가? 쥭어씨면 그져 쥭제 ᄌᆞᄂᆡ 식쪄 슐 팔것나. 가ᄉᆞ난 임ᄌᆞᆼ이니 ᄂᆡ 나셔 품을 팔게 ᄌᆞᄂᆡ난 집의 잇셔 ᄎᆡ젼이나 각구우고 ᄌᆞ식덜 길너ᄂᆡ쇼." 흥보가 품을 팔 제 ᄆᆡ오 부질업시 서둘어 ᄉᆞᆼ평ᄒᆞ평 기음ᄆᆡ기, 원ᄉᆞᆫ 근ᄉᆞᆫ 시초부기, 먹고 ᄃᆡ돈 ᄌᆞᆼ 셔두리, 십리 돈 반 승교 메기, 신ᄉᆞᆫ셕어 밤짐지기…[31]

---

30 김창진은 신재효의 〈박타령〉에서 흥부가 이렇게 소극적인 인물에서 적극적인 인물로 변화한 상황에다 박을 탄 이후의 상황까지 고려하여 그 인물성 변화를 '1. 염치없는 가장, 2. 애 쓰는 가장 · 돕는 이웃, 3. 지상선地上仙'으로 구분한 바 있다. 김창진, 〈흥부 · 놀부의 인물성 변화 과정 고찰-「박타령」을 중심으로-〉, 《국제어문》 9 · 10, 국제어문학회, 1989.

31 강한영 교주, 앞의 책, 350쪽.

옛 ᄉᆞ람 아우ᄉᆡᆼ각 구름보면 낫 죠루음, 슈유ᄭᅩᆺ ᄭᅥᆨ거 ᄭᅩᆺ고 쇼일탄을 ᄒᆞᆫ다난듸 우리집 시아지난 엇지 그리 영독ᄒᆞᆫ고. 나무 원망 쓸ᄃᆡ 업ᄂᆡ. 다 모도 ᄂᆡ 죄로쇠. 국난의 ᄉᆞ양ᄉᆡᆼ 가빈의 ᄉᆞ현쳐, ᄂᆡ 혈마 음전ᄒᆞ면 불ᄉᆡᆼᄒᆞᆫ 우리 가ᄌᆞᆼ 못 맥이고 못 입필가. " 장은 쳐복 업셔 날 ᄯᅡ닥의 굼썬이와 철 모르난 ᄌᆞ식 정경 더구나 못 보것ᄂᆡ.[32]

여기에 이르면 흥보와 그의 아내의 성격은 표변豹變한다. 앞의 인용문에서는 하는 일 없이 아내나 타박하던 무능한 인간에서 어쨌든 품을 팔아서라도 먹고 살아야겠다는 '경제적 인간'으로서의 변화가 일어난다. 물론 아내가 자살이라도 할 것 같은 상황에서 나오는 충동적 언동일 수도 있으나 실제 여기에서 보이는 여러 노동은 그런 방면의 해석을 무색하게 한다. 어느 것이든 양반의 체통과는 거리가 멀 뿐만 아니라 인간으로서 참기 힘든 수모를 감내해야만 하는 힘든 일들이기 때문이다. 뒤의 인용문에서 볼 수 있는 흥보 아내의 태도 역시 그 이전과는 아주 다르다. 여필종부女必從夫의 기존 윤리 관념에 따른다면 이런 발언은 불경한 것일 수도 있지만 다급한 상황에서 아내라고 남편 부양을 못하겠느냐는 태도는 확실히 진일보한 것이다. 그리고 최소한 이 정도의 상황에서 남의 탓 하지 않고 스스로 살 방도를 마련한다는 사실은 대단히 획기적인 일임이 틀림없다.

이처럼 흥보와 그의 아내가 경제적 곤경에서 스스로의 생계 대책을 세우는 쪽으로 성격의 변모를 보였다면, 놀보와 그의 아내는 후반부의 경제적 몰락 과정에서 윤리적인 인간 쪽으로 가까이 다가서는 조짐을 보인다.

32 같은 책, 348~350쪽.

놀보놈의 평ᄉᆡᆼ힝세 졔슈 보기 죻갓틔여 아지머니 고ᄉᆞᄒᆞ고 허우도 아니ᄒᆞ더니 오날은 전과 달나 안진 방 ᄎᆞ린 의복 ᄉᆡ 눈이 왈칵 쁘여 홀ᄃᆡ을 ᄒᆞ여셔난 타리 졍영 날 듯ᄒᆞ고 경ᄃᆡ을 ᄒᆞ자니 셔가 아니 도라가셔 ᄆᆡ운 것 먹은득기 입을 불며 엄뿡여 "허, 평안ᄒᆞ시요?"[33]

쥬먼이를 가지고셔 양반젼의 다시 빌어, "여보시오, 상젼임. 이게 무슨 쥬먼이요?" (중략) 놀보가 속양터니 상젼이라 아니ᄒᆞ고 ᄉᆡᆼ원으로 부르것다. "여보시요, ᄉᆡᆼ원임. 이왕 ᄌᆞᆨ쳐ᄒᆞᆫ 일이니 쥬먼이 일홈이나 가라쳐 주옵쇼셔."[34]

"맙쇼 " 〃 타지 맙쇼. 그 박씨의 쓰인 글ᄍᆞ 가풀 보ᄌᆞ 원슈 구 ᄍᆞ. 원슈 갑ᄌᆞ ᄒᆞᆫ 말이라. 탈슈락 망ᄒᆞᆯ테니 간신니 모운 셰간 편한 골도 못보고셔 ᄌᆞᆸ것덜게 다 쓱기니 일얼쥴 알아씌면 시아ᄌᆡ 굴물 젹의 구완 아니 ᄒᆞ여실가.[35](밑줄 필자)

이 인용문들은 놀보와 흥보의 경제적 우열이 서서히 역전되어가기 시작하는 대목이다. 경제적 우위만을 유일한 강점으로 내세우던 놀보로서는 일단 곤란한 처지에 몰렸고, 어떤 식으로든 변화를 모색해야만 하는 지점에 이르렀다. 작품의 앞 대목에서는 그가 극악무도하여 윤리고 우애고 아무것도 없는 인물이라고 해 놓았지만,[36] 이쯤에

---

33 같은 책, 392쪽.

34 같은 책, 414쪽.

35 같은 책, 438~440쪽.

36 이런 점에서 〈흥부전〉의 놀부에 대한 서술이 '관념적'이라는 평가를 받은 바 있는데, 진은진은 "즉 놀부는 실제 작품이나 창에서는 악인의 면모를 거의 발견할 수 없고, 관념적으로만 악인으로 인식되어 흥부의 선을 드러내는 악인으로 기능하고 있는 것"(진은진, 〈〈흥부전〉에 나타난 악과 세속적

서는 적게나마 그의 인간적인 면을 발견할 수 있게 한다. 그것이 내심으로 굴복한 것이든 아니든 간에 드디어 제수에게 "평안하시요?"라는 경어를 쓰기에 이른다. 이 점에서, 악독하기만 한 줄로 알았던 그도 나약하고 비열한 인간임을 드러내는 것이다. 이에 해당하는 부분의 다른 본을 참조하면 신재효본의 독자적 특성이 잘 드러난다.

> "시숙님 뵈옵시다"허고 큰절을 하니, 이런 사람 같으며는 제수가 인사를 허니까 뻘딱 일어나서 맞절을 해야 도리가 옳은듸, 발을 땅그랗게 올려 개고, 담뱃대 진 놈 썩 꼬나물고, "야, 그거, 제수씨가 나갈 적에 보고 인자 본께 거 미꾸라지가 용 됐구나, 거? 때를 훨씬 벗었는듸?" 그때의 흥보는 들은 체 본 체도 아니허고, "여보, 마누라. 형님이 모처럼 건너오셨으니 어서 안에 들어가서 형님 점심상 준비허시오." 그때에 흥보 마누라가 본래 얌전허던가 보더라. 며느리들 다리고 부엌에 들어가서 놀보 술상을 꾸몄는듸 꼭 이렇게 꾸몄것다.[37](밑줄 필자)

보다시피 여기에서는 흥보네가 부자가 되어서 형제간의 경제적 우열이 전도되었음에도 불구하고 놀부의 고자세는 여전하다. 상황이 아무리 변해도 그 못된 심성만은 고칠 수 없는, 어찌 보면 순진하기까지 한 놀보의 모습은 고정된 악인형의 그것이다. 흥보의 아내도 마찬가지다. 상식적으로 생각할 때 그 정도의 박해를 받았다면 반감이 없을 리가 없다. 그런데 이 밑줄 친 부분에서처럼, '흥보 마누라가 본래 얌전한가 보더라' 정도로 서술하게 되면 놀부는 순악형, 흥부

욕망〉, 《판소리연구》 26, 2008, 242쪽)으로 보았다.

37 뿌리깊은나무, 앞의 책, 145쪽.

와 흥부아내는 순선형이라는 도식에서 전혀 벗어날 수 없게 된다.

〈박타령〉의 마지막 인용문에서의 놀보 아내 역시 마찬가지다. 애써 놀보보다 더한 지독한 인물임을 강조했었음에도 불구하고 이쯤에 와서는 그 악독한 이미지는 와르르 무너지는 듯한 인상을 준다. 그녀는 흥보가 쫓겨난 뒤에 놀보에게 더 심하게 내몰아야 한다고 공박했던 인물이다. 실제 판소리에 익숙한 독자들이라면 놀보보다 더 악한 인물로 여길 만큼 고약한 일을 많이 벌이는 인물이 바로 놀보의 처이다. 그런데 이 대목에서는 욕심도 줄고 흥보에게 박대한 데 대한 일말의 반성에까지 이른다. 밑줄 친 부분에서 보듯이, 이럴 줄 알았더라면 시동생이라도 도와줄 걸 잘못했다고 뉘우치는 정도의 심성은 갖추었던 것이다.

물론 이 정도의 변화는 그리 대수롭지 않은 것일 수도 있지만, 앞 절에서 논의한 것과 견주어서 생각할 때 그 의미가 그리 작지만은 않다. 인물의 성격에서 순선형, 순악형을 배제했다는 것이 두 인물을 두루 비판하여 포용하겠다는 의지였듯이, 이 성격 변화 역시 마찬가지 논리로 설명될 수 있다. 이는 이야기의 앞부분에서는 흥보와 놀보 형제를 모두 불구적 인물로 설정해 놓았지만 사건의 전개에 따라 그 건강성을 되찾게 하려는 의도로 보인다. 이를 통해, 어느 시대 어느 지역에서든 어떤 중요 자질이 결핍된 불구적 인간이 있을 수 있음을 보이고 또 사건의 진행 과정에서 그 결함들을 치유하고 극복하여 완성된 인간을 지향할 수 있음을 증명해 주는 것이다.[38] 전자로

---

38 '불구의 인간상'에 대한 논의는 설성경 · 박태상, 《고소설의 구조와 의미》(새문사, 1986)에서 제기된 바 있다. "이로 보면 〈박타령〉의 전 단락이 추구하는 목표는 놀부와 흥부를 내세워 제시하는 불구의 인간상들, 윤리와 물질의 어느 일방만을 추구하는 불균형의 인물에 대한 현실 상황을 제시함과 동시에, 이의 극복, 지양을 위한 윤리와 재물의 구유具有 및 조화의 이념적 인간상의 추구를 그

본다면 비관적인 인식이지만 후자로 본다면 낙관적 인식이며, 이 둘의 통합 작용은 작품 전체의 구성에 의하여 구체화된다.

이제, 이런 논의를 바탕으로 다시 작품의 서두를 장식하는 "아동방이 군즈지국이요 예의지방이라~" 대목을 생각해 보면, 신재효본 〈박타령〉은 다른 작품이 흉내 내기 어려운 정합성을 보인다. 세상이 아무리 태평성대여도 못된 인물들은 꼭 나오는 법이라고 하면서 놀보 같은 심술쟁이가 있다고 시작하였으니 그것은 인간 사는 세상에 악인이 없을 수 없다는 말이고, 그대로 놀부 같은 인물을 수용하는 뜻이다. 그러나 단순히 수용하는 데 그치지 않고, 그런 인물도 특별한 사건을 겪고 스스로 깨치는 바가 있어서 새로운 변모를 시도할 수 있음을 내보인 것이다. 마찬가지로, 흥보 같은 선한 인물 또한 선하기만 한 것이 아니라 무능하며 무기력한 측면이 있지만, 그 또한 특별한 계기를 통해 새로운 인간형으로 재탄생할 가능성이 있다는 포석이다.

개과천선, 그 거듭남의 비기秘技

짝패는 말 그대로 짝이 되는 패여서, 짝이 없는 패는 제 구실을 못하게 된다. 그러나 여느 모방담에서처럼 등장인물이 상반되는 특성만 가져서는 짝이 될 수 없다. '원수 형제'라는 용어가 웅변으로 말해 주듯이 한편으로는 원수이지만 그 근원에서 보자면 본질적으로는 형제일 때, 표면적으로는 맞서는 듯 보여도 합쳐질 가능성이 열

과제로 남기는 것이다."(355쪽)

린다. 놀부는 욕심이 많고 흥부는 욕심이 없다는 식의 엇갈림이 아니라, 그 이면을 파고들 때 흥부의 욕망이나 놀부의 욕망이 크게 다르지 않다는 판단이 서는 가운데 자연스러운 대립이 가능한 것이다. 흥부와 놀부가 박을 타면서 얻게 되는 행운과 불행은 사실상 하나의 욕망에서 비롯된 것이며 "흥부박이 흥부의 억눌렸던 욕망의 성취라면 놀부박을 통한 놀부의 징치는 놀부의 악행을 통한 무분별한 욕망 추구에 대한 죄의식의 다른 표현"[39]이라는 점이 다를 뿐이다. 사리가 그렇다고 해도 원수 형제가 화해를 하고 다시 하나의 형제로 돌아가기는 쉬운 일이 아니다. 만일 서로 다른 점만 부각된다면 경우에 따라서는 아예 남보다 못한 경우가 현실 세계에도 허다하다. 서로에게서 자기와 다른 점만 읽으려 하는 한, 둘 사이의 괴리는 점점 더 커져서 파탄에 이를 수밖에 없으므로 둘의 공동 영역을 개발해야만 하는 것이다.

앞 절에서 본 대로 인물이 절대선이거나 절대악, 순선이거나 순악으로 그려지는 데에서 벗어남으로써 둘이 만날 수 있는 가능성은 매우 커진다. 그러나 인물이 변화하여 다른 편 인물과의 거리를 좁혀 가는 점진적인 방법만으로는 둘의 화합을 이끌어 내는 데 제약이 따르기 마련이다. 자신의 판단이 잘못되었음을 알고 상대에 대한 이해를 넓혀 가는 과정이 중요함에도 불구하고, 심정적인 동조나 이성적인 이해를 뛰어넘는 수준의 질적 비약이 요구된다 하겠다. 바로 이 점에서 여느 모방담과는 구별되는 〈흥부전〉 서사의 독특한 면모에 주목할 필요가 있다. 가령, 《한국구비문학대계》 유형분류상 '722. 본뜬 사람 못 되기' 유형은 대체로 이웃 사람이 한 짝으로 나오지만,

---

39 진은진, 앞의 논문, 246쪽.

또 일부는 형제가 한 짝으로 나와서 〈흥부전〉을 방불케 하는데 그 중 한 편의 줄거리는 이렇다.[40]

어떤 사람이 늦게 아들 형제를 두었는데 일찍 죽었다. 형제가 부모를 여의고 어렵게 살던 중, 형이 집을 팔아서 어디로 가자고 했다. 가는 도중 형은 재산을 혼자 차지할 생각으로 동생을 나무에 묶어 놓고 달아났다. 길 가던 대사가 동생을 발견해서 풀어 주자, 동생은 형과 함께 쌍갈랫길을 가다가 화적떼를 만나 그렇게 되었다고 거짓말을 했다.

동생은 대사와 헤어진 후 어느 빈 집에 갔는데 집 앞 개암나무에서 개암이 떨어졌다. 동생은 하나는 아버지 드리고, 하나는 어머니 드리고, 하나는 형을 주고, 하나는 자기가 먹겠다고 하면서 개암을 주웠다. 동생은 그 집에 들어갔는데 그때 호랑이들이 몰려왔다. 동생은 대들보 위로 올라 몸을 숨겼고, 호랑이들은 마을 사람들이 하는 어리석은 짓을 서로 말하며 해결책을 읊어 댔다. 그때 동생이 배가 고파 개암을 하나 깨물었는데 소리가 나는 바람에 호랑이들이 대들보가 무너지는 줄 알고 도망갔다.

날이 새자 동생은 마을로 가서, 호랑이가 말한 대로 어려운 문제들을 해결해 주었다. 그 보답으로 동생은 부자가 되었고, 형이 나중에 그 일을 알고 어찌된 까닭인가 물었다. 동생이 사실대로 이야기해 주자 형은 동생 옷을 입고 동생이 일러 준 집으로 갔다. 그런데 형은 개암이 떨어지자 "하나는 내가 먹고…" 하는 식으로 거꾸로 읊었다. 그리고 개암을 깨물자, 호랑이들은 어디선가 사람 냄새가 난다며 형을 찾아 잡아먹었다.

40 〈깨동나무와 두 형제〉, 《한국구비문학대계》 7-4, 한국정신문화연구원, 1980, 126~129쪽.

개암은 열매가 딱딱해서 먹으려면 소리가 난다. 그 때문에 벌어진 일이 사건의 발단이 되는 것으로, 흔히 도깨비들이 개암 깨무는 소리를 집이 무너지는 소리로 착각하여 방망이를 두고 달아나는 바람에 부자가 되는 식으로 전개된다. 그런데 여기에서는 형제가 등장하면서 먼저 부모를 챙기는 효자와 제 입부터 챙기는 불효자를 대비시켜 놓았다. 그리고 맨 앞에 부모 재산을 독차지하려는 형과 그 때문에 빈털터리가 된 동생을 대비시킴으로써 모방담 가운데 〈흥부전〉 서사와 가장 근접한 이야기가 되고 있다.[41] 형은 위험한 산속에 동생을 묶어 두고 갈 정도로 악한 인물이며, 동생은 그런 형의 죄를 덮어 주는 착한 인물이다. 거기에 한쪽은 효자이고 한쪽은 불효자라는 설정이 덧씌워지는데, 초지일관 형과 동생은 이야기의 처음 드러난 모습 그대로 악惡/선善을 나누어 갖는다. 마침내 그 행악의 결과로 죽임을 당하면 이야기가 끝난다. 이는 선과 악이 병립하다가 악이 소멸됨으로써 선만 남는 이상적인 상태를 마련한다는 설정이라 하겠다.

이런 서사에서는 선한 인간이 악하게 되지도 않고, 악한 인간이 선하게 되지도 않는다. 선한 인간은 어떠한 어려움을 겪더라도 여전히 선하며, 악한 인간 또한 어떠한 어려움을 겪더라도 여전히 선

---

41 이와 유사한 경우로, 〈바닷물이 짠 이유〉(대계1-6, 591~593쪽)도 있다. 그 줄거리는 대략 이렇다. "섣달 그믐날 먹을 것이 없어서 형에게 도움을 청하러 갔지만 형은 양식은 주지 않고 소다리를 주며 어떤 절로 심부름을 보낸다. 동생은 심부름 가던 길에 어떤 노인을 만나 사정을 이야기했고, 노인은 절에 가면 요괴가 있을 테니 소다리를 던져 주고 궤짝을 가져오라고 한다. 동생은 그대로 했는데, 그 궤짝은 궤짝을 향해 무엇이든 나오라고 외치면 그대로 나오는 신비한 물건이었다. 형이 동생에게서 그 궤짝을 가져다가 해장국이 나오라고 외쳤는데, 멈추는 방법을 몰라 온 동네가 해장국에 떠내려간다. 형이 다시 동생을 불러 멈추게 했는데, 나중에 소금장수가 그 궤짝을 가지고 배를 타고 가다 소금 나오라고 외쳤다가 멈추는 법을 몰라 바닷물이 짜졌다." 이 이야기는 유럽의 민담이 일본을 거쳐 우리나라로 유입되면서 생겨난 변이로 보이는데 이에 대해서는 박연숙, 〈〈바닷물이 짠 이유〉설화의 한일 비교〉(《구비문학연구》 38집, 한국구비문학회, 2014) 참조.

하다. 대개의 민담이 '고난'과 '행운'이 중첩되면서 진행된다 할 때,[42] 행운을 뒤집어 '의외의 고난'이 찾아오고, 그것이 다시 뒤집혀 또 다른 행운이 되고 거기에 '의외의 고난'이 덧보태지는 식으로 가다가 최종적인 행운으로 안착한다. 이러한 서사에서는 등장인물은 불변이지만 외부 힘의 변화로 문제가 일어나고 또 해결되는 방식이어서 "사람의 일은 사람 스스로 온전히 인식하고 제어할 수 있다고 하는 작품과 구별되는 특징을 지니고, 현실 인식이나 현실 극복에 어떤 제약이 있다고 믿는 단계의 산물"[43]로 이해된다.

그런데 〈박타령〉은 그러한 불변성을 깨뜨리며 새로운 변화를 모색한다. 〈박타령〉에서 흥보는 형으로부터 심한 핍박을 받고, 놀보 또한 박통 속에서 나온 온갖 인물들에게 응징을 당한다. 그러한 과정에서 생겨난 변화야말로 이 둘이 거듭나 다시 하나가 될 수 있는 원동력이 된다. 민담에서 볼 수 있던 '고난 끝-행운 시작' 대신 '고난 끝-인물 변화-행운 시작'처럼 그 중간에 적절한 매개가 생기는 것이다. 《주역周易》의 경구대로 "궁즉변窮則變 변즉통變則通"[44]의 고리가 이어지듯, 변화가 시작됨으로써 새로운 활로가 모색된다 하겠다.

그렇다면 그 변화는 어떻게 드러나는가? 먼저, 흥보의 고난을 집

---

42 이런 논의는 조동일, 〈민담 구조와 그 의미〉, 《구비문학의 세계》(새문사, 1980)에서 이루어졌다. 그는 민담을 몇 개의 서사 단락으로 가른 후 매 단락이 한편으로는 고난을 드러내고 그것을 역전시키는 행운이 뒤따르는 구조로 보았다. 대략 다음과 같은 틀이 된다.(132쪽 참조)

(가) 고난	(가) 행운
(나)의외의 행운	(나) 의외의 고난
(다) 고난	(라) 행운
(마)의외의 행운	(바) 의외의 고난
	(사) 행운

43 조동일, 앞의 책, 136쪽.

44 易, 窮則變, 變則通, 通則久.(역이란 궁하면 변하고 변하면 통하며, 통하면 도를 오래도록 유지할 수 있다.) 《주역周易》, 〈계사전繫辭傳〉 하下〉.

약적으로 드러내는 곳은 집에서 쫓겨나는 대목이다. 농경사회에서 땅을 중심으로 생활하던 문화권에서는 이주가 아닌 정착이 일반적인 삶의 방식이었고, 정착지에서 축출되는 일은 뿌리 뽑혀진 삶으로 인식되었다. 그런데, 흥보는 놀보에 쫓겨나는 고난에 닥쳤다가 제비씨를 얻는 행운으로 부자가 되는 민담식 패턴을 따르지 않는다. 놀보가 쫓아내는 데도 그 나름의 이유가 있고, 쫓겨나면 그만인 것이 아니라 한 번 쫓겨났다가 다시 찾아가서 또 쫓겨나면서 서사적 구체성이 심화된다. 〈박타령〉의 경우, 놀보가 흥보를 쫓아낼 결심을 하고 흥보에게 장광설을 늘어놓는데 그 이유라는 것이 아주 황당무계한 억지 주장만도 아니다.

> 흥보야, 네 듯거라! 사람이라 ᄒᆞ난 거시 밋ᄂᆞᆫ 거시 잇시면은 아무 일도 아니 된다. 너도 나이 장셩ᄒᆞ야 계집ᄌᆞ식 잇난 놈이 사람 ᄉᆡᆼᄋᆡ 어려운 쥴 죡곰도 모르고셔 나 ᄒᆞ나만 바ᄅᆡ보고 유의유식ᄒᆞᄂᆞᆫ 거동 보기 슬어 못ᄒᆞ것ᄃᆞ. 부모의 셰간ᄉᆞ리 아무리 만ᄒᆞ야도 장숀의 ᄎᆞ지될 ᄃᆡ 허물며 이 셰간은 나 혼ᄌᆞ 작만ᄒᆞ니 네게는 부당이라. 네 처ᄌᆞ 다리고셔 속거쳘이 써ᄂᆞ거라.[45]

이는 앞서 언급한 대로 흥보의 성격이 어질기는 하지만 자신이나 가족에 대해서 가장으로서의 구실을 상실한 불구의 인간임을 제시해 주는 것이다. 집 세간이 설령 부모님께 물려받은 것이더라도 장손인 자기 차지가 될 테지만, 집에 있는 세간이 모두 자기가 혼자 힘으로 장만한 것이니 줄 이유가 없다는 것이다. 놀보의 논리대로라

---

45 강한영 교주, 앞의 책, 328쪽.

면, 흥보는 자신의 경제적 무능력 때문에 쫓겨나게 되고 결국 그 때문에 사태는 더욱 악화된다. '유의유식遊衣遊食'은 말 그대로 놀고먹는 일인데, 흥보는 그렇게 놀고먹으면서 집안에 이로움이 되는 일은 안 하고 남 좋은 일만 했으면서도 착한 사람이라는 칭찬까지 독차지한 것이다.[46] 그러므로 비록 놀보 입장에서의 일방적인 진술이기는 해도 놀보가 흥보를 내쫓는 데 정당함을 부여하고, 이는 곧 흥보가 자력으로 생계 유지를 도모해야만 하는 새로운 국면에 직면하게 됨을 의미한다. 그러나 쫓겨난 후에 흥보 내외가 할 수 있는 일이라고는 떠돌이 걸인 행각뿐이었으며, 젊은 내외가 구걸 이외의 방법을 찾지 못하는 것은 사회 문제 이전의 개인 문제라 할 만하다.

그런데 이 구걸 대목에서 더욱 절절한 인물은 흥보가 아니라 흥보 아내이다. 어린 자식을 등에 업고, 또 앞에 안은 채 울부짖으면 남편을 따르고, 마침내 스스로 앞장서서 빌어먹게 되는데, "발바닥도 단단해지고 낯가죽도 두꺼워져 부끄러움을 모르고 일 이 년을 걸식"한다는 식으로 표현되기에 이른다. 그러나 아내가 그렇게 갖은 고생을 하는 중에도 흥보는 좀처럼 현실적인 처사를 찾아내지 못했다. 낚시로 소일을 하며, 부인이 어린 것을 등에 붙여 새끼로 동여매고 바가지에 밥을 빌어 얻어오면 가장이랍시고 되레 늦게 돌아왔다고 매질하는 행패를 부리기까지 한다. 이런 과정 속에서 구걸을 위해 사람 많은 대처大處를 찾아다니다가 고향 인근의 복덕촌에 정착하는데 흥보 아

46 이런 점 때문에 흥보의 윤리를 '모순'으로 파악한 사례가 있어 주목할 만하다. "이로 보면 놀부가 흥부를 축출하는 두 가지 이유는, 놀부 자신이 어릴 때부터 느꼈던 가족 집단으로부터의 소외감과, 소외자의 입장에서 더욱 강화된 나쁜 성정性情으로 본 동생의 유의유식遊衣遊食이다. 흥보의 유의유식遊衣遊食은 자신의 이해는 돌보지 않고, 남의 일만 보살피는 윤리 실현의 과정에서 나타나는 자기모순에서 야기된다."(밑줄 필자) 설성경 · 박태상, 앞의 책, 345쪽.

내는 자신의 참상을 아예 〈가난타령〉으로 지어 절절히 표현한다.

> 가난니야, 가난이야. 천만고의 잇난 가난 아모리 세아려도 ᄂᆡ 웃슈난 다시 업ᄂᆡ (중략) ᄉᆞᆷ슌구식 십여일관 정관문의 가난ᄒᆞ기 ᄂᆡ게되면 부ᄌᆞ로쇠. 오릉즁ᄌᆞ 주려씨나 외얏시나 어더먹고 쇼중난 굴물 젹의 방셕 털을 ᄉᆡᆼ켰시니 외얏슬 엇지보며 방셕이 어ᄃᆡ 잇나. 션산 ᄒᆡ로 이러ᄒᆞᆫ가 파묘나 ᄒᆞᄌᆞᄒᆞ되 종숀이 말일테요, 귀시니 져희ᄒᆞᆫ가 졈이나 ᄒᆞᄌᆞᄒᆞᆫ들 쌀ᄒᆞᆫ즘이 업셔씨니 복치를 ᄂᆡᆯ 슈 잇나. ᄋᆡ고ᄋᆡ고 셜운지고.[47]

딱한 처지임이 분명하지만, 마냥 딱하기만 한 것도 아닌 게 이 대목의 핵심이다. 흥보 내외가 전국 각처를 떠돌며 한 일은 구걸 같은 비생산적인 일이었을 뿐만 아니라, 유교 윤리가 지엄한 사회에 살면서 선산의 파묘破墓를 입 밖에 낼 정도의 극한 상황에서도 특별한 호구책을 강구하지 않은 것이다. 이런 가난 타령은 자신들이 얼마나 불쌍한 처지인가를 일러줌과 동시에 놀보가 흥보를 쫓아낼 때 그저 놀고먹는 유의유식遊衣遊食이라 지적한 것이 꼭 헛말만은 아님을 입증한 셈이기도 하다. 남 좋은 일만 하느라 제 앞가림을 못했던 흥보로서는 당연한 귀결이겠지만, 이렇게 쫓겨나기까지 하고서도 여전히 변화는 보이지 않고 사태는 더욱 악화되어만 갈 뿐이다.[48]

살길이 막힌 흥보는 마침내 아내의 청을 받아들여 다시 한 번 형

---

47 강한영 교주, 앞의 책, 332~334쪽.

48 이 점에 대해서는 경판본이 쫓겨난 후 곧바로 새 집을 짓는 것과는 달리 신재효본이 유랑하며 걸식함으로써 "한쪽이 상황을 순순히 받아들이고 적극적으로 삶을 모색하는 쪽이라면 다른 쪽은 새로운 상황에 쉽게 적응하지 못하고 이로부터 차라리 도피하려는 쪽"(정충권, 〈경판 〈흥부전〉과 신재효 〈박타령〉의 비교 고찰〉, 《판소리연구》 12, 판소리학회, 2001, 180쪽)이라는 지적이 있었다.

에게 가 곡식을 구하게 된다. 그러나 흥보의 작전은 전과는 달리 퍽 이나 논리적인 데다 놀보의 입장을 한껏 반영한 것이었다. 형이 자기를 내쫓은 것은 "형임 덕의 유의유식 ᄉᆞ람될 슈 업셔시니 각사리 고상ᄒᆞ면 여나 ᄉᆞ람될가 ᄉᆡᆼ각ᄒᆞ여 ᄋᆞ셨시니 그 뜻 엇지 모로잇가"[49]로 한결 수그러지면서 사실상 그간 자신의 처사를 반성하게 된다. 그러면서 그간 자신들이 얼마나 애를 썼는지를 과장하여 말하면서 돈을 모아 형님 은혜에 보답하려 했으나 여의치 않았다고 하소연했다. 그러나 결정적으로, "엇지 그리 무복ᄒᆞ여 밤낫스로 버스러도 돈 ᄒᆞᆫ 푼 못 모우고 원치 안는 ᄌᆞ식덜은 아덜이 스물다셧"[50]이라 함으로써 그 모든 것을 자신들이 무복無福한 탓이라 결론을 낸다. 그 결론은, 최선을 다했으나 복이 없어 살 방법이 없으니 적선해 달라는 것이다.

그러나 놀보는 그럴수록 더욱더 흥보의 청을 뿌리친다. 어차피 구걸에 이골이 나서 좋게 말해서는 가지 않을 테니 더욱더 강하게 내쳐야 한다고 생각한 것이다. 여기에 한술 더 떠서 놀보의 아내까지 합세하여 흥보를 몰아치게 되자, 드디어 큰 변화의 기회가 온다. 쫓겨 온 남편을 본 흥보의 아내는 그제야 더 이상 시아주버니에게 기댈 수 없음을 알게 된다. 그러니 어떻게 해서든 독자적인 호구지책을 마련해야겠다고 생각하여 밭을 매든 물을 긷든 바느질을 하든, 나아가 술장사라도 하겠다는 의지를 보이고, 흥보는 아내를 술장사로 내몰지 않겠다는 각오를 보이면서 그간의 소극적인 의식에서 탈피하게 된다. 흥보는 이제 구걸이 아닌 노동에 나서는데, 김매기, 땔

49 같은 책, 340쪽.

50 같은 책, 342쪽.

나무로 쓸 풀베기, 장날 뒷일 보아주기, 가마 메기, 조기짐지기, 급주가기, 방 고치는 조역꾼, 자갈 줍기, 모내기, 약재 지기, 부고 전하기, 풀무 불기, 편지 전하기, 술 짐 지기 등 온갖 일을 닥치는 대로 하게 된다. 그러나 아무리 벌어도 살 수가 없어서 한양까지 올라가서 종노릇까지 하고 병영에 매품도 팔려고 했으나 여의치 않아 빈손으로 돌아오는 형편이 되었다.

그렇게 흥보의 노력이 한계에 부딪치자 이번에는 흥보의 아내가 팔을 걷고 나선다. 그녀 또한 여성들이 할 수 있는 온갖 노동, 곧 밭매기, 김장하기, 벼훑기, 방아찧기, 삼 삼기, 물레질, 베짜기, 헌옷 짓기, 빨래하기, 장 달이기, 쌀 까불기, 풀 뜯기, 절구질 등을 하여 품을 팔며, 아이 낳고 첫 국밥을 손수 해먹으면서 한때도 쉬지 않고 밤낮으로 벌어 보았지만 역시 굶주림을 면하지 못한다. 이 비참한 현실 앞에 그녀는 치마끈으로 목을 매어 자결하고자 하고, 흥보는 그것을 막아서서는 자신의 탓이라 자탄하며 자기가 먼저 죽겠다며 "ᄎᆞ라리 ᄌᆞ결ᄒᆞ여 이런 ᄭᅩᆯ 안보고져"[51] 허리띠로 목을 매려 한다. 구걸이나 하며 남 탓이나 할 때와 비교하면 180도 달라진 모습이다.

이렇게 두 번의 쫓겨남은 두 단계에 걸쳐 사람을 변화시킨다. 첫 번째 쫓겨남에서는 흥보의 문제가 게으름과 무능함이라는 개인적 문제라는 데 초점이 맞춰진다면, 두 번째 쫓겨남에서는 열심히 일해도 살아가기 어려운 사회적 문제라는 데 초점이 두어진다. 이는 흡사 '구빈곤'과 , '신빈곤'의 대립을 연상케 한다. 전자가 "경제활동에 참여하지 못한 데 따른 물질적 박탈의 상황"이라면, 후자는 "경제활

---

51 같은 책, 352쪽.

동에 참여하면서도 빈곤 상황을 벗어나지 못하는 노동빈곤"[52]을 뜻하는바, 홍보가 두 번씩 쫓겨나면서 겪은 가난은 그렇게 현격한 차이를 보인다.

그리고 그 두 단계를 거치면서 비로소 놀보와 흥보가 어떻게 다시 만나야 하는지를 심각하게 드러낸다. 우애를 중심으로 한 윤리를 내세우며 유의유식에 빠졌던 흥보의 삶도, 자기가 열심히 일해서 모은 재산이니 빈털터리로 동생을 내쫓던 놀보의 삶도 모두 일면의 진리만을 갖고 있다는 것이 명백해졌기 때문이다. 이 두 번의 내쫓김을 통해, 적어도 흥보는, 양편이 갖고 있는 진실됨을 알고 하나로 아우를 수 있는 태세가 갖추어진 셈이다. 즉, '함께 삶–쫓겨남–다시 찾아감–다시 쫓겨남'의 단순 반복이 아니라 단계를 밟아 가면서 점차 자신의 삶을 제대로 인식하면서 자신의 형제에게 닥친 문제를 합리적으로 파악하게 된 것이다.

다음으로는, 흥보의 한 짝인 놀보의 각성이 필요하다. 그러나 놀보는 워낙 악독한 인물이라 흥보가 유리걸식하는 것을 뻔히 알면서도 생각을 바꾸지 않는다. 흥보가 박을 타서 부자가 되었다는 소식을 듣고 부랴부랴 제비 다리를 부러뜨려 박씨를 얻고, 그 박씨에서 나온 인물들에 의해 회과하는데 그 과정에서 〈박타령〉은 여느 창본과 상당한 차이를 보인다.

> 누가 허물 업실이요. 곳치면 귀홀터니 너도 이번 ᄀᆡ과ᄒᆞ여 형제 우ᄋᆡᄒᆞ고 일이의 화목ᄒᆞ면 이 ᄌᆡ물 더 보ᄐᆡ여 도로 갓다 쥴거시요, 글어

52 장세훈, 〈현단계 도시빈곤의 지속과 변모 – '신빈곤' 현상에 대한 탐색〉, 《경제와 사회》 15, 비판사회학회, 2004, 475쪽.

치 아니ᄒᆞ면 ᄒᆞᆫ 장 동안 ᄒᆞᆫ 번씩을 큰 비가 올지라도 우ᄌᆞᆼᄒᆞ고 올거시니 지질ᄒᆞ게 아지 마라.[53](〈박타령〉)

한 장수 나온다, 한 장수 나온다 저 장수 거동 봐라. 먹장 낯 고리눈에 다박수염을 거사려, 흑총마 칩터타고, 사모장창을 들고, 놀보 앞에 가 우뚝 서며, "네 이놈, 놀보야! 강남서 들은즉, 네 놈 심술이 고약하야 어진 동생을 구박 출문 쫓아내고, 제비라 하는 김생은 백곡에 해가 없는듸 성한 다리를 부질러 공 받고져 헌 일이니 그 죄로 이놈 죽어봐라!" 놀보 기가 맥혀 정신이 하나도 없이 죽은 듯기 나보시 엎져 혼불부신 되야 눼져 있을 적에, 그때에 흥보가 이 말을 풍편에 들었던가보더라. 천방지축 건너와서 장군전에 비는듸…[54](박봉술 창, 〈박타령〉)

이 대목은 놀보가 거의 망하고 박 속에서 신령스러운 인물이 나와서 놀보를 훈계하는 부분이다. 그런데 앞의 신재효본에서는 놀보에게 호령하고 응징하는 데 주력하기보다는 그를 착한 인물로 개조하는 데 주력한다. 그 이전까지의 응징 행위는 사실 이러한 개과천선의 기회를 만들기 위한 한 장치였음이 드러난다. 그런데 바로 아래의 다른 창본에서는 장군은 단순히 무서운, 놀부를 응징하기 위해서 특별히 파견된 정의의 사자 정도로 취급된다. 물론 장비張飛라는 인물은 그 본래 이미지가 그렇게 온화하게 감싸주는 인물이 아니지만, 적어도 신재효본에서 노리는 것은 장군에 의한 응징뿐만이 아니라

53 강한영 교주, 앞의 책, 416쪽.
54 뿌리깊은나무, 앞의 책, 153~154쪽.

그를 넘어서는 개과천선의 유도 및 그에 따른 용서라고 할 수 있다.[55]

이렇게 하여 놀보는 정말 내심으로 감화하고 회개하는 감격적인 순간을 맞는다.

> "ᄌᆞᆼ군 분부 듯ᄉᆞ오니 쇼인의 젼후죄ᄉᆞᆼ 금슈만또 못ᄒᆞ오니 목숨살여 쥬옵시면 젼허물을 다 고치고 군ᄌᆞ의 본을 바다 형졔간 우ᄋᆡᄒᆞ고 인리 화목ᄒᆞ여 ᄉᆞ람 노릇ᄒᆞ올테니 (중략) 놀보가 감화하여 양식 잇ᄂᆞᆫ ᄃᆡ로 밥을 짓고 소와 ᄃᆞᆰ ᄀᆡ 마니 줍아 군ᄉᆞ를 멕이면셔 죠은 슐을 연에 부어 ᄌᆞᆼ군젼의 올이오니"[56]

드디어 처음으로 놀보가 강권에 의해서가 아닌 자발적인 회개에 이르는 대목이다. 이 둘이 화합한다는 결말은 앞에서 이 형제가 자신들의 결점을 거세해 나가는 것과 연결될 수 있다. 앞서 설명한 대로 흥부는 두 번의 축출 과정을 통해 그간의 경제를 등한시한 삶이 지닌 문제점을 깨우쳤고, 놀부는 박씨로 인한 징계를 통해 자신이 윤리를 도외시하고 살아온 데 대한 참회를 함으로써 같은 결과를 가져온 것이다. 그리하여 궁극적으로는 형제의 화합에 이르게 하는데, 이는 형제간의 화합뿐만 아니라 그것으로 상징되는 당대의 대립적 제諸 요소 간의 화합이며, 이 점에서 이 작품이 지향하는 세계상은 모두가 함께 어우러져서 잘 살 수 있는 화합의 세계라고 하겠다. 이 점은

---

55 임형택의 앞의 논문에서도 지적된 바와 같이, 경판본에서 장비의 출현은 사실 놀부의 징계 이상의 의미는 없었는데 신재효본에서 개과천선을 유도하는 것은 좀 독특하다. 엄한 징계는 신재효본 전반의 특성과도 배치될 뿐만 아니라 판소리의 일반적 속성과도 괴리된다. 완전한 응징으로 끝나는 것은 오히려 군담계 영웅소설류의 일반적 도식이며, 신랄한 풍자도 탈춤 같은 데에서나 기대할 것이지 판소리같이 상 · 하 양 계층에 두루 얽힌 갈래에서 바랄 것은 못 된다.

56 강한영 교주, 앞의 책, 444쪽.

작품의 맨 끝인 "도원桃園의 나문 의기義氣 쳔고의 유젼遺傳ᄒᆞ야 일어ᄒᆞᆫ ᄒᆞ우불이下愚不移 감동ᄒᆞ게 ᄒᆞ시오니 염완입나廉頑立懦ᄒᆞᄂᆞᆫ ᄇᆡᆨ이지풍伯夷之風 갓튼가 ᄒᆞ노ᄆᆡ라."[57]에서도 확인된다. 도저히 사람이 될 가망성이 없는 하우下愚인 놀부도 백이伯夷 같은 훌륭한 이의 영향으로 잘못을 말끔히 고쳐 새 사람이 될 수 있다는 희망의 끈을 놓치 않은 결과이다. 이처럼 흥보가 두 번 쫓겨나 고생을 하며 자신의 삶을 반성하고, 놀보가 박통 속 인물에 의해 응징을 당하며 회과悔過하는 과정을 통해, 형제 모두 거듭남으로써 서로의 이면에 미처 보지 못한 장점을 인식하고 하나로 아우르는 통합의 서사에 이른다.[58]

욕망의 표출과 일그러진 세계상世界像

〈흥부전〉의 뿌리는 확실히 '도깨비 방망이'부류의 모방담이었다. 그러나 설화에서는 보이지 않던 성격이나 인성, 경제적인 지향 등이 개입되면서 작품의 깊이가 더해졌다. 흥부의 실속 없는 선행과 놀부의 이유 없는 악행에 그럴듯함이 더해지는 가운데 인물의 생동감도 키워졌고, 새로운 면모를 갖추게 된 것이다. 이 장에서 제일 먼저 살핀 대로 인물의 성격 제시에서 순선형의 인물이나 순악형의 인물을 가능한 한 배제하였다. 이 의미는 두 가지 방향에서 논의될 수 있는

57 같은 책, 444쪽.

58 조춘호는 이 두 차례의 내쫓김을 분리에서 합일로 가는 단계로 보았고, 이는 이 책의 논지와 상통한다. "형제 갈등을 중심으로 본 흥부전의 구조는 불완전한 합일-분리(고행)-합일 시도(좌절)-철저한 분리(철저한 고행)-제1차 귀환 준비-탐색-제2차 귀환 준비-귀환(완전한 합일)으로 이루어지고 있다." 조춘호, 〈형제갈등을 중심으로 본 흥부전 – 박타령과 박흥보전을 중심으로 –〉, 《문학과 언어》 제10집, 문학과언어연구회, 1989, 17쪽.

데, 그 하나는 양쪽 인물을 모두 비판하겠다는 의도이며, 또 하나는 그 둘을 애정을 가지고 모두 다 포용하겠다는 의도이기도 하다. 전자의 입장에서 양쪽을 다 비판하는 데 주안점을 둔다면 결과적으로 그간의 통념상 선善 그 자체였던 흥보의 약점을 드러내겠다는 의도가 강할 것이고, 후자의 입장에서는 반대로 악惡 그 자체로 치부되던 놀보를 감싸겠다는 의도가 강할 것이다.

이는 〈박타령〉에서 흥보와 놀보의 심성을 단순히 개인적인 문제로만 처리하지 않고 가정과 사회적인 문제로 확산하는 방향으로 개작한 사실과 연관된다. 앞서 살핀 대로 서사를 통해 흥보와 놀보가 서로 등을 지게 되는 출발점은 흥보 아버지의 남다른 자식 교육이었다. 그가 보기에 놀보는 선비로서 부적격인 데 반하여 흥보는 선비로서의 출세 가능성이 있다는 것인데, 이는 전근대적인 발상임이 분명하다. 결과적으로 놀보는 농업을 중심으로 한 생업에 종사하고, 흥보는 관료가 되어 국가에 이바지할 인재로 육성하였던 것이다. 그러나 그 결과 이들이 모두 어느 한쪽이 결핍된 불구적 인물로 자라나서 형은 윤리의 추구와는 대립되는 재물에만 집착하고 아우는 경제적 생활은 등한시하고 윤리적 가치만 추구하게 되었다.[59]

그런데, 기존 논의에서 똑같은 사실을 놓고 '주제의 파탄'으로 결론지은 대목이 있어서 주목을 요한다:

---

59 〈박타령〉의 이런 측면은 결국 불완전 충족 혹은 부분 결핍을 보이는 두 인물을 맞대결시키고 궁극적으로는 그들 모두를 완전충족으로 이끄는 판소리의 기본 도식을 잘 보여 준다. 이런 측면에서 이 작품에 깔린 기본적인 갈등을 흥부가 갖고 있는 기성 가치관과 놀부가 갖고 있는 새로운 가치관의 갈등으로 볼 수 있는데, 기존 연구에서 "기존 가치관과 새로운 가치관의 대립을 통하여 기존 가치관이 승리해야 한다는 민중의 소망을 표현한 작품"(이문규, 〈흥부전의 문학적 특질에 관한 연구〉, 《한국문학사의 쟁점》, 집문당, 1986, 548쪽에서 재인용)이라는 평은 적어도 이 신재효본에서는 그리 합당하지 않아 보인다. 앞서 살핀 대로 신재효본은 그 세부 사항에서 그런 단순한 일방적 승리로 그치지 않도록 배려하고 있기 때문이다.

천민 출신의 부자로 설정되었던 놀부가 개작에서는 다른 어느 본보다도 큰 부를 축적하여, 생활이 사치스러워졌을 뿐만 아니라 신분 계층도 고을 안의 당당한 양반으로 격상되어 있다. 그러나 '돈의 악마'로서의 놀부의 성격 자체는 변함이 없다. 다르다면 놀부는 더 지독한 '돈의 악마'로 그의 횡포와 비리도 확장되었을 뿐이다. 놀부의 부익부에 반비례해서 흥부는 빈익빈으로 궁핍해진 것은 당연한데, 흥부의 인간형 자체를 형편없이 타락하고 파탄된 인간으로 만들어 놓았다. 파렴치한 거지, 룸펜, 정신파탄자에, 제 목구멍만 생각하고 처자식도 잊어버린 인간으로 꾸민 것이다. 임노賃勞의 건실한 전형으로 설정했던 인물을 완전히 변모시켰다. 자연주의적인 인간관의 일면이 나타나는데, 간과할 수 없는 문제는 흥보가 가난에서 헤어나오지 못한 원인이 다름이 아니라 그 자신의 성격, 생활 태도의 탓으로 돌려지게 되어, 흥부와 놀부 사이의 갈등의 의미가 모호하게 된 것이다. 결국 흥부 형상의 분열은 주제의 파탄으로 발전하였다.[60]

이 인용 대목은 한 인물 성격을 양 방면으로 벌려 놓아서 결국 주제가 파탄되었다는 논지를 보이고 있는데, 한 인물을 절대선이나 절대악처럼 어느 한쪽으로 경도된 인물로 그리거나, 혹은 헷갈림이 없을 만큼 양자의 갈등을 첨예화하는 것이 훌륭한 문학이라는 논지는 성립하지 않는다.[61] 더욱이 그 갈등의 의의를 경제력에 국한하여 논의하려

60 임형택, 〈〈흥부전〉에 반영된 '賃勞'의 형상〉, 정양 · 최동현 엮음, 《한국고전산문연구》, 1986, 301쪽.
61 기존 논의에서 신재효본의 기본 성격 중 하나로 철저한 도식성을 든 예도 있다. "신재효는 善惡의 윤리적인 문제에 관한 한 철저하게 전형적 인물로서의 형상화를 지향하고 있다. 한 인물에게서 여건에 따라 변화할 수 있는 가능성을 제거하고 사회규범에 합당한 전형적 성격을 부여하였던 것이다."(정병헌, 《신재효판소리사설의 연구》, 평민사, 1986, 39쪽) 물론, 이런 논의가 주로 〈춘향가〉와 〈심청가〉를 중심으로 행해진 것이라고는 해도 여전히 납득하기 어려운 점이 있다. 이런 논의에서

고 든다면 신재효 〈박타령〉의 본연의 의미는 많이 삭감될 수밖에 없을 것이다. 삶의 발랄성이라는 것만 해도 한 방향으로 획일화된 인간에게서 나온다기보다는 상황에 따라서 적절히 대처하는, 변화하는 인간에게서 나오는 것임은 실생활의 경험으로 충분히 알 수 있다. 요컨대 이런 논의는 앞서 흥보가 두 차례 쫓겨나는 과정에서 보여 주었던 일련의 변화 양상을 '순차적인 변화'로 파악하지 않고 '상호 모순'되는 안일한 창작 태도에서 기인한 파탄으로 파악한 데에서 온 것이다.

그런데 실제로 〈박타령〉에서 이 두 인물을 같은 정도로 비판했다면 신재효가 추구하는 인간상은 이들의 결점을 최대한으로 극복하면서 동시에 이들의 장점을 최대한으로 수용하는 방향이 될 것은 지극히 당연하다. 그런데 그들이 그런 인물이 될 수 있다는 당위적 가능성과는 별개로 실제적인 현실성이 결여되었다면 무위로 그칠 공산이 있는데, 바로 여기에서 그가 제시한 성격 변화 부분이 의의를 지닌다. 경제적으로 무능했던 흥보에게나 윤리적으로 악하기만 했던 놀보에게나 긍정적인 방향으로 변화 가능성을 열어 두고 구체적인 사건의 제시를 통해 그 사실을 실증해 보였던 것이다. 특히 이 대목에서는 두 번의 쫓아냄을 통해 개인적 문제와 사회적 문제, 윤리적 문제와 경제적 문제를 아우름으로 해서 이 작품이 지닌 폭과 깊이를 더 키워 나갔다.

이를 통해 여느 모방담에서 보이는 선행인先行人의 성공과 그를 따라 모방한 후행인後行人 실패라는 보편적 도식을 넘어 시대적 특수성을 담게 된다. 아닌 게 아니라 〈박타령〉에서 흥보를 쫓아내며

인물 성격 구분의 핵심 근거로 삼고 있는 평면적 인물과 입체적 인물이라는 2분법을 쓰더라도 다른 본에 비해서 신재효본이 더 평면적이라는 논거는 발견되지 않는다.

놀보가 주장하는 말들은 일견 합리적인 데가 있다. 특히 아버지의 흥보 편애, 놀보만의 경제 행위, 실속 없는 흥보의 선행 등등이 그렇다. 그러나 그러한 내용들도 따지고 보면 어느 시대 어느 사회에나 두루 있을 법한 일들이다. 형제가 다 똑같을 수 없고 부모도 인간인 이상 모든 자식들을 다 똑같이 대하기 어렵기 때문이다. 이 대목에서 그보다 더 중요한 일은 그런 주장들이 외적으로 표출되게 된 상황이다. 비록 아버지가 돌아가신 후라도 선친의 뜻을 어기면서까지 드러내놓고 동생을 박대할 수 있는 데에서 "조선 후기의 신분적 분열의 한 단면을 보여 줌과 동시에 능력 위주의 현실 적응화와 이에 대항하는 장자長子의 반발을 통해 가부장제 붕괴에 대한 기미"[62]를 볼 수 있다는 주장이 지나친 과장으로 여겨지지 않는다.

실제로 〈박타령〉의 흥보와 놀보의 시선을 따라가다 보면 설화의 모방담에서 찾기 어려운 '생생한 욕망'들을 엿볼 수 있다. 먼저 흥보가 쫓겨나와 적빈赤貧의 세월을 보낼 때에도 가난해서 힘이 들었다거나 가장으로 식솔들에게 민망해했다거나 하는 진술은 보이지 않는다. 그래도 양반입네 하고 객사客舍 같은 데에 가서 거드름을 피우거나 밥 빌어 온 아내에게 늦게 들어왔다고 매질을 하거나 반찬 타령을 늘어놓는다. 가난하니까 가난하게 사는 순응 대신 가난해도 양반이기에 여느 양반처럼 살고자 하는 욕망이 더 큰 까닭이다. 그러나 양반이 특별한 생업에 종사하지 않아도 생활이 가능했던 것은 소유 재산이 있거나 관직에 나아갔기 때문인데, 흥보는 그 어느 쪽도 아니면서도 양반의 삶, 정확히는 유식자遊食者의 삶을 원했다. 여기에서 흥보가 쓴 사회적 가면과 내면의 실체가 충돌하는 셈이다.

---

62 설성경 · 박태상, 앞의 책, 354쪽.

또, 흥보가 두 번째로 쫓겨나면서 마음을 고쳐먹고 새롭게 살아가는 과정에서는 더욱더 심각한 사회 문제가 전면에 대두된다. 부부가 합심하여 온갖 품팔이에 나서는 과정은 끔찍한 참상慘狀이다. 한때도 쉬지 않고 밤낮으로 벌어도 늘 굶는 참혹한 현실 앞에 삶의 의지 자체가 무모하게 느껴질 법했고, 급기야 흥보의 아내가 자결하려 하고 흥보가 그걸 만류면서 가장 역할을 제대로 못한 자책을 하며 제가 대신 하겠다고 나서는 지경에 이른다. 품팔이란 본시 제 노동력을 제공하고 품삯을 받아 생활하는 일이어서, 품팔이가 생활 대책으로 성립하려면 그로써 최소한의 생계가 보장되어야만 한다. 그러나 내외가 아무리 애를 써도 그것이 불가능한 현실을 깨닫는 데서 이 문제가 더 이상 윤리의 문제도 마음가짐 문제도 아님을 알게 한다. 일하는 빈곤층을 일컫는 '노동빈민', 곧 "근로소득이 있지만 빈곤한 사람들"[63]이 현대사회에서 새롭게 생겨난 것이 아니라, 임금노동자가 생겼을 때부터 시작된 뿌리 깊은 문제임을 알게 한다. 결과적으로는, 선한 이에게는 그 순수한 마음에 대한 보답으로 복이 온다는 설정과는 달리, 현실적인 답답함 속에서 무언가를 향해 에둘러 가는 모양이 연출되는 것이다.

끝으로, 흥보가 박을 탄 이후로는 억제되었던 욕망들이 한꺼번에 터진다. 맨 처음 박통 속에서는 음식이 나오고 두 번째 박통 속에서는 의복이 나오는데, 여기까지는 그간의 가난에 대한 보답으로 여겨질 만하다. 그러나 연이은 박통에서는 판이한 양상을 보인다. 온갖 희한한 비단과 보물들이 속출하고 사치스러운 물목物目들이 쏟아진다. 그

63 윤성호, 〈한국노동빈민의 빈곤과 사회적 배제의 관련성에 관한 실증적 연구〉, 《사회보장연구》 제21권1호, 2005.

러나 전에 없던 호의호식好衣好食에 만족하는 게 아니라 나머지 박통을 마저 타 보기로 하면서 사달이 난다. 그 신나는 한 대목은 이렇다.

흥보ᄃᆡᆨ이 메너리목으로 제법 멕겨 "여보쇼 셰ᄉᆞᆼᄉᆞ람 ᄂᆡ의 노ᄅᆡ 드러보쇼. 셰ᄉᆞᆼ의 죠은 거시 부〃박기 또 잇난가.", "어기어라 톱질이야.", "우리 부〃 만난 후의 셔룬 고ᄉᆞᆼ 만이 힛ᄂᆡ. 열어 날 밥을 굼고 엄동의 옷이 업셔 신셰를 ᄉᆡᆼ각ᄒᆞ면 발셔 아니 죽어슬가.", "어기여라 톱질이야.", "가ᄌᆞᆼ ᄒᆞ나 못 이져셔 이ᄯᆡ까지 ᄉᆞ라쩌니 쳔신이 감동ᄒᆞᄉᆞ 박통쇽의 옷밥 낫ᄂᆡ. 만복 죠흔 우리 부〃 호의호식 질겨보ᄉᆡ.", "어기여라 톱질이야.", "ᄒᆞᆫ 상의셔 밥을 먹고, 한 품의셔 ᄌᆞᆷ을 잘 제 부자 셔방 죠타ᄒᆞ고 욕심ᄂᆡᆯ 연 만ᄒᆞ리라. 암키라도 얼는ᄒᆞ면 ᄂᆡ 숌씨의 졀단나졔.", "어기여라 톱질이야." 실〃 탁 타노니 쳔만 뜻박 미인 하나 함교함ᄐᆡ 나오난듸 구름갓튼 머리털로 낭ᄌᆞ을 곱게 ᄒᆞ야…[64]

의식주가 해결됨으로써 문제가 해결되는 게 아니라 새로운 문제가 터져 나온다. 먹고살 만해진 흥보 아내는 흥보의 외도를 걱정하고 나섰으며, 박 속에서 미인이 나오면서 걱정이 현실로 확인됐다. 미인의 정체는 바로 양귀비였으며, 서술자는 이때 흥보의 심정을 "흥보가 져의 가쇽 흑각 발톱 단목다리 이것만 보앗다가 일언일ᄉᆡᆨ 보와노니 오쪽키 좃컨느냐."[65]로 표현하고 있다. 이러자 흥보 처가 집을 나가겠다고 으름장을 놓는 등 한바탕 해프닝이 벌어지는데, 이 가운데는 지극히 인간적인 욕망이 자리하고 있다. 단순히 가난을 면

---

64 강한영 교주, 앞의 책, 384~386쪽.

65 같은 책, 386쪽.

해서 밥이나 배불리 먹었으면 하는 소박한 소망과는 다른 탐욕이 도사리고 있는 것이다. 이는 흥보가 놀보의 탐욕과 인색을 원망했으면서도 또 한편으로는 선망한 결과로도 읽힘직하다. 남부럽지 않은 놀보가 자기 삶에 불만을 갖게 된 것도 마찬가지다. 동생 흥보가 박을 탐으로써 자신이 갖지 못한 진귀한 물건들과 미인들을 갖게 되자 자기도 그렇게 되고 싶어 했기 때문이다. 결핍에 의한 내재적 욕망이 아니라, 외부의 시선을 의식한 선망羨望에 의한 욕망이 발동한 것이다.

이런 맥락에서 놀보의 욕망은 훨씬 더하다. 욕심쟁이는 동서고금 어디에나 있지만 〈박타령〉에서는 시대적인 특성을 고스란히 담아내고 있다. 그는 분명히 양반가의 사람으로 등장함에도 불구하고 당대의 유자儒者라면 시도는커녕 입에도 담아낼 수 없는 일들을 버젓이 해낸다. 자신이 장자長子임을 내세워 차자次子의 몫을 전혀 인정하지 않는다든지, 심술 타령에 나열된 많은 심술들은 자신에게 특별한 이익을 주는 것이 아닌 그야말로 심술로 막연하게 남이 못 되기를 바라는 마음가짐을 보여 준다. 이는 이기적인 재물욕으로 설명할 수 없는 독특함이 있는데, 당시 급부상한 경영형 부농들의 태도를 엿보게 하기도 한다.[66] 이로써 〈박타령〉이 그 이전의 〈흥부전〉군이나 설화 수준의 작품에서 피할 수 없던 한계를 극복하는 계기를 마련했다.

결국, 〈박타령〉은 두 형제의 치우친 문제점을 지양하여 합리적이며 이상적인 삶을 제시하는 쪽으로 작가의식을 반영시켰다. 이는 작가의 객관적인 현실 인식과 낙관적인 미래의 전망이 어우러진 결과

---

66 김창진은 놀보가 그런 성격을 갖게 된 배경으로 18세기 사회상을 들었으며 '물질 추구 성향'보다도 오히려 '배타적 성향'이라고 보았다. 김창진, 〈놀부가 흥부를 내쫓은 까닭은? -〈흥부전〉의 주제는 '공존공영'이다(2)〉, 《국제어문》 22, 국제어문학회, 2000, 17쪽 참조.

로 보이는데, 이 작품이 추구하는 세계가 단순한 권선징악으로만 속단되기 어려운 사정도 이와 궤를 같이한다. 여기에서 보여 주는 여러 인물 유형에 대한 포용성이나 성격 변화 가능성에 대한 개방된 자세는 궁극적으로는 어느 한쪽의 제거나 일방적 승리가 아닌 쌍방의 승리와 그로 인한 화합에 가깝기 때문이다. 이 작품 속에는, 다만 그 둘의 양립을 불가능하게 하는 요소만을 제거하면 자연스럽게 함께 살 수 있는 세계가 가능하다는, 복잡한 현실에 비해 지나치게 낙관적인 판단이 깔려 있다고 하겠다.

주지하는 대로 우리 고소설 가운데 가정소설이 상당히 큰 비중을 차지함에도 불구하고 형제 갈등은 도리어 적은 편이어서, 처첩妻妾 간의 쟁총爭寵이나 계모 이야기 등에 비해서는 미약한 수준이다. "권선징악을 무엇보다도 강조해 왔던 고소설에서 의식적으로 형제간의 갈등을 기피한 것은 아닌가"[67] 생각할 정도였다. 실제로도 가부장적 윤리 체계 안에서 부자 관계와 형제 관계를 근간으로 여기면서 그것을 훼손하는 이야기를 의도적으로 배제했을 가능성이 크다. 그럼에도 불구하고 〈적성의전〉처럼 한쪽의 패망과 멸절이 이루어짐으로써 선을 회복하는 이야기보다 〈흥부전〉처럼 부富와 윤리倫理의 편재偏在를 조정하여 개과천선改過遷善을 통해 형제애를 다지는 쪽으로 진행되는 서사가 널리 받아들여진 것은 시사하는 바가 크다. "부모형제는 수족 같고 처자식은 의복 같다"는 속언이 웅변하듯이, 수족을 떼어 내고는 살 수 없으므로 어떻게든 함께 가야 한다는 관념이 팽배했기 때문일 것이며, 거기에 경제적인 문제까지 아울러 포섭하게 된

67 차용주, 〈고소설 갈등 양상에 대한 고찰 – 형제간의 갈등을 중심으로 –〉, 《동아시아문화연구》 제4권, 한양대학교동아시아문화연구소, 1983, 64쪽.

다면 이상적인 삶에 근접할 가능성이 높을 것이다.

신재효의 〈박타령〉은 본디 형제간의 우애라는 윤리 문제에서 출발했음에도 불구하고 경제 문제를 집요하게 파고든, 고소설로서는 보기 드문 작품이다. 이는 당대의 사회 흐름이기도 하겠지만 일면 신재효의 개성적인 면모로 보이는데, 그가 개작한 〈치산가治産歌〉를 통해서도 확인된다. '치산가治産'이라고 하면 당연히 재산을 늘리고 지키는 데 집중해야겠지만, 신재효의 〈치산가〉는 특별한 데 관심을 둔다. 그 시작이 "이보 소년더라, 긔한노인 웃지마소. 졀머서 방탕ᄒᆞ면 이러ᄒᆞ긔 면할소냐."여서 젊어서부터 근검절약해야 함을 강조하고 있지만 그 핵심은 "창업ᄒᆞ긔 어렵썬과 슈셩ᄒᆞ긔 더 여렵네."라 하여 재산을 모으는 창업創業 못지않게 모은 재산을 잘 지키는 수성守成에도 많은 공력을 들여야 함을 역설하고, "ᄉᆞ치하고 무도ᄒᆞ면 범법수죄 자로 ᄒᆞ고 패가망신 아조 쉽네."[68]라고 하여 수성의 기본이 윤리임을 확실히 한다.

그런데 이 〈치산가〉에서 꼽는 윤리가 부모에게 효도하라는 식의 당위적인 내용이 아닌 것에 주목할 필요가 있다. "노쇽은 수죡이라, 젠들 아니 인싱인가"라고 하여 노비들에게까지 인간애적인 시선을 보이는가 하면, "일변으로 치산ᄒᆞ며, 일변으로 봉양하쇼."[69]라고 하여 치산과 봉양을 동궤에 두고 있다. 이는 신재효가 취한 '공동체 윤리'의 문제거나 '윤리의 문제를 경제적 손익과 결부시키는 관점'이라 할 만하다.[70] 경제를 운영하는 사람은 따로 있고 사대부는 윤리만 지

68 신재효, 〈치산가〉, 강한영 교주, 앞의 책, 673쪽.

69 〈치산가〉, 강한영 교주, 앞의 책, 674쪽.

70 이러한 시각은 이해진, 〈〈박타령〉과 〈치산가〉에 나타나는 신재효의 현실인식〉, 《판소리연구》 38, 판소리학회, 2014, 293~294쪽 참조.

키면 된다거나, 시대가 바뀌었으니 윤리를 도외시하더라도 치산治産에 주력해야 한다는 게 아니라 그 둘의 균형을 문제 삼은 것이다.

이런 관점에서, 〈박타령〉의 서사는 흥보가 쫓겨나고 놀보가 회과悔過하고, 또 흥보의 분재分財로 두 인물이 균형을 찾는 일련의 과정으로 설명될 수 있다. 흥보의 분재는, 놀보가 재산을 독식한 채 동생을 돌보지 않았던 것과 비교됨은 물론, 경판 〈흥부전〉에서 보듯이 놀보가 박을 타면서 나오는 온갖 유랑연희집단은 돈의 통용과 연관된다는 점이 흥미롭다. 돈을 묵혀만 두던 놀보에게 보란 듯이 흩어지는 광경을 연출함으로써, 화폐의 퇴장退藏이 빚는 사회 문제에 경고하는 것이라는 해석이 가능해진다.[71] 그러나 〈박타령〉에서는 단순한 경고가 아니라, 재물의 순환을 통한 균형 찾기에 집중한다는 점이 특별하다. 흥보의 박에서는 써도 써도 계속 나오는 쌀이나 돈궤가 나오던 데 반해서 놀보의 박에서는 아무리 집어넣어도 채울 수 없는 '능천낭凌天囊'이라는 신기한 주머니가 나온다. 생긴 것은 예사 주머니 같지만 이름 그대로 하늘을 넘볼 만큼의 막대한 양을 담아가 두는 요술 주머니다. 문제는 한쪽에는 복을 주고 한쪽에는 벌을 주었다는 단순한 도식이 아니라, 벌 받을 사람이 부당하게 가져간 몫을 선량한 사람의 복으로 되돌린다는 데 있다. 놀보 집안의 옛 상전을 자처하는 사람이 능천낭으로 역대 부자들의 많은 재물을 걷었다고 하자 놀보가 그 용처를 묻는데, 그 내용이 예사롭지 않다.

71 놀보의 박사설을 '퇴장화폐'의 문제로 접근한 사례는 하성란, 〈놀부박사설의 성격과 화폐경제인식 – 퇴장화폐 문제를 중심으로 –〉(《동악어문학》 55, 동악어문학회, 2010)가 있다. 이진경은 이에 대해 '퇴장'이 아닌 '축장蓄藏'으로 이해하는 것이 바람직하다는 견해를 제시하면서 놀보가 맞게 되는 탕진이 "퇴장된 화폐를 다시 유통시키는 게 아니라, 축장된 화례를 탕진하거나 순환계 속에서 필요한 이들이 소비하게 하는 것"(이진경, 《파격의 고전》, 글항아리, 2016, 220쪽)으로 진단했다.

"그러케 쎅셔다가 어딕 써겨시오?", "임군의게 츙셩ᄒᆞ고 부모의게 효도ᄒᆞ고 형제간의 우익ᄒᆞ고 친고 구제 ᄒᆞᄂᆞᆫ ᄉᆞ람 형셰가 〃난ᄒᆞ면 이 ᄌᆞ물 논와쥬어 부ᄌᆞ 되게 ᄒᆞ엿지야. 그것도 죠션ᄯᅡ이졔. 박흥보라 ᄒᆞᄂᆞᆫ ᄉᆞ람 형셰가 〃ᄂᆞᆫ키로 이 쥬먼이 잇ᄂᆞᆫ 셰간 졀반나무 보ᄂᆡ씨야." 놀보놈 평ᄉᆡᆼ 셩기 다른 ᄉᆞ람 ᄒᆞᄂᆞᆫ 말을 기예이 뒤밧것다. "만일 글어하략이면 안ᄌᆞ 갓튼 아셩인이 단표누항ᄒᆞ고 동쇼람의 출천지효 슉슈공양 못ᄒᆞ오니 쥬먼이의 잇난 셰간 웨 아니 보ᄂᆡ엇쇼?", "글헐 이가 잇것나냐. 만이〃" 보ᄂᆡ써니 염결ᄒᆞ신 그 어룬덜 무명지물이라고 다 아니 밧써구나.(하략)"[72]

필요 이상 많은 재물을 가져가 제대로 못 쓴 사람들에게서 재물을 빼앗아다가 착한 사람에게 나누어주는데 흥보가 그중 한 사람이라는 것이다. 놀보도 개과천선만 한다면 다시 그 재물을 돌려받을 수 있다고 하여, 그의 재물을 빼앗은 것이 단순한 징벌을 목표로 한 것이 아니라 거듭남을 도모하는 것임을 분명히 했다. 그리고 이 대화 가운데 허투루 넘길 수 없는 내용이 돌출한다. 공자의 제자인 안연顔淵은 청빈淸貧의 대명사로 등장하는 인물로 아성亞聖이란 칭호가 과하지 않은 경우인데, 놀보는 왜 그런 데는 가져다주지 않았느냐는 볼멘 소리를 하면서 사실은 자신을 골탕 먹이려고 거짓으로 꾸며대는 말이 아닌가 의심하고 있다. 그러나 박 속에서 나온 자칭 상전이라는 인물은 '무명지물無名之物'의 논리를 동원하고 있다. 성인군자답게 명목 없는 재물은 받을 수 없다며 사양했다는 것이다. 이는 곧 그런 수양을 쌓은 성인군자가 아니라면 가난을 안빈安貧 운운하며 견뎌 낼 재간이

72 강한영 교주, 앞의 책, 416쪽.

없다는 뜻이다. 〈박타령〉은 바로 그러한 부분까지 파고들면서 설화의 모방담이나 여느 소설과는 확연히 구별되는 지점에 서 있다.

요컨대, 박 사설을 통해 윤리의 문제와 경제의 문제를 함께 다루어나가는 형국인데, 이 과정을 간단히 정리하면 다음과 같다.

인물(대립 자질) \ 사건	놀부와 흥보가 함께 삼	흥보가 쫓겨남	흥보가 박을 탐	놀부가 박을 탐	놀부가 悔過하고 흥보를 찾아감
흥보(富, 倫理)	+, +	-, +	+, +	+, +	+, +
놀부(富, 倫理)	+, -	+, -	+, -	-, -	+, +

아울러, 도식적으로 표현하기는 어렵지만 놀부와 흥보가 함께 살 때의 흥보의 윤리와 흥보가 쫓겨나 각성을 한 후 흥보의 윤리는 질적으로 다르다. 전자가 놀보와 대극적이기만 한 선善이라면, 후자는 놀부에게 한 발 다가서는 진일보한 선善이라 할 수 있다. 놀부의 윤리 또한 박을 타기 전 후로 질적인 차이를 보여서 전자는 흥보와 대극적이기만 한 악惡이지만 후자는 흥보에게 한 발 다가서는 진일보한 악惡이라 할 수 있다. 이렇게 볼 때, 〈박타령〉은 흥보와 놀부는 사사건건 대립하지만 우여곡절 끝에, 인물 간의 균형은 물론 대립 자질 간의 균형이 이루어지는 이야기라 할 수 있다. 둘은 떨어질 수 없는 하나이며, 그 둘의 화해와 합일이야말로 종래의 전근대적 인간상과 차별되는 지점이라 하겠다.[73]

73 기존 논의에서 〈흥부전〉을 윤리적 가치에 경제적 가치가 개입되는 과정을 반영한 것으로 풀이한 사례가 있어 주목할 만하다. "흥부전은 이러한 시대적 사회적 상황을 반영하여 분리될 수 없는 형제의 윤리적 자아와 경제적 자아의 양면을 보여 주고자 한 것이다. 사회가 추구하는 가치가 경제적 가치로 전이되는 과정에서 혈연적 관계인 형제 사이의 가치인 윤리적 가치가 경제적 가치로 전

사회가 복잡 다양해지면서 어느 한쪽으로 쏠린 인간만으로는 그 사회적 책임을 다하기는커녕 자기 자신을 일으켜 세우기도 부족할 것이고, 당연히 그런 사회에서는 그 복잡함에 대처할 만한 인간상을 희구하게 되는데, 여기에서는 그 이상적 모델을 제시하는 것이 아니라 두 형제를 적절하게 비판함으로 해서 그 둘의 단점을 거세한 보다 더 바람직한 인간상을 제시했다. 이는 한마디로 요약한다면 놀부처럼 경제에 매몰된 채 비윤리적으로만 치닫는 인간도, 흥보처럼 경제는 등한시한 채 윤리적이기만 하려는 인간도 거부하는 그 둘의 장점을 잘 갖춘 그런 인간상이다. 물론, 놀부의 이악스러운 재물 축적 과정이나 흥보의 혹독한 품팔이 과정 등에 드러난 현실 세계는 종래의 설화 등이 보여 주었던 세계상과는 사뭇 다른 일그러진 모습이었으며, 그것이 이 작품의 특별함을 더해 준다. 이 점에서 굳이 〈흥부전〉의 근대성을 찾으려면 작품에서 잘 보이지도 않는 놀부가 부를 쌓는 과정에서의 근대성이나 근면성에서 찾을 게 아니라 "공동체적 순환계를 파괴하고 이웃은 물론 형제마저 생존의 바닥으로 내몰면서 부를 축적한 놀부의 노골적인 파괴 행위로부터 찾아야"[74] 한다는 지적이 뼈아픈 대목이며, 역설적으로 이러한 두 형제를 하나로 융합해 내는 일은 언제나 현실에서는 보기 어려운 이상적인 모델임을 노정하기도 한다.

이되는 과정에서 혈연적 관계인 형제 사이의 가치인 윤리적 가치가 경제적 가치로 인하여 침해되는 심각한 양상을 반영한 것이다." 조춘호, 〈형제갈등을 중심으로 본 흥부전 – 박타령과 박흥보전을 중심으로 –〉, 《문학과언어》 제10집, 문학과언어연구회, 1989, 164쪽.

74 이진경, 앞의 책, 225쪽.

제7장

세속과 탈속

성聖과 속俗, 그 다층적 엇갈림

성聖/속俗의 짝패는 동서고금의 서사에서 흔히 다루어지는 테마이다. 성스러운 인물과 비속한 인물의 대비를 통해 삶의 진면목을 보이고자 하는 의도이겠는데, 〈구운몽〉에서 성계聖界의 인물 성진과 속계俗界의 인물 양소유의 대비는 그 좋은 예이다. 성진과 양소유가 작품 안에서 직접 만나는 일은 한 번도 없지만, 독자들은 양소유가 곧 성진의 전신轉身임을 알기에 그 둘은 한 인물의 각기 다른 형상이다. 그러나 만일 작품 안에서 성진은 성진대로, 양소유는 양소유대로 살다가고 말았더라면, 이 둘은 짝패로 기능하기 어렵다. 어떤 계기에서든 성진이 양소유의 삶으로 다가서고 양소유가 성진의 삶으로 다가서려 했기에 둘의 하나됨이 강조될 수 있었다.

엘리아데가 진술한 "성스러운 것의 정의는 우선 속된 것과 대조를 이룬다는 것"[1]은 성聖과 속俗이 독립해 있을 수 없음을 가리킨다. 성이든 속이든 어떤 사물, 어떤 사람, 어떤 상황에서든 하나의 시점에서 서로 다르게 파악될 수 있는 두 양태인 것이다. 이런 관점에서 자연히 성과 속의 교차, 혹은 성과 속의 통합이 주요한 주제로 부각된다. 서사에서 두 인물이 성과 속을 분담해서 보이는 일은 아주 흔하게 짝패 관계를 이루는데, 소설에서, 특히 〈구운몽〉처럼 장편의 소설에서라면 서사 전개가 두 인물만으로 이루어지는 것이 아니기 때문

1 M. 엘리아데, 《성과 속》, 이은봉 옮김, 한길사, 1998, 48쪽.

에 다양다기多樣多岐의 짝패 인물이 파생될 수 있다.

예를 들어, 《파우스트》에서의 짝패 인물이라면 누구나 주저 없이 파우스트와 메피스토펠레스를 꼽을 것이다. 그런데 메피스토펠레스는 파우스트를 타락으로 몰고가도록 유혹하는 인물이지만, 파우스트가 등장하기 이전부터 존재하던 악마였다. 그의 대적對敵은 본시 파우스트가 아니라 신神이었다. 신이 창조한 세상이 영원불멸의 성공작이 아니라 허무하게 스러질 공허임을 입증하기 위해, 영원불멸의 진리를 탐구하는 파우스트 박사 앞에 나타났던 것이다. 메피스토펠레스가 파우스트의 '또 다른 자아Alter Ego'로 인식될 수 있는 근거는, 마침 파우스트가 자신이 도달하려고 학문적 이상에 회의가 드는 시점이었기 때문이다. 그리하여 그는 애초에 품었던 불멸의 진리를 찾아내려는 고상한 욕구와, 순간적인 쾌락의 늪에서 머무르려는 속된 욕망 사이를 오가게 된다. 즉, "그의 이성은 그에게 그때마다의 한계를 뛰어넘어 신성을 획득할 것을 요구하는 데 반하여 그의 야수성은 그를 동물적 존재에 얽매어"[2] 놓는다. 이렇게 본다면 '파우스트-메피스토펠레스'의 짝이 가능하게 한 근원은 '신-메피스토펠레스'였고, 파우스트는 신과 메피스토펠레스 사이를 오가는 행보를 보이는 것이다.

마찬가지로, 〈구운몽〉의 경우 또한 그러해서 '성진-양소유'의 짝만으로는 온전히 설명되기 어렵다. 성진이 머물던 연화사가 있는 형산이 성소聖所임이 분명하지만, 그곳은 동서로 갈려 육관대사와 위부인이 거처하는 곳으로 엄격히 구획된다. 이는 단순히 남자와 여자의 문제가 아니라, 불교와 도교의 문제로 특별한 이념적 대립까지

---

2 김수용, 〈《파우스트》에 나타난 악惡의 본성〉, 《독일언어문학》 12집, 한국독일언어문학회, 1999, 156쪽.

암시한다. 게다가 형산과 가까운 동정호에 사는 용왕은 심부름 온 성진에게 술을 먹임으로써 금욕을 강조하는 육관대사의 대척점에 선다. 이는 세속에서 말하는 주酒/색色의 유혹을 위부인과 용왕이 한데 보여 주는 꼴이어서 사태가 간단치 않음을 암시한다. 또, 성진과 양소유가 짝패의 관계를 이루었듯이, 8선녀와 8미인 또한 그렇게 볼 여지가 없지 않다. 물론 8선녀가 각각의 인물로 개성 있게 그려지지 않아서 일대일 대응 관계를 이루도록 구성되지는 않지만, 적어도 8선녀가 희구하던 삶의 한 방향이 8미인의 삶인 점에서 서로 대척점에 있다고 할 만하다. 형산의 한쪽 면에서 조금도 떠나지 못하는 처지에 불만이었던 그들이 여성의 몸으로 감당하기 어려운 이산離散과 배회徘徊를 해야 했던 것이다.

다음으로, 성진이 몸을 바꾸어 양소유로 태어나도 사태는 단순하지 않고, 도리어 더 많은 인물이 더 오랜 시간 사건을 일으키면서 훨씬 더 복잡한 양상을 띤다. 양소유의 아버지는 '양 처사'로 나오는 만큼 신선 수업을 하는 인물이며 텍스트 상으로 보자면 나중에 신선이 된 것이 분명하다. 양소유가 비록 속계로 떨어졌지만 그 아버지는 신선계에 사는 성聖의 인물이었다. 이는 '성진-육관대사'의 관계가 '양소유-양 처사'의 관계로 되풀이됨을 뜻한다. 육관대사는 스승으로 양 처사는 아버지로 나오는 점이 다르지만, 둘 모두 윗대와 아랫대의 관계인 데다가 동성同性인 점을 간과할 수 없다. 동성은 생물학적으로만 유사한 것이 아니라 대체로 사회학적으로도 같은 역할을 하게 되어 있어서, 윗대의 동성은 롤-모델role model이자 멘토mentor가 되기 쉽다. 그러나 어떠한 사제師弟 혹은 부자父子 관계에서든 윗대를 수용하고 답습하기만 해서는 진정한 발전을 할 수 없기에 수용하면서 거부하는 모순적인 관계가 펼쳐지기 마련이다. 결국, 성진이든 양소유든 스승과 아버지와 '다르게 살기' 혹은 '넘어서기'의 과업을 갖게 되며 이 점에서 서로 맞서면서 하나가 되려는 성향을 보인다.

그런가 하면 8미인의 등장 또한 예사롭지 않다. 단순히 여덟 미인을 병렬로 늘어놓은 방식이 아니라, 여덟 명을 각각 둘씩 묶어 네 개의 조합이 되도록 배치함으로써, 그 넷이 모두 들어차야 완성되는 구도를 보인다. (A^1, A^2), (B^1, B^2), (C^1, C^2), (C^1, C^2)와 같은 형식의 짝을 이루어 배치되는 것이어서, 각각의 쌍들 또한 짝패의 형식이 될 수 있다. 나중에 공주 자매로 맺어지는 이소화와 정경패, 본래 주인과 몸종 관계인 진채봉과 가춘운, 기생 출신인 계섬월과 적경홍, 산수山水에서 살던 심요연과 백능파는 서로 의존적인 관계로 어느 한쪽이 없으면 제 구실을 하기 어려운 인물이다. 일례로, 진채봉은 귀족 집안의 여염 규수로 기품을 지녔으나 그 때문에 양소유에게 쉽게 허신許身할 수 없고, 가춘운은 시비侍婢의 신분이어서 양소유 정도의 인물이라면 허신할 수는 있으나 진채봉만 한 기품을 갖지는 못한다. 그리하여 그 둘이 한 짝을 이룰 때 양소유의 배필이 완성되는 것으로 그려지는 것이다. 물론, 나머지 여섯 명의 미인들도 그렇게 한 짝을 이루고, 그러한 네 짝이 이상적인 여인상을 퍼즐처럼 맞추어 나간다.

이처럼 〈구운몽〉은 짝패로 이해하기 좋은 인물 설정과 서사 전개가 이루어지고 있는데, 이는 〈구운몽〉의 직접적인 영향을 받아 가장 유사한 작품인 〈옥루몽〉과의 비교에서도 쉽게 감지된다. 우선, 〈구운몽〉의 경우, 그 주인공을 양소유로 볼 것인가 성진으로 볼 것인가로 의견이 분분할 만큼 둘의 역할이 비중 있게 다루어지는 데 반해서 〈옥루몽〉은 속계의 인물인 양창곡을 중심으로 이루어지고 있다. 그래서 〈구운몽〉을 〈양소유전〉이라고 바꿔 부르기는 어렵겠지만 〈옥루몽〉은 〈양창곡전〉으로 불러도 무방하다는 평가가 나오기도 한다.[3] 이는 〈옥루몽〉에서 성계聖界의 인물인 문창성이 양창곡의 맞은편에 서서 주제를 견인한다기보다는 양창곡이 등장하는 데 기여하는 정도의 소극적인 역할을 한다는 것으로, 결과적으로 그 둘이 짝패 인물관계를 형성하지 못함을 의미한다. 양소유나 양창곡이 모두 무공武功을 세우지만 양소유의 경우 양창곡과는 달리 무공을 세우는 과정이 크게 부각되지 않는 것 또한 같은 맥락에서 이해됨직하다.

또한 성진과 양소유가 짝패가 되는 까닭은 성진과 양소유가 추구하는 삶의 방향이 정반대였기 때문인데 문창성과 양창곡의 경우는 그렇게 볼 소지가 적다. 물론 성진이 그랬던 것처럼 문창성 또한 성계에서 죄를 짓고 속계로 하강하였기 때문에 같은 맥락에서 볼 수 있지만, 이면을 파고들면 정반대의 상황이다. 성진은 수도승의 본분을 어기고 청정淸淨을 깨뜨렸다는 죄를 입은 데 반하여, 문창성은 백옥루를 중수한 잔치에서 취흥醉興이 과한 탓에 적강謫降하는 것이다. 결국 〈구운몽〉의 경우 금욕 생활을 하던 성계의 삶과, 현실적 욕망대로 마음껏 살아가는 속계의 삶이 두 인물을 통해 대비되게 되어 있지만, 〈옥루몽〉은 천상에서나 지상에서나 한바탕의 놀이판 같은 삶이 펼쳐져서 두 작품의 지향점이 아주 다르다 하겠다. 물론 작품의 문면대로 문창성이 천상의 풍류 생활에 회의를 느끼는 일도 가능하겠지만 그렇다면 지상에서의 삶은 그 반대로 되어야 회의의 보람이 더할 텐데, 오히려 그보다 더한 쾌락이 전개되었던 것이다. 〈구운몽〉의 두 인물이 서로의 그림자를 대하듯 명암이 또렷하다면, 〈옥루몽〉의 두 인물은 거울처럼 판박이로 닮아 있는 것이다.

---

3 성현경, 《한국소설의 구조와 실상》, 영남대학교출판부, 1989, 197쪽.

남성 주인공의 반대편에 있는 여인들 역시 마찬가지다. 〈구운몽〉에서는 여덟 명이 짝을 맞추고, 또 각각의 역할이나 지역에 따라 정합적으로 배분되는 데 비하여 〈옥루몽〉에서는 다섯 명으로 등장하여 짝을 맞추지도 못할 뿐만 아니라, 그들 다섯이 〈구운몽〉만큼 적극성을 띠지 않는다. 〈구운몽〉의 여성 인물은 한결같이 자기주장이 강한 인물일뿐더러, 때로는 양소유를 골탕 먹이는 일까지 꾸며서 희롱하기도 한다. 이에 비하자면 〈옥루몽〉의 여성 인물은 적극적인 면모에서 훨씬 미약하다. 이는 한편으로는 〈구운몽〉과 〈옥루몽〉의 창작 시기와 관련된 면이기도 하겠으나, 결과적으로는 전자에서는 남성 인물과 여성 인물이 힘의 균형을 찾고 있다면 후자에서는 남성 인물 쪽으로 경도되어 드러난다 하겠다.[4]

〈구운몽〉을 성진과 양소유의 인물 대비만으로 보는 시각을 넘어서면, 그 짝패 양상은 매우 복잡다양하다. 수도승과 장상將相, 스승과 제자, 아버지와 아들, 고승과 신선, 남성과 여성, 여성과 여성 등등의 짝이 줄기차게 이어져오면서 서사의 깊이를 더해 준다. 중심인물이 성聖과 속俗으로 분명하게 갈리는 가운데, 그 성聖이나 속俗 가운데 또 다시 성聖과 속俗이 있고, 남성과 여성이 갈리는 가운데 또 남성과 여성 안에도 각각의 짝패 관계가 있는 다층성多層性을 보인다.[5]

---

4 유광수, 《19세기 소설 옥루몽 연구》, 보고사, 2013, 140~154쪽에서 '처가 우위'의 〈구운몽〉과 '본가 우위'의 〈옥루몽〉으로 대비시켜 상세히 풀어놓았다.

5 〈구운몽〉을 'double'의 관점에서 최초로 주목한 이재선은 〈구운몽〉이 "한국 문학에 있어서 '나란 무엇인가'에 대한 문학적 형상화의 원점"이 되고 있으며, "자아의 이중성과 타자에 대한 논의 및 분열된 자아에 대한 상상력이 구현화된 작품인 《구운몽》으로 인해서 한국문학에 있어서의 문학적인 이중 자아의 본격적인 탄생"을 보게 된다고 그 의미를 밝힌 바 있다. 이재선, 〈한국소설의 이중적 상상력-《구운몽》과 이중 자아 테마〉, 《서강인문논총》 제15집, 서강대학교인문과학연구소, 2001, 8쪽.

성진 대 육관대사, 양소유 대 양 처사

〈구운몽〉에 서술된 육관대사는 흠잡을 데 없이 완벽한 고승高僧의 모습이다. 그는 본디 천축국의 승려로서 중국으로 건너와 형산 연화봉에서 살았는데, 제자가 5,6백 명이나 되었고 그 어렵다는《금강경》을 끼고 외웠다. 또 그의 재주로 말하자면 중생을 가르치고 귀신을 제어하여 사람들이 "생불生佛이 세상에 내려왔다."고 말할 정도였으니, 불가에서는 가히 최고의 경지에 이른 인물이었다. 그런데 그의 제자들 수백 명 가운데 30명이 불법에 신통했고, 또 그중 으뜸이 성진이라고 했다. 그러니 육관대사와 성진은 '최고의 스승에 최고의 제자'의 조합으로 불교에 뜻을 둔 사람이라면 더 이상 바랄 게 없는 사제師弟 간이었고, 육관대사는 당연히 성진에게 의발衣鉢을 전수할 요량이었으니 그저 스승의 뜻을 묵수墨守하기만 하면 법통法統을 이을 것이 확실시되는 상황이었다.

그런데, 바로 여기에서부터 문제가 발생한다. 아무 의심 없이 스승에게 배우고 따르던 그에게 회의가 닥친 것이다. 스승의 심부름으로 용궁에 가서 술을 마시고, 오던 길에 8선녀와 희롱을 하고는 다음과 같은 번뇌에 빠져들고 만다.

"세상에 남아로 생겨나서 어려서 공맹孔孟의 글을 읽고 자라서 성주聖主를 섬겨 나가면 삼군三軍의 장수 되고 돌아오면 백관의 어른이 되어 몸에 금의錦衣를 입고 허리에 금인金印을 차고 눈으로 고운 빛을 보고 귀로 묘한 소리를 들어 미색의 애련愛戀과 공명의 자취로 후세에 전하는 것이 대장부의 떳떳한 일이거늘 슬프다, 우리 불가佛家의 도道는 한 그릇 밥과 한 잔 정화수며 수삼 권 경문經文에 백팔 염주를 목에 걸고 설법하는 일뿐이라. 그 도가 비록 높고 깊다 할지라도 적막함이 태심太甚하고 가령 상승上乘의 법을 깨달아 대사의 도를 전하여 연화대蓮花臺 위에 앉을지라도 삼혼칠백三魂七魄이 한 번 불꽃 속에 흩어지면 뉘라서 성진이 세상에 났던 줄 알리오."[6]

성진이 속세에 뜻을 두고 공명功名을 떨치지 못함을 한스러워하는 대목으로, 육관대사의 의발을 전수받는다 해도 그 일이 세상에 나가 출세하는 데 비기자면 하찮아 보인다는 것이다. 이 대목은 분명 스승을 의심하고 회의하는 제자의 모습으로, 수제자가 취할 자세가 아님이 분명하다. 그러나 우리가 현실에서 보는 대로 스승의 길을 그대로 따르기만 하는 것이 제자의 바른 도리가 아니며, 따라가는 기조는 유지하더라도 자신만의 길을 트지 않으면 스승을 능가할 방법이 없고 그것은 곧 불초不肖 제자로 떨어지는 길이기도 하다. 그래서 많은 이야기에서 스승의 길에 회의를 품고 저항을 하며 심하게는 배반하는 대목이 도출되기도 하는데, 바로 이 대목에서 짝패가 성립할 가능성이 있다.

셀너Sellner는 남성들 사이의 짝패를 망라하면서 '사랑받는 제자Beloved Disciple'에 한 장章을 할애했다. '사랑받는 제자'는 신약성서의 4복음서에 등장하는 말로 예수에게서 사랑을 받는 제자를 뜻한다. 예수의 말을 전폭적으로 믿고 거기에 무조건 따르는 그런 인물을 예수가 사랑했다는 뜻으로, 대표적인 예가 바로 요한John이다. 그러나 그 반대편에는 도마Thomas 같은 제자가 있어서 매우 대조적이다. 도마는 예수가 부활했다는 말을 믿지 못하고 예수의 못 자국에 손가락

---

6 김만중, 〈구운몽〉, 이가원 역주, 연세대학교출판부, 1980, 52~53쪽.

을 넣어 보지 않고서는 믿지 못하겠다는 인물이었다. 요한이 '이상적인 제자Ideal Disciple'라면 도마는 '의심하는 자Doubter'로 그 둘이 대립하는 인물임이 분명하다. 그렇다면, 예수 입장에서 예수의 짝패는 다름 아닌 도마가 된다.[7] 도마의 그러한 의심은 스승의 입장에서는 불쾌한 것이겠지만 여태껏 없던 사례이기에 합리적인 의심이며 또 그 때문에 도리어 더욱 강한 신앙이 생겨날 수도 있기 때문이다.

문제는 예수의 열두 제자가 모두 부활한 예수를 보는 가운데 도마가 믿지 않은 것이 아니라는 점이다. 공교롭게도 도마를 제외한 열한 제자 앞에 예수가 나타났고 예수의 모습을 본 그들은 당연히 믿은 데 반해, 예수가 떠난 뒤에 나타난 도마로서는 믿기 어려운 사정이 있었던 것이다. 그런데, 세상 모든 사람들이 예수의 제자가 누린 영광을 함께 할 수는 없는 노릇이었다. 모두들 도마처럼 보지 못한 상태에서 예수의 부활을 어떻게 받아들여야 할지 심각한 고민에 빠질 법한데, 바로 그러한 난제를 해결해 준 것이 바로 도마의 의심이었다. 도마가 의심함으로써 그것이 일반적인 반응임을 알고 예수는 그런 이에게 어떻게 믿음을 줄 수 있을까 고민하게 되며, 그로써 예수의 깨침 또한 한층 격상할 기회를 얻는다.

육관대사와 성진 앞에 놓인 상황 또한 바로 그러하다. 육관대사는 천축국에서 온 고승으로 5,6백 명의 제자가 모였다고 했으니 불교를 공부하는 쪽에서 본다면 당대 최고의 인재들임이 틀림없다. 그리고 그 가운데 다시 30명을 추리고, 또 그 가운데 최고라는 성진에게

7 "물론, 상징적으로, 신념과 의심은 종종 긴밀히 연결되고, 또한 어떤 형식에서든지 의심의 출현이 종종 한 사람의 새로운 이해와 성숙을 이끌 수 있다는 점에서, 그노시스트들이 믿는 대로 의심하는 자 도마는 예수의 좋은 '쌍둥이'거나 짝패double이다." Edward C. Sellner, *The Double: Male Eros, Friendships, and Mentoring -from Gilgamesh to Kerouac*, Lethe press, 2013, 151쪽.

그런 의심이 들었다면, 육관대사의 가르침이 아직 부족하다 할 수밖에 없다. 그러므로 성진에게 드는 의혹은 곧 육관대사가 미처 떨쳐 내지 못한 의혹이 되기도 한다. '육관六觀' 혹은 '육여六如'라는 법명이 가리키는 대로 그는 몽夢·환幻·포泡·영影·로露·전電 등 세상의 모든 무상한 것들을 뛰어넘겠다는 의지를 보인 것인데, 자신이 애써 기른 수제자가 그 그물에 걸려들고 말았다. 예수가 도마의 의심을 풀어 주어야 했던 것처럼, 육관대사 또한 성진의 의혹을 씻어 주어야 했고, 예수가 도마의 짝패가 되었듯이 육관대사 또한 성진의 짝패가 된다.

이렇게 스승과 제자가 짝패를 이루는 극적인 대목은 다음과 같은 언쟁言爭이다.

성진이 머리를 두다려 울며 하소하되,

"스승님아, 소자 실로 죄 있나이다. 그러하오나 용궁에서 술을 먹음은 주인의 강권함을 면하지 못함이요, 석교에서 선녀로 수작하옵기는 길을 빌자 함이요, 제 방에서 망상이 있었으나 즉시 참회하여 자책하였사오니 이밖에 다른 죄 없나이다. 설사 다른 죄 있사온들 (가) 사부께서 종아리 쳐 경계하심이 또한 교훈하시는 도리어늘 어찌 박절히 내치사 스사로 고치는 길을 끊게 하시나이까. 성진이 열두 살에 부모를 바리고 사부께 돌아와 중이 되었사오니 친생親生 부모의 은혜와 같삽고 또 의를 말하오면 이른바 '무자無子하여도 유자有子함'이오니 사제지분師弟之分이 중한지라, 연화 도장을 바리고 어대로 가리이까."

대사 이르되,

(나) "네 가고자 하는 대로 나가게 함이니 어찌 머무리오. 또 네가 「어대로 가리오」 하니 네 가고자 하는 곳이 곧 너의 가히 돌아갈 곳이

라."[8](밑줄 필자)

성진으로서는 모두 이유 있는 항변이다. 그도 그럴 것이, 성진이 용궁에 간 것도 스승의 심부름 때문이고, 술을 마신 것도 용왕이 강권한 까닭이며, 선녀와 수작한 것도 일부러 찾아가서 그런 게 아니라 돌아오는 길을 선녀들이 막아섰기 때문이다. 더구나 육관대사와 성진의 관계로 말하자면 부자지간 같은 친함이 있는 터여서, 어떻게든 가르쳐 바르게 인도해야지 자꾸 내치려 해서는 안 된다는 주장이다. 그런데 여기에 대한 육관대사의 대답을 보면, 자신은 성진을 내치는 것이 아니라, 성진 스스로가 원하는 길로 돌아가게 하려는 것이라 했다. 이는 성진과 육관대사가 첨예하게 맞서는 대목이다. 본의 아닌 죄를 입어 내쫓긴다고 생각하는 성진과, 벌을 주려는 게 아니라 정말 하고 싶은 그대로 해 보게 하겠다는 육관대사의 생각이 정면으로 충돌하고 있다. 육관대사 또한 성진이 잠시 현혹되었던 그대로 해 보지 않고서는 알 수 없는 삶의 한 측면이 있고 그동안 막아 놓기만 했던 데 대한 반성이라 할 만하다.

강조한 부분에 주목해 보면 양자가 맞서는 상황이 좀 더 확연히 드러난다. (가)의 제자 입장에서는 자신의 잘못을 이미 반성도 했고, 스승은 제자를 사랑으로 훈도해야 하는 법이니 내치는 게 맞지 않다는 것이다. 이는 성진이 자신이 내쫓겨 가는 것이라고 생각했기 때문이며, 서사 전개상 분명히 그렇게 읽히기도 한다. 그러나 (나)의 스승 입장에서는, 그것은 제자 스스로가 택한 길이어서 가게 할 뿐이라는 것이다. 이는 《파우스트》에서 신이 내린 언명, "네가 무슨 일을

---

8 김만중, 앞의 책, 54~55쪽.

하든 금하지 않겠노라."[9]를 연상케 한다. 즉, 네가 원하는 대로 해 보고, 그렇게 하는 것이 네 길을 찾는 데 도움이 될 것이라는 선언이다. 이런 방식의 지시는 지시를 받는 입장에서는 심각한 혼란을 야기한다. 스승이 몸으로 보여 주고 평소 강조하는 내용은 청정清淨을 잃지 않는 수도승의 삶이면서, 지금 당장 내려진 지시는 하고 싶은 대로 마음껏 해 보라고 하기 때문이다. 일견 '이중구속二重拘束(double bind)'[10] 메시지인데, 바로 이 이중double이 짝패 생성의 근원이다. 어차피 현실에서는 동시에 수용할 수 없는 모순을 담고 있기에, 자아의 분리에 의해 두 가지 삶을 살아가는 방식이 요청되기 때문이다.

이런 과정을 거쳐, 성진이 양소유로 몸을 바꾸어 태어나게 되는데, 이때부터는 육관대사의 자리에 또 다른 인물이 차지한다. 불교가 아닌 도교의 인물로, 바로 아버지 양 처사이다. 작품에서 양 처사가 스스로 늘어놓는 자신의 모습은 이렇다.

> 처사 유씨다려 이르되,
>
> "(가) 내가 본래 세속 사람이 아니요, 부인으로 더불어 인간 인연이 있는 고로 오래 티끌 속에 머물렀으니 봉래산蓬萊山 신선 친구가 편지하여 부른 지 이미 오래돼 부인의 고단함을 염려하여 가지 못하였더니

9 요한 볼프강 폰 괴테, 《파우스트》, 이인웅 옮김, 문학동네, 2006, 14쪽.

10 '이중구속'은 "한 개인이 부모 중 중요한 타인과의 관계에서 상호모순되는 요청이나 요구를 동시에 받음으로써 어떤 행동을 취할 수도 없고 아무 행동도 하지 않을 수도 없는 상황. 이 상황에서는 어떤 행동을 취한다고 하더라도 결국은 만족할 만한 결과를 가져오지 못하고 항상 실패하게 되어 있다. 예컨대 냉담하고 경직된 어머니가 아들에게 "너는 내가 반갑지도 않니?" 하며 팔을 벌릴 때 아들이 안기더라도 어머니가 순간 경직되어 아들이 안긴 상태를 불편하게 느끼게 된다면 어머니의 요구는 아들에게 이중구속이 된다고 볼 수 있다. 즉, 안기지 않으면 어머니를 사랑하지 않는 것이 되고, 안기면 어머니를 경직시키는 매우 불편한 상황에 놓이게 되는 것이므로 아이는 이러지도 저러지도 못하는 상황에 봉착하게 된다."《교육학용어사전》, 서울대학교 교육연구소, 하우동설, 1995.

지금 하늘이 도오사 영민한 아들을 얻어 총명이 과인過人하니 (나) 부인이 의탁할 곳을 얻고 늙기에 필연 영화를 보고 부귀를 누릴 것이니 나의 가고 있는 것을 괘념치 말라."

언파言罷에 공중을 향하여 손짓하여 백학을 타고 표연히 가거늘 부인이 미처 말을 묻지 못하여 곳이 없는지라, 아자로 더불어 창연悵然함은 이라도 말고 간혹 공중으로 편지나 부칠 뿐이요 종적이 집에 이르지 아니하더라.[11] (밑줄 필자)

양 처사의 발언에서도 두 부분이 서로 모순을 일으킨다. 자신은 밑줄 친 (가)에 보듯이 인간 세상에 뜻을 두지 않고 살았고 이제 곧 신선이 되어 신선 세계로 나아갈 사람이라고 했다. 그렇다면 자신의 삶의 본령은 탈속의 세상인 도가道家에 있음이 분명하며 초연한 삶을 추구하는 것이 옳다. 그러나 (나)에 이르면 자신이 추구하는 탈속의 삶과는 정반대인 속세의 삶, 그것도 부귀영화를 누리는 욕망의 삶을 자식이 가게 되는 것에 대해 흡족해하고 있다. 이는 분명 우리 일상에서 흔히 볼 수 있는 대로, 내 삶은 비록 곤궁했지만 자식 대에서는 부귀를 누릴 것이라는 식의 희망과는 또 다른 차원의 문제이다. 자신이 탈속을 추구하는 한 진세塵世에 머물 수 없으며, 속세를 꿈꾸는 자식에게는 속세의 영화를 남김으로써 부자父子가 2대에 걸쳐 서로 상반된 삶을 각기 다른 방식으로 완성해가게 된다.

이렇게 성진과 양소유, 육관대사와 양 처사는 서로 묘하게 닮아 있고, 육관대사와 성진, 양 처사 양소유의 짝도 서로 비견될 만한 대립쌍이다. 그런데 작품 속의 비중이나 기능으로 볼 때 육관대사에

11 김만중, 앞의 책, 59쪽.

비해 양 처사는 매우 왜소해 보인다. 그도 그럴 것이 양소유가 너무 어려서 세상을 떠난 바람에 부자간의 대화 한마디 없이 사라져 버리기 때문이다. 이는 얼마간 작가 김만중이 유복자로 태어난 경험에서 산출된 것이라고는 해도, 성진 사제師弟와 양소유 부자父子를 대등하게 보기 어렵게 만든다. 그러나 이러한 문제는 곧바로 이어지는 남전산藍田山 도인道人과의 조우로 어느 정도 해결된다. 남전산이 본래 도교와 인연이 깊은 곳일뿐더러 그곳에서 만난 도인이 바로 아버지 양 처사의 친구였던 것이다. 아버지를 그리워하던 양소유로서는 아버지의 지기知己이자 동도同道의 인사를 만났으니, 자연스럽게 아버지를 대신 대하는 듯한 태도와 감정을 취하게 된다. 그래서 양소유의 입에서는 "소생이 가친과 같이 섬기고자 하오니 원위제자願爲弟子하여지이다."[12]의 말이 절로 나올 정도이다. 그러나 도인은 단호하게 타이른다.

도사 웃고 이르되,

"인간 부귀의 핍박逼迫함을 그대 가히 면치 못할지라, 어찌 나를 좇아 산속에서 세월을 보내리오. 또 그대의 돌아갈 곳이 나와 다르니 나의 제자 될 사람이 아니라, 그러나 간절한 뜻을 잊지 못하여 팽조방서彭祖方書 한 권을 주노니 이 법을 익히면 비록 장생불사는 못할지라도 족히 평생에 병이 없고 늙는 것을 물리치리라."[13]

양소유는 아버지 자리를 대신 차지하고 있는 도인과 함께 하고 싶

12 김만중, 앞의 책, 73쪽.

13 같은 쪽.

은 마음을 털어놓는다. 이것은 아버지가 떠나갈 때 자신이 너무 어려서 그렇게 하지 못한 것을 나중에 다시 해 보는 것과 동일한 효과이다. 아버지의 삶과 일치하는 삶을 원했던 것이다. 그러나 도인은 양소유의 뜻을 들어주지 않고, 서로 돌아갈 길이 다르다는 점과 무병장수의 길이 있음을 일러 준다. 양소유는 곧 과거에 급제하여 입신양명할 인물임을 헤아리면 속세와 탈속의 다른 길을 의미하겠다. 그렇지만 도인은 양소유가 제 길을 스스로 알아서 가도록 내버려두지 않고 도가의 요체를 일부나마 얻어 편안한 삶으로 인도한다. 아버지를 닮았지만 다른 삶이 가능토록 한 배려이다.

스승과 제자, 부모와 자식은 그렇게 서로 닮았으면서도 다르다. 스승이나 부모를 닮고자 하지만 똑같을 수 없으므로 다른 길을 가기도 하고, 아예 다른 길을 가고자 하나 결국은 먼 길을 에둘러 돌아서 윗대의 전철前轍을 밟기도 한다. 이는 〈구운몽〉이 갖고 있는 특성이기에 앞서서, 스승이나 아버지로 나타나는 '남성 어른'이 보이는 일반적인 특성에서 기인한다. "부성애는 끊임없이 억제와 해방의 태도를 반복한다. '해라, 하지마라', '지켜라, 지키는 사람이 바보다', '끝까지 숨겨라, 거짓말하면 혼난다' 등 수시로 상반된 지시를 내린다."[14] 육관대사와 양 처사 또한 마찬가지였다. 육관대사는 '조용히 마음을 가라앉히고 수도에 전념하라, 네가 가고 싶은 곳에 가서 마음껏 살아 봐라'고 하고, 양 처사는 '나는 속세를 떠나 신선 세계로 간다, 너는 세상에 남아 부귀공명을 이루거라'고 한다.

결국, 성진은 성진대로 양소유는 양소유대로 그 양립 불가능해 보이는 두 갈랫길을, 물론 시간적 순차는 있지만, 다 걸어 보는 길을 떠

---

14 김영진, 《한국의 아들과 아버지》, 황금가지, 2001, 25쪽.

나게 된다. 육관대사와 성진, 양 처사와 양소유는 그렇게 두 세대를 지나면서 세대가 다른 길을 가도록 서사가 진행되지만, 결국은 다시 하나가 될 운명임을 예비하고 있는 것이며, 이 점에서 짝패로 기능한다.

마주보는 사면팔방四面八方

〈구운몽〉을 성진과 양소유의 전신轉身 과정을 중심으로 설명할 때 심각한 사상소설思想小說이 되겠지만, 남성 한 명과 여성 여덟 명의 남녀 관계로 생각할 때 환상적인 애정 소설로, 나아가 이 작품을 '음란소설'으로 규정한 연구가 있을 정도이다.[15] 그만큼 남녀 관계가 소설을 관통하는 주요 테마라는 뜻이겠는데, 남/녀의 대립 역시 짝패의 관점에서 짚어볼 필요가 있다. 이미 전술한 대로, 이 남/녀의 대립에는 육관대사/위魏부인의 관계가 바탕에 깔리게 된다.

> 천하에 명산이 다섯이 있으니 (중략) 옛적 대우大禹 홍수를 다사리고 이 산에 올라 비碑를 세워 공덕을 기록하니 하날 글과 구름 전자篆字 아직 있고 진晉나라 때에 위魏부인이 도를 얻고 상제의 명을 받아 선동仙童·옥녀玉女를 거나리고 이 산에 와 지키니 이른바 남악 위부인이라. 예로부터 그 영한 자최와 기이한 일은 이루 다 기록치 못할러라. 또 당唐나라 시절에 일위一位 노승老僧이 서역 천축국天竺國으로부터 형산 연화봉 경개를 사랑하여 그 제자 오륙백 명을 거나리고 큰 법당을

15 여증동, 〈음란소설 〈구운몽〉 연구〉, 《새국어교육》 50집, 한국국어교육학회, 1993.

짓고…[16](밑줄 필자)

보다시피 작품에 나타나는 순서는 위부인이 먼저고 육관대사는 그 다음이다. 현재 형산에 함께 사는 한 그 순서가 그리 중요하다 할 수는 없겠지만, 여성이 먼저 좌정한 후 남성이 뒤이어 좌정하는 것을 예사로 볼 일이 아니다. 더욱이 위부인이 8선녀를 보내 인사를 올리는 내용 가운데에는 "대사는 메 서녘에 처하고 나는 메 동녘에 있어 기거起居와 음식이 서로 접하였으되 자연 다사多事하와 한번 불석佛席에 나아가 경문을 듣잡지 못할새 이제 시비를 보내어 안부를 묻삽고"[17]라는 대목이 있고, 8선녀가 나와서 "이 남악 천산天山은 한 물과 한 언덕도 우리 집 것 아닌 것이 없으되 육관대사가 거처하신 후로부터 홍구鴻溝의 난호임이 되었는지라, 연화봉 승경勝景을 지척에 두고 구경치 못한 지 오래더니"[18]라고 그간의 정황을 설명한다. 이는 본래 이 연화봉뿐이 아니라 남악 형산이 모두 위부인이 관장하던 곳이었는데, 나중에 들어온 육관대사가 반을 갈라 차지하는 바람에 자유롭게 왕래할 수 없게 되었다는 뜻이다. 게다가 초나라와 한나라의 경계인 '홍구鴻溝'에 빗대기까지 하면서 그 폐쇄성이 지나친 것에 대해 불만을 터뜨린다.

이런 설정은 단순히 땅의 경계만을 말하기보다는 일종의 복선伏線 구실을 한다고 할 수 있다. 본래 이쪽과 저쪽을 가르지 말고 함께 어우러져 살아야 할 것인데 육관대사가 경계를 정함으로 해서 나머

16 김만중, 앞의 책, 45~46쪽.

17 같은 책, 48쪽.

18 같은 책, 48~49쪽.

지 반쪽과의 왕래가 불가능하게 되었다는 불만이며, 그렇게 불통하는 문제를 깬 쪽도 위부인 쪽임을 암시한다. 육관대사 쪽에서는 전혀 소통할 생각이 없는 가운데 위부인 쪽이 먼저 개방로를 열었고 8선녀는 그 뜻에 따라 건너오게 된 것이다. 실제로 성진과 8선녀의 만남 역시 이곳저곳을 돌아다니다 길을 막아선 8선녀가 주동이 된 것이고 보면, 문제의 발생과 그 해결 과정까지의 주동 세력이 어느 쪽인지 확연하다.

성진이 주로 입신양명立身揚名하는 대장부의 길을 못 가고 선방禪房에 틀어박혀 불교 공부나 해야 하는 처지를 회의했다면, 8선녀들은 그런 이념적이거나 사회적인 욕구가 아닌, 한곳에 틀어박혀 지내느라 원하는 남자를 만날 수 없는 상황에 회의를 한 것으로 보인다. 그러므로 이 둘의 욕구를 모두 풀기 위해서라면 다음 생에 다시 태어나서 출세와 사랑이라는 두 가지를 충족시켜야만 했고, 작품에서는 그대로 시행된다. 아무튼 이들 아홉 사람은 "홀연 대풍이 전각 앞에 일더니 아홉 사람을 공중으로 휘몰아 올려 사면팔방으로 흩어지게"[19] 되었는데, 이 4면8방은 단순한 수사가 아닌 것이 곧 밝혀진다. 먼저, 양소유는 동쪽 변방인 수주壽州로 다시 태어나고, 8선녀는 말 그대로 사면팔방의 각기 다른 곳 출신으로 다시 태어난다.

여덟 명의 본래 출신지를 살피면 경향 각처에 나뉘어 있다. 진채봉秦彩鳳은 화주華州 화음현華陰縣, 계섬월桂蟾月은 소주蘇州, 적경홍狄驚鴻은 패주貝州, 정경패鄭瓊貝는 장안長安의 여염집, 가춘운賈春雲은 서촉西蜀, 이소화李蕭和는 장안 궁궐, 심요연沈裊烟은 양주涼州, 백능

19 김만중, 앞의 책, 57쪽.

파白陵波는 동정호洞庭湖이다.[20] 물론 양소유가 만난 장소는 양소유의 출정出征길을 따라가지만, 작품에서는 여인들이 등장할 때마다 굳이 '본디 어디 사람'임을 밝혀 두어 미녀들이 사면팔방에 고루 흩어진 상황을 드러내고 있다. 여기에 거명된 지역을 지도상에 놓고 보면 동-서-남-북-중앙에 고루 분산되어 있을 뿐만 아니라, 이소화가 꿈을 통해 하늘에서 내려온 사람으로 설정되고, 백능파가 물속에서 뭍으로 나온 사람으로 되어 있어서 수평 공간의 전체와 수직 공간의 전체, 곧, 가히 3차원적인 전체를 이루어 내고 있다. 이는 이들이 이 세상으로 내려올 때 '사면팔방四面八方'으로 흩어지게 했다는 내용을 유감없이 보여 주는 것이다.

더구나, 이들 8미인은 거의가 출신지에서 생장하여 거기에 뿌리를 내리고 사는 게 아니라 이산離散과 원정遠征을 거듭하는 신산한 삶을 경험한다. 본디 공주인 이소화나 귀족인 정경패를 제외한다면 원치 않는 이동을 해야만 한다. 화주에 살던 진채봉은 아버지가 역적 누명을 쓴 뒤 궁궐에 궁녀로 들어가고, 소주의 계섬월은 아버지 장사 치를 돈을 마련키 위해 낙양에 기생으로 팔리며, 서촉의 가춘운은 아버지가 돌아가시자 장안의 정경패 집에 시비侍婢로 있게 되고, 양주의 심요연은 양주 토번으로 가 자객이 되며, 동정호의 백능파는 남해 용왕의 오현태자를 피해 백룡담에 숨어 지낸다. 어찌 된 것이 한결같이 본인이 한곳에 머무르려 아무리 애를 써도 그렇게 할 수 없는 처지다. 이소화가 꿈을 통해 하늘에서 적강謫降한 것으로 드러나고, 정경패가 이소화와 의자매를 맺으면서 구중궁궐로 들어가는 상황까지

---

20 이들의 출신지와 이동지 등에 대한 지리학적 사실은 이강엽, 〈九雲夢〉의 문학지리학적 해석: 凝縮과 擴散〉《어문학》 제94집, 한국어문학회, 2006)에서 상세히 다루어진 바 있다.

감안한다면 사실상 8미인이 모두 여기저기로 흩어졌을 뿐만 아니라, 그 흩어진 한곳에도 머물지 못하는 신세임이 분명하다.

여성의 몸으로 그 넓은 중국 땅을 이쪽에서 저쪽으로 옮겨 다니는 것은 대단한 고난이다. 그러니 8미인은 당연히 하루빨리 정착하여 한 곳에 오래 머물고 싶다는 소망이 간절한데, 이 소망이야말로 8선녀가 연화봉에서 했던 그 고민을 정확하게 뒤집어 놓은 꼴이다. 형산의 천지가 다 자기들 소관이어서 못 가는 곳이 없었는데 육관대사의 등장으로 한쪽에 갇혀 지내는 신세인 것이 답답한 일이고 그에 대한 불평이 하늘을 찔렀던 데에서, 이제는 원치 않는 곳으로 이리저리 옮겨 다녀야 하는 신세가 한탄스러운 것이다. 그 가운데는 좋은 짝을 얻기 위해 천릿길을 마다 않는 아름다운 행보도 있었지만, 거개는 불행한 가정사나 외부의 핍박 탓에 여기저기 헤매게 된다. 특히, 이소화나 정경패처럼 태생에 문제가 없는 특별한 계층이 아닌 경우, 좋은 짝을 찾지 못하여 헤매게 된다. 물론, 이소화나 정경패 역시 양소유와 결연하는 과정이 간단치 않아서 마음을 졸이게 되고 보면, 8미인의 방황과 이동은 짝을 찾기 위한 험난한 여정이라고 할 수 있다.[21]

이렇게 보면 성진에서 양소유로, 8미인에서 8선녀로의 전신轉身은 결국 그 이전의 삶에서 이루지 못한 행보를 자유롭게 펼쳐 보이는 일이다. 즉, 그를 통해 양소유에게는 성진이 맛보지 못한 입신양명의 기회를, 8미인에게는 8선녀가 할 수 없었던, 자유롭게 다니면서 훌륭한 배우자를 찾는 기회를 베푼 것이다. 입신출세와 애정의 성취

---

21 〈구운몽〉을 '편력遍歷 구조'로 푼 경우(정길수, 〈17세기 동아시아 소설의 遍歷構造 비교－〈九雲夢〉, 〈肉蒲團〉, 〈好色一代男〉의 경우－〉, 《고소설연구》 21, 한국고소설학회, 2006), 양소유의 편력과 8미인의 편력이 서로 다른 양상에 대해서는 세심히 검토되지 않았다.

라는 두 개의 목표는 분명 양소유의 두 욕망이지만, 실제 수행하는 방식에서는 전자를 주도하는 측이 양소유라면, 후자를 주도하는 측은 8미인으로 그 둘이 한데 합쳐져야 두 욕망이 온전해진다. 작품에서 실제 연애를 주도하는 측은 대체로 여성이어서 8선녀로서 성진에게 벌이던 수작을 완성하는 의미를 갖는 것이다.

그렇게 성진과 양소유, 8선녀와 8미인, 성진과 8선녀, 양소유와 8미인이 교차하면서 짝패를 이루어 나가는 가운데 8미인 안에서의 짝패 관계도 두드러진다. 8선녀가 성진의 길을 막고 나서며 길값으로 신통한 재주를 보여 달라고 하자 성진은 복숭아꽃을 던져 구슬을 만드는 재주를 선보인다.

> 셩진이 ᄃᆡ쇼왈, "모든 낭ᄌᆞ의 뜻을 보오니 이ᄂᆞᆫ 반다시 갑슬 밧고 길을 빌이고져ᄒᆞ시니 본ᄃᆡ 가ᄂᆞᆫ한 즁이라 다른 보화ᄂᆞᆫ 업삽고 다만 힝즁으 진인 바 ᄇᆡᆨ팔염쥬 잇삽더니 빌건ᄃᆡ 일노셔 갑슬 드리나니다."ᄒᆞ고 목의 염쥬얼 버셔 숀으로 만치더니 도화 ᄒᆞᆫ 가지을 던지거늘 팔션여 그 ᄭᅩᆺ셜 귀경터니 ᄭᅩᆺ시 변화ᄒᆞ야 네 ᄊᆞᆼ 구실이 되어 ᄉᆡᆼ광은 만지ᄒᆞ고 셔기ᄂᆞᆫ 반공으 사모ᄎᆞᆺ신이 힝ᄂᆡ난 쳔지의 진동ᄒᆞᆫ리라.[22](밑줄 필자)

이본에 따라 넘나듦이 있지만, 단순히 여덟 개의 구슬로 변했다는 것과,[23] 이처럼 '네 쌍의 구슬'이 되었다는 것 사이에는 적잖은 차이

22 〈구운몽〉(완판 105장본), 上.六, 김동욱 편, 《영인판각본고소설전집》 1, 연세대학교인문과학연구소, 1973, 103쪽.

23 가령, 김만중, 앞의 책에서는 "도화 한 가지를 꺾어 팔선녀 앞에 던지니 여덟 봉오리 따에 떨어져 화하여 명주 되어"(52쪽)로 되어 있고, 한문 필사본 〈구운몽〉에서도 "四雙降蕚 卽化爲明珠"(정규복 엮음, 《구운몽자료집성 1》, 보고사, 2010, 479쪽)로 네 쌍이 명기되어 있다."

가 있다. 여덟 개로 되었다면 여덟 명이 각각 독립적인 인물이 된다는 뜻이지만, 네 쌍으로 되었다면 각각 두 명씩 묶이기 때문이다. 실제로 작품에서는 정확하게 둘이 한 짝씩이 되어 네 쌍으로 드러난다. 먼저, 정경패와 가춘운이 주인과 시비侍婢로 등장하는 한 쌍이며, 또 계섬월과 적경홍은 친구로서 서로 열렬히 잊지 못하는 한 쌍이다. 심요연과 백능파는 깊은 산속과 물속에 사는 산수山水 출신의 한 쌍이며, 이소화와 진채봉은 궁궐에서 공주와 궁녀로 지내게 되는 한 쌍이다.

여기에서 주목되는 점은 여덟 여성이 한 남성을 섬기면서 전혀 질투심을 드러내지 않는다는 점이며, 특히 이렇게 쌍을 이루는 경우에 있어서는 서로를 위해서 잠자리를 양보하거나 권할 정도로 돈독하다는 점이다. 이를 두고 "동성애적 화해"[24]로 명명할 만큼 독특한 관계로 규정한 연구가 있을 만큼, 고전문학에서 특별한 위치를 차지한다. 일례로, 정경패와 가춘운의 관계를 보면 상식적인 주노主奴 관계를 넘어서 우정과 연대를 강하게 보인다. 가춘운이 본래 노비 신분이 아닌데 뜻하지 않게 그리 되어 친구를 겸하여 몸종으로 있게 되었다는 설정에서부터 둘을 나란히 놓으려는 의도가 강한 데다, 양소유와 정경패의 혼담이 성사되려 할 즈음 가춘운 또한 양소유를 지아비로 받들고 싶다는 생각을 들키게 되는데 바로 그 순간 정경패 집안 사람들의 행동이 상상을 초월한 파격이다. 정식 혼례를 이루기 전에 가춘운이 양소유를 모시도록 하자는 것인데, 양소유에게 속은 앙갚음을 하자는 계략에 의한 것이라고는 하나 상식적인 선에서 사윗감을 두고 벌일 수 있는 놀이는 아니었다. 정경패의 아버지는 "연

24 김병국, 《서포 김만중의 생애와 문학》, 서울대학교출판부, 2001, 38~45쪽.

소 남자가 비록 춘정이 있을지라도 발동치 아니할 것이로되 급히 춘랑을 보내어 양랑의 적막한 회포를 위로하게 하라."[25]고 지시하는 것이다. 어차피 둘이 함께 한 남편을 섬기도록 조처하면서, 혼사 전의 성적 욕망을 달래는 용도로는 딸 대신 시비를 쓰겠다는 의도록 이해된다.

성적性的인 문제와 연관해서 더 심각한 짝은 계섬월과 적경홍이다. 계섬월이 양소유를 만나 적경홍에 대해 늘어놓는 대목을 보면 여느 친구와는 확연히 다른 데가 있다. 적경홍은 자신의 절친으로 여러 매파의 청을 뿌리치며 궁벽한 시골에서 좋은 짝을 못 찾을 테니 차라리 창기娼妓가 되어 영웅호걸을 구하는 편이 낫겠다며 스스로 창가娼家에 몸을 판 여자라는 것인데, 그 다음 설명은 더 기막히다.

> "… 경홍이 첩으로 더불어 상국사에 놀이할쌔 서로 맘 속 일을 의론하다가 경홍이 첩다려 이르되 「우리 두 사람이 만일 뜻에 맞는 군자를 만나거든 서로 천거하여 한 사람을 같이 섬기면 거의 백년 신세를 그르지 아니하리라.」 하기로 첩이 또한 허락하였더니 이제 낭군을 만나매 문득 경홍을 생각하오니 경홍이 이미 산동 제후 궁중에 들어갔으니 이른바 호사다마로다. 제후 첩의 부귀 비록 극진하나 또한 경홍의 소원이 아니라, 분하도다. 어찌하면 경홍을 다시 보고 이 사정을 말할꼬. 실로 결연缺然하니이다."[26](밑줄 필자)

배우자를 구하지도 않은 상태에서 어차피 누구에게든 좋은 짝이

25 김만중, 앞의 책, 120쪽.
26 김만중, 앞의 책, 92쪽.

나타나면 '공동의 배우자'를 삼겠다는 것이다. 질투심은커녕 도리어 한 사람을 섬기겠다는 공동전략을 수립하고 있는데, 이를 두고 "계섬월의 연애 방식은 실현 불가능한 환상적 방식이라기보다는 우리가 도달해야 하는 하나의 경지를 보여 주는 것"[27]이라는 해석까지 시도된 바 있지만, 상식적인 수준에서 이해가 어려운 대목이다. 여느 사랑과는 달리 남녀 간의 사랑에는 배타성이 강한 법인데, 이념적인 명분으로 시기심을 누른 것도 아니고 친구와의 우정으로 그리 하기가 쉽지 않을 것이기 때문이다. 결국, 이 계섬월과 적경홍 역시 정경패와 가춘운처럼 하나의 짝패로 서로의 부족한 부분을 채워 주면서 합일체를 이루고자 하는 열망을 엿보게 한다. 계섬월은 낙양에서 가장 시문詩文을 잘 짓는 기생으로 양소유와의 만남 또한 문재文才를 바탕으로 한 것이고, 적경홍은 열두 고을 문장 재사才士들이 모여 잔치를 할 때 예상곡霓裳曲을 부르며 춤을 추어 좌중을 압도한 인물이다. 이로 볼 때, 계섬월과 정경패는 기생에게 요구되던 두 가지 재주, 곧 시문詩文과 가무歌舞를 각각 나누어 담당하는 짝이라 하겠다.

두 인물의 이러한 배분은 이소화와 진채봉의 경우에도 맞아 떨어진다. 집안의 몰락과 함께 궁녀로 들어가게 된 진채봉을 이소화가 특별히 아끼는 까닭에 둘이 짝이 될 수 있었지만, 이들의 도드라지는 재능 또한 계섬월과 적경홍을 방불케 한다. 양소유가 처음 만난 여인인 진채봉과의 인연은 양소유의 〈양류사楊柳詞〉에서 시작되고 궁궐에서의 재회도 진채봉이 양소유를 그리워하는 마음을 시로 담아 놓은 데에서부터 비롯되었던 것이다. 그런가 하면 이소화의 특장

---

27 김정애, 〈〈구운몽〉에 나타난 계섬월의 연애방식과 그 문학치료적 의미 – 〈주생전〉의 배도와의 비교를 통하여 – 〉, 《통일인문학논총》 제56집, 2013, 137쪽.

은 음악이었다. 그녀는 이름 자 '소簫'에 있는 그대로 통소를 잘 불었는데 그녀가 통소를 불면 청학이 내려와 춤을 추곤 했다. 한림학사로 있던 양소유가 취흥에 겨우 옥통소를 불자 역시 학이 내려왔고, 그 때문에 양소유의 인물됨을 알아보고 인연이 시작되었다. 이 짝 또한 '시문/음악'이라는 두 재능이 상보적으로 얽힌 것이다.

남은 한 짝인 심요연과 백능파는 일단 중심 처소가 산수山水, 곧 산속과 물속이라는 점에서 다른 미인들과 다를뿐더러, 둘 다 산과 물과 연관된 재능을 가지고 양소유를 구해 낸다. 심요연은 산에서 닦은 무예로 양소유를 죽이기 위한 자객으로 왔지만 그렇게 하질 않으며, 백능파는 반사곡蟠蛇谷에서의 위기에서 물이 없어 쩔쩔매는 양소유 군대를 살려 준다. 양소유로서는 둘 다 생명의 은인인 셈으로, 심요연에게 "낭자 이미 죽게 된 목숨을 구하고 또 몸으로써 섬기고저 하니 이 은혜를 어찌 다 갚으리오. 백년해로하는 것이 실로 내 뜻이라."[28]고 치사하며, 백능파에게는 "소유는 인간 천품賤品이요 낭자는 수부 용녀시어늘 예모 어찌 이렇듯 과공過恭하시나이까."[29]라며 자세를 잔뜩 낮출 정도이다. 다른 미인들과 견주어 보면 매우 낮은 지위에 있는 둘이지만, 거꾸로 양소유에게는 재생再生의 은인인 셈이다.

이렇게 보면 이 여덟 미인, 네 쌍은 이렇게 서로 크고 작은 짝을 이룬다.[30]

---

28 김만중, 앞의 책, 190쪽.

29 같은 책, 194쪽.

30 이렇게 8미인을 둘씩 이루어지는 네 쌍으로 파악하지 않고, 최상위에 정경패와 이소화를 두고, 나머지 여섯 미인을 그 아래에 두는 '위계'로 파악한 사례가 있다. 정길수의 〈《구운몽》의 여성 탐구〉(정길수, 《구운몽 다시 읽기》, 돌베개, 2010, 60~85쪽)에서는 "국왕과 사대부 사이의 '차등'이 교묘한 방식으로 허물어져"(85쪽) 있는 김만중 당시 조선의 정치적인 문제로 해석했다.

궁궐宮闕
이소화 / 진채봉

산수山水
심요연/ 백능파

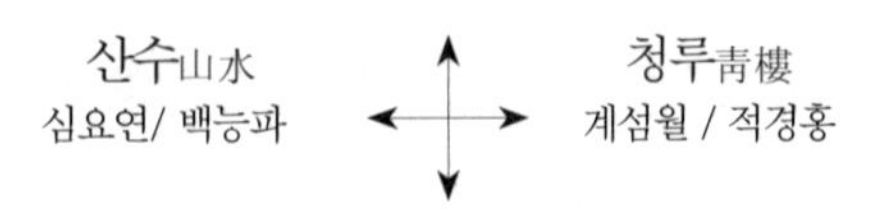

청루靑樓
계섬월 / 적경홍

규합閨閤
정경패 / 가춘운

우선 세로축은 정상적인 혼담이 오가면서 양가의 허락 하에 혼인을 이룬 여인들이고, 가로축은 혼담 없이 야합野合을 통해 인연을 맺은 여인들이다. 또 세로축의 상부는 한 나라에서 가장 높은 지위의 궁궐에 있는 공주와 궁인이며, 하부는 일반 귀족집 규방의 처녀와 그 몸종이다. 이소화-진채봉의 관계는 정경패-가춘운과 닮아 있다. 그런가 하면 가로축의 왼편은 자연 그대로의 산수에 사는 여인들로 신비로움과 야성미가 근간이라면, 오른편은 당대 최고의 기생들로 관능미와 요염함을 근간으로 한다. 또, 그 아래의 네 쌍들 모두 앞서 설명한 것처럼 서로 대비되는 특성들로 한 짝씩 이루고 있어서, 결국 이 8미인은 한 남성이 만나고 싶은 여덟 개의 이상형이면서, 이들이 온전히 하나로 될 때 이상적인 애정이 완성되는 형국이다.[31] 네 짝의 여인들이 제 짝을 잃어도 안 되고, 네 짝 중 한 짝이라도 결락되

31 8미인 전부에 대한 설명은 아니지만 각 미인을 만날 때마다 양소유가 어떠한 모습으로 드러나는지 살핀 논의가 있어 참고할 만하다. 홍현성은 〈구운몽〉을 '자기복잡성Self-complexity'이라는 개념으로 접근하면서, 양소유가 각 미인을 만날 때마다 어떠한 성격특성 형용사를 보이는지 고찰한 바 있다. 가령, 진채봉을 만나서는 상냥하고, 솔직하며, 경솔하고, 계섬월을 만나서는 자신감이 넘치며, 경쟁적이고, 진지하며, 정경패를 만나서는 이기적이라는 것이다. 홍현성, 〈자기복잡성Self-complexity을 통해 본 〈구운몽〉 양소유의 삶〉, 《藏書閣》 37, 장서각, 2017, 136~137쪽 참조.

면 안 되는 짜임새를 이루는 것이다.

탈속, 세속, 그리고 탈-세속/탈속

지금까지 살핀 〈구운몽〉의 짝패들은 그들끼리 짝패를 이루기는 하나, 전체 서사를 관통하는 중핵은 아니다. 서사로 본다면 직선 구조가 아닌 나선 구조의 일부였던 것인데, 성진과 양소유의 짝패야말로 그로써 작품 전체를 대변할 만한 한 짝이다. 이는 성진이 불가에 정진하는 데 회의를 품고 세속으로 나설 때와 양소유가 탈속을 꿈꿀 때를 대비함으로써 극명히 드러난다. 앞서 살핀 대로 성진은 그렇게 열심히 불교 공부를 해 본들 공맹孔孟을 배워 출장입상出將入相하는 부귀영화에 미치지 못할 것을 걱정했다. 그러나, 이번에는 반대로 이렇게 부귀영화를 누려 본들 죽고 나면 무슨 소용이 있겠느냐는 식의 전도된 의문을 갖게 된다.

하로는 승상이 써 하되,

'너무 성하면 쇠하기 쉽고 너무 가득하면 넘기 쉽다.'하여 이제 상소하여 물러감을 비니 그 글에 하였으되,

"승상 신 양소유는 돈수백배하옵고 황제폐하께 상언上言하나이다. 사람이 세상에 나서 소원이 불과 장상공후將相公侯이오니 벼살이 장상공후에 이르면 나머지 원이 없삽고, 부모 자식을 위하여 공명부귀를 축원하나니 몸이 공명과 부귀에 이르면 나머지 소망이 없는지라, 그리하온즉 장상공후의 영화와 공명 부귀의 즐거움이 어찌 인심의 흠모하는 바 아니오리까. 세상 영화 부귀 어찌 족함을 알며 화를 자취하는 줄 헤

아리리이까. 신이 재조 적고 능이 엷으되 높은 벼살을 뛰어 취하며 공이 없고 물망物望이 낮으되 긴한 자리에 오래 거하오니 귀함이 신자에게 이미 극진하오며 영화가 부모에게 이미 미친지라, 신의 처음 원이 이에 만분지일이옵더니 외람이 부마 되와 예로 대접하심이 모든 신하와 다르고 은혜로 상 주심이 격외格外에 지나사 채소의 장위腸胃로 고량膏粱이 배부르고 미천한 종적으로 궁중에 출입하와 걷우고 영화를 피하여 문을 닫고 은덕을 사양하와 써 참람하고 몰렴沒廉한 죄로써 스스로 천지신명께 사례코자 하오나 은택이 융숭하시매 우러러 갚지 못하옵고…[32]

성진이 세상으로 나오고 싶어 할 때와 정반대로 꾸며져 있다. 성쇠盛衰의 이치가 엄연하니 이렇게 흥성하였으면 곧 쇠퇴의 길에 들어설 것이고, 또 그리 된다 해도 이미 세상에서 이룰 것은 분에 넘치게 이루었으니 이제 그만두겠다는 것이다. 간단하게 생각하면 세상의 영화를 다 누렸으니 좀 편히 쉬겠다는 말이지만, 깊이 있게 따져보자면 이제 바깥으로 내몰리는 욕망 대신 자신의 안을 돌아보겠다는 각성의 발원發願이기도 하다. 이 점에서 바로 이 대목은 양소유를 영웅신화의 도식으로 볼 때, 그 영웅의 성격에 상당한 변화를 감지하게 한다. 영웅에는 본래 자신이 원하던 것을 이루고 신성한 존재로까지 나아가 끝내는 영웅이 있는가 하면, 자신이 원하는 것을 얻은 후 회의하거나 신적인 존재, 신성한 존재로까지는 나아가지 않고 그런대로 괜찮은 명성을 얻는 데 만족하는 경우가 있다.[33] 예를 들어,

32 김만중, 앞의 책, 313~314쪽.

33 스티픈 앨 해리스 · 글로리아 플래츠너는 그리스 신화에서 '초기 영웅/후기 영웅'의 특성을 다음과

세계에서 가장 오래된 영웅서사시인 〈길가메시〉의 주인공 길가메시는 그 탄생부터 복합적인 특성을 갖고 태어나면서 특별한 영웅으로 나아갈 가능성을 연다.

> 신들은 길가메시를 창조할 때 그에게 완전한 육체를 주었으니, 즉 위대한 태양의 신 샤마시는 그에게 아름다움을 주었고, 폭풍의 신 아닷은 용기를 불어넣어 주었으며, 그 외의 많은 신들이 그에게 거대한 들소처럼 강한 힘을 주어 보통 사람들을 능가하게 하였도다. 3분의 2는 신이요, 3분의 1은 인간으로 만들었도다.[34]

보는 대로, 길가메시는 영웅 중의 영웅이었다. 태양과 폭풍 신 등 숱한 신들에게서 각각의 특장들을 모아 놓은 완전체인 것이다. 그러나 그는 3분의 2는 신이지만 3분의 1은 인간이라는 숙명을 지닌 탓에 인간적인 약점을 벗어날 수 없었다. 그럼에도 불구하고 그의 힘은 놀라울 만큼 컸고, 그 힘이 폭력으로 치달으면서 닥치는 대로 사람을 부리고 해쳤다. 신은 그에 대항할 수 있는 존재인 엔키두를 만들어 내는데, 엔키두는 야만적인 힘을 행사하게 되고 필연적으로 길가메시가 엔키두와 맞서게 된다. 그러나 영웅은 영웅을 알아보는 법

같이 구분한 바 있다. "페르세우스는 헤라클레스, 아킬레우스 등 그리스 신화의 영웅들은 몇 가지 공통된 특징을 지니고 있다. 그들의 부모나 조상은 모두 신이고, 어마어마한 힘과 용기와 지략을 겸비하고 있으며, 말 그대로 지하세계로의 여행을 통한 어둠의 세력들과의 대면 및 불멸성의 추구 등 '불가능한' 위업을 달성하는 것 등이 그것이다. 초기 영웅들의 모험은 대개가 신성한 존재로서의 지위를 얻는 것으로 끝난다. 반면에 후기 영웅들은 그들 스스로 신성한 존재가 될 수는 없고, 대신에 그런 대로 괜찮은 명성을 얻는 것으로 만족한다."(밑줄 필자) 스티픈 앨 해리스 · 글로리아 플래츠너, 《신화의 미로 찾기 1》, 이영순 옮김, 동인, 2000, 333쪽.

34 N. K. 샌다즈, 《길가메시 서사시》, 범우사, 이현주 옮김, 2000 4판, 12~13쪽.

으로, 둘은 절친한 친구가 되었다.[35] 그런데 엔키두가 운명에 따라 죽음을 맞게 되면서 사태는 급변한다. 문제는 엔키두의 죽음이 아니라, 그에 따라 길가메시의 삶이 급변하는 것이다.

길가메시는 그의 친구 엔키두를 잃고 비탄에 빠져 울었다. 사냥꾼이 되어 광야를 헤매며 들을 방황하였다. 그는 비통하게 외쳤다.

"내 어찌 편히 쉴 수 있겠는가! 어찌 편안히 지낼 수 있겠는가! 내 마음은 절망으로 가득 찼다. 내 형제는 지금 어디에 있는가? 내가 죽는 날, 나도 또한 그럴 수밖에 없지 않겠는가? 죽음이 두렵다. 있는 힘을 다해 '머나먼 곳'이라 불리는 우투나피시팀을 찾아가리라. 그는 신들의 모임에 들어갈 수 있었으니까."

길가메시는 들을 지나고 광야를 방황하며 우투나피시팀을 찾아 먼 여행을 떠났다. 우투나피시팀은 홍수에서 살아남은 유일한 생존자로서 신들은 오직 그에게만 영원한 생명을 주어 태양의 정원인 딜문 땅에 살도록 했던 것이다.[36]

지금껏 거침없이 내달리며 기고만장하던 길가메시는 드디어 겸손함을 배우고, 자신이 모르는 생명의 비밀을 알고 있는 존재를 찾아 여행을 하게 된 것이다. 그에게 필요한 것은 영원한 생명을 찾는 일이었는데, 아무리 잘난 체하고 살아도 엔키두처럼 죽어 없어진다면 아무 소용이 없다고 생각이 들었다. 그가 고생 끝에 우투나피시팀을

35 Edward C. Sellner는 길가메시와 엔키두를 '한쪽 고통의 치유자Phyican to One's Pain'로서의 짝패로 풀었다. Ch.1. Physician to One's Pain 24~49쪽 참조.

36 N. K. 샌다즈, 앞의 책, 77~78쪽.

만났을 때 그에게서 들은 대답은 뜻밖이었다.

우투나피시팀이 대답했다.

"영구불변하는 것은 없다. 영원히 남아 있을 집을 지을 수 있을까? 약속을 언제까지고 영원히 지킬 수 있을까? 형제들이 유산을 나누어 가진 후 영원히 자기 것에 만족할 수 있겠는가? 강이 홍수를 견뎌 낼 수 있겠는가? 껍질을 벗고 눈부신 태양을 볼 수 있는 것은 잠자리의 요정뿐이다. 먼 옛날부터 영구불변하는 것은 아무것도 없었다. 잠든 자와 죽은 자, 그것은 얼마나 비슷한가! 그것들은 색칠한 죽음과 같다. 주인과 종이 운명이 다했을 때 둘 사이의 차이가 무엇인가? 재판관 아눈나키가 와서 운명의 어머니 맘메툰과 함께 인간의 운명을 결정하였다. 그들은 인간에게 삶과 죽음을 주었으나 죽음의 날짜는 밝히지 않았다."[37]

답을 알고 있을 거라 생각해서 찾아간 사람의 대답이 그렇다면 사고의 급전急轉이 있을 수밖에 없겠다. 결국, 사실은 모든 인간은 죽는다는 사실, 그것만이 진리임을 깨닫는 순간, 길가메시는 더 이상 남을 억압하며 살 필요도 없고 더 이상 영생을 하려 애쓸 필요도 없었다. 이미 충분한 능력을 받았으니 그 능력대로 살되 악용하지 말고, 그 능력 덕에 자신의 아래에서 봉사하는 사람들에게는 관대하게 대해야 한다는 당연한 깨침을 얻고는 길가메시 역시 엔키두처럼 삶을 마감했다. 그러나, 역설적이게도, 그로 인해 길가메시는 백성들의 애도 속에 삶을 마감하고 영원히 후세 사람들의 추앙을 받게 되었다. 만약 그가 엔키두를 만나 그

37 같은 책, 89~90쪽.

의 죽음을 경험하기 이전처럼 힘자랑이나 하며 삶을 마쳤다면 이를 수 없는 지위에 올라 영원히 존재하게 된 셈이다. 역설적이게도, 영원불멸하는 것은 없다는 깨달음이 그를 영원불변의 존재로 거듭나게 만들었다 하겠는데, 이 점은 양소유 역시 마찬가지다.

천하의 영웅 양소유에게도 길가메시가 느꼈던 그 비통한 순간이 찾아온 것이다. 그렇게 살아서는 또 더 이상 특별한 보람이 없다고 생각했고, 딱 거기까지만이 좋았을 뿐이라 판단했기에 이제 그만 물러나려 했던 것이다. 그러나 황제는 허락하지 않았고, 양소유가 나이가 많다고는 해도 아직 물러설 나이도 아닌 데다 여전히 근력이 넘치니 나라를 위해 좀 더 일을 해 달라고 했다. 물론 양소유도 뜻을 굽히지 않았지만, 장안성 근교의 행궁으로 옮겨 사는 정도의 적당한 절충점을 찾아낸다. 그리하여 양소유가 장안을 떠나 종남산終南山의 취미궁翠微宮으로 숨어들어 살면서 그때부터 본격적인 신선놀음이 시작된다. 그러나 신선처럼 사는 신선놀음도 사실은 또 다른 문제를 갖고 있다. 그의 생일날 호화롭게 잔치를 벌이면서 취미궁의 높은 대臺에 올라 옥퉁소를 불었는데, 그 곡조가 전에 없이 비감하게 들렸던 것이다. 우투나피시팀이 길가메시에게 해 준 말처럼, 죽을 때가 되면 주인이었던 사람과 종이었던 사람이 큰 차이가 없는 것이고, 양소유는 이제 그런 궁극적인 문제까지 생각하게 되었다. 무엇이든 원하는 것을 갖게 되면 모든 문제가 해결될 것처럼 보이던 때를 지나, 그것을 얻는 것이 대체 삶의 본질에 무슨 문제가 있는지를 따지게 된 것이다.

이리하여, 그가 다시 찾는 것은 성진이 떠나왔던 불교의 세계이다.

"… 소유 초 따의 적은 선비로 은덕을 성군께 입고 벼살이 장상에 이르며 또 부인과 낭자 여러 분으로 더불어 만나 도탑고 깊은 정이 늙도록 더욱 친밀하니 만일 전생에 마치지 아닌 연분이 아니면 능히 이에 이르지 못할지라, 우리 무리 한 번 돌아간 후에 높은 대는 스스로 넘어지고 깊은 연못은 스스로 메여 오늘 가무하던 집이 변하여 쇠한 풀과 찬 연기를 이루면 필연 나무하는 아희와 소 먹이는 다방머리 슬픈 노래로 서로 어르되 '이는 곧 양태사의 모든 낭자로 더불어 노던 곳이라, 대승상의 부귀 풍류와 모든 낭자의 옥안화태玉顔花態 이미 적멸하였다.'하리니 초동목수樵童牧竪 우리 노던 곳 봄을 내가 세 저 임금과 궁과 능을 봄과 같을지라, 일로 보건대 사람의 살아 있는 것이 순식간이 아니라오. 천하의 세 가지 도 있으니 유도儒道와 불교와 선술仙術이라, 이 세 가지 중 오작 불교 높고 유도는 윤기倫紀를 밝히며 사업을 귀히 하여 이름을 후세에 전할 따름이요, 선술은 허탄한대 가까워 자고로 구하는 자 많으나 마참내 증험이 없으니 진시황과 한무제와 현종황제의 일을 보면 가히 알지라, 소유 벼살을 바친 이후로 밤마다 꿈 속에 불전에 배례하니 이는 필연 불가 연분이 있음이라. 내 장차 장자방에 적송자 쫓은 원을 이루고 남해에 가서 관음 찾으며 오대五臺에 올라 문수를 만나 불생불멸하는 도를 얻어 인간의 괴로움을 벗고저 하나 다만 그대들로 더불어 반생을 상종하다가 장차 멀리 이별하겠는 고로 비창한 맘 스스로 퉁소 속에 나왔노라."[38](밑줄 필자)

양소유의 이런 발언은 성진이 "세상에 남아로 생겨나서 어려서 공맹孔孟의 글을 읽고 자라서 성주聖主를 섬겨 나가면 삼군三軍의 장수 되고 돌아오면 백관의 어른이 되어 몸에 금의錦衣를 입고 허리에

---

38 김만중, 앞의 책, 319~320쪽.

금인金印을 차고 눈으로 고운 빛을 보고 귀로 묘한 소리를 들어 미색의 애련愛戀과 공명의 자최로 후세에 전하는 것이 대장부의 떳떳한 일"[39]이라고 했던 것과 정반대의 상황이다. 유도儒道를 펼쳐서 그렇게 공업을 이룬다고 해도 어차피 이름이나 전할 뿐 실효實效가 적다는 것이다. 이로써 그는 다시 한 번의 이동을 감행하여 탈속脫俗에 들게 되는데, 문제는 그것이 단순한 복귀가 아니라는 점이다. 애당초 성진이 탈속의 세상에서 세속으로 들어섰듯이, 이번에는 다시 한 번 세속의 세상에서 탈속의 세상으로 회귀하는 데 그치는 것이 아니라 '세속/탈속'의 경계를 구분 짓는 데에서조차 벗어남으로써 질적 비약을 빚어낸다 하겠다.

성진은 불교가 이렇기만 할 뿐 저렇지 못해서 아쉽다고 여기고, 양소유는 유교가 저렇기만 할 뿐 이렇지 못해서 아쉽다고 여기기만 한다면, 사실은 서로의 그림자를 아쉬워하면서 계속 부정을 통해 되돌아가기만 할 뿐이기 때문이다. 그러나 사태는 간단치 않아서, 양소유가 스스로 깨쳤다고 생각하는 그 순간, 육관대사의 준엄한 힐책詰責이 따르고 주인공은 새로운 단계에 도달한다.

잔을 나와 다시 부으려 하더니 홀연 돌길에 집행이 더지는 소래 나거늘 고이히 너겨 생각하되, "어떤 사람이 이곳에 올나 오나뇨." 이윽고 일위 노승이 눈섭은 자 만치 길고 눈은 물결처럼 밝고 동작이 심히 이상하며 대에 올라 태사를 보고 예하고 이르되, "산중 사람이 대승상께 뵈옵나이다." 태사 이미 시속 중이 아닌 줄 알고 황망히 일어나 답례하고 물으되, "스승은 어느 곳으로 좇아 오시니이까." 노승이 웃으며

39 김만중, 앞의 책, 52~53쪽.

답하되, "상공은 평생 고인을 아지 못하시나뇨. 일쯕 들으니 '귀인은 잊기를 잘 한다.' 하더니 과연 하도다." 태사 자세 본즉 과연 낯이 익은 듯하나 오히려 분명치 아니하더니 홀연 깨닫고 백시 능파를 돌아보며 노승을 향하여 이르되, "소유 일쯕 토번을 정벌할제 꿈에 동정용왕의 잔치에 참여하고 돌아오는 길에 남악에 올라 늙은 대사 법좌에 앉어 모든 제자로 더불어 경을 강함을 보았더니 (1) 스승이 꿈 속에 보던 대사 아니시니이까." 노승이 박장대소하며 이르되, "옳다 옳다, 비록 옳으나 (2) 몽중에 잠간 만나본 일은 기억하고 십년 동거하던 것은 기억치 못하니 뉘 양승상을 총명타 하더뇨." 태사 망연하여 이르되, "소유 십오륙세 전은 부모 슬하를 떠나지 아녔고 십 륙에 급제하여 연하여 직명職命이 있으니 동으로 연국에 봉사奉使하고 서으로 토번을 정벌한 밖은 일쯕 경사京師를 떠나지 아녔으니 언제 스승으로 더불어 십년을 상종하였으리오." 노승이 웃어 이르되 "상공이 오히려 춘몽을 깨지 못하였도다."[40](밑줄 필자)

여기에 보듯이 육관대사는 어느 세계에든 두루 나타나는 인물이다. 그는 처음, 성진의 스승 육관대사로 등장하며, 동정호 출정 당시 꿈속에서 대사로 등장하고, 지금은 성진을 다시 연화사로 인도하기 위해 양소유의 앞에 서 있다. 문제는 (1)과 (2)의 괴리이다. 표제에 나온 그대로 양소유의 삶을 한바탕 꿈으로 처리할 때, 성진의 삶이야말로 현실이 된다. 그런데 (1)은 꿈이 아니라 '꿈속의 꿈'이다. 대사가 보기에 진짜 현실에서의 자신은 못 알아보면서, 꿈도 아니고 꿈속의 꿈에 있는 자신만 알아본다고 하니 아직 춘몽春夢에서 헤어

40 김만중, 앞의 책, 321~322쪽.

나오지 못하고 있다는 것이다.

이 문제는 '~현실=꿈, ~꿈=현실, ~(~현실)=현실, ~(~꿈)=꿈'의 논리에서는 전혀 풀릴 수 없는 것이다. 요컨대 성진이 탈속의 세계에 살고, 양소유는 반대로 세속의 세계에 산다는 논리로 접근할 때, 이 둘은 계속 서로 엇물리면서 회전하는 양상이어서 짝패의 통합에 이를 수 없게 되고 마는 것이다. 이는 '순차적 이중부정Sequential Double Negation'이라는《금강경》의 논리를 바탕으로 할 때[41] 비로소 쉽게 이해된다. 서구 논리의 근간이 배중률排中律이 적용되는 '공간적 이중부정Spatial Double Negation'에서는 '~세속=탈속'이라는 전제에서 '~탈속'은 결국 '~(~세속)'으로 다시 '탈속'으로 환원되고 만다. 성진이 본래 탈속의 공간에 있다가 그것을 부정하여 양소유의 세속으로 갔다가, 그것을 또 한 번 부정하면 결국 '도로' 탈속으로 돌아가는 것이다.

그러나《금강경》의 공空의 논리에 따라 순차적인 부정을 할 경우, '~{~(탈속)}≠탈속'이 된다. 〈구운몽〉에서 육관대사가 설파하는 핵심 논점은 성진이든 양소유든 꿈과 꿈이 아닌 것을 배타적으로 나누어 놓고, 자신은 헛것에 빠지지 않으려고 애쓰고 있다고 착각하는 사실이다. 성진은 불교의 깨침을 얻어본들 유교식 입신양명立身揚名이 없으니 헛것이라고 생각하고, 양소유는 출장입상出將入相해 본들 불교식 깨침이 없다면 헛것이라고 하면서, 반대쪽을 꿈이라고 밀어붙이는 데 급급하는데, 대사가 현실, 꿈, 꿈속의 꿈, 그리고 그 모든 시공간의 경계에 서서 양쪽을 비끄러매 주고 있다. 즉, 탈속에서 세

41 이 용어는 Taidong Han, "A Study of Sequential Double Negation in Vajracchedika Pranjna Paramita", *Essays on Cognition Structure*, Yonsei University Press, 2003, 35~52쪽에 따른다.

속으로 넘어간 후, 다시 탈속으로 그냥 가는 것이 아니라 탈속과 세속의 구분을 넘어선다는 의미에서 '탈-탈속/세속'의 지경에 도달한다. 화엄학華嚴學의 논리로 하자면, 세간世間을 넘은 출세간出世間, 그리고 그 출세간까지 넘은 출출세간出出世間의 경지에 이르는 것이다.

짝패와의 대면對面-중심, 전체, 완성

온갖 부귀영화를 누리고 거기에 회의를 느낀 양소유는 자신의 실체를 더듬어 가게 된다. 구름이 걷히고 포단蒲團 위에 앉은 자신을 대면하는 것인데 그제야 삭발을 승복 차림으로 있는 실체를 파악하고 '연화 도량 성진 행자'인 줄 깨친다.

> "처음에 스승께 수책受責하여 풍도酆都로 가고 인세에 환생하여 양가의 아달 되어 장원급제 한림학사를 하고 출장입상하여 공성신퇴功成身退하고 두 공주와 여섯 낭자로 더불어 즐기던 것이 다 하로밤 꿈이라, 맘에 이 필연 스승이 나의 생각을 그릇함을 알고 나로 하여곰 이 꿈을 꾸어 인간 부귀와 남녀 정욕이 다 허사인 줄 알게 함이로다." 급히 세수하고 의관을 정제하며 법당에 나아가니 다른 제자들이 이미 다 모댰더라.[42]

적어도 이 진술에 따른다면 주인공 양소유가 다시 성진이 될 때는, 성진이 양소유로 변했을 때와는 다른 양상임을 알 수 있다. 성진

---

42 김만중, 앞의 책, 323쪽.

에서 양소유로 변할 때는 갓난아기로 태어난다는 설정 때문이기도 했겠지만, 전세의 삶과는 절연된 완전히 다른 삶을 살았던 것이다. 즉, "갓나서는 맘에 오히려 연화봉 일이 생각나더니 점점 자라 부모의 정을 알매 전생 일이 망연하여 능히 아지 못하더라."[43]로 서술함으로써, 실제는 연결되었지만 양소유 입장에서는 성진으로 살던 전세前世와 단절되었음을 분명히 했다. 여기에서 성진과 양소유의 자기동일성 문제가 심각해진다. 보통의 사람에게도 내가 과연 '예전의 나'에서 '지금의 나'까지 한결같은 나인가라는 질문은 매우 간단해 보이면서도 철학적으로 풀기 어려운 난제이다. '성진, 양소유, 다시 성진'의 셋을 간단한 도식으로 정리하면 다음과 같다.

서사 진행 / 항목	성진	양소유	다시 성진
삶의 단계	청년	출생~노년	청년
전세前世의 인식	ø	인식 못함	인식

인간의 생애 주기를 온전하게 살아 내는 인물은 양소유지만, 양소유는 성진으로 살았던 때를 인식하지 못하며 이 점에서 부분적인 삶에 그친다. 또한 '성진'은 성진만 기억하고, '양소유'는 양소유만 기억할 뿐이어서 성진과 양소유를 고스란히 기억해 내는 인물은 오직 '다시 성진'뿐으로, 이 인물만이 전체 서사를 온전하게 견인해 낼 수 있다. 꿈속에 만들어진 양소유가 어떤 의미에서든 자신의 반대편에서 있는 존재라는 점에서 받아들이기 매우 고통스러울 수 있겠지만, 분열된 자아를 넘어서 통합된 자아를 이루기 위해서는 자신과 다른

43 같은 책, 59쪽.

편에 서 있는 짝을 인식하고 대면하는 과정을 거쳐야만 한다. 대개의 영웅은 '자신으로부터 분리된 인간'으로서, 그 분리에서 비롯된 모순과 해체를 넘어서야 하는 과업을 갖기 때문이다.[44]

양소유에서 성진으로 돌아온 주인공은 드디어 헛된 분변分辨의 미몽迷夢에서 깨어나게 되는 바, 그 과정은 이렇게 서술된다.

> 대사 이르되, "네 흥興을 타고 갔다가 흥이 다하여 돌아왔으니 내 무삼 간예함이 있으리오. 또 네 이르되 '꿈과 세상을 나누어 둘이라.' 하니 이는 네 꿈을 오히려 깨지 못하였도다. 장주莊周 꿈에 나뷔 되었다가 나뷔 장주 되니 어이 거짓 것이요, 어이 참 것인 줄 분변치 못하나니 이제 성진과 소유 어이는 참이요, 어이는 꿈이뇨?" 성진이 대답하되, "제자 아닥하여 꿈이 참 아니며 참이 꿈 아님을 분변치 못하오니 바라건대 스승은 법을 베푸사 제자로 하여금 깨닫게 하소서."[45](밑줄 필자)

핵심 내용은 밑줄 친 부분이다. 성진이 아직도 꿈과 현실을 나누어 서로 다른 것이라고 하니 덜 깨쳤다는 것이다. 성진의 삶에서 동경하던 양소유의 삶이 성진에게 꿈이었듯이, 양소유의 삶에서 동경하던 성진의 삶 역시 양소유에게는 꿈이다. 그러나 더욱 중요한 것은 그렇게 둘은 서로의 꿈으로 나누어 헛것으로 치부하는 한, 미몽

---

44 '자신으로부터 분리된 인간'은 스티픈 앨 해리스 · 글로리아 플래츠너, 앞의 책, '제10장 영웅: 자신으로부터 분리된 인간'에서 서술된 바 있다. 헤라클레스를 예로 들자면, "자신의 모든 신적 재능들을 발휘한 것과 더불어서 죽음조차 두려워하지 않는 대담성을 발휘한다. 그러나 그 역시 인간의 속성을 물려받은지라 최후의 모험으로 자신의 죽음과 대면하지 않으면 안 되는데, 헤라클레스의 모든 시련들 가운데 이것이 가장 힘든 장애물이었다."(355쪽) 즉, 죽음을 상징하는 지하세계의 도전 같은 통과의례를 통해 죽음을 극복하여 필멸성을 획득하는 것 같은 존재를 의미한다.

45 김만중, 앞의 책, 324쪽.

迷夢에서 헤어 나올 길이 없다는 사실이다. 장자가 꿈에 나비가 되어 어느 쪽이 진짜 자신인 줄 몰랐다고 하는 경지처럼, 성진과 양소유의 삶이 사실은 인간이 동경하는 두 방향의 삶이며 그것이 서로 배타적이지 않다는 점을 알고 하나의 삶으로 통합해 낼 때 참된 깨침이 있다는 것이다.

그런데 이런 내용은 이미 작품에서 세상의 '중심'을 그려 내면서 복선伏線으로 깔아 놓은 것이기도 하다. 앞서 기술했듯이, 〈구운몽〉에서 1차적으로 형산衡山은 세상의 중심으로 기능한다. 위부인과 육관대사가 반분하여 한쪽은 하늘-땅의 중심 통로이며 또 한쪽은 서쪽-동쪽의 중심 통로가 된다. 결국 성진과 양소유는 그 중심을 세상을 경험하게 되는데, 중심은 언제나 공간적으로 일부만을 차지하지만, 그 상징성은 곧 전체를 의미하기도 한다. 엘리아데가 파악한 바에 따르면 이러한 중심의 상징은 대략 다음의 세 가지다.

> 전체적으로 볼 때, 이 상징은 다음과 같이 상호 관계가 있고 상호 보완적인 세 가지 유형으로 나누어볼 수 있다. 1) 세계의 중심에 "신성한 산"이 있고, 바로 그곳에서 하늘과 땅이 만난다. 2) 모든 사원과 궁전, 나아가서 모든 성도聖都와 왕궁은 "신성한 산"과 동일시되며, 따라서 각각 "중심"으로 승격된다. 3) 사원이나 성도는 세계축이 관통하는 장소이므로 하늘, 땅, 지옥의 교차점으로 간주된다.[46]

이에 따라 〈구운몽〉의 중심을 정리해 보자면, 우선 1) 세계의 중심으로 형산이 있고, 그곳에서 하늘과 땅, 불교와 도교, 남성(육관대

46 미르치아 엘리아데, 《종교사개론》, 이재실 옮김, 까치, 1994 2판, 350쪽.

사 · 성진)과 여성(위부인 · 8선녀)이 만난다. 2) 성진이 경험한 형산의 연화도량은 물론, 양소유가 경험한 장안의 황궁 또한 신성한 산인 형산과 동일시된다. 3) 연화도량이나 황궁은 세계축이 관통하는 장소이므로 하늘, 땅, 땅 밑의 교차점으로 간주된다. 이는 연화도량에서 풍도 지옥으로 하강하는 장면을 연상해 보면 쉽게 이해되는 바일 뿐만 아니라, 앞에서 살핀 대로 8미인의 출신과 만난 장소 등까지 헤아려 보면 궁궐에서 함께 살게 되는 8미인이 곧, 하늘, 땅, 땅 밑을 두루 포괄하는 상징이 된다.

이렇게 볼 때, 〈구운몽〉은 몇 개의 층위에서 짝패 인물이 등장하면서 대극의 합일을 모색하는 서사가 된다.

그 맨 처음은 형산을 중심으로 수직으로 펼쳐지는 짝패이다. 형산이 하늘과 땅을 잇는 중간 지점으로 하늘은 성계를 땅은 속계를 표상한다고 할 때, 〈구운몽〉의 두 주인공이랄 수 있는 성진과 양소유는 정확하게 대칭을 이룬다. 성진은 수도자로서는 더 이상 바랄 게 없는 육관대사의 수제자 자리에서 속계를 기웃거리는 인물이고, 양소유는 속인으로서는 최고라 할 출장입상出將入相하지만 그 허망함을 느끼고 다시 수도 생활을 꿈꾸는 인물이다.

다음으로는, 성진이 수도하던 연화도량을 중심으로 한 성계 안에서의 짝패와, 양소유가 활동하던 속세에서의 짝패가 있다. 이는 앞서 설명한 대로 전자에서는 스승과 제자, 후자에서는 아버지와 아들이 짝패를 이룬다. 〈구운몽〉에서의 스승과 아버지는 한편으로는 따라야할 모범이면서 또 한편으로는 다른 길로 가도록 추동하는 인물이다. 사제간·부자간이기에 한편으로는 닮았지만 한편으로는 정반대로 엇나가는 형식을 취하게 된다. 스승처럼 도량에서 수도하지 않고 도량 밖으로 뛰쳐나가며, 아버지처럼 세속을 떠나지 않고 세속

깊숙이 찾아들어가면서, 그 둘의 통합을 통한 완전한 세계를 꿈꾼다. 연화도량은 성계의 중심이고 황궁은 속계의 중심인데, 성聖 안에서 속俗의 삶이 펼쳐지는가 하면, 속俗에 살며 성聖을 꿈꾸는 방식으로 상반되는 삶이 겹쳐지는 것이다.

셋째, 남녀 간의 만남이라는 과정에서도 짝패 관계를 이룬다. 8선녀가 세상에 나올 때 '네 쌍의 구슬'로 설정되었듯이, 정확하게 두 명씩 짝을 이루며 서로의 짝패가 된다. 정경패와 가춘운이 주인과 시비侍婢로, 계섬월과 적경홍은 친구로, 심요연과 백능파는 산수山水 출신으로, 이소화와 진채봉은 궁궐의 공주와 궁녀로 짝패를 이룬다. 이를 다시 종횡으로 펼쳐보면 문명화의 정점에 이소화와 진채봉의 짝이 있고, 낮은 자연의 산수에 심요연과 백능파가 수직적인 짝을 이룬다. 또 여염집 규수로서 정경패와 가춘운이 있다면, 홍루의 기생으로 계섬월과 적경홍이 있어서 마주 서는 짝패이다. 이 네 쌍이 그렇게 작은 짝패와 큰 짝패, 수직의 짝패와 수평의 짝패로 나뉘면서 합치되는 것으로 주인공의 천하주유를 상징함으로써 전체의 합일을 이루어냈다.

그러나, 〈구운몽〉에서의 가장 큰 짝패는 다시 맨 처음의 성진과 양소유로 돌아간다. 그 둘은 단순히 성진에서 양소유로 갔다가, 양소유에서 성진으로 되돌아가는 것이 아니라 출세간出世間에서 다시 세간世間으로 갔다가, 끝내 출출세간出出世間의 이념을 달성했다. 이로써 이 짝패의 통합은, 그 둘이 서로 부족한 점을 보완해 주는 소극적인 통합에 그치지 않고, 양자의 한계를 넘어섬으로써 소각小覺에서 대각大覺으로 나가는 이념적 완전함을 이루어 냈다.

제8장

진짜와 가짜

변신담과 자아 정체성

인간은 누구나 태어난 몸으로 평생을 마쳐야 한다. 몸을 다하는 날을 뜻하는 '종신終身'이라는 말에는 인간의 삶이 몸에 구속되어 있다는 의미를 포함한다. 그래서 죽은 후 몸에 생명이 다하고 나면 무엇이 남는가 하는 문제가 사람들의 오랜 관심거리였다. 죽어서 내세를 맞는다거나 영혼은 몸을 떠나 어디론가 간다고 믿기도 했다. 무언가에 심하게 놀라면, 혼비백산魂飛魄散한다고들 하는데, 이때도 혼魂과 백魄의 분리가 전제가 되었다. 이처럼 인간의 육신과 영혼 같은 이원적인 결합이 분리가 될 때, 전체성이 깨지게 된다. 동서고금을 막론하고 서사에서 그러한 분리가 일어날 때 변신담의 전조前兆라고 보아도 무방하다. 변신이 "주로 '자아'를 둘러싼 세계와의 관계 속에서 현존하는 자아의 보전과 유지에 대한 도전과 불신의 문제와, 이 세계 안에서 '나는 누구인가'로 이어지는 자아 탐색과 관련"[1]된다는 진술은 변신담의 지향점을 잘 드러낸다.

이 점에서 변신에 대해 논구할 때, 몸과 마음, 영靈과 육肉의 분리 이면에 인간만이 가지고 있는 이원성을 주목하지 않을 수 없다. 오비디우스의《변신 이야기》에서는 다양다기多樣多岐한 변신담을 펼치기 위한 서곡으로 인간의 출현에 대해 이렇게 설명하고 있다.

1 김소은, 〈변신 이야기에 나타난 '변신'의 논리와 현실 대응방식 고찰 -「디워」, 「미녀는 괴로워」, 「트랜스포머」, 「태왕사신기」를 중심으로 -〉, 《우리문학연구》40, 우리문학연구회, 2013, 333~334쪽.

이렇듯이 모든 것들이 제 몫의 거처에 자리를 잡자, 오랫동안 혼돈의 덩어리 안에 갇혀 있던 별들이 하늘 하나 가득 찬연히 빛나기 시작했다. 빈 곳이 있으면 거기에 사는 것이 있어야 마땅한 법이다. 그래서 신들과 별들이 천상에 자리를 잡았다. 물은, 아름다운 비늘을 번쩍거리는 물고기들의 거처가 되었고 대지는 짐승들 몫으로 돌아갔다. 흐르는 대기는 새들을 맞아들였다.

그러나 이 짐승들보다는 신들에 가깝고, 또 지성이라는 것이 있어서 다른 생물을 지배할 만한 존재는 없었다. 인류가, 인간이 창조된 것은 이즈음이었다. 이 인간은, 세계의 시원始原이자 만물의 조물주인 신이, 신의 씨앗으로 만든 것인지도 모르겠고, 이아페토스의 아들 프로메테오스가 천공에서 갓 떨어져 나온, 따라서 그때까지는 여전히 천상적天上的인 것이 조금은 남아 있는 흙덩어리를 강물에다 이겨, 만물을 다스리는 조물주와 그 모양이 비슷하게 만든 것인지도 모르겠다. 어쨌든 이렇게 만들어진 인간은, 다른 동물들이 머리를 늘어뜨린 채 늘 시선을 땅에다 박고 다니는 데 비해 머리가 하늘로 솟아 있어서 별을 향하여 고개를 들 수도 있었다. 이로써, 모양도 제대로 갖추지 못한 흙덩어리였던 대지는 본 적도 들은 적도 없는 인간이라는 것을 그 품 안에 거느리게 된 것이다.[2]

이 인용의 첫 단락에서 모든 것들이 제 몫의 거처에 자리를 잡았다는 것은 의미심장하다. 신들과 별들은 하늘에 자리를 잡았고, 물고기는 물에 자리를 잡았으며, 짐승들은 대지에 자리를 잡았다. 그렇게 다 제 몫의 거처가 있고, 그 거처를 편안히 여기며 거처를 떠날

2 오비디우스,《변신 이야기 1》, 이윤기 옮김, 민음사, 1998, 19쪽.

생각을 하지 않았던 것이다. 그러나 둘째 단락에 가면, 자기가 처한 거처가 아닌 다른 곳을 넘보는 존재가 생겨난다. 인간은 본래 태어날 때부터 천상에서 떨어져 나온 흙덩어리를 땅에 속하는 강물에 이겨 만들어 낸, 즉 하늘과 땅의 혼합물로 설명된다. 그래서 인간은 대지에 땅을 딛고 살면서도 별을 향하여 고개를 들고 다니는, 이쪽에 있으면서 저쪽을 생각하는 희한한 존재이다.

《변신 이야기》의 핵심은 바로 그것이다. 어느 한쪽에 있지만 거기에만 매몰될 수 없을 때, 거기에 있는 것이 부당하다 여겨서 그랬든 잠깐의 욕망에 휩쓸려서 그랬든 지금 현재 자신이 있는 쪽이 아닌 다른 한쪽을 기웃대는 자체가 변신의 실마리인 셈이다. 곧, 대지로 상징되는 몸과, 하늘로 상징되는 영혼이 한데 붙어 있지 않고 분리될 때 변신이 일어난다. 일단 분리된 몸과 영혼은 새로운 조합으로 새로운 삶을 탄생시킬 수 있기 때문이다.《파우스트》이래 일상생활에서도 흔하게 사용되는 "영혼을 판다"는 표현은 그런 정황의 단적인 예이다. 선한 영혼과 선한 몸으로 결합되어 있던 사람이, 자기 영혼을 떼어 내어 악마에게 넘겨 주고 대신 그 이전에는 경험할 수 없었던 욕망을 경험하는 것이다. 물론 그런 일이 가능하기 위해서는 이미 제 안에 서로 다른 곳으로 향하는 두 힘, 곧 두 영혼이 작동해야만 하고 파우스트 또한 그랬다.[3]

오스카 와일드의 소설 〈도리언 그레이의 초상〉에서도 주인공 도

---

3 파우스트: 자네는 오직 한 가지 충동만을 알고 있군. / 오오, 결코 다른 하나의 충동을 알려고 하지 말게! / 내 가슴속에는, 아아! 두 개의 영혼이 깃들이 있으니, / 그 하나는 다른 하나와 떨어지기를 원하고 있다네. / 하나는 음탕한 사랑의 쾌락 속에서, / 달라붙는 관능으로 현세에 매달리려고 하고, / 다른 하나는 억지로라도 이 속세의 먼지를 떠나, / 숭고한 선조들의 광야로 오르려 하는 것이다. 요한 볼프강 폰 괴테,《파우스트》, 이인웅 옮김, 문학동네, 35쪽.

리언 그레이가 영원히 늙지 않고 청춘을 갖기를 기도하며, 대신 자신이 벌이는 추악함은 자신의 초상화에게 떠넘기게 된다. 그 결과 자신이 벌이는 탐욕과 쾌락의 대가로 초상화 속 자신은 늙고 추악한 몰골로 변하지만 자신은 만년 청년으로 아름다움을 간직한다. 그러나 그 결과는 끔찍한 파멸이었다. 도리언 그레이가 "영혼만큼이나 감각 또한 밝혀져야 할 정신적인 비밀을 가졌다고 생각"[4]한 것까지는 좋았지만, "감각으로 영혼을 치유하고, 영혼으로 감각을 치유한다."[5]는 이상적 통합에 이르지 못했기 때문이다. 그리하여 영혼을 돌보지 않고, 온갖 죄를 저지른 추악한 영혼은 또 다른 자아인 초상화에 몰아넣은 후, 표피적인 감각만을 좇은 결과 파탄이 초래되었다. 자신과 가까웠던 이들은 모두 불행한 결말을 맺고 자신 또한 초상화에 칼을 꽂음으로써 결국 죽고 말았다. 자신이 가짜라고 여겼던 삶을 철저하게 배척하고 진짜라고 여긴 삶만 살아 보았지만 그 결과는 참혹하기만 했다.

파우스트나 그레이에게 문제되는 것은, 지금 여기에서의 자신이 아닌 또 다른 자신으로 살아 보는 일이었다. 인간이 스스로의 존재에 구속되는 까닭에, "각자의 한계 때문에 구속되어 있는 인간에게 있어서 때때로 감행되는 영역의 타파는 그들에게 정신적인 자유의 기쁨을 부여해 줄 수 있었던 것이다."[6] 물론, 모든 시도가 그러하듯이, 존재의 구속을 탈피해 보려는 시도만으로 궁극적인 자유가 보장되지는 않는다. 어떤 경우는 존재의 한계를 깨닫고 깨침의 세계로

---

4 오스카 와일드, 《도리언 그레이의 초상》, 베스트트랜스 옮김, 더클래식, 2012, 180쪽.

5 오스카 와일드, 같은 책, 245쪽.

6 김미란, 《古代小說과 變身》, 정음문화사, 1984, 33쪽.

진입하기도 하겠지만, 어떤 경우는 헛된 욕망을 좇다 공연한 파탄에 귀결되는 경우도 있는 법이다. 그럼에도 불구하고, 보통의 인간이 육신에 구속되는 최초의 상태인 자신을 '진짜'로 놓고 볼 때, 어떤 과정을 거쳤든 거기에서 파생되었거나 그 진짜를 염두에 두고 출현한 '가짜'는 거꾸로 진짜에 영향을 준다. 스스로 가짜를 욕망했든, 누군가가 특별한 목적으로 가짜를 만들었든 자신과 다른, 그러나 최소한 자신과 진위를 다툴 정도의 존재가 있다면 자신이 진짜인 것을 의심받고, 그로 인해 자아 정체성의 문제가 대두되기 때문이다.

우리 고소설에서도 이러한 진가眞假의 문제를 정면으로 다루는 작품이 있다. 〈옹고집전〉은 그 대표적인 예이다. 여기에서는 진짜 옹고집과 가짜 옹고집이 서로 자기가 진짜라며 다투는데, 진짜 삶이 순전한 진짜이고 가짜 삶이 순전한 가짜라면 이런 이야기는 아주 통속적인 판타지문학에 지나지 않을지도 모른다. 그런 이야기라면 잠깐 다른 세상에 가서 다른 인물로 살아 보다가 다시 제자리로 돌아오는 빤한 스토리이기 십상이기 때문이다. 그러나 표면상의 진짜와 가짜가 이면에서는 가짜와 진짜로 얽힐 수 있을 때, 나아가 진짜 없는 가짜나 가짜 없는 진짜가 존립할 수 없음을 알게 될 때 짝패로 읽힐 가능성이 높아진다.

물론, 앞서 살핀 〈구운몽〉에서 성聖과 속俗의 대립에서도 어느 정도 그러한 측면이 엿보이기는 했지만, 성聖은 성대로 속俗은 속대로 서로 다른 성취를 보이며 그 안에서 온전한 삶을 기대해 볼 만한 것이기도 했다. 그러나 어느 한쪽이 사라지지 않고서는 다른 한쪽은 꼼짝없이 가짜라는 낙인이 찍히는 상황에서 누가 진짜인지를 다루는 서사라면 진짜는 진짜대로 가짜는 가짜대로 살도록 방치할 수 없어서 진가쟁주眞假爭主의 과정이 전면에 나서게 된다. 문제는 진짜라고 인정되는 인물이 가짜로 내몰리면서, 혹은 진짜라고 생각하고 찾아나선 삶에 문제가 발생하면서 정말 자신이 누구인지 되묻게 된다는 데 있다. 이것이 바로 또 다른 나로 변신하는 변신담에서 자아 정체성이 중요 과제로 떠오르는 이유이다.

주인공 '고집固執'의 작명에 유념한다면 옹고집은 악인이기에 앞서서 어느 한쪽에 완고하게 집착하는 인물이다. 특히 인생의 전반기에 성취와 확장을 위해 매진하는 경우라면, 삶의 세세한 내용이나 베풂의 미덕 등은 도외시되는 것이 일반적이다. 옹고집이 가짜 옹고집의 등장으로 인해 겪는 파탄은 투철한 의지로 악착같이 사람들이 일반적으로 만나게 되는 패착敗着이기도 하다. 그러나 가짜 옹고집은 진짜 옹고집이 무시하거나 도외시했던 그런 삶을 잘 보듬어서 '아무 문제없는' 삶을 영위한다. 작품에서 가짜 옹고집이 집에 들어앉은 이후 자식을 많이 낳고 화목하게 지냈다고 한다거나 〈옹고집전〉을 배제하고는 설명하기 힘든 '쥐좆도 모른다'는 속담 등을 통해 볼 때, 진짜 옹고집은 자신의 삶에 집착하느라 그 이면에 잠재한 진정한 가치를 몰랐던 것이 분명하다.

〈옹고집전〉의 근원설화로 지목되는 〈괴서怪鼠〉 혹은 〈쥐좆도 모른다〉 등의 제명題名을 지닌 많은 설화에서 쥐가 변신한 가짜의 등장으로 진짜 인물이 낭패를 겪곤 한다.[7] 쥐에서 사람으로, 다시 사람에

7 《한국구비문학대계》 유형분류상 '631-2. 둔갑해서 주인을 몰아낸 쥐 물리치기(옹고집전 유형)'이 여기에 속하며, 다음과 같은 각편들이 있다: 1-4. 154. 쥐뿔도 모른다, 1-7. 782. 쥐좆도 모른다, 2-6. 405. 가짜 주인 노릇한 쥐, 2-7. 395. 가짜 신랑 노릇한 쥐, 2-9. 125. 가짜 아들 소동, 3-1. 338. 쥐좆도 모르느냐, 3-2. 485. 쥐가 도습한 신랑의 퇴치, 3-4. 892. 신랑으로 도습한 쥐, 4-2. 138. 쥐의 변신, 4-3. 414. 가짜 신랑노릇한 쥐, 4-5. 631. 손톱 먹고 변신한 쥐, 4-6-501. 쥐좆도 모른다, 5-1. 497. 진짜 신랑 가짜 신랑, 5-2. 437. 쥐가 둔갑한 가짜 주인, 5-4. 866. 둔갑한 쥐의 퇴치(1), 5-4. 905. 둔갑한 쥐의 퇴치(2), 5-4. 967. 사람으로 변한 쥐, 5-5. 80. 변신한 쥐에 쫓긴 사내, 5-5. 431. 개과천선한 부자, 6-5. 27. 둔갑한 쥐(1), 6-5. 30. 둔갑한 쥐(2), 6-5. 479. 쥐좆도 모른다는 말의 유래,

서 쥐로 변신하면서, 그 쥐가 변신했던 모델이 되는 진짜 사람의 정체성을 문제 삼기에 〈옹고집전〉에 앞서 살펴볼 만하다. 또, 무언가로 변신했다가 되돌아오지 못하는 이야기도 많은데, 단순한 변신이 아니라 변신 후에도 여전히 변신 전의 모습을 그리워하는 서사에서 정체성 문제가 불거질법하다. 흔히 〈황호랑이〉 혹은 〈황팔도〉로 불리는 이야기가 좋은 예이다.[8] 어떤 사람이 둔갑술을 익혀 호랑이로 변신하여 짐승을 사냥해 왔지만 아내가 둔갑술의 비서秘書를 없애는 바람에 사람으로 되돌아오지 못하고 호랑이로 산을 헤맨다는 내용이다. 여기에서 호랑이로 변할 수밖에 없었던 사연과, 다시 사람으로 되돌아올 수 없었던 이유를 따져 보면 사람으로의 삶과 호랑이로의 삶이 진짜와 가짜를 넘어 짝패로 작동하는 것을 알 수 있다.

한 발 나아가면, 고의적으로 신분을 위장하여 가짜가 진짜인 양 행세하는 이야기도 있다. 이는 멀리 올라가면 그리스 신화의 암피트리온Amphitryon 이야기까지 거슬러 오를 수 있을 만큼 연원이 깊다. 암피트리온은 그리스 신화의 영웅으로 알크메네의 남편이다. 그가 전

6-11. 511. 진짜 아들은?(도패 이야기)(1/2), 6-11. 519. 쥐좆도 모르냐, 7-6. 93. 사람으로 변한 쥐, 7-8. 162. 주인영감으로 둔갑한 쥐, 7-13. 111. 영감으로 둔갑한 쥐(1), 7-13. 168. 영감으로 둔갑한 쥐(2), 7-16. 618. 영감 진가眞假 소동, 7-18. 528. 쥐좆도 모르는가, 8-6. 835. 홍대감으로 변한 쥐, 8-14. 180. 신동지 이야기, 8-14. 653. 천년 된 쥐의 변신, 9-3. 714. 구두쇠 옹좌수, 9-3. 726. 사람이 된 쥐.

8 《한국구비문학대계》 유형분류상 '621-1. 둔갑했다가 사람으로 되돌아오지 못하기(효자호랑이형)'이 여기에 속하며, 다음과 같은 각편들이 있다: 3-1. 376. 둔갑법으로 호랑이가 된 채 죽은 사람, 4-1. 213. 범난 골, 4-1. 405. 호랑이 황팔도, 4-3. 172. 호랑이로 변한 남편, 4-4. 449. 호랑이로 변신한 효자, 4-4. 607. 호랑이 황팔도, 4-5. 233. 효자 황팔도, 4-5. 410. 효자 황팔도, 4-5. 601. 황팔도 전설, 4-5. 731. 황효자 황호랭이, 4-5. 731. 황효자 황호랭이, 4-5. 891. 황팔도 이야기, 4-6. 340. 황호랑이 황팔도, 5-1. 231. 효자 호랑이, 5-2. 335. 호랑이가 되어버린 이진사, 5-2. 570. 호랑이가 된 남편, 6-3. 257. 금산의 김생원 호랑이, 7-6. 218. 울티재 산신의 내력, 7-12. 721. 범이 되어 효도하다 죽은 황팔도, 8-3. 275. 가설리 최호랑이, 8-8. 668. 범이 된 봉의리 효자, 8-9. 512. 남해 진사 범 전설, 8-13. 271. 축지법을 쓰는 왕선달(2/2).

쟁터에 나간 틈에 제우스가 암피트리온으로 변신하여 동침하였고, 그래서 낳은 자식이 헤라클레스와 이피클레스 쌍둥이 형제로, 헤라클레스는 제우스의 자식이고 이피클레스는 암피트리온의 자식으로 전해진다. 이 이후 몰리에르의 〈앙피트리옹〉처럼 극화 형식으로 드러나거나, 〈마틴 기어의 귀향〉처럼 집 밖에 나갔다가 집으로 돌아온 가짜 가장家長 이야기 등으로 재생산되었다. 우리 고전의 경우에도, 〈유연전柳淵傳〉[9] 같은 작품은 행방불명되었던 사람이 다시 나타났는데 그가 가짜여서 생긴 문제를 다루고 있어서 이에서 멀지 않다.

이 장은 이러한 점에 착안하여 진/가의 짝패가 드러나는 작품에 대해 다룬다. 이에 해당하는 대표적인 작품은 물론 〈옹고집전〉이 되겠지만, 그 이전에 생성된 여러 관련 설화는 물론 입전立傳된 실제담까지 적극 활용하면서, 현대 작품 등과의 비교도 병행하기로 한다.

되돌아온 자와 되돌아오지 못한 자

〈쥐좆도 모른다〉는 '쥐좆도 모른다'는 속담의 유래담이다. 채록자가 제목을 뽑을 때부터 '쥐좆도 모른다의 유래'라고 한 각편에서는 아예 "옛날부터 우리나라 풍속에 아무것도 모르고 지껄이면 쥐좆도 모르고 지껄인다는 얘길, 내 한 번 유래에 대해서 말하겠어요."[10]라며 이야기를 시작한다. 시작 부분은 여느 민담이 그렇듯이 그 출발은 결핍이다.

9 이항복李恒福이 쓴 전傳으로 1607년의 실화를 담고 있으며, 《백사집》 권16 〈雜著〉에 수록되어 있다.
10 《한국구비문학대계》 3-2, 한국정신문화연구원, 221쪽.

그전에 저 경상도에 한 진사進士 한 진사가 만동晩童으로 아들 하나를 두었는데 7살 먹어서부터 그것이 사람의 결액(결점으로 생기는 액)인데 손톱 발톱을 깎으면 꼭 마루 밑에다가 넣는단 말여. 그래서 13살 먹던 해에 장가를 들이는데 자양(재행)을 갔다 올 적에 똑같은 신랑이 둘이 들어왔다는 거요.[11]

주인공은 만득자晩得子이다. 대를 이으려는 욕망은 모든 생물체의 공통이지만, 후사後嗣 잇기는 유교적 욕망이 가세하면서 더욱 커졌다. 그런데 이렇게 얻은 자식이 '하나'라고 했다. 대체 불가능의 설정이다. 잘못되면 문제가 커지는 불안함을 가지고 있는 것이다. 그런데 앞뒤 설명 없이 결액缺厄을 들고 나왔다. 그것도 아주 이른 나이인 7살 때부터 빠지게 된 결함인데 손톱발톱을 함부로 버리는 것이었다. 탯줄이든, 손톱발톱이든 머리카락이든 그것이 사람 신체의 일부인 한 함부로 해서는 안 된다는 것이 우리의 오랜 믿음이었으며, 그것을 제대로 보존하지 않으면 크나큰 위해危害가 따른다는 금기가 있었다.[12] 그중 가장 흔한, 손톱발톱을 밤에 깎지 말라는 금기는, 밤에는 깎인 손톱발톱을 제대로 거둘 수 없기 때문이었을 것이다.

주지하는 대로, 손톱이나 머리털 같은 인간 신체의 일부는 이른바 '감염주술', 곧 "이전에 한 번 접촉한 적이 있는 것은 공간적으로

---

11 같은 책, 같은 쪽.

12 "손톱과 발톱에 관련된 여러 가지 미신적인 이야기가 많은데, 그 가운데서도 특히 손톱과 발톱이 적(귀신이건 사람이건 동물이건)의 손에 들어가면 원소유자가 피해를 입게 된다는 이야기가 많다. 그 때문에 뉴질랜드의 마오리족은 추장의 손톱과 발톱을 묘지에 숨기고, 파타고니아의 원주민은 태워 버렸으며, 마다가스카르 섬의 베스틸레로족은 '라만고Ramango'라는 직책의 사람에게 왕족의 손톱과 발톱을 먹여 없애게 하였다." 최승일, 《상식으로 알아보는 몸의 과학》, 양문, 2007, 31쪽.

멀리 떨어져 있어도 계속해서 영향을 미친다."[13]는 관념에 의해 신체 전체를 대신할 수 있다고 믿어졌다. 그래서 "타인의 머리카락이나 손톱 따위를 입수한 자는 아무리 멀리 떨어져 있더라도 머리카락 혹은 손톱의 원 주인을 마음대로 조종"[14]하게 된다고 믿었다. 이 이야기 속 쥐 또한 그렇게 손톱 주인으로 변신하여 주인을 내몰았던 것이다. 손톱 또한 신체의 일부라는 점을 생각하면, 쥐가 변신한 가짜 주인은 곧 진짜의 '분신'이라 하겠다.

이야기에서 이렇게 자신의 분신이 등장하는 이유는 아무래도 인간의 근원적인 두려움에서 찾을 수 있을 것이다. 내가 나로만 존재한다는 보장이 없을 때, 내가 아닌 어떤 존재가 나처럼 있을 수도 있다는 막연한 공포감이 엄습할 텐데, 프로프는 이런 결핍으로 시작하는 모티프를 설명하면서 "인간 존재를 둘러싸고 있는 보이지 않는 힘들 앞에서의 공포"[15]로 설명했다. 앞의 이야기로 치자면, 뒤늦게 귀하게 얻은 외동아들이 그 존재를 위협받고 있는 것이다. 외동아들이 태어났는데 연거푸 아들을 낳아 둘이 되었다면 다복한 일이지만, 외동아들의 분신이 만들어져 진가眞假를 알 수 없다면 횡액임이 틀림없다.

그래서 진짜를 가려낸 후, 가짜라고 쫓아낸 것이 진짜 자식이었고, 진짜 자식은 여기저기 떠돌게 되는데 그 과정이 이렇게 그려진다.

그러고 보니까 13살 먹은 것이 만날 서당에 다니면서 공부를 하다가

---

13 제임스 조지 프레이저, 《황금가지 제1권》, 박규태 옮김, 을유문화사, 2005, 119쪽.

14 같은 책, 같은 쪽. 이러한 손톱이 가진 주술성의 구체적 사례는 이 책 '제21장 사물 터부 8. 머리카락과 손톱의 처리'(559~565쪽)에 구체적으로 소개되어 있는데, 주로 좋은 쪽으로 영향을 미치려 하기보다는 "그것을 손에 넣게 된 자가 그것을 볼모로 삼아 악용"하고 "본래 소유자에게 해를 끼칠 수"(561쪽) 있는 가능성에 집중된다.

15 V. Y. 프로프, 《민담의 역사적 기원》, 문학과지성사, 1990, 71쪽.

서 쫓겨났을 적에 할 수 없이 입은 채로 저 배우던 책만 들고서 떠났었는데 그저 방방곳곳에 떠다니면서 서당에 글소리만 나면 들어가서 어깨너머 글을 배우고 이렇게 한 삼 년간을 하 댕기다 보니까 나이 16세가 되던 해.

어느 한 곳엘 가 서당에를 들어가니까 그 노래老來에 선생이 앉아서 일곱 애들을 데리고 앉아서 공부를 하다가,

"암만 봐도 니가 이 동네에 선생 재목이여. 그러니까 나는 늙어서 못 가르치고 그러니까 니가 대신 내 대신 가서 앉어서 가르켜라."

하구선 선생의 직을 물려주고 그 선생님이 고만 두고 거기 가서 장 서당에 가서 공부를 가르치는데…[16]

13살이면 아직 부모의 보살핌을 받아야 할 나이인데 도리어 부모로부터 가짜로 낙인 찍혀 쫓겨난다. 억울하기로 따지자면 이보다 더 억울할 일이 없을성싶다. 그러나 이 아이는 부모에게 따진다거나 다음 기회를 보며 집 근처를 배회하는 게 아니라 아예 집을 떠나 방방곡곡 떠돌이 생활을 한다. 더욱 놀라운 것은 아이가 '책만 들고서' 떠났다는 것이다. 공부만 하던 아이라서 그랬으려니 넘길 수도 있지만, 집을 떠나 살아가려면 필요한 것이 한둘이 아닐 텐데 책만 챙겼다는 것은 특별한 의미다. 게다가 떠돌이 생활 속에서도 공부를 놓지 않아서 어떤 서당에 훈장으로 들어앉게 된다. 서당 훈장이 대단한 자리는 아니지만, 이야기 구연층의 소박한 입장에서는 나름대로 지위가 있는 자리이고, 이 뒤에 나타난 노승이 '소년 급제'운운하는 대목이 있는 것을 보면 그 와중에 과거 급제까지 한 특별한 인물로

16 《한국구비문학대계》 3-2, 한국정신문화연구원, 222쪽.

그려지고 있다.

여기까지만으로 본다면, 이 이야기의 주인공은 성실하기 그지없는 인물이다. 그 아버지가 진사進士였다는 것은 소과小科에 급제하였지만 대과大科에 나가지 못하였다는 말이다. 많은 진사들이 그러했듯이 그 아버지 또한 성균관에 입학하여 대과를 거쳐 사환仕宦의 길에 들어서는 정규 코스를 밟지 못하고, 유자儒者임을 인정받고 지역 유지의 역할을 하는 정도였을 것이다. 그렇다면 아버지로서는 자신이 못간 길을 자식에게 기대하기 십상이었겠고 어려서부터 글공부에 열심이었다는 데서 그런 정황을 엿볼 만하다. 그리고 그런 열성이 문제의 발단이 된다. '쥐좆도 모른다'나 '괴서怪鼠'로 명명된 많은 각편各篇들에서는 실제로 집을 떠나 공부하는 인물로 그려진다. 대개 절 같은 조용한 곳을 찾아 공부에 몰두하는데 이 공부가 과업科業일 것은 어렵지 않게 짐작할 수 있다.

주인공이 손톱발톱을 자르는 행위는 바로 그러한 '공부'와 밀접하게 관련된다. 이부영이 지적한 대로 손톱발톱은 문명文明에 반하는 '野性(혹은 獸性)'일 것이다.[17] 대개의 야수들이 그렇듯이 발톱은 확실한 공격 무기이며, 그것을 깎는 행위는 야성을 의도적으로 줄여 나가는 일이다. 더욱이 그냥 깎기만 하는 게 아니라 꼭 마루 밑에 숨겼다고 했다. 이 때문에 마루 밑을 주생활 무대로 다니던 쥐가 그것을 먹고 그 주인의 모습으로 변했다. 이 과정을 생각하면, 이야기 주인공의 분신分身은 주인공이 철저하게 배제하던 또 다른 삶이라고 할 수 있다. 영문도 모른 채 쫓겨나면서까지 책만 챙기며, 떠돌이 생활 중에도 공부하기를 놓지 않는 선비로 등장하는 인물이 놓치고 살던

17 이부영, 《한국민담의 심층분석》, 집문당, 1995, 55~87쪽.

또 다른 삶이 동물의 변신 과정을 거쳐 등장한 셈이다. 이때의 쥐는 바로 '또 다른 자아Alter Ego'이다.

흥미로운 것은 주인공과 주변 인물이 보이는 태도이다. 집에서 쫓겨나와 어려운 환경에 처했을 게 분명한데도 오히려 공부에 더욱 더 매진하는 것이다. 집을 나와 절에서 공부를 하는 각편의 경우 또한 마찬가지다. 잠시 여유를 부린다거나 한눈을 파는 일 없이 성실하게 공부하다가 집에 돌아와 보니 자신과 똑같은 사람이 자기 행세를 하고 있었다. 설화에서 변신설화가 제법 있지만 변신하게 될 때는 그럴법한 이유를 갖게 되고, 특히 스스로 원하지 않는 경우의 둔갑은 응징적인 과정이 많았다. 거기에는 분명, 〈소가 된 게으름뱅이〉처럼 너무 게을러서 소가 되었다거나, 〈장자못 전설〉처럼 뒤돌아보지 말라는 금기를 어겨 돌이 되는 등의 그럴법함이 있다. 그러나 이 이야기는 정반대다. 너무도 열심히 주어진 역할을 충실히 하고 그 탓에 변신하고 만다.

나아가 진가眞假를 다툰 끝에 진짜가 물러서게 되는데, 그 다툼 과정 또한 예사롭지 않다.

> 아, 서로 니가 주인이니, 내가 주인이니 싸우는데, 아 이 마누래도 어떤 게 내 남편인지 모르겠더래, 똑같아서. 아, 그래서 서로
>
> "아무개 아무데 아무 날 갔다가 아무 날 내 집에 들어왔다."
>
> 이래니까
>
> "아, 난 가지도 않고 난 내 집에 나 여기 있다. 너 어떤 놈이냐?"
>
> 아, 서로 싸우더니만 한 사람이 그러더래.
>
> "아, 느, 분명히 네 집이냐?"
>
> 그러니까,

"내 집이다."

그러더래.

"그런 네 집이면, 너 집에 서까래가 몇인 줄 아냐?"

사람이 서까래가 몇인 줄은 셔보지 않았겠지.

"서까래 몇 인지 아느냐?"

그러니까,

"아, 그걸 누가 알고 사냐?"

"에잇, 니가 뭔 주인이야? 나 우리집에 서까래가 몇인 거 다 안다."

쥐는 사방 대녔으니까 서까래 다 셔본 거 아니야. 아, 그러니까 그만 졌지. 참 여자두 지 남편이 서까래를 안대니까 제 남편인 줄 알고, 똑같으니까는 남편을 내쫓았어.[18](밑줄 필자)

이 각편에서는 서까래의 개수를 아는 것으로 진짜 남편의 판별 기준으로 삼고 있다. 그러나 밑줄 친 부분에 드러나는 대로, 이는 이야기를 구연하는 화자조차 의문을 제기하는 기준이다. 사람이라면 제 집 서까래가 몇 개인지 셀 일이 없고, 도리어 서까래 틈으로 돌아다니는 쥐가 더 잘 할 수 있는 것이다. "참 여자두."라는 혼잣말 같은 탄성을 덧보탠 것은 여자의 행위가 어처구니없다는 뜻이다. 각편마다 조금씩 다르지만, 대개 부엌의 세간이라거나 곳간의 곡물 등이 등장하기도 하는데, 어느 것이나 진짜 주인이 알기에는 너무도 어려운 내용이라는 점이 공통이다. 본래 선비는 집안의 세사細事나 살림살이 등에는 등한시하는 존재였고, 이야기처럼 공부에 경도된 경우라면 더더욱 그랬던 것인데, 식구들은 도리어 그런 내용으로 실제 가

18 〈쥐좆도 몰랐나〉, 《한국구비문학대계》 2-12, 한국학중앙연구원, 2014.

장을 판별하려 했던 것이다.

주변 사람들이 보인 이상한 점은 거기에 그치지 않는다. 노승老僧의 조언대로 고양이를 구해 가짜를 물리친 뒤, 아내에게 "쥐좆도 모르느냐?"는 말을 한 것은 진짜 자신을 몰라본 데 대한 책망이 아니다. 다른 데도 아니고 굳이 남성 성기를 적시함으로써 아내가 가짜 자신과 원만한 부부 생활을 했음을 일러 주기 때문이다. 이는 가짜 남편과 살면서 불편함을 느끼기는커녕 도리어 편안했다는 방증인데, 이로써 진짜 자신의 삶이 정말 온당한 것인지 회의할 법하다. 이 이야기의 각편 가운데는 잠깐 옷을 벗어 두거나, 변소에 다녀오는 사이에 가짜가 나타나는 괴변이 일어나는 일이 있는 것도 실제 자기의 외피 안에 감추어진 이면의 자신이 드러나면서 생기는 분열 현상으로 봄직하다.[19] 다만 분열 이후 대척점에 있던 가짜의 삶이 도리어 원만한 가정을 이루어 냄으로써 문제의 심각성이 또렷해진다.

정신을 중시하는 삶에서는 육체는 등한시되기 마련이다. 고상한 정신세계를 구축하는 데 장애가 된다고 여기는 것이라면 가차 없이 폐기된다. 조선조의 많은 선비들이 공부에 전념하느라 문약文弱에 빠진 사실은 이런 정황을 잘 드러낸다. 역사적으로 볼 때, "초기의 문명은 자연계의 재생력을 존중했으며, 인간의 몸은 예배를 위한 고유하고 적절한 수단"[20]으로 여겨질 만큼 신성시되었다. 그러나 "후대의 종교들은 혼에 비하여 육체는 불순하고 열등하다고 생각하는 일들이 많았"고 "혼이 해방되기 위해서는 육체의 불결한 영향력에 저항

19 이부영은 절간에서의 수도 생활이나 변소에 가는 것 모두 내향內向(Introversion)이며, 전자가 정신적인 측면에서의 내향이라면 후자가 신체적인 측면에서의 내향임이 다를 뿐이라고 보았다. 이부영, 앞의 책, 64쪽.

20 제인 호프, 《영혼의 비밀》, 유기천 옮김, 문학동네, 2002, 46쪽.

하면서 드높은 정신적 이상을 추구해야만 했다."[21] 이런 태도는 육체에 빠지면 수성獸性에서 벗어날 수 없으리라는 불안감 때문에 생겨난 것이겠으나, 결과적으로는 수성을 보듬지 못해 인간의 고상함을 제대로 드러나는 데 장애가 되기도 했다.

그러나, 〈쥐좇도 모른다〉의 주인공은 몇 년간의 방랑 뒤에 다시 제자리를 찾아갈 수 있었다. 조력자인 노승을 만나 자신의 문제를 털어놓고, 노승은 쥐를 물리칠 묘책으로 고양이를 일러 주어 문제를 말끔하게 해결한다. 이야기의 결말부에서 "쥐좇도 모르느냐?"는 힐책이 있기는 해도 잘못에 대한 응징이나 가장으로서의 위엄을 보이지 않는 것은 결국 주인공이 자기반성에 들어갔음을 암시한다. '또 다른 나'의 등장으로 자신의 삶을 반성하고, 이면의 또 다른 자신까지 포함한 온전한 '자기自己(Selbst)'를 들여다보게 된 것이다. 비록 이야기 표면상으로 강하게 드러나지는 않더라도, 진짜임에도 불구하고 가짜로 내몰리는 불행 덕에 더 나은 삶을 찾게 된 셈이다.

이에 비하자면 〈황팔도〉 이야기는 똑같은 변신담임에도 불구하고 전혀 다른 길을 간다. 우선 호랑이로 변한 주인공이 영영 사람으로 돌아오지 못하며, 끝내 자신의 삶을 돌아보며 주위 사람들과 화해할 기회를 놓쳐 버린다. 주로 충청남도에 전하는 이 이야기의 줄거리는 다음과 같다:

황팔도라는 사람이 살았는데 어머니가 중병에 들었다. 의원은 어머니가 흰 개의 간을 천 개 먹어야 낫는다고 했다. 황팔도는 구할 방법이 없었는데 산신이 꿈에 나타나 둔갑술 비법을 담은 비서秘書를 주며 주

---

21 같은 책, 같은 쪽.

> 문을 외워 호랑이로 둔갑하는 방법을 일러 주었다. 황팔도는 호랑이로 변하여 밤마다 다니면서 개를 구해 왔다. 황팔도의 아내는 남편이 그러는 게 보기 싫어 어느 날 밤 비서를 불태웠고, 황팔도는 그 뒤로 다시 사람으로 되돌아오지 못했다. 황팔도는 인근의 산으로 들어갔지만 비서가 없어서 짐승을 잡을 수 없었고 점점 포악해져갔다. 결국 관가에서 포수들을 모집하여 황팔도를 잡게 했고, 황팔도는 스스로 나와 포수의 총에 맞아 죽었다.[22]

각편에 따라 이야기의 넘나듦이 있지만 호랑이로 변해서 짐승을 잡아 오던 남편이 아내 탓에 다시 사람이 되지 못했다는 기둥 줄거리만큼은 똑같다. 여기에 갈등 요인으로 어머니가 덧보태지면 효자 이야기가 되며, 맨 마지막에 슬프게 산을 떠돌았다는 데 그치지 않고 포수에게 죽임을 당했다고 하면 비극성이 한층 강화된다.

먼저, 아내와의 갈등에만 초점을 두고 보자. 이야기의 배경은 호랑이가 출몰할 만큼 깊은 산골이다. 예외 없이 인근의 높은 산을 거명하며 구체성을 더한다. 농사지을 땅이 없는 상황에서 수렵이나 채집, 장사 등이 그 대안이 될 수밖에 없다. 설화에 흔히 등장하는 나무

---

22 충청남도 보령을 중심으로 공주, 당진 등에 퍼져 있는데, 주로 그 지역에 있는 산을 중심으로 하여 실제 있었던 일인 것으로 구연된다. 다음 구연 상황을 참고하면, 앞의 〈쥐좆도 모른다〉를 받아들이는 방식과는 매우 다름을 알 수 있다. "유도 없이 계속 나온 것으로 이 이야기는 인근에서 '호랑이 황팔도'라는 이름으로 꽤 널리 퍼져 있기도 한데, 그는 '황팔도'가 아니라 '윤 효자' 얘기로 알고 있었고 구연 끝에 현지의 물증을 제시하여 전설임을 강조하려 했다. 〔이, 여기서 얼마 안 가면은, 이게 전설인데, 확실히 어느 전설루 많이 그런 얘기 있읍니다마는, 보령군 미산면 개화리라구두 하구, 부여군 외산면 구역이니까, 말하자면 북두머니 모텡이 가면은 거기, 정— 말하자면 야— 애미산 줄기 있지요. 양각산이 이 앞이 와 익구, 거 가먼 그 에— 그 상대(상단) 중대(중턱)하는 그 애미산이 있어요. 애미산 중턱에 가 보면은 지금두 절자리가 있었는데, 이 절이 지금은 완전히 타서 읎어지구 재만 남았읍니다. 그래 전설루 들어보면은 거기가 인(人) 호랭이가 살았다는 집인데….〕" 〈호랑이로 변신한 효자〉, 《한국구비문학대계 4-4》, 한국정신문화연구원, 449~450쪽.

꾼이나 소금장수 같은 일을 해야만 하는 것인데, 주인공에게는 뜻밖의 행운이 찾아온다. 비서秘書를 손에 넣는 것이다. 그 책 하나면 사람과 호랑이 사이를 마음대로 오갈 수 있고, 호랑이로 변하면 원하는 대로 짐승을 잡을 수 있었다. 그래서 주인공은 밤이슬을 맞으며 짐승을 잡아들이고 그 덕에 식구들의 생활은 걱정이 없었다. 여기까지 이야기의 전반부이다.

그러나 막상 형편이 펴지게 되자 아내의 생각은 바뀌었다. 이제 남편의 실체가 두려웠던 것이다. 이 두려움은 두 가지 방향을 이해됨직한데, 그 하나는 고상한 남편에 대한 갈구이다. 이는 〈쥐좆도 모른다〉와 반대되는 상황으로, 야성野性을 버리고 문명화된 남편을 동경했다 하겠다. 비록 그렇게 해서 먹고는 살더라도 그렇게 사는 것이 진짜 제대로 사는 것이 아니라는 판단 하에 비서秘書를 불태우고, 그 결과 남편을 잃고 만다. 야성을 버리고 문명화한 남편을 맞으려는 욕망은 뜻밖에도 남편의 존재 자체를 없애 버리는 낭패를 야기한다. 또 하나의 방향은 육체적인 교접의 문제이다.[23] 남편이 해질녘에 나가 동틀 무렵 돌아온다면 아내로서는 독수공방 신세라는 뜻이다. 하루이틀이 아니고 매일이 그럴 때라면 성적 욕망을 풀어 낼 길이 없게 되는데, 아내에게는 이 점 또한 큰 불만이었을 것이다. 예로부터 식색食色은 인간이 가진 가장 큰 두 가지 욕망인데, 호랑이 둔갑을 둘러싸고 두 가지 욕망이 충돌한 것이다. 식食을 위해서는 호랑이 둔갑이 필요했지만, 색色을 위해서는 그래서는 안 되는 딜레마가 이 이야기를 관통한다. 그래서 그렇게 먹고는 살지만 그것이 본래 원하

23 초기의 설화 연구에서 이 설화에 성性을 둘러싼 갈등을 지적한 사례가 있다. 최래옥, 〈韓國孝行說話의 性格 硏究〉, 《한국민속학》 10, 한국민속학회, 1977, 131~132쪽 참조.

던 삶이 아니었다는 절규로 변하고, 그 절규는 파탄으로 귀결된다.

이 딜레마는 결국 진짜 인간으로의 삶과, 거짓으로 변한 호랑이로의 삶 사이의 짝패에서 설명될 수 있다. 그 둘의 삶이 온전하게 통합되는 것이 바람직한 삶이지만 형편이 어긋나게 되면 어느 한쪽을 택할 수밖에 없다. 그럼에도 불구하고 남편은 절충점을 찾아 낮에는 인간으로, 밤에는 호랑이로 살면서 애를 쓰지만 임시방편일 뿐이었다. 이 부부에게 이상적인 해결점을 찾으라면, 비서를 통한 둔갑 없이도 낮에 생계 대책을 잘 마련하여 윤택한 생활을 하면서도 밤에는 부부가 화락할 수 있는 길을 찾는 것인데, 호랑이가 나오는 산에서 살아가는 가난한 사람으로서는 지난至難을 넘어 아예 불가능한 과제였다.

이 험난한 과제를 가중시킨 것은 어머니의 존재이다. 많은 이야기에서 주인공이 '효자'임을 강조하여, 실제로 호랑이로 변신하게 되는 까닭을 어머니의 병과 연결시키고 있다. 비록 이 이야기가 변신담의 일부로 인식되지만, 그 근원을 따지자면 《한국구비문학대계》 유형분류 상 '413-2. 정성이 지극해서 부모 병 고친 효자.(천년두골에 쌍용수, 지렁이 반찬)'형[24] 이야기와 맥을 같이 한다. 이 이야기 주인공 역시 효자로서 지극한 정성을 보여 산신이 나타난 비책秘策을 일러주고 그에 따라 해결 방법을 알아냈다. 다만 결정적인 차이가 있다면 기적이 일어났음에도 불구하고 뜻밖의 사태가 개입하면서 어머니의 병을 고치지 못한다는 점이다. 뜻밖의 사태는 바로 아내의 개입이다. 대개의 효행담은 아들이나 며느리가 지효至孝를 보이면 그

---

24 413형은 "주인공의 지극한 효와 열이 하늘을 감동시켜 부모와 남편의 병을 고치는 이적이 일어나고, 맹수와 이물까지도 감복시킨다. 진실된 행동이 도적도 개심시키고, 죽은 후에 인도 환생으로 보상받기도 한다."(조동일 외, 《한국구비문학대계 별책부록(I) 한국설화유형분류집》, 한국정신문화연구원, 1989, 35쪽)는 줄거리를 갖는다.

배우자 또한 거기에 따르는 게 상례인데, 이 이야기는 정반대로 흘러간다. 화자話者의 구연을 따라가 보면 그 안에 담긴 고부姑婦간의 복잡한 심리가 읽힌다.

> 청양군 정산면 천장리靑陽郡 定山面 天庄里라구 허는 동네에 모재母子 살거던? 황씨가 모재 살어. 그런데 득배를 잘 못했음으로서, 아마 츠지가 어렵다 보닝개 참 어려운, 규수를 아마 득배를 했었던 모냥여. 그러나 효심이 워는 지극한데. (중략) 그러구 보닝개, 그, 득배 잘못 하면은 그렇게 앞질을 막구 집안을 아주 당, 아주 폭 망하게 되는 그런 이유가 있었단 말여. 인제 고거여.[25]

대부분의 각편에서 주인공의 아내가 비서秘書를 불태우는 이유로 무서워서라고 했다. 호랑이로 변한 남편이 무서워서 살 수가 없다는 것이다. 그러나 이 인용에서 보듯이, 화자는 그 파탄이 득배得配를 잘못해서 그렇다고 진단한다. 가만 두었으면 남편이 어머니의 병을 다 고치고 편안히 지낼 수 있었는데 아내가 나서는 바람에 그르쳤다는 판단이다. 어떤 각편에서는 아내의 '질투심'을 꼽기도 하는 게 있는 것을 보면 그 판단이 아주 잘못만도 아니다. 지금 이 이야기의 주인공은 어머니와 아내 사이에 끼어서 어느 한쪽으로 몸을 쉽게 움직일 수 없는 처지다. 몸은 하나지만, 호랑이로 변해 '아들' 역할에 충실해야 하면서, 그냥 평범한 인간으로 '남편' 역할을 해내야만 한다. 그러나 이 둘 역시 만만치 않아서 결국 어머니 병도 못 고치고 아내를 죽이며, 그 다음으로는 무고한 사람들을 해치고, 또 그 때문에 국

25 〈황호랑이 황팔도〉, 《한국구비문학대계 4-6》 한국정신문화연구원, 1983, 340~343쪽.

명國命에 의해 포수의 총을 맞고 죽게 된 것이다.

이처럼 〈황팔도〉에서도 〈쥐좆도 모른다〉처럼 서로 다른 두 가지 삶을 온전하게 살아내는 과제가 중요하다. 한 집안의 생계를 책임지는 가장이자 아내에게 든든한 지아비이며, 어머니 병을 고쳐야 하는 아들이면서 아내와 화락해야 하는 남편이어야 한다. 그러나 그 둘을 동시에 할 수 없는 까닭에 호랑이로 변신하여 또 다른 삶을 살아 보지만 그 결과는 끔찍한 파탄이었다. 어머니가 알아준 것도 아니며, 아내의 지원을 받은 것도 아니고, 마을 친구들에게조차도 회피와 공포의 대상이었고, 나아가 '팔도'를 들쑤시고 다니는 온 나라의 두통거리로 전락하고 만다. 〈쥐좆도 모른다〉에서는 잠깐의 방황과 자기 번민으로 끝난 자잘한 일이었으나, 〈황팔도〉에서는 가정과 마을, 나아가 온 나라를 고통에 빠뜨리는 큰 일이 되고 말았다.

다시 인간으로 되돌아오느냐, 되돌아올 수 없느냐의 작은 차이가 그렇게 큰 거리를 만들어 냈다. 이는 분열된 자아를 통합할 수 있다면 더 큰 평화와 화합이 기다리지만, 그렇지 못하다면 심각한 불화와 파탄뿐이라는 만만치 않은 문제를 우리에게 던져 준다.

욕망의 덫, 만들어진 가짜

〈유연전柳淵傳〉은 이항복李恒福이 쓴 전傳으로, 유연은 실제 있었던 인물이다. 문제가 되는 진가眞假를 다투는 인물은 유연의 형 유유柳游인데, 가짜의 등장 방식이 〈쥐좆도 모른다〉나 〈황팔도〉와는 아주 다르다. 초월적인 힘에 의해 이루어지거나 스스로 간절히 원해서 변신을 한 것이 아니라, 거짓인 줄 알면서도 특별한 목적으로 '위장'

하기 때문이다. 이 작품에 등장하는 진짜 유유와 가짜 유유는 사실상 전혀 관계가 없는 완전한 타인이다. 이는 그리스 신화의 암피트리온과 제우스가 전혀 다른 존재임에도 불구하고 제우스가 잠깐 암피트리온으로 변신한 것과 마찬가지다.

외국의 서사문학에서 비근한 예를 찾자면 하이스미스P. Highsmith '리플리' 시리즈가 될 것이다. 이 시리즈의 첫째 작품인 《재능 있는 리플리》에서 주인공 리플리는 빈털터리 청년인데, 조선소를 하는 거부巨富의 아들을 죽이고 그 사람 행세를 한다. 주인공 리플리가 보기에 부잣집 도련님인 디키는 아무 재능 없이 그저 부모를 잘 만난 덕에 호의호식하는 인물이다. 그래서 "디키가 부럽다는 생각이 들자, 톰은 가슴이 찢어질 듯한 시기와 연민이 밀려왔"[26]으며, "그를 죽이고 싶었"고 그보다 더 기발한 방법으로 "바로 자신이 디키 그린리프가 되는 거"[27]를 꿈꾸며, 마침내 "그의 과거와 그 과거로 이루어진 톰 리플리라는 인물이 정말 소멸되어 완전히 새로운 사람으로 다시 태어난 것"[28] 같은 느낌을 받는다. 흔히 '리플리 증후군'이라고 하는 증세는 바로 이 소설에서 비롯된 것으로, 허구 세계를 실제 세계라 믿는 인격장애를 가리킨다.

〈유연전〉의 채응규 또한 그랬다. 누군가 부추겼다는 점이 리플리와 달랐지만, 선망에서 시작하여 나중에는 스스로 유유가 된 듯이 행동했던 것이다. 아무튼 이 작품은 전傳인 만큼 기본적인 형식을 갖추고 있는데, 그 시작 부분부터 특별한 점이 발견된다.

---

26 피트리샤 하이스미스, 《리플리1: 재능있는 리플리》, 홍성영 옮김, 그책, 2012, 58쪽.

27 같은 책, 109쪽.

28 같은 책, 138쪽.

유연의 자字는 진보震甫로 대구 사람이다. 아버지는 현감 유예원이며 3남을 두었으니, 유치柳治, 유유柳游, 유연柳淵이다. 유유는 글을 잘 지었고 유연은 예법을 좋아하여 모두 시골에서 일컬었다. 유유의 아내는 같은 고을 무인武人 백거추의 딸이고, 유연의 아내는 참봉參奉 이관의 딸이다. 유연의 누나는 종실宗室 달성령達成令 이지李禔에게[29] 출가하였다가 일찍 죽었고, 다음 누나는 같은 고을 사인士人 최수인에게 출가하였으며, 다음은 전주 사인士人 하항에게 출가하였다. 또 종매부從妹夫가 있으니 전 현감 심융이다.

유유가 일찍이 산에 들어가 글을 읽다가 갑자기 돌아오지 않으니 유예원과 백씨가 미쳐 달아났다고 말하였다. 말이 문밖으로 나가자 아비와 아내가 그렇다 하니 시골 사람들은 믿고 의심치 않았으나 오직 유연만은 만날 수 없음을 슬퍼하였다. 그 후 5년 뒤에 유예원이 죽자 유연은 집상執喪을 하며 여막廬幕을 지켰다.[30]

어느 전傳에나 있는 가계家系 부분이지만, 선계先系는 겨우 아버지만 드러날 만큼 축약된 채 형제자매 부분이 장황하다. 대개의 전에서도 형제자매가 드러나는 법이지만 이렇게 장황하게 기술되지는 않는다. 특별히 형제자매의 배우자까지 소상히 드러날 뿐만 아니라 이미 죽은 누나의 남편, 심지어는 여간해서는 알고 싶지 않을 종매부從妹夫까지 등장한다. 이들을 이렇게 소상하게 밝히는 이유는 이들이 가짜 유유의 등장과 연결되기 때문이다. 그런데 이들이 가짜

29 '禔'는 그 음이 제, 지, 시 등이어서 번역자마다 다르게 읽어 혼선이 있다. 본래 이 번역문에서는 '제'로 읽고 있으나, 대법원 인명용 음에 의거 '지'로 읽고 이후 다른 문헌의 이름 역시 '이지李禔'로 통일한다.

30 이항복, 〈유연전〉, 《국역 국조인물고 제15집》, 세종대왕기념사업회, 2003, 255~256쪽.

유유를 만들어 내는 방법은 뜻밖에도 '날조捏造'에 가깝다. 암피트리온 이후 계속되어 온 '변신'이나 '위장'은 최소한 다른 존재처럼 보이게 하려는 노력을 하는 데 비해서, 여기에서는 누가 보아도 다른 사람인 걸 뻔히 아는 가운데 속이는 데 집중하는 것이다.

결국, 속이려는 사람 외에는 아무도 그의 진위를 의심하지 않는다. 워낙 명백한 거짓이어서 가짜라고 하면 그만일 정도였던 것인데, 일의 발단은 이지李禔가 유연에게 형 유유가 채응규라는 이름으로 살아 있으니 찾아보라고 하는 데서 비롯된다. 그래서 유연은 형을 찾기 위해 종을 보내 보지만 번번이 아니라고 하며, 채응규가 이지의 집으로 찾아왔을 때도 형수의 몸종이 "너는 어떠한 자이기에 우리 주인으로 가장해서 감히 이런단 말인가?"[31] 다그칠 정도이다. 또 진위를 가리기 위해 관가에 갔을 때도 친척과 우인友人들을 알아보지 못해 들통이 나고 만다. 그렇다면, 위험을 무릅쓰고 그렇게 쉽게 탄로 날 법한 속임수를 쓰는 이유는 무엇인가? 놀랍게도 유유의 처와 유연이 주장하는 이유는 한 가지다.

(가) 백씨는 야윈 모습에다 상복喪服을 입고 밤낮으로 감사監司에게 읍소泣訴하기를, "남편에게 재물을 한없이 탐하는 불량한 아우 유연이 있어 진실을 거짓이라 하여 형을 묶어 관에 가두고 지나친 화를 씌우려 합니다.(이하 생략)[32](밑줄 필자)

(나) "(이전 생략) 대체로 이지에게 신의 아비가 특별히 좋은 밭을 주었는데 신이 신임과 고임을 받는 것을 꺼리었고, 심융은 신의 백숙

31 같은 책, 267쪽.
32 같은 책, 268쪽.

모 유씨가 일찍이 집안의 재산을 그 아내에 주며 말하기를, '네가 만약에 자식이 없게 되면 유예원의 아들에게 전하라.' 하였습니다. 심융은 늘 재산을 빼앗길까 두려워하며 신을 미워하였기에 지금 이제와 심융 두 사람이 번갈아 호응하며 세를 이루어 소란을 피우는 것입니다."하였다.[33](밑줄 필자)

(가)는 가짜 유유를 진짜라고 우기는 유유의 처 백씨의 발언이며, (나)는 가짜 유유가 가짜라고 호소하는 유연의 진술이다. 서로 상대측이 거짓 진술을 하는 까닭이 재산 문제라고 하고 있다. (가) 발언의 진위 여부를 떠나, 장남인 유유가 사라지게 되면 차남인 유연이 그 재산을 차지하게 되는 상황임을 알 수 있다. (나) 또한 선대에 흩어진 재산이 경우에 따라서는 유유나 유연에게로 넘어올 가능성이 있어서 그들로서는 그런 불편한 사태를 어떻게든 막아보려 그랬다는 해석이다. 적어도 이 두 대목만으로 보자면, 〈유연전〉의 가짜는 〈쥐좆도 모른다〉나 〈황호랑이〉의 가짜와는 그 이유가 완전히 다른 데 있는 것처럼 보인다. 사실상 재산을 거머쥐기 위한 사기詐欺이기 때문이다.

그렇다면 이 문제는 당대의 재산 상속 제도와 긴밀히 연결된다. 형의 실종은 엄연한 사실이지만, 형이 실종되었다고 해도 형 몫의 재산이나 상속분이 동생에게 귀속되지만 않는다면 이런 분란이 일어날 까닭이 없다. 물론 백씨를 조종한 사람들이 뒤에 있기는 했지만 백씨가 방조하지 않았다면 진가眞假를 가리는 일은 너무도 수월했을 텐데 백씨는 그러지 않았다. 여기에는 적장자嫡長子 상속을 둘러싼 사회적 맥락이 숨어 있다. 적장자가 죽었을 때 다행스럽게 그

33 같은 책, 270쪽.

후사가 있다면 문제가 덜하지만, 이 작품의 유유처럼 후사도 없을 경우 분쟁의 소지가 있다. 백씨가 총부冢婦임이 분명한 상황에서 향후 그 권한을 어떻게 처리할 것인지가 문제였던 것이다. 장자의 후손이 끊겼으므로 차자次子로 승계한다고 생각하면 간단할 듯하지만, 사태는 그렇게 단순하지 않았다.

당시 사대부들 사이에서는 아들이 죽은 뒤에도 "장자에게 입후立後하여 제사를 승계하는 것이 의리, 명분상 정통론에 입각한 종법이라는 주장"[34]이 일기도 해서 남편 없이 후사를 잇는 방법이 열려 있었다. 더욱이 유유를 사칭하는 채응규에게는 첩에게서 얻은 아들이 있었으므로 백 씨는 합법적으로 총부冢婦의 지위를 이어갈 수도 있었고 백씨는 이 점을 노린 듯하다. 이런 맥락에서 보자면, 이 진가 다툼은 재산 상속을 둘러싼 형제간의 암투와 다를 바 없다. 동생과 형수가 선대로부터 내려온 동일한 재산을 놓고 다투면서, 이기면 다 갖고 지면 다 잃는 상황에서 목숨을 걸고 싸우는 형국인 것이다. 넓게 보자면 〈천지왕본풀이〉에서 대별왕과 소별왕이 다투는 내용과 동궤에 있는 것이며 한쪽이 한쪽을 속여서 부당하게 이기는 방법 또한 같다.

다만, 이 작품의 경우 한 사건을 두고 두 차례 이어진 옥사獄事가 전혀 다른 방향으로 나감으로 해서 일종의 '〈라쇼몽羅生門〉 효과'를 불러일으키는 점이 크게 다르다. 《조선왕조실록》에서는 두 차례의 옥사를 전혀 다른 각도에서 서술하고 있으며, 〈유연전〉 역시 이런 사실을 바탕으로 씌어졌다.

34 박성태, 〈〈유연전〉에 나타난 가정 갈등 양상 연구〉, 《인문과학》 제37집, 성균관대학교인문과학연구소, 2006, 115쪽.

시각 1)

학생學生 유연柳淵을 처형하였다.

이에 앞서 대구부大丘府에 살던 유유柳游가 10여 년 전에 마음의 병을 앓아 미쳐서 떠돌아다니다가 해주海州 경내에 흘러들어와 우거寓居하였다. 첩妾을 얻어 머물러 살았는데 혹 유유라 일컫기도 하고 혹 성명을 바꾸어 채응룡蔡應龍이라고도 하더니, 올봄에 첩을 데리고 서울에 왔다. 그의 매부妹夫 달성 도정達城都正 지禔가 소문을 듣고 불러 보았더니, 떠돌아다니면서 고달픈 나머지에 얼굴 모습은 변하였으나 말과 동작은 실지로 유유이었다. 유의 아우 유연柳淵은 대구의 본가에 있었는데 식이 연에게 통지하여 연에게 데리고 가게 하였다. 연이 올라와서 서로 보고는 드디어 함께 돌아가는 중에, 맏이 자리를 빼앗아(奪嫡) 재산을 모두 차지하려는 못된 꾀를 내어 결박을 지우고 상처가 나도록 구타하고는 그 형이 아니라고 하면서 대구부에 소송하였다. 부사府使 박응천朴應川은 유연의 말을 먼저 믿고는 단지 유유만을 가두었는데 유유의 아내 백씨白氏가 그때까지 그의 집에 있었다. 만일 대면하게 하였으면 당장 분별할 수 있었으니 의심스러워서 판단하기 어려운 일이 아니었다. 나중에 유유가 병을 얻어 보방保放되자 연이 형을 해치는 꾀를 행하도록 하여 끝내 증거를 없애는 지경에까지 이르렀다. ⓐ 형을 해쳐 인륜을 어지럽힌 자를 즉시 시원하게 다스리지 않았으므로, ⓑ 온 도의 사람들은 모두 통분스럽게 여기었다. 뒤에 언관言官의 아룀으로 인하여 금부禁府에 내려 추국推鞫하였는데, 이 때에 이르러 연이 그 죄를 자복하였다.[35](밑줄 필자)

35 〈형 유유를 살해한 학생 유연을 처형하다〉, 《명종실록》 19년 3월 20일.

시각 2)

경상도 대구에 거주하는 전 현감 유예원柳禮源의 아들 유유柳游가 지난 정사년에 광증狂症이 발생하여 도망해 집을 나갔는데 그 후 갑자년에 자칭 유유라는 자가 해주에 나타났었다. 그의 매부 달성령達城令 이지李禔와 달성령의 아들 이경억李慶億 등이 사람을 시켜 그를 데려다가 달성령의 집에 머무르게 하고, 유유의 아내 백씨白氏와 아우 유연柳淵에게 통보하여 데려가도록 하였다. 유연이 즉시 올라와서 그 사람을 보니, 모습은 자기 형과 같지 않았으나, 옛날 자기의 형의 집에서 있었던 일들을 꽤나 소상하게 말하고 있었다. 유연은 반신반의하면서 그를 본읍인 대구로 데리고 가서 관에 묶어 보내 그 진위眞僞를 가려 달라고 청하였다. 당시 부사 박응천朴應川이 이를 가두고 심문할 때 유유라고 하는 자가 자기 정체가 드러날 것을 두려워한 나머지 거짓으로 병을 핑계 대면서 보방保放을 청하고는 그대로 도망하여 행방을 감추어 버렸다. ⓒ 그 후 사람들 사이에 유연이 형을 죽이고 흔적을 인멸해 버렸다는 소문이 자자하게 퍼졌으므로, 이에 언관言官이 추국할 것을 계청하여 삼성 교좌三省交坐로 추국하였는데, 위관委官 심통원沈通源은 곧장 유연이 형을 시해하였다고 다시 의심하지도 않고 엄한 형문으로 무복誣服을 받아낸 뒤에 능지처사凌遲處死하였다.

그 뒤에 자못 ⓓ 당시의 옥사에 대해 시신도 없는데 갑자기 죄를 단정한 것은 온당하지 않았다고 했고, ⓔ 또 유유가 아직도 살아 있다고 여겨서 간혹 사람들이 의논하므로 경석에서 계달되기까지 하였으나 자세히 가려내지는 못하였었다. 그러다가 지난겨울에 수찬 윤선각尹先覺이 경석에서 아뢰기를,

"지난 경오년 · 신미년 간에 장인을 따라 순안현順安縣에 갔을 때 천유용天裕勇이라고 하는 자가 미친 체하면서 여러 곳에 출입하며 남의

자제를 훈도하고 있었는데 그 행동거지로 보아 미친 것 같지가 않았습니다. 그 후 신이 경상도를 왕래하면서 유유의 옛 친구들에게 유유의 모습을 물어보니 천유용이라는 자와 너무도 같았습니다. 또 사람의 성명이 어찌 천유용이 있을 수 있겠습니까. 이로써 볼 때 유유가 지금까지 생존해 있을 듯하므로 유연의 죽음을 매우 원통하고 억울한 듯합니다."

하니, 상이 헌부로 하여금 사실을 조사하여 규명하게 하였다. 헌부가 즉시 평안도에 이문移文하여 천유용이라고 하는 자를 체포해다가 공초供招를 받았는데 과연 유유라고 자복하였다. 그의 4대 계보와 집안의 세세한 일까지도 일일이 다 말하는 것으로 보아서 그가 유유인 것이 의심할 여지가 없었는데 갑자년에 있었던 일에 대해서는 전혀 모른다고 하였다. 헌부가 또, 갑자년에 유유라 사칭한 자는 곧 본명이 채응규蔡應珪로서 지금까지 해주에 살고 있다는 말을 듣고 즉시 비밀리에 해주로 이문移文하였는데, 과연 그를 체포하였고 그를 잡아서 올라오는 도중에 말 위에서 목을 찔러 자살하였으므로 그의 첩 춘수春守만을 압송해 왔다. 춘수는 지난 갑자년에 유유라 사칭했던 채응규와 시종 함께 공모하여 유연이 형을 시해했다는 옥사를 일으킨 사람이었다. 그렇다면 갑자년에 유유를 사칭했던 사람은 곧 채응규이고 진짜 유유는 갑자년에 나타나지 않았던 사실이 모두 밝혀졌다. 의금부에 이송하여 국문하니 ⓕ 달성령 지禔가 거짓 타인을 데려다가 유유인 것처럼 꾸며서 유연을 형을 시해한 죄에 빠지게 한 것이므로, 그 정상이 매우 흉악 간특하여 장신杖訊을 써서 철저히 국문하였다. 유유는 아비를 피하여 아비의 초상에도 가지 않아서 인륜을 무너뜨렸으니 장 일백 도삼 년으로 정배定配하여 녹안錄案을 시행하였고, 지는 형장 아래서 죽었다.[36]

---

36 〈대구에서 전 현감 유예원의 가짜 아들이 나타나 벌어진 사건과 그 처리 과정〉, 《선조실록》 13년

시각 1)에서 밑줄 친 ⓐ에서 명시한 대로, 유연은 재산을 독차지하려고 형을 시해한 반인륜적 범죄를 저지른 흉악범이었으나, 시각 2)에서는 밑줄 친 ⓕ에 있는 것처럼, 매형인 지가 거짓을 꾸며 시해한 죄를 덮어쓴 억울한 희생자였다. 여기에서 주목할 점은 시각 1)이나 시각 2)가 모두 주위의 여론에 의해 움직인다는 점이다. 시각 1)에서는 유연을 범인으로 처형한 후, ⓑ에서 사람들이 통분했다는 사실을 덧보탰다. 아무리 죄인이라 하더라도 그를 처형하는 것은 인정에 어긋나는 일이어서 세간의 동정을 사기 쉽다. 그러나 시각 1)에서는 그런 여론은 전혀 보이지 않고 도리어 "즉시 시원하게" 다스리지 못했다는 것을 통분했다고 했다. 이는 해당 사건의 법 집행이 매우 온당했음을 보여 주는 장치이다.

그러나 시각 2)에 가면 전혀 다른 양상이 펼쳐진다. 양 방향의 여론이 병렬하는 방식을 택하는 것이다. ⓒ는 이 사건을 둘러싼 최초의 여론이다. 이미 가짜 유유는 사라진 상태에서 유연이 형을 죽이고 흔적을 없앴다는 소문이 떠돌았는데, 이는 바로 앞의 서술과 비교하면 상당한 격차를 보인다. "유유라고 하는 자가 자기 정체가 드러날 것을 두려워한 나머지 거짓으로 병을 핑계 대면서 보방保放을 청하고는 그대로 도망하여 행방을 감추어 버렸다."는 점을 '사실'로 기록하고 있는 것으로 보면 서술자 역시 이 유유가 가짜라는 확신을 하고 있었다는 뜻이다. 그럼에도 불구하고 ⓒ의 여론이 일자 앞의 확신을 뒤엎고 유연을 의심하여 사태가 급선회한다.

그리고 유연을 처형한 후 그를 둘러싼 또 다른 여론을 담아 둔다. ⓓ와 ⓔ는 법집행의 온당함에 대한 부정적인 견해이다. ⓒ는 법 집

윤4월 10일.

행이 더디다는 질책이었는 데 반해서, ⓓ는 시신도 없는 살인 사건인 만큼 신중했어야 했다는 것이고, ⓔ는 살인당했다는 유유가 살아 있다는 항간의 소문을 들어 애초에 살인 사건은 있지도 않았을 거라는 의심이다. 아마도 당시에 이 사건을 둘러싸고 떠도는 소문이나 여론은 그렇게 양 갈래였을 것이다. 극악무도한 범죄자를 속히 처단해야 한다는 쪽과, 증거도 없는 상태에서 섣불리 단정할 일이 아니라는 쪽이 맞섰고 그에 따라 처형處刑과 신원伸冤이 일어났다.

〈유연전〉은 그렇게 시각이 바뀌는 과정을 서사화한 것으로, 본래 이원익이 이항복에게 부탁하여 옥사獄事를 맡은 관리를 경계하기 위한 목적[37]에서 출발했다. 당연히 《조선왕조실록》에 기록된 실사實事가 중심이지만, 인물의 성격이나 내면을 감지할 만한 섬세한 대목을 끼워 두었다. 유유나 유연, 백씨, 이지, 채응규 등등에게 실제 죄의 유무만 따지는 게 아니라 각자의 내밀한 삶을 엿볼 장치를 마련한 것이다. 시작 대목을 다시 보자.

> 유유는 글을 잘 지었고 유연은 예법을 좋아하여 모두 시골에서 일컬었다. 유유의 아내는 같은 고을 무인武人 백거추의 딸이고, 유연의 아내는 참봉參奉 이관의 딸이다.

형제를 나란히 기술하면서 각자의 특성을 또렷이 대비시켰다. 유유는 '문文'에 능하고, 유연은 '예禮'에 능하다고 하여 둘을 합치면 형

---

37 "완평 이재상(完平李相)이 백사 이재상(白沙李相)에게 부탁하여 유연전柳淵傳을 지어 그 전기가 세상에 간행刊行되었으니 (중략) 세간에는 별 해괴한 일이 많으니 옥을 판단하는 자는 삼가야 할 것이다." 이익, 〈유연전〉, 《성호사설》, 제12권 인사문人事門.

제가 예문禮文을 숭상하는 것으로 읽힌다. 아버지가 현감을 지낸 양반가에서 별스럽지 않은 일이다. 그렇지만, 이는 유유가 문文에 경도되어 있는 인물임을 드러내면서 뒤에 나타나는 가짜 인물과는 대척점에 서있다는 표시가 된다. 유연이 예법을 좋아한다는 것 역시 재산 때문에 형제를 죽일 인물이 아닌 것을 강하게 드러낸다. 게다가, 유유의 아내는 무인의 딸이라고 굳이 밝힘으로써, 글을 잘 짓는 유유로서 아내의 온당한 지지를 얻는 데 일정한 제약이 있음을 암시해 준다.

특히 유유의 특징으로 드러나는 내용은 가짜 유유와 대비되면서, 아내와의 불화를 상상하기 좋게 서술되고 있다. 첫째, 유유는 글 읽기에 심취한 이다. 처음부터 글 읽기를 좋아한다고 했고, 젊은 아내를 두고도 산으로 글 읽으러 들어간 사람이고, 나중에 변명變名을 한 채 글을 가르쳐 생업을 삼았다. 둘째, 유유는 남성성이 빈약한 사람이다. 동생이 죽은 뒤에 나타난 진짜 유유는 혼인한 지 3년이 지났는데도 자식이 없자 업業이 박薄하다는 이유로 아버지가 가까이 하지 못하게 해서 집을 나갔다고 했다. 이 '박薄'의 의미가 육체적으로 후사를 이을 수 없는 약점임은 어렵지 않게 짐작할 수 있고, 동생 유연이 진술한 형이 아닌 세 가지 이유 또한 가짜 유유가 형에 비해 지나치게 남성적이라는 것이다.[38] 셋째, 아내와 관계가 좋지 않았다. 아내 백씨가 모든 사실을 알고 있으면서도 가짜 유유를 옹호했던 데서 확인할 수 있으며, 부부 사이가 아니면 알 수 없는 내밀한 일을 가짜

38 "신의 형은 본래 몸이 허약하고 작았습니다. 그런데 지금 〈이 사람은〉 키가 크고 체구도 큽니다. 신의 형은 얼굴이 작고 누렇고 검은 점이 있고 수염이 없습니다. 그런데 지금 〈이 사람은〉 넓은 얼굴에 붉고 검으며 수염이 많습니다. 신의 형은 음성이 부인과 같은데 지금 〈이 사람은〉 곧 우렁우렁합니다. 세 가지 징험이 분명하여 사실이 의심스럽습니다."(앞의 책, 269쪽)

유유에게 알렸다는 점이 결정적이다.[39]

이렇게 본다면, 진짜 유유와 가짜 유유는 비록 만들어진 가짜이지만 서로 짝패로 작동하기에 적절한 지점이 발견된다. 일의 시작은 재산을 노린 사기극이었지만, 이토록 집요하게 발각되지 않았던 것은 아내 백씨의 협조 때문인데 그 협조를 이끌어 낸 것은 바로 부부간의 불화였던 것이다. 진가眞假를 가리는 현장에 아내가 나서기만 하면 금세 끝날 사안을 두고, 백씨는 "만약 거짓이라면 어찌 참으로 인정하여 속일 수 있겠느냐?"[40]며 진짜로 단정한다든지, "집안 사람과 일가붙이 모두가 유유가 아니라 하는데 첩은 사족士族으로서 어떤 사람인지 모르는 자를 어찌 대면할 수 있겠느냐?"[41]면서 고의적으로 회피했다. 이는 부부 생활의 이면에 큰 문제가 있지 않고서는 일어날 수 없는 일이다.

〈유연전〉에서 대놓고 서술하지는 않았어도 진짜와 가짜는 사사건건 맞선다. 우선, 가정생활이 매우 달랐다. 진짜 유유는 글 읽기를 좋아하여 가정을 떠나 산으로 들어가 공부할 정도이다. 당연히 가정 일에는 등한시했을 것이다. 아버지가 싫은 기색을 보인다고 해서 이내 잠적하는 것만 보아도 가정에 큰 미련이 없던 사람이다. 경제적인 데는 더더욱 신경을 못 썼을 것이다. 장남임에도 불구하고 어떤

39 〈유연전〉에는 없지만 《조선왕조실록》에 나오는 대목으로 여성의 생리 문제 등 신기 곤란한 문제가 있어서 빠졌을 것으로 보인다. "이에 '내가 장가든 첫날 아내가 겹치마를 입었기에 억지로 벗기려 하자 지금 월경月經이 있다고 하였다. 이 일은 타인이 알 수 있는 일이 아니니 만일 아내에게 물어보면 거짓인지 진실인지를 알 수 있을 것이다.' 하였다. 연이 사실이 드러날까 봐 두려워서 비밀에 부치고 묻지 못하게 하였다. 뒤에 그 아내에게 물었더니 유의 말과 딱 맞았다." 〈대구에서 전 현감 유예원의 가짜 아들이 나타나 벌어진 사건과 그 처리 과정〉, 《선조실록》 13년 윤4월 10일.

40 같은 책, 270쪽.

41 같은 책, 270쪽.

욕심도 내지 않은 데서 그런 사실을 확인할 수 있다. 그런데 가짜 유유는 영 달랐다. 그는 진짜 유유와 달리, 사기극에 가담하면서도 걸리면 도망가면 그만이라는 배포를 지녔고, 가짜임에도 불구하고 유유의 재산을 모두 자기 재산으로 인식했다. '물가 보리밭을 유연이 감히 독점할 수 있느냐?'라거나 '내 아내의 재산을 유연히 혼자 제 마음대로 할 수 있는가?'[42]라는 식의 진술을, 마치 자기가 진짜 유유인 양 태연히 했던 것이다.

그런 가짜 유유가 백씨 마음에 들었던 듯하다. 진짜 유유의 유약하고 부드러움보다 가짜 유유의 거세고 이악스러움이 더 실속이 있었기 때문이겠는데, 작품에서 유유와의 결혼 생활에 대한 불만을 어렵지 않게 찾아볼 수 있다. 3년 동안 자식을 보지 못한 것을, 시댁에서는 대개 며느리의 문제로 취급하던 당대 상황에서도 도리어 아들 탓으로 돌릴 만큼 유유는 정상적인 부부 생활을 못 했던 것 같다. 아울러 그런 자격지심에서 도리어 아내를 자주 타박했던 정황도 드러난다. 가령, 나중에 나타난 진짜 유유가 아내 백씨를 질책하자, 백씨는 도리어 "이 사내야, 지난날 늘 나에게 불측한 말을 하더니 지금 또 이런 말을 하느냐?"[43]며 되받아친다. 진짜 남편과 살면서 쌓였던 불만이 가짜 남편을 용인하는 쪽으로 이끌어 갔던 셈이다.

결국, 〈유연전〉의 진짜와 가짜의 다툼은 두 가지 측면에서 벌어진다. 하나는 경제적인 이권을 얻는 것이고, 또 하나는 온전한 부부 생활을 이루는 것이다. 이런 견지에서 이 작품은 아내의 입장에서는 가짜를 용인하지 않으면 어느 한쪽도 얻지 못하는 상황에서 가짜를 받

42 같은 책, 274쪽.

43 같은 책, 276쪽.

아들여 새로운 삶을 추구해 보지만 결국은 실패하고 마는 서사이다. 이는 〈암피트리옹〉형 이야기의 일관된 패턴이기도 하다. 〈암피트리옹〉에서도 가짜 남편이 진짜는 아니지만, 그리스 최고의 신인 제우스로 설정됨으로 해서 여자 입장에서는 그를 받아들여 헤라클레스 같은 혁혁한 영웅을 낳게 된다. 프랑스 영화 〈마틴 기어의 귀향〉에서도 진짜 마틴보다 가짜 마틴이 더 성실하고 사교적이었다. 아내와 마을 사람들 모두 다시 나타난 가짜 마틴에 환호했던 것인데, 결국 재산 다툼 문제로 법정에 서고 그 와중에 진짜 마틴이 나타나면서 파국에 이른다. 이 경우 역시 아내의 마음은 가짜 마틴에게 기울었으며, 가짜 마틴이 진짜였으면 하는 마음이 컸음이 분명하다.

그러나 〈쥐좇도 모른다〉에서는 가짜를 몰아낸 진짜 이야기로 문제가 순순히 풀렸지만, 이 〈유연전〉은 전혀 그렇지 않다. 다시 돌아온 유유는 아내와 도저히 다시 살 수 없었다.

> 유유는 용강으로 유배되었다가 연한이 차 대구로 돌아와 2년 만에 죽었는데 이때 백씨는 오히려 병이 없었으나 유유는 끝까지 서신을 교환하지 않았다. 백씨가 데려다 기른 춘수의 아들 채정백은 채응규를 따라 대구에 갔었고 백씨 집에 있은 지 10년이었다.[44]

이런 결말은 모든 이를 패자로 내몬다. 유유의 입장에서 동생은 이미 원사冤死했고, 사기극에 연루된 주변 인물들은 법의 심판을 받았으며, 자신 또한 아버지 장례를 못 치른 죄목으로 귀양살이를 했다. 게다가 아내는 가짜에게 마음을 주었다는 정황이 명백했다. 그

44 같은 책, 276쪽.

러지 않고서야, 비록 후일의 재산 다툼 등을 염두에 두더라도, 자기 피붙이도 아닌 가짜 유유의 자식을 10년이나 거둘 까닭이 없었던 것이다. 결국 유유는 자신으로 변신한 가짜를 몰아냈지만, 자신의 삶에 드리운 그늘과 지나온 행적에 대한 회한만 지닌 채 쓸쓸하게 종말을 맞았다.

〈유연전〉의 맨 마지막은 유연에 대한 어떤 사람의 회고로 끝맺는데, "키는 작지만 날쌔고 용감하였으며 강개하고 명성을 좋아하였다. 화에 걸린 이후 아내가 능히 머리빗질이나 얼굴을 다듬지 아니하고 정성을 다해 빌면서 흰머리가 되도록 변함이 없었으니 집안에서 참화慘禍에 잘 대처하였다."[45]로 마무리된다. 이는 여러 면에서 유유와 대비되는 대목이다. 날쌔고 용감하고 강개한 면은 유유가 전혀 갖지 못했다. 또 화를 당했을 때도 유연의 아내는 남편만 바라보며 의연하게 대처했다 했으니 유유의 처 백씨와는 상반되는 측면이다. 〈유연전〉을 그런 등장인물 간의 대립으로 풀어 보면, 이 작품은 유유와 유연, 진짜 유유와 가짜 유유, 유유의 처와 유연의 처가 그렇게 서로 정반대 방향의 한 짝을 이루면서, 그 탓에 크게 파탄을 맞는 이야기다. 이제 어느 쪽이 진짜인가를 찾는 문제보다 어느 쪽이 더 이상적인 삶인가 하는, 더 중요한 문제가 전면에 나서게 된 것이다.

응징으로 가짜 만들기

〈옹고집전〉에서는 진짜 옹고집인 실옹實翁과 가짜 옹고집인 허옹

45 같은 책, 277쪽.

虛翁이 등장하여 진가眞假를 다툰다. 이는 〈쥐좃도 모른다〉에서 이미 구현된 내용이고, 실제로 〈옹고집전〉이 그 전통을 충실히 잇고 있는 것으로 파악된다.[46] 나아가 〈유연전〉 또한 진가眞假를 다투는 송사(訟事)가 중심이라는 점에서 그 근원으로 지목되기도 했다.[47] 그러나 이들 작품에서 진짜가 가짜로 되는 원인으로 본인의 잘못을 지적하기 어렵다는 점에서 〈옹고집전〉의 변신은 그것들과 다르다. 물론, 〈쥐좃도 모른다〉처럼 손톱발톱을 깎아서 함부로 버려서 그랬다거나, 〈유연전〉처럼 집을 나갔기 때문에 벌어진 일이라고 할 수는 있겠지만, 그것들은 어찌 보면 누구나 저지를 수 있는 인간적인 약점일 뿐이어서 직접적인 이유로 몰아가기는 어렵다. 저도 모르는 사이에 초월적인 힘에 의해 제 신체의 일부가 가짜가 되고, 자기가 없는 사이에 사람들이 작당해서 가짜를 만들어 냈던 것이다. 그러나 〈옹고집전〉에서는 아예 응징의 수단으로 가짜가 만들어졌고, 가짜에 의해 내몰리면서 겪게 되는 고통과 방황이 작품의 주제와 직결된다는 점이 많이 다르다.

옹고집은 석숭石崇을 부러워하지 않을 만큼 큰 부자였지만 노모 봉양하는 데도 인색하고, 시주승에게 시주는커녕 패악을 해대는 인물이었다. 그래서 시주를 나갔던 대사가 이 일의 처리를 두고 승려들과 논의하는 대목에서 깊은 고민을 드러낸다.

제승諸僧이 대왈,

46 최래옥, 〈옹고집전의 사회사적 고찰〉(《우리문화》2, 우리문화연구회, 1968)에서 〈장자못 전설〉과 〈쥐둔갑 설화〉를 그 근원으로 지목하여, 각각에서 학승虐僧 모티프와 진가쟁주眞假爭主 모티프를 찾았다.

47 김현룡, 〈옹고집전의 근원설화 연구〉, 《국어국문학》62 · 63 합집, 국어국문학회, 1973.

"사승의 높은 술법으로 염나왕께 전갈하여 강임도령 차사差使 노와 옹고집을 잡아다가 지옥에 엄수하여 영불출세永不出世하게 하옵소서."

"그는 불가不可하다."

"그러하오면 해동청海東靑 보라매 되야 청천운간靑天雲間 높이 떠서 서산에 머물다가 표연飄然이 달려들어 옹가 대고리를 두 발로 덤벅 쥐고 두 눈을 이근 한오수박 파듯 하야이다."

"아서라. 그도 못하리라."

"그러하오면 만첩청산 맹호猛虎 되야 야삼경 짚은 밤에 담장을 넘어가서 옹가를 들어다가 산고곡심山高谷深 무인처無人處에 뼈 없이 먹사리다."

"그도 또한 못하리라."

"그러하오면 신미산 여우되야 채의단장彩衣丹粧 곱게 하고 호색하는 고집의 품에 누어 단순호치丹脣皓齒 반개半開하여 좋은 말로 옹고집을 쇠길 적에 '첩은 본대 월궁선녀로 상제上帝께 득죄하야 인간에 내치시매 갈 바를 모르든이 산신이 지시하야 좌수님과 연분 있다 하옵기로 찾아왔나이다.'하며 왼갖 교태 내뵈이면 옹가 필경 대혹하여 등 치며 배 만지면 왼갖 희롱 하다가 촉풍상한觸風傷寒 나서 죽게 하옵소서."

"아서라 그도 못하리라."

학대사 거동 보소. 별로 괴이한 꾀를 내여 짚 한 뭇 내여 놓고 허인虛人을 맨들아 놓고 보니 분명한 옹고집이라. 부작을 써 붙이니 이놈의 화상 보소. 말머리 주걱턱이 하릴없는 옹갈래라.[48]

학대사와 제승 간의 대화를 보면, 보복을 어떻게 할 것인가 하는

---

48 김삼불 교주, 《배비장전 · 옹고집전》, 국제문화관, 1950, 94~96쪽. 원문 가운데 명백한 오류로 보이는 곳은 바로잡아 인용한다. 예) 치사 노와→차사 노와, 체의단장→채의단장.

문제로 귀결된다. 이 직전에 학대사는 옹고집에게 시주를 받으러 갔다가 시주는 못 받고 봉욕逢辱한다. 옹고집은 거짓으로 불도를 칭탁한다는 구실로 귀가 뚫리고 곤장 30대를 맞는다. 물론 옹고집에게 대단한 식견이 있어서 진짜 불도와 가짜 불도를 가려내는 것은 아니고, 단순히 제 기분을 상하게 했기 때문에 그런 극악한 일을 저지른 것이다. 그러니 학대사 밑에 있던 제승들로서는 그에 상응하는 분풀이를 해야 했고 그래서 내놓은 안들이 위의 네 가지다. 그러나 염라대왕에게 일러 아예 이 세상을 떠나게 하는 것도, 앞을 못 보게 만드는 것도, 호환虎患을 당하게 하는 것도, 호색하다 죽게 만드는 것도 학 대사는 다 거부했다.

이 네 가지 방안을 학대사가 거부했으니 그것을 뒤집으면 바로 학대사의 생각이 될 법도 하다. 먼저 염라대왕의 힘으로 이 세상을 아주 떠나게 하는 방법을 보자. 이렇게 하면 옹고집의 죗값은 어느 정도 치러지겠지만 만약 옹고집이 살아서 해야 할 일이 있다면 마저 해내지 못하는 문제가 있다. 다음으로, 앞을 못 보게 만들게 되면 옹고집에게 고통을 주겠지만, 정말 밝은 눈으로 세상을 볼 기회를 잃게 된다. 이는 곧 비유적인 차원에서의 개안開眼과 연결된다. 또, 호환虎患을 당하게 하는 것은 옹고집을 깊은 산속에 물어다가 아무도 모르게 처리한다는 데 핵심이 있다. 그렇게 한다면 그의 문제가 무엇인지 아무도 모를 테니 세상을 교화하는 데 큰 도움이 못 된다. 마지막으로, 호색에 빠지게 해서 기운을 상하게 하는 문제 또한 그가 본디 좋아하는 호색을 경계할 기회를 잃을 수도 있다.

이렇게 볼 때, 학 대사가 원하는 것은 옹고집의 바람직한 변화로, 첫째, 더 살아서 변화의 기회를 가져야 하며, 둘째, 개심改心 내지는 회과悔過를 통해 새 삶을 찾아야 하고, 셋째, 많은 이들과 함께 공동의 삶을 추구해야 하고, 넷째, 호색이 아닌 건전한 부부 관계를 회복해야만 하는 것으로 집약된다. 그런데, 이 넷째 부분은 선뜻 이해하기 어렵다. 〈옹고집전〉의 서두에서부터 옹고집의 고집과 심술, 탐욕, 인색 등에 대해서는 서술하지만 호색好色에 대해서는 별 말이 없기 때문이다. 이는 이 인용의 바로 위에 나오는 옹고집 관상풀이 대목을 함께 살펴야 풀린다. 옹고집은 학대사에게 자기 관상이나 보아달라고 요청했고, 그 관상풀이는 다음과 같다.[49]

> 노장 왈,
>
> "좌수님 상을 살피오니 눈썹이 길고 미간眉間이 널누어시니 성세난 요족饒足하나 누당淚當이 곤하시니 자손이 부족하고 면상이 좁았이니 남의 말은 아니 듣고 수족이 적었이니 오사誤死라도 할 듯하고 말년에 상한병傷寒病을 언어 고상하다 죽사리다."[50](밑줄 필자)

아무리 관상대로 말하는 것이라 하더라도 옹고집이 화를 낼 법한 나쁜 풀이이다. 맨 앞에 있는 한 구절대로 풍족하게 살겠다는 말을 빼고 나면 전부 지독한 악담에 가까운데, 특히 그 다음에 이어지는 밑줄 친 부분은 의미심장하다. 흔히 인륜의 으뜸으로 부자유친父子有親을 꼽곤 한다. 그러나 그 부자 관계가 가능하려면 부부 관계가 전제되므로 부부 관계는 가정의 시초라 할 수 있는데, 〈옹고집전〉 관상풀이에서도 이 부분이 드러난다. 여기에서 지적하는 '누당淚堂'이 바

49 이하 관상 관련 논의는 이강엽, 〈〈옹고집전〉의 관상觀相 대목과 삶의 균형〉, 《문학치료연구》 46, 한국문학치료학회, 2017 참조.

50 김삼불 교주, 앞의 책, 93~94쪽.

로 이에 해당한다. 일반적으로 '누당'은 눈 밑에 오목하게 들어간 부분으로 신장腎臟과 직결되어 성적인 능력을 살펴보는 곳이어서 부부 금실을 엿보는 좋은 지표이다. 누당이 좋지 않아 자손이 부족하겠다는 풀이는 성적 능력이 부족하고 그 때문에 금실이 좋지 않아 자식이 많을 수 없다는 말이다.[51] 실제로 〈옹고집전〉에서는 자식 수가 많아야 셋 정도로 당대의 평균치에 비추어 매우 적다. 이를 고려할 때 '싱피기집'까지 몰아가는 풀이는 남녀 관계에서 엄격하게 금기시되는 상피相避까지 나아간다는 점에서 어찌 보면 위의 내용과 상치된다. 정력이 부족해서 부부 금실도 좋지 않은 사람이 호색한의 면모를 보이기 때문이다. 그러나 맨 마지막에 이런 이유로 "말연의 싱한 병으로 코쇼릐하고 죽ᄉ오리이다."[52]라는 저주는 이와 무관치 않다. 통상 상한병傷寒病은 정력을 심하게 소진하여 허해진 까닭에 생기는 병이고 보면, 옹고집은 성적인 능력은 신통치 않으나 도리어 헛된 성욕이 넘치는 불균형을 보이는 것이다.[53]

이런 문제는 〈옹고집전〉의 근원설화의 하나로 지목되는 〈쥐좆도 모른다〉에서부터 노정되던 것이다. 이 이야기 내용은 이렇다. 쥐가 둔갑한 가짜가 진짜 주인을 몰아내고 가장 구실을 했다. 나중에 어떤 고승의 조언대로 고양이를 가지고 집에 들어가서 고양이가 가짜

---

51 "이곳은 신장과 연결된 신장 기능의 반영처이다. 여자는 자궁 기능의 거울이라고도 할 수 있는 곳이다. 그래서 남녀불문하고 이곳은 삼양명왕三陽明旺이라 하여 빛이 밝고 기가 왕하며 윤택하여 자줏빛이 어리면 반드시 왕기 어린 아들을 둔다. 만약 이곳이 움푹 패였거나 윤택한 기가 없이 말라붙었거나 색이 검거나 푸르면 자식이 없는 수가 많다." 신기원, 《초보자를 위한 관상학》, 대원사, 1991, 112~113쪽.

52 〈옹싱원전〉 박순호 20장본, 4-뒤, 서유석외, 《옹고집전 · 배비장전의 세계》, 보고사, 2013, 32쪽.

53 관상학에서 부부 금실 등을 엿보는 처첩궁妻妾宮은 주로 눈꼬리와 양미간 등을 통해 살피지만 〈옹고집전〉에서는 구체적으로 드러나지 않아 자식운을 드러내는 남녀궁男女宮을 나타내는 누당 등을 통해 유추해 볼 수 있다. 부부궁을 의미하는 '처첩궁'에 대해서는 신기원, 앞의 책, 104~110쪽 참조.

를 물어 가짜는 쥐의 본색을 드러내 물리칠 수 있었다. 이에 남편이 아내더러 "쥐좆도 모른다."고 했다. 이 말은 부부 관계를 맺으면서 진짜 남편인지 쥐인지도 몰랐다는 힐난이지만, 쥐와 함께 한 시간들이 부부 관계에 있어 훨씬 더 행복했다는 데 문제의 심각성이 있다. 어느 이야기에서도 가짜와 살면서 생긴 불화를 이야기하지 않고 있는 것인데, 〈옹고집전〉 역시 남편 자리를 차지한 가짜 옹고집은 도리어 부부간의 금실이 훨씬 더 좋고 아이를 줄줄 낳기에 이른다.

김삼불 교주본을 예로 들자면, 가짜 옹고집은 "자네 얼골 다시 보니 이런 존 일 또 있을가. 불행 중 행이로다."라며 아내와의 금실을 높이 치는가 하면, "원앙금침 펼쳐놓고 동침하야 누웠으니 양인심사 짚은 정에 좋은 마음 칙양 없다."며 심사를 술회하고, 옹고집 아내가 하늘에서 허수아이 떨어지는 태몽을 꾸고 허수아비떼를 낳기도 한다. 이 해산 과정이 판소리 특유의 과장에 실리면서 "개고리 해산하듯 도야지 새끼 낳듯 무수히 퍼낳는대 하나 둘 셋 넷 부지기수"라고 하는데, 옹고집의 아내는 이 과정을 기꺼이 맞아서 "실옹가 마노래 좋아라고 부지기고不知其苦"[54]한다고 했다. 한 마디로 아내는 새로 맞은 가짜 옹고집에게서 훨씬 더 깊은 부부의 정을 느꼈던 것이다. 이런 특성들이 바로 기존 논의에서 〈옹고집전〉이 "진가眞假의 싸움에서 가옹을 통해 소망하는 가족상을 표현"하면서 특히 "가족의 모습은 부부를 중심으로 해로하는 가족관"[55]이라는 진술이 나오는 이유이다.

이 문제는 결국, 앞서 보았던 관상 풀이와 연결되게 된다. 관상에

---

54 김삼불 교주, 앞의 책, 108~109쪽.

55 최혜진, 〈판소리계 소설에 나타난 가족의 형상과 그 의미〉, 《한국여성문학연구》 13, 한국여성문학학회, 2005, 44쪽.

의하자면 그는 성적인 능력이 부족한데도 문란한 관계를 즐기는 인물이었다. 실제로 많은 이본에서 옹고집의 소첩少妾 문제를 들고 나오는데, 아내를 박대하고 장모를 외면하면서도 소첩에게만큼은 아낌없이 쏟아 붓는 한심한 인간으로 그려진다. 연세대본을 예로 들면, 옹고집의 아내가 들어와 가세를 일으켜 세웠지만 굶주린 장모에게 쌀 한 말을 내어주지 못하게 하고 끝내 내침으로써 아내가 주야晝夜로 온갖 품팔이를 하며 연명한다. 그러나 그 이후 옹고집의 행실은 다음과 같다.

> 각셜, 잇ᄯᅢ 옹좌수 조강지쳐 소박ᄒᆞ고 소첩ᄒᆞ야 즐길 젹의 우비ᄒᆞ난 금보료, 조흔 음식 장복할 졔 수육진미 모도 드려 유진포림ᄒᆞ여 녹코, 주야장후 포식ᄒᆞ되 죽게 된 팔십 노모 봉양할 줄 모르고, 동지셧달 치운 방의 호천고시 슬피우니 소소ᄀᆡ발 져 마누라, 문밧추립 할 슈 업셔 이러져리 미셜 닥가 구셕구셕 던져시니 굴닌ᄂᆡ가 진동한다.[56]

당대의 관습에서 1처2첩一妻二妾이 허용되었던 터이므로 첩을 거느리는 행위가 주인공의 인물됨에 심각한 타격이 되지는 않을 것이지만 문제는 한쪽으로만 치우치는 데 있다. 조강지처는 소박하면서 첩에게는 호사를 누리게 하고, 첩이 호의호식하는 사이에 노모는 냉방에서 병치레를 하는 것이다. 그 결과, 시주에도 마음을 못 쓸 만큼 재물에 인색하다는 보편적인 수전노守錢奴와는 구별되는 특별함을 갖게 된다. 타고난 부모 복이 있어 재물이 있었으나 그 재물의 일부도 부모를 위해 쓰지 못하는 불효를 하였듯이, 이번에는 정력이 부

---

56 〈옹고집전이라〉 연세대본, 서유석 외, 《옹고집전 · 배비장전의 세계》, 보고사, 2013, 182쪽.

족한 가운데 음욕이 심하여 제 기운을 제대로 보존하지 못하고 상한병傷寒病에 죽어 나갈 비극을 초래한 것이다. 전자가 풍족한 것도 제대로 못써서 생기는 문제라면, 후자는 부족한 것을 조심스레 보존하지 못하는 문제로, 어느 것이나 불균형에서 초래된 파탄이다.

한마디로 옹고집의 관상은 불균형의 극치다. 부유한 상이지만 그것을 귀하게 쓰지 못하며, 재산이 풍족해도 나눌 자손이 없고, 정력이 약해도 주색을 밝힌다. 그리고 그 결과는 제 명에 못 죽고, 몹쓸병으로 고생고생하다 죽는 것이다. 옹고집이 그런 관상풀이를 듣고, 자신의 문제를 겸허하게 돌아보면서 대책을 물었다면 고승으로부터 적절한 해법을 찾았겠지만 옹고집은 도리어 정당한 풀이를 한 사람의 잘못을 물어 화풀이를 했다. 고승과 제승 간의 대화에서 고승이 계속 이도 저도 안 되겠다고 하는 까닭은 그런 방식으로는 근본적인 문제 해결이 어렵기 때문이라 할 수 있다. 이런 맥락에서 고승은 지독한 불균형의 인간인 옹고집의 정반대에 선 인물을 만들어서 그 부족함을 드러내고, 나아가 온전한 인간으로 거듭날 길을 만들려는 의도이다.

그러므로 가짜 옹고집의 등장은, 진짜 옹고집에게는 응징이자 개과改過의 기회이다. 옹고집이 둘이 되었다는 말을 들은 옹고집 아내는 뜻밖의 횡액으로 받아들이는 게 아니라 당연한 징벌로 여겼다. "네의 좌수님이 중을 보면 결박하고 악한 형벌 무수하고 불도를 능멸하며 팔십 당년 늙은 모친 박대한 죄 없을 소냐. 지신이 발동하고 부체님이 도술하야 하날이 주신 죄를 인력으로 어이하리."[57]라며 사람이 손을 써서 될 일이 아니라며 체념한다. 아무리 악한 남편이더

57 김삼불 교주, 앞의 책, 97~98쪽.

라도, 특히 가부장제 사회에서의 아내라면 남편에게 동조하여 함께 벗어날 방책부터 궁리하는 게 일반적인데 옹고집의 아내는 괴변怪變의 보고를 받자마자 하늘의 벌이라는 탄식부터 하고 나선다. 작품 표면에 제대로 드러나지는 않았어도 부부간의 불화가 매우 심하다는 의미다.

이런 양상은 김삼불본 이외의 여러 〈옹고집전〉의 이본을 검토해 보면 충분히 납득할 만하다. 〈옹고집전〉 연구에서 이본의 계통을 가르는 중요한 기준 가운데 하나가 장모가 등장과 아내의 소박 장면의 유무였다는 점은[58] 아내와의 관계가 작품 안에서 그만큼 중요하다는 뜻이다. 옹고집의 반윤리적인 면모는 노모의 박대로 이미 충분히 드러나며, 석숭도 부럽지 않다는 거부巨富가 노모를 위해 닭 한 마리를 잡지 않는 다는 데서 더 이상 말할 가치도 없다. 그것으로도 모자라서 자신이 아는 온갖 고사를 총동원하며 "수즉다욕壽則多辱"으로 응수하는 파렴치함은 독자들을 격분시키기에 충분하다. 그럼에도 불구하고 거기에 덧붙여서 아내와 장모까지 박대하는 내용을 담는다면, 그것은 단순히 불효와 인색함의 문제만은 아니다. 경험에서 아는 대로 부모를 잘 못 모시면서도 배우자와 잘 지내는 사람은 얼마든지 있는 법인데, 옹고집의 경우는 이쪽도 저쪽도 제대로 보살피지 못했던 것이다.

〈옹고집전〉에서 진가眞假를 다투는 대목은 두 차례에 걸쳐 이루어지는데, 한 차례는 옹고집의 집안에서 가족들을 앞에 두고 벌이는 것이며 또 한 차례는 관아에서 송사訟事를 치르는 형식을 취한다. 공사公私 간의 차이가 있으므로, 당연히 두 차례의 다툼에서도 식별 방

58 최래옥. 〈〈옹고집전〉의 제문제 연구〉,《한국문학논총》8 · 9, 한국문학회, 1986.

식도 달라지는데 집안에서는 매우 사적인 부분이 강조된다. 도포 안자락에 다림질하다 태운 구멍 자국이나 머리에 난 금과 그 금 가운데 백발 등등 객관적으로 입증할 내용들이 펼쳐진다. 그러나 좀 더 결정적인 것은 가족 간의 세세한 일들이다. 진짜 옹고집은 망연자실해 있는 가운데, 가짜 옹고집은 며느리 신행 올 때의 일이며, 아들에게 심부름 보낸 내용 등등을 소상히 일러 줌으로써 도리어 더 진짜처럼 보이게 된다. 이때 결정적이며 최종적인 증거는 바로 아내와의 일이었다.

> 헛옹가 실옹가의 아내 보고 하는 말이,
>
> "내 말 자세 들어보소. 우리 처음 맞나 새방 차려 동숙同宿할 제 동품하자 하니 괄연불응恝然不應하옵기에 내 다시 개유開諭할 제 좋은 말로 자네를 호릴 적에 '이같이 어진 밤은 백년일득百年一得뿐인지라 어찌 서로 허송할가.' 하니 그제야 서로 동품하였이니 그런 일을 생각하야 진위를 분별하소."[59]

가짜 옹고집이 들고 나온 내용은 무척이나 내밀하다. 부부간의 성생활은 아무도 모르는 곳에서 일어나는 일이기에 당사자 둘만이 알고 있을 뿐이며, 가짜 옹고집은 그 점을 파고들었다. 진짜 옹고집이 그 말을 듣고 "과약기언果若其言"이라며 안타까워하는 것은 그 역시 그런 일을 충분히 알고 있었다는 뜻이다. 이는 《조선왕조실록》에 기록된 가짜 유유의 진술과 일맥상통한다. 거기에서도 가짜 유유는 방사房事를 들고 나와 자신이 진짜임을 입증하려 했다. 결국은 사기로

59 김삼불 교주, 앞의 책, 101~102쪽.

밝혀졌다는 점에서 차이를 보이기는 하지만, 남녀 간의 성생활을 외부로 표출함으로써 자신의 정체성을 찾고자 했다는 점에서는 마찬가지다. 이는 거슬러 올라가면 〈쥐좆도 모른다〉까지 연결되는 것으로, 진가眞假 다툼의 한가운데 그런 문제가 숨어 있다는 뜻이기도 하다.

가짜 옹고집은 그렇게 내밀한 부분에 밝았다. 남성들의 사랑채가 아닌 여성들의 안채에 집중했고 그 전략은 주효했다. 그 이상으로 분명하게 진가眞假를 가려낼 기준을 제시할 수 없었기 때문이다. 가짜 옹고집은 어떤 식구가 등장하든 그와 함께 했던 세세한 일들을 시시콜콜 밝혀냄으로써 상대의 동의를 얻어 유리한 위치에 오르는데, 그것은 진짜 옹고집이 도달할 수 없는 지점이었다. 진짜 옹고집은 가정 내 세사世事에 무심했다. 노모의 병환이나 장모의 걸식 같은 매우 특별한 예외적 상황에도 무반응인 그로서, 일상의 일들까지 신경 썼을 리가 만무하다.

더욱이 진짜 옹고집은 그나마 자신이 알고 있던 내용을 알릴 기회조차 가짜 옹고집에게 빼앗기고 만다. 경험에서 알 수 있듯이, 미리 작정하고 공식적으로 드러내는 정보보다 부지불식간에 튀어나오는 많은 것들이 정체성을 알기에 더 유용할 때가 많은데, 가짜 옹고집은 어떤 식구를 만나든 함께 했던 자잘한 일들을 먼저 이야기한다. 진짜 옹고집은 가짜 옹고집이 이야기한 바로 뒤에 "애고 애고 저 놈 보소. 내가 할 말 제가 하네."로 끝탕할 뿐이다. 이는 그런 사실을 자신도 알고 있었다는 뜻인데, 그렇다면 왜 그것을 먼저 말하지 못했는가 하는 의문이 남는다. 설명할 필요도 없이, 그런 일쯤을 중요시하지 않은 까닭이다. 그러나 아주 잊었던 것은 아니고 가짜 옹고집의 진술을 듣고서야 그런 일이 있었던 사실을 가까스로 회상할 수 있을 뿐이었다. 만약 가짜 옹고집의 진술을 듣고 진짜 옹고집이 먼저 그와 유사한 다른 사실을 하나 더 늘어놓았더라면 사태는 달라졌을 텐데, 그는 한 번도 그렇게 못하고 만다. 스스로 소환해 낼 만한 의미 있는 기억이 없었기 때문이겠다.

가짜 옹고집의 정체는, 분석심리학에서 일컫는 '그림자shadow'에 해당한다. 프란츠는 그림자를 "'그건 중요하지 않다. 아무도 그것을 눈치 채지 못할 것이다. 어차피 남들도 그렇게 한다.'고 말할 수 있었을 모든 작은 죄"[60]로 설명한 바 있다. 거기에는 자기중심적인 태도, 정신적 나태, 감상적인 태도, 비현실적 환상이나 음모, 부주의함, 겁 많음, 돈과 소유에 대한 지나친 애착 등등이 망라되는데, 옹고집은 자신의 소유와 물질 등에만 집착하여 가정 내의 세세한 일을 외면해 왔고 그렇게 평소에 치지도외置之度外했던 부분이 공격해 왔던 것이다. 마찬가지로 작품의 서사로는 드러나지 않지만, 거꾸로 진짜 옹고집은 가짜 옹고집의 그림자인 셈이다.

진짜 옹고집이 그렇게 가정 내에서 완패를 한 후, 이제 공식적인 송사訟事에 들어가 보지만 사태의 반전은 이루어지지 않는다. 도리어 그로 인해 더욱 어려운 국면에 빠져드는데, 여기에는 옹고집의 사회적 지위 내지는 신분의 문제가 정면에 나선다. 가정에서 아버지 역할, 남편 역할이 문제되었듯이, 지역사회 내에서의 역할이 문제가 되는 것인데 이본마다 조금씩 다르게 되어 있으나 김삼불본, 연세대본, 박순호본(33장)처럼 '좌수座首'로 제시되는 게 일반적이며, 박순호본(30장본), 최래옥본 등은 '생원生員'으로 제시된다. 좌수는 통상 중인 신분으로 향청의 우두머리이며, 생원은 소과小科인 생원과生員

---

60 M. L. 폰 프란츠, 〈제3장. 개체화 과정〉, 칼 구스타프 융 편저, 《사람과 상징》, 정영목 옮김, 까치, 1995, 200쪽.

科 합격자를 일컫는 말임을 생각하면 어느 쪽으로 보나 그리 대단한 지위는 아니었다. 물론 최래옥본처럼 재상 집 후손으로 명문가 출신임을 자랑하는 경우도 있으나[61] 영웅소설에서 보듯 현실적인 힘을 지닌 명문가로 그려지기보다는 소박한 차원에서 제법 괜찮은 집안 정도로 그려질 뿐 유의미한 차이를 보이지 않는다.

'좌수'로 나오는 김삼불본의 경우를 보자.

> 형방이 아뢰되, "두 백성의 호적을 상고하여지이다." "허허" 그 말을 옳다 하고 호적색戶籍色을 불러 양옹의 호적을 강 받을 제 실옹가 나앉으며, ⓐ "민의 애비 이름은 옹송이옵고 조祖는 만송이로소이다." 사도 왈, "그놈 호적은 옹송만송하다. 알 수 없으니 저 백성 아뢰어라." 허옹가 아뢰되, ⓑ "자아골 김등내 좌정시에 민의 애비가 좌수로 거행하올 때에 백성을 애휼한 공으로 하여금 연호잡역煙戶雜役을 삭감하였기로 경내 유명하오니, 옹돌면 제일호 유학幼學의 옹고집이라. 고집의 연이 삼십칠이요, 부 학생의 옹송이오니 절충장군하옵고, 조는 상이오니 오위장하옵고, 고조는 맹송이요, 본은 해주오며, 처는 최씨요 본은 진주요, 솔자의 골이오니 연 십구 무인생이요, 천비 소생의 돌쇠오니 또 민의 세간을 아뢰리다. 곡식두태 합하여 이천백석이요, 마구에 가마가 여섯 필이요, 암돌숫돌 합 이십이수요, 암닭장닭 합 십육수요(이하 생략)"[62](밑줄 필자)

61 "일국 영남 짜의 ᄒᆞᆫ 재상 잇시되 부ᄌᆞ공명ᄒᆞ나 슬ᄒᆞ 일졈 혈육이 없셔 ᄆᆡ일 한탄으로 셰월을 보ᄂᆡ드니 천신이 무심치 아니ᄒᆞ여 그달보름 ᄐᆡ기 잇셔 십식 ᄎᆞᄆᆡ 히ᄐᆡᄒᆞ니 아달을 나흔 즉…" 〈옹고집젼이라〉(최래옥 소장) 1장.

62 김삼불 교주, 앞의 책, 104쪽.

ⓐ는 진짜 옹고집의 진술이고, ⓑ는 가짜 옹고집의 진술이다. 그런데 ⓐ를 들은 사또는 그것만으로는 알 수 없다고 하면서 ⓑ를 불러들인다. 가정 내의 문제에서는 언제나 가짜 옹고집이 먼저 나서서 진짜 옹고집의 말문을 막았던 데 비하자면 확실히 뒤바뀐 전략이다. 진짜 옹고집이 가만있다가 손해를 본 까닭에 이번에는 먼저 나서보았지만 결과는 더욱 참혹했다. 그것은 단순히 진술 분량의 과다 때문만은 아니다.

제일 먼저 본인의 신분을 어떻게 인식하고 있는가에서부터 큰 차이가 있다. ⓐ는 아버지와 할아버지의 이름만 대고 멈추는 데 비해서, ⓑ는 분명 옹고집의 아버지가 좌수였다고 하면서 스스로 '유학幼學'이라고 밝히고 있다. 유학은 본디 과거시험을 준비하는 사람들의 명칭이었고, 유학을 자처함은 곧 벼슬에 나갈 수 있는 양반 자격을 갖추었다는 말이기도 하다. 이는 좌수를 지낸 향리 집안과 상충되는 면인데, 역사적으로 보자면 향리들이 세력화하면서 특히 안동 지역의 경우 1729년의 경우 향리들에게 유학의 칭호를 사용해도 좋다는 특별한 허가가 내려졌다.[63] 향리층이면서 실질적인 양반의 지위를 얻어나갔던 정황이 포착되는 것인데, 옹고집의 경우는 아버지의 공적까지 덧보태져서 '유학'을 자처하는 데 무리가 없었을 것이다.[64] 게다가 그의 힘을 뒷받침하는 재력 또한 선대의 공적 덕에 연호잡역 등

---

63 안동의 향리층이 양반층을 지향하여 상승해 나가는 과정에 대해서는 미야지마 히로시, 《양반》, 노영구 옮김, 강, 1996, 243~253쪽 참조. 당시 경상도 관찰사 박문수는 "안동의 향손은 우리나라 천 년 동안의 세족世族이며 다른 서인庶人보다 출신이 뛰어나다. 그러므로 '유학'이란 칭호를 허용하는 것이 타당하다."고 하여 안동 향리의 특별 지위를 인정했다 한다.(245쪽)

64 옹고집을 '양반지주'로 규정하는 선행 연구도 안동이라는 지역적 특징을 근거로 든다. 안동의 좌수는 양반이 하는 것이 관례였다는 《목민심서》의 기록을 바탕으로 하는데(김종철, 《판소리의 정서와 미학》, 역사비평사, 1996, 211쪽 참조), 재지在地 양반으로 보면 대차가 없을 것이다.

에서 면제된 까닭이라고 진술하고 있으니, 옹고집은 자수성가한 인물이 아니라 조상 덕에 팔자가 펴진 행운의 경우였다. 이는 곧, 작품의 맨 앞에 나오는 학승虐僧 문제와 연관된다. 그의 조상이 펼쳐 보인 선행은, 그가 보시布施는커녕 시주승을 능욕한 행위와 대척점에 있기 때문이다. 가짜 옹고집이 집안의 내력을 소상히 파악하고 있던 데 비해 진짜 옹고집은 현재의 안락한 삶에 매몰되어 있었던 것이다.

여기에 덧붙여, ⓑ의 후반부는 세간살이 나열로 점철된다. 한 집안의 가장이므로 세간살이를 알아야 한다는 주장은 일면 타당하지만, 실제로는 오히려 거짓이다. 옹고집 같은 부자라면 재산이 너무 많아서 속속들이 꿰기도 힘들뿐더러 주로 사랑채에 머무는 남성이 안살림의 영역에 드는 것들까지 알 방법이 없는 법이다. 박순호 소장 〈용싱원젼〉 같은 데에서는 진짜 옹고집이 제 집 세간을 대략 아뢰면서 "집안셰간은 예편닉가 알지 민은 아지 못ᄒᆞ나이다."[65]라며 이유 있는 항변을 한다. 그렇다면, 어차피 다 알 수도 없을 뿐만 아니라 다 아는 것이 도리어 이상한 잣대를 가지고 진가眞假를 판별하려했던 셈이다. 쥐둔갑 설화에서도 화자들이 그 문제를 충분히 인식하고 있어서 "그랑께 인자 욍길(진짜) 즉아부지는 남자들이 해 주는 밥이나 해묵고 농사해서 모두(모두) 긁어 디려노면(들여 놓으면) 여자들이 이라고 저라고 하제, 안에서(부인이) 하는 일은 몰라라우."[66]라 하는 것을 볼 때, 이는 실수나 착오가 아니라 의도적 창작으로 보아야 할 것이다.

옹고집이 대단한 양반층은 아니더라도 양반문화를 지향했을 것은 분명하며, 이 점에서 그 또한 사대부 취향의 문화적 테두리를 벗

---

65 〈용싱원젼〉, 《한글필사본고소설자료총서》 37(영인본), 오성사, 1986, 465쪽.
66 〈둔갑한 쥐(I)〉, 《한국구비문학대계 6-5》, 한국정신문화연구원, 1985, 29쪽.

어나기 어렵다. 당연히 양반이라면 집안 살림에 심하게 간여하지 않는 것이 불문율이었고, 부엌 어디에 어떤 물건이 있으며 곳간에 어떤 곡물이 얼마나 있는지 시시콜콜 알려 해서는 안 되었다. 그러한 당대의 현실에 비추어 진짜 옹고집이 매우 현실적이겠는데, 그 반대편에 서있는 가짜 옹고집을 내세워 손을 들어주고 있다. 결국, 가짜 옹고집은 진짜 옹고집을 물리치고 그 반대되는 삶을 살면서 그 이전 삶을 보완해 내는 방향으로 서사가 진행된다.

변신變身-꾸짖기와 거듭남 사이

관가에서 가짜 옹고집이 진짜로 판결을 내리자 진짜 옹고집은 즉각 뒤늦은 후회를 쏟아 낸다.

> 무지한 고집이놈 인제는 개과하여 애통하는 말이,
>
> "나는 죽어 마땅한 놈이거니와 당상학발堂上鶴髮 우리 모친 다시 봉양 하고지고. 어여쁜 우리 안해 월하月下의 인연 맺어 일월로 본증本證 삼고 천지로 맹서하여 백년종사하렸더니 독숙공방 적막한데 임없이 홀로 누워 전전반측輾轉反側 잠 못들어 수심으로 지내는가. 슬하의 어린 새끼 금옥같이 사랑하여 어룰 제 '섬마둥둥 내 사랑 후두둑 후두둑 엄마압비 눈에 암암.' 나 죽겄내. 아매도 꿈인가 생신가 꿈이거든 깨이거라."[67]

67 김삼불 교주, 앞의 책, 107쪽.

옹고집은 곧바로 어머니와 아내, 자식을 떠올렸다. 어머니를 다시 봉양하고 싶고, 아내의 독수공방이 걱정이며, 자식이 눈에 밟혔다. 그러나 이 말을 액면 그대로 믿기는 어렵다. 가짜 옹고집이 나타나기 전까지 그가 보인 삶의 궤적이 그의 말과 너무 다르기 때문이다. 한 번도 제대로 봉양하지 못한 불효자가 '다시 봉양'을 운운하는 것도 어불성설語不成說이며, 어려운 상황에서 아내의 적극적인 지지를 받을 만큼 신뢰를 쌓지도 못했으며, 자식들과의 세세한 추억을 쉽게 떠올릴 만큼 자상한 아버지도 아니었기 때문이다. 이는 본문에서 '개과改過'를 언급한 대로 지난 잘못을 깨쳐 제 그림자shadow를 인식하는 과정으로 봄직하다.

이렇게 진짜 옹고집을 물리친 가짜 옹고집은 득송得訟을 한 후, 지난 날 옹고집의 삶과는 전혀 다른 새 삶을 살게 된다. 의기양양하게 나서며 입 밖에 낸 일성은 "허허, 흉악한 놈. 하마트면 우리 고흔 마노래 앗일뻔하였다."였으며, 집에 돌아와 아내에게도 "세간은 고사하고 하마트면 자네 노칠 뻔하였네."[68]로 운을 뗀다. 수전노守錢奴의 이미지는 오간데 없고 오직 아내만을 챙기는 것이다. 그리고는 곧장 잠자리에 들어 "양인兩人 심사心思 깁은 정에 좋은 마음 측량없다."[69]로 나아가고, 곧 무수한 허수아비 자식들을 낳게 된다. 허수아비 자식이라는 게 가짜라는 의미이기는 하지만 무수히 낳는다는 데에서 이들의 금실이 매우 좋음을 알 수 있다. 진짜 옹고집의 자식은 많아야 셋으로 나온 데 비해 가짜 옹고집에게는 부부간의 화락이 매우 중요한 과업이었다.

---

68 앞의 책, 108쪽.

69 같은 책, 같은 쪽.

물론, 〈옹고집전〉은 적층문학積層文學이어서 그 형성 과정에 따라 내용이 달라 일률적으로 설명하기 어려운 부분이 있어서 주의할 필요가 있다. 최근에 이루어진 이본 연구에 따르면 〈옹고집전〉의 이본은 주요 화소의 유무에 따라 크게 세 계열로 나뉜다. 학승虐僧 화소만 있는 계열, 학승 화소와 부모 학대 화소가 함께 있는 것, 학승과 부모 학대 화소에 장모와 조강지처 박대 화소까지 있는 것 등이다.[70] 대체로 이 세 계열은 초기에는 학승 화소만 있다가, 나중에 부모 학대 화소가 첨가되고, 맨 나중에 장모와 아내 박대 화소까지 첨가되면서 변모한 것으로 파악된다.[71]

이 가운데 학승 화소만 드러나는 맨 처음 계열은 "주인공의 개과를 크게 문제 삼지 않는다는 점이 특징"으로 "옹고집에 대한 '골려주기'에 집중"[72]하는 데 반해서, 학승 화소에 부모 학대 화소까지 있는 그 다음 계열에서는 "옹고집의 교정과 가족공동체의 복귀"로[73] 그 중심이 이동한다. 이들 본에서는 특히 가짜 옹고집이 전면에 나서서 진짜 옹고집의 개과改過를 유도하거나, 재산을 풀어 활인구제活人救濟에 나서는 등 적극적인 면모를 보인다. 부모자식 간에 화락하고 남에게 재산을 나누어 주는 두 가지 활동을 통해, 진짜 옹고집의 부족한 부분을 채워 나가는 것으로 보인다. 이에 비해 맨 마지막 계열은,

---

70 최래옥에 의해 장모 구결 화소의 유무로 양대별되다가, 김종철에 의해 장모 구결화소가 없는 이본들이 다시 학승 화소만 있는 것과 부모 학대 화소가 함께 있는 것으로 구별되어 세 계통으로 제시되었다.(최래옥, 〈옹고집전의 제문제 연구〉, 《동양학》 19, 단국대학교동양학연구소, 1989; 김종철, 〈옹고집전 연구-조선후기 요호부민의 동향과 관련하여〉, 《한국학보》 75, 일지사, 1994)

71 이본의 이러한 변모 양상에 대하여는 최혜진, 〈〈옹고집전〉의 계열과 변모 양상〉(《판소리연구》 제36집, 판소리학회, 2013) 참조.

72 최혜진, 같은 논문, 604쪽.

73 같은 논문, 610쪽.

물론 후발 계통인 탓에 앞의 계열의 이본들이 보이는 특징을 부분적으로 갖기도 하지만, "옹고집의 패륜이 확대되고 이에 따른 처벌이 어떻게 이루어지는가에 관심"[74]을 갖는다.

결국, 〈옹고집전〉은 생성 초기에는 옹고집의 악행을 폭로하며 희화화하는 데 주력했다면 후대본에서는 개과천선 쪽으로 의미를 강화해갔다고 하겠다. 악인에 대한 가혹한 응징 대신 용서와 회과悔過, 나아가 개과천선改過遷善의 기회를 제공하는 것은 판소리계 소설의 일반적인 특징이기도 하다. 김삼불본에서 화자가 '극악한 고집이놈'이라고 하지 않고 '무지한 고집이놈'이라고 쓰는 것 또한, 무지함을 계도하면 새사람이 될 수 있다는 판단에서 기인한다. 이 점에서 늦게 나온 이본들에서 옹고집의 참회보다 질책에 강조점을 두는 사례가 많다는 것은 새사람 만들기에 큰 신뢰를 보이지 않는다는 징표이다. 경험에서 알 수 있듯이, 질책을 받으면 그 위세에 눌려 즉각 제 잘못을 시인하지만 뒤돌아서서는 반감을 갖는 경우도 많다. 내심으로 변하지 않으면 진정한 개과천선을 유도할 수 없는 것이다.

따라서 거듭남을 유도하려는 이본에서는 옹고집의 마음을 돌리기 위해 여러 장치들이 쓰인다. 그 하나는 쫓겨난 옹고집의 고난과 시련을 극대화하여 일종의 입사식入社式으로 작동하게 한다.[75] 여러 차례 자결을 시도하기도 하고 깊은 산속을 배회하며 의례적인 죽음을 통해 새사람으로 거듭난다. 아주 심한 경우에는, "쥭기로 결단ᄒ고 빗틀거러 잡바지고 업드러지며, 불이라도 달여들고 물이라도 ᄯ

74 같은 논문, 612쪽.

75 이런 시각에서의 분석은 이강엽, 〈'자기실현'으로 읽는 〈옹고집전〉〉, 《고소설연구》 17, 한국고소설학회, 2004에서 이루어진 바 있다.

여든이 쥭ᄀᆡ난 안이 ᄒᆞ고 압프기만 몹씨ᄒᆞ고 살어난이"[76]로 장황하게 묘사한다. 나아가 도적들 소굴이 있다는 말을 듣고 찾아가 자기를 죽이라고 하지만 도적들이 겁을 먹고 도망하며, 호식虎食당할 요량으로 깊은 산을 찾아 호랑이에게 달려들어 보지만 호랑이조차 겁을 먹고 도망친다. 그제야 옹고집은 지난날의 잘못을 뉘우치며 천지신명에게 살려 달라 애원하는 기도를 올리고, 노승이 나타나 "네 말을 드의이 懷心('回心'의 오기인 듯) 뜻하며, 그만 ᄒᆞ녀도 네 죄을 알거신이 네 집으로 차ᄌᆞ가라."[77]는 지시를 받게 된다.

이리하여 다시 제 집을 찾게 된 옹고집은 전과 다른 삶을 살게 되며, 한마디로 그것은 반쪽짜리 삶을 벗어난 '온전한' 삶이었다. 이 온전함은 앞서 살핀 〈쥐좆도 모른다〉, 〈황호랑이〉, 〈유연전〉에서 파탄을 빚었던 삶을 한데 끌어모으는 것이기도 했다. 〈쥐좆도 모른다〉에서는 집안 살림에 관심을 갖지 않던 사람이 그 때문에 가짜로 내몰렸는데, 〈옹고집전〉 역시 진가眞假 판명의 잣대로 가정의 세사細事나 가족들과의 사사로운 일들이 동원되었으며 가짜 옹고집이 도리어 아내와 화락하며 잘 지내는 모습을 내보였다.

〈황호랑이〉에서는 아내와 어머니 사이에 끼어 있던 사내가 어머니를 포기할 수 없어 밤에 밖으로 나돌다가 파멸을 맞았는데, 일부 이본의 경우이기는 해도, 〈옹고집전〉에서는 정반대의 상황이 연출된다. 옹고집이 부자인 만큼 소첩少妾을 둔 것으로 서술되면서, 부모나 장모에게는 쌀 한 말을 아까워하면서도 첩에게는 금보료에 좋은 음식

76 〈옹고집젼이라〉(단국대 소장)
77 같은 책.

으로 호사스러운 대접을 아끼지 않았다.[78] 부모를 효성으로 봉양하고 아내에게 잘 대하는 것이 모두 윤리적인 일이기는 하나, 이렇게 어린 첩을 대하는 문제는 호색과 연관된다. 따라서 이 경우 옹고집은 색에 빠져서 기본적인 윤리마저 도외시한 인물이 되는 것인데, 특히 구걸하는 장모에게 쌀 한 말을 주었다 해서 "너갓튼 연얼 다리고 살님ᄉᆞ리ᄒᆞ다가는 탕ᄑᆡ가산"하겠다고 하는 데 비해 보면 대단한 모순이며 파탄이다. 황호랑이나 옹고집이나 그 방향은 달라도 반쪽짜리 삶이었던 것으로, 〈옹고집전〉에서는 그런 분열을 딛고 윗대를 잘 모시면서 부부가 화락하는 건실한 삶으로 나아가고자 했다 하겠다.

끝으로, 〈유연전〉에서 가짜가 만들어진 원인은 재산 다툼이었는데, 〈옹고집전〉에서도 재산을 둘러싼 문제가 매우 중요하게 작용한다. 학승虐僧 화소가 등장한 이유도 따지고 보면 옹고집이 시주하기 싫어하기 때문이었고, 가족 간의 불화도 상당 부분 인색함에서 비롯되었다. 어머니나 장모에게 재물을 쓰기 싫어한 까닭에 불효가 되었고, 자식들도 그런 아버지의 마음씀에 괴로워했다. 그래서 가짜 옹고집이 나타나 두 옹고집이 나오는 소동이 났을 때 자식은 이런 반응을 보이기까지 한다.

> ᄌᆞ근 아들이 드러오며,
>
> "아부지, 일언 일이 어ᄃᆡ 쏘 잇실이요? ᄌᆞ식더리 돈 퓬이나 달나ᄒᆞ면 양돈 퓰면 퓬돈 된다고 안니 쥬든이 ᄌᆡ물이 사邪 되여 일언 일이 낫ᄉᆞᆫ나."[79]

---

78 최래옥 주석, 〈옹고집전〉(연세대 소장), 《동양학》 19집, 단국대학교 동양학연구소, 1989.

79 〈옹고집전이라〉(단국대 소장)

재물을 너무 아낀 까닭에 사邪가 되었다는 반응은 〈옹고집전〉의 가짜가 등장하는 핵심적인 요인이다. 만일 이처럼 돈을 아껴서 사邪가 된 결과가 두 옹고집의 출현이라면, 한 옹고집을 없애는 방법은 사邪를 몰아내는 것이며 그 좋은 방법은 가짜가 출현한 원인을 역으로 풀어 내는 것이다. 즉, 돈을 지나치게 아껴 사달이 났으니 거꾸로 돈을 흥청망청 쓰면 풀릴 수 있다는 뜻인데, 실제로 그렇게 재물을 함부로 써서 패가敗家하는 이본도 여러 있다. 가짜 옹고집이 한 냥 쓸 데 열 냥을 쓰는 등 재물을 흩기 시작하자 그 소문을 듣고 온 빈객, 과객, 걸인 등을 대접하는 것을 두고 "사회환원 쪽에 가깝다."[80]는 판단은, 사회적 역할을 제대로 못하는 부자 옹고집의 교정 행위이다. 작게는 가족들을 잘 부양하고, 크게는 사회에 기여해야 하는 역할을 못해 생겨난 가짜 옹고집이 이번에는 거꾸로 하면서 그 문제를 제기하여 옹고집의 거듭남을 촉구했다.

변신變身에 대한 욕구는 어쩌면 인간 본연의 생래적 욕구일 것이다. 생기면 생긴 대로 살아가는 여느 동물과는 달리, 인간은 자신이 처한 처지에서 이상적인 처지를 동경하며 갈구한다. "변신을 통해 폐색閉塞된 현실적인 삶의 지양과 초월이 가능하다고 믿기 때문이다."[81] 〈옹고집전〉은 틀어 막힌 한쪽을 지양하여 전혀 다른 삶을 살아가는 인물로 변신變身하고, 그 변신을 통해 비쳐진 삶과 다투면서, 초월적인 이상의 삶을 좇아 갔다. 설화나 실화에서는 간단한 해프닝에 그치거나 파멸로 귀결되는 데 비해, 이 작품에서는 가짜를 물리치고 본래의 제 모습으로 돌아가지만 맨 처음이 자신이 아닌 한결

80 김종철, 앞의 책, 225쪽.

81 이재선, 《한국문학주제론》, 서강대학교출판부, 2009 재판, 67쪽.

성숙된 자신으로 올라가는 이야기다.

끝으로, 변신과 연관하여 이 〈옹고집전〉의 짝패는 시간과 공간 양 측면에서의 이중상이라는 점에서 여느 작품의 양상과는 구별되는 점이 특기할 만하다. 이 작품을 주인공의 변신을 중심으로 따라가 본다면 '진짜 옹고집→진짜 옹고집/가짜 옹고집→진짜 옹고집'의 순서가 되겠지만, 앞서 살핀 대로 맨 앞의 진짜 옹고집과 맨 뒤의 진짜 옹고집은 단순히 시간상의 차이가 있을 뿐만 아니라 질적인 변이를 보였다. 따라서 이 소설의 진짜와 가짜가 대립하는 양상은 다음과 같이 도식화할 수 있을 것이다.

인물 \ 시간	대립	
시작	옹고집^1	
중간	진짜 옹고집	가짜 옹고집
끝	옹고집^2	

옹고집의 짝패는 흔히 이 도표의 '중간' 줄에 있는 진짜 옹고집과 가짜 옹고집으로만 생각하지만, 세로축의 옹고집^{1}과 옹고집^2 또한 짝패이다. 시간축을 늘여 본다면 미숙한 자신과 성숙한 자신으로, 미숙한 자신의 또 다른 자아가 성숙한 자신이며 그 역 또한 마찬가지기 때문이다. 이는 〈구운몽〉의 성진이나 〈흥부전〉 흥부와 놀부가 겪는 내적 변화에도 마찬가지로 적용되는 원리이며, 짝패 인물이 갖는 서사적 효과 중 놓쳐서는 안 될 중요한 요소이다.

제9장

세상이 만든 가면

처세술로서의 가면

세상을 살아간다는 것은 늘 다른 사람과 함께 한다는 뜻이다. 혼자만의 시간을 즐긴다고 할 때도, 사실은 다른 사람과 함께 하는 시간을 상정하고 그렇지 않은 호젓함을 즐기는 경우이기 쉽다. 그런데 다른 사람과 함께 하기 위해서는 좋든 싫든 다른 사람이 원하는 모습을 보여 주어야 한다. 물론 가끔씩 위선僞善이 아니라 위악僞惡을 행하는 사람도 있지만 그 경우 역시 다른 사람이 원하지 않는 모습을 고의적으로 연출함으로써 스스로의 만족을 얻는다. 흔히 처세술에 밝은 사람들은 적절한 모습을 연출함으로써 다른 사람의 비위를 덜 거스르며 자신이 원하는 것을 얻어 내곤 한다.

그러나 그렇게 '위선'이나 '위악'이라고 쉽게 재단할 수 없는 상황에 이르면 문제는 복잡해진다. 누군가 평생 위선을 하다 죽는다면 그것이 진심은 아니었더라도 다른 사람들에게는 좋은 일을 많이 한 셈이 될 것이며, 반대로 속마음은 그렇지 않더라도 평생 위악을 일삼았다면 주변에 끼친 악행이 제법 많을 것이다. 한 발 더 나아가 선을 행하기 위해 악을 하거나, 악을 하려다가 선으로 귀결되는 경우가 발생하기도 한다. 단적인 예로, 브레히트의 희곡 〈사천의 선인〉을 보면 주인공 센테는 가난한 창녀로 신의 도움을 받아 담뱃가게를 내보지만 몰려드는 빈민들로 여의치 않았다. 그녀는 사촌 오빠로 변장하여 수완 좋은 사업가로 행세하며, 악랄한 돈벌이에 힘쓴다. 그렇게 돈을 버는 이유는 주변 사람들을 돕기 위한 선량한 의도였다. "어쩌면 신조차도 자신의 선을 입증하기 위해 악마의 가면이 필요했을지 모른다."[1]는 진술은 가면의 필수불가결함을 웅변한다.

그런데 '처세處世'라는 말을 조금 바꾸어서 '처신處身'으로 쓰게 되면 판단이 사뭇 달라진다. 처신은 처세와는 달리 세상에 보이기 위해서가 아니라 스스로의 몸가짐을 어떻게 하느냐 하는 점을 문제 삼기 때문이다. 실제로도 "처세에 밝다"는 말은 긍정적 맥락과 부정적 맥락에서 두루 쓰이지만, "처신을 잘한다"는 말은 주로 긍정적 맥락에서 쓰인다. 자신이 있어야 할 자리와 자신이 해야 할 일을 매우 분명하게 파악한다는 뜻이기 때문이다. 그러나 처신 또한, 스스로의 판단으로 능동적이고 적극적으로 해 나가는 것이 아니라 어쩔 수 없이 타의에 떠밀리거나 사실과 다른 명예를 구하려는 목적일 때, 속된 처세술과 별반 다르지 않게 된다. 조선조 유자儒者들 사이에 그저 명예만 구하려드는 도명盜名이 비난거리였던 것은 그런 일을 하는 사람들이 많았다는 방증이다.

아닌 게 아니라 "가면은 교묘하게 처세하는 사람들의 보신保身의 탈이다."[2] '가면'의 본의가 얼굴에 뒤집어쓰는 탈이었던 것처럼, 진짜 모습을 저 밑에 감추고 표면에 위장된 가짜 모습을 드러내는 게 유리할 때 사람들은 곧잘 가면을 쓴다. 대체로 실제의 비천함을 감추고 고귀함으로 위장하기 쉬운데, 사실은 '고귀함' 그 자체에서부터 가면이 생성될 여지가 있다. 고귀함이라는 말은 원천적으로 '높다'와 '귀하다'의 복합이며, 일반적으로 높은 데 있는 사람이 귀하기 때문에 한데 붙어 다니는 편이다. 그러나 높은 데 있는 사람이 귀하지 않을 때,

1 안네마리 피퍼, 《선과 악》, 이재황 옮김, 이끌리오, 2002, 6쪽.
2 이재선, 《한국문학주제론》, 서강대학교출판부, 2009 재판, 86쪽.

혹은 낮은 데 있는 사람이 귀할 때 분열이 일어난다. 심지어는 매우 드물기는 해도 비천한 사람이 고귀한 가면을 쓰고 사람들을 농락하거나, 고귀한 사람이 비천한 가면을 쓰며 난세를 헤쳐 나가기도 한다.

스탕달Stendhal의 《적赤과 흑黑》은 그런 엇갈림의 문제를 정면으로 다루고 있다. 주인공 쥘리엥 소렐은 목수의 아들로 태어나 하층 신분의 삶을 살아야 했으나, 부르주아 가정에 가정교사로 들어가면서 자신의 신분에 눈뜸과 동시에 부르주아 계급의 속물적 성향을 경멸하며 증오한다. 그런 비뚤어진 마음에 주인집 부인을 유혹하다가 사랑에 빠지고, 그 때문에 쫓겨나면서 굴곡진 삶을 살게 된다. 제목 '적과 흑'의 적赤은 군복 색깔이며 흑黑은 사제복의 색깔이다. 나폴레옹이 정복 전쟁을 일삼을 때라면 군인으로 활동하여 신분 상승을 도모할 기회가 있을 테지만, 전쟁이 끝나고 왕정으로 복귀한 후라 유일한 출세의 길은 사제가 되는 방법뿐이다. 적赤이 아니면 흑黑인 상황에서 주인공은 흑을 택할 수밖에 없었기에 도피처를 겸해서 신학교를 택한다.

그런데 이 주인공이 가는 길은 주인공이 그토록 경멸하던 부르주아 계급의 속물적 성향을 빼다박았다. 지라르는 스탕달이 '이중의 고귀함'을 추구했다고 판단했다.

> 욕망이 자신에게서 나오며, 마지막까지 애를 써 그것을 만족시키려는 사람은 고귀하다. 고귀함은 그러니까 정신적 의미에서 정열과 완전히 동의어이다. 그러므로 사회적인 의미에서 고귀함이 있기 위해서는 정신적 의미에서 우선 고귀함이 있어야 한다.[3]

---

3 르네 지라르, *La Route antique des hommes perves*(옛사람들이 걸어간 사악한 길), Paris; Grasset, 1985,

사람이 고귀함을 갖기 위해서는 '정신적 고귀함'이 우선인데, 그 요건은 첫째, 욕망이 '자기 자신에게서' 비롯되며, 둘째, 그 욕망을 '끝까지' 만족시키려 애를 써야 한다. 이 두 조건은 매우 쉬워 보이지만 실제로는 완전한 수양을 쌓은 군자나, 세속적 욕망을 완전히 끊어낸 성자聖者가 아니라면 다가서기 힘든 내용이다. 대부분의 사람들이 갖는 욕망은 내적으로 자연히 생겨난 것이 아니라 누군가에 의해 추동되거나 누군가를 선망하느라 생겨나기 때문이다. 문제는 그럼에도 불구하고 자신의 내면에서 비롯된 욕망을 끝까지 추구하는 사람, 즉 정신적 고귀함을 지닌 사람에게 그에 걸맞은 사회적 고귀함이 주어지느냐에 있다. 그런 사람은 흔하지도 않지만, 그런다고 꼭 고귀함이 영예롭게 주어지는 것은 아니다.

전통사회처럼 여러 계층이 촘촘한 위계를 이루거나 다양한 영역에서의 우열을 인정하는 사회가 아닌 경우, 대략 서로 다른 두 계층이 고귀함과 비천함을 각각 나누어 갖게 된다. 서양에서의 귀족과 평민, 우리나라에서의 양반과 상민은 그대로 한쪽은 고귀하고 한쪽은 비천하다는 관념을 양산했다. 그러나 "'세속적인' 권력의 위계와 '비세속적인' 권력의 위계 간의 터무니없는 불일치"[4]는 어느 한쪽의 일방적인 고귀함을 주장하기 어렵게 만든다. 세속적인 권력을 갖는 특수 계층이 문화나 예술 같은 비세속적인 권력까지 장악할 때, 그 계층의 고귀함에 이의를 달기 어렵기 마련이지만 둘이 어긋날 경우는 반발을 불러온다. 가령, 명문가의 어떤 양반이 학예學藝에 힘써서 특별한 성과를 낼 때 그에 대한 존경심은 배가될 것이지만, 높은 지

122쪽. 김현, 《르네 지라르 혹은 폭력의 구조》, 나남, 1987, 33쪽에서 재인용.

4 피에르 부르디외, 《구별짓기: 문화와 취향의 사회학 (하)》, 최종철 옮김, 새물결, 2006, 578쪽.

위에 걸맞은 학예가 부족하다면 존경심은커녕 되레 비웃음거리가 되기 쉽다. 거꾸로 상민임에도 불구하고 양반도 갖기 어려운 수준의 학예를 갖춘다면 사람들의 찬탄과 함께 경계심을 살 만하다.

그렇다면, 문제는 사회적 욕망과 정신적 욕망, 세속적인 권력과 비세속적 권력의 균형을 어떻게 찾을 것이냐 하는 데로 귀결된다. 사회적으로 인정되는 높은 지위를 얻고자 하는 욕망을 '존귀함'으로, 보통 사람이 도달하기 어려운 정신적인 성취를 이루고자 하는 욕망을 '고결함'으로 규정한다면, 이 둘은 분명 양립 가능한 것이다. 고결하면서 존귀한 이상적인 인간상을 꿈꿀 수 있기 때문이다. 그렇지만, 고결함은 개인의 노력으로 이룰 수 있는 것인 데 반해서 존귀함은 사회적인 승인이 필요하다는 점에서, 어떤 계층에게는 원천적으로 봉쇄된 이상일 수도 있다. 반대로, 사회적으로 존귀한 계층으로 인정됨에도 불구하고 고결함과는 배치되는 비천한 품성의 인간도 있을 수 있어서 둘 사이의 관계는 한층 복잡해진다. 세속적 위치로는 최상이지만 비세속적 가치의 측면에서 최하급인 인간도 있고, 비세속적 가치의 정점에 서 있으면서도 세속적 위치는 비천한 인간도 있는 셈이다.

더욱이 조선조의 '양반'처럼 그 외연이 명료하지 않은 계층에서라면 이런 문제가 한결 더 심각해진다. 주지하는 대로 양반은 "법제적인 절차를 통해서 제정된 계층이 아니라 사회관습을 통해서 형성된 계층"[5]이다. 물론, 사회관습이라고 해도 통용되는 기준이 비교적 명료해서 양반이 아닌 계층이 양반을 사칭하거나, 양반이 아무 이유 없이 상민으로 강등되는 일은 없었다. 그러나 주로 서울에 거주하는

5 송준호, 《조선사회사연구》, 일조각, 1987, 37쪽.

명문가 양반인 재경在京 양반과 향촌에 거주하면서 그에는 못 미치는 가문의 양반인 재지在地 양반 사이에는 확실한 거리가 있었다. 전자는 '경반京班'이라 해서 그가 양반임을 따로 입증할 필요가 없었지만, 후자는 '향반鄕班'이라 해서 특별한 자격을 갖추어야 인정되었다. 그 자격은 대략 다음이 네 가지다.[6]

(1) 과거 합격자, 또는 과거에 합격하지 않았지만 당대를 대표하는 저명한 학자를 조상으로 모시고 있을 것이며 그와 함께 그 조상으로부터 계보 관계가 명확할 것.
(2) 여러 대에 걸쳐 동일한 집락集落에 집단적으로 거주하고 있을 것. 이런 당대의 거주지를 세거지世居地라고 하는데, 세거지에서는 양반 가문이 동족 집락을 형성하고 있는 것이 일반적이다.
(3) 양반의 생활양식을 보존하고 있을 것. 양반의 생활양식이란 조상 제사와 손님에 대한 접대를 정중히 행하는(봉제사奉祭祀 접빈객接賓客) 동시에 일상적으로는 학문에 힘쓰고 자기 수양을 쌓는 것이다.
(4) 대대의 결혼 상대, 즉 혼족婚族도 (1)에서 (3)의 요건을 충족시키는 집단에서 고를 것.

이 넷 중 (1), (2)는 가장 기본적인 요건이다. (1)은 그 가문의 그 혈통이 고귀하다는 뜻이며, (2)는 그 가문이 특정한 영역에서 세력을 확보하고 있다는 뜻이다. 전자가 종적인 계통을 드러낸다면, 후자는 횡적인 세력을 나타낸다. 이는 곧 한 가문이 고귀한 조상에서 비롯되어 그 이후로도 뚜렷한 족적을 남겼으며, 그 세력이 현재에도

---

6 미야지마 히로시, 《양반》, 노영구 옮김, 강, 1996, 42~43쪽.

확고하게 뿌리를 내렸다는 뜻이다. (4)는 (1)과 (2)를 강화하는 보조적인 장치이다. 비록 (1)과 (2)를 다 갖추었다 하더라도 (4)를 충족하지 않으면 배우자의 비천함으로 인해 그 후손이 비천해진다는 논리다. 결국, (1), (2), (4)는, 비록 '저명한 학자' 같은 다소나마 이론異論이 야기될 기준이 있기는 해도, 과거 합격자 같은 객관적인 지표를 준거로 삼는 존귀함의 기준이다.

이에 반해 (3)은 그 성격이 아주 다르다. 양반 고유의 생활양식을 지킨다는 데 명료한 기준이 없기 때문이다. 제사를 모시고 손님을 접대하는 수준은 그야말로 천차만별이다. 가령, 친상親喪에서 복상服喪 기간을 양반은 3년, 향리층은 100일로 규정하기는 했지만[7] 그것은 겉으로 드러나는 경우였기에 쉽게 규제할 수 있는 것이었다. 향리층이라 하더라도 제사를 더 정성껏 모시고 손님을 더 극진하게 대접한다면, 향리와 향반의 변별에 작용하는 기준점이 모호해질 법도 하다. 결국 일부 지역에 국한된 사례이지만 안동 같은 경우는 향리에게도 '유학幼學'의 칭호가 허락되었고,[8] 이것은 곧 과거시험에 응시할 수 있음을 의미했다. 학문에 힘쓰고 수양하는 일 또한 어느 정도에 도달해야 양반의 품격, 곧 반격班格을 갖는 것인지 정해진 바가 없다.

더 큰 문제는 (3)이 전혀 갖추어지지 않은 상태에서, (1), (2), (4)를 갖춘 바람직하지 못한 경우가 생기더라도 여전히 향반鄕班일 수 있다는 점이다. 일단 양반으로 인정되는 한, 가문에 파렴치한이 생기

7 오복五服 중 가장 높은 참쇠斬衰의 경우 3년으로 규정하면서도 "軍士 및 庶人은 百日 동안 服을 입되 母에게도 같다."(법제처 역주, 《經國大典》 한국법제처연구원, 1993, 240쪽)고 하여 차등을 두었다.

8 이런 상황은 미야지마 히로시, 앞의 책, 244~245쪽 참조.

더라도 어차피 제도에 의해 주어진 자격이 아니기 때문에 그 자격을 박탈할 방법 또한 마땅치 않았다. 나아가, 경반京班 중에서라도 혼족婚族이 낮은 지위일 경우, 4대 이상을 이렇다 할 환로宦路에 나서지 못한 경우 등 외형상으로만 양반으로 인정될 처지의 사람들이 많았다. 양반 중의 양반이라고 할 경반으로의 편입은 제한되었지만, 경반의 일족으로 몰락하거나 향리층에서 향반으로 편입되는 등의 이유로 양반층의 외연이 비대하게 확장되었던 것이다.

신분상 양반이 아님에도 불구하고 반격班格을 갖춘 사람이나, 양반임에도 불구하고 반격이 전혀 없는 사람들이 속출하면서 개인의 삶 또한 혼란스러웠다. 세상이 요구하는 양반의 역할을 하느라 자아가 분열되거나, 다른 사람과의 관계에서 대립하는 인물들이 등장하고, 그런 인물들을 다루는 작품도 자연스레 늘어 갔다. 고전 서사에서 그 대표적인 사례는 〈양반전〉이다. 당대의 선비들에게 따라붙었던 숱한 이름들인 '사士, 대부大夫, 군자君子'는 사실 페르소나Persona의 구실을 하기에 안성맞춤이다.[9] 공부를 하지 않으면서도 사士를 지칭한다거나 벼슬이 없으면서 향민을 가르치고 부리려 한다거나 덕이 없으면서도 군자를 자칭하는 경우가 그런 예이겠는데, 양반, 천

---

9 '페르조나'는 융에 의해 주창된 개념으로 다음과 같이 설명된다: "집단정신으로부터 많은 노력을 들여 이루어낸 이러한 단면을 나는 페르조나Persona라고 이름하였다. 페르조나라는 용어는 이에 대해 참으로 적절한 표현이다. 그것은 본래 연극배우가 쓰고 어떤 역할을 나타내는 가면Maske이기 때문이다. 만약 우리가 무엇이 개인적이며 무엇이 비개인적인 정신적 소재인지를 정확하게 구별하고자 시도한다면 우리는 곧 크게 당황할 것이다. 왜냐하면 우리는 페르조나의 내용에 관해서도 집단적 무의식에 관해서 말했던 것과 똑같은 말을 해야 하기 때문이다. 즉, 그것이 보편적인 것이라고 말해야만 하는 것이다. 다만 페르조나가 집단정신에서 나온 얼마간의 우연한 또는 임의적인 단면이라는 정황 덕분에 우리는 페르조나를 '개별적인 것'이라고 보는 잘못을 저지른다. 그러나 페르조나는 그 이름이 말하는 대로 다만 집단정신의 가면일 뿐이다. 그것은 다른 사람이나 자기 자신이 개별적이라고 믿게 만드는, 마치 개성인 것처럼 보이게 하는 가면이다. 사실은 집단정신이 그 속에서 발언하는 연기된 역할일 뿐이다." C. G. 융, 《인격과 전이》, 융 저작 번역위원회 옮김, 솔, 2004, 55~56쪽.

부賤富, 군수 등의 세 양반이 등장하면 그러한 페르소나에 억눌린 대립 양상이 드러난다.

우선, 이 작품의 풍자적인 특성 때문에 사실적으로 그려지기보다는 과장되고 희화화되어 문면대로의 선/악 구분에 주저하게 되지만, 실제 작품은 그 이상이다. 물론 기존 논의대로 부자富者와 군수郡守를 선/악의 대립으로 설명할 수도 있겠지만, 그 둘은 동질적 근원성이 부족하여 짝패가 되지 못한다. 반면, 정선 양반과 군수를 대비해 본다면 짝패로서의 면모가 잘 드러난다. 정선 양반은 군수가 부임해 올 때마다 인사를 올 정도로 학식과 덕망을 갖춘 선비이고, 군수는 부자를 기껏 군자답네, 정의롭네 칭송해 놓고는 슬쩍 잔꾀를 써서 부자가 달아나게 만드는 위인이다. 이 점에서 정선 양반은 선인이고 군수는 악인임이 분명하다고도 하겠다. 요컨대 한쪽은 학인學人의 도리를 해내느라 가장家長의 의무마저 이행할 수 없었고 한쪽은 관장官長의 의무를 한답시고 학인의 도리마저 내팽개쳤다는 점에서 양자 공히 불구적不具的 인물이다.

이 장은 이처럼 사회적 의무나 규율, 분위기 등에 의해 덧씌워진 인물의 특성이 대립되는 작품들을 중심으로 그 짝패 인물의 대립에 대해 다룰 것이다. 논의의 중심은 〈양반전〉이지만, 박지원의 《방경각외전放璚閣外傳》에 실린 여타의 작품들은 그 탐색의 의미로 중요하게 된다. 따라서 여기에 실린 다른 작품들 가운데, 특히 신분의 문제가 전면에 나서는 몇몇 작품들을 사전 탐색 삼아 살펴본 후, 그를 바탕으로 박지원의 사유 방식을 엿보고, 거기에 따라 〈양반전〉의 짝패에 대해 본격적으로 파헤치기로 한다.

존귀함과 고결함의 역설逆說

우리 서사문학사에서 박지원만큼 신분 문제를 정면에서 다룬 작가도 드물다. 그가 인물을 내세울 때는 언제나 그 신분을 분명히 했고, 신분과 불균형을 이루는 어떤 요소에 집중하곤 했다. 가령, 양반과 중인이 있을 때면 당연히 양반이 글을 잘 지을 것으로 예상하지만, 그는 중인이 글을 잘 짓는 상황을 제시하면서 거기에서 의미를 찾으려 애쓴다. 비록 실제 상소上疏 행위로까지는 이어지지 않았다 하더라도 그가 서얼庶孽의 소통을 청하는 글을 남겼다는 것은, 신분과 인품의 불균형에 민감했다는 사실을 입증한다. 그는 《맹자》를 인용하면서 "귀천이 다를망정 덕이 있으면 스승이 될 수 있고 나이가 같지 않더라도 인仁을 도울 경우에는 벗이 될 수 있다는 말인데, 더구나 서얼은 본디 모두 양반의 자제들입니다."[10]라며 덕이 있는 서얼의 중용을 촉구했다.

그러나, 좀 더 엄밀하게 살필 때 박지원이 소통을 주장하는 근본적인 이유는 모든 인간이 평등하다는 기본 전제에서 출발한 것이 아니다. 서얼 가운데도 여느 양반층 못지않은 덕과 인품을 쌓은 사람이 있다는 게 그 첫째 근거이고, 서얼들 역시 양반의 자제임이 분명하다는 게 그 둘째 근거이다. 요컨대, 학문이나 덕행 등에서는 반격班格을 갖추었으며, 그 혈통 역시 양반층인 경우라면 배척할 이유가 없다는 것이다. 그는 또 유자광柳子光 같은 얼자孽子가 국기를 뒤흔든 사건이 있었다는 이유로 서얼을 배척하려는 움직임이 가속화된 점을 적시하면서, 거꾸로 "만약에 불행하게도 양반자손 중에서 난

---

10 박지원, 〈서얼의 소통을 청하는 의소擬疏〉, 《연암집(중)》, 신호열 · 김명호 옮김, 돌베개, 2007, 134쪽.

신적자가 뒤이어 나왔을 경우 또 장차 무슨 법으로 처리하시겠습니까?"[11]라고 반문한다. 이는 양반이더라도 난신적자라면 폐서인廢庶人하는 이치 그대로, 서얼庶孼이더라도 자격을 갖추었다면 중용해야 한다는 논리다.

서얼은커녕 양반층 내에서도 벌열閥閱 계층에 국한하여 폐쇄적 권리를 독점하려 했던 입장에서라면, 박지원의 그러한 주장만 해도 대단한 충격이었을 것이다. 그러나 박지원의 이러한 생각도 실제 상소로 이어져서 공론화된 것이 아닌 '의소擬疏'였다는 점에서, 드러내놓고 주장하지는 못한 셈이 된다. 다만 잠정적으로 상소할 만한 내용이며, 또 상소를 한다 해도 반쪽 양반이랄 수 있는 서얼층, 그것도 반격을 확실히 갖춘 경우에만 제한했다는 점을 특기해야 한다. 그러나 정통 의론을 넘어 자유로운 글쓰기로 들어가면 그보다 훨씬 더 심각한 내용들이 나올 수 있는데, 《방경각외전放璚閣外傳》에 실린 전傳 작품이 대표적인 예이다. '외전外傳'의 표제를 단 만큼 자유로운 희필戲筆이 가능했고 뜻하는 바를 비교적 또렷하게 표출할 수 있었을 것이다.

《방경각외전》을 지은 뜻은 작가가 맨 앞에 달아놓은 〈자서自序〉에 잘 드러나는데, 그 가운데 신분과 인품의 괴리를 드러낸 대목을 보이면 다음과 같으며, 편의상 ⓐ는 신분은 낮지만 상대적으로 인품이 높은 경우로, ⓑ는 그 반대의 경우로 갈라 본다.

ⓐ 세 광인이 서로 벗하며
세상 피해 떠돌면서
ⓑ 참소하고 아첨하는 무리를 논하는데

11 같은 책, 128쪽.

그들의 얼굴이 비치어 보이는 듯하네.[12] —〈마장전馬駔傳〉

ⓐ 선비가 먹고사는 데에 연연하면
온갖 행실 이지러지네
ⓑ 엄행수는 똥으로 먹고살았으니
하는 일은 더럽망정 입은 깨끗하다네.[13] —〈예덕선생전穢德先生傳〉

ⓐ 민옹은 사람을 황충蝗蟲같이 여겼고
ⓑ 게으른 이들을 깨우칠 만하네.[14] —〈민옹전閔翁傳〉

ⓑ 영달해도 선비 본색 안 떠나고
곤궁해도 선비 본색 잃지 않네
ⓐ 이름 절개 닦지 않고
가문 지체 기화 삼아
조상의 덕만을 판다면
장사치와 뭐가 다르랴[15] —〈양반전兩班傳〉

ⓑ 세상이야 맑건 흐리건 청정淸淨을 잃지 않았으며
남을 해치지도 않고 탐내지도 않았네.[16] —〈김신선전金神仙傳〉

---

12 같은 책, 144쪽. ⓐ三狂相友 遯世流離 ⓑ論厥讒諂 若見鬚眉
13 같은 책, 144쪽. ⓐ士累口腹 百行餒缺 ⓑ嚴自食糞 迹穢口潔
14 같은 책, 144~145쪽. ⓐ閔翁蝗人 ⓑ可警惰慵
15 같은 책, 144쪽. ⓑ達不離士 窮不失士 ⓐ不飭名節 徒貨門地 酤鬻世德 商賈何異
16 같은 책, 146쪽. ⓑ淸濁無失 不忮不求

ⓐ 이름나기 좋아하지 않았음에도
형벌을 면치 못하였거든
ⓑ 더구나 이름을 도적질하여
가짜로써 명성을 다툰 경우리요.[17] ―〈광문자전廣文者傳〉

ⓐ 서울에서 사라진 예禮를 ⓑ 시골에서 구한다더니[18]
―〈우상전虞裳傳〉

ⓑ 시를 읊으면서 무덤을 도굴하는
위선자요 사이비 군자라네.[19] ―〈역학대도전易學大盜傳〉

ⓐ 집에서 효도하고 밖에서 공손하면
배우지 않아도 배웠다 하리니.[20] ―〈봉산학자전鳳山學者傳〉

서문에 드러난 대로만 보자면 어떤 것은 ⓐ만 있고 어떤 것은 ⓑ만 있기도 하지만, 대체로 둘이 함께 드러난다. 〈마장전〉은 광인 셋이 세상을 피해 돌아다니는데, 사실은 정상입네 하며 참소하고 아첨하는 무리들이 그보다 더하다는 뜻이다. 〈예덕선생전〉은 선비가 먹고사는 데 급급하다 모든 것이 이지러지는 데 반해 예덕 선생은 똥을 푸면서도 반듯했다고 했다. 〈민옹전〉의 민옹은 남들이 보기에 하찮은 일 같지만 부지런히 하는 인물로, 사람들이 농작물을 해치는

17 같은 책, 146쪽. ⓐ非好名者 猶不免刑 ⓑ矧復盜竊 要假以爭
18 같은 책, 146쪽. ⓐ禮失 ⓑ求野
19 같은 책, 147쪽. ⓑ詩發含珠 愿賊亂紫
20 같은 책, 147쪽. ⓐ入孝出悌 未學謂學

황충보다 더하다고 하면서 게으름을 질타한다. 〈양반전〉은 양반의 본분을 다하는 사람과, 그렇지 못하고 잇속이나 챙기는 사람을 비교하고 있다. 〈김신선전〉은 신선처럼 살아가는 어느 선비에 대해 말하면서 청정함을 강조하며 남을 해치고 탐욕스러운 사람들을 비판한다. 〈광문자전〉은 의도하지 않고도 명성이 높아져 낭패를 본 인물을 통해, 스스로 명예를 구하러 나선 사람의 위험성을 경고한다. 〈우상전〉은 서울에서는 예가 사라지고 시골에서 도리어 예가 남아 있다고 하여, 중인층인 역관에게 양반층보다 더한 학예가 있음을 드러낸다. 〈역학대도전〉은 학문으로 명예를 훔치는 자를 경계하고, 〈봉산학자전〉은 배움이 없어도 행실이 좋은 사람을 칭찬한다.

이 가운데 입전立傳 대상 인물이 명백한 양반으로 보이는 경우는 〈민옹전〉, 〈김신선전〉, 〈양반전〉, 〈역학대도전〉이고, 나머지 작품들은 중인 이하의 계층이다. 그러나 〈민옹전〉과 〈김신선전〉 역시 세속에 뜻을 두지 않은 이인異人이어서 여느 양반층과는 다르다. 〈민옹전〉의 민옹은 난리를 평정한 공으로 벼슬을 한 후 물러나서는 다시는 벼슬길에 나가지 않고 숨어 지내는 인물이며, 〈김신선전〉의 김홍기도 본래 숨어 살려 했던 사람이 아니라 원문에 있는 그대로 "그는 아마도 뜻을 얻지 못해 울적하게 살다간 사람"[21]이다. 결국 작품의 태반이 양반이어도 벼슬에 나가지 않고 숨어 지내며 기이한 행적을 남긴 사람이나, 중인 이하의 계층 사람들 가운데 행적이 반듯한 사람들이다.

이렇게 보면, 〈양반전〉과 〈역학대도전〉만이 실질적인 양반층을 입전 대상으로 삼은 특이한 사례이겠는데, 〈역학대도전〉은 작품이 남아 있지 않아서 전모를 알 수 없다. 다만, 〈역학대도전〉과 함께 없어

21 같은 책, 198쪽. 其鬱鬱不得志者也.

진 〈봉산학자전〉의 내용을 대략 유추해 보면 〈양반전〉의 구성을 이해할 단초가 마련된다. 먼저 〈역학대도전〉은 그 제명題名에서부터 내용이 분명해서 역학易學을 공부하는 사람이 사실은 대도大盜라는 말이다. 박지원의 아들 박종채가 외숙부 이재성의 진술을 기록해 놓은 대로 이 작품은 "당시에 선비로서의 명성을 빌려 권세와 이권을 몰래 사들여 기세등등한 자가 있어서 너희 부친이 이 글을 지어 기롱한 것"[22]이다. 그 기롱 대상이 누구인지 분명하지는 않지만 그 사람이 나중에 패가망신하자 원고를 불태웠다고 하니, 이 작품 속의 학자는 공부를 많이 하기는 했으나 그것을 이용해 제 잇속을 챙기려 했던 인물임이 분명하다. 역학易學을 공부한다는 것은 세상 변화의 이치를 궁구한다는 말이다. 그런데 그런 이치를 깨쳤다고 사람들을 현혹하여 세상을 어지럽히는 사람이라면 틀림없이 장자莊子가 말하는 '대도大盜'이며,[23] 소순蘇洵의 〈변간론辨姦論〉에서 촉발되었다 할 만큼 해악이 큰 간신姦臣이다.

이에 비해 〈봉산학자전〉은 〈역학대도전〉처럼 시속時俗에 저촉될 위험이 적었던 것 같은데 〈역학대도전〉을 소각하는 과정에서 덩달아 유실되고 말았다. 서문에서 공명선公明宣의 고사를 가져온 것을 보면, 이 주인공 또한 책으로 배우는 게 아니라 궁행躬行의 미덕을 체득한 인물인 듯하다. 책으로의 배움은 부족하더라도 행실로 배우고 행실로 실천하여 참된 학學의 이치를 깨친 것이다. 이덕무의《청장관전서靑莊館全書》에 나오는 봉산의 무식한 농민 이야기가 이 작품

22 같은 책, 217쪽. 當時有托儒名而潛售權利勢焰熏灼者 府君作是文以譏之.

23 〈역학대도전〉의 '대도'를《장자》의 〈거협去篋〉에 나오는 대도와 연결 지은 예는 이가원,《연암소설연구》, 을유문화사, 1965, 424쪽.

과 연계될 것이라는 주장은 설득력이 있어 보인다. 이 인물은 한글이나 깨친 정도였지만 《소학언해小學諺解》를 읽고 매사에 실천에 힘썼다고 한다.[24] 이렇게 보면, 어려운 역학易學을 공부해서 난신亂臣이 되고 만 양반과, 《소학언해》나 읽을 줄 알지만 참된 삶을 살고자 애쓴 상민常民은 서로의 대척점에 선 꼴이며, 이를 〈양반전〉의 서문과 연계하면 "곤궁해도 선비 본색 잃지 않네"의 주인공은 〈봉산학자전〉에 있고, "장사치와 뭐가 다르랴"의 주인공은 〈역학대도전〉에 있다.

그렇다면, 박지원이 《방경각외전》을 쓰면서 이상적으로 생각하는 양반은 "영달해도 선비 본분 안 떠나네"의 주인공일 것이다. 그런 선비라야만 역으로 "곤궁해도 선비 본색 잃지 않네"의 참된 본보기가 될 것이기 때문이다. 그러나 《방경각외전》의 어떤 작품에서도 그런 본을 제대로 보이는 선비는 등장하지 않는다. 《예덕선생전》에 나오는 선귤자蟬橘子 정도가 그에 근접한다 하겠지만, 그 역시 학행이 출중한 선비의 모습일 뿐 영달해서의 행실에 대해서는 드러나지 않을 뿐만 아니라 작품에서는 흡사 문답체 산문의 주인 같은 역할이 도드라져서 서사의 중심에 서지 못한다. 이로 보면 박지원은 《방경각외전》에서 양반의 좋은 본보기를 제시하고자 했던 것이 아니라 그릇된 양반의 행실을 비판하려 했던 것이 분명하다.

그러나 어떤 대상이든 문제를 지적하고 풍자하는 것만으로 올바른 이상에 도달하기는 어렵다. 그것이 그른 것을 아는 것과, 바른 쪽으로 옮겨가는 것은 또 다른 문제이기 때문이다. 양반이어도 학행이 따르지 않는 사람도 있는 반면, 양반이 아니어도 학행이 따르는 사람이 있다는 사실은 누구나 알고 있고 또 할 수도 있는 소박한 비판

---

24 이런 주장은 박지원, 같은 책, 148쪽의 역자(신호열 · 김명호) 각주 19에 나온다.

에 지나지 않는다. 이 점에서 적어도 양자의 엇물림을 설명할 필요가 있는데 《방경각외전》 〈자서自序〉에서는 시작부터 그에 대한 실마리를 제시하고 있다.

> 오륜 끝에 벗이 놓인 것은
> 보다 덜 중시해서가 아니라
> 마치 오행 중의 흙이
> 네 철에 다 왕성한 것과 같다네.
> 친親과 의義와 별別과 서序에
> 신信 아니면 어찌하리.
> 상도常道가 정상적이지 못하면
> 벗이 이를 시정하나니
> 그러기에 맨 뒤에 있어
> 이들을 후방에서 통제하네.[25]

이 다음으로 각 작품별 내용이 펼쳐지는 것으로 보아, 이 대목이 〈자서〉 가운데 총론에 해당하는 부분이다. 강조하는 내용은 오륜 가운데 '신信'이며 그것이 나머지 것들을 중심 잡아 준다고 했다. 그리고 그 구체적인 시정是正은 '우友'에 의해 이루어진다고 보았다. 아닌 게 아니라 박지원의 우정론友情論은 남다른 데가 있다.

> 옛날에 붕우朋友를 말하는 사람들은 붕우를 '제2의 나'라고 일컫기

25 박지원, 같은 책, 143~144쪽. 友居倫季 匪厥疎卑 如土於行 寄王四時 親義別敍 非信奚爲 常若不常 友迺正之所以居後 迺殿統斯

도 했고, '주선인周旋人'이라 일컫기도 했다. 이 때문에 한자를 만드는 자가 날개 우羽 자를 빌려 벗 붕朋 자를 만들었고, 손 수手 자와 또 우又 자를 합쳐서 벗 우友 자를 만들었으니, 붕우란 마치 새에게 두 날개가 있고 사람에게 두 손이 있는 것과 같음을 말한 것이다.[26]

여기에서 말하는 벗의 의미란 매우 분명하다. 양 날개 중 한쪽이 없으면 날 수 없고, 두 손이 아니면 맞잡을 수 없는 것처럼 한쪽만으로는 부족한 존재이다. 곧, 나의 빈 곳을 채워 주는 것이며, 내가 미처 못 하는 일을 해 주는 사람이 바로 벗인 것이다. 이는 벗이 곧 '짝패double'로 작동할 수 있음을 의미한다. 얼핏 생각하면 똑같은 사람들이 모여서 친구가 될 것 같지만 그것은 수직적인 우열에 의한 수준의 문제일 뿐으로, 실제로는 서로를 보완해 줄 사람들을 찾게 되어 있으며, 박지원은 그 점을 잘 집어냈다.

그러나 문제는 벗을 사귈 수 있는 현실 공간이었다. 글을 읽는 '사士' 가운데도 서얼庶孼과는 통교通交가 어려운 가운데, 신분과 계층을 넘나드는 교제를 꿈꾸기란 어려운 일이었다. 박지원이 실제로 많은 서얼들과 어울릴 수 있었던 것도 어쩌면 그 자신이 중앙권력에 진출한 핵심 지배계층이 아니라는 점과, 자신의 문명文名에 걸맞은 문사들과의 교유라는 이점 때문이었을 것이다. 그래서 '외전外傳'이라는 상상 공간을 활용하여 더욱 과감한 교유 과정을 그려냈다. 〈예덕선생전〉에서 선귤자蟬橘子와 엄 행수의 교유는 그 대표적인 예이다. 잘 알려진 대로 선귤자가 이덕무를 모델로 한 가상의 인물이라면, 선귤

---

26 〈회성원집발繪聲園集跋〉, 박지원, 《연암집(중)》, 신호열 · 김명호 옮김, 돌베개, 2007, 109쪽. 古之言朋友者 或稱第二吾 或稱周旋人 是故造字者 羽借爲朋 手又爲友 言若鳥之兩羽而人之有兩手也.

자야말로 시대를 뛰어넘는 선비의 표상이다. 그런 큰선비가 선비와 교유하는 것이 아니라 분뇨를 치우는 인부와 교유함으로써 주변의 벗이 아니라 스승으로 대한다는 태도는 큰 충격을 불러온다.

박지원이 이덕무와 교유했던 것은, 어떤 면에서 선귤자가 엄 행수와 교유했던 것과 유사한 면이 있다. 물론, 선귤자와 엄 행수와의 신분 차이가 박지원과 이덕무와의 차이보다 훨씬 더 클 수 있겠지만 통교通交의 벽이라는 측면에서는 그리 만만한 일이 아니었다. 만일 이덕무가 독실한 학자가 아니었다거나 박지원의 문명文名이 그리 높지 않았더라면 그 둘이 교유할 일이 없었을 것이다. 더구나 박지원이 청나라에 갔을 때 사람들이 박제가와 이덕무의 안부를 물어오자 그는 스스럼없이 대답한다.

> 호형항과 임고 두 사람이 반갑게 나와서 맞이하는데 집 안에는 이미 술과 과일을 마련해 두었다.
>
> "이형암李烔菴과 박초정朴楚亭은 모두 편안하고 안녕하신지요?"
>
> 하고 묻기에, 나는 모두 편안하다고 답하였다.
>
> 임생이 박제가와 이덕무를 평하여 맑고 탁 트인 높은 선비라고 칭찬하기에 나는,
>
> "그들은 모두 나의 문하생인데, 글줄이나 짓는 보잘것없는 재주를 뭐 그리 이야기할 것이 있겠습니까?"[27]

---

27 박지원, 〈관내정사〉, 《열하일기(상)》, 김혈조 옮김, 돌베개, 381쪽. 胡林兩人 欣然出迎 堂中已設酒果. 問李烔菴朴楚亭安好. 余答皆安. 林生稱朴李淸曠高妙之士. 余曰 是皆吾之門生 雕虫小技 安足道哉.

외국인과의 대화에서 부지불식간에 나온 말이라고는 해도 정제되지 않은 표현이다. 그 하나는 이덕무와 박제가를 '문하생(門生)'이라고 하는 것이고, 또 하나는 '보잘것없는 재주雕蟲小技'로 폄하하는 것이다. 그러나 실제로 이덕무와 박제가가 박지원의 문하에 들어가서 정식으로 수학한 일이 없으며, 시문詩文에서 박제가와 이덕무가 '조충'의 평을 들을 만큼 떨어지는 사람도 아니었다. 도리어 그 둘 모두 후사가後四家로 꼽히는 시의 명수였다. 박지원이 그런 내용을 몰랐을 리도 없는데 이렇게 스스럼없는 평을 늘어놓는 것은 아무래도 신분 문제와 연관이 없지 않을 것 같다.[28] 그도 그럴 것이 이덕무와 박지원은 고작 네 살 차이여서 도저히 문도門徒가 되기 어려웠다. 더욱이 박지원이 글을 처음 배운 나이가 열여섯이고 보면 실제로 글을 배우고 쓴 나이로 따지자면 이덕무가 더 먼저였을 것이다. 여러 사정을 감안할 때 이들 간의 관계를 드러내는 가장 적절한 어휘는 아마도 '종유從遊' 정도일 것이지만, 대등한 신분이 아니라는 점에서 심정적으로 더 큰 차이가 벌어졌으리라 판단된다. 신분이나 계층을 넘어서는 수평적인 교유란 그렇게 어려우며, 또 그렇기 때문에 가상의 공간에서 그 벽을 뛰어넘는 교유가 강조된다. 특히 세상에서 명성(名)과 세력(勢), 이익(利)을 교유의 중요한 기준으로 삼는 데 대해 박지원은 심하게 회의했으며, 만약 그런 교유를 하려 들면 자신은 평생 벗을 사귈 수 없을 것이라 개탄하기까지 한다.[29] 그런 속내를 가장 절실하게 털어놓은 대목이 〈마장전馬駔傳〉에 그대로 드러난다.

---

28 이가원, 앞의 책, 167쪽에서 "선귤자의 나이는 연암에게 비하여 네 살 차이밖에 되지 않은 만큼 이는 실로 연암이 선귤자의 출신계급에 대한 傲視하는 경향이 없지 않았던 것이다."는 지적이 있었다.

29 〈답홍덕보서(答洪德保書) 第二〉 참조.

송욱이 말하기를, "너만 하면 벗에 대한 도를 이야기할 수 있겠다. (중략) 그러므로 사람을 사귀는 데도 기법이 있다. 첫째, 상대방을 칭찬하려거든 겉으로는 책망하는 것이 좋고, 둘째, 상대방에게 사랑함을 보여 주려거든 짐짓 성난 표정을 드러내 보여야 한다. 셋째, 상대방과 친해지려거든 뚫어질 듯 쳐다보다가 부끄러운 듯 돌아서야 하고, 넷째, 상대방으로 하여금 나를 꼭 믿게끔 하려거든 의심하게 만들어 놓고 기다려야 한다. 또한 열사는 슬픔이 많고 미인은 눈물이 많다. 때문에 영웅이 잘 우는 것은 남을 감동시키자는 것이다. 이 다섯 가지 기법은 군자가 은밀하게 사용하는 방법이기는 하지만 처세에 있어 어디에나 통용될 수 있는 방법이다."[30]

탑타가 발끈하여 정색하면 말하기를,

"내 차라리 세상에 벗이 하나도 없을지언정 군자들과는 사귀지 못하겠다." 하고서 이에 서로 의관을 찢어 버리고 때 묻는 얼굴과 덥수룩한 머리에 새끼줄을 허리에 동여매고 저자에서 노래를 부르며 돌아다녔다.[31]

세칭 군자라는 선비들의 교유법이 진정眞情에 근거하지 않고, 상대에게서 무언가를 얻기 위하여 미리 꾸며서 결국 제 이익을 취하는 처세에 지나지 않는다는 것이다. 그런데 누군가에게서 무언가를 얻

---

30 박지원, 같은 책, 152~153쪽. 宋旭曰, 爾可與言友矣. (中略) 故處交有術. 將欲譽之 莫如顯責. 將欲示歡 怒而明之. 將欲親之 注意若植 回身若羞. 使人欲吾信也 設疑而待之. 夫烈士多悲 美人多淚. 故英雄善泣者 所以動人. 夫此五術者 君子之微權 而處世之達道也.

31 박지원, 같은 책, 154쪽. 闒拖愀然變乎色曰 吾寧無友於世 不能爲君子之交. 於是相與毁冠裂衣垢面蓬髮 帶索而歌於市.

으려 애쓴다는 것은 분명 내게 없는 것이므로 그런 교유에는 자기에게 없는 것을 남에게서 일방적으로 취하려는 데서 문제가 발생한다. 곧 공동선共同善의 추구라는 이상에서 멀어지는 것이다. 《방경각외전》에 등장하는 인물들을 앞서 언급한 '존귀함/고결함'의 짝으로 대응해 보면 대개의 인물이 어느 한쪽만 갖춘 불구적 상태이다. 입전立傳 대상 중 그 둘을 모두 갖춘 인물은 단 한 사례도 없이, 대개 '사회적 지위의 비천함(혹은 벼슬 등에 나서지 않고 은둔)/정신적 고결함'을 지녔다. 서로 다른 지위의 두 인물이 등장하는 〈예덕선생전〉조차도 선귤자와 엄 행수 모두 정신적 고결함에 초점을 둔 경우인 것이다.

이 점에서 〈양반전〉은, 특히 짝패 인물 연구에서, 눈여겨볼 작품이다. 양반과 상민이 함께 등장할 뿐만 아니라, 양반 또한 현직 군수인 벼슬아치와 집안에서 글만 읽는 만년 선비가 등장하기 때문이다. 한편으로는 존귀함/비천함이 짝을 이루며, 또 한편으로는 고결함/저속함이 짝을 이룬다. 단 둘로 이루어진 짝패인 단패單牌가 아닌, 좀 더 복잡한 형태의 짝패가 가능하기 때문이다. 인물 구도에서 이중 짝패를 넘어 삼중 짝패가 가능한 배치라 하겠다.

정선 양반 대對 천부賤富

앞서 언급했듯이 신분제가 고착되어 흔들림이 없을 때라면 존귀함과 고결함의 엇갈림은 문제되지 않는다. 대체로 존귀한 신분을 지닌 사람에게 고결함을 얻을 기회가 많이 주어지기 때문이다. 그러나 신분제에 동요가 일기 시작하면 사태는 달라진다. 박지원이 살았던 당대의 정황을 살펴보면 경화사족京華士族의 등장이 중요한 변화라 할 수 있다. 영조대에 실시된 탕평책蕩平策의 결과 서울 주변 산림山林의 문인과 제자들이 관료로 진출한 데 이어 정조대에 사림의 소위 '청론淸論' 세력을 정치적 기반으로 삼으면서 이런 움직임은 가속화되었다.[32] 그러나 경화사족이 모두 다 권력의 핵심으로 옮겨 갈 수는 없었고 일부가 권력 깊숙이 들어가 거족巨族으로 발돋움하는 가운데, 일부는 몰락하여 잔반殘班, 파락호破落戶, 유식자遊食者 등을 양산하기에 이른다.

〈양반전〉은 이런 변화 가운데 흔들리는 신분 제도 문제를 정면으로 다루고 있다. 작품의 전면에 등장하는 두 인물은 양반과 천부賤富이다. 둘의 대립은 결국 '가난한 양반'과 '부자 상민'이 맞서는 형국인데, 신분제의 동요가 없이는 일어나기 어려운 대결 양상이다. 이제는 더 이상 양반이 부를 독점하지 못하고, 상민 가운데도 부를 획득할 수단을 마련했다는 뜻이기 때문이다. 그러나 부를 얻는다 해도 그것이 곧바로 양반들이 독점하던 고결함, 곧 사士의 지위를 얻는 것이 아니기에 문제가 복잡해진다. 박지원이 파악하는 양반의 핵심은 사士와 대부大夫의 합체였고 그 가운데 더욱 근원적인 것은 사士였으므로, 선비의 기본 도리를 다하지 않는 한 부자라고 해서 양반이 될 수 없었다. 이는 앞서 보인《방경각외전》의 많은 상민들이 선비의 기본 도리를 다함으로써 여느 양반보다 우월할 수 있다고 했던 상황과 반대되는 것이다. 〈양반전〉의 서두 부분을 보자.

---

32 이에 대해서는 유봉학,《정조대왕의 꿈》, 신구문화사, 2001, 117~120쪽 참조. 여기에서의 "'청론'은 사림정치의 원칙론에 입각하여 특권 세력의 개입을 반대하고 학문정치와 공론정치의 실천을 주장하는 정치 세력을 지칭하는 말이다."(86쪽)

① 양반이란 사족士族을 높여 부르는 말이다. ② 정선 고을에 한 양반이 있었는데 어질고 글 읽기를 좋아하였으므로, 군수가 새로 도임하게 되면 반드시 몸소 그의 오두막집에 가서 인사를 차렸다. ③ 그러나 집이 가난하여 해마다 관청의 환곡을 빌려 먹다 보니, 해마다 쌓여서 그 빚이 1천 섬에 이르렀다. 관찰사가 고을을 순행하면서 환곡 출납을 조사해 보고 크게 노하여, "어떤 놈의 양반이 군량미를 축냈단 말인가?"하고서 그 양반을 가두라고 명했다.[33]

짧은 대목이지만 주인공 정선 양반의 상황을 단적으로 드러낸다. ①에서 양반이란 "사족의 다른 이름이다"라고 하지 않고 "사족을 높여 부르는 말(士族之尊稱)"이라고 했다. 양반이라 함은 문 · 무과文武科 공히 책을 읽는 선비인 법인데 사족을 높여 '양반'으로 부른다는 데는 어폐가 있다. 박지원의 소론所論에 의하면 선비란 "그 지위가 아래로는 농農 · 공工과 다를 바 없지만, 덕으로 말하면 왕공이 평소 섬기는 존재"[34]이다. 지위의 존귀함으로는 여느 백성과 다르지 않지만 인품 등의 고결함으로는 왕공도 섬겨야 할 만큼 드높다는 말이다. 그래서 같은 글에서 "대부를 '사대부士大夫'라 하는 것은 높여서 부르는 이름이요, 군자를 '사군자士君子'라 하는 것은 어질게 여겨서 부르는 이름"[35]이라고 했다. 이는 〈양반전〉의 서두에서 사족을 높여 부르는 칭호가 양반이라고 한 것과 배치된다. 벼슬아치를 가리키는 말인

33 박지원,《연암집(하)》, 신호열 · 김명호 옮김, 돌베개, 2007, 186쪽. ①兩班者 士族之尊稱也. ②旌善之郡 有一兩班 賢而好讀書 每郡守新至 必親造其廬而禮之. ③然家貧 歲食郡糶 積歲至千石. 觀察使巡行郡邑 閱糶糴 大怒曰 何物兩班 乃乏軍興 命囚其兩班.

34 〈원사原士〉, 박지원, 위의 책, 366쪽. 夫士下列農工 上友王公. 以位則無等也. 以德則雅事也.

35 같은 책, 367쪽. 大夫曰士大夫 尊之也. 君子曰士君子 賢之也.

'대부大夫'를 높여 부르기 위해 '사士-'가 접두어로 동원된 것이라는 원론과, 현실에서 '선비' 대신 '양반兩班'이라 하는 것이 존칭이 되는 현실이 서로 어긋나는 것이다.

이런 어긋남은 그 뒤로도 계속된다. ②에서 정선 고을에 한 양반이 있었는데 어질고 글 읽기를 좋아하여 군수가 부임할 때마다 인사를 올 정도라고 했다. 이는 일견, 군수가 직접 찾아뵙고 인사를 올리지 않으면 안 될 만큼의 덕망을 쌓은 인물로 보이는 대목이다. 그러나 ③에 있는 대로 매년 가져다 쓴 환곡이 천 섬이라는 데에 이르면 상황이 역전된다. 환곡은 통상 춘궁기에 관가의 곡식을 가져다 쓰고 일정한 이자를 붙여 가을 수확 후 되갚는 방식으로 운영된다. 이만큼 누적된다면 결과적으로 다른 사람에게 돌아가야 할 혜택을 빼앗은 셈이 된다. 기록에 의하면 정선 고을의 환곡 규모가 500석에도 못 미쳤다고 하니,[36] 다소간의 과장이 있다 하더라도 1천 석을 가져다 쓴다는 자체만으로도 어질고 글 읽기를 좋아하였다는 앞의 진술과 모순된다. 그렇게 많은 환곡을 지속적으로 얻어 올 수 있었던 것은 그가 군수가 인사 올 정도의 유지有志였기에 가능한 일이었으며, 글 읽기를 좋아한 선비였다면 그만한 양의 곡식을 축낼 까닭이 없기 때문이다.

결국, ④에 이르면 ②에 서술된 고상한 양반은 종적을 감추고 "어떤 놈의 양반"이 된다. 이 대목의 원문은 "何物兩班"으로 집 안에서 군수의 부임 인사를 받던 양반이 졸지에 '물건(物)'으로 전락한다. 군수가 보기에는 인사를 차려야 할 만큼 비중 있는 지역 명사名士이지만, 관찰사가 보기에는 관곡官穀을 축내는 "어떤 놈何物"에 지나지 않

36 《旌善郡邑誌》에 따르면 社還米의 규모는 469석 5말 4되였다.(이가원, 앞의 책, 328쪽 참조)

는다. 여기에서 다시 ①의 의미를 되짚어 보게 된다. 주인공을 일반적인 양반으로 정한 것이 아니라 '정선' 지역으로 특정한 것은 정선이 그만큼 벽지이기 때문일 것이다. 상대적으로 볼 때 공부를 하여 중앙 무대로 진입하여 입신立身할 가능성이 낮은 지역이어서, 주인공을 그저 향촌 사회에서나 행세를 할 만한 촌학구村學究 풍으로 그려 냈다 하겠다. 마침내 아내에 의해서조차 "한푼짜리도 못 되는 그놈의 양반"[37]이라는 극언이 터져 나오는 지경에 이른다. 문반과 무반을 합친 '양반'을 엽전 '한 냥兩 반'으로 희화화하는 데서 정선 양반의 현실적 지위는 나락으로 떨어지고 만다.

이렇게 볼 때, 정선 고을의 양반은 그 지위로 보나 사람됨으로 보나 매우 혼란스러운 존재이다. '양반'을 명기한 것으로 보아 신분상 양반임이 분명하지만 대부로 나갈 가능성이 아주 낮은 만년 서생이어서, 한편으로는 높지만 다른 한편으로는 낮은 지위다. 또, 어질고 글 읽기를 좋아했다고 했으니 유덕한 선비이기도 하지만, 관가의 환곡을 갚지도 못하면서 계속 꾸어다 쓸 뿐 아니라 그 양이 일반적인 구휼의 범위를 넘어서는 점에서 파렴치한 인간이기도 하다. 《방경각외전》의 서문에서 〈양반전〉에 붙여 두었던 "곤궁해도 선비 본색 잃지 않네"의 규율에 비추어 본다면, 한편으로는 어려운 가운데 책을 열심히 읽는 인물이면서 호구糊口를 빌미로 선비가 갖추어야 할 최소한의 염치마저 갖지 못했기 때문이다.

이처럼 한 인물에게서 상반되는 두 가지 특성이 드러날 때 캐릭터의 측면에서 역동적인 흐름을 보이기 쉽다. 인물의 움직임이 어느 한 방향으로 고착되지 않고 양방향의 작용으로 예측 불허의 방향성

---

37 박지원, 《연암집(하)》, 신호열 · 김명호 옮김, 돌베개, 2007, 186~187쪽. 兩班不直一錢.

을 띠기 때문인데, 이 점에서 천부賤富 또한 양반 못지않은 양면성을 보인다.

그때 마을에 사는 부자가 식구들과 상의하기를,

① "양반은 아무리 가난해도 늘 높고 귀하며, 우리는 아무리 잘 살아도 늘 낮고 천하여 감히 말도 타지 못한다. 또한 양반을 보면 움츠러들어 숨도 제대로 못 쉬고 뜰아래 엎드려 절해야 하며, 코를 땅에 박고 무릎으로 기어가야 하니 우리는 이와 같이 욕을 보는 신세다. 지금 저 양반이 환곡을 갚을 길이 없어 이만저만 군욕窘辱을 보고 있지 않으니 진실로 양반의 신분을 보존 못할 형편이다. 그러니 우리가 그 양반을 사서 가져보자." (중략)

군수가 탄복하며,

② "군자로다, 부자여! 양반이로다, 부자여! 부자로서 인색하지 않은 것은 의義요, 남의 어려운 일을 봐준 것은 인仁이요, 비천한 것을 싫어하고 존귀한 것을 바라는 것은 지智라 할 것이니 이 사람이야말로 참으로 양반이로고. (하략)"[38]

표면상의 대립은 ①의 신분과 ②의 품성에 있다. 작중의 부자는 ①에서는 아무리 잘 살아도 낮은 데 있으면서 숨 한 번 제대로 못 쉬는 딱한 처지의 하층민이지만, ②에서는 인仁, 의義, 지智를 두루 갖춘 고결한 인격을 갖춘 군자이다. 존귀함과 고결함이 전도된 딱한

---

38 박지원, 위의 책, 187~188쪽. 其里之富人 私相議曰 ①兩班雖貧 常尊榮. 我雖富 常卑賤. 不敢騎馬. 見兩班則跼蹜屛營 匍匐拜庭 曳鼻膝行. 我常如此 其僇辱也. 今兩班貧不能償糴 方大窘. 其勢誠不能保其兩班 我且買而有之. (中略) 郡守歎曰 ②君子哉富人也. 兩班哉富人也. 富而不吝義也. 急人之難 仁也. 惡卑而慕尊 智也. 此眞兩班. (下略)

사례이겠는데, ②의 진술에서 어딘가 이상한 대목을 발견하게 된다. 유교에서 사단四端을 이야기할 때는 언제나 인의예지仁義禮智가 한 짝으로 거론되는데, 여기에서는 특이하게도 예禮가 빠져 있는 것이다. 말할 것도 없이 이 인물에게 예禮의 단서가 되는 사양지심辭讓之心이 없기 때문이겠으며, 이 부자의 행위가 예의 중심인 수직적 분별을 혼란스럽게 하기 때문이겠다. 결정적으로 박지원이 《방경각외전》〈자서自序〉에서 그리도 강조했던 신信이 실종하고 만다. 실제 서사를 따라가 보면 누락 정도가 아니라 아예 신의를 내팽개치는 황당한 거래를 하고 있는 것이다.

더욱이 ②에 거론된 찬사를 가만 뜯어 보면, 실제 내용이라기보다는 거짓으로 과장하여 심지어는 비아냥거리는 뉘앙스까지 감지하게 된다. 인색하지 않아 의義라고 했지만, 인색함이 운위될 때는 대체로 남에게 무언가를 베풀 때 행해지는 상황이다. 이 경우 비록 매매가 금지된 양반의 신분을 사려는 것이라고는 해도, 자기가 쓰기 위한 권리를 사려는 행위이므로 남에게 베푸는 행위와는 크게 다르다. 그렇게 함으로써 혹시 상대도 나도 좋다는 공동선共同善이라면 모를까, 나의 손해를 감내하고서라도 상대를 위해 베푸는 데 인색하지 않았다고 말할 수는 없다. 같은 맥락에서 남의 어려움을 봐준 인仁 역시, 실제로는 그런 어려움을 기화로 제 잇속을 챙기는 일이 된다. 비천한 것을 싫어하고 존귀한 것을 바라는 지智 또한 그것이 인지상정이기는 하나, 이 경우에는 자신의 비천함을 벗기 위해 타인을 비천하게 만들어야 한다는 문제가 서려 있다.

적어도 표면적인 대립 구도에서 볼 때, 정선 양반과 천부 모두 인품이 매우 고결한 것으로 진술되어 있다. 다른 점이 있다면 지위가 천양지차天壤之差라는 점이다. 정선 양반이 높은 지위에 높은 인품을 지녔다면, 천부는 낮은 지위에 높은 인품을 지녔다. 따라서 이 둘이 짝패를 이루는 양상은 다음과 같이 정리될 수 있다.[39]

짝패 양상 1

자질＼인물	정선 양반	천부
지위	+	-
인품	+	+

그러나 표면상으로 드러나는 인품이 아닌, 이면에 숨은 욕망을 헤아리면 양자의 인품은 사실 그리 좋은 편이 못 된다. 모두 혼란한 틈을 이용하여, 남의 돈으로 처벌을 면하려 하거나 제 돈을 써서 낮은 지위를 끌어올리려 할 뿐이기 때문이다. 여기에는 최소한 염치나 상대에 대한 배려가 없다.[40] 현재의 어려운 처지를 모면하고픈 욕망과 그를 위한 검은 거래만이 있을 뿐이다. 이 점을 생각하면 둘의 짝패 양상은 달라진다.

짝패 양상 2

자질＼인물	정선 양반	천부
표면상의 인품	+	+
이면의 인품	-	-

39 이강엽, 《토의문학의 전통과 우리소설》(태학사, 1997)에서 〈양반전〉의 인물별로 '신분, 재력, 덕망, 권세' 자질이 어떻게 대립하는지 검토된 바 있으며(165~167쪽), 이강엽, 〈존귀함과 고결함, 〈양반전〉의 인물대립과 양반상兩班像〉, 《한국고전연구》 40, 한국고전연구학회, 2018)에서 존귀함/고결함의 관점에서 작품을 분석한 바 있다. 이 장의 논의는 이를 바탕으로 짝패라는 관점에서 정교화한 작업이다.

40 천부의 행동을 긍정적으로만 평가할 경우 천부가 "허식이나 위장을 버리고, 이해관계에 따라 행동하고자 하는 부자는 양반의 허위를 되풀이하지 않아야 한다고 깨달았다."(조동일, 《한국문학통사 3》, 지식산업사, 3판, 1994, 508쪽)는 식의 각성에 초점이 두어진다.

〈짝패 양상 1〉에서는 명백한 상이성相異性을 보이던 것이, 〈짝패 양상 2〉에서는 상동성相同性을 보인다. 같거나 다르기만 하다면 서로 같은 패가 되거나 아예 관계없는 남남이 되고 만다. 이렇게 한편으로는 다르고 한편으로는 같을 때 짝패로 기능할 수 있다. 그런데 〈짝패 양상 2〉에서와 같은 상동성을 보이는 것은 우연한 일이 아니다. 정선 양반은 어질게 글을 읽어도 생계 대책조차 마련할 수 없으며, 부자는 아무리 근면하게 부를 축적해도 마음대로 써볼 수도 없는 처지였다. 양자 공히 자신이 지닌 것에 걸맞게 외부에 드러낼 정당한 방법을 마련할 수 없었기에, 사술邪術인 것을 알면서도 부당한 거래를 시도하는 허점을 노출했다.

기존 연구사를 일별하면 주로 초기 연구를 중심으로 정선 양반을 두고는 부정적 인물형으로 보는 견해가 압도적이었다. "그는 몹시 연골軟骨이었고" "타성惰性에 의한 자립적 긍지의 기백氣魄을 잃은 데에서 온갖 비운悲運을 초래한 인물"[41]이라는 평가에서부터 "비실용적인 독서만 하고 생업에 종사하지 못하는 몰락 양반",[42] "궁벽한 시골에서 양반이란 허울을 빙자하여 무위도식하며 관곡官穀에 기식寄食하고 사는 비생산적이고 소극적인 양반형"[43] 등으로 평가되었다. 그렇지만 이가원의 지적에 있는 대로 그가 타고난 '연골軟骨'이라는 기질적인 문제를 가지고 있고, 고의적인 악행을 저지르지 않는 비교적 선량한 인물인 점만은 무시할 수 없다. 게다가 결과적으로 비실용적인 독서라고 폄하할 수는 있어도 열심히 독서하면서 선비의 본분을

---

41 이가원, 앞의 책, 296쪽.

42 박기석, 《박지원문학연구》, 삼지원, 1984, 129쪽.

43 황패강, 《조선왕조소설연구》, 단국대학교출판부, 1991, 305쪽.

다하려 했던 의도까지 무시할 수는 없는 것이다. 시선을 천부에게로 돌리면 이런 양상은 정반대로 드러난다. 비록 신분권을 사려는 어리석음을 보이기는 하지만 종국에는 도적이 될 수 없다며 양반되기를 포기하는 점에 중심을 두어, "서민세계의 진실한 삶의 모습"[44]을 보인 것으로 평가된다.

이 모든 어긋남의 근원에는 부富의 문제가 잠재해 있다. 농農 · 공工 · 상商의 생업에 종사하지 않는 선비로서는 근본적인 생계 대책을 갖고 있지 못하다. 물론 물려받은 토지와 노비가 있어서 그 소출로 생계를 꾸릴 수 있겠지만, 그런 데서 소외된 양반이라면 벼슬 외에는 뾰족한 대책이 있을 수 없다. 그럼에도 불구하고, 자의에 의해서든 타의에 의해서든 농 · 공 · 상으로 가는 길이 차단된다면 생계 대책은 묘연해진다. 천한 신분이지만 농 · 공 · 상에서 거둔 수익으로 부를 축적한 경우 역시 방향은 달라도 마찬가지 문제에 직면하게 된다. 부를 그때그때 소진하지 않고 축적하는 이유는 부의 효용을 극대화하기 위한 조치이다. 잘 모아 두었다가 지금보다 더 효용가치가 높을 때 사용하고자 하는 것이다. 그러나 아무리 축적을 해도 일정 효용 이상을 발휘할 수 없다면 경제행위가 무용한 지경에 이른다.

이런 측면에서 본다면, 정선 양반은 부富만 있다면 효용을 높일 수 있지만 그럴 돈이 없고, 반대로 부자는 부富는 가지고 있지만 효용을 극대화할 방안이 없는 것이다. 쓸 돈이 없는 사람과 돈을 제대로 쓸 데가 없는 두 사람이 맞서는 형국이다.

44 박기석, 앞의 책, 129쪽.

짝패 양상 3

자질 \ 인물	정선 양반	천부
부富의 정도	-	+
부의 효용	+	+

정선 양반 대對 군수

그런데 〈양반전〉에는 정선 양반 이외에 두 명의 양반이 등장하는데, 한 명은 정선 양반을 잡아 가두라고 명하는 관찰사이고 또 한 명은 정선 군수이다. 관찰사의 경우는 작품 초반에 잠깐 나오고는 말뿐이어서 성격을 가늠해 볼 만큼의 형상화가 이루어지지 않았지만, 군수의 경우는 작품의 처음부터 끝까지 등장할 뿐만 아니라 정선 양반과 천부 사이에 중개를 자임하면서 서사의 방향을 좌지우지하는 인물로 사실상의 주인공이기도 하다.[45] 특히 그는 벼슬아치로서 정선 양반이 '사士'의 자리를 지키는 가운데, 그 다른 편에 서 있는 '대부大夫'로서 한 짝이 된다. 둘이 동일한 신분인 양반이지만 군수는 정선 양반이 갖지 못한 권세를 가진 셈이다.

짝패 양상 4

자질 \ 인물	정선 양반	군수
양반	+	+
벼슬	-	+

---

45 "〈양반전〉의 주인공은 이 작품 가운데서 가장 중심되는 역할을 하는 군수郡守이다." 이원주, 〈〈양반전〉 재고再考〉, 계명대학교출판부, 1984, 456쪽.

이 둘은 흔히 말하는 사/대부의 한 짝으로, 이상적으로 보자면 서로 순환하며 보완적인 기능을 한다. 선비로서 공부한 것을 바탕으로 벼슬을 하고, 벼슬을 하다 물러서서는 다시 또 공부를 하는 선순환을 이루는 것이다. 그러나 실제 현실은 그렇지 못하다는 것이 〈양반전〉의 초두에 선명하게 드러난다. 정선 양반은 군수가 부임할 때마다 인사를 받을 만큼의 학문과 덕망을 쌓은 사람이지만 환곡이 아니고서는 생계를 유지할 수 없는 인물이며, 군수는 작품에서 학식과 덕망을 찾기 어렵지만 벼슬을 하고 있기 때문이다. 이렇게 보면 이 둘은 또 다른 짝패 양상을 보인다.

짝패 양상 5

자질 \ 인물	정선 양반	군수
권세	-	+
덕망	+	-

물론 이렇게 보는 데도 적잖은 난점이 있다. 먼저, 정선 양반이 비록 벼슬은 하지 않았어도 군수가 몸소 찾아와 인사를 올릴 정도의 영향력이 있었다는 점에서 권세가 아주 없다 할 수가 없다. 다만 향촌에서 암묵적으로 통용되는 사적인 권세가 아니라 중앙정부에서 인정한 공적인 권세가 없었다는 정도로 이해해 볼 수 있다. 다음으로, 군수가 과연 어떤 인물인가를 두고 그 덕망의 부분에서 논란이 일 여지가 있지만, 적어도 표면상으로 드러난 군수의 행위는 그 나름의 합리적인 면을 갖추고 있다. 이런 판단을 올바로 하기 위해서는 과연 군수의 소임을 다했는가가 문제가 될 수 있겠는데, 이 점을 염두에 두고 〈양반전〉에서 군수가 한 행위를 따라가 보면 다음과 같다.

(가) 부임 시에 정선 양반에게 인사를 갔다.

(나) 관찰사의 질책에 양반을 잡아 가두기로 한다.

(다) 양반이 빚을 갚자 위로도 하고 상황 파악을 위해 양반 집에 찾아갔다.

(라) 양반의 이야기를 듣고 천부賤富를 칭송하며 매매문서 작성을 제안한다.

(마) 첫 번째 문권을 작성하여 천부로부터 개정 요청을 받는다.

(바) 두 번째 문권을 작성하여 천부가 양반되기를 포기하고 물러난다.

(가)는 중앙에서 파견된 지방 관리로서 지역 인사들과의 관계를 돈독히 하여 상호 협조를 구하는 행위로 현재까지도 관례로 인정되는 당연한 일이다. 그렇게 하지 않는다면 지역 실정과는 동떨어진 탁상공론이 펼쳐질 가능성이 높으므로 군수에게 부여된 공식적 업무는 아니더라도 공무에 준하는 정당한 업무 수행이다. (나)는 관찰사의 상명上命에 처하는 태도를 보여 준다. 자신이 비록 존경하는 인물이더라도 실정법을 어겼을 때[46]는 가차 없이 법적 제재를 가해야 하는 엄정성을 엿볼 수 있게 한다. 또 그런 가운데도 "내심 안타깝게 여겨 차마 가두지는 못하였으나, 그 역시도 어찌할 수 없는 일"[47]이었다는 서술을 통해 그가 인정人情과 공무公務 사이에서 고뇌하는 인간적인 면모 또한 놓치지 않고 있다.

---

46 실제로 "《대전회통大典會通》에 보면, 공채公債로 육백 냥 이상인 자가 기한 안에 원리상환元利償還을 못하면 양인이라도 노비가 되며, 당상관堂上官이나 가선자嘉善者의 경우엔 당사자는 정배定配, 그 처자妻子는 노비로 삼았는데, 만약 그 자손 중에 이를 추납追納하면 본래의 신분으로 복귀된다는 조항이 있다."(《대전회통》 권2 〈戶典徵債〉. 박기석, 앞의 책, 123쪽에서 인용)

47 박지원, 앞의 책, 186쪽. 郡守意哀其兩班貧° 無以爲償° 不忍囚之° 亦無可柰何°

(다)에서는 위로도 할 겸 상황 파악을 위해 양반 집에 갔다는 점이 강조된다. 위로가 필요한 점은 그간 정선 양반이 겪은 마음고생 때문일 것이다. 범법으로 수감收監될 수도 있다는 두려움은 백면서생인 양반에게는 더욱 극심하게 느껴졌겠고, 어쨌거나 그 법의 집행을 시도한 군수로서 위무가 필요했던 것이다. 아울러, 작은 고을에서 갑자기 천석을 변통해 내는 일이 일어났다면 그 역시 살필 필요가 있다. 한편으로는 인간적인 위로를, 또 한편으로는 지역을 관할하는 군수로서의 당연한 소임을 시도했다 하겠다. (라)에서는 사적인 거래를 통해서나마 신분 매매가 이루어졌다는 말을 듣고, 그 이전에 정선 양반에게 행하던 예법 그대로 천부에게 행하였다. (가)에서 행하던 일이 대상을 바꾸어 반복되는 형국이어서 역시 목민관의 바른 처신 중의 하나라고 할 수 있다. (마), (바) 또한 문권 내용을 일일이 시비하지 않는다면, (마)에서 문권을 통해 거래를 공인해 주며, (바)에서 천부의 주장대로 고쳐주는 임무를 수행했다고 볼 수 있다.

지방을 관할하는 관리의 제1소임은 지방 백성들을 편안하게 다스리는 것이다. 당연히 지역민의 실정을 제대로 이해하기 위한 노력이 필요하며, 지역민들 사이의 분쟁이 발생하지 않도록 예방하고, 불행히도 분쟁이 일어났을 경우 분쟁의 화해를 시도하고, 최악의 경우 송사가 일어났을 때는 엄정한 송사訟事를 진행해야 한다. 위의 여섯 가지 행위는, 적어도 표면상으로나마, 군수의 올바른 처신처럼 보인다. 이것이 바로 기존 연구에서 "몸시 세련된 관료적인 인간형을 지닌 자인 것은 틀림없었다"[48]거나 "군수의 본질적 성격은 성실한 목민

48 이가원, 앞의 책, 298쪽.

관牧民官"[49]이라는 판단이 가능한 이유이다.

그러나 작품의 미세한 부분을 파고들면 그렇게 보기에는 석연찮은 구석이 발견된다. 그가 스스로 나서서 주도한 중개 기능은 중립성을 잃고 정선 양반에게만 유리하게 보이도록 하여 일면 패덕悖德의 수준을 보이고 있기 때문이다. 군수가 양반 매매 사실을 알고 난 후 터뜨린 일성은 "군자로다, 부자여!"의 탄성이었다. 문면대로 받아들인다면 부자가 양반의 곤궁한 처지를 알고 구해 준 덕을 칭송하는 대목이다. 곧이어 만들어진 문권에서 "덕이 있으면 군자"[50]라는 말이 명기된 데서 그렇게 부른 의도가 분명하기 때문이다. 문제는 이렇게 부른 의도가 정말 순수한가에 있을 것인데, 두 번째 문권을 꼼꼼히 파악하면 그렇게 보기 어렵다.

> "(전략) 궁한 시골 선비 시골 살면 나름대로 횡포 부려, 이웃 소로 먼저 갈고, 일꾼 뺏어 김을 매도 누가 나를 거역하리. 네 놈 코에 잿물 붓고, 투 잡아 도리질치고 귀얄수염 다 뽑아도, 감히 원망 없느니라."[51] (밑줄 필자)

이원주의 지적대로, 이 대목에서 쓰인 명사 '나'와 '너'는 매우 기발하다.[52] 이미 천 석에 제 신분을 팔아 버린 양반이 군수에게 머리를 조아릴 때 군수가 양반을 부른 호칭은 '족하足下'였다. 양반이 잠

49 윤승준, 〈양반전〉, 황패강교수정년퇴임기념논총간행위원회 편, 《황패강교수정년기퇴임기념논총(II) 고전소설연구》, 일지사, 1993, 945쪽.

50 〈양반전〉, 박지원, 앞의 책, 188쪽. 有德爲君子.

51 같은 책, 191쪽. "(前略) 窮士居鄕 猶能武斷 先耕隣牛 借耘里氓 孰敢慢我. 灰灌汝鼻 暈髻汰鬢 無敢怨咨."

52 이원주, 앞의 논문, 458쪽.

방이 차림으로 몸을 굽신거리며 나타났을 때도 서로 대등한 입장이라는 점을 전제로 호칭했던 것이다. 그러나 천부의 이의 제기로 수정된 두 번째 문권에서는 자못 공적인 문서인 듯 객관성을 유지하며 나가다가 위의 밑줄 친 부분처럼 느닷없는 호칭이 등장한다. 중립을 지키며 양자를 중개하던 군수가 '나(我)'로 불공不恭해지며, 그 앞에서 좀 더 좋은 조건이 보장되기만을 기다리던 순진한 부자는 '너(汝)'로 전락한다. 신분을 팔아 상민의 행색을 해도 양반은 여전히 '그대(足下)'로 호칭되던 데 비해 보면, 이 호칭은 매우 부당하다. 현대어의 어감을 살린다면 "네깐놈"쯤은 언제든 우리네 양반들 마음대로 할 수 있다는 폭언이며, 그 언어폭력의 결과 천부는 뒷걸음질치고 만다.

여기에서 다시 천부의 인품에 대한 해석이 갈리게 된다. 대체 천부는 왜 양반되기를 포기한 것인가? "사곡私穀으로 환자를 갚고 양반권을 사려는 어리석은 인간이었다."[53]와 "입권立券의 과정에서 참다운 자아에 눈뜰 수 있었다."[54] 사이의 간극은 참으로 크다. 전자는 헛된 욕망 탓에 재물만 날린 어리석은 사람이라는 혹평이고, 후자는 그래도 나중에 각성하여 새로운 인간으로 거듭났다는 호평이다. 실제로 양반의 패악을 적은 문권 내용을 듣고 "그만두시오. 그만두시오. 참으로 맹랑한 일이오. 장차 날더러 도적놈이 되란 말입니까?"[55]라며 물러섰다는 점에서, 인간적인 신념을 엿볼 법도 하지만 "네 놈 코에 잿물 붓고"운운하는 대목이 나온 바로 뒤에 터져 나온 소리라

53 이가원, 앞의 책, 298쪽.

54 황패강, 앞의 책, 310쪽.

55 박지원, 앞의 책, 191쪽. "已之已之. 孟浪哉. 將使我爲盜耶. 掉頭而去."

는 데에서 진실성이 희석된다. 만약 군수 입회 하에 작성하는 증서로서 매매가 공식적인 성립이 이루어지는 것이라면 그런 증서의 내용에 이의가 있으면 매매 의사를 철회하는 것이 합리적인데 그는 그대로 달아나 버린다.

이렇게 보면, 군수가 행한 목민관으로서의 소임은 반쪽짜리임이 분명하다. 철저하게 정선 양반의 편에 서 있기 때문이다. 신분 매매라는 탈법 행위를 염두에 둔 처사라 하더라도 부당하게 재물을 잃은 부자에 대한 최소한의 조처도 없이 이야기가 끝난다. 결과적으로 천부의 재물을 강탈하여 정선 양반에게 이전하는 불법적인 과정을 합법화하는 데 기여하고 있는 것이다. 결국, 군수가 목민관으로서 행한 역할 역시, 앞서 살핀 정선 양반과 천부가 그랬듯이 이중적이다. 이 점에서 앞서 살핀 〈짝패 양상 2〉에 군수를 덧보태도 마찬가지다.

짝패 양상 2-1

인물 / 자질	정선 양반	천부	군수
표면상의 인품	+	+	+
이면의 인품	-	-	-

이 셋이 신분과 권세와 덕망이라는 세 자질에서는 서로 다른 양상을 보이지만, 표면적으로 볼 때는 극히 정상적이거나 고상한 인품을 갖고 있지만 조금만 뜯어보면 일그러진 면을 발견할 수 있다는 점에서 공통적이다. 〈양반전〉이 《방경각외전》의 다른 작품들과 크게 다른 점은 바로 여기에 있다. 선비는 고결한데 대부는 추악하다거나, 상민常民은 고상한데 양반은 저질이라는 식의 역설逆說이 설 땅이 없는 것이다. 물론 상대적으로 양반이 더 고약하다는 정도로는 설명이 되겠지

만, 어느 한 사람 정상이기 어려운 상황이라는 점에서 문제의 심각성이 표출된다. 지금까지 살핀 여러 짝패 양상을 종합하면 다음과 같다.

짝패 양상 종합[56]

자질 \ 인물		정선 양반	군수	천부
신분	지위	+	+	-
	권세	-	+	-
인품	표면	+	+	+
	이면	-	-	-
재물	정도	-	(+)	+
	효용	+	(+)	-

문권의 내용과 짝패

작품 속에 등장하는 세 인물이 서로 짝패가 되어 얽히고설키는 문제에 대해서는 앞서 살핀 바와 같다. 그러나 〈양반전〉은 여느 소설과는 근본적으로 다른 형식을 취함으로써 그렇게 간단한 재단을 허용하지 않는다. 실제 작품 양의 거의 절반에 해당하는 양을 문권 두 장에 할애하고 있어서 이 부분에 대한 해명이 없이는 작가의 의도를 제대로 파악하기 어렵다. 군수가 중재를 자임하고 나서서 처음으로 만든 문권에는 대체로 양반들이 해야 할 일들이 중심이며, 천부가

56 이 표에서 괄호에 넣어 처리한 것은 작품에서는 구체화하지 않으나 앞뒤 정황에 맞추어 추정 가능한 경우이다.

그에 대해 이의를 제기함에 따라 다시 작성된 두 번째 문권은 양반들이 누릴 혜택이 중심이다. 물론, 전자의 경우도 김태준이 양반의 '말세적 습관'을 '비소鼻笑'[57]한 것으로 본 이래 악의적인 해석이 주를 이루었지만 반론 또한 만만치 않았다. 가령, 원문 중의 "叩齒彈腦" 같은 대목을 두고 "더러운 행투"[58]로 치부하는 해석과 도가道家 양생법養生法으로 보는[59] 해석 사이에는 양립하기 어려운 거리가 있다.

이제 첫째 문권부터 조목조목 살펴 가면서 작품의 전체 주제와 연관해 보기로 하자. 문권에 등장하는 조목은 모두 32개이다.

1. 비루한 일 끊어 버리고, 2. 옛 사람을 흠모하고 뜻을 고상하게 가지며, 3. 오경이면 늘 일어나 유황에 불붙여 기름등잔 켜고서, 4. 눈은 코끝을 내리보며 발꿈치를 괴고 앉아, 5. 얼음 위에 박 밀듯이《동래박의東萊博議》를 줄줄 외워야 한다. 6. 주림 참고 추위 견디고 가난 타령 아예 말며, 7. 이빨을 마주치고 머리 뒤를 손가락으로 퉁기며 침을 입 안에 머금고 가볍게 양치질하듯 한 뒤 삼키며 8. 옷소매로 휘양을 닦아 먼지 털고 털무늬를 일으키며, 9. 세수할 땐 주먹 쥐고 벼르듯이 하지 말고, 10. 냄새 없게 이 잘 닦고 11. 긴 소리로 종을 부르며, 12. 느린 걸음으로 신발을 끌듯이 걸어야 한다. 13.《고문진보古文眞寶》,《당시품휘唐詩品彙》를 깨알같이 베껴 쓰되 한 줄에 백 글자씩 쓴다. 14. 손에 돈을 쥐지 말고 쌀값도 묻지 말고, 15. 날 더워도 버선 안 벗고 맨상투로 밥상 받지 말고, 16. 밥보다 먼저 국 먹지 말고, 17. 소리내어 마시지 말

57 김태준,《조선소설사》, 학예사, 1939, 179쪽.

58 이가원, 앞의 책, 333쪽.

59 이우성 · 임형택 역편,《이조한문단편집(하)》, 일조각, 1978, 280쪽 주7) 참조.

고, 18. 젓가락으로 방아 찧지 말고, 19. 생파를 먹지 말고, 20. 술 마시고 수염 빨지 말고, 21. 담배 필 젠 볼이 옴폭 패도록 빨지 말고, 22. 분나도 아내 치지 말고, 23. 성 나도 그릇 차지 말고, 24. 애들에게 주먹질 말고, 25. 뒈져라고 종을 나무라지 말고, 26. 마소를 꾸짖을 땐 판 주인까지 싸잡아 욕하지 말고, 27. 병에 무당 부르지 말고, 28. 제사에 중 불러 재齋를 올리지 말고, 29. 화로에 불 쬐지 말고, 30. 말할 때 입에서 침을 튀기지 말고, 31. 소 잡지 말고, 32.도박하지 말라.[60](번호 필자)

이 조목들은 크게 세 갈래로 나뉜다. 첫째, 선비로서 학업을 쌓는 내용으로 3, 4, 5, 11이 이에 해당한다. 둘째, 양반의 덕을 쌓는 내용으로 양반의 마음가짐을 담은 1, 2, 6, 14, 27, 28과, 주변 사람들을 대하는 태도에 관한 11, 22, 24, 25, 26이 이에 해당한다. 셋째, 자잘한 생활 수칙으로 7, 8, 9, 10, 12, 15, 16, 17, 18, 19, 20, 21, 23, 29, 30, 31, 32가 있다. 이 셋을 문권의 맨 앞에서 제시한 양반의 여러 이름과 대응해 보면 흥미로운 결과가 나온다. "글 읽은 인 선비 되고, 벼슬아친 대부 되고, 덕 있으면 군자란다."[61]라 한 바, 첫째 갈래는 선비가 되기 위한 필수 조목들이다. 새벽 일찍 일어나 정신을 집중하여 공부하고, 그 결과 어려운 책들을 줄줄 읽을 만큼 익히라는 것이다. 둘째 갈래는 군자가 되기 위한 조목들이다. 마음가짐을 반듯하

60 박지원,《연암집(하)》, 신호열 · 김명호 옮김, 2007, 188~190쪽.

61 박지원, 위의 책, 188쪽. 1. 絶棄鄙事 2. 希古尙志 3. 五更常起 點硫燃脂 4. 目視鼻端 會踵支尻. 5. 東萊博議 誦如氷瓢 6. 忍饑耐寒 口不說貧 7. 叩齒彈腦 細嗽嚥津 8. 袖刷毳冠° 拂塵生波 9. 盥無擦拳 10. 漱口無過 11. 長聲喚婢 12. 緩步曳履°13. 古文眞寶 唐詩品彙 鈔寫如荏 一行百字 14. 手毋執錢 不問米價 15. 暑毋跣襪 飯毋徒髻 16. 食毋先羹 17. 歠毋流聲 18. 下箸毋舂 19. 毋餌生葱 20. 飮醪毋嘬鬚 21. 吸煙毋輔窳 22. 忿毋搏妻 23. 怒毋踢器 24. 毋拳毆兒女 25. 毋詈死奴僕 26. 叱牛馬 毋辱鬻主 27. 病毋招巫 28. 祭不齋僧 29. 爐不煑手 30. 語不齒唾 31. 毋屠牛 32. 毋賭錢.

게 하여 인仁에 도달할 만한 내용들이 주를 이룬다. 아내는 물론 노비에게까지도 박절하게 대해서는 안 된다는 내용이 돋보인다. 셋째 갈래는 선비와 군자가 되기 위한 세칙 같은 것이다.

이 가운데 논란의 핵심에 선 것은 대개 셋째 갈래의 것들이었다. 아무리 선비의 행실을 강조한다고 해도 지나치게 세세하며 특히 현대인의 시각으로 불합리해 보이는 것이 많기 때문일 것이다. 그러나 이덕무의 《사소절士小節》에 보면 그보다 더 시시콜콜 늘어놓은 작은 범절들을 규범화해 놓기도 하는 것을 보면, 적어도 양반 행세를 하려면 그 정도는 감수해야 하는 게 보편적이었던 듯싶다. 이덕무가 《서경書經》의 말을 인용해 지적한 대로, "미세한 행실에 힘쓰지 않으면 마침내 큰 덕을 어지럽히니"[62] 대의大義를 실천하고자 하는 선비라면 더욱더 그런 사소한 범절에 유념할 필요가 있다. 그러나 문제는 이 첫째 문권에 적힌 내용은 '대부大夫'가 되거나 대부가 된 이후의 지침은 전혀 없다는 점이다. 일례로 6과 14 조목을 보면, 주림을 참고 가난하다 내색하지 말며 어떠한 경제행위에도 간여하지 말아야 한다고 했다. 선비가 벼슬도 못하고 다른 일도 못하면 가난할 수밖에 없는데 그래도 내색을 해서는 안 된다고 하면서, 문권의 맨 앞에서 '대부'를 운운하며 "네 마음대로 따를지니"라고 하는 것은 어불성설이다.

어렵사리 얻은 양반 신분으로 할 수 있는 일이란 선비로서 공부하는 것과 품행에 각별히 유념하여 덕을 쌓아 군자가 되는 것밖에 없었던 것이다. 이 문권 내용을 들은 천부가 고쳐 줄 것을 요구하는 까닭 또한 그 불합리성에 있다. 그리하여 고쳐진 문권에는 양반으로

---

62 이덕무, 《사소절士小節》, 《국역 청장관전서》 6, 민족문화추진회, 1986, 원문 1쪽.

누릴 수 있는 특혜가 열거되는데 이번에는 정반대의 불합리함이 드러난다.

a. 농사, 장사 아니 하고, 문사文史 대강 섭렵하면, 크게 되면 문과 급제, 작게 되면 진사進士로세. b. 문과 급제 홍패紅牌라면 두 자 길이 못 넘는데, 온갖 물건 구비되니, 이게 바로 돈 전대纏帶요. c. 서른에야 진사 되어 첫 벼슬에 발 디뎌도, 이름난 음관蔭官되어 웅남행雄南行으로 잘 섬겨진다. d. 일산 벼슬 귀가 희고 설렁줄에 배 처지며, 방 안에 떨어진 귀걸이는 어여쁜 기생의 것이요, 뜨락에 흩어져 있는 곡식은 학鶴을 위한 것이라. e. 궁한 선비 시골 살면 나름대로 횡포 부려, 이웃 소로 먼저 갈고, 일꾼 뺏어 김을 매도 누가 나를 거역하리. 네 놈 코에 잿물 붓고, 상투 잡아 도리질치고 귀얄수염 다 뽑아도, 감히 원망 없느니라.[63]

모두 앞의 조목을 정면으로 뒤집는 내용들이다. 문권 둘의 해당 부분을 나란히 늘어놓고 보면 확연한 대비가 있게 된다. a에서는 생업에 종사하지 않고 문학과 역사를 대강 섭렵하는 것만으로도 대과大科를 할 수 있고, 그게 안 되더라도 최소한 소과小科인 진사進士는 무난하다고 했다. 이는 앞의 문권에서 새벽 일찍 일어나 정신을 집중하고 어려운 책을 얼음에 박 밀듯이 외워도 아무 벼슬을 못하고 지내야 하는 상황과 정반대이다. 또, b에서는 홍패紅牌가 바로 돈자루라고 하여 앞의 문권에서 가난을 숙명으로 여기며 살아가는 선비

---

63 박지원, 위의 책, 190쪽. a. 不耕不商 粗涉文史 大決文科 小成進士. b. 文科紅牌 不過二尺 百物備具 維錢之槖. c. 進士三十 乃筮初仕 猶爲名蔭 善事雄南. d. 耳白傘風 腹皤鈴諾 室珥冶妓 庭穀鳴鶴. e. 窮士居鄕 猶能武斷 先耕隣牛 借耘里氓 孰敢慢我.

의 삶과 배치된다. 나아가 c에서 보듯이 대과大科를 못 하는 실력이더라도 조상 덕에 음관을 할 수도 있다고 했다. d에 나열된 온갖 호사는 앞의 문권에 나온 선비가 지켜야 할 세세한 품행들과는 정반대로 사치스럽고 방탕하게 지내는 모습이다. 끝으로, e에 나오는 행위는 종 이름을 부를 때도 길게 끌어서 온화하게 해야 한다는 앞의 문권과는 달리 자기와는 아무 관계도 없는 타인을 제 종 부리듯함은 물론 패악질을 해도 괜찮다는 것이다.

이 문권은 크게 두 방향에서 만만찮은 의미를 던진다. 하나는 양반의 실상과 관련된 것이다. 양반이라면 마땅히 갖추어야 할 행실이나 의무는 도외시해도 양반으로서의 특권은 얼마든지 누릴 수 있다는 것이다.[64] 이는 거액을 들여 양반 신분을 사고자 한 천부에게는 매혹적인 일일 텐데 천부는 그 특권을 주저 없이 포기한다. 여기에는 앞서 언급한 대로 군수의 위협적인 언사에 겁먹은 까닭이 있겠지만 그 이면을 좀 더 파고들면 군수가 언급한 특권이 천부에게는 해당 사항이 없기 때문에 어쩔 수 없이 포기한 정황도 포착된다. a에서 하기 좋은 말로 "문사文史를 대강 섭렵하면"이라는 단서를 달았지만, 공부를 전혀 하지 않고 돈벌이에만 몰두하던 사람이 글을 익혀서 과거에 급제할 만한 수준에 이른다는 것은 불가능에 가까운 일이다. b에서는 홍패가 곧 돈자루라며 유혹하지만 성공 여부가 불투명한 신분 매매에 천 석을 쓸 만한 여유가 있는 천부로서는 이미 이루어진 일이라 매력 요인이 크지 않다. 또, c에서는 과거가 여의치 않으면 음사蔭仕를 할 수 있다 했지만 상민인 천부가 벼슬을 한 조상

---

64 이런 시각의 논의는 이강엽, 〈소설교육에서의 주제 탐색 방법 試論 - '兩班傳'을 실례로〉(《국어교육》87 · 88합집, 한국국어교육연구회, 1995)에서 이루어진 바 있다.

덕을 볼 일이 없으니 자신과는 무관한 이야기다. 결국 그가 할 수 있는 일은 d에서 가리키는 유식자遊食者로 지내면서 e에 있는 대로 만만한 향민을 토색討索하는 것밖에 없었다. 이는 어차피 준비가 되지 않고서는 제대로 된 양반구실은커녕 도적질과 다를 게 없다는 야유였으며, 앞의 문권에서 아무리 준비를 많이 해도 벼슬은커녕 호구조차 어려운 상황을 비소鼻笑한 것과 대비된다.

여기에서 신분제의 근본적인 균열을 감지하게 된다. 박지원이 생각하는 이상적인 사회에서 선비의 범주는 매우 넓었다. "무릇 선비란 아래로 농農 · 공工과 같은 부류에 속하나, 위로는 왕공王公과 벗이 된다."[65]로 시작하는 〈원사原士〉는 그의 선비관을 단적으로 드러낸다. 농農 · 공工과 나란히 할 만큼 소박한 지위지만 덕으로서는 왕공의 섬김을 받는 이중적인 존재인 것이다. 이는 선비의 학문이 개인의 출세나 호사취미에 그치지 않고 세상을 이롭게 하는 데 기여하는 공적인 기능을 강조하는 데서 도출된다. "선비 한 사람이 글을 읽으면 그 혜택이 사해四海에 미치고 그 공功은 만세萬世에 남는다."[66]는 선언은 거꾸로 그렇게 되지 못한다면 왕공王公의 섬김을 받기는커녕 도리어 농農 · 공工의 생산성에도 못 미치는 한미한 존재임을 의미한다.[67] 이렇게 볼 때, 첫 번째 문권과 두 번째 문권에 기록된 양반의 실상은 불구적不具的이다. 한쪽은 책을 읽고 덕을 쌓지만 자기만족적인 수준에 머물며, 다른 한쪽은 책도 별로 안 읽고 덕행도 쌓지 않으

---

65 〈원사原士〉, 《연암집》, 〈엄화계수일〉, 박지원, 《연암집(하)》, 신호열 · 김명호 옮김, 돌베개, 2007, 366쪽. 夫士下列農工 上友王公.

66 같은 책, 366~367쪽. 一士讀書 澤及四海 功垂萬世.

67 이상익, 〈조선시대의 명분질서와 연암 박지원의 '공공성 회복' 기획〉(《다산과 현대》 5, 연세대학교 강진다산실학연구원, 2013)에서는 명분론을 내세우며 차별과 수탈을 정당화하는 게 아니라 공공성 회복을 통한 인류 공동체 실현을 촉구한 것으로 보았다.

면서 지나친 혜택을 누린다.

지금껏 논의한 대로, 이것들은 모두 신분과 인품, 부富의 안배가 적절하지 않기 때문에 생기는 문제였다. 만약 이상적인 사회였다면 서로 어긋남이 없어서 아무런 문제없이 각자의 자리에서 평화롭게 살아갔을 것으로 생각함직하다. 그러나 신분제의 동요가 있기 이전이라고 해서 이런 문제가 없을 것 같지도 않고, 심지어는 신분제가 사라진 현대 민주사회라고 해서 거기에서 자유로울 것 같지 않다는 데에서 문제의 심각성이 있다. 가령, 신분제가 엄격히 유지되어서 〈양반전〉의 천부 같은 신분의 사람들이 양반되기를 꿈꾸지 않는다고 치자. 그렇다고 해도 양반들이 모두 원하는 벼슬을 찾아갈 수는 없으며, 벼슬을 못하는 사람도 생기고, 벼슬아치 중에는 높은 사람과 낮은 사람이 생기게 마련이다. 결국 최고 정점에 이른 극소소의 사람들을 제외하면 아무도 만족할 수 없는 이상한 사회가 되고 말 것이며 이 때문에 발전을 고사하고 유지하기도 어려울 것이다.

박지원은 이런 문제에 대한 해법으로 '이름(名)'을 들고 나왔다.

> 천하라는 것은 텅 비어 있는 거대한 그릇이다. 그 그릇을 무엇으로써 유지하는가? '이름(名)'이다. 그렇다면 무엇으로써 유도할 것인가? 그것은 욕심(欲)이다. 무엇으로써 욕심을 양성할 것인가? 그것은 부끄러움(恥)이다.[68]

박지원에 따르면, 천하를 유지하는 비결은 '이름'이다. 그렇다면

68 〈명론名論〉,《연암집》,〈공작관문고〉, 박지원,《연암집(중)》, 신호열 · 김명호 옮김, 돌베개, 2007, 80쪽. 天下者 枵然大器也.何以持之曰名. 然則何以導名曰欲. 何以養欲曰恥.

하필 왜 이름인가? "온 세상의 작록爵祿으로도 선善을 행하는 자에게 두루 다 상을 줄 수는 없으니, 군자는 이름(명예)으로써 선을 행하도록 권장할 수가 있다."[69] 어차피 세상의 작록은 한정되어 있어서 작록 없이도 선을 행하게 할 방법이 필요한 법인데 그것이 바로 명名이다. 그런데 박지원은 그냥 명으로써 그렇게 할 수 있다고 한 것이 아니라, '군자'는 그렇게 할 수 있다고 하여 그 대상을 한정했다. 유덕한 군자라면 작록보다도 오히려 명예를 위해 어떤 행위를 할 수 있다는 말이다. 그러나 세상 모든 사람들이 다 그렇게 명예만을 소중히 생각하여 선뜻 무슨 일을 하려 나서지 않는다면 도리어 심각한 문제가 발생한다. 박지원은 "천하의 재앙 중에 담담하여 욕심이 없는 것보다 더 참담한 것은 없다."[70]고 단언했다.

아닌 게 아니라 사람은 눈앞의 욕심(欲), 특히 유형의 소유물에 끌리는 물욕物慾에 강한 추동력을 발휘한다. 좋은 물건을 주고, 칭송하는 비석을 세우면서 선한 일을 하도록 권면하면 웬만한 사람들은 쉽게 움직일 수 있다. 군자에게는 명예만으로도 충분했던 일이지만, 보통 사람들에게는 물질적인 욕심까지 채워 주어야 하는 것이다. 그럴 때에야 지레 포기하거나 제 할 일을 남에게 미뤄 두는 일을 방지할 수 있게 된다. 그러나 그렇게 될 때의 가장 큰 문제는 누구나 다만 무언가를 얻기 위해서 최선의 노력을 다하고, 결국은 그것을 얻는 일이 목적이 되는 것이다. 목적과 수단의 전치轉置는 거의 세상의 모든 일에 통용되는 것이어서 주의해야만 하는데, 이때 필요한 것이 바로 부끄러움(恥)이다.

---

69 같은 책, 80쪽. 天下之爵祿 莫可以遍賞乎爲善 則君子可以名勸.

70 같은 책, 82쪽. 夫天下之禍 莫憯於泊然而無欲也.

그러나 한결같이 나아가기만 하고 물러날 줄 모른다면, 천하의 재앙 중에 또한 태연하여 부끄러움이 없는 것보다 더 참담한 것은 없다. 그러므로 선왕은 그런 사람들을 위해 속백束帛에다 벽옥碧玉을 추가함으로써 고상한 품성을 양성하고, 위로하고 타이르며 힘써 노력하도록 함으로써 사양하고 물러나는 미덕을 양성하였다.[71]

이제 마지막 단계에 이르렀다. 너나없이 무언가를 하겠다며 나서는 일은 좋지만 그렇게만 하느라 올바른 경계를 넘어선다면 더 큰 악에 빠져들 수도 있다. 선한 의도로 빚어지는 악행은 동서고금 보편성을 띤 것이었는데, 박지원이 제시한 그에 대한 방지책은 물러남(退)이다. 스스로 부끄러움을 느끼고 사양하고 물러섬으로써 균형을 취하는 것이다. 이렇게 복잡한 논의 과정이 필요한 까닭은 천하의 모든 사람들이 다 군자가 아니기 때문이다. 실제로 〈명론名論〉의 맨 마지막 단락은 "만약 천하 사람들이 모두가 다 군자라면, 또한 무엇 때문에 이름에 대해 힘쓰겠는가?"[72]로 시작한다. 모두들 군자라면 사실은 명예도, 욕심도, 부끄러움도 거추장스러운 허울일 것이다. 적소適所에 있으면 있는 대로, 또 불행히도 그렇지 못한 사람은 그렇지 못한 사람대로 그 자리에서 제 본분을 다하며 편안할 것이기 때문이다.

그러나 군자가 못 되는 사람들은 명예를 주어서 보상하고, 욕심을 내게 해서 권면하며, 부끄러움으로 제어해야 한다는 것이다. 이 논리대로라면 다음과 같은 여덟 가지 행동 유형이 있게 된다.

---

71 같은 책, 82~83쪽. 然而一於進而無退 則天下之禍又莫憯於恬然而無恥. 先王爲之束帛加璧 以養其高尙 慰諭敦勉 以養其退讓.

72 박지원, 같은 책, 84쪽. 苟使天下之人 是皆君子也 亦奚事乎名也.

세 가지 유지 수단으로 본 인간 유형

유형 수단	유형 1	유형 2	유형 3	유형 4	유형 5	유형 6	유형 7	유형 8
이름(名)	+	+	+	+	-	-	-	-
욕심(欲)	+	+	-	-	+	+	-	-
부끄러움(恥)	+	-	+	-	+	-	+	-

유형 1은 가장 이상적인 인간 유형이다. 자신에게 적당한 작록爵祿이 주어지지 않아도 모범적인 삶을 영위하여 자신의 명예를 지켜 낸다. 그러나 거기에 그치지 않고 어떤 일에 적극적으로 나서서 세상에 실질적인 도움이 되게 한다. 그리고 결정적으로, 자신의 명예와 성취욕을 한껏 취하느라 부끄러운 짓에 빠지지 않는 것이다. 이 대척적인 지점에 유형 8이 있다. 이 유형의 인간은 명예를 더럽히면서 욕심을 내고 부끄러운 짓을 저지른다. 그리고 그 가운데 여러 유형들의 인간이 촘촘한 스펙트럼을 이룬다.

이 유형 분류를 토대로 〈양반전〉의 등장인물을 살피면 재미있는 결과가 나온다. 먼저 정선 양반은 작록은 없어도 '선비'의 이름에 걸맞게 살아가느라 애를 쓰는 인물이다. 아무 벼슬 없이도 어질고 공부하는 사람으로 이름이 나서 관리의 인사를 받을 정도가 되었다는 데서 그 점이 인정된다. 그러나 생산적인 일을 하기 위해 욕심을 내는 진취적인 노력을 펼쳐 보이지 못했다. 부족한 돈은 환곡으로 충당하고 그것이 누적되어 옥살이를 해야 할 형편이었으니 이 점에서 욕심은 매우 부족했다. 나아가 곤경에서 벗어나기 위해 신분 매매에 응함으로써 사람들을 교란시키면서 결과적으로 안 될 부끄러운 짓을 한 셈이다. 이렇게 보면 그는 유형 4가 된다.

다음으로 천부賤富를 좇아 보면, 그는 주로 생재生財에 힘을 쓴 인물이어서 아예 명예를 좇지 않았다. 작품에서 그에 대한 좋은 소문 한 줄도 기록되지 않은 것이나, 양반의 딱한 처지에 대해 일말의 동정심도 표출하지 않은 데서 그저 돈 많은 인물임이 강조되었다 하겠다. 반면 미천한 신분으로 많은 돈을 벌었다고 했으니 특별한 목표를 향해 욕심껏 매진한 인물임이 분명하다. 그러나 그는 타인의 위기를 틈타 자신의 이익만을 도모했다는 점에서 일말의 부끄러운 짓이 없다 할 수 없다. 그럼에도 불구하고 두 차례의 문권 제작 과정에서 양반 신분에 대한 올바른 이해를 바탕으로, 비록 협박에 놀아난 흠이 없지 않으나, 도둑 되기 싫다며 거래 계약을 깨뜨린다. 이는 부끄러움을 알아서 멈추는 행위다. 이렇게 보면 그는 유형 5가 된다.

끝으로, 군수의 경우는 이미 작록爵祿이 주어진 상태에서 본인의 명예를 지키려면 그의 군수 직위에 맞게 현명한 목민관이라는 이름을 위해 매진하는 면모를 보여야 하는데, 외형상으로만 그렇게 보일 뿐 실제로는 속임수와 위협을 통해 문제를 되돌리기에 급급하다. 그럼에도 불구하고 그는 문제에 직면하여 적극적인 의지를 가지고 해결하기 위해 애를 쓴다는 점에서 보신保身 위주의 무기력한 인물은 아니다. 문제는 그렇게 나선 결과 양편의 중개를 자임하면서도 자신과 같은 계층인 정선 양반에게는 우호적인 태도를 취하면서 다른 계층인 천부에게는 교묘한 속임수와 위력적 협박을 동원하는 파렴치함을 보임으로써 부끄러워도 많이 부끄러운 짓을 했다. 이렇게 보면 그는 유형 6에 해당한다.

그런데 우리가 이 지점에서 되짚어 봐야 할 것은 유형 1이 과연 존재하는가 하는 점이야. 덕德과 학문을 갖추어 그에 합당한 작록爵祿이 마련되면 모든 것이 끝나겠지만 현실은 녹록지 않아서 그렇게 되는 사람보다 못 되는 사람이 훨씬 더 많다. 그런데 그들 모두가 군자일 수는 없는 노릇이다. 여기에서 논의한 여러 자질들, 특히 권세나 재물 같은 외형적인 것들은 적어도 〈양반전〉에서 양반의 양반스러움을 드러내는 데 부차적이다. 이는 부르디외가 지적한 바, 소위 귀족들만의 '본질주의'와 연관된다.

> 귀족들은 **본질주의자들**이다. 존재를 본질의 발현이라고 생각하기 때문에 이들은 관청의 공공문서에 기록되어 있는 상벌이나 각종 서류에 기록되어 있는 공훈이나 비행非行에 내적인 가치를 부여하지 않는다. 이들은 오직 어떤 행동이 비록 형태는 조금씩 다르더라도 각 행위가 수행될 수 있도록 해 주는 어떤 **본질**을 영구화하고 널리 알려 주는 특정한 영감에 따른 결과라는 사실이 분명하게 드러나는 경우에만 그 행동을 상찬한다. 이들이 그러한 본질이 요구하는 바 그대로—고귀함에는 의무가 따른다noblesse oblige라는 원리대로—스스로에게 부과하고, 그밖의 다른 누구도 요구할 수 없는 바를 스스로에게 요구하고 자신의 본질에 '부끄럽지 않은 삶을 살아가도록' 강제하는 것 또한 바로 이러한 본질주의라고 할 수 있다(강조 필자).[73]

귀족들의 이러한 습성은 위기가 발생할 경우 큰 문제를 야기한다. 귀족들은 자신들이 지켜오던 '본질'이라고 믿던 것들에 의해 특권을 누려오던 계층이기 때문에 가장 완강하게 그 이전의 상황을 고수하려고 하는 것이다. 결국 가장 늦게 전략을 바꿀 필요성을 이해하고,

73 피에르 부르디외, 《구별짓기 문화와 취향의 사회학(上)》, 최종철 옮김, 새물결, 2006, 57쪽.

자신이 누려오던 특권의 희생물이 되고 만다.[74] 〈양반전〉의 두 양반 이야말로 그 전형적인 예이다. 상황이 변했지만 여전히 양반만의 본질적인 내용을 고수하려 들고, 그래서 한편에서는 정선 양반처럼 가난해도 가난하다는 내색을 해서도 안 되며 쌀값조차 물어서는 안 된다는 황당한 준칙을 내세우고, 군수처럼 이미 부를 축적한 다른 계층이 새로운 지위를 얻어가기 시작하는데도 본래대로 되돌리려 애쓴다. 이들은 모두 양반 계층이 그 이전에 누렸던 특권의 희생물이며, 천부 또한 이 틀에서 자유롭지 않다. 양반이 자부하던 능력, 예를 들면 어려운 학문이나 예술 영역에서의 기량을 닦지도 않고, 윗대가 벼슬을 해야만 누릴 수 있는 세습된 특권을 넘보기 때문이다. 서로 다른 세 인물이 서로 다른 시도를 통해 자신들의 이상을 실현해 보려 했지만, 모두들 필연적으로 실패할 수밖에 없는 구도였다 하겠다.

이처럼 〈명론〉의 시작이 '군자'를 전제로 한 것이었다는 점에서, 〈양반전〉의 등장인물들은 사실상 그 출발선상에서부터 이상적인 모습을 갖추기 어려웠음에도 불구하고 양반과 상민은 그 결과에서 서로 다르게 그려졌다. 정선 양반처럼 명예를 소중히 하는 사람은 지키기에 급급해서 생계 도모마저 어렵고, 이미 작록을 얻은 군수 같은 사람은 그에 적합한 처신을 못해 부끄러움에 빠지는 가운데, 벼슬도 명예도 없는 천부는 독자적인 생계 대책이라도 꾸리며 최종적으로 부끄러움을 아는 인물로 그려졌다. 이렇게 전체 서사를 훑어 갈 때, 천부를 긍정적으로 그렸다는 점이 중요한 게 아니라, 이런 구조 속에서는 어떤 인물도 이상적인 삶을 영위하기 어렵다는 점이 중요해 보

74 부르디외는 위의 인용에 대한 주석으로 이런 내용을 풀어놓았는데, 몰락했지만 생활양식을 바꾸기를 거부하는 귀족 등의 예를 들고 있다. 위의 책, 같은 쪽, 각주12) 참조.

인다. 지금까지 이 책에서 살핀 여러 작품에서의 짝패의 합이 곧 온전한 삶으로 나아가는 것이 상례였던 데 비해, 〈양반전〉은 짝패의 합이 이루어질 수 없는 견고한 틀에 갇혀 있고, 설사 어렵사리 합을 이룬다 해도 여전히 문제투성이인 것이다. 이 점이 신화 등의 설화와 다르고, 설화에서 출발한 〈옹고집전〉이나 〈흥부전〉, 종교적 해탈로 귀결되는 〈구운몽〉과 다른 점이다. 정선 양반과 군수의 합이 온전히 이상적인 양반상을 보장하거나 그 둘을 넘어서는 온전한 양반을 기대하기도 어렵고, 그런 양반과 천부의 합으로 이상적인 인간형을 희구할 수 없는 현실적 장벽 앞에 서있는 암울한 분열상인 것이다.

제10장

결론 _ 잃어버린 전체를 찾아서

지금까지 살핀 대로 짝패의 본질은 인물들이 지닌 동질성과 이질성, 그리고 인물들 간에 드러난 이질성의 상호보완에 있다. 동질성을 공통으로 하는 이질성이 있기에 서로 겨루지만, 이질성이 상호보완적인 관계에 있으므로 또 통합을 추구하는 양상이다. 전자가 동질성에서 이질성으로의 내뻗는 원심력遠心力의 방향이라면 후자는 이질성에서 동질성으로 모이는 구심력求心力의 방향이다. 짝패 인물이 등장하는 서사라면 원심력과 구심력이 엇갈리면서 독특한 패턴을 형성하기 마련이다. 물론 아주 단순한 서사에서는 어느 한쪽의 힘이 압도함으로써 다른 힘이 작용할 여지를 주지 않는다. 그러나 조금이라도 깊이 있는 서사라면, 특히 소설처럼 태생적으로 복잡한 내용을 담아내기 쉬운 갈래에서라면 그런 일방성은 허용되지 않는다.

지라르는 욕망의 공간은 '유클리드적'인 데 반해, 소설의 공간은 '아인슈타인적'이라고 설파한 바 있다.[1] 우리가 우리의 욕망과 증오의 대상을 향해 직선으로 움직인다고 믿지만, 소설가는 그 직선이 실제로는 우리 자신에게로 되돌아오게 하는 원이라는 것이다. 아닌 게 아니라 짝패 인물들의 걸음걸이는 갈지자 행보에 우회와 배회를 거듭하는 꼴이다. 그 결과 상대 인물과의 화해와 통합의 길을 열거나 더 심한 갈등과 파탄을 보이기도 하지만, 양자 공히 서로의 존재를 인정하여 자신의 존재 위에 포개 놓는 여정이다. 랑크O. Rank에 의하면 인간이 제 분신을 보게 되는 시작은 물에 비친 제 그림자를 보

---

1 르네 지라르, 《낭만적 거짓과 소설적 진실》, 김치수 · 송의경 옮김, 한길사, 2001, 128쪽.

는 일이었다. 그로써 인간 영혼이 최초로 객관화되고 그 분신은 자기 육체가 소멸된 후에도 살아남을 수 있어서 '불멸不滅'을 보장한다. 그러나 그것은 또 한편으로는 '죽음'의 유령으로서 끊임없이 종말을 예고하고 있다. 또 자아의 또 다른 상像은 '죽음의 약속'과 '삶의 힘'이라는 양가성兩價性을 가지고 있으며, 일시적으로나마 주체의 고뇌를 덜어 주지만 동시에 주체를 고통스럽게 한다.[2]

그런데 주로 서구에서 행해진 일련의 논의들은 우리와는 전혀 다른 문화적 맥락에 근거하는 것이어서 그 수용에 각별한 주의가 요망된다. 적어도 기독교 철학이 서구의 보편적 사유로 자리 잡은 중세 이후에는 분신의 이면에 강력한 신神, 그것도 아주 배타적인 유일신唯一神 관념이 들어앉아 있기 때문이다. 거기에서는 성서를 "흠 없는 거울"(잠언, 7장 27절)로 인식하여 영적인 정체성을 추구하는 것이다.[3] 물론 이렇게 하여 완벽한 인간을 추구하는 일은 더없이 고결한 이상이 될 수 있을 것이다. 그러나 성서라는 거울에 되비친 자아의 상像이 완벽한 신에 대비한 불완전한 모습으로 부각될 때, 인간은 두 개의 상을 보게 된다. 즉, 자신의 맞은편에 선 '찬란한 신의 모습'과 거기에 되비친 '비참한 자신의 모습'이 공존하는 것이다. 그 이중성을 벗어나는 길은 건전한 자성自省과 신앙을 통한 건실한 삶임은 두말할 나위가 없겠다. 그러나 이 경우, 신은 절대 우위에 있기에 만족스러운 자기상을 갖기가 여간 어렵지 않고, 분신으로 등장하는 또 다른 자아에 대한 공포감 역시 클 수밖에 없다.

여기에서 잠시 한국적인 상황으로 눈을 돌리면, 앞의 사례와는 판

2 이상 랑크의 논의는 사빈 멜쉬오르 보네, 《거울의 역사》, 에코리브르, 2001, 297쪽 참조.
3 사빈 멜쉬오르 보네, 위의 책, 137쪽.

이하게 다른 세계가 펼쳐진다. 우리의 경우 흔히 신의 자리를 '하늘'이 맡는데, 이 하늘에 대한 관념이 유일신과는 전혀 다른 맥락에서 형성되었기 때문이다. 3장에서 살핀 대로 페타조니R. Pettazoni는 신의 경험과 종교적 상상력에 관해 논하면서, 하늘을 양대별兩大別하여 설명한 바 있다. 하나는 "하늘의 지상과 우주적으로 짝을 이룬다고 생각하는 것"이며, 또 하나는 "만물을 내려다보는 하늘의 눈으로부터 도피하거나 피난할 데도 없는 가운데 산재하고 내재한 채 인간에게 언제 어디서나 밀고 들어오는 존재로 느끼는 것"[4]이다. 이런 입론에 따르자면, 몽골처럼 광활한 초원의 냉혹한 자연에서라면 후자의 시각이 우세하지만, 우리나라의 자연은 인간에게 우호적으로 인식되어 그렇게 엄한 하늘을 상정할 필요가 없었다는 것이다. 이런 인식 하에서는 하늘 또한 자연, 곧 인간이 사는 지상 세계의 한 짝일 뿐이며 그만큼 화합 가능성이 크다.

이 점을 염두에 둘 때, 우리 고전 서사에서는 짝패 인물의 상위에 존재하는 절대자나 짝패를 지배하는 이념과 짝패 인물의 관계가 극심한 파탄과 공포로 귀결되지는 않는 편이다. 그럼에도 불구하고 고전 서사에서는 짝패 인물이 전체성을 획득하는 귀결점을 몇 가지 방향으로 나누어 살펴볼 여지는 있다. 짝패 인물의 전후 변화를 기준으로 하여, 큰 순서대로 대략 네 가지 방향으로 살펴볼 수 있다. 첫째, 인물들이 각각의 질서를 찾아간다. 둘째, 인물과 인물을 통합하여 더 높은 곳으로 상승한다. 셋째, 합심을 통해 과업을 이룬다. 넷째, 끝내 화합하지 못하고 파탄을 보인다. 이 넷의 유형에 따라, 앞서 살핀 작품들을 전체성의 입장에서 개괄해 보면 다음과 같다.

---

4 다니엘 A. 키스터, 《삶의 드라마》, 서강대학교출판부, 1997, 47쪽.

첫째, 질서 찾기는 무속 세계에서 도드라지며, 이 책에서 제일 먼저 다룬 작품인 〈천지왕본풀이〉의 짝패 인물들이 이를 입증해 준다. 작품에서 하늘을 관장하는 신으로 등장하는 천지왕에게서는 하늘에 걸맞은 권위를 보기가 어렵다. 수명장자를 징치하겠다며 내려왔지만 허망하게 발걸음을 돌려야 하는 인물로, 실제 행동 양태에서 '하늘'값에 상응하는 신성神性을 도드라지게 드러내지 않는다. 또 대별왕에게 이승을 다스리고 소별왕에게 저승을 다스리도록 하라고 했지만, 소별왕의 농간으로 시행되지 않았을 때도 특별한 위력을 행세하지 못한다. 천지왕은 하늘을, 대별왕은 저승을, 소별왕은 이승을 맡는 정립定立 형태를 구축할 뿐이다.

이처럼 절대적인 권위를 지닌 존재가 나머지를 압도하지 못할 때, 어느 한쪽이 다른 한쪽을 강압하는 일은 불가능하다. 비록 하늘/땅의 구분에 의해 하늘의 천지왕과 땅의 바구왕이 수직으로 세상을 양분하는 듯하지만 그 둘의 대립 정도가 그리 심하지 않을 때, 그 둘의 기운을 내려 받은 형제들의 대립 역시 그리 심각하지 않다. 대별왕은 동생의 간계를 간파한 후에도 동생을 응징하지 않고 소별왕의 욕심이 과하다며 불쾌해하고 만다. 다만 소별왕의 부탁에 따라 해와 달이 둘씩인 지상의 변고를 없애 줄 뿐, 나머지 자잘한 문제들은 소별왕에게 맡겨 둔다. 이로써 대별왕과 소별왕은 각각의 관할 구역을 지키며 질서를 유지하게 된다.

이는 비단 〈천지왕본풀이〉에만 해당되는 것이 아니라 한국 굿이 가지고 있는 특성이기도 하다. 몽골의 굿 같은 경우 무당이 접신接神을 하기 위해서는 망아忘我 상태로 하늘을 떠돌며 신을 만나는 것으로 상정하지만, 우리나라 무당은 땅 위에서 춤을 추며 신이 내려오도록 청하는 방식을 택하는데, 그만큼 신이 인간에게 관대하고 근본적으로 자비로운 편이다.[5] 〈천지왕본풀이〉에 짝패로 등장하는 대별왕과 소별왕 또한 그런 관대함을 기반으로, 비록 양자 사이의 이견과 불만이 있을지라도, 상호 배타적이기보다는 서로의 영역을 존중하여 공존하는 길을 모색한다고 할 수 있다. 굿의 절차가 으레 그렇듯이 "신령과의 조화, 삶에 내재한 악으로부터의 해방, 객관적인 현실 긍정을 야기하는 확장된 자기 이해"[6]라는 3중의 충동을 담아낸다. 이를 〈천지왕본풀이〉로 설명하자면, 주신主神인 천지왕과의 조화를 이루는 가운데, 대별왕과 소별왕과의 갈등과 그로 인해 빚어진 문제에서 벗어나며, 인간의 삶을 좀 더 넓은 안목에서 수용할 수 있게 되는 것이다. 이 작품에 깔려 있는 일관된 원칙은 포용과 확장이다. 소별왕의 간계를 알아챈 대별왕은 더 이상 응수를 하지 않고 이승의 지배권을 버리고 스스로 저승을 택하는데, 그 결과 저승과 이승의 질서가 확립되기에 이른다. 물론 그 탓에 이승의 여러 악들이 횡행하게 되지만 그 또한 큰 거부감 없이 받아들이는 것이다.

〈김현감호金現感虎〉 역시 작품에 '하늘'이 명시된다. 비록 서사에서는 단순히 '하늘에서 울려 퍼지는 소리' 정도로 약화되어 드러날 뿐이지만, 너희들이 생명을 해치기 좋아하는 게 너무 심하니 죽여서 죄를 없애겠다는 지엄한 명령을 내린다. 이 명령으로만 본다면 이 작품에서 그런 명령을 내리는 존재는 〈천지왕본풀이〉의 천지왕보다 훨씬 더 힘이 있는 절대자임이 분명하다. 그런데 상식적으로 생각할 때, 호랑이로서 생명을 해치기를 좋아한다는 죄명은 받아들이기 거북스러운 것이다. 호랑이의 본성이 육식을 해야 하는 까닭도

5 이에 대해서는 이부영, 《한국의 샤머니즘과 분석심리학》, 한길사, 2012, 689~690쪽 참조.

6 다니엘 A. 키스터, 앞의 책, 43쪽.

있지만, 이 대목에서 호랑이 처녀의 오라비들이 인간의 생명을 해치려 한 까닭은, 적어도 호랑이의 입장에서 보자면, 인간이 호랑이들의 세상으로 침입했기 때문이다. 그러므로 그 죄를 묻는다면 1차적으로는 김현이고, 그 다음으로는 김현을 그리로 끌어들인 호랑이 처녀일 것이다. 그렇게 문제의 근본을 따지고 들자면 인간 세계와 동물 세계, 마을과 숲속이 혼효混淆한 데 있고, 하늘은 그 질서의 파괴를 문제 삼는다 하겠다.

호랑이 처녀는 이 위기 상황을 극복하기 위해 모든 죄를 본인이 감당하기로 결정하고 자신이 난폭한 호랑이의 표상이 되어 죽음으로써 문제가 말끔히 해결된다. 호랑이가 더 이상 인가를 습격하지 않고, 그동안 호랑이에게 상처 입은 사람들을 치료하는 방법까지 마련된 것이다. 즉, 호랑이는 호랑이대로 산군山君의 생활을 영위하고, 사람은 사람대로 마을에서 호환虎患 걱정 없이 평화를 누리게 된다. 이는 〈천지왕본풀이〉에서 소별왕과 대별왕이 이승과 저승을 나누어 맡아 질서를 바로잡아 나간 과정과 대동소이하다. 중간에 문제가 일어 질서를 잡아 나가기 어려운 상황이 벌어지기도 했지만, 어느 한 쪽의 양보나 중재로 양자가 공생할 길을 열고 그로써 질서가 바로잡히는 과정이다.

비교 삼아 〈김현감호〉의 뒤에 덧붙은 신도징申屠澄 이야기를 살펴보면 질서화 과정의 의미가 확연히 드러난다. 여기의 호랑이 아내는 사람과 생활하는 데 염증을 느끼고 다시 호랑이가 되어 산으로 돌아가 버리는데, 〈김현감호〉의 호랑이 처녀 같은 중개가 빠져서 둘 사이의 화해가 일어나지 않는다. 신도징이 아내와 함께 처가에 들렀을 때 다시 산속 생활이 그리워서 "부부 금슬 비록 중하나/산속에

둔 뜻 절로 깊네."[7]라고 읊었으며 호랑이 탈을 뒤집어쓰고 끝내 호랑이가 된다. 그리고는 아쉬워하거나 슬퍼하는 기색 없이 땅을 할퀴며 문을 박차고 나가 버린다. 김현과 호랑이 처녀의 이별 대목과 비교할 때, 슬픔이나 애틋함도 없이 두 세계가 만날 가능성이 아예 배제된 것이다. 호랑이는 호랑이대로 사람은 사람대로 살 뿐이어서 언제든지 충돌할 수 있는 위험을 내포한다. 말하자면, 질서화 이전의 혼돈 상태로 되돌아간 셈이다.

이처럼 〈천지왕본풀이〉와 〈김현감호〉는 본디 양립 불가능해 보였던 짝패 인물이 평화롭게 양립하는 쪽으로 귀결되는 서사이다. 〈천지왕본풀이〉는 천지왕이 내려준 이승과 저승의 관할권에 대한 지침을 대별왕과 소별왕이 받아들이지 않음으로써 혼란이 야기될 위험에 처한다. 마찬가지로 〈김현감호〉는 인간을 잡아먹으려는 호랑이의 포악함을 응징하려는 하늘의 뜻을 받든다면 한쪽의 멸절을 가져올 수밖에 없어서, 멸절되는 한쪽은 향후에 존립 자체가 불가능한 상황이었다. 그러나 〈천지왕본풀이〉에서는 대별왕의 양보와 배려로, 〈김현감호〉에서는 호랑이 처녀의 희생으로 중재에 성공하고 새로운 질서로 안착할 수 있었던 것이다.

둘째, 짝패 인물들 간의 대결을 통해 존재의 질적 상승을 이끌어 내는 서사는 〈구운몽〉이 대표적이다. 이 작품의 가장 두드러진 짝패는 성진과 양소유이다. 성진은 육관대사의 수제자이며 양소유는 출장입상出將入相의 영웅으로, 각각 성계聖界와 속계俗界를 대표하는 인물이다. 이들은 모두 자신들이 살고 있는 세계에 만족하였더라면 각각의 입장에서 최고의 위치에 올라 아무 문제가 없었을 것이다. 그

---

7 琴瑟情雖重, 山林志自深. – 一然, 《三國遺事》「感通」〈金現感虎〉.

러나 의심 없는 확신은 맹신일 뿐이며, 신념에 대한 적절한 의심이 기존의 신념을 더 확고하게 해 줄 수 있다. 서사에서 인물이 양극화할 때의 핵심 원리는 "정반대에 끌린다"는 것이다.[8] 그리고 각자의 영역에서 최고조에 이르렀을 때 스스로 전화轉化하여 정반대의 극으로 향하고, 마침내 양극단의 해결책을 마련해 낸다.

그러나 성진은 승려이고 양소유는 유자儒者라고만 생각하는 한, 성진과 양소유가 짝패로 만날 여지는 매우 줄어든다. 만일 그렇다면 성진은 성진대로, 양소유는 양소유대로 각자의 삶만 살아도 충분할 것이기 때문이다. 바로 여기에서 정체성正體性(identity) 문제가 대두된다. 작품에서는 물론 성진과 양소유로 변전變轉하는 과정이 잘 나와 있지만, 성진의 삶에서는 미래의 양소유를 기약할 수 없고, 양소유의 삶에서도 과거의 성진을 기억해 내지 못하기 때문이다. 이 둘은 어찌 보면 성진의 삶이 펼쳐진 가운데 양소유의 삶이 삽입된 형태여서 두 개의 서사가 순차적으로 진행되는 인상을 준다. 그런데 정체성이란 흔히 생각하듯 단일한 육신에 속한 단일한 정신의 일체성만으로 설명될 수 없다. 프라이H. W. Frei는 정체성을 "한 개인의 독특한 유일성, 한 개인의 과거·현재·미래를 포괄하는 자아의식"으로 보았으며, 버거P. I. Burger는 "충분히 긴 초상화, 즉 지금 그 자신뿐 아니라 그가 생각하고 있는 자신, 되려고 하는 자신, 타인이 그였다고

8 〈양극화에 의한 대립의 원리〉는 크리스토퍼 보글러, 《신화, 영웅, 그리고 시나리오 쓰기》, 함춘성 옮김, 비즈앤비즈, 2013, 391~415쪽까지에서 15가지로 설명되어 있는데 세부 원리는 다음과 같다: 1. 정반대에 끌린다. 2.양극화된 갈등은 관객을 끌어모은다. 3. 양극화는 서스펜스를 불러일으킨다. 4. 양극은 스스로 전화轉化한다. 5. 운명의 반전. 6. 인식. 7. 로맨틱한 반전. 8. 양극의 대립과 등장인물의 성장. 9. 스펙트럼의 극단. 10. 정반대 극으로의 전화. 11. 반전의 반전. 12. 양극단은 해결책을 찾는다. 13. 양극화된 세계. 14. 내면에서의 양극화. 15. 아곤Agon.

생각하는 자신까지도 포함하는 포괄적인 개념"[9]으로 확장해 보았다.

성진의 입장에서라면 승려는 지금의 자신이고, 양소유는 그가 되려고 하는 자신이다. 반대로, 양소유의 입장에서라면 유자儒者는 지금의 자신이고, 성진은 그가 되려고 하는 자신이다. 그런데 그들을 그렇게 추동하는 것은 스스로 깨친 것이라기보다는, 스승과 아버지가 촉발시킨 바가 크다. 스승인 육관대사는 가고 싶은 곳으로 가 보라며 방치하다시피하며 추방하고, 아버지 양 처사는 부귀영화를 볼 것이라며 속세를 등진다. 이 점에서 성진은 불교 승려인 육관대사가 가 보지 못한 가고 싶은 곳을 가는 셈이고, 양소유는 도교 도사道士인 아버지 양 처사가 가고 싶은 곳을 가는 셈이기도 하다. 성진/양소유의 짝패 이전에 스승/제자, 아버지/아들의 짝패가 이루어졌으며, 그 윗대의 결핍 내지는 욕망이 자연스럽게 다음 대로 이어졌던 것이다. 이 종횡縱橫으로 엮이는 이중의 짝패는 성진과 양소유의 삶을, 그 공통 기반을 강화함으로써 더욱더 단단하게 결박해 주는 촉매제이기도 하다. 나아가 성진/8선녀, 양소유/8미인, 또 8미인의 여러 쌍은, 한 남성이 만나고 싶은 여러 개의 이상형이면서 천하주유天下周遊의 상징이다. 어느 하나가 결락되어도 그 이상에 도달할 수 없는 것으로, 사랑을 통하여 삶을 완성하는 의미를 부여한다.

그러나 〈구운몽〉의 중심 짝패는 여전히 성진/양소유 짝패이며, 이 둘의 상승 작용은 결말부에 이르러 절정에 다다른다. 〈천지왕본풀이〉가 형제들이 제자리를 찾는 데 그치는 것이었다면, 〈구운몽〉은 성진으로 되돌아간 주인공이 단순한 회귀가 아닌 질적 비약을 이루어 내기

---

9 이러한 identity 개념에 대해서는 민혜숙, 《'중심'의 회복을 위하여 - 신화와 상징으로 현대소설 읽기 -》, 소명출판, 2014, 178쪽에서 재인용.

때문이다. 대별왕과 소별왕은 저승과 이승을 맡았는데 그 둘은 엄격하게 구분되는 공간이어서 서로 침해할 수 없는 배타성을 근간으로 하여 그 둘이 관할하는 세상은 저승이 아니면 이승이고, 이승이 아니면 저승인 세계인 것이다. 이는 대별왕이 다스리지 않는 곳이 곧 이승이고, 소별왕이 다스리지 않는 곳이 곧 저승이라는 말이다. 이에 비하자면, 성진의 부정으로 양소유가 되지 않고 양소유의 부정으로 성진이 되지 않는다는 점이 특이하다. 주인공은 연화봉의 성계聖界를 떠나 당唐나라의 속계俗界로 옮겨 왔고, 다시 속계의 당나라에서 성계의 연화봉으로 떠났지만, 그것은 단순한 회귀가 아니라 그 둘을 동시에 넘어서는 큰 깨달음의 경지였다. 다시 육관대사 앞에 선 성진은 더 이상 그 옛날 미몽에 사로잡혀 있던 애송이가 아니었던 것이다.

이것이 짝패 인물에서 전체성을 구현하는 두 번째 길이다. 즉, 시간의 흐름 속에 존재의 변이가, 그것도 질적 상승이 일어나면서 양자가 한데 어우러져야 함을 설파하는 방식이다. 여기에서 '연화도량'은 세계의 중심으로서 전체성을 획득하는 중요한 상징이 된다. 수직적으로는 하늘과 땅, 곧 성계와 속계를 잇는 곳이며, 수평적으로는 곧 남과 여, 곧 불교와 도교를 아우르는 접점이 된다. 여기에 여러 미인들 또한 세속 공간의 전체를 표상함으로써, 전체성의 집합장이 되는 것이다. 그러므로 이 짝패의 특성은 단순히 어느 한쪽이 다른 한쪽의 부족함을 채워 주는 정도가 아니라, 양자의 한계를 넘어 '작은 깨달음(小覺)'에서 '큰 깨달음(大覺)'으로 나가는 여정을 만들어 낸다.

이와 같은 존재의 질적 상승이라는 측면에서 〈구운몽〉보다는 못하지만 〈홍부전〉도 이에 근접한다. 특히 이 책에서 주로 다룬 신재효의 〈박타령〉 같은 경우는 처음부터 흥보와 놀보를 불구적 인간으로 설정하여 중간의 형제 분리 과정을 거쳐 서로의 부족함을 채워 나가는 계기를 마련한다. 흥보는 윤리적으로는 나무랄 데 없는 인물이지만 경제생활을 제대로 영위하지 못하는 인물이며, 반대로 놀보는 윤리적으로는 동기간의 우애마저 저버리는 사람이지만 경제생활만큼은 이악스럽게 이끌어 가는 인물이다. 그런데 흥보는 형에게 두 차례 쫓겨나는 참혹함을 거치면서 품팔이까지 불사하는 적극적인 인간으로 변화하며, 놀보는 보수報讎박의 횡액을 겪은 후 개과천선하게 된다. 문학사적으로도 놀보를 포용해 나가는 과정으로의 변이가 확인되는 만큼[10] 문학 향유층의 의식을 엿보게 한다.

재미있는 것은 여기에서도 초월적인 존재가 등장한다는 점이다. 〈천지왕본풀이〉의 천지왕이나 〈구운몽〉의 육관대사가 그랬듯이, 〈박타령〉에서도 좋은 집자리를 일러 주는 시주승이 있고, 흥보의 은혜와 놀보의 원수를 갚을 계략을 꾸미는 제비나라 장수가 있으며, 박 속에서 나와 놀보를 혼내 주는 장비張飛가 있다. 그러나 이들 모두 일시적으로 놀보를 혼내 주기는 하지만 죽인다거나 영영 형제 사이를 갈라놓는 게 아니라 다시 우애할 수 있는 길을 열어 준다. 그로써 어느 한쪽에 의한 일방적인 승리가 아닌, 흥보와 놀보가 함께 질적 상승을 하였는데 그것은 형제가 마주보며 서로의 부족함을 채워 간 결과로 볼 법하다.

〈옹고집전〉 역시 같은 맥락에서 이해됨직하다. 진짜 옹고집은 본디 제 재물 챙기기에만 욕심이 많아서 다른 사람의 삶에는 관심도

---

10 "어쨌든 〈흥보가〉의 결말은 놀보 스스로의 감화에 의해서든 흥보의 적극적인 행위에 의해서든 점차 놀보를 포용하는 쪽으로 변모했음이 분명하다." 정충권, 《흥부전 연구》, 월인, 2003, 76쪽.

없고 배려할 줄도 모르는, 제 이름 그대의 고집불통 인간이다. 그래서 노모 봉양도 제대로 못 하고 시주승을 능욕한다. 근원설화로 지목되는 〈쥐좆도 모른다〉와 연관하여 보면, 옹고집이 추구하는 삶은 단순히 인색한 수전노守錢奴일 뿐만 아니라 사대부의 남성문화에 경도된 삶이다. 그래서 가정 내의 내밀하고 세세한 문제에 대해서는 크게 신경 쓰지 못하며 지내는데, 그 때문에 진가眞假를 가리는 데 낭패를 겪어 가짜로 내몰린다. 그런데 옹고집이 떠난 후 옹고집 가정은 매우 평화로운 것으로 드러난다. 아이를 많이 낳아 금슬이 좋다는 점을 강조하는 것으로 보면, 부부간의 화락 또한 강조되는 편이다.

대개의 삶에서 일과 가정은 두 개의 수레바퀴와 같다. 삶의 주기에 따라 어느 한쪽으로 더 기울 수는 있겠지만, 그렇더라도 다른 한쪽에 최소한의 배려를 하지 못하면 급기야 기울어지기 쉽다. 옹고집이 처한 현실이 바로 그랬다. 고집불통에 기고만장한 성정性情으로 주변 사람들을 대한 결과 균열이 왔으며 그 탓에 가정에서 쫓겨나고 만다. 여기에서도 역시 초월적인 힘을 보이는 고승이 나타나 가짜 옹고집을 내세워 진짜 옹고집이 놓친 삶의 한쪽 면을 보여 주고, 옹고집은 배회와 참회 끝에 가정을 되찾는다. 옹고집이 자신과 전혀 다른 행동 양태를 보인 가짜 옹고집에서 자신의 삶을 되돌아보았을 것은 자명하다. 특히 가짜 옹고집은 자신과 완전히 똑같은 외모를 하고 있지만, 그 속은 자기와 정반대로 설정됨으로써 전도된 거울상像을 구현한다. 자신과 똑같지만 좌우가 상반되어 그로 인해 증오하는 가짜로 등장하여, 그 안에 도리어 참된 삶의 모습이 내비침으로써 반성과 회과悔過, 그리고 갱신이 뒤따르게 된 것이다.

셋째, 짝패 인물들 간의 합심을 통한 과업 성취가 드러나는 서사는 〈현우형제담〉이 대표적이다. 〈흥부전〉도 형제 이야기지만 형제 앞에 놓인 공통의 과업이 없고 합심이라고 할 과정이 드러나지 않는다. 이에 비해 〈현우형제담〉은 현賢/우愚가 갈리는 형제가 동일한 과업을 놓고 협력 관계를 이룬다. 이 가운데 짝패적 성격이 가장 잘 드러나는 예는 아마도 〈서애와 겸암〉 같은 명인名人 형제 유형일 것이다. 이들 형제는 허구화된 서사 이전에 이미 실제 인물에서도 여러 자질에서 상반되는 특성을 보인다. '드러남/숨음, 빠름/느림' 같은 기질적 차이에서부터 '충성/효도, 국가/지역' 같은 주요 활동 영역까지가 상반된다. 그런데 신기한 일은 여러 대립 자질들 가운데 좀 더 크고, 우세하고, 중요한 자질을 지닌 듯한 형제가 도리어 그렇지 못한 자질은 지닌 형제보다 더 낫게 그려지는 역전逆轉이 드러난다는 점이다. 그러나 역전을 보여 주면서 우월감을 과시하는 게 아니라 둘의 공동작용으로 과업이 더욱 완전하게 수행된다. 이 이야기에서는 표면적으로 어느 한쪽이 주도해서 과업을 성취하는 듯이 보이지만, 그런 결과가 나온 이면에는 다른 한쪽이 미리 준비하고 도운 결과라는 점을 특히 강조한다.

이보다 그 상보성과 협력 과정이 약하기는 해도 바보 형제 유형과 명의名醫 형제 유형 또한 짝패 인물이 상호 보완하는 쪽으로 서사가 진행된다. 똑똑하여 꾀를 내고 그 계획대로 움직이는 형제와 어리숙해서 시키는 일도 제대로 못 해내는 형제가 함께 지내면서 공동의 과업을 수행한다. 물론 중간 과정에서 어리숙한 형제가 실수를 연발하며 일을 그르치지만, 그 천진함으로 동정을 사고 그 덕에 제수祭需를 얻어올 수 있었다. 명의 형제 유형은 처방을 아는 명의 형제가 속수무책인 가운데 무조건 어머니를 엎고 길을 나선 보통 형제가 어머니를 살릴 약을 구했다. 여기에서의 대립 자질은 흔히 '마음/몸'으로 표상되는 남성성/여성성이다. 물론 이야기에서 후자가 전자를 이기는 것으로 설정되지만, 한쪽이 알아낸 처방을 다른 한쪽이 찾아낸다는 줄거리를 따라가다 보면, 마음과 몸, 남성성과 여성성이 합쳐질 때 온전한 삶이 보장된다는 내용을 담고 있는 셈이다.

이 합심을 통한 과업 성취가 첫째, 둘째 유형과 크게 다른 점은 서사가 진행되어도 인물에 큰 변화가 없다는 점이다. 인물들이 제자리를 잡아 새로운 질서를 찾아가는 것도 아니며, 인물의 질적 성장이 이루어지는 것도 아니다. 한 인물은 똑똑하고 한 인물은 그보다 어리석게 나오는데, 서사의 결말에 이르러도 그 내용은 전혀 변하지 않는다. 다만 현賢과 우愚의 일반적인 기대와는 달리 후자의 역할이 더 크며, 그 둘이 물리적인 합체를 통해 온전함을 이룬다는 점이 특이하다. 앞의 두 유형에 비하자면, 가장 소박한 방식으로 전체성에 도달한다 하겠다.

넷째, 끝내 화합하지 못하고 파탄에 이르는 서사는 〈오뉘 힘내기〉를 시작으로 〈황호랑이〉, 〈양반전〉 등에서 나타난다. 이들 서사의 특징은 배타적으로 맞서는 두 세계 곧 남성/여성, 인간/동물, 양반/상민 등의 우열을 근간으로 한다는 점이다. 이들은 통상 전자가 후자보다 더 낫다는 우열론에 입각하여 더 못하다고 여겨지는 쪽에서 더 나은 쪽을 선망羨望하면서 문제가 불거진다. 모두 특별한 능력을 지닌 오누이가 힘겨루기를 할 필요가 없음에도 불구하고 끝내 힘겨루기를 통해 이겨야만 하고, 일시적이나마 호랑이가 온 산을 호령하는 힘을 얻기 위해 호랑이로 변신했지만 끝내 사람이 될 수 없는 것을 슬퍼하며, 천부賤富는 양반이 되기 위해 재물만 날린다. 또, 여느 허구적 서사와 함께 논의하기는 어렵겠지만 실화를 바탕으로 한 〈유연전〉의 경우, 현실에서 전혀 접점이 없는 가짜 인물이 오로지 재물을 취하려는 의도로 사기 행각을 펼치다가 파탄이 난다.

여기에서 일어나는 파탄은 우연히 얻어지는 게 아니라 필연적 귀결이라는 점에 주목할 필요가 있다. 여기의 등장인물들은 하나같이 다른 한쪽을 선망하면서 동시에 경멸하는 양상을 띠고 있다. 가령, 〈오뉘 힘내기〉에서 하루에 서울을 다녀올 능력이 있는 오빠와 성을 쌓을 재주를 지닌 누이가 있다면 각자를 인정하고 그 둘 사이의 균형점을 찾아낸다면 〈천지왕본풀이〉 같은 아름다운 화해가 있을 법하다. 그러나 그들은 불필요한 신경전 끝에 내기를 하고, 비록 정당한 방법은 아니지만 내기에서 승패가 가려진 대로 승복을 하는 것으로 끝나지 않고 절대적 힘을 지닌 어머니의 개입으로 한쪽을 멸절시키고 만다. 〈황호랑이〉의 경우, 대개 '황효자'로 명명될 만큼 효자인 주인공이 부모님께 고기반찬을 해 드릴 방법이 없어서 호랑이로 변신한다. 그 덕에 효도를 함은 물론 부자는 아니더라도 끼니 걱정을 면하고 잘살게 되었는데, 그러자 그 아내가 밤이슬을 맞고 다니는 남편이 꼴 보기 싫어서 둔갑술 책을 태워 없앰으로써 남편은 다시 사람이 되지 못한다. 호랑이로 변신하여 얻어 오는 짐승들로 인한 윤택함은 선망하지만, 음식을 얻기 위해 호랑이로 지내는 삶은 경멸했던 것이다. 〈양반전〉의 정선 양반은 학덕도 없이 권세를 남용하는 군수와 같은 삶을 선망하면서 경멸했을 것이고, 역으로 군수 또한 들어앉아 공부를 하는 정선 양반의 삶에 대해 그랬을 것이다. 또, 천부賤富는 천부대로 신선놀음 같은 양반의 삶을 선망하면서도 하는 일 없이 상민을 뜯어먹고 사는 도적 같은 삶을 경멸한다.

이렇게 동일한 대상에 대해 이중적인 태도를 지니게 될 때 상대를 내 삶에 편입시키지도 못하고 내 삶이 상대의 삶으로 들어가지도 못하는 절대적 배타 관계를 형성하게 되어 서로의 접점을 잃기 쉽다.

거기에 더해 〈오뉘 힘내기〉의 어머니, 〈황호랑이〉의 아내, 〈양반전〉의 군수처럼 건설적인 중재자가 될 수 있는 인물이 균형을 잃고 어느 한쪽으로 기울게 되면 걷잡을 수 없는 파탄에 이르는 것이다. 여기에는 '아버지'로 상징되는 기존 질서의 파괴가 작동하는 것으로 보이는데, 그럼에도 불구하고 새로운 질서가 마련되지 못함에 따라 빚어지는 문제를 그려 낸다 하겠다.

그런데 문제는 이들 작품에서의 짝패 인물이 서로가 서로를 내칠 수도 없고 내쳐서도 안 되는 관계라는 점이다. 오누이는 한 핏줄의 동기同氣이며, 호랑이는 생계의 방책이었고, 양반과 상민, 사士와 대부大夫의 삶은 서로에게 기대는 존재이기 때문이다. 이런 사실을 무시하고 서로 다른 길을 갈 때 삶에 비애가 일게 되고 심하게는 비극을 빚는다. 물론, 〈오뉘 힘내기〉와 〈황호랑이〉 같은 설화와 조선 후기 한문 단편인 〈양반전〉 간에는 엄청난 간극이 있다. 전자가 신화가 지닌 전체성을 상실하고 거대한 세계에 발가벗겨진 인간의 참혹한 삶을 드러낸 것이라며, 후자는 이상적으로 고안된 신분제가 더 이상 통용되기 어려운 변동 속에서 온 사회제도적 파탄을 다루고 있기 때문이다. 〈오뉘 힘내기〉와 〈황호랑이〉가 내가 속하며 살아가고 있는 존재론적 세계와, 내가 속하지 않고 살아가야 할 당위론적 세계가 더 이상 일치하지 않는 보편적인 상황에 대한 서사라면, 〈양반전〉은 유교문화가 압도하면서 밖으로 내세운 사회적 가면과 그 안에 담긴 본질이 상충하면서 빚어지는 특수한 국면을 담은 서사이다. 전자가 한쪽이 죽거나 되돌아올 수 없는 길로 가 버렸기에 영원한 파탄을 보여 준다면, 후자는 일시적인 문제 해결에 그침으로써 똑같은 상황이 언제든지 재현될 수 있다는 점에서 훨씬 더 강력한 경고를 보낸다.

이러한 일련의 양상들은 문학사적 견지에서도 일정한 흐름을 감지할 수 있다. 물론 작가가 분명할뿐더러 실화인 〈유연전〉이나, 〈구운몽〉이나 〈양반전〉처럼 작가가 알려진 소설을 제외하면 적층문학이어서 명확한 선후관계를 밝혀내기 쉽지 않다. 〈천지왕본풀이〉가 무속신화로서 맨 앞을 차지할 수 있다 하더라도, 우리가 현재 접하는 실제의 텍스트가 13세기에 찬술된《삼국유사》에 실린 〈김현감호〉보다 선행하는 것으로 상정할 수는 없으며, 〈김현감호〉 또한《삼국유사》에 최초로 실려 있다고 해도 지금은 전하지 않지만 그 이전 11세기의 박인량朴寅亮이 쓴《수이전殊異傳》에 〈호원虎願〉이라는 제목으로 실렸다는 기록이 있는 등 시기를 특정하기 어렵다. 기록에 남아 있는 작품들이 그럴 때, 〈천지왕본풀이〉처럼 순전히 입으로 전해오는 작품들의 선후를 재단하기는 쉽지 않은 일이며, 여기에서 다룬 작품들 가운데 가장 늦은 축에 드는 19세기에 생성된 신재효의 〈박타령〉의 경우도 그 이전의 〈흥부전〉과 〈흥보가〉 사설들에서 영향을 받지 않을 수 없고, 더 올라가면 〈방이설화〉 같은 부류의 모방담의 영향이 있는 것이다.

이러한 문제를 고려하여 범박함을 무릅쓰고 이 책에서 다룬 작품들을 문학사적 조망을 위해 순서대로 배열한다면 대략 다음의 순서가 될 것이다. 첫째, 시대를 확정할 수 없는 구비문학을 앞에 놓는다는 전제에서 신화인 〈천지왕본풀이〉가 가장 앞에 놓이고, 그 뒤로 전설에 속하는 〈오뉘 힘내기〉와 〈김현감호〉, 그리고 민담에 속하는 〈현우형제담〉을 배열할 수 있다. 둘째, 소설 가운데는 비록 전傳의 형식을 띠기는 하나 17세기 초엽에 등장한 〈유연전〉이 있고, 17세기 말엽의 〈구운몽〉이 맨 앞에 서며 18세기의 〈양반전〉이 뒤를 잇는다. 셋째, 작품별 편차는 있겠지만 판소리 레퍼토리에서 출발한 〈흥부전〉과 〈옹고집전〉을 맨 마지막으로 놓을 수 있다. 물론, 판소리계 소설의 경우, 이른바 근원설화의 출발선상부터 생각하면 상당 부분 위로 올라갈 수 있겠지만, 〈박타령〉이 신재효본 사설로 정착한 시기를 감안하거나 〈옹고집전〉이 〈춘향가〉처럼 비교적 이른 시기의 자료가 남아 있지 않은 사정을 고려할 때, 비록 작품 전체가 그렇지 않다 하더라도, 여기에서 다룬 작품들 중 가장 후대적인 모습을 띤 것은 분명하다.

그러나 모든 문학작품이 그렇듯이 짝패 인물이 드러나는 작품들 또한 시기별로 일정 방향으로 단선적인 변화를 보인다고 보기 어렵다. 때로는 여러 요소들이 혼효하면서 새로운 양상을 만들어 내거나 낡은 양상을 지워 없앨 것이고, 때로는 대립적인 요소들이 우열을 바꾸어 가면서 부침浮沈을 보이기도 할 것이다. 문제는 어떤 준거로 이들 작품을 일별할까 하는 것인데, 지금까지의 논의를 토대로 대략 두 가지 방향에서 살펴볼 수 있을 것이다. 그 하나는 짝패를 이루는 인물들 간의 관계이며, 또 하나는 짝패들이 맞서는 주요 자질이다.

먼저 짝패를 이루는 인물들 간의 관계를 보자. 가장 두루 통용되는 관계가 형제와 남매 같은 동기同氣이다. 그 처음인 〈천지왕본풀이〉 또한 동기간이며, 그 뒤를 잇는 전설 〈김현감호〉, 〈오뉘 힘내기〉와 민담 〈현우형제담〉이 모두 동기들이다. 그러나 모두 한 부모의 기운을 받고 태어난 동기들이어도 작품들 간에 편차가 있다. 이미 살펴본 대로 동기는 같은 자질을 공유할 뿐 아니라 부모의 사랑과 재물 등을 나누어야 하는 관계여서 서로 맞설 일이 많다. 역설적으로, 공통점이 많을수록 경쟁이 심하고 그 탓에 대립이 극단화되는 것이다. 이 점에서 〈천지왕본풀이〉의 대별왕과 소별왕은 공통적인 특성이 가장 두드러지는 동성 형제 가운데서도 쌍둥이다. 이에 반해 〈김현감호〉

의 호랑이 남매와 〈오뉘 힘내기〉는 오누이라는 이성 형제로서 그 공통점이 그보다 떨어지며, 〈현우형제담〉은 그 중간이다.

이렇게 볼 때, 그 관계만으로 대립이 심한 순서는 〈천지왕본풀이〉, 〈현우형제담〉, 그리고 〈김현감호〉, 〈오뉘 힘내기〉의 순서일 듯하다. 그러나 실제로는 〈천지왕본풀이〉 다음으로 〈김현감호〉, 〈오뉘 힘내기〉가 놓이며, 〈현우형제담〉은 맨 마지막에 놓인다. 그 이유는 동기들이 추구하는 목표에 있다. 〈천지왕본풀이〉, 〈김현감호〉, 〈오뉘 힘내기〉는 짝패 인물들이 추구하는 목표가 서로 다르다. 〈천지왕본풀이〉는 더 좋은 세상을 차지하기 위해 형제가 경쟁하고, 〈김현감호〉는 인간을 대하는 태도가 적대적인가 우호적인가로 확연히 갈리고, 〈오뉘 힘내기〉는 서로 다른 종목에서 경쟁하여 한쪽이 승리하면 한쪽은 패배할 수밖에 없는 구조였다. 이에 반해 〈현우형제담〉은 어머니의 병을 고치려는 한 가지 목표를 두고 형제가 서로 다른 방향으로 길을 찾아 끝내 문제 해결에 이르는 이야기다.

다음으로, 소설로 접어들면 서로 완전히 다른 인물이 마치 한 인물인 것처럼 등장하는 일이 일어난다. 실화의 서사인 〈유연전〉은 사기 행각으로 만들어진 가짜가 진짜인 것처럼 행세하고, 〈구운몽〉과 〈옹고집전〉에서는 완전히 다른 인물이지만 사실은 한 인물이 특수 분화한 형태로 드러나면서 특별한 관계를 설정한다. 〈구운몽〉의 성진은 양소유와는 전혀 다른 삶을 사는 별개의 인물임에도 불구하고 전생轉生이라는 장치를 통해 둘이 연결되고, 끝내 깨침을 통해 둘이 다시 한 사람으로 통일된다. 둘이 보여 주는 삶은 앞선 설화 작품에서 보였던 그 어떤 대립보다 심각하게 다르지만, 종교적 장치를 통해 하나로 귀결되는 접점을 보여 주는 것이다. 아울러, 스승과 제자, 남성과 여성, 여성과 여성의 여러 짝패들을 함께 선보임으로써 의미의 다층화를 견인한다. 〈옹고집전〉은 진짜 옹고집을 닮은 가짜 옹고집이 만들어짐으로써 허상이 실상과 대결하는 양상을 보인다. 〈구운몽〉의 성진과 양소유가 한 공간에서 서로 다른 삶을 경쟁적으로 보여 주지 않았던 것에 대자면, 이 둘의 대결은 매우 직접적이다. 도플갱어를 연상시킬 만큼의 분신分身으로 볼 수 있다. 그러나 실제 내용으로 파고들면 둘은 대극적으로 다른 양상으로, 설화 속 형제들이 '둘이면서 하나'를 보여 준다면 이 두 작품에서는 '하나이면서 둘'을 보여 준다 할 수 있다. 그리고 이 과정에서 그전에 제가 추구하던 욕망이나 목표가 잘못되었음을 깨닫고 방향을 돌리는 '전향'이 일어나, 주제의 수준이 한 차원 올라간다.

물론 소설에서도 형제 관계는 계속되어 〈흥부전〉은 형과 동생이라는 기본 틀을 그대로 유지한다. 부모의 재산을 함께 나누어야 한다는 점에서 〈천지왕본풀이〉와 궤를 같이 하면서, 서로 전혀 다른 삶을 살아간다는 점에서 〈김현감호〉와 닮았다. 그렇지만 긴 서사를 이끌어 가면서 제비를 구하고 박을 타는 일련의 과정을 겪으면서 처음의 관계가 계속되는 것이 아니라, 〈오뉘 힘내기〉처럼 한쪽의 파멸을 빚는 경쟁담이 되기도 하고, 흥부의 도량度量과 놀부의 개과改過로 〈현우형제담〉과 같이 공동 승리로 귀결되기도 한다.

이상의 관계들에 비해 〈양반전〉은 완전히 다른 양상이다. 등장인물들이 외형상 짝패가 될 만한 공통 요소들을 가지고 있지 않기 때문이다. 정선 양반과 천부는 본래 남남일 뿐만 아니라, 서로 왕래조차 없던 인물이다. 정선 양반과 군수 역시 같은 군수가 정선에 부임해 옴으로서 지역사회에 묶여 있을 뿐 처지가 완전히 다른 남남이다. 그럼에도 불구하고 이 둘은 돈과 신분의 거래가 필요한 사이이거나, 그 거래를 하는 당사자와 중재하는 인물이라는 관계에서 짝패 관계를 이룬다. 반班/상常이나 사士/대부大夫를 가르는 기준이 없었다면 이 둘은 서로 별다른 관계를 맺지 않고 지냈을 법한 타인이지만, 그러한 기준에 의해서 서로 대립하기도 하고 기대기도 하며 서로 선망하고 경멸하면서 짝패를 이루어 낸다. 이렇게 훑어 나갈 때, 시기적으로 맨 끝자리에 서는 〈박타령〉은 형제 관계이면서 지금까지 살펴본 여러 관계들을 종합적으로 갖추고 있는 꼴이다. 이 작품의 서사가 우선 조상이 남긴 재산을 어떻게 나누느냐 하는 것을 두고 벌이는 다툼이면서, 장남 상속의 사회제도 등과도 연관되고, 가난해도 양반의 체통을 저버릴 수 없다는 사회적 가면을 보이기도 하는 등 다양한 국면을 연출하기 때문이다.

짝패들이 맞서는 자질의 측면에서도 이 작품들은 상당한 편차를 보인다. 고전 서사에서 인물의 자질로 가장 중요한 것은 인간인가 인간이 아닌가 하는 점일 것이다. 짝패 인물에서는 상식적으로 인간과 인간의 대립이 우선될 것 같지만, 고전 서사에는 의외의 변인들이 많다. 가령 〈천지왕본풀이〉의 대별왕과 소별왕은 신과 인간 사이에 태어난 반신반인半神半人으로서 나중에 저승과 이승을 관장하는 신으로 좌정하며, 〈김현감호〉의 호랑이 처녀는 호랑이로 설정되어 있음에도 불구하고 인간 세계에서는 처녀의 모습으로 남성과 사랑을 나누는 만큼 반인반수半人半獸의 존재이다. 또 〈구운몽〉의 양소유는 성진의 전생轉生이며, 〈옹고집전〉의 가짜 옹고집은 허수아비로 만든 허상이다. 또 인간이라 하더라도 〈오뉘 힘내기〉의 오누이는 여느 인간이라면 상상도 못할 만한 능력을 지닌 초인超人의 면모를 보여서 일반인이라 보기 어렵다.

이렇게 보면 짝패들이 맞서는 자질이라는 측면에서 태생적으로 맞설 수밖에 없는 자질을 지닌 데서 출발하며, 그럴 필요가 없음에도 불구하고 환경적으로 맞서게 되는 쪽으로 진행되는 양상을 보인다. 맨 처음에 서는 〈천지왕본풀이〉의 경우, 하늘과 땅의 결합으로 태어난 형제는 태생적으로 이질적인 면을 지녔고, 실제로 꽃피우기와 수수께끼 풀이로 상징되는 대립적인 이념을 근간으로 짝패 관계를 형성한다. 이보다는 스케일이 작지만, 〈김현감호〉의 호랑이 남매는 인성人性과 수성獸性이라는 자질이 맞선다. 초인적인 인물이 등장하는 〈오뉘 힘내기〉에서는 남성과 여성이라는 자질이 갈리는 것에서 출발하여 서울 다녀오기와 성 쌓기 대결을 통해 남성성과 여성성이 첨예하게 맞선다.

이 같은 설화에 반해, 실화에 바탕을 둔 〈유연전〉은 재물에 대한 탐욕으로 가짜가 진짜 행세를 할 수 있음을 보여 새로운 국면을 드러낸다. 생래적으로 타고난 조건이나 자질이 문제가 아니라 후천적으로 얻을 수 있는 재물 등이 문제가 되어 불필요한 가짜를 만들어냈고, 그 때문에 진짜와의 대립이 빚어졌던 것이다. 소설로 접어들면 일단 인물들이 보통 인간으로 등장하면서 많이 평범해지는 가운데 후천적이거나 사회 환경에서 문제가 될 법한 자질이 전면에 나선다. 〈구운몽〉에서는 깊은 산속 도량에서 불교 공부를 하는 탈속의 인물인 성진과 과것길에 올라 출장입상出將入相하는 양소유가 성계聖界와 속계俗界, 혹은 불교와 유교의 이념으로 표면상의 대립 국면을 연출한다. 그에 비하자면 〈양반전〉은 유교적 이념이나 정명正名 등의 자질이 나서지 않는 것은 아니지만, 경제적인 자질이 중요하게 대두된다. 재물을 가졌으나 높은 신분을 갖지 못한 인물과, 낮은 신분이지만 재물이 있는 자가 서로 마주보는 형국이며, 공부는 하지만 벼슬이 없는 사람과 벼슬은 하지만 덕망을 갖추지 못한 인물이 같은 신분의 인물로 맞선다.

〈옹고집전〉에 이르면 〈양반전〉에서 보이던 경제적 문제를 그대로 이으면서 남성 중심의 가부장제 문화의 문제까지 노정한다. 부모에 대한 불효나 시주승의 학대로 불거진 문제 외에도, 진짜 옹고집이 무시하고 살던 일상의 세세한 삶이나 가족 구성원 간의 화목 같은 부분이 가짜 옹고집의 삶을 통해 여실히 드러나는 것이다. 그러나 이렇게 대립하는 문제가 부각되는 지점이 인간적인 데 있다고는 해도, 이 모든 일의 기획이나 문제 해결에서는 초월적인 힘을 보이는 도사나 고승에게 있다는 점은 설화에서 보여 주던 것 못지않다.

이 점에서 짝패를 이루는 인물이 온전한 인간과 인간인 작품은 소설인 〈구운몽〉이나 〈옹고집전〉보다 민담인 〈현우형제담〉에서 더욱 또렷하다. 이 작품에서는 대개 실존 인물들을 내세운 까닭에 초월적인 힘을 행사할 여지가 없고, 그 수행하는 과업이 가정과 국가의 일이라든가, 과업 수행의 속도가 늦거나 빠르다 같은 지극히 인간적인 자질이 맞서는 것으로 나온다. 그런데 '인간적'이라는 말이 함의하듯이 어느 쪽이든 완벽할 수 없어 그 둘의 보완에 초점을 두게 된다. 역시 현실적인 인간인 두 형제가 나오는 〈흥부전〉도 여기에서 크게 벗어나지 않는다. 특히 〈박타령〉 같은 데서는 형제간의 우열을 최소화하면서, 여러 작품들이 보인 대립 자질들이 두루 드러나게 배치한다. 윤리적인 선악 대립은 물론이고, 재물의 있고 없음의 차이, 나아가 양반의 체모 때문에 가장 구실을 제대로 못 하는 허세 같은 것까지 잘 담아냄으로써 부족함을 채워 온전해져야 한다는 메시지를 전하는 데 주력한다. 다만, 이 작품의 경우, 시주승이 나타나서 흥부가 발복할 집터를 찾아 준다거나, 제비 장수의 도움을 받는다거나, 흥부의 박 속에서 나온 행운, 심지어는 놀부의 박통 속에서 나온 여러 신령스러운 인물들의 도움처럼, 인간의 영역을 넘어서는 일들이 터져 나옴으로써 현실적인 면모를 많이 약화시켰다는 문제가 있다.

전체로서의 삶을 살아가는 일은 인류가 오래 꿈꾸어 오던 이상이다. 비록 전체로부터 분화하여 일부분이 되고 되돌아갈 수 없이 둘 또는 여럿으로 쪼개지기도 하지만, 그들을 합치는 것은 온전한 삶을 살아가는 지혜이며, 분열된 자아상은 곧 결핍을 통해 총체적 자아상을 확인시켜 준다. 때로는 자신과 상반된 삶을 선망하거나 경멸하면서, 또 심지어는 스스로 그러한 삶으로 변신하여 나머지 한쪽의 삶을 살아 보는 서사를 통해, 잃어버린 전체를 희구했다 하겠다. 어쩌면 그것이 이야기 속 서사로만 가능한 이상적인 삶이라 하더라도, 인간이 제한된 현실에 굴복하지 않고 진실을 추구하려는 한, 짝패 이야기는 이야기로 계속 이어지고 실제의 삶에서도 지속될 것이다.

자료 및 참고문헌

1. 자료

〈구물레 구장군〉,《한국구비문학대계》 4-1.
〈금마탑에 얽힌 전설〉,《한국구비문학대계》 5-2.
〈김덕령 장군 오뉘 힘내기〉,《한국구비문학대계》 6-9.
〈김덕령 장군 일화(1)〉,《한국구비문학대계》 6-9.
〈김덕령 장군과 오뉘 힘내기〉,《한국구비문학대계》 6-11.
〈김덕령 장군의 오뉘 힘내기〉,《한국구비문학대계》 5-3.
〈김덕령과 누나와 용마〉,《한국구비문학대계》 6-9.
〈김덕령과 힘자랑〉,《한국구비문학대계》 6-9.
〈깨동나무와 두 형제〉,《한국구비문학대계》 7-4.
〈누나만 못한 이몽학의 재주〉,《한국구비문학대계》 4-5.
〈대구에서 전 현감 유예원의 가짜 아들이 나타나 벌어진 사건과 그 처리 과정〉,《선조실록》 13년 윤4월 10일.
〈동생과의 내기에서 져 준 이몽학의 누이〉,《한국구비문학대계》 4-5.
〈둔갑한 쥐(Ⅰ)〉,《한국구비문학대계》 6-5.
〈말무덤〉, 임석재,《한국구전설화》,《한국구전설화》, 평민사, 1990.
〈미련한 아우〉,《한국구전설화 9》, 평민사, 1990.
〈바닷물이 짠 이유〉,《한국구비문학대계》 1-6.
〈서애西厓 어머니와 형〉,《한국구비문학대계》 3-1.
〈서애와 겸암〉,《한국구비문학대계》 5-5.
〈석숭보의 유래〉,《한국구비문학대계》, 4-6.
〈아들로 시아버지 구한 효부〉,《한국구비문학대계》 2-7.
〈아들 죽인 어머니를 용서한 효자〉,《한국구비문학대계》 5-1.
〈어머니 병을 안 고친 명의원〉,《한국구비문학대계》 5-5.
〈옹고집전〉, 김기동 편,《한국고전소설선》, 새글사, 1965.
〈옹고집젼이라〉(단국대학교 소장본)
〈옹고집젼이라〉 연세대본, 서유석 외,《옹고집전·배비장전의 세계》, 보고사, 2013.
〈옹고집젼이라〉(최래옥 소장본)
〈옹싱원젼〉,《한글필사본고소설자료총서》 37(영인본), 오성사, 1986.

〈유충렬전〉86장본, 《영인고소설판각본전집2》, 인문과학연구소, 1973.
〈적셩의젼〉23장본, 《영인고소설판각본전집3》, 인문과학연구소, 1973.
〈이인 겸암 선생〉, 《한국구비문학대계》 7-9.
〈재주를 한 가지씩 배운 삼형제〉, 《한국구비문학대계》 8-2.
《주역周易》
〈쥐좆도 몰랐나〉, 《한국구비문학대계》 2-12.
《창선감의록》, 경성서적, 1926.
〈형 유유를 살해한 학생 유연을 처형하다〉, 《명종실록》 19년 3월 20일.
〈형제城〉, 임석재, 《한국구전설화》 6, 평민사, 1990.
〈호랑이도 감동한 며느리의 효성〉, 《한국구비문학대계》 7-8.
〈호랑이로 변신한 효자〉, 《한국구비문학대계》 4-4.
〈호랑이에게 자식 준 효부 이야기〉, 《한국구비문학대계》 5-2.
〈홍리 고대각〉, 《한국구비문학대계》, 9-3.
〈황호랑이 황팔도〉, 《한국구비문학대계》 4-6.
〈흥부전〉(경판25장본, 국립중앙도서관 소장), 김진영 외 편저, 《흥부전 전집》 2, 박이정, 2003.
《성경전서》, 대한성서공회, 2001 개정판.
《荀子(하)》, 송정희 옮김, 명지대학교출판부, 1981 4판.
《우파니샤드》, 이재숙 옮김, 한길사, 1996.
《장자莊子》, 〈應帝王篇〉.
《주역周易》, 《계사전繫辭傳》.
김만중, 〈구운몽〉, 이가원 역주, 연세대학교출판부, 1980.
______, 〈구운몽〉(서울대학교 규장각 소장 필사본), 김병국 교주, 《구운몽》, 서울대학교출판부, 2007.
______, 〈구운몽〉(완판 105장본), 김동욱 편, 《영인판각본전집》 1, 연세대학교인문과학연구소, 1973.
______, 〈九雲夢〉(노존본), 정규복 엮음, 《구운몽 자료 집성 1》, 보고사, 2010.
김삼불 교주, 《배비장전·옹고집전》, 국제문화관, 1950.
박봉술 창, 〈박타령〉, 뿌리깊은나무, 《판소리 다섯 마당》, 브리태니커사, 1984.
박봉춘 구연 〈천지왕본풀이〉, 김헌선, 《한국의 창세신화》, 길벗, 1994.
박지원, 《燕巖集》.
______, 《연암집(상)(중)(하)》, 신호열·김명호 옮김, 돌베개, 2007.
李植, 〈贈吏曹參判原州牧使柳公墓碣銘〉, 《澤堂先生別集》 제7권.
이규보, 〈동명왕편東明王篇〉, 《東國李相國集》.

이덕무, 《사소절士小節》, 《국역 청장관전서》 6, 민족문화추진회, 1986.
이익, 〈유연전〉, 《성호사설》, 제12권 인사문人事門.
이항복, 〈유연전〉, 《국역 국조인물고 제15집》, 세종대왕기념사업회, 2003.
일연, 《삼국유사》, 강인구 외, 《譯註 三國遺事 Ⅰ》, 이회문화사, 2002.
최래옥 주석, 연세대본 《옹고집젼》, 《동양학》 19집, 단국대학교 동양학연구소, 1989.
《국역국조인물고 15》, 홍혁기·이광재 옮김, 세종대왕기념사업회, 2003.

2. 참고문헌

가. 국내 문헌

강소전, 〈〈천지왕본풀이〉의 의례적 기능과 신화적 의미〉, 《탐라문화》 32호, 2008.
강한영 교주, 《신재효판소리사설집(全)》, 보성문화사, 1978.
강현모, 〈말무덤〉 항. 국립민속박물관 편, 2012.
_____, 〈오뉘 힘내기〉 항, 국립민속박물관 편, 《한국민속문학사전》, 국립민속박물관, 2012.
권태효, 〈북유럽신화집 《에다》와의 대비를 통해 본 〈오누이힘내기설화〉의 신화적 성격과 본질〉, 《민속학연구》 8, 국립민속박물관, 2001.
_____, 《한국의 거인설화》, 역락, 2002.
김광순, 〈興夫傳의 主人公에 關한 人性 分析〉, 《청계김사엽박사송수기념논총》, 청계김사엽박사송수기념논총간행위원회, 1973.
김기호, 〈겸암 설화에 나타난 형제 관계와 전승자 의식〉, 《구비문학연구》31집, 한국구비문학회, 2010.
김난주, 《융 심리학의 관점으로 본 한국의 신화》, 집문당, 2007.
김대숙, 〈轉生설화에서 본 「구운몽」〉, 《이화어문논집》 13, 이화어문학연구소, 1994.
김모세, 《르네 지라르: 욕망, 폭력, 구원의 인류학》, 살림, 2008.
김미란, 《古代小說과 變身》, 정음문화사, 1984.
김병국, 《서포 김만중의 생애와 문학》, 서울대학교출판부, 2001.
김병국, 〈성진 환생의 심리적 의미〉, 《한국고전문학의 비평적 이해》, 서울대학교출판부, 1995.
김병욱 외, 《한국문학과 신화》, 예림기획, 2006.
김소은, 〈변신 이야기에 나타난 '변신'의 논리와 현실 대응방식 고찰-「디워」, 「미녀는 괴로워」, 「트랜스포머」, 「태왕사신기」를 중심으로-〉, 《우리문학연구》 40, 우리문학연구회, 2013.
김수봉, 《서사문학의 반동인물 연구》, 국학자료원, 2002.
김수용, 〈《파우스트》에 나타난 악惡의 본성〉, 《독일언어문학》 12집, 한국독일언어문학회, 1999.
김시황, 〈謙菴 柳(雲龍) 先生의 生涯와 思想〉, 《동방한문학》 20집, 동방한문학회, 2001.
김열규, 《혼례》, 현실문화연구, 2006.
김영일, 〈〈제석〉 신화의 비교 연구〉, 김병욱 외, 《한국문학과 신화》, 예림기획, 2006.
김영진, 《한국의 아들과 아버지》, 황금가지, 2001.
김영태, 〈악에 대한 종교철학적 이해-유대교 · 그리스도교를 중심으로〉, 한국정신문화연구원 철학 · 종교연구실 편, 《惡이란 무엇인가》, 창, 1992.
김인회, 《한국인의 가치관》, 문음사, 1981.
김정애, 〈〈구운몽〉에 나타난 계섬월의 연애방식과 그 문학치료적 의미-〈주생전〉의 배도와의 비교를 통하여-〉, 《통일인문학논총》 제56집, 2013.
김종철, 〈옹고집전 연구-조선후기 요호부민의 동향과 관련하여〉, 《한국학보》 75, 일지사, 1994.
_____, 《판소리의 정서와 미학》, 역사비평사, 1996.
김진석, 〈짝패와 기생: 권력과 광기를 가로지르며 소설은〉, 《작가세계》14호, 1992 가을.
김창진, 〈〈흥부전〉의 주제는 '공존공영'이다(1)〉, 《목포어문학》 2, 목포대국문과, 2000.
_____, 〈놀부가 흥부를 내쫓은 까닭은?-〈흥부전〉의 주제는 '공존공영'이다(2)〉, 《국제어문》 22, 국제어문학회, 2000.
_____, 〈흥부 · 놀부의 인물성 변화 과정 고찰-「박타령」을 중심으로-〉, 《국제어문》 9 · 10, 국제어문학회, 1989.
김태준, 《조선소설사》, 학예사, 1939.
김헌선, 〈〈베포도업침·천지왕본풀이〉에 나타난 신화의 논리〉〉, 《비교민속학》 28집, 비교민속학회, 2005.
_____, 《한국의 창세신화》, 길벗, 1994,
김현, 〈지라르의 눈으로 제주도 개벽 신화 읽기〉, 《폭력의 구조/시칠리아의 암소》, 문학과지성사, 1992.
____, 《르네 지라르 혹은 폭력의 구조》, 나남, 1987.
김현룡, 〈옹고집전의 근원설화 연구〉, 《국어국문학》 62 · 63 합집, 국어국문학회,

1973.
김흥규, 〈국문학 연구방법론과 그 이념기반의 재검토〉, 《문학과지성》 1979 겨울, 문학과지성사.
류성민, 《성스러움과 폭력》, 살림, 2003.
무비스님 편저, 《금강·아미타경》, 창, 2010.
민혜숙, 《'중심'의 회복을 위하여-신화와 상징으로 현대소설 읽기-》, 소명출판, 2014.
박기석, 《박지원문학연구》, 삼지원, 1984. 1.
박성태, 〈〈유연전〉에 나타난 가정 갈등 양상 연구〉, 《인문과학》 제37집, 성균관대학교인문과학연구소, 2006.
박연숙, 〈〈바닷물이 짠 이유〉 설화의 한일 비교〉, 《구비문학연구》 38집, 한국구비문학회, 2014.
박은애, 〈《三國遺事》感通 '金現感虎'條에 나타나는 신라 탑돌이의 양상과 성격〉, 《신라문화제학술발표논문집》 32, 동국대학교 신라문화연구소, 2011.
박정세, 《성서와 한국민담의 비교 연구》, 연세대학교출판부, 1996.
법제처 역주, 《經國大典》 한국법제처연구원, 1993, 240쪽
서대석, 〈興夫傳의 民譚的 考察〉, 《국어국문학》 67, 국어국문학회, 1975.
서울대학교교육연구소, 《교육학용어사전》, 서울대학교 교육연구소, 하우동설, 1995.
서인석, 《한 처음의 이야기》, 생활성서사, 1986.
설석규, 〈16세기 退溪學派의 분화分化와 柳雲龍의 역할〉, 《조선사연구》 9, 조선사연구회, 2000.
설성경, 〈桐里의 〈박타령〉 사설 연구〉, 《한국학논총》 6, 계명대한국학연구소, 1979.
______ · 박태상, 《고소설의 구조와 의미》, 새문사, 1986.
설중환, 〈흥부전의 상징성과 구조적 의미〉, 《우운박병채박사 환력기념논총》, 우운박병채박사 환력기념논총 간행위원회, 1985.
성현경, 《한국소설의 구조와 실상》, 영남대학교출판부, 1989.
송준호, 《조선사회사연구》, 일조각, 1987.
신기원, 《초보자를 위한 관상학》, 대원사, 1991.
신연우, 〈'바보 형제' 이야기의 신화적 해명〉, 《고전문학연구》 12집, 한국고전문학회, 1997.
아산군 공보실 편, 《民話集》, 1980.
여증동, 〈음란소설 〈구운몽〉 연구〉, 《새국어교육》 50집, 한국국어교육학회, 1993.
유광수a, 《興甫傳 硏究》, 계명문화사, 1993.
유광수b, 《19세기 소설 옥루몽 연구》, 보고사, 2013.

유봉학,《정조대왕의 꿈》, 신구문화사, 2001.
윤승준, 〈양반전〉, 황패강교수정년퇴임기념논총간행위원회 편,《황패강교수정년기퇴임기념논총(Ⅱ) 고전소설연구》, 일지사, 1993.
이가원,《연암소설연구》, 을유문화사, 1965.
이강엽, 〈고소설의 '짝패(double)' 인물 연구〉(《고소설연구》 28, 2008).
_____, 〈〈九雲夢〉의 문학지리학적 해석: 凝縮과 擴散〉,《어문학》 제94집, 한국어문학회, 2006.
_____, 〈〈경흥우성憬興偶聖〉조條의 대립적 구성과 신화적 이해〉,《구비문학연구》 35집, 한국구비문학회, 2012.
_____, 〈聖과 俗의 境界,《三國遺事》의 '신발 한 짝'〉,《고전문학연구》 43, 한국고전문학회, 2013.
_____, 〈설화의 '짝패double'인물 연구〉,《구비문학연구》 33집, 2011.
_____, 〈소설교육에서의 주제 탐색 방법 試論-〈양반전〉을 실례로-〉,《국어교육》 87 · 88합집, 한국국어교육연구회, 1995.
_____, 〈〈옹고집전〉의 관상觀相 대목과 삶의 균형〉,《문학치료연구》 46, 한국문학치료학회, 2017.
_____, 〈'자기실현'으로 읽는 〈옹고집전〉〉,《고소설연구》 제17집, 한국고소설학회, 2004.
_____, 〈존귀함과 고결함, 〈양반전〉의 인물대립과 양반상兩班像〉,《한국고전연구》 40, 한국고전연구학회, 2018.
_____, 〈현우형제담의 경쟁과 삶의 균형〉,《문학치료연구》 41, 한국문학치료학회, 2016.
_____,《바보설화의 웃음과 의미 탐색》, 박이정, 2011.
_____,《토의문학의 전통과 우리소설》, 태학사, 1997.
이경덕,《신화로 보는 악과 악마》, 동연, 1999.
이문규, 〈흥부전의 문학적 특질에 관한 연구〉,《한국문학사의 쟁점》, 집문당, 1986.
이부영,《아니마와 아니무스》, 한길사, 2001.
_____,《한국민담의 심층분석》, 집문당, 1995.
_____,《한국의 샤머니즘과 분석심리학》, 한길사, 2012.
이상익, 〈조선시대의 명분질서와 연암 박지원의 '공공성 회복' 기획〉,《다산과 현대》 5, 연세대학교 강진다산실학연구원, 2013.
이상진, 〈한국창작동화에 나타난 '엄마'의 형상화와 성 역할 문제〉,《여성문학연구》,《여성문학연구》 6호, 한국여성문학연구학회, 2001.
이수연 외,《성격의 이해와 상담》, 학지사, 2013.

이어령,《신화 속의 한국정신》, 문학사상사, 2003.
이우성·임형택 역편,《이조한문단편집(하)》, 일조각, 1978.
이원주, 〈〈양반전〉 재고再考〉, 차용주 편,《燕巖研究》, 계명대학교출판부, 1984.
이은구,《인도의 신화》, 세창미디어, 2003.
이응백 외 엮음,《국어국문학자료사전》, 한국사전연구사, 1998.
이재선, 〈한국 소설과 이중성의 상상력-《구운몽》과 이중 자아 테마〉,《서강인문논총》제15집, 서강대학교인문과학연구소, 2001.
_____,《한국문학주제론》, 서강대학교출판부, 2009 재판.
이죽내, 〈한국신화에서 본 모성상〉,《심성연구》2권 2호, 1987.
이지영, 〈〈오뉘 힘내기 설화〉의 신화적 성격 연구〉,《한국고전여성문학연구》7, 한국고전여성문학연구회, 2003.
_____, 〈女 · 男 山神과 호랑이 신격의 상관성 연구-호랑이의 兩性的 側面에 주목하여-〉,《한국고전여성문학연구》15, 한국고전여성문학회, 2007.
이진경,《파격의 고전》, 글항아리, 2016.
이해진, 〈〈박타령〉과 〈치산가〉에 나타나는 신재효의 현실인식〉,《판소리연구》38, 판소리학회, 2014.
일연,《삼국유사》, 강인구 외,《譯註 三國遺事 Ⅰ》, 이회문화사, 2002.
임동권, 〈선문대할망설화고〉,《한국민속논고》, 집문당, 1984.
임형택, 〈興夫傳의 現實性에 關한 硏究〉,《文化批評》4, 亞韓學會, 1969.
장세훈, 〈현단계 도시빈곤의 지속과 변모-'신빈곤' 현상에 대한 탐색〉,《경제와 사회》15, 비판사회학회, 2004.
장영란,《위대한 어머니 여신: 사라진 여신들의 역사》, 살림, 2003.
전귀연 · 임주영,《형제관계》, 신정, 2006.
정길수, 〈17세기 동아시아 소설의 遍歷構造 비교-〈九雲夢〉, 〈肉蒲團〉, 〈好色一代男〉의 경우-〉,《고소설연구》21, 한국고소설학회, 2006.
_____,《구운몽 다시 읽기》, 돌베개, 2010.
정병헌,《신재효판소리사설의 연구》, 평민사, 1986.
정양 · 최동현 엮음,《한국고전산문연구》, 1986.
정종진,《인간성격의 심리》, 장원교육, 1995.
정충권, 〈金現感虎型 說話의 構造的 考察〉,《한국국어교육회논문집》55권, 한국구어교육연구학회, 1996.
정충권, 〈경판 〈흥부전〉과 신재효 〈박타령〉의 비교 고찰〉,《판소리연구》12, 판소리학회, 2001.
_____,《흥부전 연구》, 월인, 2003.

정현규, 〈더블의 공포〉, 《카프카 연구》 27, 한국카프카학회, 2012.
조동일, 〈한국설화의 변이양상-논평3〉, 《한국학연구의 성과와 그 성찰》, 한국정신문화연구원, 1982.
_____, 〈興夫傳의 兩面性〉, 《계명논총》 5, 계명대, 1969.
_____, 《구비문학의 세계》, 새문사, 1980.
_____, 《한국문학통사 3》, 지식산업사, 3판, 1994.
_____, 《한국소설의 이론》, 지식산업사, 1977.
_____ 외, 《韓國口碑文學大系 別冊附錄(Ⅰ) 韓國說話類型分類集》, 한국정신문화연구원, 1989.
조정래, 《스토리텔링의 육하원칙》, 지식의 날개, 2010.
조춘호, 〈형제갈등을 중심으로 본 흥부전-박타령과 박흥보전을 중심으로-〉, 《문학과 언어》 제10집, 문학과언어연구회, 1989.
_____, 《우애소설연구》, 경산대학교출판부, 2001.
_____, 《형제갈등의 양상과 의미》, 경북대학교출판부, 1994.
진성기, 《제주도 무가본풀이 사전》, 민속원, 1991.
진은진, 〈〈흥부전〉에 나타난 악과 세속적 욕망〉, 《판소리연구》 26, 2008.
차용주, 〈고소설 갈등양상에 대한 고찰-형제간의 갈등을 중심으로-〉, 《동아시아문화연구》 제4권, 한양대학교동아시아문화연구소, 1983.
최래옥, 《한국구비전설의 연구》, 일조각, 1981.
_____, 〈옹고집전의 사회사적 고찰〉, 《우리문화》 2, 우리문화연구회, 1968.
_____, 〈〈옹고집전〉의 諸問題 연구〉, 《한국문학논총》 8·9, 한국문학회, 1986.
_____, 〈韓國孝行說話의 性格 硏究〉, 《한국민속학》 10, 한국민속학회, 1977.
_____, 《한국구비전설의 연구》, 일조각, 1981.
최석무, 〈〈짝패들〉에 나타난 유기적 통일성과 심미적 질서〉, 《제임스 조이스 저널》 제18권 1호, 2012.
최승일, 《상식으로 알아보는 몸의 과학》, 양문, 2007.
최혜진, 〈〈옹고집전〉의 계열과 변모 양상〉, 《판소리연구》 제36집, 판소리학회, 2013.
최혜진, 〈판소리계 소설에 나타난 가족의 형상과 그 의미〉, 《한국여성문학연구》 13, 한국여성문학학회, 2005.
하성란, 〈놀부박사설의 성격과 화폐경제인식-퇴장화폐 문제를 중심으로-〉, 《동악어문학》 55, 동악어문학회, 2010.
한국문화상징사전편찬위원회, 《한국문화상징사전1》, 동아출판사, 1992.
한국심리학회, 《심리학용어사전》(Naver지식백과), 2014.
한순미, 〈이청준 예술가소설의 서사 전략과 '재현'의 문제〉, 《현대소설연구》 29호, 한국현대소설학회, 2006.3.
한태동,《사유의 흐름》, 연세대학교출판부, 2003.
현용준,《제주도무속자료사전》, 신구문화사, 1980.
홍기문,《조선신화연구》, 지양사, 1989.
홍현성, 〈자기복잡성(Self-complexity)을 통해 본 〈구운몽〉 양소유의 삶〉,《藏書閣》 37, 장서각, 2017.
황승환, 〈자아의 분열인가, 통일성에 대한 욕망인가?-패러다임 변환기의 문화 현상으로서 도플갱어 연구(I)〉,《독일언어문학》 63, 독일언어문학연구회, 2014.
_____, 〈자아의 분열인가, 통일성에 대한 욕망인가?-패러다임 변환기의 문화 현상으로서 도플갱어 연구(II)〉,《독일문학》 129, 한국독어독문학회, 2014.
_____,《조선왕조소설연구》, 단국대학교출판부, 1991.
황패강, 〈양반전 연구〉,《한국고소설연구》, 새문사, 1983.
황혜진, 〈조선후기 요호饒戶부민富民과 부富에 대한 시선: '놀부'와 '옹고집'을 대상으로〉,《판소리연구》 43, 판소리학회, 2017.

나. 번역서 · 국외 문헌

나카자와 신이치,《신의 발명》, 김옥희 옮김, 동아시아, 2005.
____________,《신화, 인류 최고의 철학》, 김옥희 옮김, 동아시아, 2001.
남회근,《老子他說(上)》, 설순남 옮김, 부키, 2013.
______,《老子他說(下)》, 설순남 옮김, 부키, 2013.
袁珂,《중국 신화전설 I 》, 전인초 · 김선자 옮김, 민음사, 1992.
張載,《橫渠張載,《橫渠易說 繫辭傳》, 장윤수 옮김, 지만지, 2008.
赤松智城,《朝鮮巫俗의 硏究(上)》, 심우성 옮김, 동문선, 1991.
정재서 역주,《山海經》, 민음사, 1985.

C. G. 융,《영웅과 어머니 원형》, 한국융연구원 C.G. 융 저작위원회 옮김, 솔, 2006.
________,《인간과 문화》, C. G. 융 저작 번역위원회 옮김, 솔, 2004.
________,《인격과 전이》, 융 저작 번역위원회 옮김, 솔, 2004.
H. 프랑크포르트 외,《고대 인간의 지적 모험》, 이성기 옮김, 대원사, 1996.
John R. Battista, 〈아브라함 매슬로와 로베르토 아사지올리: 자아초월 심리학의 선구자들〉, Bruce W. Scotton 외,《자아초월 심리학과 정신 의학》, 김명권 외 옮김, 학지사, 2008.

N. K. 샌다즈, 《길가메시 서사시》, 이현주 옮김, 범우사, 2000.
S. 리몬-케넌, 《소설의 시학》, 최상규 옮김, 문학과지성사, 1985.
V. Y. 프로프, 《민담의 역사적 기원》, 최애리 옮김, 문학과지성사, 1990.
게리 그린버그, 《성서가 된 신화》, 김한영 옮김, 씨앗을뿌리는사람, 2001.
다니엘 A. 키스터, 《삶의 드라마》, 서강대학교출판부, 1997.
레비-스트로스, 《신화학1》, 임봉길 옮김, 한길사, 2005.
로버트 A. 존슨, 《We》, 고혜경 옮김, 동연. 2008.
로제 카이와, 《놀이와 인간》, 이상률 옮김, 문예출판사, 1994.
르네 지라르, 《낭만적 거짓과 소설적 진실》, 김치수 · 송의경 옮김, 한길사, 2001.
________, 《문화의 기원》, 김진식 옮김, 에크리, 2006.
________, 《폭력과 성스러움》, 김진식 · 박무호 옮김, 민음사, 1993.
미르치아 엘리아데, 《메피스토펠레스와 양성인》, 최건원 · 임원준 옮김, 문학동네, 2006.
________, 《성과 속》, 이은봉 옮김, 한길사, 1998.
________, 《영원회귀의 신화》, 심재중 옮김, 이학사, 2003.
________, 《종교사개론》, 이재실 옮김, 까치, 1994 2판.
미야지마 히로시, 《양반》, 노영구 옮김, 강, 1996.
베르그손, 《웃음》, 김진성 옮김, 종로서적, 1983.
비얼레인, 《살아 있는 신화》, 배경화 옮김, 세종서적, 2000.
사무엘 헨리 후크, 《중동신화》, 박화중 옮김, 범우사, 2001.
사빈 멜쉬오르 보네, 《거울의 역사》, 에코리브르, 2001.
스티픈 앨 해리스 · 글로리아 플래츠너, 《신화의 미로 찾기 1》, 이영순 옮김, 동인, 2000.
안네마리 피퍼, 《선과 악》, 이재황 옮김, 이끌리오, 2002.
에리히 노이만, 《위대한 어머니 여신The Great Mother》, 박선화 옮김, 살림, 2007.
오비디우스, 《변신 이야기 1》, 이윤기 옮김, 민음사, 1998.
오스카 와일드, 《도리언 그레이의 초상》, 베스트트랜스 옮김, 더클래식, 2012.
요한 볼프강 폰 괴테, 《파우스트》, 이인웅 옮김, 문학동네, 2006.
요한 하위징아, 《호모 루덴스》, 이종인 옮김, 연암서가, 2010.
월트 휘트먼, 《나 자신의 노래》, 윤명옥 옮김, 지만지, 2010.
제러미 리프킨, 《공감의 시대》, 이경남 옮김, 민음사, 2010.
제인 호프, 《영혼의 비밀》, 유기천 옮김, 문학동네, 2002.
제임스 조지 프레이저, 《황금가지 제1권》, 박규태 옮김, 을유문화사, 2005.
죠셉 캠벨, 《세계의 영웅신화》, 이윤기 옮김, 대원사, 1989.

지빌레 비르크호이저-왜리,《민담의 모성상》, 이유경 옮김, 분석심리학연구소, 2012.
진 쿠퍼,《그림으로 보는 세계 문화상징 사전》, 이윤기 옮김, 까치, 1994.
체렌소드놈,《몽골 민간 신화》, 이평래 옮김, 대원사, 2001.
카렌 암스트롱,《신화의 역사》, 이다희 옮김, 문학동네, 2005.
칼 구스타프 융 편저,《사람과 상징》, 정영목 옮김, 까치, 1995.
캐롤 피어슨,《내 안엔 6개의 얼굴이 숨어 있다》, 왕수민 옮김, 사이, 2007.
크리스토퍼 보글러,《신화, 영웅, 그리고 시나리오 쓰기》, 함춘성 옮김, 비즈앤비즈, 2013,
크리스토퍼 델,《세계의 신화》, 정은아 · 민지현 옮김, 시그마북스, 2012.
토마스 만,《토니오 크뢰거 · 트리스탄 · 베니스에서의 죽음》, 안삼환 외 옮김, 민음사, 1998.
파커 J. 파머,《비통한 자들을 위한 정치학》, 김찬호 옮김, 글항아리, 2012.
폴 캐러스,《만들어진 악마The History of the Devil and Idea of Evil》, 이경덕 옮김, 소이연, 2011.
프랑스와 줄리앙,《운행과 창조》, 유병태 옮김, 케이시아카데미, 2003.
플라톤,《향연》, 김영범 옮김, 서해문집, 2008.
피에르 부르디외,《구별짓기: 문화와 취향의 사회학(하)》, 최종철 옮김, 새물결, 2006.
피트리샤 하이스미스,《리플리 1: 재능있는 리플리》, 홍성영 옮김, 그책, 2012.
허먼 멜빌, 〈필경사 바틀비〉, 한기욱 편역,《필경사 바틀비》, 창비, 2010.
Robert Rogers, *The Double in Literature*, Wayne State University Press, 1970.
Taidong Han, "A Study of Sequential Double Negation in Vajracchedika Pranjna Paramita", *Essays on Cognition Structure*, Yonsei University Press, 2003.
Mircea Eliade, *The two and the one*, The University of Chicago Press, trans. J. M. Cohen, 1979.
Edward C. Sellner, *The Double: Male Eros, Friendships, and Mentoring-from Gilgamesh to Kerouac*, Lethe press, 2013.

찾아보기

ㄴ

ㄷ

ㄹ

ㅁ

ㅅ

ㅇ

ㅈ

ㅊ

ㅋ

둘이면서 하나

2018년　4월　25일　초판 1쇄 발행

지은이 | 이강엽
펴낸이 | 노경인 · 김주영

펴낸곳 | 도서출판 앨피
출판등록 | 2004년 11월 23일 제2011-000087호
주소 | 우)07275 서울시 영등포구 영등포로 5길 19(양평동 2가, 동아프라임밸리) 1202-1호
전화 | 02-336-2776　팩스 | 0505-115-0525
블로그 | bolg.naver.com/lpbook12
전자우편 | lpbook12@naver.com

ISBN 979-11-87430-25-4　93810